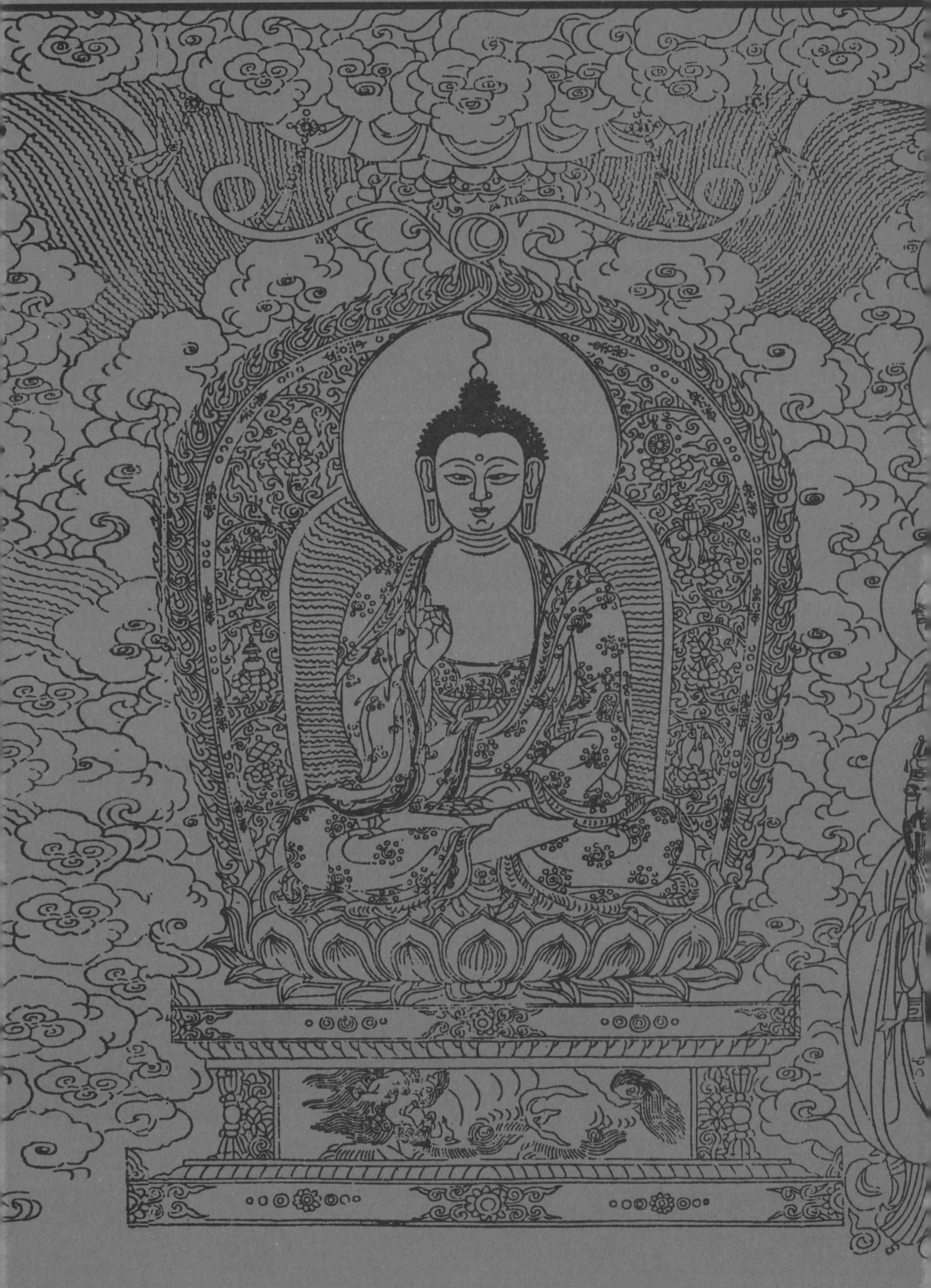

御製

佛光恩照　三千大千　隨緣徧滿

恒沙法界　普度衆生　悉證菩提

身心安泰　年時豐稔　風雨調順

日月升恒　乾坤清寧　百昌蕃熾

上下樂利　中外協和　庶物咸亨

萬善圓成　情與無情　同登正覺

大清雍正十三年四月初八日

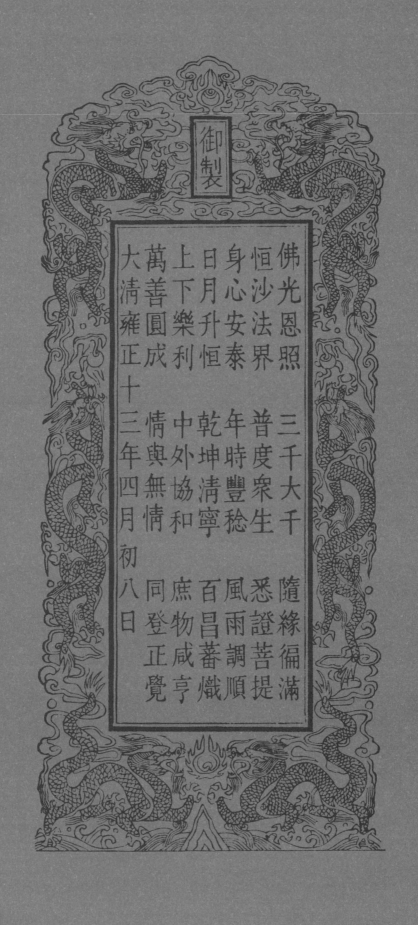

第一〇五册　宋元續入藏諸論（二）

大宗地玄文本論　八卷　馬鳴菩薩造　陳真諦三藏譯……一
金七十論　三卷　此是外道　迦毗羅仙人所造明二十五諦非是佛法　陳天竺三藏真諦譯……七一
廣釋菩提心論　四卷　蓮華戒菩薩造　宋西天三藏朝奉大夫試光禄卿傳法大師施護奉詔譯……一二五
集諸法寶最上義論　二卷　善寂菩薩造　宋西天三藏朝奉大夫試光禄卿傳法大師施護奉詔譯……一五五
金剛針論　一卷　法稱菩薩造　宋三藏傳教大師法天奉詔譯……一七一
菩提心離相論　一卷　龍樹菩薩造　宋西天三藏朝奉大夫試光禄卿傳法大師施護奉詔譯……一八〇
大乘破有論　一卷　龍樹菩薩造　宋西天三藏朝奉大夫試光禄卿傳法大師施護奉詔譯……一八七
集大乘相論　二卷　覺吉祥智菩薩造　宋西天三藏朝奉大夫試光禄卿傳法大師施護奉詔譯……一八九
六十頌如理論　一卷　龍樹菩薩造　宋西天三藏朝奉大夫試光禄卿傳法大師施護奉詔譯……二〇五

大乘二十頌論　一卷
龍樹菩薩造　宋西天三藏朝奉大夫試光禄卿
傳法大師施護奉詔譯……二〇九

佛母般若波羅蜜多圓集要義論　一卷
太域龍菩薩造　宋西天三藏朝奉大夫試光禄卿
傳法大師施護奉詔譯……二一一

佛母般若波羅蜜多圓集要義釋論　四卷
三寶尊菩薩造　大域龍菩薩造本論　宋西天三藏
朝奉大夫試光禄卿傳法大師施護奉詔譯……二一五

大乘寶要義論　一〇卷
宋西天三藏朝散大夫試鴻臚少卿
傳梵大師法護等奉詔譯……二五三

菩薩本生鬘論　一六卷
聖勇菩薩等造　宋朝散大夫試鴻臚少卿
同譯經梵才大師紹德慧詢等奉詔譯……三三三

聖佛母般若波羅蜜多九頌精義論　二卷
勝德赤衣菩薩造　宋西天三藏朝散大夫
試鴻臚卿傳梵大師法護等奉詔譯……四九三

大乘緣生論　一卷
聖者鬱楞迦造　唐特進試鴻臚卿
三藏沙門大廣智不空奉詔譯……五〇三

諸教決定名義論　一卷
聖慈氏菩薩造　宋西天三藏朝奉大夫
試鴻臚卿傳法大師施護奉詔譯……五一四

大乘中觀釋論　九卷
安慧菩薩造　宋三藏朝散大夫試鴻臚卿

施設論 七卷
光梵大師惟淨等奉詔譯……五一九
宋西天三藏朝散大夫試光祿卿
傳梵大師法護等奉詔譯……五八七
大乘法界無差別論 一卷
堅慧菩薩造 唐于闐三藏提雲般若譯……六三三
金剛頂瑜伽中發阿耨多羅三藐三菩提心論
一卷 亦名：瑜伽總持教門説菩提心觀行修持義
唐大興善寺三藏沙門大廣智不空奉詔譯……六四一
彰所知論 二卷
元帝師發合思巴造
宣授江淮福建等處釋教總統法性
三藏弘教佛智大師沙羅巴譯……六四九

大宗地玄文本論

陳眞諦三藏譯

清刻龍藏佛說法變相圖

大宗地玄文本論卷第一第二同卷

馬鳴菩薩造

陳眞諦三藏譯

歸依德處無邊大決擇分第一

頂禮一切無餘明　非一非一諸則地
不數不思無量一　并諸種種趣生類
本無量數斷命品　與等塵塵無有法
兼不可說無所有　通俱非是等諸法

論曰就此二行偈中則有八門云何爲八一者顯示中中主者門二者顯示道路軌則門三者顯示離雜合一門四者顯示無邊毛生門五者顯示種種離識門六者顯示假有無實門七者顯示無所有事門八者顯示具足無礙門是名爲八就顯示中中主者門中則有五種云何爲五一者隨順隨轉應身主者

二者有無無礙變身主者三者本體本性法身主者四者本末俱絶滿道主者五者隨應無礙自然主者是名爲五修集行因大陁羅尼修多羅中作如是説爾時花輪寶光明天子則白佛言世尊第一導師有幾數量可思議不可思議唯願世尊爲我等衆開示顯説我等大衆聞其名字常誦常念出無明藏到涅槃城於是世尊告天子言我若以神通力無量無邊阿僧祇劫中説其名字終不能盡今當略言爲汝等衆宣説其要善男子其覺者數廣大圓滿過於恒沙略説五種云何爲五一者隨體佛二者變體佛三者法體佛四者莫測佛五者應轉佛乃至廣説故如偈頂禮一切無餘明故以何義故一切導師皆名主者以三義故云何爲三一者自在義諸法

王故二者頂上義三界一故三者周遍義無所不至故是名爲三如是巳説顯示中中主者門次當説顯示道路軌則門就此門中則有六種云何爲六一者音离言導無礙自在軌則二者所依本地平等一種離諸虚妄軌則三者生長莊嚴一一有力軌則四者究竟圓滿無餘盡攝軌則五者非名非相非體非用無造無作軌則六者自然現前常住不變無所詮了究竟淨滿軌則是名爲六金剛三昧無礙解脱本智實性修多羅中作如是説復次文殊師利若我廣説總有十億七萬三千五十法門行者履遊道路則則若我略説總有六種行者履遊則則如是六則通攝一切無量無邊軌則藏海云何爲六一者説則二者等則三者種則四者上則五者非則六

者常則乃至廣說故如偈非一非一諸則地故以何義故一切法藏皆名軌則一三義故云何爲三一者金區義時人易轉法門之印常恒不變如彼區故二者引導義攝將行者令趣治路如彼導故三者能持義善持自相而不壞失如彼持故是名爲三如是已說顯示道路軌則門次當說顯示離雜合一門就此門中則有三種云何爲三一者結縛合一一切無量無邊無明煩惱之衆類再生雖無內合一而有外合一以數量等成立契一義故二者解脫合一一切無量無邊三乘諸聖人等內有道理之合一義外有同塵之合一義故三者具足俱非合一一切無量無邊金剛中間大聖衆等具足能契所契之二義故是名爲三文殊師利論義第一無極無盡修多羅中作如是說僧衆之海雖無有量而其本體但有三種云何爲三一者無根無諍地二者俱根無諍地三者有根無諍地乃至廣說故如偈不數不思無量一故以何義故一切諸僧皆名合一有二義故云何爲二一者積集義集會無量無邊一切散亂塵故二者一種義安止無量無邊一切波浪識故是名爲二如是已說顯示離雜合一門次當說顯示無邊毛生門就此門中則有三門云何爲三一者有類毛生無邊門二者空類毛生無邊門三者似類毛生無邊門是名爲三就初門中則有四種云何爲四一者卵生二者胎生三者濕生四者化生是名爲四如是四生能攝一切無量有類根本名數就中門中則有三種云何爲三一者光明中藏空類二者

闇色中藏空類三者風雲中藏空類是名爲三如是三類空故非空以隱故空應審觀察空類眷屬其數衆多不出此量就後門中亦有三種云何爲三一者幻化呪術相相無理似類二者變藥方禁相相無理似類三者隨本現前影像似類是名爲三如是三類能攝一切無量無邊種種似類根本名數集類法門修多羅中作如是說有識種類廣說有十略説有三云何爲三一者心識親近在有衆生二者處所隱藏不見衆生三者識遠似有動轉衆生是名爲三乃至廣説故如偈弁諸種種趣生類故以何義故一切衆生皆色毛生有二義故云何爲二一者動轉不定義隨趣受生無有定法故二者衆多無數義方角無有數量故是名爲二今此門中爲欲現示聖如角尠凡如毛多故如是已説顯示無邊毛生門次當説現示種種離識門就此門中則有二種云何爲二一者共業建立斷命品二者別業建立斷命品是名爲二就第一門中則有四種云何爲四一者風輪大地斷命品二者水輪大地斷命品三者金輪大地斷命品四者火輪大地斷命品是名爲四如是四輪能攝一切無量無邊共業建立斷命品類根本名數言別業建立斷命品者謂衆生身非執受攝髮毛等類業行本因修多羅中作如是説復次文殊師利言衆生居住世間者則有二種云何爲二一者總輪世間二者別持世間是名爲二此二世間善能攝持無量無邊一切居住依止世間乃至廣説故如偈及無量數斷命品故以何義故一切離識

皆名斷命所謂無有了別智品故如是已說現示種種離識門次當說現示假有無實門就此門中則有五種云何爲五一者如水中月假有二者如闥婆城假有三者如陽炎水假有四者如幻化作假有五者如谷響音假有是名爲五大寶無盡蓮花地地修多羅中作如是說如水中月等五種虛說譬喻總攝五萬五千五百五十詮虛說譬喻根本名字乃至廣說故如偈與等塵塵無有法故以何義故一切無量虛說譬喻皆明無有所謂無有實自性故名曰爲無無有其實非都無故名曰爲有如是已說現示假有無實門次當說現示無所有事門就此門中則有四種云何爲四一者如石女兒無所有事二者如兎馬角無所有事三者如龜踏毛無所有事四者如羅漢染無所有事是名爲四本地修多羅中作如是說復次佛子汝前所問何等法名爲無所有品者石女兒等四種本說我若廣說其數無量乃至廣說故如偈兼不可說無所有故以何義故一切空法皆悉名爲無所有事有二種故云何爲二一者彼空法體性空空如此四本說故二者此空若不詮彼則是空故是名爲二如是已說現示無所有事門次當說現示具足無礙門就此門中則有十種云何爲十一者心主法二者心念法三者色主法四者色子法五者非契應法六者無爲法七者非有爲非無爲法八者亦有爲亦無爲法九者俱俱法十者俱非法是名爲十言心主法者可一八識等諸心識本法故言心念法者與此相應一切數法言色主

法者可一能造大種法等言色子法者可一所造種種色法言非契應法者可一非色非心種種諸法言無爲法者虛空等四種無爲法言非有爲非無爲法者一心等諸本性法言亦有爲亦無爲法者一心等諸本性之法作業用相言俱俱法者大本之法其第一分言俱非法者大本之法其最後分如是十法今此門中一有一無一生一滅一逆一順一品一類不相捨離是故說言現示具足無礙門焉最勝德王離是故說言現示具足無礙門焉最勝德王廣大虛空修多羅中作如是說不可說不可說不可說十方世界微塵數無量無邊法門大海一居一起一住一止終不分剖亦不捨離以此義故建立稱曰廣大圓滿虛空地地無盡無極法界大海門乃至廣說故如偈通俱非是等諸法故

歸依德處因緣大决擇分第二

如是已說歸依德處無邊大决擇分次當說歸依德處因緣大决擇分其相云何偈曰

以有十種大因緣　造作歸依德處海
所謂禮恩及加力　廣大殊勝與無我
决定大海弁贊化　兼通現示自本身
如是十種大因緣　圓滿大士乃能具
凡非境聖亦非量　隨分菩薩亦不能

論曰何因緣故歸依德處以有十種大因緣故而作歸依如偈以有十種大因緣造作歸依德處海故云何名爲十種因緣一者禮敬尊重甚深因緣能作禮敬歸依德處摧伏憍慢增長善根故如偈禮故二者憶念恩澤報推因緣而能造作勝妙論教開曉一切狂亂

衆生一切德處皆悉歡喜故如偈恩故三者仰請加力咸爲因緣若爲造作大論法門彼諸德處不以加力不能分別法門海故如偈及加故四者開布廣散令了因緣以妙言辭示聰明詮現了彼諸修多羅中秘密微妙深遠文義大海爲令廣大故如偈廣大故五者勸物令生殊勝因緣造作論教開示文義若不歸依彼諸衆生不能究竟信受奉行故如偈殊勝故六者修習忍辱無我因緣發起歡喜尊重歸向廣大心故如偈與無我故七者出生功德決定因緣歸依德處造作論教若見若聞若見見者若聞聞者若同國住一切皆悉隨時不移出生增長無量無邊一切功德善根之品決定不謬違故如偈決定故八者大海無盡寶藏因緣積集無量無邊一切諸種種力造作殊勝圓滿大海如意寶輪金剛德藏爲欲救度無量無邊貧窮苦惱衆生類故如偈大海故九者方便善巧教化因緣具足者中雖無別歸而贊教化爲利生故如偈并贊化故十者現示過去本身因緣所歸德處一切皆悉無非自身之攝持故如偈兼通現示自本身故是名十種大因緣相如是廣大殊勝因緣何人所作佛菩薩作菩薩菩薩當不能作況凡二乘如偈如是十種大因緣圓滿大士乃能具凡非境聖亦非量隨分菩薩亦不能故

大宗地玄文本論卷第一

大宗地玄文本論卷第二

馬　鳴　菩　薩　造
陳　眞　諦　三　藏　譯

一種金剛道路大決擇分第三

如是已說歸依德處因緣大決擇分次當說一種金剛道路大決擇分其相云何偈曰

一種金剛地　總有五種位　謂漸次究竟
及圓滿等非　弁及等是位　如是五種位
諸修多羅中　具足無餘說

論曰一種金剛道路無礙本地地中總有幾位廣說雖無量略說有五種如是五位一切總則一切根本一切中藏一切出生如偈一種金剛地總有五種位故云何名爲五種本位一者無超次第漸轉位二者無餘究竟總持位三者周遍圓滿廣大位四者一切諸法俱非位五者一切諸法俱是位是名五種根本位如偈謂漸次究竟及圓滿等非弁及等是位故如是五者自家宣說亀則方說如是五位直是方說非宣說量如偈如是五種位諸修多羅中具足無餘說故位所依止本數名字其相云何偈曰

所依止本數　總有五十一　謂虛假光明
四十種名字　不動眞金剛　十種本名字
及大極地故　是名所依數

論曰五種本位所依止之名字差別其數幾有廣說雖無量略說有五十一種名字如是五十一種根本名字一切天地一切父母一切體性一切所依如偈所依止本數總有五十一故云何名爲五十一數所謂虛假光明分中有四十種眞金剛中有十種數此五十

中加大極自然陀羅尼地故是故成立五十一數名字分中四十種數當何等相所謂十種愛樂心十種識知心十種修道心十種不退心各差別故云何名爲十愛樂心一者必叉多二者阿摩訶尸三者諦度毗梨耶四者和羅只度五者奢摩陁提尸六者摩訶阿毗跋致多七者阿羅婆訶尼八者婆彌多阿梨羅訶諦九者尸羅俱尸阿尸羅十者摩訶毗呵阿僧那是名爲十云何名爲十識知心一者留伽度二者留諦迦度三者留羅伽四者留摩訶五者安婆娑六者毗跋致七者阿毗跋致八者必叉伽九者必阿羅十者留山迦是名爲十云何名爲十修道心一者度伽呵二者度安爾三者度只羅四者度和差五者度利他六者度生婆諦七者度沙必八者度阿訶九者度佛阿十者度叉一婆是名爲十云何名爲十不退心一者羅諦流沙二者羅曇沙三者必自伽四者法必他五者佛度陁六者羅叉必七者師羅文伽八者婆訶諦九者婆羅提弗陁十者達摩邊伽是名爲十如偈謂虛假光明四十種名字故云何爲十眞金剛心一者鳩摩羅伽二者須何一婆三者須那迦四者須陁洹五者斯陁含六者阿那含七者阿羅漢八者阿尼羅漢九者阿那訶訶十者阿訶羅弗是名爲十如偈不動眞金剛十種本名字故此五十中更復加婆伽婆佛陁應審觀察是名五十一種名字如偈及大極地故是名所依數故如是五十一種心中彼無超次第漸轉位安立屬當其相云何偈曰

五十一位中　如次無超轉　一中具一切
名爲漸轉位
論曰唯一行者五十一種别相位中迴向趣入如其次第無超過法所以者何此門位量法如是故如偈五十一位中如次無超轉故如是行者以何行相而漸漸轉謂具具轉故云何名爲具具轉相謂一信心位中具餘五十心而轉乃至一大極地位中具餘五十心而轉故若爾一物耶異物耶實是異物而一物故所以者何一信心中具一切位非餘位故而一信中具一切位故以何義故一信心中具諸餘位更須漸轉具一中具而不能具多中具故是故須轉今此門中五十一中一切具具皆悉具足方名漸轉位故如偈一中具一切名爲漸轉位故摩訶衍金剛種子修多羅中作如是説金剛道路足行者以二大事而決定轉云何名爲二決定轉一者遍度通達轉二者具具增長轉是名爲二言遍度通達轉者通遍經過五十一種大道路故言具具增長轉者一一位中攝諸位故乃至廣説故如是已説無超次第漸轉門次當説無餘究竟總持門其相云何偈曰
五十一位中　隨其先得入　攝一切一切
名無餘究竟
論曰有五十一别相位中或有行者以信趣入或有行者以眞金地而趣入或有行者以大極地而趣入如是等諸行者隨其先得入位之量盡攝一切一切位地究竟無餘亦無移轉亦無出入一一白白是故説言總持門位如偈五十一位中隨其先得入攝一切一

切名無餘究竟故難入未曾有會修多羅中作如是說

迴向則信心　信心則佛地　佛地則十地
究竟有何次

乃至廣說故如是已說無餘究竟總持門次當說周遍圓滿廣大門其相云何偈曰

五十一種位　無前後一時　俱轉俱行故
名周遍圓滿

論曰五十一位無有前後一時俱轉一時俱行無有所餘亦五十一別相位中所有無量無邊諸位無有前後一時俱轉一時俱行無有所餘是故說言圓滿位焉如偈五十一種位無前後一時俱轉俱行故名周遍圓滿故法界法輪無盡中藏修多羅中作如是說爾時文殊師利聞世尊所說即從座起合掌頂禮前白佛言世尊云何名爲橫轉無向修道人者如宜世尊爲諸大衆宣說開示如是大事於是世尊即告文殊師利言一種無二一道一區大地行者一切行道無前無後一時發起一時同轉一時住持一時證入一時安立是名橫轉無向道人乃至廣說故如是已說周遍圓滿廣大門次當說一切諸法俱非門其相云何偈曰

諸無量無邊　一切種種位　皆悉非建立
名俱非位地

論曰今此偈中爲明何義爲欲現示此俱非門非因非果非位非地非有非無非名非義非事非理非壞非常非生非滅一切一切皆悉非故如偈諸無量無邊一切種種位皆悉非建立名俱非位地故若爾以何義故建立

位名以其非義立爲位故大明修多羅中作
如是說無位位第一位乃至廣說故如是巳
說一切諸法俱非門次當說一切諸法俱是
門其相云何偈曰
一切種種法　無非金剛身　以一身義故
名爲俱是門
論曰無量無邊一切位法一切皆悉是金剛
身等無差別唯依一身是故說言俱是門焉
所以者何今此門中無一一法而非金剛眞
實身故如偈一切種種法無非金剛身以一
身義故名爲俱是門故種金大地修多羅中
作如是說無病道人唯見積影不見散身故
金剛寶輪山王大決擇分第四
如是巳說一種金剛道路大決擇分次當說
金剛寶輪山王大決擇分其相云何偈曰

漸是盡滿非　一時及前後　與俱并俱非
一異時處轉
論曰今此偈中爲明何義爲欲現示一身金
剛大力寶輪山王體中次第漸轉諸法等是
無餘究竟周遍圓滿俱非絕離此五種位一
時轉前後轉俱有轉俱非轉亦一時轉亦異
時轉亦一處轉亦異處轉具足具足自在自
在無所障礙故大嚴盡地虛空法界修多羅
中作如是說復次龍明汝前所問云何名爲
金剛本身廣大地地無障無礙恒沙功德品
者殊勝極妙不可思議不可思議五種金剛
道路是行地地無盡中藏之根本自性出生
增長所依止藏乃至廣說故
金輪山王道路大決擇分第五
如是巳說金剛寶輪山王大決擇分次當說

金輪山王道路大決擇分其相云何偈曰

山王道路中　總有十五位　體五種位中
各有三用故

論曰此金輪山王道路中建立幾位爲道路量廣説雖無量略説有十五種位以如是位爲道路分如偈山王道路中總有十五位故以何因緣分明了知此道路中有十五種根本之位謂彼金剛大力寳輪山王體五種位中皆悉各各有三種自在作用故以此義故成立十五差別名數如偈體五種位中各有三用故故方修多羅中作如是説一區王民行地地中唯有十五種體分業數位無所餘位乃至廣説故然明神妙理修多羅中作如是説有二十五種差別位者取王家轉非取作轉故造作轉攝十五種位名字形相當如何耶偈曰

明了及遠數　相續并三合　遍動遍不動
字等兼廣大　遍到不遍到　融立異俱離
是名十五名　如次應觀察

論曰就次第漸轉體中則有三種用云何爲三一者分明了達審地作用不亂次第建立位地行道分明名義俱了故如偈明了故二者遠行遠修無數作用經無量劫過此諸位修集功德無窮盡故如偈及遠數故三者無斷無絶恒轉作用刹那刹那中間中間常恒不息自然轉故如偈相續故是名爲三就諸法等是體中亦有三種用云何爲三一者能詮能了一合作用善巧言説無礙覺慧其數無量一金剛故二者所詮所證一合作用甚深極義勝妙玄理唯是一區唯是一身無二

岐故三者隨應有名一合作用隨其所應一切有名一切皆悉一金身故是名爲三如偈并三合故就無餘究竟體中亦有三種用云何爲三一者周徧圓滿動轉作用第一時中依一位中通攝一切而究竟轉故如偈遍動故二者周遍圓滿不動作用如是轉者所餘一切無量位中不移不轉常決定故如偈遍不動故三者名向文字無別作用隨其先唱與餘一故如偈字等故是名爲三就周遍圓滿體中亦有三種用云何爲三一者無量無邊廣大作用其法自體出現業相盡極廣大無分界故如偈廣大故二者無礙通達遍到作用一時建立一切位故如偈遍到故三者極極無數不遍作用遍通經過而唯有一邊故如偈不遍到故是名爲三就俱非絶離體中亦有三種用云何爲三一者消融無所建立作用一切諸法皆悉遣除無所許故如偈融故二者建立諸法悉持作用一切諸法以俱非義是理成故如偈立故三者消融建立俱絶作用究竟絶道廣建立故如偈與俱離故是名爲三是爲十五種位名字焉此道路位大利根者乃能通達鈍根衆生決定難了如偈是名十五名如次應觀察故如是諸位亦一時出與亦異時出與亦俱時出與亦一處轉亦異處轉亦俱處轉亦不出與亦不移轉亦唯一種亦是多種於彼本法有作功用有作方便自然自在建立造作應審觀察

獨一山王摩訶山王大決擇分第六

如是已說金輪山王道路大決擇分次當說獨一山王摩訶山王大決擇分其相云何偈

曰
摩訶山王中　總有千二百　七十五種位
謂五十一種　大根本位中　皆一一各各
漸轉等五位　具足安立故

論曰此獨一山王摩訶山王體中建立幾位以爲體分廣說雖無量略說其要唯有一千二百七十五種決定位故如偈摩訶山王中總有千二百七十五種位故以何因緣山王體中有千二百七十五位分明現知所謂常恒五十一種根本位中一一各各次第漸轉諸法等是無餘究竟周遍圓滿俱非絕離五種位具足轉故亦漸轉等五種位中各各開示漸轉等五種別位故是故成立一千二百七十五位如偈謂五十一種大根本位中皆一一各各漸轉等五位具足安立故故此獨一山王摩訶山王體中如是千二百七十五種位亦一一時轉亦異一時轉亦俱一時轉亦皆非轉亦一時一處轉亦一時異處轉亦異時異處轉亦皆非轉自在自然無障無礙是故說言無盡虛空大陁陁筏羅法界本藏地地出生無窮無極廣德大海法門藏焉大智莊嚴法界性身甚深修多羅中作如是說非比非喻難得惟說大海中藏大海一體本地地中三品德類具足圓滿無所闕失云何爲三一者上品德類其位名字衆多無數與十方世界微塵之數其量等故二者中品德類其位名字與百百十億三千大千世界微塵之數其量等故三者下品德類其位名字有一千二百七十五位故是名爲三如是諸位一一一一一一乃至無量無量無量無量

無量無量乃至廣說故

大宗地玄文本論卷第二

音釋

軌居委切法則也　蹭七由切

大宗地玄文本論卷第三（第四同卷）

馬鳴菩薩造

陳真諦三藏譯

大海部藏道路大决擇分第七

如是已說獨一山王摩訶山王大决擇分次當說大海部藏道路大决擇分其相云何偈曰

大海部藏曰　總有十種法　謂五種非空
及五種無常

論曰此大海部藏道路分中建立幾法爲部藏量所謂建立十種法體以爲大海部藏分故摩訶衍地修多羅中作如是說俱俱海藏履道分中唯有十法無有餘法乃至廣說故如偈大海部藏中總有十種法故以何義故有十應知五種非空五種無常各差別故如偈謂五種非空及五種無常故彼十種法其名字相當如何耶偈曰

離礙及有實　性火并今光　兼深里出與
地藏大龍王　如是五種名　非空不共稱
起持變壞品　與大力無明　如是五種名
無常不共稱　各有第一一　以請氣力故
立門實本攝　如法應觀察

論曰云何名爲五種非空决定住法一者離礙非空决定住法二者有實非空决定住法三者性火非空决定住法四者今光非空决定住法五者深里出與决定住法是名爲五如偈離礙及有實性火并今光兼深里出與地藏大龍王故如是五名五種非空决定住法不共異轉差別名字如偈如是五種名非空不共稱故云何名爲五種無常虛假轉法

一者動起無常虛假轉法二者止持無常虛假轉法三者易變無常虛假轉法四者散壞無常虛假轉法五者大力無常虛假轉法是名爲五如偈起持變壞品與大力無明故如是五名五種無常虛假轉法不共異轉差别名字如偈如是五種名無常不共稱故深里大力如是二法氣力立門非取實體應審觀察如偈各有第一一以請氣力故立門實本攝如法應觀察故如是巳說建立名字不同門次當說所詮義理差别門如是五種非空決定住法各有幾數所謂各各有二種故云何名爲二種離礙一者守身離礙一者變轉離礙言守身離礙者無障礙身常恒決定不失壞故言變轉離礙者建立萬有令自在故是名爲二云何名爲二種有實一者守身有實二者變轉有實言守身有實者常平等身常恒決定不失壞故言變轉有實者建立差别令安住故是名爲二云何名爲二種性火一者守身性火二者變轉性火言守身性火者明德藏身常恒決定不失壞故言變轉性火者塵累俱轉隨順成故是名爲二云何名爲二種令光一者守身令光二者變轉令光言守身令光者始炎炎身決定常恒不失壞故言變轉令光者隨順流轉無所礙故是名爲二云何名爲二種深里一者守身深里二者變轉深里言守身深里者離絕中身常恒決定不失壞故言變轉深里者諸無爲中得自在故是名爲二如前所說五種無常業用差别各各如何所謂如次出生一切無量無邊大過患海皆無餘故住持一切無量無邊

大過患海皆無餘故變易一切無量無邊大功德海皆無餘故壞滅一切無量無邊大功德海皆無餘故覆障非德非患中身自在皆無餘故如是五法自體及品各各差別應審觀察如是已說所詮義理差別門次當說依位決定安立門如前所說五十一種眞金剛位遍幾處耶偈曰

如是五十一　遍於五種處　大聰明行者

能善決擇知

論曰如前所說五十一位遍離礙等五種處中無所不至無所不通以此義故大金剛位有五應知如偈如是五十一遍於五種處故如是位地利根能知非鈍者境所以者何極甚深故極利了故極秘密故如偈大聰明行者能善決擇知故亦復處二故位亦二應知是故具集有十而已然今所說是變非身別建立位總幾數有字身差別其相云何偈曰

別建立位數　總有十種焉　漸次及盡餘

不動與俱滅　一空一有位　智智斷智地

相值兼撥立　邊邊轉一會　具足此十位

門界量圓滿

論曰別建立位總有十種云何爲十一者一何無超漸次位二者遍究竟盡不盡位三者一切中際不動位四者雙立諸法俱滅位五者若一空當一有位六者能斷所斷悉智位七者熏力相對相值位八者隨除障處立位九者眞妄得邊有無位十者諸法一種一會位是名爲十如偈別建立位數總有十種焉漸次及盡餘不動與俱滅一空一有位智智斷智地相值兼撥立邊邊轉一會故隨有

一別建立彼總必當具足一切別位方得建立大總位耶必當具別總得成故如偈具足此十位門界量圓滿故如是十種別相之位遍於幾處遍五處故所謂轉攝五種處中各具五十一金剛位經過諸位亦有十種別相位故大總相位總有幾數遍幾處耶偈曰

總位有三種　謂上中下故　唯遍五種處非餘位應知

論曰大性總地根本體位總有三種云何爲三一者趣高上上轉去位二者自然安住中中位三者向焉下下轉去位是名爲三如偈總位有三種謂上中下故如是三總隨別有有唯遍轉五非所餘位應審觀察如偈唯遍五種處非餘位應知故如是已說依位決定安立門次當說依位法數具闕門如前所說十種本法守轉二種金剛位中爲盡不盡謂若守位中唯具德五無所餘五若轉位中十法具足無所闕失以此義故總別二門有無亦了如是已說依位法數具闕門次當說德患對量現宗門其相云何偈曰

起性止及令　變空壞并實　力龍如次對有似而取多

論曰治障照覆對量形相如其次第動起無常性火住法止持無常令光住法易變無常離礙住法散壞無常有實住法大力無常出與龍王以之爲量如偈起性止及令變空壞并實力龍如次對故如是對量一向轉耶俱量轉耶俱量應知如偈有似而取多故如是已說德患對量現宗門次當說隨次別釋廣說門且離礙門安布形相現示云何主伴治

障當如何耶偈曰
離礙身體中　有五十一位　五十一位中
有三種總相　三種總相中　有十種別相
初五十一中　一一皆各各　具足十本數
最初主後伴　次初主後伴　如次應觀察
論曰就離礙中有五十一種金剛位就此位
中有三種根本總相位就此總中有十種分
離別相位如偈離礙身體中有五十一位五
十一位中有三種總相三種總相中有十種
別相故金剛諸位一一位中皆具本數如偈
初五十一中一一皆各各具足十本數故主
伴各二云何二主一者主主二者伴主云何
二伴一者伴伴二者主伴言主主者是離礙
故言伴主者第二轉故言伴伴者除五本法
餘眷屬故言主伴者除其離礙餘四法故如
偈最初主後伴次初主後伴如次應觀察故
三種總相金剛位中云何安立謂初信心以
爲其始後𦅸陁地以爲其終次第漸轉是故
建立趣高上上轉去位後𦅸陁地以爲其始
第一信心以爲其終次第漸轉是故建立向
焉下下轉去位上下二門位位各各離邊中
道決定安立是故建立自然安住中中位以
此義故十種別相唯有上下不有終焉且依
上門建立十位形相云何偈曰
信五事已經　至後後位故　一事究竟故
一味中轉故　治障一滅故　治障不俱故
一智斷智故　上下相照故　本無今有故
治障自辯故　無別一轉故　如次應觀察
論曰依趣高上上轉去門見十別位形相如
何謂以五種非空住法對治五種虛假轉法

如其次第無有超過漸漸轉故建立一向無超漸次位如偈信五事已經至後後位故故以五事治五事隨其所應一究竟故建立遍究竟盡不盡位如偈一事究竟故故以五事治五事不增不減不大不小一味平等中道實相故建立一切中際不動位如偈一味中轉故故以五事治五事隨障滅時其智慧體則便滅故建立雙立諸法俱滅位如偈治障一滅故故以五事治五事治起無障障起無治不能親近不能俱行不能及逵故建立若一空當一有位如偈治障不俱故故以五事治五事治勝氣力變一切障爲治眷屬亦以勝力斷眷屬故建立能斷所斷悉智位如偈以智斷智故故以五事治五事隨其所應上位下位互相照達隨其所應斷除障故建立熏力相對相值位如偈上下相照故故以五事治五事隨所斷障虛妄無本安立位地亦無本故建立隨除障處立位位如偈本無今有故故以五事治五事治皆明淨障皆闇冥彼治斷事悉已成辦此障覆用悉已具足故建立眞妄得邊有無位如偈治障自辯故故以五事治五事治障二法無二無別一味平等一體一性一業一用故建立諸法一種一會位如偈無別一轉故故如是諸位如偈釋說專心觀察其理分明本趣具現如偈如次應觀察故是名爲依離礙門安立諸位總別現示上上差別次依下門建立十門形相云何偈曰

如前說十義　隨應當如如　壞得體歸空
漸次第轉故

論曰依向焉下下轉去門見十別位形相如何謂如前所說十種義中隨其所應順順如如壞其得體歸空本存故如偈如前說十義隨應當如如壞得體歸空故如是諸位爲一時轉前後轉耶以前後轉非一時故如偈漸次第轉故故於餘諸法如是如是隨隨如如說示造作應審觀察其別轉相是本存故是本主故皆悉各各如是二轉一時前後有二義故云何爲二一者建立轉前後定故二者本性轉無前後故是名爲二如前所說種種諸門同名異物住思應觀

深里出興地藏大龍王大決擇分第八

如是巳說大海部藏道路大決擇分次當說深里出興地藏大龍王大決擇分其相云何偈曰

地藏龍王中　總有二種義　所謂德藏義并及患藏義

論曰就深里出興地藏大龍王體中則有二義云何爲二一者功德本藏義二者過患本藏義言功德本藏義者此大龍王爲四非空根本藏故言過患本藏義者此大龍王爲四無常根本藏故如偈地藏龍王中總有二種義所謂德藏義并及患藏義故具二藏義地藏龍王居住何處其里幾量長短大小等諸形相當如何耶偈曰

處唵婆尸尼　里五十一量　長一千由旬頭有婆多提　則有四種水　尾有舍伽必則出四種風　色如玻瓈珠

論曰今此偈中爲明何義爲欲現示舉事現理開演本法大海故此大龍王居於何處謂

居唵婆尸尼中故如偈處唵婆尸尼故出水入地去隔幾量謂從水底向地下入五十一由旬之量故如偈里五十一量故彼大龍王身長幾量一千由旬無增減故如偈長一千由旬故彼大龍王於其頭上有清白毫名曰婆多提從此毫端出四種水云何爲四一者中空水其出水塵空以爲内有以爲外而出生故二者方等水其出水塵四角量等無差違故三者常熱水其出水塵於一切處於一切時常恒煗故四者耀明水其出水塵光明清白常恒今故是名爲四如偈頭有婆多提則出四種水故亦彼龍王於其尾末有一毛葉名曰舍伽必從此毛末出四種風云何爲四一者發塵風此風起時經多中間發起無量無邊塵故二者持塵風此風出時止住諸塵令安住故三者變珍風此風出時經多中間變諸金王作砂石故四者壞珍風此風出時經多中間壞滅金玉作無有故是名爲四如偈尾有舍伽必則出四種風故彼龍身色譬如玻瓈無有定色如偈色如玻瓈珠故處唵婆尸尼者喻本性王無住本處里五十一量者喻眞金位定數量品長一千由旬者喻本性王具千種德故有婆多提者喻本性王於諸淨品有作方便則出四種水者喻四非空尾有舍伽必者喻本性王於諸染品有作業用則出四種風者喻四無常色如玻瓈珠者喻本性王染淨不攝如其次第應審思擇復次住處大海水底相去中間喻五十一種金剛位已具出現至大海時喻雜類趣息海浪時喻起善心時常起浪時喻惡心興時亦

復住心應審觀察本行上地一味平等妙法無邊業用具足大海寶輪妙嚴王子修多羅中作如是說生四道法不四道攝離絕中心生四輪法不四輪攝離絕中心而立名字說大方無明者隨所生法建立名故乃至廣說故

大宗地玄文本論卷第三

大宗地玄文本論卷第四

馬鳴菩薩造

陳眞諦三藏譯

深里出興地藏大龍王道路大決擇分第九

如是已說深里出興地藏大龍王大決擇分次當說深里出興地藏大龍王道路大決擇分其相云何偈曰

龍王道路中　總有二十法　謂二本藏中各有十法故

論曰就深里出興地藏大龍王道路中總有二十中自在法所以者何功德過患二種藏中各有十故如偈龍王道路中總有二十法謂二本藏中各有十法故故彼二十法名字形相當如何耶偈曰

功德本藏十　常壞俱及非　自他俱并非　無礙兼一全　過患本藏十　如一爲無有對利融上下　如次應觀察　如是二十法一一皆各各　圓滿廣大故　與本存等量

論曰就功德本藏之體中則有十法能攝一切無量功德云何爲十一者本體自性決定常住不生不滅遠離流轉功德品二者本體自性常恒移轉是生是滅流轉俱行功德品三者決定常住常恒無常一時俱轉無前後違功德品四者出常無常二事不攝自體本性離脫亡行功德品五者十種自自攝一切法無有所餘獨一無二一種一行功德品六者無體無性從因緣起亦有亦無隨應變轉功德品七者無餘究竟俱轉俱行不相捨離功德品八者非自非他絶離有名住於非非自性決定功德品九者於一切法隨應無礙

自體自性法爾道理性造如是功德品十者五根一一根五塵一一塵一切諸法亦復如是功德品是名爲十如偈功德本藏十常壞俱及非自他俱并非無礙兼一全故就過患本藏之體中亦有十法能攝一切無量過患云何爲十一者於一切法隨順如如如作逆事過患品二者造作諸法同一業用一作逆事過患品三者治道起時無有定體違作逆事過患品四者染淨諸法皆無所有無作逆事過患品五者一切諸法皆總有有有作逆事過患品六者隨治同量如如現前對作逆事過患品七者由治道力自類增益利作逆事過患品八者由治道息發起自用融作逆事過患品九者待上轉者方得起用上作逆事過患品十者以隱藏時万得起用下作逆事過患品是名爲十如其次第住思止心專心觀察其理故明如偈過患本藏十如一違無有對利融上下如次應觀察故如是二十法與彼本方等無差别是故有二十種本藏無相違過所以者何其本藏中如是道理自然常有不從本藏長建立故何故處處皆存品字如前所說二十種法各各有百眷屬類故是故言品例前應了如偈如是二十法一一皆各各圓滿廣大故與本存等量故如是已說建立名字門次當說所詮義理門且治及障對量差别當如何耶偈曰

如是二十法　一一皆各各　一德治諸過
諸過障一德　無有定次第　而數品類等
無失對量過　如理應觀察　如說本存法
說品類亦爾

論曰如前所說二十種法一一各各一德治一切障一切障障一德無別對量如偈如是二十法一一皆各各一德治諸過諸過障一德無有定次第故若如是說今此門中對量軌則混成雜亂雖無別對量而有總對量是故無失如偈而數品類等無失對量過如理應觀察故如本品爾例前應了如偈如說本存法說品類亦爾故如是已說治障對量差別門次當說安立金剛位地門其相云何偈曰

此本法門中　亦有金剛位　依位有三門

謂上中下門

論曰就此本法門中亦有五十一金剛位如上所說二十種法依位安立云何安立謂諸位中皆具二十無有前後一時轉故然則此

中有三種門云何爲三一者一向上轉門二者一向下轉門三者一向中轉門是名爲三如是三門各各一一位中具足俱轉不待初後際故如說本法品類亦爾以此小門廣大迴持應廣通達如偈此本法門中亦有金剛位依位有三門謂上中下門故

大龍王重重廣海無盡大藏大決擇分第十

如是已說深里出興地藏大龍王道路大決擇分次當說大龍王重重廣海無盡大藏大決擇分其相云何偈曰

廣海大藏中　總有三種重　謂初中後重

初重有二十　二億十方界　量法門大海

一十種本藏　各生一萬量　各別百眷屬

各生一千故　是故數圓滿　住心應觀察

中後重倍此　應廣通達故

論曰就大龍王重重廣海無盡大藏之自家中總有三重能攝諸位云何爲三一者初第一有重二者中安住居重三者後建立轉重是名爲三就第一重中則有二十二億十方世界之量種種勝妙法門大海此義云何謂二十種本藏法中一一各各出生一萬法門大海各各別別百眷屬中一一各各出生一千法門海故以此義故名字圓滿義理具足如其次第安住其心定止其思聰明觀察其數量理及所詮意現了分明如偈廣海大藏中總有三種重謂初中後重初重有二十一億十方界量法門大海二十種本藏各生一萬量各別百眷屬各生一千故是故數圓滿住心應觀察故次二種重如其次第倍前普布應廣通達如偈中後重倍此應廣通達故

故大摩尼寶藏陁羅尼修集修多羅中作如是說龍龍地地大無盡海藏中有多十方之量法門軌則品類最初名爲轉大法輪具足一海無極無盡引導光明現照地地本業本用出生增長軌則大海法門最後名爲有性無性無我空理大利益廣光明亦離脫亦合轉具足具足無邊摩訶行種地本藏法雨騰門出與上味品類法門唯取一界以爲譬喻非取塵等乃至廣說故

無盡無窮塵塵數量道路大決擇分第十一

如是已說大龍王重重廣海無盡大藏大決擇分次當說無盡無窮塵塵數量道路大決擇分其相云何偈曰

塵塵道路中　如前所說量　亦有五十一

決定金剛位　依此位立相　則有十種重

以爲道路量　二因一果等

論曰就此門中有幾數位五十一種眞金剛位具足圓滿無闕失故如偈塵塵道路中如前所說量亦有五十一決定金剛位故就此位中則有十種變對法門能攝門量云何爲十一者二因一果門二者一因一果門三者少因多果門四者因果一味門五者無因無果門六者自然安住門七者因果門八者果因門九者言說門十者言人門是名爲十如是十門以爲門量如偈依此位立相則有十種重以爲道路量二因一果等故彼第一門形相如何偈曰

以信心爲初　如次率自類　取所餘位初
至於定心位　則取如來地　亦如其次第
不退心爲初　率同品自類　取餘位第二
至於願心位　亦取如來地　修行位爲初
如次率自類　取餘位第三　至於正心位
亦取如來地　不退位爲初　如次率自類
取餘位第四　至灌頂住位　亦取如來地
離癡行爲初　如次率自類　取餘位第五
至於無著行　亦取如來地　尊重行爲初
如次率自類　取餘位第六　至於眞實行
亦取如來地　隨順觀衆生　迴向以爲初
如次率自類　取所餘四位　各數量契當
餘有如來地　以同地爲伴　莊嚴一覺海
各因及果稱　配釋廣觀察　其理當分明

論曰今此門中爲明何義爲欲現示五十一位皆爲同量以二種因感得一果廣三寶海無窮盡故此義云何所謂信心及發心地之二種因同一行相不相捨離俱行合轉住一

所作起無量具生無邊德具足莊嚴一大覺海能生長因名爲最上第一出生增長決定眞實本藏原毋遠離繫縛莊嚴無勝地種子海會所莊嚴果名爲具足眞金剛圓滿大慈悲法身虛空等無差別最初地地無上極海一盡大覺無二山王次念心地歡喜行地之二種法能長養因具足莊嚴一大覺海因名爲安樂常明決定增長無苦無妄自然照達一切法性無所障礙種子海會果名爲常樂總明大虛空界甚深恒了無二山王次精進心地救護一切衆生迴向地之二種法能長養因具足莊嚴一大覺海因名爲發起殊勝大悲光水遠離懈怠常度常行本地自性具足通達種子海會果名爲慈悲光明常恒達慧無二山王次慧心地逆流歡喜地之二種法能長養因具足莊嚴一大覺海因名爲大眞金剛日月光明自性離苦除斷闇品種子海會果名爲極極重地無上一體自然窮了無二山王次定心地大極地地之二種法能長養因具足莊嚴一大覺海因名爲決定安寂遠離散亂照曜無窮水水火火種子海會果名爲寂圓滿地明圓滿地具足德藏無二山王如是諸佛皆悉各各作三大事云何爲三一者興化二者說法三者勝進言興化者出興一十方世界之塵量變化身故言說法者宣說一十方世界之塵量發心信地法門海故言勝進者向上上位如次入故是名爲三就變化中亦皆各各有此三事應廣通達如是如是隨隨如如後後諸位例前應知如偈以信心爲初如次率自類取所餘位初至

於定心位則取如來地故如是已說二因一果門次當說一因一果門其相云何偈曰

五十一種位　各不待他力　獨住自家中

感得一果故　因及果名字　如其次第加

種子大覺故　配釋應了知　次第同前說

增減不同耳

論曰今此偈中爲明何義爲欲現示因果二法數量契當莊嚴覺道三寶之海轉廣大故如偈五十一種位各不待他力獨住自家中感得一果故故因及果稱於本名字加種子大覺之稱故如偈因及果名字如其次第加種子大覺故配釋應了知故次第轉相與前所說等無差別唯增數量減數量別各不同耳如偈次第同前說增減不同耳故如是諸佛皆悉各各作三大事名同前說義有不同言與化者出與十十方世界之塵量變化身故言說法者宣說十十方世界之塵量各各因位法門海故言勝進者向上上位如次入故就變化身中亦有此三事應廣通達如是已說一因一果門次當說少因多果門其相云何偈曰

五十一位中　一一皆各各　感五十果位

名少因多果

論曰今此門中爲明何義爲欲現示唯一種因感五十果無礙自在無所闕失三寶之海轉廣大故如偈五十一位中一一皆各各感五十果位名少因多果故如是諸佛皆悉各各作三大事名如前說義有不同言與化者出與百十方世界之塵量變化身故言說法者宣說百十方世界之塵量各各因位法門

海故言勝進者向上上位如次入故就變化中有此三事應廣通達如是巳說少因多果門次當說因果一味門其相云何偈曰

五十一位中　一一皆各各　有五百果海
五百果海中　一一皆各各　有五百因海
如是平等故　名因果一味

論曰今此門中爲明何義爲欲現示因果二法數量契當無有增減三寶之海轉廣大故如偈五十一位中一一皆各各有五百果海五百果海中一一皆各各有五百因海如是平等故名因果一味故如是諸佛所作三事亦復同前唯義異耳所謂千故變化身相亦復如是如是巳說因果一味門次當說無因無果門其相云何偈曰

五十一位法　非因亦非果　生千因果法
名無因無果

論曰今此門中爲明何義爲欲現示五十一位因而不有果因出生千因之大海果而不有因果出生千果之大海三寶之海轉廣大故如偈五十一位法非因亦非果生千因果法名無因無果故如是諸佛所作三事亦復同前唯義異耳所謂萬故如是巳說無因無果門次當說自然安住門其相云何偈曰

五十一位中　一一皆各各　經無量劫轉
不出自家故

論曰今此門中爲明何義爲欲現示位位皆各經無量劫以修行成道等事轉無其分際三寶之海轉廣大故如偈五十一位中一一皆各各經無量劫轉不出自家故故如是諸佛所作三事亦復同前唯義異耳所謂億故

如是已說自然安住門次當說因果門其相云何偈曰

生五十一位　生五十一位　所生無盡故

名爲因果門

論曰今此門中爲明何義爲欲現示能生能生無有窮盡所生所生無有窮盡三寶之海轉廣大故如偈生五十一位生五十一位所生無盡故名爲因果門故如是諸佛所作三事亦復同前唯義異耳謂十億故如是已說因果門次當說果因門其相云何偈曰

此義例前了　無別意趣耳　唯有數量增

住心應觀察

論曰今此門中爲明何義爲欲現示五十一位亦因亦果各生無盡無盡因果大海法門三寶之海轉廣大故如偈唯有數量增故如是諸佛所作三事亦復同前唯義異耳謂百億故如是已說果因門次當說言說門其相云何偈曰

一切三寶海　皆悉起言說　無有窮盡故

名爲言說門

論曰今此門中爲明何義爲欲現示一切三寶皆悉各各宣說無盡僧海無盡法海無盡覺海三寶之海轉廣大故如偈一切三寶海皆悉起言說無有窮盡故名爲言說門故如是諸三寶所作三事亦復同前唯義異耳謂千億故如是已說言說門次當說言人門其相云何偈曰

一切三寶說　如說量作人　無有窮盡故

名爲言人門

論曰今此偈中爲明何義爲欲現示如前所

說諸三寶說如所說量造作行者無有窮盡
三寶之海轉廣大故如偈一切三寶說如說
量作人無有窮盡故名爲言人門故如是諸
人成道已訖所作三事亦復同前唯義異耳
謂萬億故大明總持具足心地修多羅中作
如是說譬喻十方無際無本無始無終道行
足履地地法藏中有十種殊勝轉轉增長倍
倍具足圓滿廣大法門海會乃至廣說故
不可思議不可稱量俱俱微塵本大山王大
決擇分第十二
如是已說無盡無窮塵塵數量道路大決擇
分次當說不可思議不可稱量俱俱微塵本
大山王大決擇分其相云何偈曰
不思議海中　則有三種法　謂三重倍故
配釋應了知
論曰就不可思議本大山王體性中則有三
種云何爲三一者法寶數量倍二者僧寶數
量倍三者佛寶數量倍是名爲三增幾數量
作倍義耶謂增益億億十方世界之微塵數
量三寶海故如其次第依道路十增一種倍
應審觀察如偈不思議海中則有三種法謂
三重倍故配釋應了知故末末三倍依本家
說應廣通達心地修多羅中作如是說俱塵
無上不可思議根本性海分中具足圓滿億
億大方三德大海以大方分建立大方乃至
廣說故

大宗地玄文本論卷第四

音釋

襑 音十

大宗地玄文本論卷第五第六同卷　疑四

馬鳴菩薩造

陳真諦三藏譯

不可思議俱俱微塵一切山王道路大決擇分第十三

如是已說不可思議不可稱量俱俱微塵本大山王大決擇分次當說不可思議俱俱微塵一切山王道路大決擇分其相云何偈曰

微塵道路中　有十方界量　五十一本位
名與前說等　一五十一中　一一皆各各
有十方界量　障治三寶海　如一餘亦爾
配此應了知

論曰就俱俱微塵道路中則有一十方世界之數量五十一根本位其名字量與前說等無有差別如偈微塵道路中有十方界量五十一本位名與前說等故就一五十一種位中一一各各有十方世界之數量煩惱大海對治大海僧寶大海法寶大海佛寶大海具足轉故如偈一五十一中一一皆各各有十方界量障治三寶海故如說一五十一種位餘一切位亦復如是如偈如一餘亦爾配此應了知故如是已說現示本體安立門次當說現示上末轉相門其相云何偈曰

今此道路佛　出與小無量　法及化大海
第二轉覺者　出興中無量　法及化大海
第三轉覺者　出與大無量　法及化大海
後後諸轉中　如次第無超　漸漸增數量

論曰依一本信出興覺者總有一十方世界之數量其中一佛成道已訖則便出與小無量十方世界之微塵數量無礙自在化身大

海如是數量信心大海如偈今此道路佛出與小無量法及化大海故依此佛身出興化身總有小無量十方世界之微塵數量其中一佛出興已訖則便出興中無量十方世界之微塵數量無礙自在化身大海如是數量信地大海如偈第二轉覺者出興中無量法及化大海故依此化身出興化身總有中無量十方世界之微塵數量其中一佛出興已訖則便出興大無量十方世界之微塵數量無礙自在化身大海如是數量信地大海如偈第三轉覺者出興大無量法及化大海故如是如是隨隨如如後諸轉中如次無超漸漸增數如偈後後諸轉中如次第無超漸漸增數量故舉此一隅應廣通達本品足地智修多羅中作如是說大地微塵譬喻大海履行無住法門第一轉中小無量大方微塵之數品第二轉中中無量品第三轉中大無量品第四轉中無邊無量品第五轉中無數無量品第六轉中無量無量品第七轉中不可計量無量品第八轉中具足無量品第九轉中不可說無量品第十轉中不可思議無量品乃至廣說故

一切虛空一切微塵數量高王大決擇分第十四

如是已說不可思議俱俱微塵一切山王道路大決擇分次當說一切虛空一切微塵數量高王大決擇分其相云何偈曰

虛空微塵中　則有十方量　十方塵空量
五十一本位　一五十一中　一一皆各各
有如前說量　障治三寶海

論曰就一切虛空一切微塵數量高王分中則有十方世界之塵量十方世界之塵量五十一種根本位十方世界之塵量十方虛空之塵量五十一種根本位如偈虛空微塵中則有十方量十方塵空量五十一本位故就一五十一種根本位中一一各各有十方世界之塵量十方世界之塵量十方世界之塵量十方虛空之塵量煩惱大海對治大海僧寶大海法寶大海佛寶大海具足轉故如偈一五十一中一一皆各各有如前說量障治三寶海故如是已說現示本體安立門次當說現示上末轉相門其相云何偈曰

此本王覺者　前數倍十重　興化宣說法
大聰明能了　後後諸轉中　如次第無超
漸漸增數量　轉勝廣大轉

論曰今此門中為明何義為欲現示依一本信出興覺者其中一佛譬喻譬喻之數量增益十重出興變化宣說信地後後轉中漸漸增數百千萬億乃至無量無窮盡故如偈此本王覺者前數倍十重興化宣說法大聰明能了後後諸轉中如次第無超漸漸增數量轉勝廣大轉故地智修多羅中作如是說可一總持大周遍王之自體轉相無量無邊譬喻量說轉化時中漸增數量滿玄數量乃至廣說故

獨地非亂一定一定道路大決擇分第十五

如是已說一切虛空一切微塵數量高王大決擇分次當說獨地非亂一定一定道路大決擇分其相云何偈曰

非亂道路中　亦有金剛位　一一位各各

有本存一故　一百二數成　依位立轉相
則有五種重　謂上一本一　俱轉及不雜
圓滿具足位
論曰就獨地非亂一定一定道路分中亦有
五十一種眞金剛位一一位位皆悉各各有
本存一以此義故一百二數成立而已如偈
非亂道路中亦有金剛位一一位各各有本
存一故一百二數成故依如是位建立轉相
則有五種云何爲五一者上上一一轉相門
二者本本一一轉相門三者俱行不離轉相
門四者區區不雜轉相門五者圓滿具足轉
相門是名爲五如偈依位立轉相則有五種
重謂上一本一俱轉及不雜圓滿具足位故
第一轉相形相如何偈曰
五十一種位　一一各攝五十　一時一處轉
然不可合一
論曰云何名爲上一一門所謂五十一種位
一一位位各攝五十一時處轉若爾合集應
作一體各別一轉不可合一如偈五十一種
位一一各攝五十一時一處轉然不可合一故
如是已說上上一一轉相門次當說本本一
一轉相門其相云何偈曰
五十一本一　一一各攝五十　一時一處轉
然不可合一
論曰云何名爲本一一門所謂五十一種本
一一種本一各攝五十一時處轉若爾合集
應作一體各別一轉不可合一如偈五十一
本一一各攝五十一時一處轉然不可合一
故如是已說本本一一轉相門次當說俱行
不離轉相門其相云何偈曰

本一及上一　互各攝諸位　俱轉不捨離
然不可合一
論曰云何名爲俱行轉門所謂本一五十一
法一一各各攝上一五十一法上一五十一
法亦能攝彼本俱行俱轉不相離故然各别
别一時處轉不可合一如偈本一及上一互
各攝諸位俱轉不捨離然不可合一故如是
已説俱行不離轉相門次當説區區不雜轉
相門其相云何偈曰
本上一切位　一一皆各各　安住自家中
不攝他法故
論曰云何名爲區不雜門所謂所有一切種
種本上諸位一一各各唯安住自家中亦不
移轉亦不出入亦不攝他亦不定常常恒具
足遍廣大故如偈本上一切位一一皆各各
安住自家中不攝他法故故如是已説區區
不雜轉相門次當説具足圓滿轉相門其相
云何偈曰
前所説四門　一切時處等　無礙自在轉
名具足圓滿
論曰云何名爲具足轉門所謂如前所説四
門一時轉一處轉異時轉異處轉一轉離轉
總轉别轉無礙自在故如偈前所説四門一
切時處等無礙自在轉名具足圓滿故摩訶
衍大陁羅尼金剛神呪修多羅中作如是説
一一一切一切離雜有無一稱一量法藏門
海中總有二法云何爲二一者是總二者是
别言别者四種俱輪地故言總者四種俱輪
自在轉故乃至廣説故
獨地獨天一種廣大無二山王大決擇分第

十六

如是已說獨地非亂一定一定道路大決擇分次當說獨地獨天一種廣大無二山王大決擇分其相云何偈曰

此山王體中　則有二種門　謂自性本本
如次應觀察

論曰就此獨地獨天一種廣大無二山王體中則有二門云何爲二一者本一自性位地門二者本一之本位地門是名爲二如其次第應審觀察如偈此山王體中則有二種門謂自性本本如次應觀察故自性位地形相如何偈曰

彼本一法中　不待他自然　有五十一位
是名自性位　如是五十一　一一皆各各
有五百法門　周遍廣大轉

論曰云何名爲自性位地所謂如前所說五十一種本一法中一一各各不待他力自然自性有五十一眞金剛位是故說言自性位地如偈彼本一法中不待他自然有五十一位是名自性位故如是各各五十一位一一各各有五百法門之大海亦周遍轉亦廣大轉如偈如是五十一一一皆各各有五百法門周遍廣大轉故於此位中亦如前說五種大門具足具足圓滿圓滿應審思擇如是已說本一自性位地門次當說本一之本位地門其相云何偈曰

五十一本法　亦各有本法　名空空空一
此中亦有位

論曰本一所依空空空一中亦有諸位一一位位皆悉各各十萬法門具足圓滿無闕失

轉於此位中亦有前說五種大門具足具足圓滿圓滿應審思擇品論修多羅中作如是說禪定摩訶衍體中則有三大門云何爲三一者上地安立廣大海會門二者宗本有有有一門三者根本空空一門如是三門皆有諸位具足圓滿同轉異轉等乃至廣說故

獨一無二山王自在道路大決擇分第十七

如是已說獨地獨天一種廣大無二山王大決擇分次當說獨一無二山王自在道路大決擇分其相云何偈曰

自在道路中　總有千重轉　謂本上一中
各各五百故

論曰就此無二山王自在道路分中總有千重差別轉相所謂本上中各各五百故如偈自在道路中總有千重轉謂本上一中各各五百故故本轉形相當如何耶偈曰

向本一下轉　一空一有轉　乃至第五百
餘位亦如是

論曰今此偈中爲明何義爲欲現示依本一門向下下轉有一金剛空一金剛如其次第一一現前漸漸轉入乃至第五百如是亦復餘諸位中漸漸轉入乃至第五百無有窮盡無有邊際無有始終具足具足圓滿廣大常恒轉故如偈向本一下轉一空一有轉乃至第五百餘位亦如是故上轉形相例此應知因明性德修多羅中作如是說無二一天父子法藏上上轉去有其始終無有窮盡下下轉入有其始終無有窮盡有始終者從信等位起至五百量故無窮盡者法藏之海極廣大故乃至廣說故

摩訶無二山王最勝高頂一地大決擇分第十八

如是已說獨一無二山王自在道路大決擇分次當說摩訶無二山王最勝高頂一地大決擇分其相云何偈曰

本上無窮盡　建立如是名　所餘一切位亦如是應知

論曰今此偈中爲明何義爲欲現示本本無窮上上無窮本上無窮上本無窮一一無窮多多無窮同同無窮異異無窮等等無窮別別無窮有窮無窮無窮無窮周遍廣大具足圓滿故如偈本上無窮盡建立如是名所餘一切位亦如是應知故摩訶衍海修多羅中作如是說禪定摩訶衍海中一千二百無窮盡品具足俱轉乃至廣說故

大宗地玄文本論卷第五

大宗地玄文本論卷第六

馬鳴菩薩造

陳真諦三藏譯

瓛回陁尸梵迦諾道路大決擇分第十九

如是已說摩訶無二山王最勝高頂一地大決擇分次當說瓛回陁尸梵迦諾道路大決擇分其相云何偈曰

瓛回道路中　七變對修行　以爲道路量
無有餘行相

論曰今此偈中爲明何義爲欲現示瓛回道路中唯以七變對爲其界量無餘相故如偈瓛回道路中七變對修行以爲道路量無有餘行相故云何名爲七變修行形相如何偈曰

七變有三種　功德過患等　五十一位中
上下七變轉　增長功德品　及諸煩惱海

論曰七變修行總有幾數有三種故云何爲三一者功德七變二者過患七變三者等量七變是名爲三如偈七變有三種功德過患等故言變相者五十一種金剛位中向上上轉向下下轉具足七變增長功德增長過患廣大轉故如偈五十一位中上　七變轉增長功德品及諸煩惱海故五過患七變形相如何耶偈曰

最第一變中　上各增百數　下各增千數
各障一二德　後六變如次　增倍倍數轉

論曰第一變中增幾數轉障幾淨法謂上轉時中一一位位各增百數煩惱品類障一淨法若下轉時中一一位位各增千數煩惱品類障二淨法如偈最第一變中上各增百數

下各增千數各障一二德故後六變中功德過患如其次第增倍數故如偈後六變如次增倍倍數轉故如是已說現示過患七變門次當說現示功德七變門其相云何偈曰

最第一變中　上各增一德　下各增二億
漸漸次第轉　後六變如次　增倍倍數轉
不壞患數量　爲功德變作

論曰第一變中增幾數轉謂上轉時中一一位位各增一億數功德品類漸漸而轉若下轉時中一一位位各增二億數功德品類漸漸轉故如偈最第一變中上各增一億下各增二億漸漸次第轉故後六變中如其次第增倍數故如偈後六變如次增倍倍數轉故如是功德煩惱品類爲斷不斷唯變作轉不動壞故如偈不壞患數量爲功德變作故如是已說現示功德七變門次當說現示等量人變門其相云何偈曰

最第一變中　各上增一千　各下增二萬
等數量漸轉　後六變如次　增倍倍數轉
無斷障差別　唯對量建立

論曰第一變中增幾數轉謂上轉時中一一位位各增一千如次第轉若下轉時中一一位位各增二萬如次第轉如偈最第一變中各上增一千各下增二萬故其數量品有增減不唯平等量非差別量如偈等數量漸轉故後六變中如其次第增倍數轉謂一倍故如偈後六變如次增倍倍數轉故如是七變亦無照相亦無覆相唯平等量分分建立如偈無斷障差別唯對量建立故此中次第功德七變以爲其終應審觀察甚深種子修多

羅中作如是説明達裹藏中唯有三變以七爲量不增不減譬如七步蛇七葉樹法爾道理初唯染品中染淨俱後唯淨品乃至廣説故

蹳回陁尸梵迦諸本王本地大決擇分第二十

如是巳説蹳回陁尸梵迦諸道路大決擇分次當説蹳回陁尸梵迦諸本王本地大決擇分其相云何偈曰

此本王體中　有三種百變　名次第如前等無有差別

論曰就此本王體中則有三種百變修行名及次第如前所説如偈此本王體中有三種百變名次第如前等無有差别故如是三變形相如何偈曰

如是三變中　初各如次第　十千百億數後九十九變　如次增倍數　漸漸次第轉

論曰就過患百變門中上及弁下第一變中增十億數次第漸轉就功德百變門中上及弁下第一變中增千億數次第漸轉就等量百變門中上弁及下第一變中增百億數次第漸轉如偈如是三變中初各如次第十千百億數故後九十九變中皆悉各各如其次第增倍數轉如偈後九十九變如次增倍數漸漸次第轉故大海山王地地品類修多羅中作如是説如來藏體中有三流轉品以百數爲量無超次第漸漸轉去如是三中初功德少其過患多中數量等後唯功德乃至廣説故

䨓尸梵諸本王道路大決擇分第二十一決

如是已說瓃回陁尸梵迦諾本王本地大決擇分次當說靚尸梵諾本王道路大決擇分其相云何偈曰

本王道路中　有三種千變　名如前說量
各初變如故　增百千萬億　各後一切變
如次倍數轉　住心應觀察

論曰就靚尸梵諾本王道路分中則有三種千變修行其名次第同前所說如偈本王道路中有三種千變名如前說量故如是三種第一變中如其次第增百億千億萬億數上下一量漸漸轉故如偈各初變如次增百千萬億故各後諸變如其次第增倍數轉應審思擇如偈各後一切變如次倍數轉住心應觀察故則修多羅中作如是說如來藏佛輪下門中有三種修行數以千爲量如是三品以多億轉出生增長廣大周遍法門海藏乃至廣說故

摩訶靚尸梵諾母原主天王大決擇分第二十二

如是已說靚尸梵諾本王道路大決擇分次當說摩訶靚尸梵諾母原主天王大決擇分其相云何偈曰

摩訶天王中　有三種億變　名次第如前
各初變如次　一二三十方　世界數量轉
所餘一切變　如次倍數轉

論曰就摩訶主天王體中則有三種億變修行名字次第同前所說如偈摩訶天王中有三種億變名次第如前故如是三種第一變中如其次第增一十方二十方三十方數轉如偈各初變如次一二三十方世界數量轉

故餘一切變如其次第倍數轉故如偈所餘一切變如次倍數轉故總名法轉大輪修多羅中作如是說佛陁摩訶本藏王地地中則有三行云何爲三一者下億轉行二者中億轉行三者上億轉行初行出生一大方界量下眷屬海中行出生二大方界量等俱轉海後行出生三大方界量上眷屬海乃至廣說故

一種功德純純無雜大圓滿地道路大決擇分第二十三

如是巳說摩訶毳尸梵諾母原主天王大決擇分次當說一種功德純純無雜大圓滿地道路大決擇分其相云何偈曰

功德道路中　有二千五百　五十法門海

五十一位中　一一皆各各　具五十位故

亦一一位中　有性相本末　一萬二百數

修多羅中說　總一萬二千　七百五十數

取彼總本數　如法應觀察　以如是數量

爲道路分界

論曰就一種功德純純無雜大圓滿地道路分中總有二千五百五十法門大海甚深甚深廣大廣大如偈功德道路中有二千五百五十法門海故以何義故數如是成應可了知所謂五十一位之中一一各各具五十故此義云何所謂第一信心五十分心乃至五十如來心各差別故如偈五十一位中一一皆各各具五十位故故亦一一位位各各具足性相本末之四法故一萬二百數成立而巳如是此中云何差別謂如其次第不可思議說故明了現覺說故能生長因說故所生

長果説故如偈亦一一位中有性相本末一萬二百數故若爾此方説又云何通耶謂金剛等地一行三昧修多羅中作如是説無雜無亂一一同同非惡非患吉祥地地軌則門中總有一萬二千七百五十法門彼修多羅中如是説者總別總故如偈修多羅中説總一萬二千七百五十數取彼總本數如法應觀察故令此道路以之爲量有別法門唯以此數爲其極量無別法門如偈以如是數量爲道路分界故

一種功德摩訶本地明白離惡品藏大決擇分第二十四

如是已説一種功德純純無雜大圓滿地道路大決擇分次當説一種功德摩訶本地明白離惡品藏大決擇分其相云何偈曰此品偈及下文第二十五分前梵本元闕

一行門二者竪轉無雜一路門是名爲二如是二門以爲門量如偈本地道路中則有二種門謂横轉竪轉以之爲門量故且横門形相如何偈曰

四種事位中　有總及別中　各增十重轉
無前後一時　其法門數量　例前應了知

論曰今此偈中爲明何義爲欲現示性相本末四種事中各各有總別之位中一一位位皆悉各各增十重數無前無後一時俱轉則是横轉遍到俱行門形相故如偈四種事位中有總及別中各增十重轉無前後一時故此數量亦復轉勝超過前量配例應了如偈其法門數量例前應了知故如是已説横轉遍到俱行門次當説竪轉無雜一路門其相

云何偈曰

前說諸位中　如次不超過　各增十重轉
一明究竟故

論曰今此偈中爲明何義爲欲現示如前所說總別位中如其次第無有超過一一各各增十重轉一事明了一事究竟亦無雜亂亦無合集一向明轉竪轉無雜一各門形相故如偈前說諸位中如次不超過各增十重轉一明究竟故大金剛寶王法界印藏修多羅中作如是說復次文殊師利寶王道品者以二事轉云何爲二一者一區轉二者具面轉言一區者道雖廣多先一道量永究竟故言具面者所有諸道一時行故乃至廣說故

摩訶寶輪王廣大圓滿無上地地大決擇分第二十六

如是已說摩訶本地具足品藏非患道路大決擇分次當說摩訶寶輪王廣大圓滿無上地地大決擇分其相云何偈曰

總別無盡故　建立本法體

論曰今此偈中爲明何義爲欲現示本法體中以總攝別以別攝總以總攝總以別攝別能攝所攝無有窮盡法門大海甚深廣大義理詮趣周遍圓滿究竟自在故如偈總別無盡故建立本法體故摩訶衍地藏無上極說不可思議心地品論修多羅中作如是說寶山海中同類無盡別類無盡具足圓滿無有窮盡無有始終無有邊際無有分界亦廣大相亦小狹相乃至廣說故

大宗地玄文本論卷第六

音釋

[illegible]丙英切　回方膺切　[illegible]甘火切

大宗地玄文本論卷第七第八同卷

馬鳴菩薩造

陳真諦三藏譯

繫縛地地品類不吉祥道路大決擇分第二十七

如是已說摩訶寶輪王廣大圓滿無上地地大決擇分次當說繫縛地地品類不吉祥道路大決擇分其相云何偈曰

繫縛道路中　亦有金剛位　依位立轉相則有四種法　謂能所障果　如是四種法皆悉有爲量　如法應觀察

論曰就繫縛地地品類不吉祥道路分中亦有五十一金剛位依此諸位建立轉相有四種法云何爲四一者能證智法二者所證理法三者障礙事法四者證得果法是名爲四如是四法皆有爲量應審思擇如偈繫縛道路中亦有金剛位依位立轉相則有四種法謂能所障果如是四種法皆悉有爲量如法應觀察故如是四法各有幾數其轉形相當如何耶偈曰

各有二種法　謂本始體相　生滅及增減轉相唯上上

論曰四種法中各有二種云何二智一者本古性德智二者始今起德智是名爲二云何二理一者體有實理二者相有實理是名爲二云何二障一者本生本生障二者本滅本滅障是名爲二云何二果一者增長功德果二者損減過患果是名爲二如偈各有二種法謂本始體相生滅及增減故修行轉相唯上上故如偈轉相唯上上故障治證果對量

差別形相如何偈曰
本生體增對　始滅相滅對　從多亦通了
如法應觀察
論曰本古性德智斷除本生本生障證得體
有實理成就增長功德果如偈本生體增對
故始令起德智斷除本滅本滅障證得相有
實理成就損滅過患果如偈始滅相滅對故
如是四法五十一種眞金位中皆悉具足應
審思擇唯一向轉俱種轉耶俱種轉故如偈
從多亦通了如法應觀察故生滅二障業用
差別形相如何偈曰
本主生滅時　勝生勝滅故
論曰功德善根出興對治轉勝出興轉勝對
滅作逆事故如偈本主生滅時勝生勝滅故
故大金剛山寶海會衆修多羅中作如是説
復次文殊師利汝前所問云何名爲諸法無
常一道一種第一轉門者以四無常故我作
如是唱云何爲四一者智無常二者理無常
三者無常無常四者上果無常是名爲四文
殊師利言智無常者斷煩惱故言理無常者
所證故言無常無常者被斷除故言果無常
者待因力故乃至廣説故
繫縛地地自然本王摩訶緼品大決擇分第
二十八
如是巳説繫縛地地品類不吉祥道路大決
擇分次當説繫縛地地自然本王摩訶緼品
大決擇分其相云何偈曰
自然本王中　有爲無爲法　具足圓滿轉
此中具上下
論曰就自然本王摩訶緼品分中則有二轉

云何爲二一者有爲轉二者無爲轉是名爲
二如偈自然本王中有爲無爲法具足圓滿
轉故亦有二轉云何爲二一者上轉二者下
轉是名爲二如偈此中具上下故有爲無爲
各有幾數上下轉相當如何耶偈曰
無爲唯有一　有爲有二種　如次實本始
上下無爲主　出生二有爲　轉勝廣大轉
論曰無爲有一有爲有二一謂有實故二謂
本始故如偈無爲唯有一有爲有二種如次
實本始故如是三法五十一種金剛位中亦
上亦下增長功德轉相云何謂上時中一一
位位無爲法主皆悉各各出生增長一萬本
始清妙覺慧其下時中一一位位皆悉各各
二億本始清妙覺慧具足圓滿出生增長如
是如是如如上下至小無量如說本存眷屬
亦爾如偈上下無爲主出生二有爲轉勝廣
大轉故如其次第增數應知品地經論修多
羅中作如是說世間藏地本王海中無常功
德衆多無數常住功德其數微少是故說言
世間藏地乃至廣說故

自然本王廣大轉地無障無礙俱行道路大
決擇分第二十九

如是巳說繫縛地地自然本王摩訶⿰糸爲品大
決擇分次當說自然本王廣大轉地無障無
礙俱行道路大決擇分其相云何偈曰
本王道路中　依位漸漸轉　一主生二伴
至中無量故　數變皆悉通　如法應觀察
論曰就自然本王廣大轉地無障無礙俱行
道路分中依五十一位如其次第亦上亦下
漸漸轉行無爲法主生二有爲若上若下增

中無量數至中無量變故如偈本王道路中依位漸漸轉一主生二伴至中無量故數變皆悉通如法應觀察故部宗花品修多羅中作如是說行藏海中有一常德其數無量行藏海中有二無常功德品類其數無量亦昇亦抃其數無量乃至廣說故

最極廣大俱行山王無盡海海大決擇分第三十

如是已說自然本王廣大轉地無障無礙俱行道路大決擇分次當說最極廣大俱行山王無盡海海大決擇分其相云何偈曰

無盡海海中　依位漸漸轉　一主生二伴
至大無量故　數及變例前　應廣通達焉

論曰就無盡海海藏中依五十一位如其次第亦上亦下無爲法主出生增長二有爲法增大無量數至大無量變故如偈無盡海海中依位漸漸轉一主生二伴至大無量故數及變例前應廣通達焉故彼修多羅中作如是說行常山王海中有三種大無量云何爲三一者常大無量二者無常大無量三者轉變大無量乃至廣說故

出離繫縛地清白解脫道路大決擇分第三十一

如是已說最極廣大俱行山王無盡海海大決擇分次當說出離繫縛地清白解脫道路大決擇分其相云何偈曰

解脫道路中　有二十無爲　謂十空十有
如是諸無爲　五十一位中　皆悉具足有
依法位立轉　有二重重超

論曰就出離繫縛地清白解脫道路分中則

有二十無爲常法所謂十空十有無爲各差别故云何名爲十空無爲一者廣大虛空自然常住離造作空無爲二者大虛空影空無爲三者虛空影影空無爲四者破影無所有空無爲五者空空俱非空無爲六者離言絶說空無爲七者絶離未畢空無爲八者絶離心解空無爲九者絶離窮窮空無爲十者無障無礙大空大空空無爲是名爲十云何名爲十有無爲一者一切言說決定常住無破非空無爲二者一切心識決定常住無破非空無爲三者一切大種決定常住無破非空無爲四者一切俱非決定常住無破非空無爲五者一切有實決定常住無破非空無爲六者一切性大決定常住無破非空無爲七者一切令光決定常住無破非空無爲八者一切有名決定常住無破非空無爲九者一切無名決定常住無破非空無爲十者廣大圓滿自性本有一切種有決定常住無破非空無爲是名爲十如偈解脱道路中有二十無爲謂十空十有故如是二十種無爲法五十一種金剛位中具足圓滿無闕失轉如偈

如是諸無爲五十一位中皆悉具足有故依如是等二十無爲五十一位建立轉相則有二種云何爲二一者重重該攝無障礙門二者次第亂轉超過門是名爲二如偈依法位立轉有二重重超故且重重該攝無障礙門形相如何偈曰

二十法一一　各攝後二十　五十一種位
一一皆各各　攝五十一位　亦此相違攝
以此因緣故　建立重重名

論曰云何名爲重重門相謂該攝故云何該攝謂二十種無爲常法信心具足一一各各攝後諸位名二十種無爲法故如說信心餘位亦爾如偈二十法一一各攝後二十故五十一種位各攝五十一亦無障礙如偈五十一種位一一皆各各攝五十一位故亦一一法攝一切位一一位位攝一切法亦無障礙如偈亦此相違攝故以如是二種該攝門故立重重名如偈以此因緣故建立重重名故如是已說重重該攝無障礙門次當說次第亂轉超過門其相云何偈曰

五十一位中　隨一經五十　漸漸增法數
周遍廣大轉

論曰今此偈中爲明何義爲欲現示五十一種金剛位中以信爲初經五十位以發心住而爲其初經五十位乃至以最極地而爲其初經五十位若第一轉增四十一百數法位轉若第二轉增八十二百數法位轉乃至最後地故如偈五十一位中隨一經五十漸漸增法數周遍廣大轉故蘊高山王品類修多羅中作如是說無破地地門中有寂靜寶其數衆多空寂靜寶其數衆多若有行者入此門中通達諸法無爲大道無所障礙無所疑畏其心自在決是常住大安樂漸漸增長常功德海乃至廣說故

解脫山王根本地地無礙自在大決擇分第三十二

如是已說出離繫縛地清白解脫道路大決擇分次當說解脫山王根本地地無礙自在大決擇分其相云何偈曰

根本山王中　空有互相生　諸位相生故
轉勝廣大轉

論曰今此偈中爲明何義爲欲現示十空無爲一一各各出生十有無爲常法十有無爲一一各各出生十空無爲常法五十一位一一各各出生五十依重重等門圓滿廣大轉故如偈根本山王中空有互相生諸位相生故轉勝廣大轉故摩訶衍海修多羅中作如是說解脫海中亦有空有亦有有空其數衆多如是空有唯是常滅非無常量唯是功德非過患品是故說言解脫藏海乃至廣說故

解脫山王大道路大決擇分第三十三

如是已說解脫山王根本地地無礙自在大決擇分次當說解脫山王大道路大決擇分其相云何偈曰

山王道路中　前所說量中　增空空有有
位位轉勝生

論曰就解脫山王大道路分中則有三轉云何爲三一者空空轉十空無爲一一各各生十空故二者有有轉十有無爲一一各各生十有故三者位位轉五十一位一一各各生五十故是名爲三取自相生非他相故如偈山王道路中前所說量中增空空有有位位轉勝生故餘種種門轉轉增數應廣通達

廣大無盡解脫海海摩訶山王大決擇分第三十四

如是已說解脫山王大道路大決擇分次當說廣大無盡解脫海海摩訶山王大決擇分其相云何偈曰

前所說諸轉　無有窮盡故

論曰今此偈中爲明何義爲欲現示空生自空無有窮盡空生異空無有窮盡空生諸有無有窮盡有亦如是無有窮盡位亦如是無有窮盡重重無窮亂轉無窮無其邊際無其始終甚深甚深周遍周遍廣大轉行則是解脫海海山王無礙自在體相用故如偈前所說諸轉無有窮盡故

摩訶空塵海藏王道路大決擇分第三十五

如是已說廣大無盡解脫海海摩訶山王大決擇分次當說摩訶空塵海藏王道路大決擇分其相云何偈曰

海王道路中　具足百自在　以此因緣故
建立海王名

論曰今此偈中爲明何義爲欲現示海王藏中無有別法唯有自在故有幾自在謂百種故云何爲百　者時自在三十二法亦一時轉亦異時轉亦轉時中不轉亦不轉時中轉亦遠時轉亦近時轉乃至無量故二者處自在一異等處轉乃至無量故三者物自在爲同異等用乃至無量故四者周遍自在無所不通等乃至無量故五者大小自在極重極微等乃至無量故六者有無自在亦現亦隱等乃至無量故七者寂動自在亦定亦散等乃至無量故八者甚深自在不可思議等事乃至無量故九者不自在自在以逆等事乃至無量故十者無礙自在以逆順事等乃至無量故乃至第百自在自在無盡自在等皆悉自在乃至無量故如前所說三十二法如是自在具足圓滿無闕失轉以此義故立海王名應審思擇如偈海王道路中具足百自

在以此因緣故建立海王名故覺花修多羅中作如是説第一廣分大海門中若廣説有一十方世界之塵量自在若略説有一百自在乃至廣説故

大不可思議重重不可稱量阿説本王大決擇分第三十六

如是已説摩訶空塵海藏王道路大決擇分次當説大不可思議重重不可稱量阿説本王大決擇分其相云何偈曰

阿説本王中　有十方塵量　十方空塵量

三十三法海

論曰今此偈中爲明何義爲欲現示阿説海中具足圓滿十方世界之塵數十方世界之塵數三十三法海十方世界之塵數十方虚空之塵數三十三法海故如偈阿説本王中有十方塵量十方空塵量三十三法海故本王修多羅中作如是説

爾時世尊告大衆言我以三達智通達一切法無所障礙無所闕失而有一海不可思議不可思議不能窮了謂空塵本王性德圓滿自在自在無盡藏海乃至廣説故

大宗地玄文本論卷第七

大宗地玄文本論卷第八

馬鳴菩薩造
陳真諦三藏譯

校量功德讚歎信行現示利益大決擇分第三十七

如是已說大不可思議重重不可稱量阿說本王大決擇分次當說校量功德讚歎信行現示利益大決擇分其相云何偈曰

譬如盛火聚　雖有極遠處　以光明勢力
能破遠方闇　此玄文本論　亦復如如是
若有衆生類　同世界共住　雖未得見學
此論火光明　能破遠衆生　心相不覺闇
轉轉增長故　譬如有一人　得彼大火聚
令得覺知明　隨分伏其染　譬如盛火聚
轉勝近其處　光明漸漸了　能破闇更增
此玄文本論　亦復如如是　若有衆生類
同一國共住　雖未得見學　此論火光明
除衆生無知　轉轉令分明　譬如盛火聚
轉轉近其處　光明耀更增　此玄文本論
亦復如如是　若有衆生類　同一城共住
雖未得見學　此論火光明　除衆生無知
轉轉更分明　譬如盛火聚　更轉近其處
光明重重增　煖氣溫其身　此玄文本論
亦復如如是　若有衆生類　同一家共住
雖未得見學　此論火光明　除心惑護身
此人則便得　六種大利益　謂能塞寒氣
能成熟資具　不入毒蟲等　破闇常明了
隨請人普施　焚燒穢糞等　此玄文本論
亦復如如是　若有衆生類　得此玄文論
此人即便得　六種大利益　謂禁煩惱軍

成就功德品　不入邪魔衆　破無明品類
般若慧現前　貧窮佛法財　來乞求衆生
隨順普施與　燒滅煩惱糞　比如有妙華
縕水深池中　名曰青蓮華　有人刹那中
見此蓮華相　一百七日中　其眼根清白
終日無晦濁　此玄文本論　亦復如如是
若有衆生類　雖不知此論　文義之大海
而目見此論　其眼根清淨　見三世諸佛
有作方便目　比如有天鼓　懸圓生樹頂
名曰妙聲覺　無量天女子　聞此鼓音已
二千七日中　其耳根清速　無塞隔之事
此玄文本論　亦復如如是　若有衆生類
雖不知文義　而耳聞此論　其耳根清淨
聞諸佛梵響　有作方便耳　比如有妙藥
生雪山之頂　名曰上味常　有人取此藥
著其舌之原　身香極芬芬　不承用飲食
其命極長遠　亦飛騰虛空　此玄文本論
亦復如如是　若有衆生類　此論中一字
一句若一行　若一決擇分　若一卷之量
以舌經讀誦　雖不知義理　而獲得一切
諸修多羅海　經讀誦功德　比如有菩薩
名曰不思議　大力解脫者　此菩薩大士
神通自在故　於一切所作　皆無所障礙
隨應悉現前　此玄文本論　亦復如如是
若有諸衆生　觀達其義理　覺悟文下詮
通達一切法　皆無所障礙　一一覺分明
比如有神王　名曰大安樂　有人須小具
祀祠此神王　出與七寶藏　令得大安樂
此玄文本論　亦復如如是　若有一男女
此玄文本論　勤受持讀誦　有人須小具

專心供此人　即得無窮盡　福德智慧寶
無所疑畏心　比如有妙香　名曰芬滿布
有人持此香　遊行於遠方　其經過處處
七七日中間　有香氣不盡　此玄文本論
亦復如如是　若有一男女　荷擔此論部
遊行於遠方　若度大海水　所有諸衆生
皆得大利益　若度山野等　所有諸衆生
亦得大利益　譬如有妙珠　名曰如意寶
隨此珠住處　無量眷屬王　遍周帀圍繞
此玄文本論　亦復如如是　隨其住止處
有十方世界　塵量大神王　一一大神王
各率十方界　塵數眷屬神　守護此論珠
若滅正法時　作微塵散壞　所有諸神王
發大聲哭涕　隨塵所住處　往詣常守護
受持此論者　如是數量神　若生若死後
常不離守護　功德雖無量　而略說如是

校量過患訶責誹謗現示罪業大決擇分第三十八

如是已說校量功德讚歎信行現示利益大決擇分次當說校量過患訶責誹謗現示罪業大決擇分其相云何偈曰

譬如有一山　名曰寶輪上　比山具七寶
更無有窮盡　貧窮求寶類　無量無邊數
有珠能禁寶　名曰項玻瓈　若人有此珠
則能取七寶　遠離貧窮苦　獲得大安樂
若人無此珠　不能寶禁故　終日不能得
問所以者何　若無珠人詣　唯見虎狼熊
及赤蛇青蛇　種種雜毒蟲　終不見珍寶
以見毒類故　其心極疑怖　狂亂而馳走
乃至于死滅　珍寶自然有　而彼求珍人

福薄罪重故　終不能見得　衆生亦如是
善根甚深人　捧堅固信珠　入大乘深海
取功德之寶　出生死苦輪　善根微薄人
得見甚深論　無實信心故　依正作邪解
受苦輪無期　譬如生盲人　得妙莊嚴具
無有歡樂事　癡人亦如是　雖得甚深論
其愚癡極故　不覺出世寶　無有學習心
譬如居井龍　從流水至海　大迷大亂故
謗海而命終　癡人亦如是　自所習堅執
定一不移轉　聞未曾有法　大迷大亂故
誹謗其廣大　墮落惡道中　無有出離期
若有衆生類　見聞斯論教　不信心誹謗
此人則誹謗　三世一切佛　三世諸法藏
三世諸僧海　此人所得罪　無量無量數
不能知邊際　十方界塵量　諸佛大菩薩

一時悉出現　宣說如是量　法門之大海
專教化此人　經過無量劫　終不能教化
問所以者何　唯宣說此法　無餘別道故
如是衆生類　十方界塵量　諸佛大菩薩
以大神通力　向未來遠劫　觀察其限界
無覺道之期　問所以者何　不學三十四
大金剛軌則　到大涅槃岸　無有是處故
是故諸行者　以勤修方便　應觀其法海
不能達其原　妄生誹謗心　墮落惡道中
無有出離期　決定不應作　決定不應作
罪業雖無量　而略說如是
現示本因決定證成除疑生信大決擇分第
三十九
如是已說校量過患訶責誹謗現示罪業大
決擇分次當說現示本因決定證成除疑生

信大決擇分其相云何偈曰

我於往昔無量劫　隨世尊修菩薩行
一時世尊王家奴　國名金水其王名
寶金輪藏此大王　有三十億奴婢類
有六十億大白馬　金銀等寶亦無盡
有最下奴名常信　於中大王告常信
汝受此六十億馬　不離守護令無傷
爾時彼奴受諸馬　常恒不離無傷護
如是六十億白馬　經一日食百兩金
時常信作如是念　我身唯一馬衆多
難哉難哉無傷畜　此諸馬惡馳難禁
今何方便能護持　常信作是念已訖
則便依師學術方　術力變作萬白馬
六十億白馬中中　詄詄挩挩立化馬
發大聲作如是唱　馬馬皆悉作禮拜
爾時有中中化馬　皆悉先前作禮拜
餘諸馬皆隨禮拜　作如是事已訖後
化馬責小咎皆殺　諸馬更皆伏從化
常信所願悉成就　都無所憂恠之心
常信更復作是念　此諸馬皆從我化
除其爲資具黃金　造作善業易穢報
告諸馬作如是唱　諦聽諦聽諸畜生
我身并及汝等身　於過去世心負悔
具作一切惡業障　亦奴亦馬生此處
恒一切時不自在　病苦所逼飢寒亂
一時不得其安樂　若作生中不作善
後世亦受如是報　去去無有出離期
如宜汝等諸畜生　除自資具供德處
須臾飢渴感長樂　我人有思心欲修
無其閑閑空過時　況汝等畜生之身

形穢心濁修何時　如宜從我化無逆
其國中有殊勝鳥　名曰雅音聲覺悟
此鳥聲不可思議　人聞其音大悲慨
爾時彼六十億馬　聞常信所語已訖
一時發大聲悲哭　至十日量無休息
如是諸馬其聲響　與雅音聲覺悟鳥
平等平等無差別　爾時常信馬皆喜
百兩金分爲二分　一分以爲主長具
一分以爲福田分　福田分五十兩金
造作一金剛佛像　總有六十億佛像
最上第一大白馬　名曰長嚴雜色見
常信及諸馬皆死　第二生中皆悉人
同一眷屬不相離　出家學道懃修行
彼六十億出家人　皆名馬鳴無別名
從過去立名字故　過去常信今釋迦
彼時六十億白馬　今時六十億馬鳴
最第一馬雜色見　今時中我身而已
第三生中亦人身　隨世尊行菩薩行
第四生中亦得人　隨世尊習忍辱行
轉轉經過五百生　次生中瞋因緣故
得重蛇身受大苦　次生中受大魚身
次生中亦得蛇身　以蛇身詣世尊所
投體懺悔發慚愧　以偈表意發大心
次生中得人同分　隨世尊發願繫屬
則世尊作如是願　我若成覺道圓滿
宣說百億修多羅　普利益廣略衆生
我則作如是誓願　造作一百釋明論
分利益廣略衆生　如次後後經多生
世尊滿足行因海　安住法界山王位
我亦漸漸修因行　證入第八不動地

我則往詣世尊所　稽首頂禮立一面
爾時世尊告我言　我念往昔無劫量
汝我同住一處中　發願作繫屬因緣
如宜汝造作論教　我滅度後興正法
我則更頂禮和南　向世尊作如是白
我今不知作論法　雅闇都無所覺達
唯願世尊爲迷子　開曉造作論教法
爾時世尊告我言　善哉善哉善男子
諦聽諦聽善思念　我當爲汝分別說
善男子諸佛法藏　無量無邊不說劫
無窮盡亦無分界　如是無量法藏海
若廣說論若略說　皆通該攝無餘持
是名造作論教法　我亦重疑更作請
法門海無量無邊　我今未滿福智海
居學位中未究竟　皆攝無餘持何得
爾時世尊告我言　法門大海雖無量
有攝無量宗本法　若具攝此宗本法
是名說攝諸法藏　我亦更作如是白
云何名爲宗本法　其數幾有可知不
爾時世尊告我言　所言宗本法體者
謂三十四法大海　若有論者具此法
名言圓滿大海論　若有論者不具者
名言一分小智論　以如是大要因緣
我今依三十四法　該攝安立無餘說
因緣品類雖無量　而總言略說如是

勸持流通發大願海大決擇分第四十

如是已說現示本因決定證成除疑生信大決擇分次當說勸持流通發大願海大決擇分其相云何偈曰

願此圓滿大海論　遍不思議塵剎中

出生無量般若日　消除無邊無明闇
轉作三寶之大海　無非法雨功德藏
非請感周遍相應　非勸策自然成就

大宗地玄文本論卷第八

音釋

纗子爲切　扸下胡雅切　䗁尺良切　䀹𠑹職雉切　㧈職救切

金七十論

陳天竺三藏真諦譯

清刻龍藏佛說法變相圖

金七十論卷上　此是外道迦毗羅仙人所造明二十五諦非是佛法

陳天竺三藏真諦譯

三苦所逼故　欲知滅此因　見無因不然
不定不極故

說此偈緣起昔有仙人名迦毗羅從空而生自然四德一法二慧三離欲四自在總四爲身見此世間沉没盲闇起大悲心咄哉生死在盲闇中徧觀世間見一婆羅門姓阿修利千年祠天隱身往彼說如是言阿修利汝戲在家之法說是言竟即便還去滿千年已而復更來重說上言是婆羅門即答仙曰世尊我實戲樂在家之法是時仙人聞已復去其後更來又說上言婆羅門答之亦如是說仙人問曰汝能清淨住梵行不婆羅門言如是能住即捨家法修出家行爲迦毗羅弟子外

曰此婆羅門欲知從何因生答曰三苦所逼故何者爲三苦一依内二依外三依天依内者謂風熱痰不平等故能生病苦如醫方説從齋以下是名風處從心以下是名熱處從心以上並皆屬痰有時風大增長逼痰熱則起風病熱痰亦爾是名身苦心苦者可愛別離怨憎聚集所求不得分別此三則生心苦如是之苦名依内苦依外苦者所謂世人禽獸毒蛇山崩岸坼等所生之苦名曰外苦依天苦者謂寒熱風雨雷電等逼如是種種爲天所惱而失心者名依天苦三苦所逼故生於欲知爲滅苦因外曰是因苦能滅此三苦分別已知顯現一者八分醫方所説能滅身苦二者可愛六塵能滅心苦是因已顯現何假復欲知答曰此義不無但爲二種過失是故欲知不違道理其二失者一無定二無極外曰若八分醫方等有兩過失故不定爲滅苦因者四違陀中有別因此因得果是定極故汝欲知則無所用四違陀中説言我昔飲須摩味故成不死得入光天識見諸天是苦怨者於我復何所作死者於我復何所能答曰汝見隨聞爾有濁失優劣翻此二因勝變性我知故所見因者醫方中所説有不定不極過失隨聞因者傳聞所得初從梵王乃至仙人故説四違陀名隨聞此違陀者亦兩過失如是見醫方復有三過失一者不清淨如違陀中説獸汝父母及眷屬悉皆隨喜汝汝今捨此身必得生天上如馬祠説言盡殺六百獸六百獸少三不具足則不得生天爲戲等五事若人説妄語諸天及仙人説此非是

罪如是等罪隨聞因中有是故不清淨二退失者如違陀中說無故而帝釋及阿脩羅王爲時節所滅時不可免故是法若滅盡施主從天退故有退失義三優劣者譬如貧窮見富則憂惱醜好及愚智憂惱復然天中亦如是下品見上勝次第生憂惱是故有優劣此三及前兩由此五過失違陀不爲因外曰若爾何因爲勝答曰翻此二因勝謂二因者一醫方所說二違陀所說翻此兩因欲知所得因此因有五德一定二極三淨四不退五平等是故勝前兩外曰此因何因得答曰變性我知故變者一大二我慢三五塵四五根五五知根六心七五大是七名變自性所作故自性者無異本因我者知者諸人知此二十五真實之境不增不減決定脫三苦如解脫中說偈若知二十五隨處隨道住編髮髻剃頭得解脫無疑外曰云何分別外本性變異及知者答曰本性無變異大等亦本變十六但變異知者非本變本性者能生一切不從他生故稱本性能生於大等是故得本名不從他生故是故非變異大我慢五塵此七亦本亦變異大從本性生故變異能生我慢故稱本我慢從大生故變異能生五大及五根故稱本五唯種從慢生故變異能生大及根故名本聲唯種者生空及耳根故爲本乃至香唯種生地及鼻根如是七亦本亦變異十六但變異者空等五大耳等五根舌等五作根及心是十六法但從他生不生他故故但變異知者非本異者知者此中名我知爲體故此我不能生不從他生異前三故非本非

變異外曰此三義何量爲知世中有量能知如秤尺等知長短輕重答曰證比及聖言能通一切境故立量有三境成立從量此論中立量有三一者證量證量者是智從根塵生不可顯現非不定無二是名證量二者比量比量者以證爲前比量有三一者有前二者有餘三者平等三者聖言聖言者若捉證量比量不通此義由聖言故是乃得通譬如天上北鬱單越非證比所知信聖語故乃可得知聖言者如偈説

阿含是聖言　聖者滅諸惑　無惑不妄語因緣不生故

能通一切境者若有餘量及餘所知不出此三義平等六量以聖言攝故境成立從量者境謂二十五義攝一切故成立者明此二十五云何得名境智量所行故故得成於境由證比聖言故得略立三廣則二十五外曰説量有三量相云何答曰對塵解證量比量三别知相有爲先聖教名聖言對塵解證量名者耳於聲生解乃至鼻於香生解唯解不能知是名爲證量比量三别知者一有前二有餘三平等此三種智因證量故能别此三境及三世是名比量如人見黑雲當知必雨如見江中滿新濁水當知上源必有雨如見巴吒羅國菴羅樹發華當知憍薩羅國亦復如是相有相爲先者相相應不相離因證此相故比量乃得成聖教名聖言者如梵天及摩㝹王所説四違陀及證論外曰説比量有三何量何境界能所得通達答曰依平等比量過根境得成若所依比不顯隨聖言則現依

平等量者謂於比量中是曰平等量自性及與我此境過根故平等能别大等法末有三種德一樂二苦三癡闇此末德離本德末德則不成故由末得比本是故自性由平等比成我者應決定有大等變異爲他故故我亦由平等成若依證比量有義不得成爲出智外故依聖言得解如上天帝釋北欝單越等外曰自性及我無不可見故如非自在二頭三手答曰實有諸義八種不可見何者爲八以偈示曰

最遠及最近　根壞心不定　細微及覆障
伏逼相似聚

世間實有物遠故不可見譬如墮彼岸此則不能知近故不可見如塵在眼則不能取根壞故不見猶如聾盲人不能取聲色心不定故不見譬如心異緣不能得此境細微故不見如烟熱塵氣散空細不知覆障故不見譬如壁外物隔覆不可知伏逼故不見譬如日光出星月不顯相似故不見如粒豆在豆聚同類難可知如是實有物八種不可見無物有四種亦復不可知一生前不可見如泥末作器器則不可知二壞無故不見如瓶破壞已則不可復知三互無故不見如牛中不見馬馬中不見牛四極無故不見如非自在人二頭及三手如是十二種有無不可見是故汝謂不可見故便言自性及我無是義不然外曰若謂自性及我不可見者於十二中何不可見答曰一因緣故不可見何者一因緣以偈示曰

性細故不見　非無緣可見　大等是其事

與性不似似
性細故不見非無緣故不可見者自性實有微細故不見譬如煙等於空中散細故不可見自性亦如是不如第二頭第三手畢竟無故不可見也外曰若不可見云何得知有答曰緣事見因自因自性所造事依平等比量知自性實有外曰何等是其事答曰大等是其事從自性生大從大生我慢從我生五唯從五唯生十六見大等事有三德故知自性有三德也與性不似似者是事有二種一者與自性不相似二者與自性相似譬如一人生二子一則似父一則不似是因爲事有似本不似本後當廣說此論等有如此事若弟子可則於自性等爲有爲無亦有亦無云何如此聖執不同故有諸聖人謂土聚等已有瓶等衛世師等謂先無後有此義等釋迦所說土聚中瓶不有不無由是三說是故我執是中間答曰我先破釋迦執後破衛世師釋迦所說非有非無是義不然自相違故若非有者即成無若非無者即是有是有無者一處相違故不得立譬如有說此人者亦死亦活此言相違則不成就釋迦言亦如是三藏曰此計不然何以故釋迦無此執故若釋迦說非有不執無說非無不執有離有無執故不成破也今破衛世師執邪衛世師我義中有五因能顯因中定有果何等有五因

無不可作故　必須取因故　一切不生故
能作所作故　隨因有果故　故說因有果

一無不可作故者世中若物無造作不得成如從沙出油若物有可作如壓麻出油若物

此中無從此不得出今見大等從性故知自性有大等二必須取因故者若人欲求物必須取物因譬如有人計明日婆羅門應來我家食故我今取乳若乳中無酥酪何故不取水求物取因故故知自性中有大三一切不生故者若因中無果者則一切能生一切物草沙石等能生金銀等物此事無故故知因中有果四能作所作故者譬如陶師具足作具從土聚作瓶盆等不從草木等不從草木以作瓶盆故知自性能作大等故自性有大等五隨有果故者謂隨因種類果種亦如是譬麥芽者必隨於麥種若因中無果者果必不似因是則從麥種豆等芽應成以無如此故故知因有果衛世師等執因中無果是義不然故知因中定有果中間問已竟還續說前義與性不似者不似有九種故

有因無常多　不徧有事沒　有分依屬他

變異異自性

一有因者大等乃至五大皆有因自性爲大因我慢大爲因五唯慢爲因根等十六物五唯爲其因自性不如是無有因生故故謂不相似二無常者大等從性生生故是無常無常有二種一暫住無常二念念無常暫住無常者相違緣未來是時則暫住譬如山樹等未有火災時是則暫停住火災若來至是時五大等則沒五唯中五唯沒我慢我慢沒於大大沒自性中故大等是無常自性不如是常無有沒故三多者謂大等則爲多人人不同故慢等亦如是自性唯是一多人所共故四不徧者自性及我徧一切處謂地空天大

等諸物則不如是不徧一切故是故與性異五有事者大等諸物欲起生死時依此十三具能使細微身輪轉於生死伸縮往還故自性不如是無有伸縮故六沒者大等諸物轉末還本則不可見是名爲沒如五大等轉沒五唯中不復見大等乃至大沒自性中大亦不可見自性不如是無有轉沒故七有分者大等皆有分分分分不同故自性不如是常無分分故八依他者謂大依自性我慢依於大五唯依我慢五大等十六並依於五唯自性不如是不由他生故九屬他者大等從本生末不自在故譬如父存時兒不得自在自性不如是無本爲他故由此九種因本末皆不同故謂不相似已說不相似相似今當說與性似者以偈示曰

三德不相離　塵平等無知　能生本末似我翻似不似

相似有六種初三德者變異有三德變異者所謂大我慢乃至五大等此二十三皆有三德一樂二苦三癡闇末有三德故知本有三德末不離本故譬如黑衣從黑縷出末與本相似故知變異有三德變異由本故自性有三德謂本末相似二不相離者變異與三德不可分離故譬如牛與馬其體不爲一三德與變異其義不如是自性有三德斯義亦復然同不相離故本末則相似三塵者是大等變異我所受用故說名爲塵自性亦如是我所受用故四平等者是大等變異一切我共用如一婢使有衆多主同共驅役故自性亦如是一切我同用是故說相似五無知者是

大等變異不能識分別樂苦及闇癡知我獨得故離我諸法無有知自性亦如是本末同無知其義則相似六能生本末似者大能生我慢我慢生五唯乃至五大等自性能生大故本末皆相似我翻似不似者變異與自性有六種相似我無此相似是故翻於似又翻不似者變異與自性九種不相似我翻於八種故名翻不似我有多義故與自性不相似外曰變異與自性已說有三德是三德者何等爲相以偈答曰

喜憂闇爲體　照造縛爲事　更互伏依生
雙起三德法

喜憂闇爲體者是三德者一薩埵二羅闍三多磨喜爲薩埵體羅闍憂爲體闇癡多磨爲體是現三體相照造縛爲事者是三德何所作初能作光照次能作生起後能作繫縛是三德家事更互伏依生雙起三德法者何等三德法其法有五種一更互相伏者若喜樂增多能伏憂癡闇譬如盛日光能伏月星等若憂惱增多能伏喜樂癡亦如明日光能伏星與月若闇癡增多能伏憂喜樂亦如日盛光星月明不現二更互相依者是三德相似能作一切事如三杖互能相依能持澡灌等三更互相生者有時喜生憂癡有時憂惱能生喜癡有時癡能生憂喜譬如三人更互相怙同造一事如是三德在大等中更互相怙共造死生四更互相雙者是喜有時與憂雙有時與闇雙是憂有時與喜雙有時與闇雙癡亦如是有時與喜雙有時與憂雙如婆娑仙人說偈

喜樂爲憂雙　憂惱與喜雙　有時喜憂惱
與闇癡爲雙
五更互起者是三德更互作他事譬如王家
女相貌甚可愛是名爲喜德是喜轉成色爲
夫及生屬而作於喜樂是名作自事能令同
類女一切生憂惱是名作他事亦能生他癡
猶如婢使等恒憂其驅役無計得解脱其心
轉癡闇是名生他事是名爲喜德能作自他
事憂生自他事者譬如劫賊縛王家女時有
王種乘馬執杖來相救拔憂轉作王種王是
可畏境生女歡喜我當得解脱是名生他事
殺害劫賊故能生賊憂惱是名生自事餘賊
見王故如杌不能動是名生他癡是名憂生
自他事闇生自他事者如大厚黑雲能起電
等闇癡轉作雲一切農夫有種植者皆生歡
喜是名生他事又能生闇癡譬如貞女與夫
相離見此雲電憂夫不得還能生女癡故是
名生自事亦能生憂惱譬如賈客在於道中
寒濕不能載其心則憂惱是名生他事如此
五種者是三德家法復有三德相
喜者輕光相　憂者持動相　闇者重覆相
相違合如燈
喜爲輕光相者輕微光照名之爲喜若喜增
長一切諸根輕光羸弱能執諸塵是時應知
喜樂增長憂爲持動相者持者心高不計他
如醉象欲鬭敵象來相拄若憂增長者是人
恒欲鬭其心恒躁動不能安一處是時應知
憂德增長闇爲重覆相者闇德若增長一切
身併重諸根被覆故不能執諸塵是時應知
闇德增長外曰若三德互相違猶如怨家者

云何共作事答曰實如此三德互相違爲屬一我不自在故得共一事譬如相違合爲燈三物合爲燈是火違油炷油亦違火炷如是相違法能爲人作事三德亦如是其性雖相違能爲我作事外曰上說亦相似我已得一種餘五我未得已成就三德餘五亦應然以偈答曰

不相離等成　由德翻無故　末德隨本德
非變異得成

不相離等成者不相離等五義如前說變異中已成由是末成故自性中得成由德翻無故者是不相離等五義變異中成故故知自性中必有云何如此由三德故若三德不獨住知更互不相離若不相離者當知即爲塵既名爲塵者當知即平等若平等所受者是故知無知若塵若平等若無知是故知能生若知變異中有此六義者則知自性中亦有此六義云何知如此若翻則無故若除本自性末則無六義譬如除去縷則無有別衣即衣即有縷縷衣不相離末必由於本本末不相離末德隨本德非變異得成者是世間中一切末德必隨本德猶如赤縷所作衣衣必隨縷赤變異等亦如是由三德故五義得成由末六義故非變異中知有六義外曰世間中若物不可現是物則爲無譬如第二頭如是自性不可現云何知其有答曰雪山稱兩者其量不可知不可言無量自性亦如是何因得知有

別類有量故　同性能生故　因果差別故
遍相無別故

自性實有云何得知類有量故是世間中若
物有作者此物有量數譬如陶師從有量土
聚作器有數量此器若無本器應無數量亦
應無器生見器有數量是故知有本縷成衣
等譬其義亦如是此法中大等變異亦有有
數量何者爲數量大有一我慢一五唯五根
十一大有五是變異者我見有有量因平等
似量決知有自性若自性無者此變異無數
量亦復應是無同性故者譬如破檀木其片
雖復多檀性終是一變異亦如是大等雖不
同三德性是一以此一性故知其皆有本故
知有自性能生故者若是處者有能是處則
可生譬如陶師有瓦器能能生瓦器不能生
衣等是器生者依能故得成此能必有依謂
依於陶師變異亦如是變異者有生是生因

能成是能成是能有依處自性是其依因此
能生故則知有自性因果差別故者世間因
果差別亦可見譬如土聚爲因瓶等爲果是
器能盛水油等土聚則不能是因果差別縷
衣亦如是如是大等變異定是果見此果知
有別因不相似是故有自性遍相無別故者
復有別因爲知自性是實有遍相者三種世
間謂地空天實時一切世間無差別五大十
一根沒五唯中無差別乃至大沒自性中亦
無差別是變異是自性不可說實時變異無
故自性亦應無自性若無生死亦無是義不
然是自性實後更能生三種世間故故知自
性有爲五因故立有自性外曰若自性有者
不能生變異以無伴故譬如一人不能生子
一縷不生衣自性亦如是以偈答曰

性變異生因　三德合生變　轉故猶如水
各各德異故

性變異生因者此義中自性有三德故能生變異自性無此德汝言則爲實若有三德不相應故不能生果是事不然三德合生變故譬如有多縷和合能生衣三德亦如是更互相依故所以能生果外曰世間生有兩一者轉變生如乳等生酪等二非轉變生如父母生子自性生變異爲屬何因生答曰轉故如乳酪自性轉變作變異故是變異即是自性是故別類生此中不信受外曰若一因中不能生多種果此義中自性若是一云何得生三種世間生天則懽樂生人則憂苦生獸等則闇癡若從一因生云何得三品答曰猶如水各各德異故

天水初一味　至地則變異　轉爲種種味
各各器異故

若在金器其味最甜若至地上隨地氣味種種不同三種世間亦如是從一自性生三德不同故天上薩埵多是故諸天恒受懽樂人中羅闍多故人多受苦獸道多摩多故獸等恒癡闇是等諸道中三德恒相應以有偏多故故如此差別如是一自性能生三世間三德不同故是故有勝劣自性已究竟今當次說我我者微細如自性云何知有我爲顯我有故而說如是偈

聚集爲他故　異三德依故　食者獨離故
五因立我有

一聚集爲他故者若知自性變異知者故得解脫初偈說如此又說五因成立自性及變

異竟我人最微細應當次成立人我是實有聚集爲他故我見世間一切聚集並是爲他譬如牀席等聚集非爲自用必皆爲人設有他能受用爲此故聚集屋等亦如是大等亦如是五大聚名身是身非自爲決定知爲他他者即是我故知我實有二異三德故者自性及變異六種相似義上來已說偈三德不相離塵平等無知能生本末似我翻似不似因此六異故是故說我有三依故者若人依此身身則有作用若無人依者身則不能作如六十科論中說自性者人所依故能生變異是故知有我四食者如世間中見六味飲食知有別能食如是見大等所食必知應有別能食者是故知有我五獨離故者若唯有身聖人所說解脫方便即無所用如昔有仙人往婆羅門衆所說如是言

一切富皮陀　一切飲須摩　一切見兒面
願後成比丘

若唯有身何用是義故知離身別自有我若無別我唯有身者則父母師尊死後遺身若燒沒等如是供養則應得罪應無福德以是義故知有別我復有聖言

筋骨爲繩柱　血肉爲泥塗　不淨無常苦
當我離此合　汝捨法非法　虛實亦應捨
捨有亦應捨　清淨獨自存

若無我者獨存義不存因此聖言故故知定有我依此五種因有我義成立外曰我者何相多身共一我身身各一我若言云何如此疑諸師執相違故有說一我者徧滿一切身如貫珠繩珠多繩一亦如毗紐天一万六千

妃一時同欲樂一我亦如是能徧滿一切身復有餘師說身身各有我是故我生疑答曰我多隨身各有我云何知如是以偈釋曰

生死根別故　作事不共故　三德別異故
各我義成立

生死根別故者若我是一一人生時則一切皆生處處女人悉俱有胎亦應有正生亦應有童男亦應有童女如是各各異不俱共一時是故知我多復次我一者若一人死時一切人皆死以無是義故故知我不一復次諸根異故若人一者一人聾時一切悉應聾盲及瘖啞諸疾病等並皆一時無如是義故是故知我多復次三德別異故若人一者三德應無異如一婆羅門生於三子一聰明歡樂二可畏困苦三闇黑愚癡若人一者一人喜樂一切同喜樂苦癡亦如是汝說貫珠及毗紐譬故我一者是義不然是故因五義則知我有多外曰我此中有疑是我者爲作者非作者若言云何有此疑世流布語故世間說人去人來人作僧佉說人非作者衞世師說人是作者是故我疑答曰人非作者云何得知以偈釋曰

翻性變異故　我證義成立　獨存及中直
見者非作者

翻性變異故者前兩偈中說我者異自性亦殊於變異翻異二相故與兩不同故三德是能作異此三德故是故非作者外曰若非作者用此何爲答曰爲立證義故我證義成立我是知者故餘法不如是獨存者若我異性及變異清淨故獨存中直者與三德異故三

德伸縮不同故是故爲中直譬如一道人獨住於一所不隨他去來唯見他來去如是三德者能伸縮生死唯有一我人能見如是事是故爲中直異性變異故是故我有知故名爲見者以是事故故說見者非作者故三德能作是義成立人我是實有是多非作者此義亦成立外曰若人非作者決意是誰作我今當修法離惡成就願此決意是誰作若三德作此決意是智有知前說三德無知故若人作決意人則成作者前已說人非作者故故有雙過失以偈答曰

三德合人故　無知如知者　三德能作故
中直如作者

三德合人故者是三德無知能作我有知非作是二相應故三德如有知譬如燒器與火相應熱與水相應冷如是三德與知者相應如有知能作決意故說無知如知者汝說隨世流布語故人能作者此義我今答三德能作故中直如作者因此和合故非作說能作如一婆羅門誤入賊群中賊若殺收時其亦同殺執與賊相隨故是故得賊名人我亦如是與作者相隨以世流布語說我爲作者外曰自性與人何因得和合以偈答曰

我求見三德　自性爲獨存　如跛盲人合
由義生世間

我求見三德者我有如此意我今當見三德自性故我與自性和合爲獨存者是困苦人唯有能知見今當爲彼令得獨存以是義故自性與我和合譬如國王與人和合我應使是人是人亦與王和合王應施我生活故是

王人和合由是義故得成我自性和合義亦如是我爲見故自性爲他獨存故如跛盲人合者此中有譬昔有商侣往優禪尼爲劫所破各分散走有一生盲及一生跛衆人棄擲盲人漫走跛者坐看跛者問言汝是何人盲者答言我是生盲不識道故所以漫走汝復何人跛者答言我生跛人唯能見道不能走行故汝今當安我肩上我能導路汝負我行如是二人以共和合遂至所在此之和合由義得成就至所在各各相離如是我者見自性時即得解脫是自性者亦令我獨存各相捨離由義生世間者由人爲見他自性爲獨存故因此二義故得和合是和合者能生世間譬如男女由兩和合故得生子如是我與自性合能生於大等外曰已說和合能生世間是生次第何如以偈答曰

自性次第生　大我慢十六　十六内有五
從此生五大

自性次第生者自性者或名勝因或名爲梵或名衆持若次第生者自性本有故則無所從生自性先生大大者或名覺或名爲想或名徧滿或名爲智或名爲慧是大即於智故大得智名大次生我慢我慢者或名五大初或名轉異或名炎熾慢次生十六十六者一五唯五唯者一聲二觸三色四味五香是香物唯體唯能次五知根五知根者一耳二皮三眼四舌五鼻次五作根五作根者一舌二手三足四男女五大遺次心根是十六從我慢生故說大我慢十六復十六内有五從此生五大十六有五唯五唯生五大聲唯生空

大觸唯生風大色唯生火大味唯生水大香唯生地大見自性變異我三法得解脫我今已說竟外曰已說從自性生大大者何爲相以偈答曰

決智名爲大　法智慧離欲　自在薩埵相

翻此是多摩

決智名爲大者何名爲決智謂是物名礙是物名人如此知覺是名決智決智即名大是大有八分四分名爲喜四分名闇癡喜分者謂法與智慧離欲及自在法者何爲相夜摩尼尼夜摩夜摩尼者有五一者無瞋恚二恭敬師尊三內外清淨四減損飲食五者不放逸尼夜摩亦五一不殺二不盜三實語四梵行五無諂曲十種所成就是故名爲法何者名爲智智有二種一外智二內智外智者六皮陀分一式叉論二毗伽羅論三劫波論四樹提論五闡陀論六尼祿多論此六處智名爲外智內智者謂三德及我是二中間智由外智得世間由內智得解脫何者爲離欲離欲有二種一外二內外者於諸財物已見三時苦惱謂覓時守時失時又見相著殺害二種過失因此見故離欲出家如是離欲未得解脫此離欲因外智得成內離欲者已識人與三德異故求出家先得內智次得離欲因此離欲故得解脫因外離欲猶住生死因內離欲能得解脫自在者自在有八種一者微細極隣虛二者輕妙極心神三者徧滿極虛空四者至得如所意得五者世間之本主一切處勝他故六者隨欲塵一時能用七者不繫屬他能令三世間衆生隨我運役八者隨

意住謂隨時隨處隨心得住此等四法是薩埵相若薩埵增長能伏羅闍及多摩是時我多喜樂故得法等四德是名薩埵相翻此是多摩者翻法等四相一非法二非智三愛欲四不自在此四法是多摩相如是四喜四癡分若與大相應大則有八分變時是前生

金七十論卷上

音釋

痰 徒含切病液也 炷 之戍切火炷也 縷 力主切綫也

金七十論卷中

外道迦毗羅仙人造

陳天竺三藏眞諦譯

外曰說大已竟慢相云何以偈答曰

我慢我所執　從此生二種　一十一根生　二五唯五大

我慢我所執者我慢有何相謂我聲我觸我色我味我香我福德可愛如是我所執名爲我慢從此生二種者從此我慢有二種變異生何者二種一十一根生二五唯五大十一根五唯上已說其名我慢相已說我慢有二種隨一生何法以偈答曰

十一薩埵種　變異我慢生　大初生闇唯　焰熾生二種

十一薩埵種變異我慢生者若覺中喜增長則生我慢能伏迴憂癡此我慢是喜種聖說名轉變是體變我慢能生十一根云何得如此以樂喜多故輕光清淨故能執於自塵故說此十一名爲薩埵種大初生闇唯者若大中闇增長則生我慢能伏通喜憂此我慢是癡種故聖說名大初此我慢生五唯故五唯及五大悉闇癡種類燄熾生二種者若大中若增長則生我慢能伏通喜闇此我慢是憂種故聖立名名焰熾此我慢生兩種能生十一根亦生五唯等是薩埵種變異我慢能生諸根取焰熾我慢爲伴侶云何如此焰熾有事故轉變薩埵種無事故轉變我慢若生十一根者必取焰熾我慢以爲伴侶是大初我慢若生五唯五大等必取焰熾我慢以爲伴侶云何如此闇癡我慢無有事焰熾有事故

如是焰熾我慢能生十一根亦生五唯等故說焰熾生二種外曰巳說薩埵種生十一根何者名十一根以偈答曰

耳皮眼舌鼻　此五名知根　舌手足人根
大遺五作根

耳皮眼舌鼻此五名知根者云何說名根此五能取聲色等故說名知根舌手足人根大遺五作根者云何名作根語言等諸事是五能作故故昔聖立名名爲五作根外曰此十根者云何爲其事耳根從聲唯生與空大同類是故取聲皮根從觸唯生與風大同類是故唯取觸眼根從色唯生與火大同類是故唯取色舌根從味唯生與水大同類是故唯取味鼻根從香唯生與地大同類是故唯取香五作根有五事是舌根與知根相應能說名句味手根與知根相應能作工巧執捉等足根與知根相應能行平等高下路人根與知根相應能作戲樂及生兒子大遺根與知根相應能棄於糞穢以是義故名爲十根外曰心根云何以偈答曰

能分別爲心　根說有兩種　三德轉異故
外別故各異

能分別爲心根說有兩種者心根有二種分別是其體云何如此此心根若與知根相應即名知根若與作根相應即名作根何以故是心根能分別知根事及分別作根事故譬如一人或名工巧或爲能說心根亦如是此心云何說爲根與十根相似十根從轉變我慢生心根亦如是與十根同事十根所作事心根亦同作是故得根名外曰諸根事各異

心根有別不答曰能分別者則是其事譬如有人聞某處有財食即作心言我當往彼應得美食及以利養如此分別是心根別事以其同生同事別分別故名之爲根是故諸根唯十一種外曰是十一根誰之能作若言云何有此疑者聖執不同故有説人我所作有説自在所作有説有之所作如是等執各不同以是事故我生疑是根塵中十一種決從有知生云何知如此是十一根能取十一境自性大我慢無有知故不應有此能如路歌夜多論土路伽耶低迦論説此云世人

能生鵝白色　鸚鵡生緑色　孔雀生雜色
我亦從此生

是故我今疑十一從何生答曰此論中我非作者自在亦非作者無有別法名爲有是故汝所説不生十一根外曰若爾何法能生答曰三德轉異故外別故各異三德在我慢中隨我意故轉作十一根我意云何是十一外塵各各不同若生一根不能徧取是故轉生十一根各各取諸塵是故十一根差別各異復次汝言無知不能生多者是義不然無知見有多能故此論中當説

爲長養犢子　無知牛生乳　爲解脱人我
無知根生示

是故三德無知能生十一根外曰我今已知十一根從我慢生此十一根安置各異誰之所爲眼最居上能看遠色耳各一邊能聞遠聲鼻在一處能取至到香舌在口中能取來到味皮根在内外至觸皆知舌在口中能説名句味手居左右而能執捉足在下分能行

高下二根居隱處爲離他恒見能生除戲樂意根無定所能行分別事安置此諸根爲是誰所作我作自在作爲有別因作答曰此論中說我亦非因自在亦非因自性爲正因自性生三德及我慢我慢隨我意轉由是三德安置諸根故說三德轉異故外別故各異根近遠事有二意一爲避難二爲護身爲避難者遠見遠聞逆捨離故爲護身者八塵到根方乃得知爲欲料理自身使增益故外曰此十一根爲作何事以偈答曰

唯見色等塵　是五知根事　言執步戲除
是五作根事

唯見色等塵是五知根事者眼唯見色塵是眼事唯見不能分別捉執餘根亦如是各各自境中唯照是其事知根能照境作根能執用知根事已說次說作根事言說是舌根境持是手境行步爲足境戲樂及生子爲人根境除棄是大遺境作根事已說次當說大我慢心境事

三自相爲事　十三不共境　諸根共同事
波那等五風

大事計我爲慢相此相即慢事分別爲心相是相即心事十三不共境者十根各各境及大慢心相各各所作故故說不同事諸根共同事波那等五風者若說不共事義必知應有共事不共事者如人人各一婦共事者如衆人共一婢何者共事若五種風一者波那二者阿波那三者優陀那四者婆那五者娑摩那是五風一切根同一事波那風者口鼻是其路取外塵是其事謂我止我行是其作

事外曰是波那何根能作答曰是十三根共一事譬如籠中鳥鳥動故籠動諸根亦爾以波那風動故十三根皆動是故十三根同其事阿波那風者見可畏事即縮避之是風若多令人怯弱優陀那風者我欲上山我勝他不如我能作此是風若多令人自高謂我勝我富等是優陀那事婆那風者徧滿於身亦極離身是風若多令人離他不得安樂是風若稍稍離分分如死離盡便卒娑摩那風者住在心處能攝持是其事是風若多令人慳惜覓財覓伴是五風事並十三根所作是十三根不共及事已説今當説一時俱起事及次第起以偈説曰

覺慢心及根　或俱次第起　已見未見境

三起先依根

覺慢心及根或俱次第起者若見色者一時大慢心眼根俱起取一境如眼餘根亦如是一時四俱起同共取一境次第起者如人行路忽見高物即起疑心爲人爲杌若見鳥集或見藤繞或見鹿近即覺是杌若見揺衣或見伸屈便覺是人如是覺慢心根次第而起如眼所見耳等諸根應知次第亦如是已見未見境三起先依根者已見法三種依根次第起已説今當説未見法三種亦依根次第起如偈所説

最後由伽時　當有如是人　依邪見邪行

誹謗佛法僧　先邪化父母　朋友及眷屬

開四惡道路　將他入此中

如未來過去亦如是依耳根次第起三法如是三法先依外根故而起外曰是十三作具

是無知若不與人及自在相依者云何各各取自境以偈答曰

十三不由他　能作自用事　我意是因緣
無有别教作

十三不由他能作自用事者此論中自在及我非作者前已説是故十三作具如自境界自能作不由他如一梵行婆羅門聞言某處有皮陀師能教弟子如意受學我令決定當往彼學此即是大作此覺知是我慢得大意已作如是計一切婆羅門所有校具我悉將去爲欲往彼使心不散是心得我慢意已作是分別我當先學何皮陀爲學婆摩皮陀爲學夜集皮陀及力皮陀耶外根知心分別已眼能看路耳聞他語手持澡罐足能蹈路各各作事譬如賊主作號令言出入進止皆須聽我是賊群衆悉已從令如是諸根亦復如是覺譬賊主餘根譬賊衆已知覺竟故各各作自事外曰此十三作具各各捉前境爲是自爲爲是爲他答曰我意是因緣無有別教作是義前已説我事者應作故三德生諸根爲我顯了捉執諸塵若汝説是諸根無知云何得作者答曰是諸根無別自在來依此中以教其作唯有我與自性和合起作如是意汝應顯現令我獨存因是我意是故三德能生諸根各各作事隨我意故離我意者無別他教外曰二十四中有幾名義得爲作具以偈答曰

作具數十三　能作牽執照　其事有十種
應引持照了

作具數十三者此論中處處説作具決定唯

十三五知根五作根及覺慢心等此十三作何事能作牽執照其事有十種聲等五塵語言等五事此十是其事有三種一應牽二應照三應執是中三有所牽五知具所照五作具執持因此三事故立十三根故說應引持照了外曰幾根取三世塵幾根取現在塵以偈答曰

內作具有三　十外具三塵　外具取現塵

內取三世塵

內作具有三者覺慢心三種是名內作具不取外塵故是故立名內能成就我意方便故是故說名具十外具三塵者十外具者五知五作根能取外塵故故名爲外具三塵者是覺慢心根十具爲其塵譬如其主使役下人如是三根能使十具亦復如是外具取現塵者是十種根現在塵爲境云何知耶耳根但取現世聲二世不聞故如耳乃至鼻根亦如是舌根者能說現在名句味語未來過去則不能說如舌根餘四亦如是內取三世塵者覺慢心三種能取三世塵覺者能取現世瓶盆等亦能取過去如取往昔頂生王等亦能取未來如說當有破諸人慢亦如是以三世塵計爲我所心根亦如是分別三世塵求未來憶過去故說內取三世塵外曰幾根取差別塵幾根取無差別塵以偈答曰

十三中知根　取異無異塵　舌唯聲爲塵

餘四悉五塵

十三中知根取異無異塵者是十三具中有五知根能取有差別無差別塵差別者具三德無差別者唯一德如天上有五塵謂聲觸

色味香是五塵無差別同樂爲體故是天五塵無有憂癡人道中五塵有差別具有樂苦癡相應所成諸天知根取無差別塵人即知根能取有差別塵謂樂苦癡等塵是故知根能取異無異等塵舌唯聲爲塵者天舌及人舌唯以聲爲塵能說名句味餘四悉五塵者手足根能具五塵能捉五塵境如手捉瓶如手餘根亦如是如是四根五塵安立悉取五塵復次根有別根以偈說曰

覺與內具共　能取一切塵　故三具有門

諸根悉是門

覺與內具共能取一切塵者覺與我慢及心根恒相應故說覺與自具共能取三世間塵及三世塵故說能取一切塵故三具有門者是覺等三具能爲諸門主若覺等三具相應在眼是眼相能顯照色餘根不能是三隨集一根能取三世間塵及以三世故說此三爲十作具餘根悉是門者謂五知五作根開閉隨三故若三在眼眼門則開能取前境餘門則閉不能知塵以隨他故但門非實具如是十根與三具相應能取一切三世間塵復次偈曰

諸具猶如燈　隨德更互異　照三世間塵

爲我還付覺

諸具猶如燈者謂五知五作我慢及心根如燈在一處平等照諸物如是諸具能照三世間塵故說猶如燈隨德更互異者更互不相似耳者取聲不取色眼則取色不取聲乃至鼻但取香不取味如是五知根根定對塵異故說更互異作根亦如是舌但說言語不能

作餘事乃至覺但能作決知慢惟作執著心唯作分別故說更互異此異義云何隨三德生我慢不同我慢生五唯及諸根悉不同照三世間塵爲我還付覺者是十三根照世間塵悉不同還付覺譬如國土一切吏民取國財物悉付國主如是諸塵由十二根將還付覺令我見故說爲我還付覺外曰何故諸根不自照塵令我得見以偈答曰

我一切用事　以覺能成就　復令後時見
自性我細異

我一切用事以覺能成就者我事用一切處不同或人道或天道或獸道中十塵用乃至八種自在用知根作根十外具照此塵付囑於覺覺收以付人令人得受用因此次第覺能令我如意受用得自在樂乃至智慧未生時復令後時見自性我細異者後時者謂智慧生時我與自性有此別異者未修聖行人不能見故故說爲細微此別異中門者於十三中唯覺令我見見者何相謂見我與自性異三德異覺異我慢異十一根異五唯異五大異身異如是等異覺令我知故故我得解脫若知二十五隨處隨道住猶鬚髮剃頭平等得解脫是故唯一覺是我眞作具外曰已說前偈諸根能取有差別無差別塵何者差別無差別以偈答曰

五唯無差別　從此生五大　大塵有差別
謂寂靜畏癡

五唯無差別者汝說何者差別無差別者今當答從我慢生五唯細微寂靜以喜樂爲相此即諸天塵無我差別天無憂塵故從此生

五大大塵有差別者從聲唯生空乃至從香唯生地是五大有差別是差別有何相一者寂靜二者令怖三者闇癡此五大是人塵空大三相何如如大富人入內密室受五欲樂或上高樓遠觀空大由空受樂故空寂靜或在上高樓空中冷風所觸空則生苦或復有人行在曠路唯見有空不見聚落無所止泊則生闇癡餘大亦復如是如是諸天以五唯為塵一向寂靜故無差別人取大為塵大有三德是故有差別外曰是差別已如別說但有是事復有差別耶答曰復有別差別如偈所說

微細父母生　大與三差別　三中細常住
餘別有退生

微細父母生大與三差別者一切三世間初生微細身但有五唯此微細身生入胎中赤白和合增益細身是母六種飲食味浸潤資養增益麤身是母子飲食路二處相應故得資益猶如樹根有容水路故浸潤增長如是飲食味隨其行路浸益麤身亦復如是如細身形量麤身亦如是細身名為內麤身名為外此細身中手足頭面腹背形量人相具足四皮陀中有諸仙人說如是言麤身有六依血肉筋三種從母生白毛骨三種從父生是六依身以外麤身益內細身是內細身麤身所資益將出胎時及至已出以外五大為其住處譬如王子他為起舍種種殿堂是處應住是處應食是處應眠自性亦如是為細身及麤身作依止處能生五大一生空大為無礙處二生地大為時著處三生水大為清淨

處四生火大為銷食處五生風大能令動散如是三種差別一微細二父母生三共和合謂寂靜可畏闇癡等是三名別差別外曰是三差別幾常幾無常耶答曰三中細常住餘別有退生此三中五唯所現微細差別能生初身是常住若麤身退沒時細身若與非法相應則受四生一四足二有翅三胷行四傍形若與法相應則受四生一梵二天三世主四人道如是細身則為定常乃至智猒未生輪轉八處智猒若起便離此身者解脫故說微細差別常餘麤差別退生不名常臨死細身棄捨麤身此麤身父母所生或鳥噉食或復爛壞或火所燒癡者細身輪轉生死外曰汝說父母身退沒後何身能輪轉生死以偈答曰

前生身無著　大慢及五唯　輪轉無執塵
有熏習細相

前生身無著者昔時自性者迴轉生世間細身最初生從自性生覺從覺生我慢從我慢生五唯此七名細身細身相何如如梵天形容能受諸塵後時是身得解脫故無著者如聖傳此細身若在獸人天道中山石壁等所不能礙以微細故又不變易乃至智慧未起恒不相離是名為常大慢及五唯者此身因幾物得成因七種細物乃至十六種麤物是身何所作輪轉無執塵此細身與十一根相應或在於四生輪轉三世間無執塵者若與十一根不相應若離父母所生麤身無能執塵力有熏習細相者是細身有三種有之所熏習是三有後當說三種有者一善成有二

性得有三變異有此三有熏習細身細相者非聖不見故此細身能輪轉生死外曰是十三根足輪轉生死何假細微身以偈答曰
如畫不離壁　離杌等無影　若離五唯身
十三無依住
如畫不離壁離杌等無影者是世間中能依所依二法相應已見不相離如畫色依壁離壁無別住是故離細身十三不得住復次離杌影無依處離火則無光離水則無冷離風則無觸離空威儀處不得成如是離細身是麤相無依止不得住故說若離五唯身十三無依住外曰是細身與十三輪轉生死何所爲以偈答曰
我意用爲因　由因依因故　隨自性徧能
如技轉異相
我意用爲因者我意用應作故自性變異意用有二種一者受用聲等塵爲初二者見三德人中間爲最後梵天處等人我與聲等塵應令相應後時應令解脫故自性變異作細身此細身何因得輪轉由依因故因者謂青等八種後當說即說偈言
因善法向上　因非法向下　因智猒解脫
翻此則繫縛
此因依因復何因成自性徧能故譬如國王於自國中隨意能作自性亦如是能作天人獸等生故說如技轉異相譬如技兒或現天相或現王相或現龍鬼等相種種不同細身亦如是與十三相應或入象馬等胎轉爲象馬等身或入人天等胎轉爲人天身故說隨自性徧能如技轉異相外曰是三有所熏十

三根輪轉生死前已說何等為三有以偈答
曰
因善自性成　變異得三有　已見依內具
依細迦羅等
因善自性成變異得三有行衆物名諸物有三種一因善成就二由自性成就三從變異得因善成就者如迦毗羅仙人初生共四德生一法二智三離欲四自在是四種德因善得成就故此四德依善成就有何者自性成就自性成就者如皮陀傳說有昔時梵王生有四子一名娑那歌二名娑難陀那三名娑那多那四名娑難鳩摩羅此四子已具足具事有身十六歲時四有自然成謂法智離欲自在譬如見物藏自然而得此四物不由因得故故說自性成變異得有者師身名變異因師身故弟子恭敬親近聽聞得智慧因智慧得離欲因離欲得善法因善法得八自在是弟子四德從師身得故說變異得此四德熏習大等內具能輪轉生死是四德與對治凡八種是八法依何處住答曰已見依內具依細哥羅等內具者謂大等此大有八物依大四住已如前說
決智名為大　法智慧離欲　自在薩埵相
翻此是多摩
是八種依內具得成是八法得天眼聖人所見故說名已見依細哥羅等者謂八種物一名哥囉囉二者阿浮陀三名閉尸四名伽那五名嬰孩六名童子七名少壯八名衰老是八種由四食味故得增長一者因母六味增長四身二者因乳味故增長嬰孩身三者因

乳哺故增長童子身四者因飲食味增長後二身是八種身依細身成是十六物熏習內具及微細身輪轉生死外曰前已說由因依因故如技轉異相何者爲由因何者名依因答曰因善法向上因非法向下因智猒解脫翻此則繫縛世間中若人能作夜摩尼尼夜摩等法因此法臨受生微細身向上生八處一梵二世主三天四乹闥婆五夜叉六羅剎七閻摩羅八鬼神是八處由法故得生若翻此十法而作非法者臨受生時向下五處生一四足二飛行三匍行四傍形五不行是五處非法所生因智猒解脫者因細身得智慧因智慧得猒離因猒離捨棄細身真我獨存故名解脫翻此則繫縛者翻智者名無智如人執言我可怜我可愛我可愛者由慢故計我是名無知此無知繫縛自身令在人天獸等中繫縛有三種一者自性縛二者變異縛三者布施縛此三後當說故說由因及依因善法名爲因向上爲依因非法名爲因向下爲依因智猒名爲因解脫爲依因無智猒爲因繫縛爲依因四因四依因已說復有四因四依因今當說

離欲故沒性　憂欲故生死　由自在無礙
翻此故有礙

離欲故沒性者有一婆羅門出家學道能制十一根遠離十一塵護持夜摩尼尼夜摩等十智即得猒離有猒故離欲無有二十五實智是故無解脫是人死時但沒八性八性者謂自性覺我慢及五唯在八性中未得解脫計爲解脫後輪轉時於三世間更受麤身故

説猒離故没自性中是名自性縛憂欲故生死者憂欲者如有人計我今行大施作大祠天事令飲須摩味於佛世間我應受樂因此憂欲受生生死諸梵處等乃至獸生是名布施縛由自在無礙者自在者喜樂種類有八分微細輕光等由此自在故在梵王等處所有八種無礙此八種自在與覺相應故故名變異繫縛翻此故有礙者翻自在者即不自在由不自在故一切處所皆有障礙此障礙亦變異繫縛是闇癡法故故此偈説四種因依因離欲者爲因没性爲依因憂欲名爲因生死爲依因自在名爲因無礙爲依因非自在爲因障礙爲依因如是八因八依因是十六生巳説竟外曰是十六因依因生何者爲其體以偈答曰

生因覺爲體　疑無能喜成　思量德不平
覺生五十分

生因覺爲體者生者或十六或八種依因若十六種八因八依因以覺通爲體或八種者八依因名爲生八因爲其體故説十六生名因覺爲體巳如前偈説決知名爲大法智慧離欲自在薩埵相翻此名多摩夜疑無能喜成者此十六生分爲四分一疑二無能三歡喜四成就如一婆羅門與四弟子從大國土還其本處在於行路日未出時其一弟子即白師言大師我見道中有一種物不知是杌爲是兇人是弟子於杌生疑師語第二弟子汝往諦看爲人爲杌是人因師言巳即便遥看不敢近彼即白師言大師我不能近彼是弟子二人有無能次語第三弟子言汝可好

看定是何物看已白師大師何用看此是日已出有大宗侶可相隨去是第三人雖未辨人杌已生喜心次語第四弟子汝當往看是人眼根淨故見藤纏繞上有鳥集彼往脚觸還白師言大師此物是杌此第四人乃得成就故十六生分爲四分思量德不平者德有三種謂喜樂憂苦闇癡此三互相違若喜樂增長則能伏憂癡譬如日光能伏星火等憂癡增長亦復如是若思量三德不平等覺生五十分五十分者今當說

疑倒有五分　無能二十八　由具不具故
喜九成八分

疑倒有五分者疑倒前已說今當說五分一闇二癡三大癡四重闇五盲闇今未說無能前明五疑分

說闇有八分　癡八大癡十　重闇有十八
盲闇亦如是

說闇有八分者若人不因知欲沒八性中謂自性覺慢及五唯此人未得解脫作已得想由不見此八種繫縛故說不見八種名之爲闇闇者無明別名癡八者自在有八種前已說此中諸天等生執著縛不得解脫由著自在輪轉生死故說癡八分前八名自性縛後八名變異縛大癡十者有五唯喜樂爲相是諸天塵是五塵與五大相應三德爲相此十塵中梵及人獸等生執著縛謂離此外無別勝塵因此執著不平等智及解脫法皆執著塵不求解脫故名大癡重闇有十八者八種自在及十種塵已退生時是時貧人作是計言我今貧窮自在諸塵並皆失盡分別此

事起十八苦此苦名重闇盲闇亦十八者如
前說自在有八塵有十種有人具此十八臨
退死時作如是計我今捨八自在及以十塵
獄卒縛我就閻王所因此計生苦不及得聽
僧佉義故名盲闇如是闇者分別五分有六
十二今說無能分者
十一根損壞　智害名無能　智害有十七
翻喜成就故
十一根損壞者謂聾盲齆爽癲狂瘂戾跛石
女黃門秘上是十一根損壞云何說無能不
能聽聞故乃至不能得解脫譬如聾人能加
一病語善友言我困苦當何所作善友語言
當受僧法智慧至盡苦邊即得解脫答言我
今不能受持僧法智慧不聞師語既不聞說
慧何從生如聾盲等如是爲根壞故無學慧
能及不能得解脫智害名無能智害有十七
者後當說

金七十論卷中

音釋

鸚鵡鸚烏莖切鵡文甫切鸚鵡能言鳥也　杌五忽切木無枝也　齆烏貢切鼻塞病也

金七十論卷下

外道迦毗羅仙人造

陳天竺三藏眞諦譯

翻喜成就故者翻九分喜及八種成就翻此十七名爲智害是十一根壞及十七智害是名二十八云何喜九分以偈釋曰

依內有四喜　自性取時感　依外喜有五離塵故合九

依內有四喜自性取時感者依內者依覺慢心生四種喜一由自性喜二由求取喜三由時節喜四由感得喜爲現四喜作如是譬譬諸婆羅門捨俗出家有人問言汝何所解而得出家是人答言我知自性是三世間眞實因故我出家是人唯知自性是因不知常無常有智無智有德無德是徧非徧但知有及因故生歡喜是人無解脱是喜由自性生次問第二婆羅門言汝何所知而得出家是人答言我已識自性是世間因我已知取是解脱因誰有自性是實因若無取者解脱不得成故我攝持取取者一切出家行道具具有四種謂三杖澡鑵袈裟吉祥等吉祥有五一灰囊二天目珠三三縷纓身四諸呪術章句五以一長草安頂髻上謂吉祥草此五並是學道之具能去不淨故曰吉祥就前三種合八具也從此得解脱我由此出家是故第二喜名取因此喜故不得解脱但知自性因不能知餘復問第三婆羅門言汝何所知而得出家其人答言自性及四取何所能作我知不更得解脱故求出家此第三人無有解脱何以故不知二十五句義故是第三喜者名

時節喜次問第四婆羅門言汝何所知而得出家其人答言自性取時節何所能作若離感得我已知由感故故得解脱故我出家是第四人亦無解脱無有智故是第四喜者名感得喜此四喜依内得成依外喜有五離塵故合九者外喜有五種遠離五塵故譬如一人見五婆羅門出家次第往問初問第一人言汝何所知而得出家其人答言世間中有五塵爲得此塵諸事難作或作田或養獸或事王或商賈離此四事或便作偷賊是求塵事決難可作遍惱自他故我見此事故求出家是第五人無有解脱無眞實智故又問第二人言汝知何法而得出家其人答言我知五塵求覓可得如前方便作田等諸塵已守護難作何以故五家具諍故由護此塵應遍

自他我見守護苦故離塵出家此第六人亦無解脱無眞實智故次問第三人言汝何所知而得出家其人答言我已能令未得求令得已得守護令不失此五塵由自受用故自然成失若失時即生大苦由見此失塵過失故求出家是第七人亦不得解脱無眞實智故次問第四人言汝何所知而得出家其人答言我已能覓未得能得已得能護失已亦能更覓若爾何以出家五根無猒足展轉求勝故我是此善根過故求出家是第八人亦無解脱無眞實智故次問第五人言汝何所知而得出家其人答言我已能覓未得令得得已守護令不失用已更能覓若求最勝我亦能得若爾何故出家由塵四事故應殺害他若不害者是事不成若作田者則應斬草

伐樹若鬬戰時則應殺人或劫賊他財則損滅他或說其口妄語乃至一切世間過失並由塵起我知此失故求出家是第九人亦無解脫由外猒故不修實智故說前四依內後五依外故合九喜此九種喜仙人立九名能清淨塵汚故說九喜名爲水一潤濕水二搖淺水三流水四湖水五善入水六善度水七善出水八光明水九勝清淨水翻此九喜名九無能謂非潤濕乃至非勝清淨水外曰此三法與成相違何法名爲成以偈答曰

思量聞讀誦　離苦三友得　因施成就八
前三成就鉤

思量聞讀誦乃至因施成就八者此八種能六行得成如一婆羅門出家學道作是思惟何事爲勝何物眞實何物最後究竟何所作爲智慧得成顯故作是思量已即得智慧自性異覺異慢異五唯異十一根異五大異眞我異二十五眞實義中起智慧由此智慧起六種觀一觀五大過失見生猒即離五大名思量位二觀十一根過失見失生猒即離十一根此名持位三用此智慧觀五唯過失見失生猒即離五唯名入如位四觀慢過失及八自在見失生猒即離慢等名爲至位五觀覺過失見失生猒即得離覺名縮位六觀自性過失見失生猒即離自性是位名獨存此婆羅門因是思量故得解脫此成由思量得故名思量成思量成已說次說聞成義如一婆羅門聞他讀誦聲謂自性異覺異乃至眞我異聞此讀誦聲已覺知二十五義即入思量位離五大入能位離十一根入如位離五

唯入至位離慢等入縮位離於覺入獨存位離自性是名解脫聞成義已說次說讀誦義有八智慧分得成如一婆羅門往至師家一欲樂聽聞二專心諦聽三攝受四憶持五知句義六思量七揀擇八如實令入是名八智分由此智分得二十五義入六行得解脫離三苦成者一離內苦如一婆羅門爲內苦所逼謂頭痛等往詣醫所得治痛已由此內苦起於欲知爲欲求知滅此苦因往就師家生八智分得二十五義入六行觀故得解脫此成由內苦如身苦心苦亦如是二離外苦如一婆羅門爲外苦所逼謂人獸翅乃至山木石等之所困苦而不能忍生求欲知滅苦之因往詣師家修八智分得二十五義入六行觀故得解脫此成由外苦得三依天苦如一婆羅門爲天苦所逼謂寒熱雨等其不能忍詣師求八智分得二十五義入六行觀故得解脫七善友得者不由八智分得但從善友得智慧至智慧究竟則得解脫八因施成者如一婆羅門人所憎惡知他憎已是故出家既出家已師及同友亦生憎惡不與智慧自知薄福往邊村住自謂此處無婆羅門可安居住既住已多得施食其所餘者還施親友乃至女人牧人於是村人並皆愛念安居欲竟一切人衆並皆嚫施三杖澡鑵諸衣物等近帝釋會時語諸人言誰能與我還本大國看於此會若欲去者人人賫物爲我將往往彼到師家已選擇勝物以供養師餘物次第分與同學師友衆人並生愛念師即施其智慧由此智至究竟智即得解脫此由施得成

此八成者昔日仙人又立別名一自度成二善度成三令度成四喜度成五重喜度成六滿喜度成七愛成八徧愛成若翻此八成則名八無能謂非自度無能乃至非徧愛無能如是十一根墮無能及十七智害無能爲二十八無能是疑無能喜成轉爲五十義已説前三成就鈎者譬如醉象以鈎制伏不得隨意自在是五疑二十八無能九喜所制伏世間不得眞智若離實智則無八成故説前三是成就鈎故次捨疑無能喜勤修八種成外曰諸有所熏習體相故輪轉生死前已説體相有二種一微細體相在初生二父母生身及十一根共相應八有所熏習故輪轉生死此中有疑何者先生體相爲先諸有爲先以偈答曰

離有無別相　離細相無有　相名及有名
故生有二種

離有無別相者若離諸有體相不成譬如離熱火不得成離細相無有者若離相諸有不成譬如離火熱不得成是兩法相依如火與熱此法俱起如牛兩角相名及有名故生有二種者自性變異有二名一生相名二生有名初生生死即具二種外曰此生唯有二種更有別名答昔仙立別名者一自度者此人最利自思惟得般若成解脱不由他教故云自度成也自思惟得不由他故自度即般若般若能免此至彼故稱爲度度至之時則名解脱解脱即名成因名爲度果名爲成此度成由自思得云自度成也後七度成義無異也但別名不同耳二善度成者由自由他故

得般若成解脱也此人神根小劣薄由他教自義多而能得度脱故稱善度成也三令度成者一向由他教得故稱爲全神根復劣也四喜度成者此人爲内苦所逼謂頭痛等詣師求治得暫脱内苦此爲一喜思惟此脱非是永脱知獨存時乃是永脱故詣僧佉師學般若求成解脱得復歡喜從此兩喜爲名名喜度成也五重喜度成者此人爲内外兩苦所逼詣師請治二苦二苦既暫息即是兩喜知此非永脱故求師學度成得故歡喜受重喜名六滿喜者此人具爲三苦所逼一内苦頭痛等一外苦刀杖等三天苦風雨寒熱等詣師請治治之既差稱爲徧喜知非永脱就師修學故得度成從此爲名名徧喜度成也七愛度成者爲師憐愛教彼度成從師受此

名也八徧愛成者此人爲一切所憎而得財布施遂爲一切所愛一切並欲使其得脱故云徧愛度成也是根壞無能有十一智害無能有十七合二十八無能就五疑九喜八成合五十已説竟也前三成就鈎者五疑二十八無能及九喜是後八成就家之鈎也八種應得成解脱而由三故不得如醉象應自在由鈎故不得自在隨意八成亦如是必由真實智故得八成爲三所鈎故不得實智必須捨前三勤修後八種外曰修下次問先牒前義後問先後諸有所熏習體相故輪轉生死者上來已説也諸有即是八有謂四法四非法四法者一法二智三離欲四自在翻此四法即四非法也八名爲有前四有所熏習能令得天道後四非法所熏習能令得人獸二

道也所熏是體相體相有二種自性覺慢五唯名微細體相從五唯所生與十一根相應起者名麤體相是八種有及所熏習二體相誰爲先生八有在先二種體在先耶答二解釋明八有與體相無有先後必相應俱生如火與熱不得相離如牛兩角必也俱起八有與體相亦爾有自性覺慢五唯細體相時必有八有中四種若非四法即有四非法決不得相離是父母所生麤身亦如是體相亦如是與八有決不得相離四有第三生名舍識生如偈說

天道有八分　獸道有五分　人道唯一生

略名舍識生

天道有八分者一梵王生二世主生三天帝生四乾闥婆生五阿脩羅生六夜叉生七羅剎生八沙神生獸道有五分者一四足生二飛行生三胷行生四傍形生五不行生人道唯一生者人道唯一類故說舍識有三種謂天獸人三及相有爲三外曰三世間中何物得何處增多以偈答曰

向上多喜樂　根生多癡闇　中生多憂苦

梵初柱爲後

向上喜樂多者梵生處等喜樂最爲多此亦有癡闇爲喜樂伏逼故梵等諸天多受欲樂根生多癡闇者謂獸翅乃至柱等不行生此中闇癡爲多此亦有憂樂爲闇癡伏逼故獸等多闇癡根生者三生其最下故說根生中生生多憂苦者人中生憂苦爲多亦有喜闇癡以憂多故伏逼喜闇故人中多憂苦人道名中者三道居中故居最後生者云何說名

柱謂草木山石等三世間由此所持故說名
柱如是相生有生及舍識生已具說此三生
是自性所依故自性事已滿謂生世間及得
解脫外曰三世間中人天及獸誰受苦樂爲
自性受爲覺慢五唯乃至十一根等受爲是
人我受以偈答曰
此中老死苦　唯智人能受　體相未離時
故略說是苦
此中老死苦唯智人能受者三世間中有苦
是老所作皮皺髮白脫落氣嗽扶杖親友所
輕如是等苦並由老故死苦者有人得八自
在或得五微塵或得麤塵是人臨死爲閻羅
所録此中受苦名爲死苦復有中間時三苦
智人能受此三苦自性及麤身無智故不能
受故說人苦非自性等苦外曰幾時人受此
苦答曰體相未離時故略說是苦大等相及
細身若未相離是麤身於世間中輪轉未相
離如是時中人我受苦若細麤相離時人我
即解脫若解脫時如是等苦畢竟不受若未
離細麤相則不得解脫苦故略說細相麤相
名苦外曰自性事唯此爲更有耶以偈答曰
自性事如此　覺等及五大　爲脫三處人
爲他如自事
自性事如此覺等及五大者此偈說何義謂
七十偈義其相已成滿云何如此自性兩種
事已顯現故一者次第起生死令我與三世
間塵相應得次第起初起覺慢從慢起五唯
從五唯起十一根及五大此二十二事身覺
爲初以五大爲後二者爲脫三處人爲他如
自事者爲解脫天道中人我及人獸道中人

我次第作八成令見自性我中間此兩但爲他不爲自譬如有人作朋友事不作自事如是自性但作他事無自爲事外曰汝說自性作人我事已則得離我此自性無知唯人我有知云何作意令他與塵相應輪轉三世間後令得解脱若有是意非謂無知答曰已見無知如物有合有離如偈說言

爲增長犢子　無知轉爲乳　爲解脱人我
無知性亦爾

爲增長犢子無知轉爲乳者如世間中無知水草牛所噉食應長養犢子如作如此計於一年内能轉作乳犢子既長能噉草已牛復食水草則不變爲乳爲解脱人我無知性亦爾者如是無知自性爲我作事令得解脱或合或離離竟不更合復次偈言

爲離不安定　如世間作事　爲令我解脱
不了事亦爾

爲離不安定如世間作事者如世間人心不安定往還彼此爲離不安定故爲令我解脱不了事亦爾者自性由我故如有不安定爲我應作事一取聲等塵二取三德我中間除不安定已最後得相離不了者是自性別名已過根故亦稱爲冥云何知有如前說有五因緣知自性是有如前偈說別類有量故同性能生故因果差別故徧相無別故以如此道理故知自性是有復次偈言

如妓出舞堂　現他還更隱　令我顯自身
自性離亦爾

如妓出舞堂現他還更隱者如一妓見作歌舞等樂現身示觀者彼人見我已事已究竟

還隱於障中性亦如是或約覺現身或約慢
現身或約五唯五根五作五大等現身或約
喜憂癡三德及三世間等現身現身已然後
則遠離不復受三熱故説令我顯自身自性
離亦爾外曰自性顯自性身有幾種方便以
偈答曰
以種種方便　作恩於無恩　有德於無德
爲他事無用
以種種方便作恩於無恩者聲觸色味香等
塵能顯現於我義説顯是事我汝更互異我
受性恩已無一恩酬性有德於無德性作事
無用者自性有三德謂喜憂闇癡我則無此
德猶如有人利親益友不望彼恩如是自性
從初爲我作隨意事乃至解脱我無一時報
彼恩事故説爲他事無用外曰我正徧見自
性已然後得解脱爲髣髴見耶以偈答曰
太極軟自性　我計更無物　我今已被見
因此藏不現
太極軟自性我計更無物者如世間中見一
人有女太勝德復次見第二女其德最勝即
作計言是女最勝無更及者自性亦如是二
十四義中無有一物如其柔軟云何知如此
不能忍受他見故外曰是義不然人我獨存
不由見自性故如執自在因師説
我癡無自性　自安樂苦中　自在天使去
天上及地獄
因此執故若我見自性自性不得離故自性
柔軟不得成復次執自然因師説見自性得
解脱是義不然解脱自然得故如前偈説
能令鵝白色　作鸚鵡青色　是因能生我

造孔雀斑色
如是一切世間自然爲因是故自然解脱不由自性復有師說若見自性得解脱是事不然由人我解脱故如偈中說
四皮陀歌讃　已有當有人　死活等自在行徧不重行
是故解脱不由見自性答曰汝言自在天爲因是義不然云何如此以無德故自在天無有三德世間有三德因果不相似是故自在不爲因唯有自性有三德世間有三德故知自性能爲因是故人我亦不爲因無有三德故自然爲世間因是義不然非證比量境界故證量者見先作因然後得果比知者由此證見比度去來亦知如此汝說由聖言故是故得知是義不然顛倒說是故不成聖外曰
又有諸說謂時節爲因如偈所言
時節熟衆生　及滅滅衆生　世眠時節覺誰能欺時節
一切諸事皆由時節是故不關見自性得解脱答曰時節因不然三攝中無故自性變異我攝諸法皆盡離三無別法此中時節不被攝故知時節無此變異體說名時節過去變異名過去時現在未來亦復如是故知時節者是變異別名以是義故自性爲正因若人得如此正智是時即得正徧見自性自性即隱離以自性離故故我得解脱故說太極軟自性我計更無物外曰自性若被見云何得離答曰我今已被見因此藏不現譬如貴家女其性最爲善有人卒來見是女即羞隱自性亦如是若我正徧見即離便藏隱唯我獨

自存外曰世間及聰明同說此言縛人解人輪轉生死此言實不實答曰此言不實云何知如偈所說

人無縛無脫　無輪轉生死　輪轉及繫縛
解脫唯自性

人無縛無脫者人我不被縛云何如此無三德故以徧滿故無變異故無有事故繫縛者由有三德人我無三德故無自性縛以徧滿者縛義有彼此在此不出彼是故名爲縛人我無彼此是故無有縛無變異者從覺乃至大此變異屬自性不屬我是故人我無變異縛無有事者我非作者故故不能作事施等諸事皆屬自性故我非施縛若非被縛是故非被脫義得自然脫無輪轉生死者徧滿一切處云何得輪轉行所未曾至是乃名輪轉我無處不徧故無輪轉義若人不知此實義得說我被縛及輪轉外曰若爾誰縛輪轉答曰輪轉及繫縛解脫唯自性自性由自性變異及施等能自縛身是五唯細身與十三具相應爲三縛所繫輪轉三世間生若得正徧智生能解三縛捨離輪轉則便解脫故說三世間依性能造作事若汝說人被縛世間解脫生死是義不然復次偈言

如是眞實義　數習無餘故　無我及我所
無倒淨獨智

如是眞實義者如前已說二十五義數習無餘故者於六行中數數修習故無餘者修習究竟故智慧得生因此智慧無執我執我所執此三執及五疑並得滅盡一切事及身皆自性所作非我非我所悉屬自性故因此修

智慧得生清淨獨存因此智我得解脫外曰
我由此智何所作以偈答曰
由智不更生　我意竟捨事　入我見自性
如靜住觀舞
由智不更生者由此實智故自性不更生覺
慢五唯等如偈所言
如穀有水土　無糠不生芽　智力制伏故
性不生亦爾
我意竟捨事者爲我作二種事已究竟一者受用塵二見自性我中間故自性離一切事如我見自性如靜住觀舞者如觀伎人安坐直住我亦如是種種事中觀此自性我終不動如作是計是具縛一切人後時亦能解脫一切人外曰智於自性我中何作以偈答曰
我見已捨住　我被見離藏　自性我雖合
無用故不生
我見已捨住者如世間人見諸妓女種種歌舞作是計云我已見足直捨心住妓女念云我事已被見即隱離是處人我亦如是見自性已直捨而住自性亦如是既被見即捨離住外曰人我者徧兩自性亦徧滿是二和合恒有不可離從此和合云何不更生身答曰
自性我雖合無用故不生汝說我與自性徧滿故恒合義實如是若如此云何不更生生用無有故生用有二種初令我與塵相應後令我見自性差別此兩用見究竟故不復更生外曰若如此是用則不定和合爲因故答曰正徧知力故由此知我見自性熟猒離已見雖復和合亦不得生譬如出債債主與負債人先爲債相應既還債已雖復和合不更

相關我與自性亦如是外曰若由智故得解脫汝亦有智我亦有智云何二人不俱解脫以偈答曰

由正徧知故　法等不成因　輪轉已直住
如輪身被制

由正徧知故法等不成因者正者如實知二十五義徧知者二十五義不多不少由此知力一法二非法三非智四離欲五非離欲六自在七非自在此七被燒壞故不能作因譬如種子既被火燒不復生芽如是七種爲智慧得故不成因如是之人去來輪轉故昔時由此法等宿世因得輪轉七處今爲智慧故此因不能生依因譬如繳無影亦隨無如是宿因無故是身亦無如是智人宿世造行因息故直住如輪被制外曰若人得智慧何時得解脫以偈答曰

捨身時事顯　自性遠離時　決定及畢竟
二獨存得成

捨身時者先所作法非法非滅時正捨此身時內身有地大還外地相應乃至內空亦還空大五根還五唯乃至心根亦還五唯事顯自性遠離時者一切起生死事及解脫事已滿足故是故自性遠離我是時中決定乃畢竟二獨存得成決定獨存者由實知故離醫方及諸道異執畢竟者離四皮陀果及不由智離欲果是獨存者決定無二畢竟者無復邊際此二獨存二時中獨存外曰此正徧知何用以偈答曰

是智爲我用　秘密大仙說　世間生住滅
此中得思量

是智爲我用者是智者二十五義正徧知爲我用者獨存解脱秘密大仙說者秘密者諸邪說義之所隱覆不能得顯離正師不可得故秘密應施五德婆羅門不施餘人故名秘密五德者一生地好二姓族好三行四有能五欲得具此智慧乃堪施法餘則不與故稱秘密大仙說者迦毗羅仙人如次第所說外曰此智中何所思量答曰世間生住滅此中得思量世間初梵及後住此中生住滅生者從自性生覺乃至生五大住者由細身諸有所熏習輪轉三世間中滅者由八成永得獨存此三義智中顯現故離三無餘義故究竟智外曰此智從何而得以偈答曰

是智勝吉祥　牟尼依悲說　先爲阿修利
次與般尸訶

是智勝吉祥者此智昔四皮陀未出時初得成就由此智四皮陀及諸道後得成故說一切最勝三種苦及二十四本苦并三縛由此智故我得遠離獨存解脱故說此智最吉祥牟尼依悲說者誰初得此智謂迦毗羅大仙人如前說迦毗羅仙人初出有四德一法二智三離欲四自在得此智已依大悲說護持此智爲欲度他由慈悲故先爲阿修利說是阿修利仙人次爲般遮尸又爲頻闍訶說是般遮尸及頻闍訶廣說此論有六十千偈迦毗羅仙人爲阿修利略說如此最初唯闇生此闇中有智田智田即是人有人未有智故稱爲田次廻轉變異此第一轉生乃至解脱阿修利仙人爲般尸訶略說亦如是是般尸訶廣說此智有六十千偈次第乃至婆羅門

姓拘式名自在黒抄集出七十偈故說偈言

弟子次第來　傳受大師智　自在黒略說

已知實義本

弟子次第來傳受大師智者是智者從迦毗羅來至阿修利阿修利傳與般尸訶般尸訶傳與褐伽褐伽傳與優樓佉優樓佉傳與跋婆利跋婆利傳與自在黒如是次第自在黒得此智見大論難可受持故略抄七十偈如前說三苦所逼故欲知滅苦因等故說自在黒略說已知實義本此中有聰明人說偈言

此七十偈論　攝六萬義盡　此中說緣生

乃至五十義

彼義者不出此義如前偈說

生因覺爲體　疑無能成喜　思量德不平

覺生五十分

復有十義如偈所言

有一意用義　五義已獨存　會離人我多

身住是十義

有義者因中有果義一義者自性一人隨多人用迴轉意用者令我與諸塵相應後令見中間五義者有五道理立自性有五道理立人我如前說獨存者由正徧知定極獨存和合及離者徧滿故和合事顯故相離人我多者生死不同故此義如前說身住者由細身乃至未生智此十義與五十義合是六十萬偈所說是故七十論與六十萬義等外曰大論與七十有何異答曰昔時聖傳及破他執彼有此無是異義如是論義已究竟

金七十論卷下

音釋

嚫（初覲切）　皺（側救切縮也）　繖（蘇旱切）

廣釋菩提心論

宋西天三藏朝奉大夫試光祿卿傳法大師施護奉 詔譯

清刻龍藏佛說法變相圖

廣釋菩提心論卷第一 第二同卷

蓮華戒菩薩造

宋西天三藏朝奉大夫試光祿卿傳法大師施護奉詔譯

歸命三世一切佛　略集大乘諸法行
建立最初勝事業　我今廣釋菩提心

此中云何若欲速證一切智者總略標心住於三處出生悲心從悲發生大菩提心所有最勝一切佛法皆由悲心而爲根本此悲所因爲觀衆生故如聖法集經云爾時觀自在菩薩摩訶薩白佛言世尊諸菩薩不應修學多種法門但於一法而自動行即於一切法如掌中得何等一法所謂大悲諸菩薩乘此大悲即於一切佛法如掌中得世尊譬如轉輪聖王輪寶行處即得一切力聚而諸菩薩亦復如是大悲行處即能成就一切佛法力

聚世尊又如士夫命根堅固即能令諸根而得轉故而諸菩薩亦復如是大悲堅固乃能令諸菩提行法而得轉故如無盡意經云復次舍利子當知諸菩薩大悲無盡何以故與一切法爲先導故舍利子譬如士夫所有命根與出入息而爲先導大乘法門廣大普集亦復如是菩薩大悲爲先導故如象頭經云爾時有一天子問妙吉祥菩薩言當云何能發起一切菩薩勝行復云何住妙吉祥言天子大悲乃能發起一切菩薩勝行菩薩緣諸衆生爲境界住是故菩薩常起愛念一切衆生而於己身無所顧惜純一爲他長養利益於長時中難作能作發生諸行如信力法門經云彼諸菩薩悲心堅固爲救度一切衆生時而無少分苦想若得度已亦無所度之想不捨一切難行苦行如是不久諸行圓滿成本所願證一切智得一切佛法如是皆由悲爲根本所有佛世尊現證一切智大悲普攝廣爲世間作最勝利益安住無住涅槃如是佛所行悉以大悲而爲其因諸佛因中設有苦惱爾時乃緣衆生作意轉復多作增長不退如佛於諸經中說一切衆生於諸趣中有種種苦如其所應極大苦惱菩薩常爲衆生悲愍觀察所謂地獄趣中有種種苦業火燒然長時無間苦惱無盡如世盜賊種種治罰繫縛捶打鐵叉驅逐斷截身分受諸苦惱此苦亦然餓鬼趣中有其種種極飢渴苦身體乾枯爲伺求食故互相殘害雖常伺求縱經百歲終不能得少分殘棄及不淨等又有餓鬼自力劣薄依他勝者雖復依止而無所得

設有所得轉爲强力諸鬼欺陵逼奪捶打治罰受如是等無量苦惱受是苦者是昔人中富樂自在等類由起諸惡故墮是趣中畜生趣中受無數苦起恚害心互相食噉或有穿通其鼻或破裂其身或打縛等極不自在徧身楚痛實無少分可愛樂處如人負重嘗無懈倦雖復長時不念疲之又諸畜生於曠野中一心肆逸此彼奔馳曾無暫住互相殘害互起怖畏於此趣中復有是苦如是地獄餓鬼畜生諸趣由起種種煩惱惡業爲其因故彼彼趣中受諸苦惱如人墮於崖險之處苦惱亦然彼人趣中有種種苦如餘處説復次欲界諸天欲火燒然心意散亂欲令自心於剎那間定聚一處竟不能得當知欲樂壞時苦即現前如貧苦者云何有樂此欲天中常所墮滅怖畏憂惱及破壞等亦非其樂所有色界諸天謂由諸行常所遷轉彼天報盡或復墮於地獄等趣如是等諸趣類中煩惱業等常所纒縛不得自在由是生諸苦惱是故當知苦火熾盛燒然世間而不休息菩薩見是苦已即起悲心普觀一切衆生又復菩薩見諸衆生受種種苦時無怨無親起悲愍心平等觀察而爲救度又一切衆生無始已來輪迴流轉菩薩未嘗於一衆生不起親友之想起是平等心故即以是行於十方一切衆生普徧觀察若見一衆生有苦惱者菩薩愛之如子即當代受不令衆生受是苦惱以是悲心轉故能令一切衆生苦惱息滅乃得成就大悲勝行如無盡意經云此悲觀行世尊於阿毗達磨經最初演説爲欲救度一切有

情故起悲願等力趣求阿耨多羅三藐三菩提若不爲度衆生我即不發是菩提心如十地經云一切衆生中諸無救護者無歸趣者無依止者無知見者菩薩見已即生悲念乃發阿耨多羅三藐三菩提心若不爲他開導教示菩薩即不發阿耨多羅三藐三菩提心是故當知諸菩薩勇發阿耨多羅三藐三菩提心者謂即悲心堅固如如來智印三摩地勝上經云菩提心所行能壞輪迴苦如彌勒解脱經云善男子譬如有人不取大金剛寶别得一切金莊嚴具而亦不捨大金剛寶於貧窮者而能普濟善男子菩薩亦復如是不取一切智心大金剛寶别得一切聲聞緣覺功德金莊嚴具而亦不捨彼菩薩行所有一切輪迴貧窮者而能普濟菩薩能於一切種一切學平等而修是爲無量勝行是故從菩提心出生方便成就大菩提果如如來示教勝軍王經云佛言大王若汝所作多種事業於一切種一切處應共布施波羅蜜多乃至般若波羅蜜多相應而學是故大王汝應如是於正等覺起欲信求願趣向等心若住若行若卧若立若飲若食若諸所作決定常時思念作意觀想一切佛菩薩緣覺聲聞諸愚夫異生及已身等所有過去未來現在一切善根合集一處發勝上心自當隨喜已普於一切佛菩薩緣覺聲聞衆中供養承事所有功德與一切衆生共之普願衆生乃至得一切智一切佛法皆悉圓滿若日日三時迴向阿耨多羅三藐三菩提大王汝所作事皆得清淨菩提行等亦悉成就復次大王阿耨多

羅三藐三菩提心所生善根果報無數若生人中或生天上於一切處常得最勝而汝大王亦如是作斯爲廣大又復大王大菩提心最上最勝若復所行眞實即能成就大菩提果如無畏授問經云發菩提心所生諸福如虛空界廣大勝上無有窮盡正使有人以殑伽沙數佛刹滿中珍寶供養世尊若有人能合掌至誠一發阿耨多羅三藐三菩提心者而此福德勝前福德不可較計如華嚴經云善男子從菩提心生一切佛法廣大勝上莊嚴菩提心有其二種一者願心二者分位心又彼經云善男子一切衆生極難得者所謂阿耨多羅三藐三菩提若廣起行願即得阿耨多羅三藐三菩提現前安住普盡世間能作利益善男子我得成佛謂由發起求菩提心乘本願心後以所行諸行從先所起彼一切行而悉普攝成分位心是故行願等力若悉成立即得善知識現前攝受捨去一切不實境相如妙吉祥菩薩於上衣王所發菩提心菩薩如是發菩提心已自行布施等諸波羅蜜多相應勝行若人自不能調伏何能調伏他人是故當知菩薩若不自修諸行而何能得大菩提果又如象頭經云諸菩薩所行眞實故得菩提非諸所行不眞實故如三摩地王經云童子如我所行得眞實故而汝童子應如是學何以故童子若所行眞實即不難得阿耨多羅三藐三菩提如是菩薩諸所行行若以十波羅蜜多四無量四攝法等廣分別者如無盡意經寶雲等經說又學有二種謂世間出世間云何世間學謂技能工巧

等云何出世間學謂禪定等餘復云何謂利益衆生所作一切事業此中應知諸菩薩所行要略而言謂慧及方便而此二法無令減少如維摩詰經云菩薩無方便慧縛有方便慧解無慧方便縛有慧方便解又如象頭經云諸菩薩總略而言有二種道於是二道若具足者諸菩薩即能速證阿耨多羅三藐三菩提何等爲二所謂慧及方便若離般若波羅蜜多行諸波羅蜜多四攝法等云何能嚴淨佛土大富自在成熟有情作諸化事普攝諸法名巧方便是故此慧與彼方便爲無顛倒性有分別因由此因故起正方便如所説諸法起無顛倒思惟分別而能畢竟利樂自他能令煩惱不起猶如諸毒爲呪所害又此經云智慧攝方便此是有分別智又如信力法門經云云何爲善巧方便謂攝一切法云何爲慧謂於一切法無破壞善如是慧及方便二種徧入諸地一切時常行不得於中令其減少所有十地諸菩薩行十波羅蜜多乃至廣行諸行如十地經廣説所有八地菩薩從佛威儀起住止息行故彼經云復次佛子菩薩摩訶薩應當依先所起大願加持善根力住諸佛世尊亦從是法門流出大智圓滿諸所作此即是爲最上忍門一切佛法由此而集又善男子不應如是起止息行如我所得十力四無所畏十八不共諸神通等一切佛法而汝未具當發精進起諸願求相應而行是故汝於如是忍門不應捨離善男子汝豈不觀察諸愚夫異生等積集種種煩惱起種種尋求相續不斷云何欲起止息之行又

善男子當知諸法法性而自常住以法性常住故如來即無生謂諸聲聞緣覺不了一切法無分别無生故如來以善方便出現世間又善男子汝見我身無量智無量佛刹無量圓光無量智現前門無量清淨無量如是等諸廣大法是故汝乘本願行應常思念利益衆生即得如是不思議智門如十地經所說行相與維摩詰經相違故彼經云妙吉祥若人於如來所說法起輕謗者是人雖出謗言如我所說亦得清淨此中理事亦不相違如象頭經云佛言慈氏諸菩薩爲菩提故積集六波羅蜜多或有癡人作如是言般若波羅蜜多是菩薩學云何復學餘波羅蜜多或有聞已於方便等諸波羅蜜多起捨離意慈氏於汝意云何如迦尸王取自身肉而救於鴿是王豈愚癡耶慈氏白言不也世尊佛言慈氏我修菩薩行時廣修六波羅蜜多相應善根應無利益耶慈氏白言不也世尊佛言如是慈氏如汝於六十劫中積集布施等諸波羅蜜多乃至六十劫中積集般若波羅蜜多亦復如是彼中廣說行相應知

廣釋菩提心論卷第一

廣釋菩提心論卷第二

蓮華戒菩薩造

宋西天三藏朝奉大夫試光祿卿傳法大師施護奉　詔譯

復次此中如毗盧遮那成佛經說所有一切智智悲心爲根本從悲發生大菩提心然後起諸方便是故諸菩薩於一切時常行此二種所有施等方便現身現土眷屬色相廣大果報二種攝故悉得成就如佛世尊不住涅槃爲令一切起於正慧普能斷除諸顛倒故又復不住生死爲由生死起顛倒故是故世尊成就無住涅槃又復當知慧及方便自相所行應當遠離共相毀謗二邊離二邊故中間所行即得無礙所言共相毀謗邊者謂慧離共相邊方便離毀謗邊此中如是如聖法集經言若諸相好色身具足即能令觀者起勝意樂若於三昧中觀法身者即不能令起勝意樂復有說言慧及方便生諸如來能令他起清淨信解如是應知又復有言如世間法應當了知法尚應捨何況非法離取相故彼諸顛倒取著心斷由彼斷已此說是爲真勝意樂不應於彼所作事中而起決定實依止心亦如有說一切法中亦不可取亦不可捨彼取捨法不可得故或有說言施等諸行感生死果此中云何謂離於慧而行施等得少分善以爲喜足起勇悍心復作增上勝善根想如維摩詰經說所有一切法應與慧及方便二種俱行施等諸行若爲慧所攝即得名波羅蜜多名異此即非施等清淨此中當知若住三摩地能生起諸慧加行專注緫彼所作謂由先起聞所成慧以本宗義而正攝

持然後思所成慧乃得生起於是思慧中觀察如實義彼所觀察決定眞實無別邪妄不實顛倒如是觀故疑惑止息正智出生如理正修如佛對諸外道說無我法是中應當思惟觀察必有正因得涅槃果異此皆是外道常因分別非爲寂靜是故雜阿含等說思所成慧中如理伺察已應觀諸物有實自相而彼自相勝義諦中即無有生如是阿含中所說決定相應如聖法集經說無生眞實不實謂別異法如是等皆隨順勝義諦無生此說眞實又勝義無生即非無生彼一切所行皆過去性此中又言善男子生滅二法畢竟皆是世間取著是故佛大悲者爲欲警悟世間捨諸所行說生滅等畢竟無有少法可生又聖法集經說云何生云何滅答無生名生無

滅名滅此中又言阿字門謂一切法離生滅是即一切法無自性門自性空所成聖二諦經說若無生平等即得一切法平等般若波羅蜜多經說須菩提色色自性空乃至識識自性空自相空所成象腋經說一切性不可得生於無生性中愚者執有其生父子合集經說彼一切法皆悉平等三世亦平等過去一切法自性離乃至現在一切法亦自性離如是總說彼阿含中相應堅固之義應當伺察異此有因即不能成此中如理決定伺察已要略說者謂諸生性或說有因或說無因如實當知非彼有因非彼無因是義云何若捨因性此差別性或有實顯示非彼無因若法生時乃一切性徧一切處云何非有彼無性時或無差別於生時中亦非有得非彼有

因如是總説彼非無因而得和合亦非有因而得和合如是所説若計有我即是外道常因起執彼無性得生能起諸行而爲顯示壞諸因性何能生起諸行不如理捨故又非外道所執我等自有力能於他别法得不捨性既執常性不能於他作義利事若無義利背相應法此中如是當知所執我等一切力能畢竟皆空如石女兒彼無自性於所作事中不能成就彼等設有所作無實力能若非所作又非和合又如一切事隨有作生巳後時決定若有力能即彼力能自性隨轉乃如前説所起作事而得和合或不隨轉亦如前説彼無自性無常因性定不和合是故諸無常中無有少法可得此中意者如世尊言復次大慧不實共相者所謂虚空滅涅槃無作者無性無取著共相是故無常等生此不和合而亦非無常如過去未來二事性中亦非有生而得和合彼無和合因性隨轉若同時生有所相應亦非同時因所作自性事得決定彼同時觀亦無所成性或異時觀亦非異時若於時中緣中觀者彼亦不生不實過去若生有所和合而亦非緣亦非有生彼一切我而亦無緣又非一剎那中一切剎那隨入劫與剎那分量而不和合如諸微塵合集摶聚是中亦無極微量我而得和合如是一聚一分中彼剎那藴聚性不和合自不得生亦無因分若於是中取彼分性即自我所作相違亦無二種若有二分性即二種過失隨著如是總説是故一切世俗所生有所得性於勝義諦中而實無生此説不與阿含等相違如

佛所言諸有生性皆謂世俗勝義諦中生無自性無自性中若起疑惑彼即實起世俗之意所說如理是佛世尊眞勝意樂如世稻稈等自性他性於二種中說無因生是義當止此中宜應如理伺察若色無色彼之二性如鉼器等彼極微量不壞色性於前分位而非一性前分位中若有所壞彼即不成又非極微聚中有一性多性彼一多性離云何有自性若無自性此即勝義如夢中所得色相色性其義應知此即佛所說如楞伽經說復次大慧譬一大象破如微塵於是微塵相中如理伺察彼之色性實無自性又如色蘊中青等諸色彼有對礙而無自性如是畢竟識外非色是義應知如世尊言外無諸色自心所現彼外青等種種色相實無對礙而取捨相亦無對礙非一性相應亦非多性相應一多相違云何非一性以一聚色性故非一性非多性者其義應知此中伺察諸有色相自體不實故無對礙彼識亦不實何以故識自相離非說彼色離識而有又復識之自相種種不實由如是故說識不實是故佛說識如幻士如是總說若一性若多性是性皆空勝義諦中一切性不實此義決定又如楞伽經說譬如鏡中所見之像非一性非異性如是觀時是性非有何以故一異性離故一異性不著故或有說言智者觀自性實不可得此中不可顯說無自性故如是等諸有所說如理伺察是爲思所成慧決定如實是義成就由此修所成慧當得生起若無聞等修慧不成如寶雲經說諸正行者有智光明出生中間

彼正不壞由智出生諸所修作出生成就譬如地中不淨遍滿諸有所生云何能生諸修亦然明了智果真實性中如理出現如三摩地王經說若有人起多種尋求而所起心有著有依止是故若欲證彼真實修慧者應當最初修奢摩他相應勝法會心安住猶如止水若心有動非奢摩他不能攝持而住如佛所說住等引心能如實知若散心位非此相應是故修奢摩他時諸所得諸所欲當住平等捨體中苦等而悉除遣安住淨戒發起精進速得成就此中如是如和合解脱經說先修施等勝上之行次復修持淨戒然後住於奢摩他行若欲住是奢摩他者隨諸分位於諸佛菩薩等先當歸命懺悔隨喜次應起大悲心普盡世間生救度想於安隱座中跏趺而坐直身端住現前正念引發三摩地現前相應從初專注如應觀察乃至多種所緣等事普盡收攝繫心靜住復次總略色無色二種中應當捨離散亂過失總彼相應所緣起勝作意乃至蘊處界一切事等悉不分別即得清淨所有廣說諸所緣行相如和合解脱經第十八相應分所有世尊攝有情事色等分別及一切事分別略中廣行相如阿毗達磨等說此中意者於彼等事觀已離過而悉收攝令心相續勝進增修若或心生貪等爾時應作不淨等觀得止息已又復過前起勝進心此不淨等觀所有行相恐繁且止若或彼心不能勝進起勝意樂亦是散亂過失爾時應觀三摩地所有功德起勝意樂即能止息非勝意樂若時昏沉睡眠生起應觀佛等

功德勝喜悅事彼能止息復次如是於所緣中如應堅固攝持不散即得相應又復若時前心愛樂喜悅隨生後心高舉爾時應作無常等觀如是總說於所緣中應使心無動作專注靜住離高下法平等所行心得清淨彼發悟散亂等因而悉棄捨若有眞實發悟所作彼心散亂於所緣中若無動作如是乃得所欲所行勝定相應爾時當知奢摩他成如是等當知一切奢摩他共相謂心一境性中自性彼奢摩他所緣決定如是此等奢摩他法佛於般若波羅蜜多等經廣說復次當知修奢摩他有九種法一除二徧除三分位除四近除五調伏六止七近止八一向所作九知止此等九種行相云何謂徧此九法是即名除於所緣中繫心是爲徧除於所緣中相續而轉是分位除散亂現前而悉摧伏是爲近除散亂離已又復勝前徧除所緣是爲調伏若愛起時伏故名止若散亂過失現前不起勝意樂而能止故是爲近止若昏沉睡眠等起時速當遣離是爲一向所作於所緣中得無動作已然後專注得相應止得彼止已心住於捨是爲知止如是等義如聖慈氏菩薩所說又復當知諸修一切三摩地時有六種過失一懈怠二所緣忘失三沉下四高舉五無發悟六發悟此六過失生時當起八種斷行對治何等爲八一信二欲三勤四輕安五念六正知七思八捨此等對治行相云何謂信等四法對治懈怠此中意者以三摩地功德中要具增上正信順相彼相應者起勝希望於希望時發精進行所起精進身心勇

悍後得輕安是故對治念對治所緣忘失是義應知正知對治沉下高舉謂以正知起正觀察能令高下二法止息是故對治思對治無發悟是義應知捨對治發悟由前高下得止息已心住正直即無發悟是故對治如是八斷行對治六種過失已所有最上三摩地事業即得成就神足功德由此而生如諸經說若具八斷行即能發起四種神足所有心一境性勝上事業得正相應乃能證入禪定解脫法門圓滿一切最勝功德

廣釋菩提心論卷第二

音釋

捶之累切繫也　伺相吏切察也　噉徒濫切食也　詰苦吉切　悍侯旰切有力也　腋羊益切　摶度官切捏聚也

廣釋菩提心論卷第三第四同卷

蓮華戒菩薩造

宋西天三藏朝奉大夫試光祿卿傳法大師施護等奉　詔譯

復次此中次第應修彼諸禪定謂若得離欲愛所有喜樂內心清淨住正相應有尋有伺是初禪定又復此中無尋唯伺名中間禪初禪地愛若得離已所有喜樂內心清淨住正相應是二禪定二禪地愛若得離已樂捨正知住正相應是三禪定三禪地愛若得離已捨念相應是四禪定所有無色定等行相應知是中諸所緣相如應分別於所緣中令心堅固如理所作以慧觀察智光明生破無明種畢竟得斷即正相應異此皆是外道所修非正三摩地不能斷煩惱

如諸經說所有正修三摩地時若我想生是即還復發起煩惱爾時住心當如止水入三摩地相應觀行

如楞伽經說總略而言正慧觀行唯心靜住外無分別若住眞如所緣是心應過心若過已彼無對礙而亦應過無對礙中若相應住是大乘觀彼無發悟最勝寂靜即勝無我智無對礙觀

此中意者如實觀察心外必無色法分別是即最上相應勝行若爾識之與色云何有異或不異若識亦應有對礙義邪不然如夢分位所見不實是故識外如實伺察極微量色取不可得以不可得故如是成唯識無復一切外義可有唯心靜住外無分別於伺察中以離色法故有所得相而爲得者畢竟無所得是故於諸色法應觀無色彼若唯心無實

能取亦無所取是二取性實不可得離取捨故即心無二如是伺察亦無二相於眞如所緣中是心亦過彼所取相亦復過已二無對礙於是無二智中住如實義所言唯心過已二無對礙是智於中而亦應離是故自性他性中諸有生性而不可得如應伺察諸衆生性亦不和合若取若捨二不實性悉應遠離當知一切物性諸有取著於無二智中皆應捨離於無對礙無二智中若如是住即於一切法如實覺了無有自性彼即能入最上實性入無分別三摩地門又若於是無對礙無二智中相應住者是即最上實性中住是大乘見如是亦見最上實性以見最上實性故即於一切法慧眼觀空智光明中皆如實見如諸經說云何見勝義諦謂一切法無見此中如是所言無見者是勝意樂眞實無見非如世間諸生盲者及瞑目人緣闕故或不作意故而皆不見彼等有性顛倒種子悉不能斷此即不然又如入無想定後或出時還復生起有性取著貪等根本諸煩惱聚而不解脱所言有性取著貪等根本煩惱行相如聖二諦等經説若復有言入無分別總持法門無分別法中離色等相以決定慧於無色中觀無所得亦無作意是勝意樂非如無想定等於諸色等取著法中作意而離是故當知如前所說諸色等中作意離相若無正慧即不能斷疑惑種子譬如世間火若存時諸物燒然云何能離思之一法若不調止所有邪妄分別刺等何能拔除

復次此中云何能離疑惑種子謂於相應定

中以慧眼觀彼種子空如先所說於色等中若以有所得相而爲得者畢竟無得如人迷繩謂蛇智了無異色中離疑其義亦然以慧眼觀諸境不實邪妄計執如人處於暗室復還掩閉總一暗冥都無所見又如鉼等器中盛滿諸物以蓋覆故亦無所見此中意者是暗室等雖無所見然色等有性疑惑取著亦不能離以不離故彼雖無見不斷過失如是等人諸取著心畢竟云何而能除斷是故應以三摩地手執極微妙快利慧刃斷彼思色等邪妄分別種子如是眞實斷故譬如拔樹連根悉除地既無根不復生長邪思種子既得斷已一切過失悉不復生此中如是斷障等義是奢摩他毗鉢舍那相應法門即修行者所行之道如世尊言此相應門是無分別正智因性故經頌云

先安住戒次得定　得彼定已慧當修
清淨圓明智慧成　智淨先由戒具足

由此當知所有奢摩他諸所緣中心住堅固如理所作以慧伺察智光明生明現暗除智生障滅如人二目隨量無差於諸分位照明無異智光明出亦復如是非光明中有冥暗性明暗二法互相違故當知三摩地中離冥暗性亦復如是若不爾者云何能住心一境相是故若於三摩呬多中如實了知即能一向隨順正慧此中所說悉不相違

復次三摩呬多中應以慧觀都無色相於一切法悉無所得彼諸相應分位相中無所進趣無所發悟若自若他悉見無性有性分別戲論相等一切息滅如是即於正慧所觀無

相性中而得相應有心分別悉不能立即彼無性亦不可得若於是中或謂有性而可見者是見應止如是止已若於無性分別轉者此亦不然設使有性三時相應以慧眼觀無相無得又何止邪如實義者有性無性不應分別一性異性亦不可分別是中若離性與無性二分別者悉能照達諸分別空即彼能照及所照性亦無所有如是乃得最上最勝無分別相應此中若住如是相應即一切分別悉能斷滅所有煩惱障智障而亦能斷於彼煩惱障不生不滅性中而性等顛倒根本悉除

如聖二諦等經說如是相應行中一切性等分別斷已普盡性等顛倒無明自性煩惱障根本即斷彼根本斷已諸煩惱障而悉能斷

又如聖二諦經中問妙吉祥菩薩言云何能得煩惱調伏云何而能了知煩惱妙吉祥言勝義諦中畢竟不生彼一切法無生性中世俗皆是不實顛倒應當止息一切性等所起顛倒思惟分別若彼思惟分別不止息者即有我共相既有我共相即起立諸見若見起立即煩惱轉天子若能了知勝義諦中一切法畢竟無生即勝義諦具十種無顛倒若勝義諦中無顛倒即無分別若無分別得滅相應若滅相應彼我共相即不能得若我共相既不能得而彼諸見不能起立乃至勝義諦中涅槃之見亦復不起由如是故即於無生行中一切煩惱畢竟調伏天子當知諸煩惱於勝義諦無礙智中畢竟空畢竟無相畢竟無性如是知者是爲了知煩惱天子譬如毒

虵為呪所害彼煩惱種亦復如是天子又問云何為煩惱種妙吉祥言天子彼勝義諦畢竟無生性中若於一切法起分別時此即是為諸煩惱種由是起諸性等顛倒於顛倒中不能照達是故若於所斷法中一切顛倒悉能斷者所有智障能正決定而悉除遣智障斷已無相續性譬如日光出時離諸雲翳於一切處照明無礙而彼智光清淨照明若色若心一切自性亦復如是諸物實性決定常住於無相續性中真實了知一切物性如實義者此中物性云何能以言詞宣說是故於彼勝義世俗諦中如如所說如實了知一切色相及諸物性已即得一切智如是所說斷障等義是證一切智最上勝道非彼聲聞等道彼諸顛倒不能盡除亦復不能正斷二障如楞伽經說大慧彼聲聞人起別異因有所住著彼見法已取為涅槃自謂得佛而不能見法無我理大慧此非解脫如是聲聞人自智所證未真出離謂得出離異見轉故而彼所作非此相應彼所行道非真解脫世尊但說一乘之法不說聲聞等道彼聲聞人但於蘊中觀察無我而彼所得謂人無我此中不然應觀三界一切唯識若說識外有義得無我者如是即於無二智無我中而不得入以他性得入故若他性得入者彼即非入唯識性故

又如此經聖出世品中說復次佛子當知三界唯心所現是心亦無中邊可得若言有邊即有所生若言有中即有所住一切皆是分別相故若心無中邊是故能入彼無二智如

是入者是眞實入
此中有問若如是者諸相應分位當云何生答由彼清淨勝願力故菩薩發起大悲普爲衆生作利益事從彼願力出生勝上諸布施等明白善行彼即眞實清淨所生又復菩薩大悲若一切衆生未能盡入諸法無性清淨智中菩薩乃至隨入轉迴亦復不染輪迴過失而豈住於彼無發悟寂靜法中如經頌云
無對礙中見　最勝無我智
是故若於無二相中說無二語是爲最勝即勝義諦中眞勝意樂於無二無對礙智中畢竟無我無有自性即得所見相應彼所有見無別異見一切無分別及無發悟一切寂靜又問若爾云何能起諸相應行答不然若或有見彼實不能隨順勝義何以故是中無有主宰自在相應相故而何有見但以世俗法中隨順色等境界相故若智生起識亦隨順世間所行是故應知此彼智者智中冥會說有所見且非實有主宰等相若無二無對礙智生起時如實開曉乃能於是智中得如實見非謂一切法於勝義諦中無有自性而世俗諦決定相應若異此說是諸異生狹劣之智如聖二諦經說勝義諦中畢竟無性世俗道中隨亦應觀若異此者彼愚夫異生聲聞緣覺菩薩及佛等諸分位當云何立謂世俗無因故世俗無生故今此不然世俗道中隨應觀故於勝義諦實無所生勝義諦中若有所得如兔角等諸世俗法如幻如影及如響等由如是故世俗緣生與勝義諦是中物性非不和合彼審思察無改轉性此中如是當

知世間一切如幻諸煩惱業即是幻因諸衆生生即是幻轉所有相應福智諸行亦是幻因如是相應智即於幻中轉

如般若波羅蜜多經説須菩提所有聲聞如化緣覺如化菩薩如化如來如化煩惱如化業如化須菩提以是緣故一切法如化此如是等差別諸行及異生等皆如幻相於彼幻中如所了知皆是不實取著若能如是知是即相應者若執實取著即愚夫異生如是所説悉不相違

如聖法集經頌云

如幻所作事　從化起解脫　此如前了知
非化中有著　説三有如化　佛菩薩悉知
知已被勝鎧　作世間利益

如是等諸所行中應觀實性如前所説奢摩他中若沉下高舉心等起時應觀一切法皆無自性爾時應離高下作意智得成就彼奢摩他毗鉢舍那相應行者所行之道即得具足乃至能起信解力等住解行地觀後欲起時還復思惟勝義諦中無有自性彼世俗諦亦如是住

如寶雲經説菩薩云何得無我理善男子菩薩應以正智觀察色受想行識彼觀察時是色生不可得集不可得滅不可得如是受想行識若生若集若滅皆不可得彼勝義諦中了知無生行已起慧觀察不復所行而有取著由是愚無智者於如是等無自性中執爲有性顛倒取著是故生死循環無盡現受衆苦無有休息菩薩大悲如是常起無間思念現前爲作悲愍利益發勝願行如我所行隨

得一切智已於是法性如實覺了然後於一切佛菩薩等供養稱讚成所作已從空悲藏發生一切施等福行

如聖法集經說若諸菩薩如實顯示者謂於一切衆生中以大悲轉我此三摩地樂一切法中如實顯示一切衆生爲作所成由是大悲所開發時即得增上戒定慧等諸學圓滿成就阿耨多羅三藐三菩提此中應知慧及方便是諸菩薩所行相應勝道不斷世俗諦顯示勝義諦若不斷世俗即能以大悲而爲先導善爲衆生作利益事遠離顛倒彼即名爲善能建立出世間慧由此乃爲順行方便於諸方便所行時中了如幻相亦不顛倒以出世智如如善修最勝方便能於真實句義之中發勇悍意出生勝慧菩薩得是慧方便已乃住相應所行勝道

如無盡意經說禪定無盡而能出生慧及方便其所出生應知即是相應行者所行勝道

廣釋菩提心論卷第三

廣釋菩提心論卷第四

蓮華戒菩薩造
宋西天三藏朝奉大夫試光祿卿傳法大師施護等奉　詔譯

復次此中如寶雲經說菩薩云何得大乘法謂若菩薩善學一切法彼雖有學而於學時及所學法悉不可得雖於學中決定無所得亦不於彼因緣法中而起斷見

如聖法集經說云何是諸菩薩所行謂若菩薩於身語意諸所行中長時不捨一切衆生內心發起大悲增上爲欲利樂諸衆生故應作是念若我現行及已行行悉與一切衆生施作廣大利益安樂菩薩雖觀諸蘊如幻亦不於中而生猒捨一切所行悉無障礙處如空聚亦不於中而生猒捨一切所行悉無障礙界如蛇毒亦不於中而生猒捨一切所行悉無障礙又復雖觀色如聚沫亦不捨離如來色身相好受如浮泡亦不於諸如來禪定三摩地三摩鉢底出生妙樂中不起方便想如陽燄亦不於諸如來智中不起勝想行如芭蕉亦不於一切佛法行中而無所行識如幻士亦不於如來三業智爲先導中而無所行如是一切所行悉無障礙

復次諸經皆說應知慧及方便是諸菩薩正所行行是故諸菩薩於彼無數一切行中常所發起慧及方便觀想修作長時無間如是即得十二分位是諸地位得安立已彼彼位中勝上功德皆悉具足所言十二分位者謂信解行地乃至佛地此等地中但除佛地自餘皆是異生及菩薩攝此中信解行地者未能證得二無我理一向發起堅固信解魔不

能動彼信解力亦未能觀唯識實性但於堅固信解法中立解行地又諸地中隨應各具無數三摩地總持解脱神通等諸功德

如寶雲經説安立四種順決擇分而彼四位有輭中上智光明出此四皆觀諸法無我是中若有輭品智光明生是爲煗位彼所證定名爲明得若有中品智光明生是爲頂位彼所證定名爲明增若有最上外無對礙智光明生於心分位離能取相是名忍位彼所證定名一分入若於能取所取相中悉無所得以無二智決定印彼二取相空是爲世第一位彼所證定名爲無間從此無間入唯識性此中總略如是等説皆是信解行地所攝

復次十地即十分位彼初地者從前世第一法無間初心得入見道既獲聖性生大歡喜是故説此名歡喜地此能分證二無我理得法無性眞實智生一切分別戲論悉離此中能斷一百一十二見所斷惑餘修所斷三界總有一十六惑如應而斷此位菩薩得平等智自利利他於施波羅蜜多而得圓滿安住三摩地乃至未能遠離微細毁犯垢染若能分得進居二地彼二地者能離一切犯戒垢染是故説此名離垢地此位菩薩能正遠離微細犯戒垢染於戒波羅蜜多而得圓滿乃至未能成就勝三摩地三摩鉢底及聞總持若能分得進居三地彼三地者能發無量勝智光明是故説此名發光地此位菩薩普盡獲得勝三摩地及聞總持堪忍諸苦於忍波羅蜜多而得圓滿已於一切三摩鉢底愛心中捨乃至未能廣修菩提分法若能分得進

居四地彼四地者菩提分法慧燄能燒諸煩惱薪是故說此名燄慧地此位菩薩已離缺減語意分別善修無缺減菩提分法於精進波羅蜜多而得圓滿乃至未能作四諦觀若能分得進居五地彼五地者於生死涅槃以善方便觀察平等極難中勝是勝修習是故說此名難勝地此位菩薩於四聖諦中能善觀察多所修作於定波羅蜜多而得圓滿從順決擇分出至此地中始得無相之行乃至未能作緣生觀若能分得進居六地彼六地者勝慧具已而能隨轉一切佛法勝現前門是故說此名現前地此位菩薩能善觀察緣生之法於慧波羅蜜多而得圓滿獲無相行乃至未能圓滿是行若能分得進居七地彼七地者於無功用方便道中雖未能具以涉遠故是故說此名遠行地此位菩薩觀一切相皆如化事眞實了知相用所行悉無違礙彼能成就無相之行於方便波羅蜜多而得圓滿乃至未具無功用行若能分得進居八地彼八地者諸相用等悉不能動是故說此名不動地此位菩薩善得無相功用行於願波羅蜜多而得圓滿乃至未能分別一切相說法自在若能分得進居九地彼九地者具最勝慧善說諸法是故說此名善慧地此位菩薩得彼最勝四無礙解慧力相應於力波羅蜜多而得圓滿乃至未能於佛刹會中隨應化現說法利生自在圓滿若能分得進居十地彼十地者能於無邊一切世界布大法雲灑甘露雨是故說此名法雲地此位菩薩勝智相應說法利生作諸化事悉得自在乃

至未能於一切所知一切相中獲無礙智若能分得進昇佛地

如上諸地所有建立行相如和合解脱經說又此諸地所有廣說蘊等清淨及分位相餘處有文恐繁且止

復次佛地即一分位此佛地者一切勝相皆悉具足一切功德皆悉圓滿已能普盡一切邊際過此無別勝上分位而佛地中所有功德正使諸佛以妙言詞而亦不能稱揚一分是故當知諸佛功德無量無邊不可稱計唯佛世尊自然智觀自證知故如華嚴經中所說功德亦即一分未能窮盡故況復我今造此論者敢以言詞具讚說邪又佛地中所有功德總攝一切殊勝之義具如楞伽經說復次頌曰

應當了知三身者　普攝諸佛一切身

最上勝義法所依　是故開顯三身相

自性身及正報身　化身等三最勝上

分別諸佛所有身　初身與二爲依止

已修難行希有行　百種鍊磨安忍心

所有一切衆善門　普能積集無遺棄

無量劫來久修習　大乘最上妙法門

一切障礙悉蠲除　盡滅無餘得清淨

因中所有微細障　果中智力悉拔除

譬如妙寶始開函　放淨光明照一切

隨順世間現有生　歷苦勤求菩提果

說法化利百千門　徧一切處善施作

如來高顯復不動　安住世間大聖尊

如彼須彌衆山王　觀仰巍巍最高勝

以大悲心爲根本　三摩地門善出生

徧三有中現其身　一切無不示生處
如淨日輪放一光　普徧世間悉照耀
諸佛聖智妙光明　能知諸法亦如是
諸聲聞人所證果　出離世間爲最勝
而彼聲聞所得中　又復不如緣覺地
緣覺若比菩薩地　於諸分中不及一
菩薩較計佛如來　倍多分中不及一
如來所證菩提果　無量功德不思議
如其時處所應行　隨順方便而善轉
果中所證最勝上　五根清淨妙用成
十二位中功德門　彼一切義皆能轉
果中所證最勝上　一切意道皆清淨
如其所證悉應知　一切無垢無分別
果中所證最勝上　攝諸義利皆清淨
佛刹清淨如所應　一切自在而出現
果中所證最勝上　一切分別悉清淨
所作不壞常時中　善修一切智事業
果中所證最勝上　一切清淨善安住
已得無住大涅槃　圓滿諸佛清淨句
果中所證最勝上　一切染法已清淨
不雜煩惱本無瑕　常入諸佛妙樂行
果中所證最勝上　想如虛空悉清淨
積集廣大勝義門　離諸色相而觀察
如來化相極廣大　此無量行皆清淨
成所作智妙難思　諸佛無垢勝依止

此中當知清淨法界即一切法眞如爲一切法無顚倒自性正因而能出生諸佛及諸佛智離諸障染建立三摩地總持法門及餘無量福智諸行成就一切衆生利樂等事乃至成熟一切正法聞持種子如是等相皆得成

就所言諸佛智者謂即四智初大圓鏡智是智遠離我我所相及離能取所取分別不雜一切煩惱垢染於一切所緣所行所知相中不忘不愚智影相生現種依持彼一切智所依清淨是即眞如所緣無分別智二平等性智得勝上所緣是智能觀自他平等已能安處無住涅槃起大慈悲隨往一切現身現土以善方便畢竟相應三妙觀察智普攝一切三摩地三摩鉢底總持法門於一切所知分位無礙而轉及能發生勝功德寶方便現身善斷衆疑如其所應能善說法四成所作智能以種種不思議方便爲他成熟一切所作如應化度一切衆生如是等相是爲四智復次頌曰

三身分位二二一　二法二報一化身

諸佛清淨法界中　若一若多性不立

此中意者清淨法身猶如虛空而無形相從是身中流出一切法此等皆是妙無比喻最勝白法清淨眞理大利樂因出生佛地最上善樂而能圓滿無盡法海復能具足清淨妙慧即能成就大菩提心如上所釋菩提心義於諸經中略集要文唯佛菩薩能盡知見

廣釋菩提心論卷第四

集諸法寶最上義論

宋西天三藏朝奉大夫試光祿卿傳法大師施護奉　詔譯

清刻龍藏佛說法變相圖

集諸法寶最上義論 上下同卷

善寂菩薩造

宋西天三藏朝奉大夫試光祿卿傳法大師施護奉 詔譯

歸命一切佛歸命諸法藏頂禮一切智廣大甚深理我今造論名曰寶上是諸法中最上眞實決定勝義論曰若人若天及諸情類從無始來癡暗爲因有語言道是惡趣根若有樂入彼一切智清淨界者是故歸命佛曰光明此中云何所謂離我等性及一切因當知一切煩惱業生雜染等法無初無住而無實體雖有所生與夢幻等如夢幻故從分別起當知諸法皆從緣生是故諸佛緣生義中宣說諸法諸物性空空無自性而亦不應於中作無實想是故清淨阿賴耶識雖有所受而無所著此義甚深又復廣大諸經教中皆如

是説諸有樂欲求解脱者應當如實覺了諸法當知諸法不離於識若離識者是性即斷是故法中無實有性法集經中作如是説若法是實若法不實若有自性若無自性是二不應將幻喻等諸法非有性而亦非無性此中所説若實無性無性名空空即成斷若實有性是性爲常當知言空與非空異離空非空亦無所得又如明暗二不相合離暗離明俱無所得是故應知此中所説明不現前暗云何離智之與愚二不相合離智離愚亦無所得非智非愚是二中間我想皆空彼一切法無内無外亦無中間無法可取無法可捨寶積經中作如是説若説言有此爲一邊若説言無是爲二邊若一若二若彼中間皆無有相而不可見無相見故亦不可説無形無

像不可表示無種類法無所攝藏亦非中邊有所安立此中所説是眞實説性與無性本來如是作此解者眞觀聖諦能離貪等煩惱過失設復煩惱有所生起於聖諦中而無所著若如是知如是解者即得如來功德聚身作師子吼轉大法輪普令一切皆悉見聞楞伽經中作如是説我語無相而不可取轉識經中作如是説離識有法理不相應授記經中作如是説當知識心徧一切法十地經中作如是説色法無實不可取捨那輰俱梨經中作如是説若了諸法性即非智所知是故此中無實可得智體無實當知如幻諸經教中作如是説諸菩薩者隨諸相轉是相無實義無所得勝義諦中言不可立寶雲經中作如是説若本是無不可言有識離分别名不

可立彼勝義諦眞理離言而諸物性實無所得此如是說是決定語佛所說意破諸無智現愛經中作如是說若言有物是爲空者衆生業報應有染淨若有染淨即是有作若有所作即種種相隨世間轉有相轉故見有所成若能安住無顚倒想即知物性無別實體此如是義者慈氏菩薩問世尊如實說我本無邊菩提亦無邊菩提無邊故無菩提可得我無邊故無求菩提者亦無少法是智所知唯諸佛智而能照了彼眞如法即是無性無性即是如來如來者即是無生性颰鉢多設多經中作如是說彼一切法若說言有此爲常語若執爲無即成斷見若非有非無又中間不立寶星經中作如是說貪等煩惱一切染法若解脫者是無盡相若能了知煩惱自性本來清淨勝義諦中脫無所脫若欲眞實觀如來者當觀如來解脫所生不從因生不從緣生非有相生非分別生遠離一切名言差別非色相非色眞如乃至非識相非識眞如非晦非明非即非離非見非知離諸識法非所了別不 於一切識法中住若能如是觀如來者名爲正觀若他觀者名爲邪觀以邪觀故彼不能見如來眞實此中所說如實義者離有離無非性非無性如是名爲眞見如來無垢稱經中作如是說華嚴經中有一天子問妙吉祥菩薩言云何實語不實語一切煩惱云何調伏妙吉祥答言如人夢中見彼大蛇是人雖見非毒所害煩惱雖生而無實性是性清淨而自調伏此爲實語非不實語又海慧菩薩問不思議梵天言法本無證及

無所說云何有佛及諸佛法不思議梵天答言若佛如來出興於世及彼演說諸佛法分若有若無本自如是本來無說亦無所證無說故無聞無證故無得但爲衆生煩惱業生諸果報性引生諸佛大菩提心住諸菩薩悲心境界若諸衆生煩惱等性能自調伏所有諸行而不常行無求無願彼煩惱性悉清淨若諸佛亦復無證無說又善財童子言當知諸法皆悉如幻我於幻中而求解脫如是等義華嚴經說當知諸法如幻如夢如陽焰如聚沫如乾闥婆城三界一切法從識心所生心如幻故三界如幻若有一物有實體者此說幻喻理不相應三摩地王經中作如是說如上諸義諸經中說

復次我今依經略釋餘義如妙吉祥菩薩言菩提者不可以身得不可以心得若無心即無身身心離故無爲無作如幻如化若如是說爲菩提者諸佛說此是爲菩提能入諸佛平等境界是故乃可名智莊嚴而不莊嚴彼一切智一切智性不可得故菩提無生亦復無滅不一不異非此非彼諸佛如來咸作是說又復譬如世間一切種子而能生長一切芽莖若無種子芽莖不生釋迦菩薩坐菩提場成等正覺其義亦然但從緣法而生起故雖有所證而無其實此即說爲遊戲神通是故當知無有外法諸佛如來亦無有性是故離識實無一法若離識者法不生故若心能生心即無生若法所生法亦無生以是義故諸佛如來於無生心中說菩提義佛說識心能生菩提亦非識心而能生故何以故識性

空故妙吉祥所說是最上眞實於自佛境界中如實而說又復諸法皆從緣生而彼所生亦無自性是故諸法皆悉如幻如幻之言是如實說慈氏菩薩現住如幻三摩地中是故世尊於是三摩地中與授其記爲表示故又復世尊於無數經中宣說諸法從識所現離生離滅非有相非攝藏無起作無止息不有不無非常非斷當知智性皆悉如幻況復諸法有所分別若有執著斷常語者彼非正行佛不許可若知諸法非斷非常彼正相應說名眞實於自分外無法可著亦無有法是心所對雖於諸法說種種句但隨諸法爲表了故當知自識而非他識於其外義而無少法所可樂欲自識無性他識無性於自於他亦無異性彼眞實智離有離無當知我識亦復非有補特伽羅蘊語所攝是故應知一切佛一切法皆自分有若離自分求不可得即此所說離有離無是甚深義諸佛皆說此微妙法遠離一切取著分別離此亦復無別所說諸迷謬者若著於有即有善惡界趣二種差別若著於無即無其想刹那生起是故著有著無俱不相應諸佛如來悲心方便宣說此義謂一切法離有離無如是所說是最上句是故此說諸法眞實法無著性非諸所觀彼無著性離有離無若如是知是大智者當觀虛空無增減無分量無邊際即此虛空出生一切清淨識心亦復如是此心無心一切出生又如淨摩尼寶彼無心故暎現一切或有問言云何分位而無能取應如是答謂彼虛空無作邊故即無能取若彼虛空無作邊者

量云何得當知一切衆生界如微塵聚彼一虛空悉能容受而諸衆生等虛空界無所增減若一切有情及一切方分一切種類一切形相一一分別是中實無一性有所生起以是義故非一性非多性一多中間而亦無性若言一性定有所得即種種性而有差別有差別性即分別生是故一性多性是性平等若於外義無所取著於智亦復而無所得若於外義無所取著於智亦復無所生起若知識心離諸有相而彼外法有何分量若知識心是諸有相而彼外法亦何分量是故應知於彼外法實無一性而可生起如夢等法無實作用若言諸法是此此無自相若言諸法是彼彼亦無實若於自心有所了知即此自心亦復無實若如實知者名覺了識相若有

一切麤重分別心起當知皆是煩惱差別所生若能了煩惱性離分別心即生死涅槃二俱清淨此清淨性即諸法性是性亦復名爲眞如名爲實際亦名爲空是諸性中若染若淨實智所觀皆悉平等或有問言於一切法中何者是不壞應如是答諸法自因不壞云何不壞不壞因性故若法有性若法無性不離自性於二義邊何能安立若諸法因及諸作用有所壞者於一切處理不相應諸法實性云何隨轉謂彼實性無所住故諸法無性云何有因離因亦復無別性故又諸法實性而無所壞即壞之名亦復無住此中亦無差別因性彼壞滅性無分位故諸法眞實是常住性彼常住性非無常性若離實性別義作用理不相應然諸物性而亦不滅又非無常

性是眞實性眞實性中而有何義是所作用無差别性不可分别彼一切常徧一切處又非無常性是眞實性眞實性中相云何得諸不眞實此云何立諸别異性此云何現是故非無常性應如是知亦復當知無常性者於物性中自類而轉聚類所現差别因故所欲爲因而生起故若或以彼諸無常性而於此中爲決定說與唯識義理不相應彼無常性無決定故若法不壞亦非不壞有法刹那而生起故若言不壞者何名無常性若非不壞者又何名因性過去未來法亦如是皆無物性定實分别諸法隨轉隨其分位此復何因謂無住故諸有爲中現前事滅即彼後事還復生起前不可分别引生後分後不可分别從前分生若言諸法此有所得即於此中起分别因若言諸法彼有所得即於彼中起分别因過去未來無住亦然是中不應有所分别刹那法中可說有壞不壞義邊非刹那法若於彼因如是了知前後中際不可分别

集諸法寶最上義論卷上

集諸法寶最上義論卷下

善寂菩薩造

宋西天三藏朝奉大夫試光祿卿傳法大師施護奉詔譯

復次今說生住異滅此之四相剎那剎那有所轉故不相應相而無其實於不相應無實相中不可起二分別不可說一時不可說異時一時異時無生起故又不可說無時理相違故若說壞時壞即不生故是故當知生時無住住時亦復而無所得彼無住性云何有滅彼生與住說名爲異若本無生云何有住若法無住即云何得以無生故及無住故於何義中而說有滅若法有住於住法中可說異性法既無住何有異性無異性中不應分別當知異性而非住性實無一性而可分別是故諸相及分別心此爲二種若無諸相即無分別若彼諸相若分別心有分別者二俱分別如實義者無相無分別生住異滅若有性者於一切時一切處一切法初中後分不可安立若能如是如理思惟者佛說是人名爲大智初分中分後分諸性於三分性中實無一性有所生起是故諸法非一性非多性一多中間俱無所得若一切法離一性離多性即常與無常無所分別是故非無常非非無常不應於中起二分別當知初分中分後分不俱時生不俱時有如他人性即自所無若自體性他云何有此中所說自性尚無他性何有是故自亦無性他亦無性當知一切法所行所作不離因性若壞不壞非心所思不可分別初中後分如實思惟皆無爲相無別異相不應分別彼彼諸法各各種子彼各

各性一一不離智種子生刹那刹那時分轉易是故彼彼一切法性云何心能思惟生起一切法中差别事相當知無因亦無差别諸法本來無所造作雖作用相續當何有實是故所知諸法及能知者是二於刹那中不能和合彼如是性實無能取是中無所有亦無所得當觀諸法生已即壞若法不壞即非生法以法壞故而無所得彼不壞者是常住性即常住性彼亦復離即離之言是中亦離若如是知即了諸法彼差别性是常住因無差别性亦復如是諸有爲法即生即滅故名無住若有住者應有所得以無住相無所得故彼無住法是故相應一切行中諸差别行若彼彼性有所得者於無差别行云何對治是故差别行中無性可生

復次當知眼等諸識有現量性大牟尼師親所宣說若離現量性别取量非量者彼於此中當云何得世間所有先所作事皆無所依如諸所作無作用性若彼如是諸現前事如其現前亦無所成是中若有所行及非所行即諸作用義皆相違是故一切無實作事皆如虛空常與無常俱不可執當知諸法皆從緣生雖生亦無少法可得緣如幻故所生如幻即彼如是出生諸法以是義故諸法無性亦非無性此如是義正等正覺如實宣說當知一切法無著無礙於大乘中此眞實說如是了知即菩提心本來平等十方三世一切如來如實知故出生方便宣說一切甚深法門如其所應名言分别是故各各宣說表示出生諸法所謂彼彼法是四諦法彼彼法是

唯識法雖有所説而常眞實彼彼諸法皆悉如幻由如幻故不可尋不可伺不可知無表示無攝藏若離如是等即知法眞實以知眞實故而菩提心速得解脱若菩提心如是解脱即諸佛亦然衆生亦然生死亦然涅槃亦然法界亦然是故佛與衆生二俱平等生死涅槃亦復平等若於此中如是如實了知是義佛説此爲諸佛菩提乃於一切所行所作悉能成辦此所説義是第一義離此無别有第一義此第一義攝一切法是不思議眞實語行離有離無非智非愚非少非多無相無性無所照達智不可知識不可識不即自性不離自性無取無捨離取捨相從如實智之所出生隨所出生隨所言説無取相無攝藏非心所思不可知故非眼所見不可見故何以故心無自性故由心無自性即一切法無自無他以無自他二種差别即一切法自性相應無生無滅無集無散非智非愚無有少法有所表示有所照達當知彼彼菩提種子而彼彼相爲表了故若能於彼彼相觀無我者菩提種子亦無所生諸菩薩摩訶薩自性眞實以善方便出現世間起大悲心示有所證而諸菩薩自性眞實無生無滅當知識法遠離疑惑無有少法而可生起我我所空而無有相顯了表示識相光明而無自性然光明性彼性自常是故我相性者無有光明無光明中云何可説有光明相如諸光明而能破暗然暗與明不近不合不近故明何能破不合故暗何所破若明暗相遠又俱無所得是故當知明能破暗不即不離不可於中定

實分別暗雖有破無能破法彼能破法無別分量何以故破名無住故由此應知彼一切法因緣和合而有所生以緣生故如幻而成如幻法中彼癡暗等亦非煩惱但爲智障而不了故離識分別亦非光明有所生起是二實性俱無分別此中見邊而實無得

復次當知觸作意受想思欲勝解念定慧如是等心所有法彼彼皆是菩提之相而彼一一自性清淨若或有法非菩提相者而於自體理不相應當如虛空自性清淨而彼智性亦然清淨若知我相實無所有即彼識心亦復無生若識無生者彼一切法當云何有是故應知諸法皆從眞實所生諸法因緣和合即生雖生無實而無所有諸法如幻識心如幻緣亦如幻由如是故識從緣生當知智性亦復如幻無所分別無所了知諸法自相非智所知但有言說皆不相應此中若能離諸分別若生若滅皆悉遠離緣生如幻所生亦如幻云何如幻中而實有生當知識心彼如幻故智亦如幻智如幻故所知亦如幻智與所知俱如幻故生法亦然生法如幻故諸法亦然如人見彼幻所作象如其所生即有三事世間諸行亦復如是如其所生亦有三事若於此心有所見者即有言說及所作事若了無心即無所思無心無思法云何有若有我相及有我所可說有見無我我所當云何見彼菩提相亦云何證此無我相如是應知一切幻法而無所有如幻所現說名爲有有性無性彼自性性此性無著一切處現若法是有即不應無此有亦復現前無體若法是

無即不應有此無亦復現前有實是故無生亦無攝藏由此應知若法言有不如是有若不如是有即應是無此中言有又不可定記法界自性應如是說若諸色法是實有體於第一義然無所有是故此中諸所作事皆從幻化分別起故若法有性若法無性本自如是若非有性若非無性亦復如是有性無性自性相應性與無性非心分別若有說言諸法是一一無自性若有說言諸法是異異無自性一切法中無自性性說不可得所有諸佛隨三世轉普令世間一切衆生盡得解脱而諸佛界無增長因彼彼亦復無增長性眞實性中諸佛常有當知一切法四種分別所謂若有若無是二非二世間如幻心亦如幻云何無說而有所說一切法空離諸所著空亦不離彼眞如性是中不應戲論分別以是義故諸法無性應如是說當知諸佛正等正覺非性非無性性與無性皆離著故此即非空亦非不空空有中間亦無所立是故一切法無生無性以無生無性故隨諸有相處處表示然其執相義無所得無實取性是即眞實諸法無生亦復無滅彼一切法皆同一相此中如是同一相故即一切法無染無淨若言諸法有生有滅當知皆從煩惱種子虛妄生起若說諸法爲無生者彼說名爲斷見增語若說諸法爲無滅者彼說名爲常見增語是故應知諸法離言不可說生不可說滅一切法中若生若滅實無少法而有所得若能離彼二種增語即一切法非斷非常有性無性性自眞實此中無有少法是所得相無有

一事而實可轉諸法雖生而無所有是中亦復無實境界智如虛空離諸有相智與虛空皆悉平等當知一切差別分別爲煩惱網礙清淨性眞如無相離諸所縁自性清淨有大光明是故當知諸佛世尊本眞如性是爲佛寶以清淨因示清淨法開生正解自性任持是爲法寶指眞實道自體相應是爲僧寶如是三寶皆無爲相非蘊等法無所集無所有無有相無分別是故諸佛世尊住勝義諦從如實道如實而來故名如來如實了知無我等法是故現諸色相及功德法從初發心修諸勝行得不退轉乃至最後一生補處成等正覺此所因者從無垢眞如現諸佛身此所現身是方便生宣說諸法然無說相何以故無性無所有故識心清淨是識即有諸所作事亦如是現雖現無取而亦無說以勝義諦不可取不可說故即此無取及無說性體自眞實亦不可說以不可說即無分別無分別性是勝義諦於勝義諦中隨事分別所有所有諸法聲如是如是諸法說彼彼諸法無說相諸法法性皆平等諸法無我亦無自性有性無性彼彼自性離有離無而不可取亦不可說此中如是若有若無語義甚深離相而說諸法無證相此名正等覺諸法離說相是名眞實說無生亦無滅諸法甚深義各各諸境界無我而無轉外法不可轉外法不可取施戒等諸法雖說而無相是故於一切法無所取相即無所著此中亦復無別作用設有所作事亦說名爲空作用空故無實行相無實行相中法無增無減若於諸法虛妄分別

當知彼心執相中轉起彼心故是愚癡者著煩惱性彼非解脫若不起彼虛妄分別諸所作事皆悉寂靜彼能如實而得解脫無分別故心性常寂是故諸法從緣而生雖有所生說名爲空當觀自法而無有相正等正覺作如是說當知諸法無集無散無自無他無有少法取相可得如初亦如後初後相應而彼眞如性光明照若能照達彼眞如性諸法緣生現而無礙如幻所生亦如是說此所宣說大乘出生當知一切法若生若滅非尋伺道而能知故何以故諸語義邊無所著故彼眞實性不可知故是故現前無所取著智者如實離諸言說彼分別心說名爲網離分別故即得解脫彼解脫心如空平等如是所說是甚深法若於此中如實信解是大智者彼信解心與三界等是心清淨離諸塵垢復能遠離一切染著即於諸法無取無捨一切執著愚癡皆悉遠離彼能獲得十種自在彼於自法覺了實性無自性中亦無所住於諸法中如實信解如所信解如實而住譬如虛空周徧無缺彼一切法圓滿出生亦復如是是法平等普徧一切是中無法若來若去無來去故諸法現前知是義者通達佛教一切生法悉無所著異此亦復無別有法此是大乘諸法要道最上甚深如實而轉識心淨故一切無著與一切法理不相違是故當知一切執心盡處有法彼法甚深非智所觀非所了知有無二處俱不可立以是義故諸佛菩提無能證者無所證處菩提法中無所安立若能如實證自佛者與一切法而自相應諸法無

因亦無所作諸愚癡者思惟分別若執無因又復不能集諸福事起染著心感惡趣報是故智者於此甚深微妙法中如實信解尊重恭敬即得無量最上福聚是名真實修大乘者是故若人覺了此道是如實道是無著道最上最勝而能發生清淨信者諸佛稱讚有諸無智邪見外道不能捨彼諸執著心此甚深法不應為說若為說者理不相應

我所稱讚最上法　初中後善理相應
總攝最上真實句　甚深微妙不思議
集諸功德量無邊　普施一切衆生界

集諸法寶最上義論卷下

音釋

阿賴耶 梵語也此云藏識謂能含藏諸法種故
謂颯 思含切
補特伽羅 梵語也此云數取趣
伽 求迦切
謬 靡幼切誤也
缺 苦穴切虧也

金剛針論

菩提心離相論

大乘破有論

宋三藏傳教大師法天奉　詔譯

宋西天三藏朝奉大夫試光祿卿傳法大師施護奉　詔譯

清刻龍藏佛說法變相圖

三論合卷
金剛針論
菩提心離相論
大乘破有論

金剛針論

法稱菩薩造

宋三藏傳教大師法天奉　詔譯

如婆羅門言衆典之內四圍陀正又於此中念爲其正又此念中能所詮正又於此中能詮爲正唯此最上無法過此世若能此業云何作由此能詮若愛若恚從此而生如一切姓婆羅門上今此言詮亦復如是此理不然所以者何彼婆羅門何姓何命復云何知行業云何如何得此婆羅門名又此圍陀云何

稱正帝釋元因云何傍生傍生云何生於月天日天元因復生傍生風天火天水天元因展轉徃來云何如是又彼妄執天中死已復生天中人中死已復生人中傍生亦然四圍陀內作此說者皆非正理此命是何何因名命婆羅門等亦復如是又汝外道婆羅門言正典所説婆囉帝山産七禽獸邪婆囉陀及别塵迦陵惹哩山彼山所有鸚鵡鷺鷥鵝鹿之類生在人中俱嚕乞曬(二合此云福地)從彼死已生在婆羅門中解四圍論此等禽獸鹿鵝鷥鴦出生人中彼獸之命是婆羅門非婆羅門所以者何彼命若是而非禽獸彼命若非彼生婆羅此言非理婆羅門執四圍陀論是萬法本亦號眞如非於餘姓而許受食於首陀處數數受利正違自宗何名淨行由此亦非眞婆羅門又四圍陀婆羅門法妄執正命及於正法婆羅門種亦復非理云何正法種姓間雜何名最上所以者何非最間雜其事云何且如父名那浴乞叉其子乃名兵誐羅仙又如父名阿誐悉帝其子亦名阿誐悉帝(二合)又如父名布沙野(二合)左其子乃名嬌尸迦又如其父名俱舍子其子名爲僧薩多(二合)誐又如父名迦癡那其子亦名迦癡那又如父名婆左虞臘麽(二合)其子乃名嬌怛麽又如父名迦羅舍(引)其子乃名訥嚕(二合)拏左哩野(二合)又如父名底逸底哩其子乃名底帝哩吔(尼所切)迦又如父名捺囉(二合)輅子名仙覺又如母名野鹿採魚人生其子乃名嚩野(二合)僧子覺乞曬(二合引)父首陀姓其子乃名尾濕(二合)彌怛覽(二合)母是氈陀羅子名嚩瑟姹(二合)母名烏哩嚩

二合尸天所生女非婆羅門如上所説何因固執言婆羅門人間最上又如所説執戍嚕二合底經正亦非理是故所有婆羅門法道理亦非

又如所執婆羅門法新肉紫礦及鹽等物戍陀應受汝婆羅門勿宜受之今何不爾又如彼計乳賣婆羅門行虛空墮落非婆羅門食肉墮空非理亦爾是故應知買賣乳肉婆羅門非戍陀之法由此當知一切非食肉乳等人及非買賣皆總得名婆羅門耶是故應知乳肉計賣非婆羅門妄執非法又世間姓妄執最上亦非正法如刹帝利毗舍戍達各執最上應皆總名婆羅門姓又執苦身名婆羅門諸有苦身一切總應名婆羅門又彼妄執殺婆羅門而獲罪重害彼眷屬獲罪亦爾復執彼從淨天口生刹帝利姓彼天身上毗舍首陀身足而生若殺於彼故獲重罪彼執非理所以者何應殺餘姓其罪非有害餘眷屬非有亦然由是妄執不契正理又彼所執破壞彼行破壞檀行及彼受施若智若身皆獲重罪此不應然所以者何身智之中何者得名號婆羅門應首陀等皆有身智悉應得名婆羅門耶又彼妄執解四圍陀及彌舲娑弁僧佉論尾世史迦乃至諸論皆悉了達名婆羅門此理亦非如首陀等亦解彼論曉了彼義應皆得名婆羅門耶若修苦行名婆羅門彼首陀等亦能行之應亦得名婆羅門耶解諸術數名婆羅門彼捕魚人及諸樂人了解術數種種差別亦可得名婆羅門耶是故應知行非婆羅門業非婆羅門檀行受者非婆

羅門彼刹帝利毗舍首陀亦能行之應皆得名婆羅門耶是故應知非族非業非行非生乃至於德名婆羅門彼因何立曰如軍那華亦似白月離一切染善修勝行威儀無缺戒行具足善伏諸根除斷煩惱無我無人離諸執著及貪瞋癡悉皆遠離如是乃名眞婆羅門又離愛染乃至畜生不生貪著修清淨行名婆羅門是故得知此速骨嚕合二大仙所說此婆羅門非姓非業非德非行亦非工巧如旃陀羅善四圍陀工巧藝能德行具足應可得名婆羅門耶是故應知非命非姓非智非身亦非業行名婆羅門又如首陀苦行修學解四圍陀獲五通仙汝婆羅門云何奉事此下種姓又彼仙道四姓皆得云何餘姓名非最上又如帝釋往修善業得生彼天本下種姓彼經正文作如是說此婆伽婆及於帝釋彼下種姓如是徵詰一准於前又彼所說大自在天及於天后口中生彼帝釋諸天及器世間非從世間生大自在及生天后本能生末非末生本是故此言違彼正說本下種姓云何妄執從彼而生故知非理又如首陀命終生彼大自在天汝婆羅門云何奉事彼下種姓又如汝說婆羅門法服氣餌藥苦行絕食名婆羅門彼首陀等亦能行之此應得名婆羅門耶又彼所執於首陀處手中受食經於一月現身變爲首陀之身後報生中決定作狗又婆羅門娶首陀女以爲其妻父母家神皆悉遠離死入地獄此執非理婆羅門姓與彼首陀有何差别如迦癡那大仙從於鹿胎而生苦行修學乃證仙道此仙豈可從婆

羅門而乃生耶如嚩野(二合)娑大仙從採魚女之所生故苦行修學而成仙道此仙豈是婆羅門姓是故妄執不契正理又如嚩斯瑟吒(二合)大仙從於烏哩嚩(二合)尸天女所生苦行修學乃獲仙道此仙豈是婆羅門生又如鹿角大仙生於鹿胎修習苦行而成仙道此仙豈是婆羅門耶又如尾濕嚩(二合)彌怛嚕(二合)大仙從於旃陀羅家女之所生此仙豈是婆羅門耶是故應知調伏諸根不執我人勤修梵行遠離染欲永息諸惑由此方名眞婆羅門而非從彼族姓而生如何妄執婆羅門姓世間最上戒行清潔族姓無雜以此妄執非最爲最是故當知彼婆羅門非姓非命非族非行非業非生名婆羅門又如多人本下種姓持戒修福而得生天何因族姓乃生天耶又如汝宗迦癡曩天仙尾野(二合)娑大仙嚩尸瑟吒(二合)大仙善覺大仙尾濕嚩(二合)大仙彌怛囉(二合)大仙曩囉那大仙此等大仙皆從下姓種族而生苦行修因乃獲仙道何故妄執種姓非雜世間最上是故虛言應非信受又如彼執婆羅門姓梵王口生刹帝利姓梵天臂生毗舍種姓梵天髀生從於梵足乃生首陀是故虛妄多作是執又執苦行堅守其志名婆羅門應採魚人染師皮作及首陀等堅志苦行應皆總名婆羅門耶又執彼形編其髻髮腰帶索繫手執木杖衣素儉食名婆羅門餘戍陀等亦能行之應此總名婆羅門耶又執四姓皆從梵生如何父一子姓乃別應可首陀乃至餘族一父所生子姓應殊此既不爾彼云何然又婆羅門從一梵天口中而生姊妹

兄弟自相交契世所呵厭汝能行之云何清淨是故妄執非淨稱淨如一父母而生四子非可別姓如何妄執此婆羅門此刹帝利此是毗舍此是首陀云何一父子姓各別是故四姓妄執差別非如象馬牛羊駝鹿師子虎狼形足各異此是牛跡乃至象跡可分差別又如一樹出生華果可無有異非餘華卉生處不同非可令同汝今四姓道理亦然若婆羅門若刹帝利乃至首陀皆從一父之所生故云何妄執四姓差別復有天王名喻地瑟致(二合)囉虔恭合掌來詣仙人吠娑波灑頭面禮足而白大仙云何得名婆羅門德復云何名婆羅門相差別之相復有幾種願今演說令我了解時彼仙人吠娑波灑乃告王言忍辱精進靜慮般若此乃名為婆羅門德遠離貪瞋及諸殺害一切有情是名第一婆羅門相於他所有一切財物而非貪受是名第二婆羅門相遠離暴惡性行温和不封我人捨離繫縛及諸欲染是名第三婆羅門相於人天女乃至傍生恒離染著是名第四婆羅門相及復成熟一切有情恒起悲愍調伏諸根清淨最勝是名第五婆羅門相如是五種悉皆具足名婆羅門若封彼我非具五相皆名首陀仙人復告喻地瑟恥(二合)囉言非族非姓及修苦行成婆羅門彼旃陀等具足五相亦得名為真婆羅門由如是理彼婆羅門亦名首陀首陀亦名真婆羅門彼喻地瑟恥(二合)囉白仙人言彼婆羅門行不殺行獲果清淨此乃少分名婆羅門仙人復告喻地瑟恥(二合)囉言此四姓別皆由過去宿業因緣猶如世間

胎生有情一切皆從穢處根先有何差別是故戒行復修德業名婆羅門乃至首陀修於德行成婆羅門若婆羅門不修德業此亦得名下劣首陀又此五根能起惡業恒應調伏猶如大海沉溺有情應求濟度令超彼岸爾時喻地瑟恥(二合)囉王聞仙所說了解踊躍以此所聞迴施一切無邊有情悉令曉悟非爲自身及貪已命我今日夜修習忍辱遠離眷屬及於嫉妬一切欲境更不耽著趣求解脫恒修淨行仙人復告喻地瑟恥(二合)囉言不殺有情遠離貪瞋清淨無比如是名爲婆羅門行調伏諸根布施忍辱眞實梵行悲念愍護一切有情修習智慧如是名爲婆羅門行離邪苦行應有情機所有衆苦如是名爲婆羅門行又婆羅門誐野怛哩(二合)經呪中說苦行離執調伏諸根四時行施愛念有情捨離睡眠恒修淨行經於千劫方得名爲眞婆羅門仙人復告喻地瑟恥(二合)囉言若人解了四圍陀論名婆羅門稱姓最上餘首陀姓亦能了解何非最上譬如四姓同遊聖境所有蹤跡不可分別此人之蹤非彼人跡一姓四姓亦復如是由假施設本無差別又如世間牛馬等形相狀雖異男女二根同類不殊彼婆羅門與刹帝利毗舍首陀一姓四姓相望亦然又如一人血肉屎尿手足諸根與衆多人所有血肉同類亦然又如蓮華刹怛哩華月螺光色可分差別於餘四姓色相無異如何差別又如牛馬乃至象鹿行於染欲而非交契可分差別今婆羅門與刹帝利毗舍首陀互相交契而行染欲皆同胎生有何差別又如

婆羅門所生之女對餘婆羅門同姓姊妹云何交契姊妹兄弟夫妻乃爾世間首陀非行此法譬如世間優曇鉢樹華果枝葉雖復衆多根身無異非能分別此彼之華汝婆羅門亦復如是非可交會同姓姊妹世所呵厭非可行之又如捨離身語不善恒修淨業名婆羅門彼毗舍等亦能行之得彼大仙名嚩私瑟姹合二又如世間之火能燒柴薪而無分別今婆羅門對餘諸姓無異亦然又如彼宗彌野合二娑大仙本是採魚父之所生亦非是彼婆羅門生又如半拏嚩王兄弟五人同一母生父乃名別此由宿業同母別父非由於姓而妄執別又如世間鹽處於水形雖可隱鹽味非無宿業隨身隱顯亦然如是妄執諸有智人應當審悉非可依信

金剛針論

菩提心離相論

龍樹菩薩造

宋西天三藏朝奉大夫試光祿卿傳法大師施護奉　詔譯

歸命一切佛我今略說菩提心義至誠頂禮彼菩提心如勇健軍執勝器仗其義亦然而彼大菩提心所有諸佛世尊諸菩薩摩訶薩皆因發是菩提心故我發菩提心亦如是所成乃至坐菩提場成正覺果是心堅固又此菩提心是諸菩薩總持行門如是觀想如是發生我今讚說菩提心者為令一切眾生息輪迴苦未得度者普令得度未解脫者令得解脫未安隱者令得安隱未涅槃者令得涅槃為欲圓滿如是勝願故安立自相正體因故入第一義真實觀故彼菩提心無生自相是故今說所言菩提心者離一切性問曰此中云何離一切性答謂蘊處界離諸取捨法無我平等自心本來不生自性空故此中云何謂我蘊等有所表了而分別心現前無體是故若常覺了菩提心者即能安住諸法空相又復常所覺了彼菩提心以悲心觀大悲為體由如是故於諸蘊中無我相可得有諸外道起非相應行執相分別謂諸蘊有非無常法而實非彼我相可得諸法任持真實性中不可執常亦非無常於我蘊中名尚無實況復有作及諸分別若言有一法乃至有諸法作此說者世間心轉隨世間行彼非相應為常行相此義不然是故當知諸法無性若內若外不可分別彼能執心而有何因謂不能離隨世間相若因若相是二無別此即非常亦非能執當知心性不可執常是故彼性

無常是常若知彼性是無常者當何所作從何所生取我等相若離世間即於蘊中無有障礙若處若界覺了亦然取捨二法即不可得此中言蘊者謂色受想行識此說爲五蘊諸聲聞人於是中學復次當知色如聚沫受如浮泡想如陽焰行如芭蕉識如幻士此五蘊義佛二足尊爲諸菩薩如應宣說所言色蘊者今略示其相謂四大種及彼所造說爲色蘊彼非色者謂即所餘受想行三諸教應知識蘊行想如下當說此中言處者謂內眼等處外色等處此說爲十二處此中言界者謂眼根等界眼識等界色等境界此說爲十八界如是蘊處界離諸取捨無方無分不可分別分別見者是義不然隨起分別即有所著彼復云何而得相應若有一相見外義者當知此爲破智所轉意長養色是義云何應知如是非一非異有諸外道波哩沒囉惹迦等隨諸異見起三分別是義不然如人夢中造殺害事而彼所作無實行相又如人夢居最上處而彼亦非殊勝行相此義云何謂識光明破取捨相故識法如是外義何有是故諸法無有外義當知一切色相所表自識光明色相照耀如人見彼幻化陽焰乾闥婆城取以爲實諸無智人以愚執心觀色等實亦復如是由此我執是心隨轉如先所說蘊處界義應知離彼諸分差別唯心分位所施設故而種種相唯心所現此義成就如成唯識說此中問言前說五蘊識云何自相答如說心義識亦如是如佛世尊常作是說應知一切唯心所現此義甚深諸愚癡者不能了故

不見真實是故若能空其我相即於是心不生分別起分別者謂邪教故彼所建立是義不成如實義者見法無我是大乘中法無我義自心本來而不生故隨有所生亦復平等自心增上入真實義瑜伽行門所出生故此中應知彼彼所依而無實體此即名爲淨心現行若過去法過去無實若未來法未來未至若現在法現在不住於三世中當云何住如軍林等多法成故應知識者是無我相彼識亦非爲所依故若於諸法如是見已猶如赤雲速疾散滅是故當知若法有者從思所現阿賴耶識亦復如是諸有情類若來若去法爾如是譬如大海衆流所歸阿賴耶識所依亦然若有如是觀彼識者即不可有分別心生若彼各各如實知者而彼彼名復云何說若彼各各知諸物性即彼各各不能稱說作此說者是決定語是故諸法亦決定生於一切事隨轉成就能知所知是二差別所知若無能知何立二俱無實法云何得是故應知所言心者而但有名彼名亦復無別可得但以表了故彼名自性亦不可得以是義故智者應當觀菩提心自性如幻若內若外及二中間求不可得無法可取無法可捨非形色可見非顯色可表非男女相非黃門相不於一切色相中住無法可見非眼境界唯一切佛觀察平等若心自性若無自性平等法中云何得見所言性者名分別故若離分別心性俱空若有分別可見心者此中云何說名爲空是故應知無能覺無所覺若能如是觀菩提心即見如來若有能覺及有所覺而

菩提心不可成立是故無相亦復無生非語言道而能稱讚又菩提心者猶如虛空心與虛空俱無二相此說心空空智平等佛佛神通佛佛無異所有諸佛三世事業一切皆住菩提界中之所攝藏雖所攝藏彼一切法而常寂靜亦復觀察是無常法猶如幻化非所攝藏調伏三有住空法故一切無生此說爲空一切無我亦說爲空若以無生及彼無我觀爲空者是觀不成若染若淨二種分別即成斷常二種見相若言以智觀彼空者是空亦復無別有體是故菩提心離諸所緣住虛空相若觀虛空爲所住者是中即應有空有性二名差別故知空者猶如世間師子一吼群獸皆怖如空一言衆語皆寂故知處處常寂彼彼皆空又復識法是無常法從無常生彼無常性即菩提心此說空義亦不相違若無常性即菩提心者若愛樂菩提是心平等而亦不說愛樂彼空取空之心當云何得當知本來自性眞實一切成就菩提心義又復應知物無自性無自性性是此說義此所說者是心云何若離我法即心不住此非一法亦非諸法各各自性而自性離如世糖蜜甜爲自性又如火者熱爲自性彼諸法空自性亦然彼諸法性非常非斷非得非離以是義故無明爲初老死爲後諸緣生法之所成立猶如夢幻體亦無實由此說爲十二支法即此亦名十二支輪循環轉彼生死門中而實無我無別衆生無三業行果報差別若於是中了緣生法即能出離諸境界門彼非行相不壞正因蘊所生故輪迴後邊非行相故一

切無持空空生故法法平等造因受果是佛所說所有諸法聚類所生如擊鼓有聲如殖麥生芽諸法聚類其義亦然如幻如夢緣生所現諸法因生而亦無生因因自空而何所生是故應知諸法無生即此無生說名爲空如說五蘊蘊性平等彼一切法亦如是念若有說空如眞實說而所說空體亦非斷非斷體中實亦不可得說體爲空空亦無體若了無實作者無常諸煩惱業積集爲體是業亦復從心所生心若無住業云何得如快樂心是寂靜性彼寂靜心而不可取諸有智者能實觀察彼見實故而得解脫又菩提心者最上眞實此眞實義說名爲空亦名眞如亦名實際是即無相第一義諦若不了知如是空義當知彼非解脫分者於輪迴中是大愚癡輪迴行人六趣流轉若有智者能如實觀彼菩提心與空相應如是觀已乃能成就利他智慧無礙無著是即知恩報佛恩者常以悲心普觀衆生父母眷屬有種種相煩惱猛火常所燒然使諸衆生輪迴生死如所受苦念當代受如和合樂念當普施復觀世間愛非愛果善趣惡趣饒益不饒益隨衆生轉而諸衆生本來無得隨智差別起種種相所有梵王帝釋護世天等若天若人一切不離世間相故又復觀察所有地獄餓鬼畜生是諸趣中一切衆生無量無數種類色相不饒益苦常所隨轉飢渴所逼互相殺害互相食噉因如是故不壞苦果諸佛菩薩如實能觀善趣惡趣一切衆生諸業事自相如是如所觀已起方便心善護衆生令離諸垢諸菩薩由此

以大悲心而爲根本以彼衆生爲所緣境是故諸菩薩不著一切禪定樂味不求自利所得果報過聲聞地不捨衆生修利他行發大菩提心生大菩提芽求佛菩提果以大悲心觀衆生苦阿鼻地獄廣闊無邊隨諸業因苦報輪轉此種種罪受種種苦菩薩悲心念欲代受此種種苦有種種相說無有實亦非無實若了知空即知此法隨諸業果如是順行是故諸菩薩爲欲救度諸衆生故起勇猛心入生死泥雖處生死而無染著猶如蓮華清淨無染大悲爲體不捨衆生空智所觀不離煩惱是故菩薩以方便力示生王宮踰城出家苦行修道坐菩提場成等正覺現神通力破諸魔軍爲度衆生轉大法輪現三道寶階從天下降起諸化相隨順世間入大涅槃於其中間現諸色相或作梵王或爲帝釋若天若人隨諸相轉如是種種示現諸相是故得名救世導師此等皆是諸佛菩薩大悲願力調伏世間悉令安住相應勝行是故於輪迴中不生退倦從一乘中說二乘法一乘二乘皆眞實義若聲聞菩提若佛菩提智身一相三摩地一體雖有所說是說非說或有說爲種種相者但爲引導諸衆生故若衆生得利而佛菩提福智平等而實無有二相可住若有住相即爲種子彼種子相聚類所生是故增長生死芽莖如佛世尊常所宣說破彼世間種種行相但爲衆生作諸方便而實非破若離分別此義甚深甚深義中無有二相雖說有破此亦非破於空法中無有二相諸法住持自性眞實智波羅蜜多是即菩提心菩

提心者除一切見是故當知諸身語心是無常法但為衆生作利益故此中言空空而非斷此中說有有亦不常是故無有生死亦無涅槃而悉安住無住涅槃諸佛世尊咸作是說悲心所生無量福聚彼即最上眞實空理諸佛威神之所出生自利利他二行成就我今頂禮彼一切性我常尊敬彼菩提心願所稱讚佛種不斷諸佛世尊常住世間而菩提心者大乘中最勝我於此心安住正念又菩提心者住等引心從方便生若了是心生死平等自利利他二行成就又菩提心者離諸見相無分別智具實而轉諸有智者發菩提心彼獲福聚無量無邊又復若人於一刹那間觀想菩提心彼獲福聚不可稱量以菩提心非稱量故又菩提心實清淨無染最大最勝最上第一不能壞非所壞眞實堅固能破煩惱等一切魔滿諸菩薩普賢行願又菩提心者是一切法之所歸趣所說眞實離諸戲論是即清淨普賢行門離一切相此如是說

我所稱讚菩提心　如二足尊正所說
而菩提心最尊勝　所獲福聚亦無量
我以此福施衆生　普願速超二有海
如理如實所稱揚　智者應當如是學

菩提心離相論

大乘破有論

龍樹菩薩造

宋西天三藏朝奉大夫試光祿卿傳法大師施護奉　詔譯

歸命一切佛諸有智者應當如實了知諸法此中云何謂一切性從無性生亦非無性生一切性若有生者彼性是常是性無實猶如空華當知諸法與虛空等彼諸法生亦與空等一切緣法皆如虛空彼無實故當云何有諸法無因而復無果亦無諸業自性可得此中一切而無有實無世間故無出世間一切無生亦無有性云何諸法而有所生世間親愛父子眷屬雖有所生而無其實不從先世之所生故亦非現世有其相故此於世間無義可轉猶如月中見諸影像世間無實從分別起此分別故分別心生由此心爲因即有身生是故有身行於世間蘊所成故名之爲身諸蘊皆空無有自性蘊無自性而亦無心以無心故是故無身當知自性離諸分別若無其心亦無有法若無其身亦無有界此中所說是無二道此所說者是眞實說此中一切離諸所緣此中所說離諸所緣此中所作離諸所緣此中所得離諸所緣所有布施持戒忍辱精進禪定智慧諸法如是常行不久時中即能證得無上菩提以慧方便安住實際起悲愍行廣度衆生雖復如是有所得相一切智性而不可說得彼一切法但有名字一切但於有想中住現前無實差別所生差別生法而無所有彼一切法本無有名但以假名而表了故當知諸法而無實體一切皆從分別所生此中若無分別者即同虛空離

諸分別如說眼者能見於色作此說者是眞實語世間有諸邪執心者執此所說如實而轉彼一切法聚類所現當知此說是佛所說是故應知此中義者眼不見色乃至意不知法若如是知是爲智者即能通達第一義諦如是乃名最上眞實我今依經如是略說

大乘破有論

音釋

鸊鷉（鸊烏莖切鷉文甫切鸊鷉鳥名）鷺鷲（鷺洛故切鷲息夷切鷺鷲並鳥名）數數（並所角切頻也）訥（內骨切）耠（年合切）礦（古孟切紫礦藥名）徵詰（徵陟盈切驗也詰苦吉切問也）餌（忍止切食也）髀（部禮切股也）駝（徒何切駱駝也）

集大乘相論

六十頌如理論

大乘二十頌論

佛母般若波羅蜜多圓集要義論

宋西天三藏朝奉大夫試光祿卿傳法大師施護奉　詔譯

清刻龍藏佛說法變相圖

四論同卷

集大乘相論上下卷

六十頌如理論

大乘二十頌論

佛母般若波羅蜜多圓集要義論

集大乘相論卷上

覺吉祥智菩薩造

宋西天三藏朝奉大夫試光祿卿傳法大師施護奉　詔譯

歸命妙吉祥菩薩摩訶薩我今略釋諸大乘相從菩提心出生大悲相應所謂一切法即當了知一切法無我此所知相是故今說此中何名一切法所謂蘊處界緣生波羅蜜多地空菩提分聖諦靜慮無量行無色等至解脫三摩鉢底先行解脫門神通陀羅尼力無所畏無礙解大慈大悲佛不共法諸聲聞果

了知一切相眞如實際無相法界等法是謂一切法

所言蘊者謂即五蘊何等爲五色受想行識此中色者五根五境根謂眼耳鼻舌身境謂色聲香味觸彼眼識所依謂清淨眼根耳識所依清淨耳根鼻識所依清淨鼻根舌識所依清淨舌根身識所依清淨身根色有二種顯色形色顯謂青等形謂長等聲有三種謂執受大種不執受大種俱大種香有二種謂好香惡香味有六種謂苦醋甘辛鹹淡觸有十一種謂堅强流潤温燥輕動重輕滑澁軟飢渴等如是諸觸總略而説有其三種謂可意不可意及二中間此如是等由眼等所生若界趣等分别三世分别有無邊分微細差别行相應知此如是等略説色蘊受蘊云何受有三種謂苦受樂受非苦樂受而此三受若依眼等分别者有其六分彼如是分别受有十八如下界中别明行相此受蘊者若界趣等分别有無邊分行相應知此如是等略説受蘊想蘊云何想有六種此之行相謂依眼等分别彼所取境相有其六種所取相者謂即色等然所依性即不可分别若分别若不分别謂即色受二法此如是等皆從我蘊自類所起此想蘊者若界趣等分别有無邊分行相應知此如是等略説想蘊行蘊云何謂心所有法信等善分貪瞋癡等諸煩惱分如是心所法心諸分位所有行相依眼等轉此行蘊者若趣界等分别有無邊分行相應知此如是等略説行蘊識蘊云何謂六識身此識蘊者若依眼等根色等境分别及彼識

相乃至善不善無記等分別有無邊分行相應知此如是等略說識蘊如前總說名爲五蘊

所言處者即十二處謂內六處眼耳鼻舌身意外六處色聲香味觸法此中應知眼等五根色等五境爲十色處彼意處者謂即諸識所餘諸法是爲法處

所言界者即十八界謂六根界六境界六識界此中眼等識分別有六即有六觸謂眼觸乃至意觸彼色等識有三種相謂善不善及彼中間此之行相眼等觸爲三受所生因性即彼三受從眼等觸所生有六彼六各各三種分別謂苦樂非苦樂如是總說觸受各有十八如前受蘊所指行相亦然

復次地水火風空識等相名爲六界所言緣生者云何行相即十二緣生何等十二所謂無明乃至老死此中無明者謂於業果謂實法中不正行故由此無明起諸煩惱是故於無我中計我蘊等而有所得無明緣行有三種福行罪行不動行福行謂十善業道罪行謂十不善業道不動行謂無色等至彼如是行以其無明爲因諸行得生行緣於識是故眼等諸識愛非愛果種子生長識緣名色此名色者謂由識故施設彼名名有生處是故受等四蘊爲名色即如應依名而立名色緣六處彼六處者謂由如是名色眼等六處建立六處緣觸觸謂眼等色等如前已說觸緣受受有三種亦如前說此中觸受行相應知受緣愛愛由無明愛緣取取謂色等所取所生樂行取緣有有行相者謂即如前所說

行識等相有緣生謂即名色有所生起由彼無明故有生法即此無明自性亦無分位生緣老死老謂諸蘊衰變死謂諸蘊滅壞生法後邊而無其實先所得身而悉捨離然彼無明於後蘊中還復隨轉增長一切煩惱過失彼等皆由無明自類煩惱業等而爲其因是故煩惱業生此三不斷以是輪迴相續流轉如是知者當於實法而起對治了無明等自性無我如是等略說十二緣生所言波羅蜜多者云何行相其數有十此中施有三種謂法施無妄施慈施戒有三種謂攝律儀戒攝善法戒饒益有情戒忍辱三種謂諦察法忍耐怨害忍安受苦忍精進三種謂被甲精進加行精進畢竟成就精進定有三種謂離過失定引發定辦事定慧有三種謂聞所成慧思所成慧修所成慧方便三種謂離過方便拯濟方便速證樂方便願有三種謂自行成就願解衆生縛願清淨佛土願力有三種謂成辦事業力滅除煩惱力降伏魔怨力智有三種謂無分別智分別平等覺了智滅衆生罪智如是施等諸波羅蜜多以菩提心爲先於一切衆生起慈心觀而此諸波羅蜜多於諸世間所行無有行相亦無所得於出世蘊等是即無我解脫相眞實所證如理而觀

所言地者即彼十地所謂歡喜地修施波羅蜜多離垢地修戒波羅蜜多發光地修忍辱波羅蜜多焰慧地修精進波羅蜜多難勝地修定波羅蜜多現前地修慧波羅蜜多遠行地修方便波羅蜜多不動地修願波羅蜜多善慧地修力波羅蜜多法雲地修智波羅蜜

多如是諸地所得法無我理皆慈心所證悉無差別而彼所修施等諸波羅蜜多安住清淨勝上所得廣大願力普徧成就不共一切聲聞等故是諸波羅蜜多於所緣相而無差別若人若法離相空故

所言空者即十八空謂眼等空是名内空色等空是名外空眼等色等智觀平等名内外空方等諸分器世間相各各觀察一一皆空是名大空於諸分別離取捨性說名爲空此空復空是名空空於勝義諦觀不可得名勝義空於施等行諸有爲法皆悉平等名有爲空諸無爲法無發悟相名無爲空於空法中無有少法而實可轉散而無集是名散空彼一切法無有邊際名無際空一切法中畢竟無餘一法不空名畢竟空蘊等諸法自性如是無所生起離自取捨相名自相空彼一切法空無差別名一切法空於我蘊中取捨不可得名不可得空此不可得謂色等相不可得故但有諸業性是名無相空若人若法彼自性空是名自性空於諸性中離取捨性名無性空彼無性者謂離蘊等無別性故若離蘊等自性起空分別者是對礙相即名無性自性空若彼如是分別盡處即能解脱色等繫縛無復分別有無邊分離蘊等取捨是即一相而彼一相性無有二彼如是故即於波羅蜜多安住一境自性空理離戲論相是即無我眞實所觀

所言菩提分者即三十七菩提分謂四念處乃至八正道四念處者身受心法此中身念處者觀身無有種種積集而無所著離取捨

相等是名身念處彼受念處心念處法念處
亦如是觀又復即此法念處中若於内外中
間而分别者别有三種謂精進定正念此三
相應即能觀察諸菩薩最勝菩提心及施等
善行於一切法中得無我相應此念最勝如
是略説名四念處所餘諸法亦如是知
四正斷者謂是所對治非菩提分即巳生令
斷未生令不生此名勤斷二不善非所對治
是菩提分未生令生巳生令增長此名勤修
二善如是略説名四正斷
四神足者謂欲精進三摩地慧如是相應行
增上所得果以其所得而觀欲等所緣謂四
種三摩地而彼身心離諸所依住離貪想依
止寂滅無所作行如是略説名四神足
五根五力者即了知一切相果謂信精進念
定慧等增上相應根力如是略説名五根五
力復次此中如是等所修即二覺了分謂煖
頂位煖位修四念處頂位修四正斷又復有
二勝覺了分謂忍世第一法忍位修四神足
世第一位修五根五力彼如是等無所作行
最上真實信等根力爲見道緣行相應知彼
見道所修謂七覺支七覺支者即念覺支乃
至捨覺支此中念覺支者謂利衆生證菩提
願現前正念無忘失相擇法覺支者謂於我
法自性決擇爲相喜覺支者謂自所修道得
無漏因生喜樂故輕安覺支者謂如其所證
真實法性非菩提分種子而捨離故身業心
業得輕安故定覺支者謂四無量及菩提願
入真如智純一境相精進覺支者謂雖觀寂
靜勝上功德門而不味著進修諸行復無懈

息捨覺支者謂念利衆生如應調伏隨其所行波羅蜜多等諸功德法平等分別觀無來去住平等故如是略說名七覺支即如是等七覺支行名正智分彼能對治煩惱障及所知障行相應知修道所修即八正道八正道者謂正見乃至正定此中正見者謂了一切法無我相住於平等若等顛倒彼之二分是微妙相勝慧所觀正思惟者謂起思惟不斷所作因如願而證果正語者謂諸語言離妄分別如實而說正業者謂諸所作而無顛倒不害衆生救拔衆生等離妄而修正命者謂於淨命離諸邪妄自行所修自行而證正勤者謂雖至最上地而亦增進身無疲倦心生勇悍正念者謂念處等如實而觀慈心莊嚴自願方便於一切法無所忘失正定者謂身等業而常依止最勝功德安住無分別智即諸靜慮相平等相應如是等略說名三十七菩提分法隨應行相總略攝故

集大乘相論卷上

集大乘相論卷下

覺吉祥智菩薩造

宋西天三藏朝奉大夫試光祿卿傳法大師施護奉　詔譯

復次所言聖諦者即四聖諦謂苦集滅道此中苦聖諦者謂蘊等顛倒相背聖法爲性集聖諦者謂如所說苦由此無明行等煩惱業集爲緣與生等苦而爲因性滅聖諦者謂於一切法如實無分別無生相爲性世間癡暗對治滅如所證道聖諦者謂趣向菩提慈心等法及法念處總略攝故此諸聖諦於一切法平等所緣如是略說名四聖諦

所言靜慮者即四靜慮謂離生喜樂名初靜慮定生喜樂名第二靜慮離喜妙樂名第三靜慮捨念清淨名第四靜慮如是等四皆寂止相欲界等貪心不流動是名靜慮然諸菩薩亦不味著諸靜慮樂畢竟不捨衆生圓滿菩薩道法成就無量行如是略說名四靜慮

所言無量行者即四無量行謂慈悲喜捨此四皆緣無量衆生爲境界故此中慈無量行者謂與一切衆生畢竟利樂所修諸行而悉離相遠離顛倒順菩薩道悲無量行者謂不令衆生而有一苦此悲謂能對治惱害不起爲性喜無量行者謂證一切法無我平等所有施等諸善住菩提心廣爲利樂一切衆生方便所行如所生喜爲喜受相捨無量行者謂於三有分別平等起廣大行拯救衆生於自所得三摩地樂而不味著此能對治放逸過失心住實相如應調伏世間一切執相等心已能安住靜慮於諸色想對治實法復於無量法門得法平等住法無我如理而證所

獲一切平等樂法是名自在最勝所得如是略説名四無量行

所言無色等至者此有其四謂空無邊處乃至非想非非想處此中空無邊處等至者謂離種種色對礙想觀無邊空而爲相應捨諸有相心住一境復次識無邊處等至無所有處等至非想非非想處等至此如是等皆寂靜行如初相應觀無貪相而爲所緣餘復觀察無著無礙如應最上無相出生如是略説名四無色等至

所言解脱者即八解脱謂内有色觀外色解脱乃至滅受想解脱此中初解脱者謂内有色想離外色貪是名内有色觀外色解脱復次如其行相内無色想離外色貪是名内無色觀外色解脱復次於色等清淨住無貪行是名淨解脱復次空無邊處解脱識無邊處解脱無所有處解脱非想非非想處解脱如是四無色處解脱皆如其行相住如實觀復次滅受想解脱行相應知如是略説名八解脱

所言三摩鉢底先行者謂欲住彼空無邊處等諸三摩鉢底先當如應滅諸行相住法自性平等寂靜後當安住諸三摩鉢底此名先行又復當知此四無色等至及滅盡等至而諸菩薩於冐哩哈多位入師子遊戲三摩地現前而觀不爲非三摩呬多心之所間斷亦復不爲初靜慮等之所間斷此滅盡等至是無動相此中諸三摩鉢底何故次第如是謂成熟衆生如應所觀次第如是又復當知此即最上樂門獲是樂者了我無實我無實故

自心寂靜所應修習諸神通波羅蜜多等皆勝慧所觀如實出生此即略攝一切法相所言解脱門者即三解脱門謂空無相無願此中空解脱門者謂若人若法諸蘊等事離分別相而彼蘊等若染若淨於分別相中畢竟無性於空法中離取捨相而無染智如實對治無相解脱門者謂於蘊等畢竟無相由無相故取不可得彼無染智如實對治不著諸相無願解脱門者謂於一切清淨解脱門蘊處界等及波羅蜜多圓滿勝行最上一切相皆如實知如實出生現前平等離諸所取願樂心故如是略說名三解脱門

所言神通者有其六種謂天眼通乃至漏盡通此中天眼通者謂於諸色相正觀無礙最勝清淨天耳通者謂於一切音聲能聞清淨他心通者謂於他心一切行相能如實知宿住通者謂自他過去諸差別事悉能記念神境通者此復有三謂隱顯自在隨諸世界種種現身於虛空中往來無礙隨所作轉如應現身如其所應不現身相作神通事漏盡通者謂諸無明貪等煩惱此名爲漏智斷無餘名爲漏盡如是等最勝六通安住菩提心離戲論智是諸菩薩勝上所修不共一切聲聞道等圓滿無相無發悟性是諸波羅蜜多平等道行總攝一切自所修法一切願力一切相故勇猛精進而爲先導安住最上清淨心一境性初靜慮等如名如義隨應差別無邊行相總略攝故三摩呬耶所任持故如是略說名爲六通

所言陀羅尼者謂即彼一切相及一切法一

切法性隨應總攝聲名句文爲諸義相所有無量念無邊辯才及諸三摩地門彼無相智悉能證入對治有相有礙心故是即無上菩提最勝所得陀羅尼門而彼一切三摩地陀羅尼等金剛喻定現前證入即一切相普徧平等入無相智眞實而證一切種習皆悉捨離智觀平等大悲相應堅固所作於諸法性如實解脫勝報現前平等安住大圓鏡智如實出生一切願力皆悉圓滿如是略說名陀羅尼

所言力者即佛十力謂處非處智力乃至漏盡智力此中處非處智力者謂於一切處因果決定不決定智如實知若佛若梵王若轉輪聖王彼彼所得勝報決定名之爲處彼非處者謂因果不決定行相應知業報智力者謂諸衆生作善業惡業生善趣惡趣此等業報智如實知種種界智力者謂諸衆生界趣差別智如實知種種勝解智力者謂諸聲聞等於諸法中起種種勝解離諸染法趣寂靜相此如是等智如實知了別諸根智力者謂諸衆生信等諸根種種差別智如實知種種定智力者謂初靜慮等諸三摩地三摩鉢底如名如義無邊行相智如實知至處道智力者道有二種謂非愛樂道即無明等可愛樂道謂寂滅等而彼滅者謂聲聞緣覺及諸菩薩所證差別智如實知生滅智力者謂諸衆生種種生滅智如實知宿住隨念智力者謂於過去事如實記念漏盡智力者謂佛世尊大圓鏡智自性觀察離諸障染分別平等如是處非處等諸力如來遊戲神通所證此力

具足故即一切法增上所觀如是略說名爲
十力
所言無畏者即四所畏謂一切智無畏漏盡
無畏說障道無畏出苦道無畏此如是等若
異若非異有所言說悉無所得無畏自在此
四皆以平等性智而觀如如意寶隨衆生意
普徧平等此法亦然我相清淨離諸有著如
是略說四無所畏
所言無礙解者謂義法樂說辯才等此中義
無礙解者謂於一切衆生無我相以微妙智
平等而觀法無礙解者謂隨諸相了知諸法
智觀平等樂說無礙解者謂隨所樂說能說
所說不離自性辯才無礙解者謂於無邊法
門隨應分別通達無相此如是等與一切法
增上相應皆爲攝彼諸愚癡者令悉調伏安

住諸法離相平等故此四皆以妙觀察智而
觀如是略說四無礙解
所言大慈大悲者此中慈謂與衆生樂住寂
靜心無發悟相廣大最勝離相平等悲謂拔
苦調伏難調不捨衆生離諸有相此二皆成
所作智而觀如是略說大慈大悲
所言佛不共法者即十八不共法謂如來身
無失乃至現在知見無著無礙此中初者謂
如來身無失無有疲倦離身諸過如來語無
失者無非愛語離語諸過如來意無失者無
有失念離意諸過如是三業爲令愚癡者生
淨信故無異想心者於一切衆生住平等心
無不定心者爲令愚癡衆生除散亂相無不
知捨心者謂諸衆生事無有不知而捨者此
等六法是彼增上戒學所出生故與無住涅

槃而爲因故信無減者謂於無住涅槃中不壞信故欲無減者謂於無住涅槃不愛著故精進無減者謂於利於命於行悉無住故慧無減者謂畢竟於諸世間長養衆生無不通達故解脱無減者謂不取聲聞等涅槃相故解脱知見無減者爲利衆生智破戲論相令諸衆生各各平等證得無上涅槃此等六法是彼增上定學所出生故與無住涅槃而爲緣故身業隨智慧行者謂於一切處若動若止經行等相常與智慧而共相應是故智慧而爲先導語業隨智慧行者謂一切語言離妄分別常與智慧而共相應是故智慧而爲先導意業隨智慧行者謂於衆生住平等心隨所利益無有差別常與智慧而共相應是故智慧而爲先導過去知見無著無礙者謂内無有性名爲無著外離諸縛名爲無礙於過去一切法平等悉知破戲論相未來知見無著無礙者謂於未來一切法平等悉知破戲論相現在知見無著無礙者謂於現在一切法平等悉知破戲論相此等六法是彼增上慧學所出生故此等諸法唯佛如來圓滿成就無上勝智爲利衆生隨衆生轉不共一切聲聞有故法界清淨智所出生如是略説名十八不共法

所言聲聞果者即四聲聞果謂須陀洹乃至阿羅漢此中須陀洹者厭苦忻樂隨應斷除所有煩惱七返生死見苦等諦悟人無我趣向涅槃斯陀含者厭苦忻樂隨應斷除所有煩惱一來此界見苦等諦悟人無我趣向涅槃阿那含者厭苦忻樂無餘欲界煩惱可斷

不還欲界於色無色界隨應解脫見苦等諦悟人無我趣向涅槃阿羅漢者悉斷三界所有煩惱盡苦邊際悟無我理隨應解脫趣證涅槃如是略說四聲聞果

所言了知一切相者謂諸佛如來於一切相如實了知現前平等一切相者即一切法諸佛如來爲利世間一切所向隨應方便得無忘失法住堅固相此中應知三身亦名一切相法身自性無我智相無差別故報身最勝相即一切相智所依性故化身所作事相於一切處如應現化而施設故又復一切相者雖所了知而無分別爲利衆生隨應所作是相寂靜無緣自性一切平等所有蘊等一切相亦復無邊若在三界若出三界應如實了知諸相不可得如是名爲了知一切相

所言眞如者即一切法自性離取捨若智若愚若色若心住平等性離妄無分別是即名眞如

所言實際者即菩提性一切如量如實離諸分別此中應知如佛所說於我蘊等性畢竟無所得復於他量而不可言說如是名爲實際

所言無相者即彼眞如說名無相而眞如者但以名字假分別故於名字中性不可得當知我等性即諸法自性是故此中若人若法悉離諸相而同一相此一相者即一切法無對礙相離諸分別於第一義自性無動是名無相

所言法界者即十力等果法及諸因法乃至一切法自性所依是即法界此法界中遠離

一切虛妄顛倒分別相等明慧現前如實照了是名法界

復次當知此中眞如等大圓鏡智等即一切法無所作門彼眞如無所作門即諸法自相門復次當知此中眞如及彼十力皆以大圓鏡智而觀彼實際所證及四無所畏皆以平等性智而觀彼無相微妙清淨及四無礙解性皆以妙觀察智而觀彼法界一切法眞實所證所依性及大慈大悲皆以成所作智而觀所有一切處增上所觀法皆悉安住法界清淨智

如是等一切法當知皆悉如量正語與菩提心相應大慈隨順一切衆生是一切法平等同一所緣相應無相最上法門總攝波羅蜜多等一切法故隨其所行如量相應此相應故是名一切法無我智者當知佛所說法從解脫門如實出生

諸佛智慧無有上　所說因性亦無邊

於彼無邊如實知　一切相應而表示

諸相應門顯諸性　隨宜方便而出生

大慧所作悉圓成　我為利樂故稱說

集大乘相論卷下

六十頌如理論

龍樹菩薩造
宋西天三藏朝奉大夫試光禄卿傳法大師施護奉詔譯

歸命三世寂默主　宣説緣生正法語
若了諸法離緣生　所作法行如是離
離有無二邊　智者無所依　甚深無所緣
緣生義成立　若謂法無性　即生諸過失
智者應如理　伺察法有性　若有性實得
如愚者分別　無性即無因　解脱義何立
不可説有性　不可説無性　了知性無性
大智如理説　涅槃與生死　勿觀別異性
非涅槃生死　二性有差別　生死及涅槃
二俱無所有　若了知生死　此即是涅槃
破彼生有性　分別滅亦然　如幻所作事
滅現前無實　若滅有所壞　知彼是有爲
現法尚無得　復何知壞法　彼諸蘊不滅
染盡即涅槃　若了知滅性　彼即得解脱
若生法滅法　二俱不可得　正智所觀察
從無明緣生　若見法寂靜　諸所作亦然
知此最勝法　獲法智無邊　緣生不可見
是義非無見　此中微妙性　非緣生分別
佛正覺所説　有説非無因　若盡煩惱源
即破輪迴相　諸法決定行　見有作有取
前後際云何　從緣所安立　云何前已生
彼後復別轉　故前後邊際　如世幻所見
云何幻可生　云何有所著　癡者於幻中
求幻而爲實　前際非後際　執見故不捨
智觀性無性　如幻燄影像　若謂生非滅
是有爲分別　而彼緣生輪　隨轉無所現
若已生未生　彼自性無生　若自性無生

生名云何得　因寂即法盡　此盡不可得
若自性無盡　盡名云何立　無少法可生
無少法可滅　彼生滅二道　隨事隨義現
知生即知滅　知滅知無常　無常性若知
不得諸法底　諸法從緣生　雖生即離滅
如到彼岸者　即見大海事　若自心不了
異生執我性　性無性顛倒　即生諸過失
諸法是無常　苦空及無我　此中見法離
智觀性無性　無住無所緣　無根亦不立
從無明種生　離初中後際　癡闇大惡城
如芭蕉不實　如乾闥婆城　皆世幻所見
此界梵王初　佛如實正說　後諸聖無妄
說亦無差別　世間癡所闇　愛相續流轉
智者了諸愛　而平等善說　初說諸法有
於有求實性　後求性亦無　即無著性離

若不知離義　隨聞即有著　而所作福業
凡愚者自破　如先平等說　彼諸業眞實
自性若了知　此說即無生　我如是所說
皆依佛言教　如其所宣揚　即蘊處界法
大種等及識　所說皆平等　彼智現證時
無妄無分別　此一若如實　佛說爲涅槃
此最勝無妄　無智即分別　若心有散亂
與諸魔作便　若如實離過　此即無所生
如是無明緣　佛爲世間說　若世無分別
此云何無生　若無明可滅　滅已即非生
生滅名乖違　無智起分別　有因即有生
無緣即無住　離緣若有性　此有亦何得
若有性可取　即說有生住　此中疑復多
謂有法可住　若菩提可證　即處處常語
若住性可取　此說還有生　若謂法有實

無智作是說　若謂法有處　取亦不可得
法無生無我　智悟入實性　常無常等相
皆由心起見　若成立多性　即成欲實性
彼云何非此　常等生過失　若成立一性
所欲如水月　非實非無實　皆由心起見
貪瞋法極重　由是生見執　諍論故安立
離性而執實　彼因起諸見　見故生煩惱
若此正了知　見煩惱俱盡　當知法無常
從緣生故現　緣生亦無生　此最上實語
衆生邪妄智　無實謂實想　於他諍論與
自行顛倒轉　自分不可立　他分云何有
自他分俱無　智了無諍論　有少法可依
煩惱如毒蛇　若無寂無動　心即無所依
煩惱如毒蛇　生極重過失　煩惱毒所覆
云何見諸心　如愚見影像　彼妄生實想

世間縛亦然　慧爲癡所網　性喻如影像
非智眼境界　大智本不生　微細境界想
著色謂凡夫　離貪即小聖　了知色自性
是爲最上智　若著諸善法　如離貪顛倒
猶見幻人已　離所作求體　知此義爲失
不觀性無性　煩惱不可得　性光破邪智
智離染清淨　亦無淨可依　有依即有染
彼淨還生過　極惡煩惱法　若見自性離
即心無動亂　得渡生死海　此善法甘露
從大悲所生　依如來言宣　無分限分別
此中如是難可說　隨智者見即成就
智者隨觀隨順門　如是皆從大悲轉
一切法中眞實性　智者隨應如理觀
所向由是信得生　拔彼衆生離諸苦
此義甚深復廣大　我爲勝利故讚說

如大智言今已宣　自他癡闇皆能破
破彼癡闇煩惱已　如如所作離魔障
由是能開善趣門　諸解脫事而何失
持淨戒者得生天　此即決定眞實句
設破戒者生正心　雖壞戒而不壞見
種子生長非無義　見義利故廣施作
不以大悲爲正因　智者何能生法欲

六十頌如理論

大乘二十頌論

龍樹菩薩造

宋西天三藏朝奉大夫試光祿卿傳法大師施護奉 詔譯

歸命不可思議性　諸佛無著眞實智
諸法非言非無言　佛悲愍故善宣說
第一義無生　隨轉而無性　佛衆生一相
如虛空平等　此彼岸無生　自性緣所生
彼諸行皆空　一切智智行　無染眞如性
無二等寂靜　諸法性自性　如影像無異
凡夫分別心　無實我計我　故起諸煩惱
及苦樂捨等　世間老病死　爲苦不可愛
隨諸業墜墮　此實無有樂　天趣勝妙樂
地獄極大苦　皆不實境界　六趣常輪轉
衆生妄分別　煩惱火燒然　墮地獄等趣
如野火燒林　衆生本如幻　復取幻境界
履幻所成道　不了從緣生　如世間畫師
畫作夜叉相　自畫已自怖　此名無智者
衆生自起染　造彼輪迴因　造已怖墜墮
無智不解脫　衆生虛妄心　起疑惑垢染
無性計有性　受苦中極苦　佛見彼無救
乃起悲愍意　故發菩提心　廣修菩提行
得無上智果　即觀察世間　分別所纏縛
故爲作利益　從生及生已　悉示正眞義
後觀世間空　離初中後際　觀生死涅槃
是二俱無我　無染亦無壞　本清淨常寂
夢中諸境界　覺已悉無見　智者寤癡睡
亦不見生死　愚癡闇蔽者　墜墮生死海
無生計有生　起世間分別　若分別有生
衆生不如理　於生死法中　起常樂我想
此一切唯心　安立幻化相　作善不善業

感善不善生　苦滅於心輪　即滅一切法
是諸法無我　諸法悉清淨
佛廣宣說世間法　善知即是無明緣
若能不起分別心　一切衆生何所生
於彼諸法法性中　實求少法不可得
如世幻師作幻事　智者應當如是知
生死輪迴大海中　衆生煩惱水充滿
若不運載以大乘　畢竟何能到彼岸

大乘二十頌論

佛母般若波羅蜜多圓集要義論

大域龍菩薩造

宋西天三藏朝奉大夫試光祿卿傳法大師施護奉 詔譯

歸命妙吉祥童真菩薩摩訶薩等

般若等成就 無二智如來 彼中義相應
彼聲教道二 依止及作用 事業同起修
分別相及罪 稱讚如次說 具信以爲體
師資互證說 說時說處等 得自量成就
說法者應知 世間時處二 說者有同證
然後得如量 一切如是集 我聞等所說
和合如是義 最上三十二 分別十六相
空如其次第 八千頌中說 了異方便說
今此八千頌 如說義無減 隨所樂頌略
如是義如說 菩薩我不見 此說實寂默
能受內諸事 彼說即爲空 色及色自性
此說亦復空 此等外諸處 所受分皆止
色等相彼身 安住及相離 向義若彼見
彼內即無實 彼諸內空性 自性亦復空
所有識相種 即起我悲智 不生亦不滅
有情此等明 有情生死欲 彼說即爲空
佛法不可見 菩薩法亦然 此等如所說
空彼十力等 別別所有法 此說徧計性
彼勝義非有 諸法如是說 彼我等見斷
大士畢竟作 而彼人無我 佛一切處說
一切法不生 此所說亦然 宣說法無我
一切處實說 有罪及無罪 不增亦不減
諸有爲無爲 所有諸善止 諸善空性中
彼出亦無盡 此徧計分別 彼普攝爲空
十種心散亂 心散亂異處 愚不得相應
無二智不成 彼止息互相 爲能所對治

於般若教中　彼圓集所說　若有菩薩有
此無相分別　散亂止息師　說彼世俗蘊
此八千頌等　從初語次第　至了畢皆止
說無相分別　因言不如是　此唯說事相
梵網等經中　知一切如理　菩薩我不見
而此等廣大　世尊此止遣　有相分別亂
若不見彼名　境界行亦然　彼蘊一切處
皆不見菩薩　此止遣徧計　普攝此所說
乘一切智因　慧分別諸相　般若波羅蜜
說三種依止　謂徧計依他　及圓成實性
無此等說句　一切徧計止　幻喻等見邊
此說依他性　有四種清淨　說圓成實性
般若波羅蜜　佛無別異說　十分別散亂
對治如次說　此三種知已　若即若離說
如初語圓成　依他及徧計　無相分別色

彼散亂止遣　彼佛亦菩提　不見說者等
至了畢此知　止遣徧計性　自性空彼色
俱相何所有　此別異語中　了知已彼止
此不空故空　如是語所說　諸毀謗分別
一切說皆止　如幻亦然佛　彼如夢亦然
如是如次知　智語邊決定　諸同等所作
此說佛如幻　幻喻等言等　此說依他性
若諸異生智　彼自性清淨　故說彼佛言
菩薩亦如是　自性自色覆　彼無明因作
如幻別異現　果如夢棄捨　無二別異說
果等定毀謗　毀謗諸分別　彼毀謗此說
色空非和合　彼互相違礙　無色無空名
色相自和合　此一性分別　對治種種性
空不異彼色　彼空何所有　此無實所現
彼無明所起　此無實能表　彼說無明故

此如是說色　般若波羅蜜　無二二如是
二分別對治　如理言淨性　亦然不可得
性無性違等　種種性定見　說此色唯名
眞實無自性　彼自性分別　容受即當止
色及色自性　空如先所說　彼自性俱相
分別此止遣　不生不滅等　所有諸法觀
佛言若散異　彼差別分別　虛假名言等
彼法若分別　聲義二非合　彼非自性意
般若波羅蜜　佛菩薩亦然　此所說唯名
離實義分別　所有聲義止　此非事止遣
如是餘亦知　語中義決定　此無所得正
一切名實知　如義性如是　不止遣彼聲
須菩提二離　聲聲義如是　菩薩無有名
我見此有說　般若波羅蜜　語無決定生
伺察唯智者　此義微妙慧　相續義除遣
若別義分別　般若波羅蜜　彼言說如響
總略如是義　般若等依止　如是義循環
復別義依止　般若波羅蜜　正攝八千頌
彼所得福蘊　皆從般若生

佛母般若波羅蜜多圓集要義論

佛母般若波羅蜜多圓集要義釋論

宋西天三藏朝奉大夫試光祿卿傳法大師施護奉 詔譯

清刻龍藏佛說法變相圖

佛母般若波羅蜜多圓集要義釋論卷第一

第二　同卷

三寶尊菩薩造

大域龍菩薩造本論

宋西天三藏朝奉大夫試光禄卿傳法大師施護奉　詔譯

歸命般若波羅蜜　出生一切諸佛母
而彼般若勝所依　畢竟無著滌諸垢
爲諸佛趣自性離　令衆生喜勝相應
能取所取二俱亡　此中常性不可立
由彼二取解脱故　斷見常見悉遣除
從一切智所出生　稽首智能到彼岸

我今於彼大域龍菩薩所造佛母般若波羅蜜多圓集要義中略釋行相爲令諸小智者思念是義可略知故如彼頌言

勝慧等成就　無二智如來　彼中義相應

彼聲教道二
此言勝慧等者即慧彼岸到勝慧謂聞思等慧岸者邊岸到者往而得到謂由清淨妙慧能到彼岸此中應問何人能到答謂諸菩薩彼何所成就邪即般若波羅蜜多成就成就者成辦義如是果性增上意樂所成辦故如八千頌般若教等開示演說是謂般若波羅蜜多成就非於般若波羅蜜多聲中有所成故若爾當以何義說彼成就所以頌言無二智無二者無有二相名爲無二是智無二名無二智如是所說此中意者般若波羅蜜多離能取所取即無二智菩薩成就如是智故若或於彼色等境中著所取相彼能取心於無二智即有對礙問若諸菩薩如是成就般若波羅蜜多何故今此不言如來謂以如來於一切處勤修諸行得成佛故論自答言如來如來者謂彼如來彼者即是般若波羅蜜多如來者如實而說故名如來以彼如是普離一切分别網故般若波羅蜜多即是如來此中無二亦無分别無二者如來不離般若波羅蜜多亦不即般若波羅蜜多何名無分别謂如燈光此如是義是故應當如實了知如諸智者所說頌言
非智離於空　有少法可得　此意言離者
性離非遠離　彼二空異識　無少法可著
二無實可轉　二我性不立
由此證知於如實相中世尊如是說是故能知所知若有性者諸分别等有所依止此應問云若般若波羅蜜多成就無二智者何故頌說教道二邪頌自答言彼中義相應彼聲

教道二彼中者於彼聲中含教道二義相應者次第今說謂彼所有教道二種與般若波羅蜜多義和合相應彼聲教道二者彼聲之言如前已釋教道二者即是般若波羅蜜多方便於彼聲中所含藏故猶如種子在含藏位其義亦然如是當知般若波羅蜜多聲說二種義一者勝上二者種類彼勝上者謂無二智相其種類者有二種類即教道自性由是二種和合施設當知乃有宣說表示復由依止如是等故此般若波羅蜜多中所有語義開演三十二品無增無減此中所說爲遣十種分別散亂又復顯示十六種空復次頌曰

依止及作用　事業同起修　分別相及罪
稱讚如次說

如彼頌中有其六種所謂依止作用事業相罪稱讚等此中云何次第今說

所言依止者謂佛世尊最初說智由彼如是所依止故所有甚深法門而能相續演說非須菩提等彼能說者能爲如是和合依止問佛所說智其相云何答如佛於八千頌般若經初作如是言須菩提隨汝樂說諸菩薩摩訶薩般若波羅蜜多應當發起如菩薩摩訶薩般若波羅蜜多出生等爲由如是佛威神力所建立故彼須菩提乃能如是宣說般若波羅蜜多而無障礙此中如是所說諸義說彼經中第一品故

所言作用者即增上作用謂佛說智爲增上故爲說此法起說作用即菩薩等衆作用次第由如是故乃能發起宣說此法

所言事業者謂即所作事業如是發起由此般若波羅蜜多教如是安住是故勤勇起修除遣十種分别散亂法及次第分别十六種空如是應知所言相者標表爲義又相即形相此中云何謂若菩薩於此般若波羅蜜多法門若書時若讀時或有人等起疑心者當知皆是魔事等相若不退轉是菩薩相

所言罪者謂於此法作障難事及謗正法等或於般若波羅蜜多而生毒想此等皆是感招罪報

所言稱讃者謂稱讃果如經云若有人以滿三千大千世界七寶持用布施若人於此般若波羅蜜多受持等者其福勝彼此中復說何義而爲依止故有頌言

具信以爲體　師資互證説　説時説處等得自量成就

此中云何所言具信等者信謂信心清淨謂諸菩薩由彼信故於甚深教能生勝解彼信有故名爲具信彼信具故而能爲體體爲身體譬如有身爲因乃能相續修作諸行信義亦然所言師資互證説者謂世尊大師宣説此法菩薩等資亦各宣説如是説已如應表示所言説時説處等者時者所謂和合所作表示説時各别決定印持所得處義應知問彼説法者當得何義頌自答言得自量成就其義云何自者已義量謂自量自所得量無相違故成就者成辦義謂説法者諸所説事悉成辦故如彼頌言

説法者應知　世間時處二　説者有同證然後得如量

此中云何所言說法者謂說法人世間時處二者謂於世間相中先當了知說時說處然後依智如理而說問此何等說頌自答言說者有同證謂有同證和合說故問云何得如量答所謂得此眞實言量非今所說時處等義此中復以何義印可三十二品故有頌言

一切如是集　我聞等所說　和合如是義

最上三十二

此言一切如是等者一切者普盡義何等普盡謂如是聚集我聞等聚集如是者謂如是所作如是此法所言我聞等者我者自相所成聞謂聽聞即聽聞此法此中總意若如是若我若聞等總聚而成故云如是我聞等問所云等者等取何義答等者等攝時處所言說者說謂說示是故此中說彼如是我聞等所言和合如是義者謂彼說者若作若非作彼等和合從初次第宣說如是最上義故最上者最極勝上彼言說體者謂言詮故問此何所說頌自答言最上三十二三十二者數量決定謂說如是數中義故是故當知此中所說亦無減少問十萬頌般若波羅蜜多經中說多種空此八千頌般若波羅蜜多經中說十六空與彼所說如何齊等爲有此疑故頌止言

分別十六相　空如其次第　八千頌中說

了與方便說

此言分別等者重重分類所區別故名爲分別又分別者即種類義彼種類者種種性義此中何所分別謂分別空分別何等空即十六空十六者數之分限此說十六空與彼十

萬頌般若經中所說義自齊等頌云八千頌中說者是即八千頌般若經中所說彼如何說是故頌言如其次第如次者不過越義何法不過越謂說空之聲故下頌言了異方便說其義云何異者謂別異法於彼別異法中取其方便是故說者異方便說了者了知應當如是分別了知所謂了知此異方便分別說空復次頌言

今此八千頌　如說義無減　隨所樂頌略

如是義如說

此言今此八千頌者指法應知言無減者謂無缺減何等無減謂如說義即如其所說義自圓滿或有問云此中所說何故頌略頌自答言隨所樂頌略今此但說八千頌者爲彼聽者最勝意樂所宜聞故是故頌略略謂少略所言如是義如說者謂即如是所說之義彼復云何頌言如說如說者謂如其言說如是所說如理成就非般若波羅蜜多法中義有差別但爲耎中上品所有根性隨欲攝受是故世尊由此因故少略說此般若波羅蜜多如其次第以異方便說十六空如是所說顯明開示復次頌言

菩薩我不見　此說實寂默　能受内諸事

彼說即爲空

此言菩提薩埵等者菩提及薩埵此即是菩提薩埵菩提者謂無二智薩埵即求菩提者而此薩埵名菩提薩埵即彼菩提薩埵我不可見亦不可得我者已義所言此說實寂默者此者如是義說謂言說實者眞實即勝義諦寂默者即是世尊謂佛世尊身語意業皆

相應寂默故如是等說由佛威神所加持故令須菩提能於此中說是語義所言彼說即爲空等者彼者即彼世尊說謂說示謂佛世尊說此爲空說何法爲空所以頌言能受内諸事等内諸事者所謂眼等内六根處名内諸事以彼愚夫執實能受世尊說彼内事皆空又新發意菩薩於中分別有實自性如是等言說内空竟復次頌言

色及色自性　此說亦復空　此等外諸處
所受分皆止

此言色及色自性等者謂色聲等外六境處又色者即是色處所言色自性者色謂自色如所有相彼相不生以不生故即自性空然彼自性亦不可壞譬如人角其義應知所言此說者謂此如是說如是等言復次此中世尊皆止止者不作義問止何法邪頌自答言此等外諸處此復云何外諸處者謂色等境外諸分位皆悉無實而彼異生執有如是實所受性是故此中止此語義如是等言說外空竟復說後空如彼頌言

色等相彼身　安住及相離　句義若彼見
彼内即無實

此言色等相彼身者此中云何是彼身所謂内外二色處是即彼身所言安住者即是器世間各別依止安住故名安住所言相者謂三十二大士表相所言離者彼如上說皆悉離故離即空義所言向義者向謂已往已往之義名爲向義何等法是向義如上頌言色等相此復云何謂若如是内外色處皆悉無相即彼如是了知空義如是聲義是故應知

今此頌中先說三種空所謂内外空大空相空次說空空如頌所言若彼見彼内即無實若者即若所有義謂所有空智彼者即彼身等見者知義知即了知此中意者謂知空智了境空已即此空智於内無實而無所有何況餘法有依止性此句如是說空空竟此中復說自性空如彼頌言

彼諸内空性　自性亦復空　所有識相種即起我悲智

此言彼諸内空性等者謂即所有内諸處空性相續此說所言自性亦復空者自性者種性義由彼如是顯明識相等所言所有識相種者所有謂若所有義此中若識相若識性彼等種性即我悲智生悲者欲令他苦得離散故智者即擇法相若悲等若智等是謂悲智我者自相義即自所有悲智二種此意總說内識處等自性空故復次後說二種空義如彼頌言

不生亦不滅　有情此等明　有情生死欲彼說即爲空

此言不生亦不滅等四句頌文此中合釋二種空義所言不生者彼八千頌般若經中說不生言此止其生此中意者謂本來不生性生若無性滅亦無性彼前性不生後性亦不滅問此等云何故頌答言有情有情者即五蘊身命有謂有彼物性情謂自所作性和合而言故曰有情明謂顯明此中意說若有情若生死彼二皆空是義顯明而諸有情無有邊際死此生彼六趣循環無有窮盡輪轉生死此生死者即是輪迴如是行相有情即生

死釋義應知問此何人説耶頌答言彼彼者即彼如來眞實説故彼何所説所謂説空即有情生死二種空故然彼無性此中亦離如執彼無性此亦不然若爾何故頌言欲邪欲者樂欲義謂即有情生死二欲若如是所欲畢竟彼如是眞實如是等言説二種空義謂畢竟空無際空問何名無際無際者謂無有初際及無初分此無際説空故名無際空如佛所言生死先際不可表示故復説後空如彼頌言

佛法不可見　菩薩法亦然　此等如所説
空彼十力等

此言佛法不可見等者佛法者即諸佛法所謂十八不共十力等法如是之法以清淨妙慧觀不可見亦不可得彼如是故所有分別而爲對礙所言菩薩法亦然者即諸菩薩法所謂布施等諸波羅蜜多種種行相入眞實智如理而觀亦無所見所言此等如所説空彼十力等者此等者謂此如是等教如所説者即如其所説問此説何等法頌自答言彼十力等指上所明十力等法所言等者等攝十八不共法又問此法何所説邪答所謂説空空者自相離故此中如是等説一切法空竟復説後空如彼頌言

别别所有法　此説徧計性　彼勝義非有
諸法如是説

此言别别所有法此説徧計性等者此破徧計性别别者即各各義謂此所有徧計性故徧計者取著義取著何法即色等法此者如是義説謂言説此中總意謂各别諸法勝義

諦中彼非有故是故頌言彼勝義非有諸法如是說勝義非有者即勝義諦中無自性故問何法無自性答謂色等諸法如是說者即此如是說問何人如是說答佛作如是說觀彼所有勝義相空彼相即是徧計性空非唯能取相於勝義諦中說彼空故如是等說勝義空竟

此如是說義自明顯然造釋者別說頌曰

彼彼徧計性　處處皆執著　此如是徧計

自性無所有

佛母般若波羅蜜多圓集要義釋論卷第一

佛母般若波羅蜜多圓集要義釋論卷第二

三寶尊菩薩造
大域龍菩薩造本論
宋西天三藏朝奉大夫試光祿卿傳法大師施護奉　詔譯

復說後空如彼頌言

彼我等見斷　大士畢竟作　而彼人無我
佛一切處說

此言我等見者即說我等見斷我者謂徧計所執所有蘊等等者等攝人及衆生壽者此中行相等謂所等是我所有等釋義應知見者謂取著之見此中總意於我等境界中彼我等見斷斷者壞義作者謂畢竟作故問何人作邪答言菩薩又問若菩薩者何故言大士答大士者即大有情此大有情普轉輪迴相續而作此即是菩薩若此中如是復何所說所以頌言而彼人無我佛一切處說謂佛於一切處如是決定說人無我如是等說無性空竟復說後空如彼頌言

一切法不生　此所說亦然　宣說法無我
一切處實說

此言一切法不生等者一切者普盡義法即是色等法一切即法釋義應知彼一切法悉不生故此言不生者即止其生此中意者即本來不生性非如彼相聚集所得有其實性頌言此所說亦然者此謂如是說者表示義亦然者亦復說故頌言宣說法無我者法謂色等諸法無我即無自性問若爾將何表示頌自答言一切處實說一切處者即徧一切種實謂眞實即法無我眞如說謂了知了知者遮防爲義此說眞如遮餘法故又問何人

實說邪答謂佛世尊如是等說不同外道所說空故如是等說無性自性空竟復次後說二種空義如彼頌言

有罪及無罪　不增亦不減　諸有爲無爲所有諸善止

此言有罪及無罪等者罪謂過失過隨罪轉故名有罪離罪及過即名無罪若罪無罪所有諸法不增亦不減此言不增者雖有所得而無增長亦不減者謂得無盡法出生無滅是故菩薩如實知彼無盡法故所言有爲者謂諸有所作故名有爲行相云何謂即因緣所生諸行無爲者簡非有爲行相云何謂擇滅等頌言所有諸善者問而彼有爲無爲所有諸善復云何說答此中當知有爲諸善無爲諸善若如次修若不如次修悉得無增減

此中意者但於勝義諦中無實取法所言止者止謂止遣止彼所有無相之言如是等說有爲空無爲空竟復說後空如彼頌言

諸善空性中　彼出亦無盡　此徧計分別彼普攝爲空

此言諸善空性等者諸善者即諸善法謂空性中有諸善法而非無性何以故頌言彼出亦無盡彼謂於彼聲中含諸善法故出謂出生亦者相續說義此中總意由諸善法如理出生性無盡故彼即無滅諸菩薩事亦不間斷頌言此徧計分別者謂智者應當如實了知如是所說遣徧計性頌言彼普攝爲空者普謂普盡攝謂總攝謂此八千頌般若經中分別廣說諸空種類此中如是相續所說普徧圓集而總攝故故名普攝如是此中總攝

空故問如是空行相此云何和合答此所說空但遣徧計所執法相此如是言即畢竟義於是言中理自和合總集如是所說空已後復無空語義可說復次當知此中如是所說諸空但爲止遣有情取著分別非說實性何以故而彼實性中說二種空故所謂人空一切法空如是等說無散空竟問何名無散答散謂離散此散不散故名無散無散體者謂諸菩薩所有善法乃至無餘依涅槃界中彼亦不散彼亦無盡故名無散如是總說十六空竟

如辯中邊論慈氏菩薩說如是義顯明開示故彼頌言

內外受彼身　安住物皆空　彼等智如見
所有義彼空　獲得二種善　常利益有情
處生死作利　彼善法無盡　種性等清淨
獲得諸相好　清淨諸佛法　菩薩亦成就
人及一切法　此中無性空　無性中有性
彼性亦復空

復次此中今說除遣十種分別散亂法當知此即起修行相問何等是彼十種分別散亂復云何止所以頌言

十種心散亂　心散亂異處　愚不得相應
無二智不成

此言十種心散亂等者謂新發意菩薩等有十種分別散亂所謂無相分別散亂有相分別散亂俱相分別散亂毀謗分別散亂一性分別散亂種種性分別散亂自性分別散亂差別分別散亂如名於義分別散亂如義於名分別散亂此如是等十種分別令心散亂

此心心所散亂異處散亂者謂散異動亂故名散亂所言異處者謂別異處有分位等動亂所引是故彼心不得相應問何人不得相應耶頌自答言愚不得相應愚即愚夫異生愚者謂若損若益及眞實法悉不知故問不得何法相應頌自答言無二智無二者無有二相名爲無二不著二之智名無二智成就者所謂成辦即決定成辦此中如是所有理義如頌所言不成者謂諸愚夫異生心有散亂於彼色聲香味觸等諸境中心生取著是故於彼清淨妙智不得成就即不相應問若無二智不相應者此中復說何義所以頌言

彼止息互相　爲能所對治　於般若教中

彼圓集所說

此言彼止息等者彼者即彼十種分別散亂止息謂止遣問何處止耶頌自答言般若教中謂十萬頌般若波羅蜜多等教中一切皆說如是止言問止彼何法頌自答言互相爲能所對治互相者此彼更互義能所對治者謂有相無相互爲能所對治行相云何謂如所有有相爲能對治即無相爲所對治若無相爲能對治即有相爲所對治此如是等是爲行相問彼般若教中當如何說頌自答言彼圓集所說謂此佛母般若波羅蜜多教中如是圓集總聚要略攝此十種分別散亂說謂言說此如是說是即如來如是最上眞實了知圓集普攝於佛母般若波羅蜜多中如是宣說問所說云何是故頌

若有菩薩有　此無相分別　散亂止息師

說彼世俗蘊

此言菩薩有此無相分別等者菩提及薩埵是即菩提薩埵有謂不無此如是說謂即有此無相分別無相分別者謂色無相分別彼如是散亂即癡所作性問有此散亂其復云何頌答言止息問何人能止耶頌答言師師者謂如來大師善能調伏諸煩惱寃又能救度惡趣等怖故名爲師頌言說彼世俗蘊者世俗謂世間其世俗蘊謂色受等說彼蘊者謂令了知有此蘊故除遣無相分別散亂如是所說意者世尊悲愍新發意菩薩等是故爲說世俗諸蘊使令了知爲除斷見止彼無相分別非說實性此八千頌般若波羅蜜多教中說如是義即諸般若波羅蜜多本母義理相應復次頌言

此八千頌等　從初義次第　至了畢皆止

說無相分別

此言八千頌等者此者如是義如是八千頌本母所說故等者等攝十萬頌所言從初語次第者即初語所成謂從經初所起語言行相云何如經言須菩提隨汝樂說諸菩薩摩訶薩般若波羅蜜多應當發起如菩薩摩訶薩般若波羅蜜多出生等頌言至了畢皆止者謂從經初乃至經末於中所說悉周竟故頌言皆止者止謂止遣即於其中止彼無相分別毀謗之言頌言說無相分別者謂色無相分別以彼分別色無相故而墮於空以斷有色故所言說者其義云何說謂依法而說此依法說說事相故行相云何謂由初語言而爲發起乃至了畢其中所說多種語言於彼言中成立別異發起行相謂諸菩薩及帝

釋天主上首等此如是等當知皆是止其斷見問若此等所説語言分位有所發起者復有何等道理依法而説遣除無相分别毀謗之言故頌破言

因言不如是　此唯説事相　梵網等經中知一切如理

此云因言不如是等者因者道理義不如是者此道理言非成就言何所以耶頌自釋言此唯説事相事者謂有所作事有所修事説謂言説此中如是義唯説事相故若爾即令和合道理義不成就云何能令諸有智者於中觀察生歡喜耶故頌通言梵網等經中知一切如理此中云何即梵網等所有諸經且言等者等攝雲輪等經彼諸經中皆如理説何人所説謂佛世尊於一切處依如實理自如是説如是説者自義成就所言知者知謂了知了知此説如理如量若如是説眞實語義是決定義此復云何若如前言道理説者雖能除遣無相分别彼有相分别旋即生起是故今當如應開示彼相違門如其頌言

菩薩我不見　而此等廣大　世尊此止遣有相分别亂

此言菩薩我不見而此等廣大者謂由最初起徧計性於菩薩相而生取著彼所取相於實性中我不可見亦不可得我者已義此等廣大者廣大即包廣義此菩薩者其義廣大是故菩薩我不可見亦不可得般若波羅蜜多亦不可見亦不可得如是等所説爲令止遣有相分别散亂頌言有相分别亂者相謂色等相亂即動亂分别者謂於色等相中有

所分別於不如義中取著如義性此如是等疑惑動亂於勝義諦中無有實性問何人止遣耶頌自答言世尊此止遣問何所止耶所以頌言

若不見彼名　境界行亦然　彼蘊一切處皆不見菩薩

此言若不見彼名等者若謂若有不見即不可得問何法不見耶答此菩薩名而不可見若說如是名彼說不可得且止此說頌言境界者如實當知非唯菩薩名不可得諸境界等亦不可得境界者謂所行境界是諸菩薩所行般若波羅蜜多如是道相行亦然者行謂普徧諸行即所修所行而此諸行亦不可得所言彼蘊一切處者蘊謂色受等一切處者謂徧一切處及一切種此中意者如實當知以清淨妙慧於是一切處求菩薩相了不可得以是因故菩薩不可見是故頌言皆不見菩薩此中如是所說意者但遣愚者於佛世尊無染智中執有實名及境界等彼不可得非正了知而菩薩相於圓成實性中亦不可捨離若取捨離相者彼無相分別還復生起此義略說故有問言若今如是於實性中無菩薩者豈非前言有相違耶頌自通言

此止遣徧計　普攝此所說　乘一切智因慧分別諸相

此言止遣徧計等者徧計者謂諸有情所起顛倒之見行相云何謂於蘊處界中執有實性今止彼故不於清淨妙智中而有所止頌言普攝此所說者此者如是義普攝說者即作者普攝而說此普攝說是勝意樂當知此

等般若波羅蜜多義如是普攝而說是爲決定即彼如是獲得究竟問以何義故而作此說頌自答言乘一切智因此如是義如理顯示乘謂乘馭一切者普盡義智因者以了別智而爲因故問何人乘馭耶頌答言慧慧者大慧即是佛故問何所說耶頌自答言分別諸相相者所謂普集作用故名爲相是相無對礙問是何等相頌言分別即分別顯示諸行相故非說實性此如是等所說之義如實觀察乃至無有極微塵量外義自性可得成立是故世尊乘彼智聚開示分別所有一切作用行相問得何義故乃能如是所以頌言

般若波羅蜜　說三種依止　謂徧計依他
及圓成實性

此言般若波羅蜜等者當知般若波羅蜜多有二種法一者勝上二者所行勝上者謂離煩惱所知二障之智所行者謂名句文言說之相彼勝上者即般若波羅蜜多自性所說彼所行者即說法言義是自性作用問其所作用此中云何頌自答言說三種依止三種依止者此復云何如頌所言謂徧計依他及圓成實性徧計者謂諸愚夫於無二清淨智中徧計諸相執著對礙此說名爲徧計性依他性者謂無二智自性安住無明種子二有對礙而彼無明依他起故此即說爲依他起性圓成實性者謂即無二之智即是圓成實性問云何說爲三種依止所以頌言

無此等說句　一切徧計止　幻喻等見邊
此說依他性

此言無此等說句一切徧計止等者無謂無

所有此句者謂如是等諸所說句等謂等其說法者彼止言無問此中行相其復云何故頌答言一切偏計止一切者即普盡義徧計者謂虛妄巧異執著造作止謂止遣此如是等所說意者謂若有聞一切說者說止遣言智者應當畢竟了知一切皆是止遣徧計有相執著頌言幻喻等見邊此說依他性等者幻謂帝網等者等攝乾闥婆城等諸幻法幻者由他假法有所成故今取彼幻喻此法故乃名幻喻見邊者謂由彼喻曉如是法故名見邊此中意者謂若有聞說幻喻等諸見邊義智者當知此即是說依他起性此中當知由彼幻等已見邊故是故世尊有所宣說問彼依他自性云何了知圓成自性云何說事所以頌言

有四種清淨　說圓成實性　般若波羅蜜佛無別異說

此言有四種清淨說圓成實性等者說謂表示謂以四種清淨表示所有圓成自性四種者即有四種類清淨者無染義謂由得彼四種淨故乃名清淨

佛母般若波羅蜜多圓集要義釋論卷第二

佛母般若波羅蜜多圓集要義釋論卷第三

第四同卷

三寶尊菩薩造

大域龍菩薩造本論

宋西天三藏朝奉大夫試光祿卿傳法大師施護等奉詔譯

所言四種清淨者一自性清淨二離垢清淨三所緣清淨四平等清淨初自性清淨者即是無差別無二之智行相云何自性者謂本性不虛假即眞我性於自性中有如是相如摩尼寶映現和合如佛所言一切衆生即如來藏彼一切法與善逝等而無自性此如是說即自性清淨二離垢清淨者離垢者即離諸垢染清淨之義已如前釋行相云何謂所行對治諸有觀力隨生相應無二之智此所作已所有世尊增上意樂事等即彼實際眞如法界此如是說即離垢清淨三所緣清淨者所緣者謂即所有普盡般若波羅蜜多義等一切所緣境界作用又彼所得性或所成性亦是所緣於是所緣中而得清淨清淨之義已如前釋此如是說即所緣清淨四平等清淨者平等者齊等無差義即是平等微妙清淨法界大法光明彼平等性乃多平等於是平等中而得清淨清淨之義已如前釋此如是說即平等清淨如是總說四種清淨即圓成自性是故說此般若波羅蜜多諸有行相如是言義此如是等和合作已離虛假法所以頌言般若波羅蜜此中云何謂即所有般若波羅蜜多諸有所說言義自性謂佛世尊一切如是當知皆依三種相說非離依他等自性別有所成義此中所說行相云何謂

若幻喻等見邊說已即是說彼依他起性而無別異若依他起性說者即是幻喻等見邊何以故無復有法故如是餘處亦然應知復次此中若說止門所有行相即是說彼徧計之性而無別異若徧計性說者即是所說止門何以故此法無故問圓成實性中云何可有彼言說門以彼法中無有性故如是隨其所生分位即彼如是所說分位而亦無實所以頌言

十分別散亂　對治如次說　此三種知已若即若離說

此言十分別散亂對治如次說等者謂即所有十種分別散亂今此次第說彼對治即相違對治及能所對治所言三種者謂徧計依他圓成實性如是三種如其次第知已者謂了知已所言若即若離說者謂般若波羅蜜多教中有即有離故此中總意若如是了知已彼徧計依他等所有諸事相或即或離彼一一相如其所說顯明開示問此中云何若即若離說徧計等所以頌言

如初語圓成　依他及徧計　無相分別色彼散亂止遣

此言如初語等者如者指法謂此如是八千頌般若教中最初語言如彼經云須菩提隨汝樂說諸菩薩摩訶薩般若波羅蜜多應當發起如菩薩摩訶薩般若波羅蜜多出生等此如是語即最初語此語依彼圓成依他徧計三性而說如所說相即圓成性等自色相非無若於如是自色相中起色無相分別散亂者世尊於此皆悉止遣問復次此義云何

了知答如彼最初語中依三種義説所有彼語今於此中略指其義如彼經云 如菩薩摩訶薩般若波羅蜜多出生等出者即出離義又出生義或得無上道義以要言之或爲種種義界此如是説由此出生一切義故此中復能出生稱讚等事謂佛菩薩等所有稱讚彼稱讚相如前已説又如經言須菩提隨汝樂説諸菩薩摩訶薩般若波羅蜜多應當發起諸境界事所言樂説者謂得樂説慧及得樂説光明 故名樂説此如是等一段經文即依他起性所説事相若如彼經從須菩提乃至出生等全段經文其中若有説彼實義即是依彼徧計性説又如經言如菩薩摩訶薩般若波羅蜜多出生等此一段經文即圓成實性所説事相此中總意由此因故依三種義宣説般若波羅蜜多是故所説有即有離

復次頌言

彼佛亦菩提 不見説者等 至了畢此知

止遣徧計性

此言彼者謂即彼因此中云何謂諸愚者於般若波羅蜜多教中取著句義執實能知所知起諸徧計故此止遣問何法能止耶答止法應知問何人是説者頌自答言彼佛亦菩提不見説者等此中云何謂如所應安立句義能覺了者即是佛故菩提者謂離煩惱所知二障之智等即等攝菩薩聲聞所言説者即是佛等謂若有於蘊等自性中顛倒徧計者佛爲説彼止遣法故此中 如是即有彼説者頌言不見者如理應知問而彼所説何等是其分限頌自答言至了畢謂此般若波羅

蜜多教中自初至末而悉周畢是爲分限頌言止遣徧計性者謂此所説佛及菩提不見等義皆是止遣有相分別徧計性故問云何此中但止徧計性不止圓成邪頌自通言

自性空彼色　俱相何所有　此別異語中了知已彼止

此言自性等者自性者即本性義空彼色者謂色自性空若彼智相見有色故即有所取如是一切計色有實彼爲對礙於俱相中而有增相還成分別所分別相其云何有所以頌言俱相何所有俱相者即二俱相謂色自性於勝義諦中無所取分位譬如人角其義應知是故但止徧計不止圓成何以故勝義諦中非有性故頌言此別異語中了知已彼止者此者因義了知者解了義謂由於彼別異語中善了知已即能遠離所言彼止者止謂止遣謂即止彼所有徧計此如是等當知皆是止遣俱相分別散亂後當止遣毀謗分別散亂如彼頌言

此不空故空　如是語所説　諸毀謗分別一切説皆止

所言此不空故空等者謂佛世尊於般若波羅蜜多本母中宣説如是不空故空所言如是語所説者謂即説此如是語故所説云何所謂不空故空空性離故所言諸毀謗分別者若有於此不空故空中取空自性者是即毀謗分別今悉止遣所言一切説皆止者一切者謂一切處一切種類説謂言説謂佛世尊不但此中止遣徧計分別於一切處執空之言皆悉止遣復次頌言

如幻亦然佛　彼如夢亦然　如是如次知
智語邊決定
此言如幻亦然佛彼如夢亦然等者當知此
說亦是止遣毀謗分别如幻者以幻喻法故
名如幻何者如幻謂即佛故亦然者相續説
義如夢亦然者謂即彼佛亦復如夢此中若
有説佛之言當知皆是説無二智而彼自性
與異生等相續有故但爲無明幻等之所覆
故而諸愚者乃於自相隱而不現頌言如是
如次知智語邊決定者謂如是所説如其次
第如理而知知謂了知問何人能知頌答言
智智即智者問何等是語邊決定答所謂一
切法如幻問此中止遣毀謗分别如是知已
後復云何有所開示所以頌言
諸同等所作　此説佛如幻　幻喻等言等
此説依他性
此言諸同等所作此説佛如幻等者同所作
者謂同其幻此中意者若一切處無二智中
無所生者彼諸同等所作説不相應何所以
邪以諸幻等皆有性故此中如是佛亦有性
是故頌言説佛如幻頌言幻喻等言等此説
依他性者上言等者等攝夢等復言等者即
是因義説謂言説若説幻喻等言即是説彼
依他起性此依他性佛所説故依他者謂依
屬於他故名依他此依他者即無明自體此
等分位有所依止即此如幻説佛亦然是故
應知非一切種一切無性以自性清淨故彼
等幻喻佛等所説一切皆然如是等説若有
毀謗分别者彼非如來藏一切衆生非無二
智何以故於一切有中毀謗分别故由如是

故於所成義而悉不成亦不和合問若勝義諦中無二之智即是如來者云何此中說異生智邪爲破此疑所以頌言

若諸異生智　彼自性清淨　故說彼佛言

菩薩亦如佛

此言若諸異生智彼自性清淨者即諸異生本性清淨體即自性清淨之智所云說彼佛言者謂說彼佛如實無二智故此說異生智亦復同等問若以所行相中如是說者其復何如頌自答言菩薩亦如佛以無二智所生如是義故是故菩薩亦即如佛由此因故佛及菩薩說無別異問若異生若諸佛於如實智中有所生者云何前言無所得邪頌自通言

自性自色覆　彼無明因作　如幻別異現

果如夢棄捨

此言自性自色覆彼無明因作者謂諸異生和合自識自性無二由彼無明爲因所作起我我所我謂自性我所謂自色以自色覆故別異所現故起二相是相無二亦無有實此復何如頌言如幻於是如幻無自性中取實物性而彼所取與無二智而爲對礙問若此無二智自性與異生智自性平等說者何故異生識中無所出現答以能取所取顛倒之性所隱覆故然如來識中於一切時常所出現以清淨性故問若諸異生清淨性中而無有果眞實出現者即一切時無明堅著其復云何是故頌文破此疑言果如夢棄捨棄捨者即不取著義此中意者所有自性清淨智中非無果性但爲無明所隱覆故如聞思等

慧和合所作其所得果而無實義此中亦然如夢中果覺無實義無相可表雖和合而作似有所得得已棄捨此說決定是爲正理復次頌言

無二別異說　果等定毀謗　毀謗諸分別彼毀謗此說

此言無二別異說等者謂諸愚夫於無二智中別異所現起顛倒見著於二種境界之相頌言果等定毀謗者果等者謂於果等境界眞如相中決定毀謗今此止遣頌言毀謗諸分別等者謂毀謗故起諸分別而彼毀謗諸分別等今悉止遣頌言此說者爲止遣故今此說言不空故空爲令棄捨彼虚假說應知此中色即是空復次此中一性分別有所起現此復云何謂般若波羅蜜多本母中說若色空即非色作此如是和合所說爲令止遣一性分別決定語義所以頌言

色空非和合　彼互相違礙　無色無空名色相自和合

此言色空非和合者謂色與空不和合故不和合者不相應義問何故不和合頌自答言彼互相違礙諸色空二互相害故相違行相此中云何頌言無色無空名謂若無色即無空以無自性故譬如虚空蓮華其義應知頌言名者即印可義印可此說無自性故頌言色相自和合者謂青黄赤白衆色之相而自和合此中總意彼有自性及無自性應知二種決定相違復次頌言

此一性分別　對治種種性　空不異彼色彼空何所有

所言此一性分別等者此者因義由是因故謂即表示對治止遣一性分別是故此般若波羅蜜多教中所說若色空即非色此中如是爲令止遣一性分別故所以頌言空不異彼色彼空何所有如上頌言對治種種性者謂即止遣種種性中有所分別是故此般若波羅蜜多本母中作如是說所謂空不異色此如是語云何所作以空礙色故問何所止耶答止遣種種性分別此復何因所謂彼空不異色蘊之相色何所有是故此說色即是空離空無有少色可得以無所有故如是所說悉爲止遣種種性分別散亂問此復何因離空無色所以頌言

此無實所現　彼無明所起　此無實能表
彼說無明故

所言此無實所現等者無實者謂無所有此所出現而爲對礙頌言彼無明所起者謂所有色彼色自性有所執著無明所起執著者蓋障義若於如是不實所現中取著有性若是爲蓋障是故此中增上意說空不異色問所有諸異生自性清淨智云何彼中說無明言是故頌文破此疑言此無實能表彼說無明故無實者謂不實句義表即表了能謂力能爲無實故非所能表此中總意說無明故非勝義諦復次頌言

此如是說色　般若波羅蜜　無二二如是
二分別對治

所言此如是說色般若波羅蜜等者謂此般若波羅蜜多所說色義即自性清淨智而能遣除能取所取隱覆性故般若中所說者即

慧力故問若無明相分別起現彼以何對治頌自答言無二二如是二分別對治此中意者若彼如是二有所現即以勝義相中無二自性清淨之智而爲對治即對治彼有性無性二分別相復由聞思修慧和合對治如是對治彼二相已此如是義是即眞實如理對治如曠野中見其陽燄妄生水想其義應知此中如是如來最上眞實了知故於般若波羅蜜多本母中如實而說復次當知此般若波羅蜜多中所説十種分別散亂皆以無分別智而爲對治問若如是者何故總攝但説二種分別對治豈非過失耶答此亦無過謂即如是於此二中而能隱攝亦能止遣餘諸分別是故此意總攝二種又問若此二種已能隱攝餘分別者何故世尊復説多種分別散亂耶答此中意者但爲衆生意差別故義自和合且止斯論

佛母般若波羅蜜多圓集要義釋論卷第三

佛母般若波羅蜜多圓集要義釋論卷第四

三寶尊菩薩造
大域龍菩薩造本論
宋西天三藏朝奉大夫試光祿卿傳法大師施護等奉　詔譯

復次此中顯示世尊所説正理如彼頌言

如理言淨性　亦然不可得　性無性違等
種種性定見

此云如理言等者謂隨染分別以智對治諸有散亂是故如理之言世尊於般若波羅蜜多中正説頌言淨性者謂即如理自性清淨光明而能對治彼不清淨諸有散亂頌言亦然者即聚集義此一性等性所有聚集量不可得如理之言即如量義體即無二之智彼能對治此爲決定問此復何等量不可得答此説比量不可得故所有自受非他相所增如樂等自受若言論安立即如實智自性所得相違他相有增自受不成對治量故此中非彼所知青等相一多性異有分別故是故決定觀察自受成就所行悲愍即非外門所照現性不爲他相有增動亂何以故所有青等諸相勝義諦中無實性故此唯有智如實了知此無過失若於外事如其自受以如是義有所安立即不如義此有過失而非決定見邊成就何以故以樂等受於外諸處無有性故亦非異處有所伺察此中樂等受即樂等自性受非樂等相受此等所説即離能取所取二相之智此非別異所有問若今無彼能取所取識者云何於後有彼識性答此中但離能取所取相彼後識相雖有而非語言表示彼有之性眞實表示如理和合是故此

說彼一切識若比量智而非此中和合所成何以故以彼無二之相非有二相領受所行若有二相彼量不成以彼二相而爲對礙如執兔角豈非過失何以故非能取聲中說有智相以彼決定無有性故然以彼識於外青等諸相而有對礙彼一多伺察有堪任性非眞實意而亦非識離勝義諦有所取故彼無性等樂取決定所有智相體性此爲能取此爲所取此說無彼能取之相以體及業互相樂取決定性故非智相自受中說能取聲亦無智相互相樂取決定自理如是如所生性故彼如是智相自受中而正安立如其所說離能取所取之性此說爲無二即智相自受現量成就非一切眞實顯示和合若復執彼決定無分位性即無二智相中有所動亂種子隨生不隨智相無二對現所生若執決定無二之相此中還成執著分別非此智相同法之中而得成就是故所有一切義中而成毀謗當知世俗及勝義性決定如是無所有義此中顯明義者如佛所說智即是明世俗即無明若明若無明智如實知別異種類亦無所生是故彼等如實不顚倒相即智明相而爲對治當知決定若彼勝義諦中決定無自性者如虛空雲彼非對治以彼所有如理對治眞實所行得相應故如熱自性冷物對治此不實義表示無明亦然以如實義說者此無二智自性因中有其多種若此中決定彼世俗相計有性者此不可說於所行中即有二相智實無二問若如前言智即是明世俗即無明者如是所說豈非此中自語相違

邪以明自性異世俗有性故答明之無二相即是勝義性此如是說正理成就若世俗所欲領受古師仙人於比語中亦有異義如餘處說此不復引此中如後正理頌言性無性違等所言等者即攝集義非唯如前所說正理離分別智對治散亂此有性無性相違當知彼亦決定對治謂如所有種種性等無性自性離分別智即是對治當知此中若性若相由智力能顯示正義彼復云何勝義諦中無有諸色一性等生若復無所有即種種性定見所言定者是決定義即一性決定以明力故作如是說云何此中作如是說所以頌言

說此色唯名　眞實無自性　彼自性分別
容受即當止

此言唯名等者謂即此般若波羅蜜多中世尊所說此色唯名唯名者此即唯想是故眞實勝義諦中有所安立然色蘊相無自性空謂由如是因故即自性分別於此容受所分別者謂堅强性等境界自性是故有此分別增相乃起如是自性分別如是所有自性分別容受多種故此皆止止謂止遣如是等說皆止自性分別散亂此般若波羅蜜多本母中復爲前義遣除過失故說頌言

色及色自性　空如先所說　彼自性俱相
分別此止遣

此言如先說等者說謂言說謂即如先所有彼說何所說邪故上頌言色及色自性此中空故彼如是說遣彼自性俱相分別上言色者即是色之自共二相此自共相及色自性

是等皆空於大種等俱相之中起分別增相彼自性俱相分別對治問此與前第三止遣俱相分別行相云何答若前所說俱相分別散亂者彼中色及色自性二俱有故此中止遣俱相者但爲止其自共相故行相云何所謂此中堅強性等相差別而有是謂此中俱相故此止遣此亦非唯止遣如是分別餘諸分別散亂亦復止遣復次頌言

不生不滅等　所有諸法觀　佛言若散異彼差別分別

此言不生等者謂即如是世尊於般若波羅蜜多中作如是說觀於諸法不生不滅是故如是言若有散異安處此即差別分別若見色等差別生滅之相即此如是色之自性差別分別此中當離是即止遣差別分別散亂此如是說亦復止遣後諸散亂所以頌言

虛假名言等　彼法若分別　聲義二非合彼非自性意

此言虛假等者即般若波羅蜜多本母教中和合表示謂虛假名即想分別說如後般若波羅蜜多本母教中和會別別如是法此分別之聲所有語言法句義等彼分別俱相是故聲義二種非自性和合而非世尊最勝意樂亦非他意樂若於分別工巧造作彼復外義取著即諸愚者安立動亂如是所行而非此中有少義可得以外義執著非語義安立開諸愚者動亂之門此中止遣是相所行隨轉即於聲義無少可得以彼如是如名分別不實有故若於所說事相如名分別即非意樂由彼因故此中一切如名如想分別和合

不實有彼所説事相故非世尊最勝意樂何以故若如名於義分別即於名義有所增廣於外事中無實能説所説性故如是止遣如名於義分別散亂問何等分別耶答謂名分別彼名亦復無有説者是故頌言

般若波羅蜜　佛菩薩亦然　此所説唯名
離實義分別

此言般若波羅蜜等者謂名離於義如是名之實義自性分別世尊説言故此止遣何所説耶是故頌言般若波羅蜜佛菩薩亦然此既唯名般若波羅蜜多中何處容説有實自性謂由如來如是言故説名之聲亦無自性此中所有各別表示佛菩薩名當知於無二智中非此止遣此復何因是故頌言

所有聲義止　此非事止遣　如是餘亦知
語中義決定

此言所有等者謂即所有聲義二種此説止遣頌言此非事止遣者謂無二智不止此中事相作用然彼無言之性不可説故問今所説義是爲正理餘處云何頌自答言如是餘亦知如是者謂即如是從初所説是義決定餘謂所餘種類語中亦然了知所謂了知此義決定此中意者謂於般若波羅蜜多中如實宣説不顛倒義成就眞實了知一切名性正不可得以此語義施設表示復次頌言

此無所得正　一切名實知　如義性如是
不止遣彼聲

此言此無所得等者謂如義之性彼無所有不可得故此説爲正此何所説耶頌自指言一切名問何人能實知答即一切智實者不

顛倒義知謂了知即真實知故頌言不止遣
彼聲者謂若聲義二種彼實義性説不可得
以是因故不止彼聲謂以聞智所取之聲不
可止故如是當知決定最勝意樂悲愍所行
悉無障礙如是止遣如義於名分别散亂如
是等義真實意樂説已如順有論頌言
所有所有一切名　彼彼諸法有所説
而彼所説非實有　即一切法同法性
所有彼名名性空　能名之名無所有
而一切法本無名　立以强名而表示
一切唯名此當知　一切想中假安立
彼所聚名差别性　當知彼名無所有
如尊者須菩提所問般若波羅蜜多中決定
止遣聲義二耶故頌釋言
須菩提二離　聲聲義如是　菩薩無有名
我見此有説
此言須菩提等者謂須菩提了知聲義二種
離其安立此中意者聲謂説者之聲聲義謂
所説之義云何菩薩無有名以菩薩名無所
有不可見故須菩提於般若波羅蜜多中乃
有所説此中意者決定一種分别性最勝意
樂中遠離虚假聲别異之性此中決定語言
向義表示是故頌言
般若波羅蜜　語無決定生　伺察唯智者
此義微妙慧
此言般若波羅蜜等者無謂無所有即般若
波羅蜜多中彼和合語決定無所有無所説
無戲論如是應知一切語言中所説決定向
義云何是向義謂即如前如所説義彼解釋
門頌言伺察唯智者此義微妙慧者伺察者

謂細伺審察此義者即三十二品諸有聲中總說決定頌言智者即智者之智能知語義微妙慧者即畢竟微妙清淨之智行相云何謂即此智於一切境界中無著無壞而般若波羅蜜多於響聲中有所聞故爲表示此義所以頌言

若別義分別　相續義除遣　般若波羅蜜彼言說如響

此言相續義者謂若徃若現相續造作之義除遣者棄捨義謂於如是義棄捨執著何以故以般若波羅蜜多若見若聞彼有所說皆如響聲又如金光對現色相以是義故若徃若現相續造作有所分別有所執著皆應棄捨由此般若波羅蜜多中一切所說皆如響聲是義總略復次爲欲顯明斯義如有頌云

所有諸教勿厭捨　亦復不應生毀謗見如實巳住眞實　以彼眞實而表說

今此義中總略所成表示頌言

總略如是義　般若等依止　如是義循環復別義依止

此言總略如是等者所有十萬頌般若波羅蜜多總略一切如是等義皆依止此般若波羅蜜多相續三十二品總略攝故如是當知後無增廣頌言如是義循環者謂於如是義一向重復循環研覈問研覈何等義耶頌自答言別義依止此中所說別義之言即問難別義問謂分別差別問難有所依據謂菩提分法佛功德蘊於此法中如是重復循環研覈若如是總略所說所成別義有依據故即三十二品各別自性收攝循環今此所釋八

千頌般若波羅蜜多一切文義普盡所釋所生福聚畢竟廣大悉用迴向故頌說言

般若波羅蜜　正攝八千頌　彼所得福蘊皆從般若生

此言般若波羅蜜正攝八千頌者謂此八千頌般若波羅蜜多中所說自性八千者此之數量普攝如是數量中義總聚已釋頌言正者不顛倒義彼正教中何所生耶頌自答言彼所得福蘊得者獲義如是清淨所成福聚皆從般若波羅蜜多出生以般若波羅蜜多出生故所得福聚甚深廣大以是所得深廣福聚普用迴向一切世間悉令獲得般若波羅蜜多畢竟勝妙清淨之智於是無虛妄勝第一義諸正句中如理伺察我此所造解釋之文所生福聚今此說意者普令一切世間悉得清淨頌曰

釋迦師子諸苾芻　所有如是福髙勝

此所說意利世間　由勝福故住眞實

佛母般若波羅蜜多圓集要義釋論卷第四

音釋

伺(相吏切察也)　循環(循祥遵切環戶關切)　研覈(研五堅切窮究也覈下革切考)

大乘寶要義論

宋西天三藏朝散大夫試鴻臚少卿傳梵大師法護等奉詔譯

清刻龍藏佛說法變相圖

大乘寶要義論卷第一 第二同卷

宋西天三藏朝散大夫試鴻臚少卿傳梵大師法護等奉　詔譯

歸命十方無邊際　所住一切世界中
過未現在諸如來　菩薩聲聞緣覺等

智者當知人身難得於刹那間成諸勝行亦復爲難若於此中不起思惟作利益事此生虛來云何能於如來清淨言教發勤勇心領納聽受此有二事謂人身難得正法難聞值佛出世復甚爲難問此中以何而爲印證值佛甚難答無數經中皆作是說斯爲定量且依妙法蓮華經云佛言諸苾芻如來應供正等正覺經於百千俱胝那庾多劫如是等曠遠世時或有或無如來出世斯爲甚難如優曇華時一現爾決定王經云佛言阿難諸佛出世彼優曇華俱時而現其華如金有淨妙

光開敷異香徧由旬内是華光明能破冥暗能令念者即得清淨能息病苦能作明照能去惡香能施妙香彼香能息四界增損其華亦非隨轉輪王徧處皆出唯金輪王乃可應現況復破戒諸有情類唯佛出世是華俱出此中云何能知彼優曇華於曠遠時或有或無如有緣起中說無熱惱大池北面有山名五峯而彼山上有優曇華林若佛世尊從兜率天宫没降生人間入母胎時彼優曇華而方舍蘂若佛世尊出母胎時是華增長有開敷相若佛世尊成阿耨多羅三藐三菩提果時彼優曇華開敷茂盛若佛世尊棄捨壽命及緣行時是華萎瘁若佛世尊入涅槃時是華枝葉及以華果皆悉凋落其華分量大若車輪覺智方廣經云大名稱仙王謂諸仙衆

言諸仁者若菩薩暫時得值如來出世說法化利是即相應華嚴經云於俱胝劫中值佛出世聽受正法尊重信奉此眞實見甚爲難得賢劫經云此賢劫後六十五劫無佛出世其後有劫號大名稱彼一劫中有十千佛出現於世大名稱劫後八十千劫無佛出世其後有劫號曰星喻彼一劫中有八十千佛出現於世星喻劫後經三百劫無佛出世其後有劫名功德莊嚴彼一劫中有八萬四千佛出現於世此中問言云何能知人身難得答諸契經中皆作是說如雜阿含經云佛言諸苾芻譬如大地流水充滿有人取木開一孔穴置於水中是木輕浮隨風飄流東風西向西風東向南北所吹亦復如是有一眼龜居其水内壽命無數百歲凡經百歲自水一浮

投木孔中諸苾芻於汝意云何彼一眼龜如是壽極長遠百歲一浮可能得值浮木孔耶諸苾芻言不也世尊佛言諸苾芻值佛出世說法化度覺了正道得至涅槃亦復如是斯極爲難或得人身時分具足又復爲難此中問言云何能知時分具足而難得耶答諸契經中作如是說如增一阿含經云佛言諸苾芻有八種難不知時人不應修梵行何等爲八若佛出世時宣說法要化度有情使至涅槃而一類有情在地獄中此爲第一修梵行者時分之難若佛出世時宣說法要化度有情使至涅槃而一類有情在畜生中此爲第二修梵行者時分之難若佛出世時宣說法要化度有情使至涅槃而一類有情在餓鬼中此爲第三修梵行者時分之難佛出世時宣說法要化度有情使至涅槃而一類有情在長壽天此爲第四修梵行者時分之難若佛出世時宣說法要化度有情使至涅槃而一類有情在於邊惡恚害之處此爲第五修梵行者時分之難若佛出世時宣說法要化度有情使至涅槃而一類有情雖生中國或聾或瘂根不完具善說惡說不知其義此爲第六修梵行者時分之難若佛出世時宣說法要化度有情使至涅槃而一類有情生於中國不聾不瘂六根完具善說惡說而悉能知然起邪見顛倒計執謂無施無利亦無事火無善作惡作諸業果報無此世無他世無父無母無世間沙門婆羅門無正趣正道無阿羅漢智解於此世他世以自通力而證聖果此爲第七修梵行者時分之難或復一類

有情生於中國不聾不瘂六根完具善說惡說而悉能知又復正見無顛倒計執謂有施有利乃至有阿羅漢取證聖果然佛不出世不說法要此爲第八修梵行者時分之難諸苾芻當知有一種時分和合應修梵行謂佛出世宣說法要初善中善後善文義深遠純一無雜具足清白梵行之相而一類有情生於中國不聾不瘂六根完具善說惡說而悉能知正見具足不起顛倒計執謂有施有利亦有事火有善作惡作諸業果報有此世有他世有父有母有世間沙門婆羅門有正趣正道有阿羅漢智解於此世他世以自通力而證聖果是爲一種時分和合大集經月藏品云諸仁者時分和合如應時香樹極爲難得

此中應問彼作是說得人身者云何能得清淨平等清淨所說答有十種功德若能圓滿彼得人身清淨平等何等爲十如超越下族經云一者若善男子善女人内發菩提心已即生淨信二者廣多清淨欲見聖賢三者樂聞正法四者不生慳嫉普行大施五者端身繫念樂涅槃道六者以無礙心善心廣施七者信有諸業及諸業報八者不起分别九者無求無疑亦無染慧十者不壞善惡業果如是十種若了知已於此命緣諸惡莫作此中應問何名爲信答信者謂順向聖賢諸惡莫作如破染慧經云諸善法中信爲先導是中信者何義謂信順義此能具足如來無障礙智而能宣說難見難知甚深正法永斷愛纏謂無眼無眼滅無耳鼻舌身意無耳鼻舌身

意滅無住非無住無意樂非無意樂具六十種音聲文句次第語業清淨潔白其身極淨其心現種種色相而佛如來無所不知無所不見無不成證無不覺了如來以清淨眼及如來普眼永斷過失遠離貪愛破諸癡瞋過於肉眼而能觀照甚深項相宣說無上第一義諦一切佛法雖復分别如是佛法而不謗緣起此名爲信信力入印法門經云佛言妙吉祥何名信力謂於一切佛法現前印順信解無疑亦無異求決定實信業及業報信心無雜於空無相無願所作諸行及一切法皆生淨信謂布施有布施果持戒持戒果忍辱忍辱果精進精進果禪定禪定果智慧智慧果彼如是說是清淨相於大乘勝解中能生淨信此說名爲信力若後覺了諸著是名信根若根若力總說名信又復此中何名信力信謂印順能信他聲云何修菩薩者信他聲耶所謂聞他教示發菩提心修菩薩行菩薩依止波羅蜜多善巧方便及四攝法一切佛法菩薩法等聲從他聞已極生淨信此說名爲信力菩薩藏經云佛言舍利子此修菩薩行者内發菩提心已即生淨信廣多清淨欲見聖賢樂聞正法決定信有諸業及業果報斷十不善業修十善業信有沙門婆羅門及正趣正道而復多聞所聞相應心意和合超越疑惑不受後有於諸佛菩薩及聲聞等眞善知識常所親近起愛重心信彼善知識所說諸業及業果報知其器已如應爲說甚深言論謂空無相無願無行無生無起之論無我無人無有情無壽者之論及緣生論是諸

言論聞已無疑亦復無執隨入一切法蘊處界等悉應無著信一切法自性皆空以佛智推求純一不放逸何名不放逸謂若諸根起散亂時應自心調伏他心隨護月光菩薩經云若諸有情於三寶中起淨信心而實難得譬彼如意珠寶求得亦難入如來功德智不思議境界經云聖除蓋障菩薩白妙吉祥菩薩言有五種法諸菩薩摩訶薩當生勝解若此若彼阿僧祇最勝功德而悉獲得何等爲五一者一切法空二者一切法無對治三者一切法無生四者一切法無滅五者一切法不可記說如是五種當生勝解如閻浮提地過微塵等數諸威儀道及作用處如來悉無發悟亦無分別然隨衆生心意若時非時一切常轉諸菩薩摩訶薩於此當生勝解星賀

騷那你緣起經云世尊釋迦牟尼如來爲化度有情作利益故於殑伽沙數劫中歷修諸行現成正覺諸菩薩摩訶薩於此應生信解又世尊釋迦牟尼如來於燃燈佛所得受記別於其中間歷修勝行徧入諸佛境界經無邊際劫乃至于今現成正覺於此應生信解又世尊釋迦牟尼如來見殺釋種因緣爲化度有情作利益故經無邊際劫歷修勝行現成正覺於此應生信解是故當知一切有情若發菩提心此爲難得

問發菩提心實爲難得此復云何得發起耶答多有經說且依華嚴經云世間有情若發阿耨多羅三藐三菩提心實爲難得當知菩提心如世間種子以世間一切善法悉種植故如一切佛法境界一切惡作能盡燒故猶

如劫火一切不善法能銷壞故猶如大地一切義能成就故如摩尼寶王一切意樂悉圓滿故猶如賢瓶拔出生死流故如勝鉤餌一切世間天人阿脩羅乃至一切佛法一切佛功德皆悉稱讚彼菩提心功德故如佛塔廟何以故此中具有諸菩薩行勝境界故又復此菩提心出生過去未來現在一切諸佛善男子譬如有藥名鐵金光是藥一兩能化鐵千兩悉使成金非彼千兩鐵而能壞此一兩聖藥發菩提心者亦復如是若能一發一切智心微妙聖藥善根迴向智所攝受能令一切業煩惱障悉成一切法一切智金非彼一切業煩惱障而能染汙一切智心善男子又如秉一燈炬入於暗室隨入空中彼百千年積集暗瞑皆悉破滅洞然明照發菩提心亦復如是秉一切智心大光明炬入於有情心意暗室隨入其中彼不可說百千劫已來積集一切業煩惱障無明黑暗皆悉銷除以大智光出生明照善男子又如大龍王頂大如意妙寶王冠不爲他怨敢來侵怖諸菩薩摩訶薩亦復如是頂菩提心及大悲心妙寶王冠不爲一切惡趣諸惡敢來侵怖又如日月淨圓光中極所照曜是中應現所有一切金銀珍寶華鬘衣服勝妙樂具總集彼等一切所有皆不能與如意寶王等其價直發菩提心亦復如是極盡三世一切智智法界道場隨所照曜是中應現一切有情一切天人及彼一切聲聞緣覺若有漏若無漏一切善根皆不能與發菩提心自在寶王等其價直又如牛羊之乳滿大海中若師子乳足跡之滴

墮海中時牛羊諸乳不能凝結亦不和合菩提心亦復如是不可説百千劫積集諸業煩惱其猶大海如來大丈夫師子發一切智心一滴之乳墮海中時諸業煩惱永盡無餘所有一切聲聞緣覺解脱亦不和合又如親近勇猛之人一切怨惡不能侵害發菩提心者亦復如是若親近勇猛菩薩一切惡作之怨不能侵害又如殘缺金剛之寶雖有所損於衆寶中亦復最勝而能出過諸莊嚴具彼金剛寶名亦不殞滅普能拯濟諸有貧乏少分菩提心亦復如是其猶殘缺金剛之寶雖未圓具而亦出過一切聲聞緣覺功德莊嚴彼菩薩名亦不殞滅能濟貧乏無聖財者勝軍王問經云佛言大王善哉善哉汝能於佛法中愛樂希求如汝大王現今治化憍薩羅國利益安樂一切人民救拔濟度安慰接引使歸正道而汝若能廣利一切有情令發一切智心圓滿一切佛法趣證阿耨多羅三藐三菩提道斯復大利又復大王彼祇陀林常有無數百千聖賢隱居其中生尊重想大王彼諸聖賢於正等覺有所樂欲有信有求有願有稱讚生隨喜心是諸聖賢若身語意極生信重何以故大王而彼地方有無數百佛出現無數百轉法輪無數百聖衆相續得度如是乃至無數百千俱胝那庾多殑伽沙數諸佛出現轉正法輪化度聖衆如是彼諸聖賢皆悉發生菩提樂欲信求願等

大乘寶要義論卷第一

大乘寶要義論卷第二

宋西天三藏朝散大夫試鴻臚少卿傳梵大師法護等奉 詔譯

阿闍世王經云尊者大迦葉白妙吉祥菩薩言譬如初生師子隨生即有力勢凡所向詣或有群鹿纔聞師子之香皆悉奔竄設使大力龍象若聞師子香時逼惱驚怖掣拽鎖縛鎖縛斷已奔馳四向山巖地穴徧求隱匿水族飛禽聞師子香亦悉驚怖妙吉祥若諸菩薩具慧力者亦復如是彼初發心菩薩纔發大菩提心即能勝過一切聲聞緣覺魔宮震動一切天魔咸生恐慄以恐慄故而悉不能安止其宮寶積經云佛言阿難於汝意云何譬若有人雙斷手足能活命不阿難答言手足雖斷其命尚活佛言阿難若或有人剖裂其心是人能活命不阿難答言不也世尊佛言阿難汝應當知我之弟子大目乾連及舍利子猶如手足而諸菩薩其猶我心阿難若有菩薩御大寶車以五欲功德作神通遊戲而無有人爲其駕御如來爾時爲彼菩薩力御其車以進前道若舍利子及目乾連修三解脫門若經一劫若過一劫如來不復與其勤力而爲策進父子合集經云諸苾芻所有殑伽沙數等諸如來於殑伽沙數等劫中稱讃彼發一切智相應心者諸功德藏説不能盡何以故如來往昔修菩薩行曾無暫時不發是心一切有情悉皆攝受隨攝受已於諸有情亦復不起所化度想所有無量諸有情界如來徧是有情界中歷修菩薩廣大勝行一一發心集諸福蘊所以者何諸苾芻有情界無盡以有情界無盡故如來廣修菩薩勝

行一一發心集諸福蘊亦復無盡如來祕密經云若諸菩薩發菩提心修勝行者令三寶種不斷不絶又云菩薩菩提心所生福蘊悉用迴向一切有情如是迴向功德滿虚空界而復過上彼一切有情福蘊所攝悉由菩薩菩提心轉法集經云菩薩發菩提心覺悟一切法知一切法與法界等而一切法無所從來及無所止亦不可知然以如量智知法性空令一切有情亦如是覺了菩薩若如是發心此說是爲菩薩菩提心利樂一切有情心無上心大慈柔輭心大悲無倦心大喜不退心大捨無垢心空無異作心無相寂靜心無願無住心

此中應問云何以少善根迴向一切智乃至坐菩提場於其中間而不盡耶答如無盡意經云佛告尊者舍利子言譬如一滴水入大海中乃至窮劫於其中間而不能盡菩薩以少善根迴向一切智亦復如是乃至坐菩提場於其中間亦不能盡善巧方便經云或有菩薩見貧窮者起悲愍心施以少飯如佛所說此心廣大名最上施何況諸所施法其施雖少而一切智心功德無量賢劫經云星王如來於聲授如來所初發菩提心彼星王如來昔爲牧牛人以末俱羅華供施因緣從是發心名稱如來於電光如來所初發菩提心彼名稱如來昔爲織師以妙氎邊縷供施因緣從是發心明燄如來於無邊光如來所初發菩提心彼明燄如來昔爲守城人以一草燈供施因緣從是發心難勝如來於堅固步如來所初發菩提心彼難勝如來昔爲樵人

以齒木供施因緣從是發心功德幢如來於妙稱如來所初發菩提心彼功德幢如來昔爲汲水人以盛水器供施因緣從是發心力軍如來於大譬如來所初發菩提心彼力軍如來昔爲醫王以一菴摩勒果供施因緣從是發心寶積經云若或有人爲求阿羅漢果故以摩尼寶充滿無邊世界而行布施有菩薩乘人見已發一切智相應隨喜心而此相應隨喜所有福蘊比前布施福蘊百分不及一乃至烏波尼殺曇分亦不及一

問云何菩薩而能勝出彼前布施答以迴向一切智故如般若波羅蜜多經云佛言舍利子菩薩摩訶薩若欲勝出一切聲聞緣覺所修布施持戒忍辱精進禪定智慧者應當一發一切智相應隨喜心修學般若波羅蜜多

以大悲心而爲先導而諸菩薩然後發菩提心是故當知大菩提心者大悲爲先導此何能知耶如菩薩藏經云若諸菩薩欲求菩提應以大悲而爲先導譬如士夫所有命根以出入息而爲先道諸菩薩摩訶薩亦復如是於所集大乘法中以大悲心而爲先導又如轉輪聖王於諸寶中以其輪寶而爲先導菩薩摩訶薩亦復如是於一切佛法中以大悲心而爲先導又云諸菩薩於已過失常行伺察於他過失悲心護念無畏授所問大乘經云佛言長者若諸菩薩爲欲成就大菩提者當於一切有情起大悲心於自身命不生愛著乃至一切財穀舍宅妻子飲食衣服乘輿牀座香華塗香等一切樂具悉不應著何以故長者多諸有情於身命等皆生愛著以愛

著故廣造罪業墮惡趣中若復有情起大悲已於身命等不生愛著以不著故生於善趣復能於彼一切有情運心廣行布施等行一切善法相應而作修菩薩者以大悲心而成其身此云何知如寶雲經云佛言善男子若諸菩薩具十法者是爲大悲所成其身何等爲十一者見一切有情爲苦逼迫無救無依無歸趣者見已應發大菩提心爲作依怙二者發菩提心已令彼有情得法成就三者墮所得法爲諸有情作大利益四者慳悋有情令住布施五者若毀禁戒令修淨戒六者若多忿恚令住忍辱七者若多懈怠令發精進八者若多散亂令修靜慮九者諸無智慧令得勝慧十者一切有情極苦所逼菩薩晋爲息除令於菩提不爲障難如是名爲十法總持自在王問經云菩薩或見一類有情貪愛所纏於自妻子眷屬而生耽染以愛纏故不得自在菩薩如應爲說法要令解愛纏使得自在菩薩爲諸有情起大悲心故或見一類有情起忿恚心互相違損生多過失菩薩如應爲說法要使令斷除忿恚過失菩薩爲諸有情起大悲心故或見一類有情爲惡友攝故遠離善友常造罪業菩薩如應爲說法要使令常得親近善友遠離惡友菩薩爲諸有情起大悲心故或見一類有情最極貪愛不知厭足遠離勝慧菩薩如應爲說法要令斷貪愛發生勝慧菩薩爲諸有情起大悲心故或見一類有情謂無業報執斷執常菩薩如應爲說法要令入甚深緣起知諸業行菩薩爲諸有情起大悲心故或見一類有情以其

無明癡暗所覆取著我人有情壽者菩薩如應爲說法要使令慧眼清淨斷諸見執菩薩爲諸有情起大悲心故或見一類有情耽味生死執著五蘊如殺害者菩薩如應爲說法要使令出離一切三界菩薩爲諸有情起大悲心故或見一類有情爲彼魔索之所纏縛若愛若惡皆生住著菩薩如應爲說法要使令解脫魔索纏縛斷除愛惡所住著心菩薩爲諸有情起大悲心故或見一類有情局涅槃門闢惡趣戶菩薩如應爲說法要使令彼等闢涅槃門局惡趣戶菩薩爲諸有情起大悲心故發菩提心若於菩薩忍法有毀謗者彼生欺慢心於法障難欲令菩薩遠離忍法菩薩當知是魔事起信力入印法門經云佛言妙吉祥假使有人於一切世界極微塵等一切有情所有善根悉爲障難若復於一優婆塞無異師尊具修十善業者彼少善根而爲障難如是之罪倍勝於前阿僧祇數假使有人於極微塵等一切世界諸優婆塞所有善根悉爲障難若復有人於一苾芻所彼少善根而爲障難如是之罪倍勝於前阿僧祇數如是次第若於隨信行人隨法行人須陀洹斯陀含阿那含阿羅漢八人地及緣覺人羊車行菩薩人象車行菩薩人日月神通行菩薩人聲聞神通行菩薩人等若或有人於是極微塵等一切世界諸聲聞神通行菩薩人所諸有善根悉爲障難若復有人於一如來神通行菩薩所彼一善根而爲障難起欺慢心生忿恚者如是之罪倍勝於前阿僧祇數假使有人於十方一切世界極微塵等一

切有情挑取其眼而復劫奪一切所有資生財物若復有人於一菩薩所起欺慢心而生忿恚罵辱毀呰加復觸嬈如是之罪倍勝於前阿僧祇數若或有人於菩薩所隨以何緣起欺慢心生忿恚者由是罪業墮大號叫地獄身量五百由旬有五百頭其一一頭有五百舌而一一舌有五百犂以耕其舌有大熾燄假使有人於三千大千世界一切有情所皆以刀杖而打斫之加復侵奪所有一切資生財物若復有人於菩薩所起欺慢心而生忿恚及懷損惱如是之罪倍勝於前阿僧祇數假使有人發極惡心一切有情不利益心於殑伽沙數等世界一一世界中有殑伽沙數諸阿羅漢而悉殺害復以殑伽沙數等諸佛塔廟諸寶所成及寶欄楯竪立幢旛殊妙嚴飾皆悉破壞若復有人於信解大乘菩薩所同植大乘種已隨以何緣起欺慢心而生忿恚罵辱毀呰加復觸嬈如是之罪倍勝於前阿僧祇數何以故以菩薩能生諸如來故使令佛種不斷絶故若有毀謗菩薩者是即毀謗正法若毀謗菩薩者彼無別法可攝受故唯菩薩法而能攝受假使有人於十方一切世界諸有情所悉生忿恚若復有人於菩薩所生忿恚已捨而背之不樂瞻視如是之罪倍勝於前阿僧祇數假使有人於閻浮提一切有情而悉殺害加復侵奪一切所有若復有人隨於一菩薩所而生毀謗如是之罪倍勝於前阿僧祇數慈氏師子吼經云若菩薩於滿三千大千世界一切有情所悉生忿恚罵辱捶打而彼菩薩亦復不爲壞失損惱

若此菩薩或於一菩薩所一起忿恚心雖極少分而此菩薩是爲陷失損惱何以故彼一菩薩經爾所劫被忍辱鎧常不捨離一切智心是故此菩薩不應於彼暫生忿恚妙吉祥神通遊戲經云佛言妙吉祥汝今當知諸言損害者謂百劫中積修善根別別壞失此名損害修菩薩行者應如是知若於佛世尊所作不饒益得大罪報作諸饒益者獲大福蘊

大乘寶要義論卷第二

音釋

優曇梵語具云優曇鉢羅此云瑞應曇徒南切　蘂如累切花鬚也　聾盧東切耳無聞也　瘂烏下切瘖也　慳嫉慳苦閑切悋也嫉秦悉切害賢曰嫉　騷蘇遭切　殑伽梵語也此云天堂來河名也殑其陵切　鉤古侯切　殞于敏切殁也　奔竄奔博昆切走也竄七亂切匿也　掣拽掣昌列切拽羊列切引也　鎖縛鎖蘇果切縛符钁切　氎徒協切細毛布也　縷力主切綫也　呰蔣氏切毀也　嬈而沼切亂也　捶打捶之累切打音頂並擊也　鎧可亥切甲也

大乘寶要義論卷第三 第四同卷

宋西天三藏朝散大夫試鴻臚少卿傳梵大師法護等奉 詔譯

入定不定印經云佛言妙吉祥假使有人於十方一切世界一切有情悉挑其目至滿一劫若有善男子善女人於彼如上諸有情所起慈愍心悉使其目平復如故至滿一劫妙吉祥若復有人於信解大乘菩薩所發清淨心暫一觀視者如是福蘊倍勝於前阿僧祇數假使有人徧往十方一切有情諸牢獄中悉爲解除牢獄繫縛而復令得轉輪聖王或帝釋天主上妙快樂妙吉祥若復有人於信解大乘菩薩所發清淨心瞻仰讚歎如是福蘊倍勝於前阿僧祇數信力入印法門經云佛言妙吉祥若有善男子善女人於一切世界極微塵等諸有情所日日常以天百味飲食及天妙衣於殑伽沙數等劫中普行布施若復有人於一優婆塞無異師尊具修十善業者當起是念此是學佛戒行人於一日中以一食施如是福蘊倍勝於前阿僧祇數如是次第若一苾芻若隨信行人若隨法行人乃至若緣覺倍倍供施若復有人但見一畫佛形像或經夾中畫如來像者如是福蘊倍勝於前阿僧祇數何況合掌尊重或以華香塗香燈明淨心供養如是福蘊倍勝於前阿僧祇數復次若有於殑伽沙數等諸佛世尊及聲聞衆日日常以天百味飲食及天妙衣於殑伽沙數等劫中布施供養若復有人於一羊車行菩薩人所隨於何佛種植善根淨心具足者攝取是人於一日中以一食施如是福蘊倍勝於前阿僧祇數若有人於一切

世界極微塵等諸羊車行菩薩人所日日常以天百味飲食及天妙衣於殑伽沙數等劫中布施供養若復有人於一象車行菩薩人所一日之中以一食施如是福蘊倍勝於前阿僧祇數若有人於一切世界極微塵等諸象車行菩薩人所日日常以天百味飲食及天妙衣於殑伽沙數等劫中布施供養若復有人於一日月神通行菩薩人所一日之中以一食施如是福蘊倍勝於前阿僧祇數若有人於一切世界極微塵等諸日月神通行菩薩人所日日常以天百味飲食及天妙衣於殑伽沙數等劫中布施供養若復有人於一聲聞神通行菩薩人所一日之中以一食施如是福蘊倍勝於前阿僧祇數若有人於一切世界極微塵等諸聲聞神通行菩薩人所日日常以天百味飲食及天妙衣於殑伽沙數等劫中布施供養若復有人於一如來神通行菩薩人所一日之中以一食施如是福蘊倍勝於前阿僧祇數此中應問何名羊車行菩薩人乃至如來神通行菩薩人耶答如入定不定印經云佛言妙吉祥菩薩有五種行所謂羊車行象車行日月神通行聲聞神通行如來神通行此中羊車行象車行二菩薩人於阿耨多羅三藐三菩提有所退轉其日月神通行聲聞神通行如來神通行三菩薩人於阿耨多羅三藐三菩提不復退轉彼羊車行菩薩人其復云何譬如有人欲過五佛刹微塵數世界乃自思念我當乘其羊車念已即乘隨路而去時極長久歷受勤苦行百由旬忽爲大風所吹退八十由旬妙吉

祥於汝意云何是人乘彼羊車若經一劫乃至不可說不可說劫能過爾所世界或一世界不妙吉祥言不也世尊若能過者無有是處佛言妙吉祥如是如是或有菩薩先發大菩提心已後於大乘法中不持不誦返於聲聞法中愛樂修習同其稱讚受持讀誦解釋其義復令他人持習解了由是緣故智慧鈍劣於無上智道有所退轉是菩薩雖先修習大菩提心慧根慧眼以其智慧成鈍劣故有所壞失此名羊車行菩薩人何名象車行菩薩人譬如有人欲過如前佛刹微塵數世界乃自思念我當乘其七支具足妙好象車念已即乘隨路而去經千百年行二千由旬忽爲大風所吹退千由旬妙吉祥於汝意云何乃至是人能過一世界不妙吉祥言不也世尊若能過者無有是處佛言妙吉祥如是如是或有菩薩先發大菩提心已後於大乘法中不持不誦返於聲聞法中愛樂修習乃至持讀解了此名象車行菩薩人何名日月神通行菩薩人譬如有人欲過如前佛刹微塵數世界乃至其人作日月神通行隨路而去妙吉祥於汝意云何是人能過爾所世界不妙吉祥白佛言世尊是人能過時極長久歷受勤苦佛言妙吉祥如是如是或有菩薩先發大菩提心已不於聲聞法中愛樂修習乃至一四句偈亦不持讀唯於大乘法中愛樂讀誦解釋解了此名日月神通行菩薩人何名聲聞神通行菩薩人譬如有人欲過如前佛刹微塵數世界乃至其人作聲聞神通行隨路而去妙吉祥於汝意云何是人能過爾

所世界不妙吉祥白佛言世尊是人能過佛言妙吉祥如是如是或有菩薩發大菩提心已於大乘法中愛樂修習而復於他修大乘者信解大乘者持誦大乘者攝受大乘者諸菩薩所信奉歸向親近於彼希求大乘受持讀誦乃至值遇失命因緣亦不暫時捨離大乘而復於他修大乘者以香華等尊重供養於未學菩薩亦不起慢心此名聲聞神通行菩薩人

何名如來神通行菩薩人譬如有人欲過如前佛刹微塵數世界乃至其人求佛神通行隨路而去妙吉祥於汝意云何是人速能過爾所世界不妙吉祥白佛言世尊是人一刹那間發是心時即能速過爾所世界佛言妙吉祥如是如是或有菩薩發大菩提心已乃至善解大乘最上甚深廣大義理常爲救度一切有情發大菩提心慈悲攝受於六波羅蜜多四攝法等發勤勇心已復令他人亦如是安住此名如來神通行菩薩人

此中應言若有毀謗正法者是即於法作其障難斯極大罪如般若波羅蜜多經云或有修菩薩乘者雖曾得見百千俱胝那庾多諸佛如來於諸佛所廣行布施乃至修習智慧而起有所得心雖往諸佛會中聽受宣說般若波羅蜜多不生尊重若身若心悉不清淨起染汙慧成大罪業即於甚深般若波羅蜜多而生毀謗由謗此甚深般若波羅蜜多故是即毀謗過去未來現在諸佛世尊及佛一切智以是緣故是謂於法作大障難此業相續墮大地獄經俱胝那庾多百千歲從一地

獄出復入一地獄如是展轉數數成壞地獄出已復墮餓鬼及畜生趣舍利子白佛言世尊此障正法罪業相續當墮五無間地獄今可說是校量罪業爲不可說耶佛言止舍利子汝不應說

復次諸修菩薩行者有多種魔事如般若波羅蜜多經云復次須菩提若有建立諸名字者菩薩當知是爲魔事若有魔來詣菩薩所作如是說汝此菩薩現成正覺建立是名菩薩爾時隨起伺察若住不退轉相即彼魔異不得其便若起解心謂我得記即生慢意於餘菩薩所乃起欺慢此是惡魔巧以方便欲令菩薩遠離般若善友不攝惡友隨逐或墮聲聞地或墮緣覺地起欺慢相應心者獲罪甚重過四根本菩薩當知此爲魔事妙吉祥神通遊戲經云妙吉祥言天子隨有事業成此皆是魔事若有所求若有所取若有所捨皆是魔事若有所欲若有想像若有領納若有計度皆是魔事又復天子若於菩提心有所取著皆是魔事於布施持戒忍辱精進禪定智慧諸心有所取著皆是魔事又施起慢心戒住分別忍生忿恚精進戲諸禪定取相智慧作意此等皆是魔事若起厭捨心樂居寂靜此是魔事若於少欲知足頭陀功德起領解意此是魔事若行於空若行無相若行無願若行無戲論若行遠離於如來言教所行起我慢意有所分別皆是魔事天子乃至若有分别若無分别見聞覺知想念生時皆是魔事天子問言妙吉祥是諸魔事何因所起妙吉祥言天子諸魔事者皆從增上相應

所起何以故而諸魔事於增上相應法中伺求其便若非相應勝法魔何所作天子言妙吉祥何等是菩薩增上相應何等是不相應妙吉祥言天子若二法相應是即增上相應何以故以二法相應是爲世間和合依止此增上相應即是正相應增語此正相應即是不相應增語此不相應即是無戲論增語此無戲論即是正相應增語若相應若不相應是中建立是故天子無眼相應無色相應乃至無意相應無法相應此說名爲菩薩正相應復次天子當知諸菩薩有二十種法隨起魔事令魔勇悍何等二十一者於修解脫事業者於怖畏生死者於修相應勝行者方便親近承事供養此等皆是菩薩魔事二者若但觀空棄捨有情是菩薩魔事三者但觀無爲於有爲善根而生懈惓是菩薩魔事四者雖起定意而不修定行是菩薩魔事五者說法者樂說聽者不起大悲是菩薩魔事六者於有戒有德人所求行布施於破戒人所而生毀謗是菩薩魔事七者樂說聲聞緣覺言論隱覆大乘言論是菩薩魔事八者隱覆甚深言論樂說種類言論是菩薩魔事九者雖知菩薩道而不求修波羅蜜多道是菩薩魔事十者以稱讚增上相應語言與不相應諸有情類而爲教示是菩薩魔事十一者雖種植善根而背菩提心是菩薩魔事十二者雖於相應觀行相續所行而不爲諸有情如應教示是菩薩魔事十三者雖求盡彼無餘煩惱於生死相續煩惱厭棄是菩薩魔事十四者雖復伺察勝慧而不取大悲所緣之境是

菩薩魔事十五者於一切善行若不具方便是菩薩魔事十六者雖復希求菩薩藏法而樂受持路伽耶陀外道典籍是菩薩魔事十七者雖復多聞於所聞法而常祕惜不令他知是菩薩魔事十八者雖復多聞以世間緣爲他說授貿取其財爲無義利是菩薩魔事十九者於住大乘諸法師所而不親近尊重承事返於住彼聲聞緣覺乘人非同分者同其稱讃是菩薩魔事二十者若時菩薩恃有財寶威德富盛若天帝釋若梵王若護世若王及長者皆不親近尊重承事以威德富盛故是菩薩魔事此等是爲菩薩二十種法隨起魔事令魔勇悍海意經云若有菩薩具大名稱富盛自在種族高勝眷屬廣多具有福行由如是故而生懈怠不以智求相應勝行驕倨放逸或見菩薩出家圓滿常以智行求相應法捍勞忍苦大風大熱悉能甘受血肉銷瘦容貌醜惡而前菩薩如是見彼勝功能已生欺慢意彼有善說而不聽受而復增起驕倨癡慢此爲菩薩魔力鉤制又云有四種法能於大乘而爲障難一者顯露已德二者隱覆他德三者我慢熾盛四者忿恚堅固又諸菩薩勿應以發菩提心便爲喜足然當廣修相應勝行

此中應問在家菩薩云何所行答如勇授長者問經云佛言長者在家菩薩雖處其家常修正士所行諸業非正士所行而實不作依法受用不以非法艱苦希求正命自資不以邪命而活不惱他人自所得利雖常受用起無常觀廣以實法而行布施大捨無悋尊事

父母於妻子奴婢及作事人乃至朋友知識常以正法而相教示又復何等是在家菩薩不正所行如出家障難經云佛告尊者大名言汝今當知諸生盲者聾者瘂者及旃陀羅不知樂者多毀謗者諂曲者不男者常為僕使者轉女人身者駝驢豬狗乃至毒蛇如是等類世世生生於佛教中不生愛樂又復大名在家菩薩若有四種法者是為難事一者於先佛所曾種善根諸有情類及求出離心者樂聖道心者於彼若作障難此為在家菩薩第一難事二者貪著財寶子息眷屬不信業報若男若女若妻子等諸親眷屬於富貴中捨欲出家者若於彼等作障難者此為在家菩薩第二難事三者在家菩薩毀謗正法未聞之法雖復聽受聞已不信返生毀謗比

為在家菩薩第三難事四者於具戒德沙門婆羅門所起損害心及多種過失心此為在家菩薩第四難事如是四種及別別起諸障難法皆是在家菩薩乃至世世所生而為難事如有一人墮穢汙井乃謂餘人言快哉此井有清潔水餘人聞已於穢水中起清水想不以穢汙為不清淨諸染欲有情亦復如是自染欲泥而復教令他人亦染自觸惡香教他亦然自墮貪瞋癡等諸險難處而復教令他人亦墮又如有人獲其怨對棄擲火坑是火猛燄高七人量無薪無烟諸染欲者亦復如是親近女人讚說欲事墮欲火坑而復教令他人亦墮使彼墮已病苦憂惱常所侵逼又如一人教令餘人登刀鋒山受其快樂而復謂言是山平坦無復巇險可登其山受於

快樂世間父母愛戀子息亦復如是以愛子
故於欲涂事隨生取著而欲涂法其實大惡
猶如毒蛇是人涂心於彼妻前返以美言讚
說欲事彼三惡趣極大險怖亦以美言返為
善說作是說者當墮地獄餓鬼畜生道中

大乘寶要義論卷第三

大乘寶要義論卷第四

宋西天三藏朝散大夫試鴻臚少卿傳梵大師法護等奉　詔譯

如日子王所問經云佛言大王彼染欲人愛著欲事樂見女人行染欲法不樂親近具戒沙門及婆羅門爲彼有戒德者而共嫌厭滅失所有信戒聞捨慧等法彼穢惡門惡氣充盈不淨流溢故起耽染不生厭棄處其穢惡與蛆蟲等非所依著遠離慚愧天人法滅殘毀身命智者呵厭爲彼女人之所降伏與彼女人而爲僕使涎液涕流諸不淨物取以爲味於不淨境中與彼牛羊雞猪狐及驢等同其所行於父母沙門婆羅門所遠離孝愛於佛法僧減劣淨信當墮地獄餓鬼畜生趣中於其險惡怖畏岸側登鐵叉樹墮在等活黑繩衆合號叫大號叫炎熱極炎熱阿鼻大地獄中皆由與彼女人儔侶親狎愛戀喜笑嬉戲娛樂歌舞唱妓如是等事常思念故於出離事不起思念又復不念父母生育極甚爲難十月懷擔不淨流溢於諸艱苦而悉甘忍及其生已轉復增長諸苦惱事養育存惜乳哺愛憐洎至長立教彼閻浮提中種種事業欲令子得安隱利樂時彼父母爲欲令子得安樂故選擇上族與娶其妻妻至家已子生愛著迷醉耽湎纏縛悶亂以彼愛著其妻室故不念尊重孝養父母返於父母輕慢棄背其後父母年邁衰朽諸根劣弱多所闕乏子設方計遣其父母令出自舍佛言大王汝觀彼人無悲愍心生捨離心起損害心不念父母生育極難而彼父母常與其子作安樂事方便存惜令得安隱彼子背恩遣其父母出

自舍已乃與妻子常所歡聚飲食衣服隨意受用由是因緣棄捨善趣行斯非法決定當墮諸惡趣中復次宣說一切有情共行邪行唯諸菩薩而乃不行所謂殺生偷盜欲邪行等如是作已決定當獲不可愛果如月燈三昧經偈云

愚者耽著諸欲事　親近女人染穢身
還當向彼染穢中　隨業墮在諸惡趣
佛不讚說染欲事　亦不聽近於女人
大怖畏繩所縈纏　欲女之繩極堅惡
欲火猛熾當遠離　如惡蛇毒智應知
女人無信不可憑　智於此道應覺了
當觀菩提最勝道　是即先佛所親近
觀已菩提聖道圓　獲得諸佛無上智

如正法念處經云諸地獄中所有罪人時彼獄卒於日日中數數示云汝等罪人自造惡業決定無失隨其所造彼無數種不善業行亦然今受無數種苦因相等故取果無異種子等故受果亦然由如是故汝諸罪人于今墮在炎熱大地獄中由自所作不善業因昔充滿故而今所受不善業果亦悉充滿如是經於百千歲中所作罪業在不死地無別樂欲時彼罪人受罪乃至地獄果滿或暫放釋即求救護罪人遙見如大黑雲冥然無際極大勇悍復大力勢如金剛觜大惡狗衆大惡吼聲而來圍繞罪人見已四向奔馳即時諸狗前來搏噬罪人恣意食噉皮肉絲裂筋脉斷壞支體骨節各各分離乃至一切身分皆悉食噉無復遺餘如芥子許如是食已業力所持而復還生展轉長時又復食噉凡如是

等業果報者謂由殺生取其肉食害有情故果報如是

復次偷盜業果報者如彼罪人雖見作業果報真實而爲惡業幻惑所迷隨逐不了侵取他財攝爲已有由斯罪故而彼獄卒執取罪人執已即持利刀割截支節斷壞斷已還合見餘罪人亦悉奔走爲彼獄卒各執取已或持利劒或爍吉帝或都摩囉或復擣杵皆有熾餤斬斫打擊種種治罰此等皆是行偷盜法不善業果經于無數百千歲中在是地獄乃至偷盜業果壞散極盡邊際然後放釋復次宣說欲邪行果謂涂欲者見彼女人在灰河地獄或浮或沉叫呼怖畏而彼地獄熾餤猛惡其狀如流時彼女人悲涕號哭呼其人言我自作業今墮於此灰河地獄極險惡處無救無依願爲救護時涂欲人聞其女人號哭聲已業幻癡迷即時奔馳入彼河中是人入已流餤觸身徧體融潰無復遺餘如芥子許業力所持即復還活又復如前見彼女人在灰河中叫呼求救是人見已亦復奔前持捉女人時彼女人返捉前人即以熾餤鐵所成棒而爲打擊是人爲棒所擊流血徧滿全身碎壞無復遺餘如芥子許其涂欲人業力所持即時還活涂因重故又復奔前持捉女人同在灰河大地獄中經于無數百千之歲乃至涂欲業果壞散極盡邊際然後放釋又復還生如經廣說

此中當知財富壽命勿生取著生取著者是爲邪行如勝軍王所問經云佛言大王譬如世間若男若女夢中或見可愛園林或可愛

山或見可愛人衆闤闠及睡覺已都無所有大王又如衆果樹林莖幹枝葉最初青潤漸變赤色次第含蘂後乃開華華開不久即時結果果落衰殘後見凋謝如前華果都無所有今汝大王亦復如是世間王者所有快樂王富盛樂王五欲樂廣有象馬車步倉庫財穀宮闕園苑金銀珍寶臣佐宰官后妃宮屬童男童女乃至一切王族親枝凡如是等皆當棄捨應求出離此等一切悉是無常是不堅牢是不究竟是變易法是不眞實是不久住是動是摇剎那壞散畢竟是罪是盡是滅極其邊際爲滅失法爲怖爲惱多起憂苦是損是墮是斷是破是離散法大王如是應知又如有四大山從四方來其山堅實不破不缺妙峯圓滿從虛空中一時墮地爾時大地諸有情類乃至一切樹林草木而悉摧毀是諸有情及草木等皆不能避設有力勢不能奔走復無方術及諸作用而爲制止大王四種大怖彼彼若來亦復如是一切有情皆不能避設有力勢不能奔走復無方術及諸作用而爲制止何等爲四大王老怖若來壞少年相病怖若來壞安樂法死怖若來壞滅壽命邪行若生壞失正行大王又如師子爲獸中王若入獸群取一獸食隨其所欲不以爲難然彼師子雖有大力若入咩拏大惡飛鳥口中極不自在盡食無餘大王死箭射人亦復如是中是箭者極甚迷亂無救無歸支節將斷血肉乾枯渴惱所逼面相恐畏手足戰掉無力無能涎液涕流大小便利穢汙染身眼耳鼻舌身意諸識不行喉頸闐咽欲語不

能醫師棄捨無以爲療衆味飲食其何能進是人爾時隨自業力欲奔他趣無始時來生老病死輪迴流轉循環不止此識若捨他識還依此命餘業復取有身閻魔獄卒甚可怖畏黒暗長夜常履其中將捨識時彼出入息漸漸微細單已無侶無所堪任此界既壞他界即行長廣路中孤然遊履大恐怖處而生極怖深隱道途隱覆而行入大黒暗處大艱險没溺生死長流大海業風所吹飄颺無定不辯方隅莫知所詣爾時無救亦無歸趣佛言大王唯除善法當於爾時是所依歸是爲救護大王世間富樂等法都無所得勿生耽著諸有所作皆爲邪行是故大王應修正行所言正行者如眞實品云王者若行八種想行是爲護世相應正法何等爲八一者世間無子孤露之人與爲子想二者將護惡友如病人想三者見有諸苦起救拔想四者見有諸樂起歡喜想五者於諸寃對隨觀彼縁離過失想六者於諸善友起隨護想七者見諸富樂猶如藥想八者於身作無常想又如破惡慧經云王者若能具足四種法者應受王之灌頂即成不退墮法速得如來應供正等正覺愛念獲受廣大富樂具足何等爲四一者護持如來教法令得久住二者棄捨罪不善法三者攝取空無相無願法門四者發起阿耨多羅三藐三菩提心此中云何是爲棄捨罪不善法如日藏品云佛言大王未來世中諸刹帝利婆羅門吠舍首陀於彼一類修行正法之者以其所有舍宅田土園苑奴婢坐卧之具病縁醫藥乃至四足等如是一切

而悉侵奪或自受用或與他受用此等刹帝利婆羅門吠舍首陀即於現生獲二十種不可愛法何等二十一者賢聖捨離二者所向方隅譏謗流布三者友愛遠離四者多生寃對五者財物資具而悉破壞六者多生散亂七者身分殘缺八者不得睡眠九者渴惱常逼十者飲中有毒十一者朋友輕侮十二者常與他諍十三者父母妻子奴婢眷屬教令不行十四者自隱密法及隱密財爲他顯示十五者自隱密人及隱密事悉爲他說十六者財物銷蕩散歸五分十七者輕重病惱而來侵逼十八者奉醫藥人而悉捨離十九者血肉乾枯受諸苦惱二十者其身流注大小便利涂汙而終大王如是二十種不可愛法彼等現生決定速獲皆由於彼修行正法人所侵奪彼有受用資具或自受用或與他人由是因緣彼命終已當墮阿鼻大地獄中盡其一劫渴飲銅汁飢吞鐵丸身被火衣如是種種受大惡苦盡彼劫壽從地獄出還復生於餓鬼趣中處大曠野極惡險難枯涸之地四方熾盛炎風所吹其地堅利狀若刀鋒經于無數百千歲中受彼趣苦其後暫時或彼滅已於大海中爲一肉團量百由旬以其宿業因故令彼海中周百由旬悉成炎熱銅汁如是經于多百千歲於大海中受地獄苦從彼滅已還來於此極惡險難大曠野中化成肉團與山相等周帀四方炎風所吹其四方面飛禽走獸皆來食噉過長時已或暫彼滅還復生於大地獄中地獄滅已數數受是大惡苦果其後成滿一劫乃得人身雖生佛國

土中然五濁具足空無智慧眼目角睞又復聾瘂大王凡如是等皆由於彼修行正法人所侵奪彼有受用資具等如月藏品云諸仁者於我法中出家人所起大罪者所謂殺生偷盜欲邪行妄語等極不善業謂彼剎帝利囉惹乃至州城聚落官屬於出家人所若國土州城住處寺舍多行制止不令居處或語調伏謂惡言呵毀或身調伏謂加諸杖責彼一切處如是循環皆不解脫於天人趣有所減失當墮阿鼻大地獄中

爾時諸天乃至羯吒布單那等隨其所來一切大衆咸於三寶發生最上清淨之心以種種相極生尊重俱發是言我等從今已往誓於一切世尊教中而作衛護所有苾芻苾芻尼優婆塞優婆夷下至破佛戒者下至於佛法中不持戒行但剃除鬚髮被服袈裟無所攝受者我等於彼起大師想皆爲作護一切資具長養攝持若復隨諸方處或有官屬於彼剃除鬚髮被袈裟者以多種緣加諸杖責我等於彼不爲作護棄捨一切彼境界事隨其國中若起種種諂誑不實鬬諍殺害疾疫饑饉他兵侵擾非時風雨或旱或澇種子散壞有如是等諸嬈惱事我不爲彼作其止息我等當往別國土中有佛弟子之所當爲作護我乃空其境界捨離而去如地藏經云佛言地藏過去有國名半左羅王名最勝軍是時彼有法應刑戮之人以護命故潛剃鬚髮以袈裟衣片纏於頸上時宰殺者執其罪人繫縛五處驅逐往詣尾體竭監嚩迦大丘曠林中棄置而還即於是夜彼丘曠林中有羅

剎女名曰惡眼與五千眷屬來入是林忽見其人五處繫縛剃除鬚髮被袈裟片見已即時右繞頂禮出林而去次有羅剎女名佉祢囉榛帝與千眷屬次有羅剎女名猙獰髮次有羅剎女名曰鈉口次第而來入於林中各見其人剃除鬚髮被袈裟片見已雖復彼彼饑急不敢侵食頂禮而去又復過去有王名最勝福彼有智臣以其法應刑戮之人付於醉象是人以赤袈裟片潛被其身時彼醉象舉鼻捲取罪人雙腨盡其力勢欲擲於地時象乃見罪人身被赤袈裟片見已即時生清淨心乃以罪人徐置其地跪伏於前涕泣悔謝復以其鼻摩洗雙足佛言地藏且觀彼象雖受無暇傍生趣身彼時見被袈裟片者尚能捨離而去不造罪業況復未來世中有旃陀羅囉惹及其官屬沙門婆羅門長者等中旃陀羅人本實愚癡起聰明慢以諂曲言誑惑世間謂言我是求無上大乘之者彼等愚癡旃陀羅人不怖不觀後世果報於我法中出家人所若是法器若非法器以種種緣伺求過失謂以惡言訶責楚撻其身制止資身所有受用復於種種俗事業中而生條制或窺其遲緩或覘其承事求過失已而爲條制如是乃至欲害其命彼諸人等於三世一切佛世尊所生極過失當墮阿鼻大地獄中斷滅善根焚燒相續一切智者常所遠離

大乘寶要義論卷第四

音釋

鈍劣　鈍徒困切頑也劣力輟切弱也　勇悍　勇尹竦切果敢也悍胡旴切有力也　驕倨　驕居妖切恣也倨居御切傲也　捍　侯旴切衛也　齅　許救切以鼻擸氣也　巇險　巇許羈切險虛儉切巇險危阻也　戀　力眷切慕也　哺　蒲故切飼也　耽湎　耽丁含切樂也湎彌兗切溺也　搏噬　搏伯各切擊也噬時制切啗也　擣杵　擣都皓切杵齒與切擣杵春杵也　融潰　融余中切鎔也潰胡對切壞也　莖　何耕切枝柱也　喉　戶鈎切　頸　經郢切頭莖也　闐咽　闐亭年切咽一結切闐咽謂氣塞不涵也　飄颺　飄紕招切次也颺余張切舉也

大乘寶要義論卷第五 同卷第六

宋西天三藏朝散大夫試鴻臚少卿傳梵大師法護等奉　詔譯

如地藏經云復次有刹帝利旃陀羅乃至長者旃陀羅人於其所爲四方僧衆造立寺舍園林臺觀資畜田土給侍人等飲食衣服卧具醫藥或華果樹或染色樹香樹蔭樹乃至種種受用之具若自侵奪若教他侵奪若自受用若令他受用於我法中出家人所或生瞋恚或復呵罵制止輕侮於正法中作其障難於説法師而與嬈亂此等皆於三世一切佛世尊所生極過失乃至一切智者之所遠離復次彼中世尊作如是言諸得忍菩薩摩訶薩應受刹帝利王灌頂及富樂受用我即許可金剛藏菩薩白佛言世尊刹帝利王所受灌頂若非得忍菩薩彼當墮於何等惡趣佛言金剛藏若非得忍菩薩但能修集十善業道受刹帝利王灌頂及富樂受用我亦許可金剛藏菩薩白佛言世尊若非得忍菩薩又不具修十善業道彼旃陀羅刹帝利囉惹於此世尊甚深教中而令滅失當墮阿鼻大地獄中斯等云何而得解脱佛言善男子受刹帝利王灌頂者若被信力堅固鎧甲於三寶中廣生淨信又不於我三乘出離法中而生毀謗下至一四句偈亦不輕毀於持戒破戒人中悉不嬈亂下至不受淨戒但剃除鬚髮被袈裟者諸苾芻衆而不嬈亂若衆僧所屬若單已所屬一切受用等物悉不侵奪制止常所聽受三乘出離正法如其所聞隨力修行於彼修行三乘諸苾芻所而常親近願力堅固不起違背之心教授有情大乘之法

使令趣入復令安住若有能具如是相者刹帝利王應受廣大富樂受用而不退墮先佛如來皆悉許可我今亦然許可是事復次彼中作如是言若有眞善刹帝利王乃至眞善長者若今現在或未來世乃至後五百歲法欲滅時若自若他皆作衛護於佛清淨教中堅固守護又於安住聲聞乘者緣覺乘者及大乘者諸補特伽羅具修淨戒德廣大者若是法器若非法器乃至但剃除鬚髮被袈裟者悉爲守護復爲護持塔寺所屬之物悉不侵奪或自受用或與他受用他所侵者即爲制止如是福蘊無量無數不可限極爾時會中一切天主乃至畢舍左主咸作是言世尊若眞善刹帝利王乃至眞善長者具足如是功德者我等皆爲作護令具十種增長之事何等爲十一者增長壽命二者增長無難三者增長無病四者增長眷屬五者增長財物六者增長資具七者增長自在八者增長名稱九者增長善友十者增長智慧我等與自眷屬常當護彼眞善刹帝利王盡其國境有十種法使令遠離而爲守護何等爲十一者他國兵敵二者自國兵敵三者罪業之人四者殺害之人五者非時雨六者惡風暴熱七者極惡宿曜八者饑饉九者橫病夭死十者邪見月燈三昧經云佛言若諸天龍夜叉等於我教中作護持者彼等是大施主令我法眼而得久住使三寶種不斷不絕從我口生之子從法化生諸苾芻苾芻尼優婆塞優婆夷及餘淨信善男子善女人爲勝義諦法乃至爲求阿耨多羅三藐三菩提者悉爲護持

我今親自付囑於汝天龍夜叉等諸大施主及慈氏等賢劫之中諸菩薩摩訶薩如我教勅當爲作護若欲安住修行正法者即得心善云何得心善如寶雲經云菩薩得心善是中云何名爲心善謂彼若能於身心離即得心善應生如是心審諦觀察當以何法是我心之所行又復以何說名爲善若行於善即喜心清淨由心喜故是即行善能生多種厭離能起多種伺察諸不善法而悉斷滅阿闍世王經云諸菩薩不應如是生心若心有所生即諸惡魔伺得其便諸佛如來亦不愛樂賢聖不生喜心自善根分而亦滅失若復生心而無所生即諸惡魔伺不得便諸佛如來亦悉愛樂賢聖心喜自善根分亦不滅失彼若如是修行即於一切處生心生心轉法輪所說之法而無雜亂如開發內心經云佛言慈氏若諸苾芻所說雜亂雖復多聞返生驕倨迷醉忘失內心散亂而不專注彼諂曲心相續而生遠離奢摩他毗鉢舍那不爲他人之所尊重天龍夜叉亦不隨順所修正行而不成就若於所行悉無所得是爲正行若欲了知其正行者謂即勤行修習多聞宴坐復次彼中作如是說若有菩薩勤修勝行而爲總領造七寶妙塔徧滿三千大千世界我亦於彼而不許可若復有人聽受正法一四句偈與般若波羅蜜多相應者我即於彼尊重稱讚何以故多聞能生諸佛菩提復從世間無取著生若有菩薩勤修勝行爲總領者應當爲他說法講授菩薩與其教導令於繫著法中不生繫著所獲福蘊廣大無量業障銷

散慈氏假使滿閻浮提勤修勝行總領菩薩彼等若能於一勤行說法講授菩薩之所承事供養又若滿閻浮提勤修說法講授菩薩而悉於一勤行宴坐菩薩之所承事供養此如是等佛悉許可而亦隨喜何以故智慧事業於難行事業中而爲最上一切三界高顯最勝復次宣說正法行者如寶積經云佛言迦葉譬如商主欲入大海求無價寶先善觀察堅固船筏乃至到寶所已還復自舍迦葉菩薩摩訶薩亦復如是欲入一切智海先當觀察勤行六波羅蜜多乃至超過一切愚夫異生聲聞緣覺之地然後住佛果位阿闍世王經云佛言大王一切智心根本不斷如是根本當起精進策勤教示布施無厭足以彼迴向一切智智故持戒無厭足迴向一切有

情故忍辱無厭足求佛色相故精進無厭足於諸善根勤修集故禪定無厭足所緣相應故智慧無厭足於一切處善思擇故爲法利故富樂壽命於一切處皆無過失又復修正行者當爲一切有情起平等心如月燈三昧經云佛言童子菩薩摩訶薩當具足一切若成是功德者即得速證阿耨多羅三藐三菩提何等一法童子所謂菩薩摩訶薩於一切有情起平等心利益心無障礙心無毒心是爲一法若欲修正法行者應當棄捨利養等事如開發內心經云應當伺察諸利養事以其所著失正念故癡若起時自利成辦故諂若起時不能隨順諸佛教勑故驕倨我慢起時一向但爲險惡根本故此等壞失諸善根故智者應當伺察利養雖於現受而有所得

然其後世果利都無無量禪定皆悉遠離當墮地獄餓鬼畜生趣中智者又應伺察利養猶如水行流注不斷既伺察已如是生心少欲知足如雜阿含經云譬如一類瘂羊之群於彼尼拘律陀樹周帀而行是中有一瘂羊獨詣群鹿巖中守鹿人所乃至於彼群鹿之前摇動其頭跪伏而坐求彼所食及求作護如是還已餘瘂羊衆悉生輕慢此有一類稱讃利養我慢苾芻亦復如是起無厭心離於衆中爲所食故獨入城邑巡行乞食復求邀命得彼最上清淨飲食自分食已以所求食持還園中苾芻衆所謂苾芻言諸尊者我於今日白衣舍中受其邀命得彼最上清淨食已今我有其所乞之食是長食法是已捨法汝諸尊者若欲食者應當隨意如是言已中有少年苾芻皆生輕慢智者當知若發如是麤惡言者皆爲利養等事如經廣説此中云何遠離諂誑二法如無熱惱經云有二種法於一切智心而爲障礙所謂一誑二諂有其二法是無障礙一正直二無諂若欲成辦諸正行者常當親近諸善知識因善知識故成諸正行何等經中而作此説如勝生勝鬘解脱經云諸菩薩摩訶薩因善知識故流出一切菩薩行法善知識者有大威力而能圓成諸菩薩故善知識者而能出生一切菩薩諸善根故善知識者普能結集一切菩薩修學所行善知識者而爲根本能令一切菩薩深心清淨故善知識者能爲守護增長一切福蘊故善知識者是所愛樂獲得一切佛菩提故善知識者而能攝持令諸菩薩不墮惡趣

使令不退轉於大乘而趣菩薩學處出過愚夫異生之地亦不棄捨聲聞緣覺之法復爲作護善知識者能令一切失道之者還歸正道聞正法者引令解入一切佛法善知識如母能令一切悉生佛家善知識如父廣爲有情資育利益故善知識如乳母善護一切令離罪業故善知識如僕使捍勞能入生死大煩惱海爲抜濟故善知識如舉棹人運載有情至一切智智大寶洲故諸修正行者若欲往詣善知識所應如是作意使其身心清淨勤勇其心如地悉能荷擔諸重檐故心如僕使隨所欲教令悉爲作故其心如犬常所警吠爲守禦故當觀自身如病人想善知識如醫師想所教示法猶如藥想依教所行如病除想凡如是等因善知識故得深心清淨已隨諸善知識所教令法而善修行即能增長一切善根如雪山王一切藥草樹林皆悉依止依止善知識亦復如是能成一切佛法大器又如大海衆流所歸菩薩因善知識從彼出生故即得圓成一切菩薩行法及一切佛法如寶積經云佛言迦葉如人乘船入其大海而於中流船忽破壞是中或有依一版木或餘椽木隨得所依安隱到岸迦葉菩薩乘於一切智心之船亦復如是忽於中流壞失菩薩乘法若遇善知識而爲依止彼即還得一切智心乘諸波羅蜜多法運載而行到法界洲迦葉所有阿耨多羅三藐三菩提法而悉依止善知識故是故於諸善知識所供養承事而爲最上若佛在世若涅槃後應當勤行斯得無量福行圓滿畢竟果報而悉成辦

如華積經云若見師子遊戲如來見已發清淨心而爲供養又若彼佛入涅槃後取其舍利如芥子許而爲供養如是所獲果報皆悉齊等是中亦無種種差別如大悲經云佛言阿難若人於我現前供養且置是事又若有人於我涅槃後收取舍利如芥子許作諸供養亦置是事又若有人於我法中造立寶塔復置是事若或有人但以一華散擲空中觀想諸佛而爲供養我說是人以此善根畢竟趣證大涅槃果阿難以要言之下至傍生趣中諸有情類若能想念諸佛我說彼等以是善根畢竟亦成大涅槃果阿難汝觀於佛世尊所何等行施而爲最大何等發心是大威力阿難若有人但能一稱那謨佛陀耶此爲勝義何以故謂佛世尊具大不空名稱故此不空義者所謂即是那謨佛陀耶以於諸如來所隨有何等極少善根而不壞失下至一發淨心此等一切乃至畢竟趣證涅槃阿難譬如漁師於大池中欲取其魚即以鉤餌置於水中魚即競來游泳而食是時漁師知魚所在重復牢固鉤竿輪線徐緩深鉤既得魚已置于陸地隨其所欲取以用之世間一類有情亦復如是先於佛世尊所發清淨心種植善根下至一發淨信已而彼有情後復惡作業障所覆生於難處其後還得值佛世尊以菩提智及四攝鉤線拔彼有情出生死流置涅槃岸海龍王問經云佛言龍王諸菩薩摩訶薩若能具足八法即得常不離諸佛何等爲八一者教示觀佛影像二者承事如來三者常讚如來四者造佛形像五者教示觀

佛色相六者隨何佛刹聞佛名稱即於彼佛刹中發生勝願七者不生下劣之心八者起廣大心求佛之智如菩薩藏經云若能嚴淨如來塔廟者當得四種清淨最上誓願何等爲四一者獲得最上色相清淨誓願二者最上諸相具足清淨誓願三者最上堅固修集清淨誓願四者最上觀見如來清淨誓願彼經復言若人於如來塔廟散華塗香作供養者是人獲得八種不壞之法何等爲八一者不壞色相二者不壞富樂三者不壞眷屬四者不壞淨戒五者不壞多聞六者不壞寂定七者不壞智慧八者不壞誓願若人欲造如來形像者應隨意作或以土木鐵石或復象牙或金銀瑠璃水精赤珠珊瑚碼碯及諸珂貝衆妙香等或造圖幢或於版木牆壁作諸畫像或以紙素及諸繒帛鍛剪而成或自新而作或增修故壞如來形像如是作已當來不於下族中生不於惡業族中生不於邪見族中生所感身支當無殘缺設有具造五無間罪者於如來所能發淨信造立如來形像是人所有當來地獄業報轉重令輕於三乘法或餘乘中而得出離如人不淨穢汙其身而能潔淨沐浴妙香塗飾而彼穢惡之香飄散無餘造五無間罪業者亦復如是造佛像故彼等罪業銷滅無餘又復具行一不善業者若於如來所發淨信彼之罪業亦悉銷滅如酥投火中而悉成燄業散無餘其義如是何況具足最勝菩提心者及彼出家具淨戒者

大乘寶要義論卷第五

大乘寶要義論卷第六

宋西天三藏朝散大夫試鴻臚少卿傳梵大師法護等奉　詔譯

如寶積經云假使滿三界中一切有情是諸有情各各造立如來塔廟如是色相一一高顯猶如須彌山王而諸有情經於殑伽沙數劫中各各尊重供養是塔若有不離一切智心菩薩但置一華而爲供養此獲福蘊勝前福蘊其數倍多彼經又云假使三千大千世界一切有情悉住大乘而復皆成轉輪聖王設以香油如大海水積燃燈草等須彌量各各燃是廣大燈明供養如來所有塔廟若有出家菩薩取燃燈草投少分油於佛塔前燃燈供養此獲福蘊倍勝於前燈明布施百分不及一乃至烏波尼殺曇分亦不及一又若彼諸轉輪聖王各於佛及苾芻衆所普施一切受用樂具若有出家菩薩以自持鉢所乞之食先減施人然後自食此獲福蘊勝前福蘊最上廣大又若彼諸轉輪聖王積以妙衣如須彌量普施佛及諸苾芻衆若有出家菩薩但以三衣或施十信心菩薩或施佛及諸苾芻衆或施如來塔廟之中此獲福蘊比前所施極爲殊勝又若彼諸轉輪聖王一一皆以滿閻浮提布設妙華廣爲供養如來塔廟若有出家菩薩下至但取一華供養如來塔廟者此獲福蘊比前所施百分不及一乃至烏波尼殺曇分亦不及一次第出生經云當觀菩薩有其四種賢善稱讚應於如來勤供養何等爲四一者自作最上布施供養令他有情亦如是作供養勝行二者勤誠供養諸如來已轉復堅固大菩提心三者現前瞻覩

三十二種大丈夫相四者種植善根而得增勝此等四法是為最上承事供養諸佛如來海慧問經云佛言海慧有三種最上承事供養如來之法何等為三一者發生大菩提心二者攝受如來正法三者廣為有情起大悲心此等是為勝義供養之行慈氏師子吼經云無佛可想無佛可觀何況有佛可供養耶有所得者無有是處此中何等是供養佛所謂真供養者應起無想無相之心若無心心所作意無佛想無法想無衆想無補特伽羅想無自他想如是供養者是真供養諸佛如來般若波羅蜜多經云佛言天主假使殑伽沙數世界之中積滿如來舍利置於刹幢之上若有人書寫般若波羅蜜多經俱為獻施汝於二分之中當取何分帝釋白佛言世尊我於此二分中當取般若波羅蜜多分何以故般若能生如來舍利故若有供養修習般若波羅蜜多者是即供養如來舍利佛言帝釋若諸有情信解如來如實涅槃者極為難得此中何等是諸如來如實涅槃無數經中作如是說如來興顯經云佛言佛子若諸菩薩樂欲了知諸佛如來大涅槃者以慧觀察先當了知法自性性法自性者謂即真如實際法界虛空界自性清淨際無相際我自性際一切法自性如如涅槃應如是了知如來如實涅槃何以故佛子諸法本來如是無生無所生若法本來如是無生無所生是故無有少法可得然佛如來有所生者但為有情喜樂相續乃有生故如來入涅槃者亦為有情厭倦生故而實如來本無所生亦無涅槃

是諸如來常住法界佛子譬如日輪光明出現普徧照耀一切世界各於清淨水器之中見日光影亦非日輪徧一切處隨入器中乃有所現若復彼彼清淨水器或破壞時或渾濁時或減少時彼日光明而悉不見然日光影雖於器中而不顯現非日之咎以彼淨器自破壞故佛子如來亦復如是法界日輪廣大光明從法界中常所出現普徧照耀隨順一切世間若諸有情清淨心相續如來即爲出現影像一切有情雖常覩見如來日輪影像亦非如來徧一切處隨爲出現若復有情如彼壞器不清淨心相續業煩惱覆故不見如來日光影像彼諸有情即起如來入涅槃想然以如來入涅槃者非如來咎但爲有情相續善根有破壞故又復應以大涅槃法所可化度諸有情故是故如來現入涅槃而實如來無來無去亦無所住佛子譬如一切世間悉作火事或復後時別與聚落國土城邑火事息滅且非普盡一切世間火事皆息佛子如來亦復如是普盡一切世界隨順施作一切佛事若餘佛剎中作佛事已現入涅槃亦非一切世界諸佛悉入涅槃如巧幻師善學幻法諸明呪力而悉洞曉於一切三千大千世界中普現其身作諸幻事一切聚落國土城邑悉徧顯示隨其幻力若住一劫若過一劫若餘聚落或城邑中作幻事已隱自身相亦非一切世間幻事皆隱佛子如來亦復如是以無量如幻之智善學方便勝慧智明示現一切法界幻事如來隨現然如來身畢竟安住法界及虛空界一切有情平等事業

別別剎土隨順作已示現涅槃亦非一佛剎中入涅槃故一切法界如來悉入涅槃佛子諸有菩薩應如是知諸佛如來大涅槃故所知無量畢竟無著法界無邊亦復無中如虛空界自性廣大眞如無生而亦無滅安住實際然以方便隨時示現是故當知一切世間勿生疲厭隨先行頒而自安住一切世間一切剎土成辦所有諸勝法行般若波羅蜜多經云大涅槃者所謂自性空妙法蓮華經云佛言迦葉若能覺了彼一切法平等之性是大涅槃彼經又云佛言善男子如來諸所作事而皆作已成佛已來極甚久遠壽命無量如來常住不入涅槃爲度有情故示現涅槃何以故應以如是緣成熟有情故大悲經云佛言大梵如是此世業盡煩惱盡苦盡苦緣息滅寂然出離此說是爲涅槃大梵此中無復有人了是涅槃謂業煩惱盡自性清淨出世品云諸佛方便開示無邊涅槃之法梵王問經云梵王白佛言世尊諸出家者於隨所樂一切相中若能止息此說是爲涅槃佛言大梵此互爲緣所成立故覺智方廣經云佛言大目乾連過去有佛號名稱高顯彼佛剎中唯聲聞衆是時有一苾芻名等觀諸所緣住大乘行是人曾於無量俱胝那庾多佛所種植善根於阿耨多羅三藐三菩提心曾無退轉安住無上大乘法中欲令嚴淨不可說不可說佛剎其佛剎中無別有情發菩提心是時彼苾芻雖廣植善根然於甚深法中生輕慢心以是緣故當生長壽天時名稱高顯如來如其所應作佛事已即時普觀一切佛

刹何等刹中有情不作佛事還自觀見我刹土中有一苾芻住大乘行是菩提器然彼苾芻有障難事以生長壽天故彼之身器不能堪任令其種植菩提善根是人命終之後當墮阿鼻大地獄中亦復不能堪任種植菩提善根地獄出已生於人中而復聾瘂諸有所作舉手示物或假他緣方曉其事是時名稱高顯如來爲欲化度彼苾芻故以善方便於六十俱胝那庾多生中捍勞忍苦作諸化事使令成熟佛言大目乾連汝且觀彼如來大悲心故爲一有情經如是時受其勞苦乃至彼苾芻機緣成熟安住不退轉地大目乾連於汝意云何彼時名稱高顯如來者豈異人乎即現一切義如來是彼等觀諸所緣苾芻者即無量光如來是父子合集經先行品云

佛言妙吉祥彼過去世輪迴之中無量阿僧祇不思議無等比無初際時有如來名曰帝幢經于殑伽沙數等世界佛刹是諸佛刹中諸有情類皆悉得其五種樂事或有有情得其欲樂或得出離樂或得禪定樂或得三摩地樂或得阿耨多羅三藐三菩提樂而彼有情雖受諸樂然無繫著譬如飛鳥騰翔空中而得自在彼諸有情受樂亦然悉無所著妙吉祥白佛言世尊彼時帝幢如來者即我世尊釋迦牟尼佛是入楞伽經頌云

我不觀寂靜　亦不起行相　復無分別心
故我證涅槃

此中當知於一乘信解極爲難得此一乘者而諸經中皆作是說妙法蓮華經云我發起一乘爲有情說法所謂佛乘無二無三十方

一切世界法爾如是何以故若過去世十方一切世界諸佛如來皆發起一乘爲有情說法若未來世十方一切世界諸佛如來亦發起一乘爲有情說法若今現在十方一切世界諸佛如來復發起一乘爲有情說法所謂佛乘以是緣故十方世界尚無二乘而可建立何況有三眞實品云佛言妙吉祥由昔因中一乘境界能具足故今佛刹中唯一乘法而爲出離而無聲聞緣覺二乘建立何以故如來已離種種想故若有人言如來或說大乘之法或說緣覺乘或說聲聞乘者是人於如來所起不清淨心不平等心取著之心大悲經云佛言我若說有種種想者即於法中自生諂曲然我爲諸有情所說諸法皆悉令於菩提樂欲得大乘法一切智攝使諸有情同到一切智智之地是故無彼諸乘分位而可建立亦無諸地我所建立亦不建立補特伽羅事亦無少行及無量行之所建立復無三乘而可分別彼無分別性入法界門但爲世俗諦故開示引導方便宜說勝義諦中唯一乘法而無有二般若波羅蜜多經云佛言天主若諸天子未發阿耨多羅三藐三菩提心者我當令發阿耨多羅三藐三菩提心若復不能決定發菩提心者我亦當令隨喜發於阿耨多羅三藐三菩提心何以故彼於生死流中相續不斷故我意不欲令彼諸善根分有所隱沒當令於彼最勝法中而有所得大集會品云一乘普攝彼一切乘以其一乘攝諸乘故同歸一理普入法界無分別性總持自在王問經云佛不說有種種之想然佛

出世諸所作事悉同一味法界而無障礙容受一切有情自成正覺已復令諸有情而亦覺了然後轉妙法輪所謂不退轉輪譬如治寶之師於其寶所但取假色瑠璃先以灰水磨淬令潔次用黑膩之髮而復治之然其寶師曾無疲倦後以肉汁及以繒帛重復磨治又用大藥汁及細妙衣次第精治然後瑩潔去其假色同眞瑠璃如來亦復如是知有情界本不清淨乃爲宣說無常苦無我不淨之法令於輪迴起猒離想後以聖法調伏方便開導如來亦不暫生疲倦後爲宣說空無相無願之法令其開覺如來之眼如來亦不暫生疲倦後爲宣說不退轉輪及說三輪清淨引導有情令入如來境界之中平等超越種種因性咸證如來清淨法性此說是爲世間究竟得無上果阿惟越致經云不退轉輪平等故諸佛說法亦平等是故如來爲下劣信解諸有情類不能解了一乘法故乃出娑婆世界五濁時中以善方便爲彼有情建立佛事使成佛果勝鬘師子吼經云諸佛如來方便宣說此涅槃法從三乘中出生諸乘然由一乘之法取證阿耨多羅三藐三菩提入楞伽經云諸煩惱種子入三摩地三摩鉢底如實覺了住無漏界復入聲聞緣覺無漏界中出世勝行圓滿成辦得不思議法身自在如來爲所化有情成諸善行故以善方便說種種乘是故諸如來於種種界中非但說三乘亦說餘乘法

大乘寶要義論卷第六

音釋

侮罔甫切慢也荷擔荷合可切擔都甘切荷擔負也謦舉影切寤也巡警也禦牛倨切扞也版補綰切木片也椽重緣切桷也幀陟孟切畫繒也鋑七桓切刀也淬取內切淬厲也

大乘寶要義論卷第七 第八同卷

宋三藏朝散大夫試鴻臚少卿光梵大師惟淨等奉　詔譯

如華嚴經云大毗盧遮那解脱吉祥世界中普徧智燄功德幢王如來建立無量有情住聲聞地無量有情成熟緣覺菩提無量有情成熟迅疾辯才出生菩提無量有情成熟無垢精進幢出生菩提無量有情成熟法辯才出生菩提無量有情成熟根清淨辯才出生菩提無量有情成熟十力諸行圓滿出生菩提無量有情安住法城現前境界一乘出生菩提無量有情於一切處隨現種種神通一乘理法出生菩提無量有情建立諸行普攝無量方便出生菩提無量有情安住三摩地分位理法出生菩提無量有情安住一切所緣境界清淨道場理法出生菩提無量有情發菩薩菩提心無量有情住菩薩道無量有情安住清淨波羅蜜多道無量有情住菩薩初地乃至住於菩薩十地此中應知菩薩常以正法攝受一切何等是正法攝受如信力入印法門經云佛言妙吉祥正法攝受故即菩薩攝受菩薩攝受故即正法攝受正法攝受故一切有情攝受一切有情攝受故即佛種不斷所作成就又若欲令佛種不斷欲破一切有情諸業煩惱欲閉一切惡趣之門欲受無量無數轉輪聖王上妙快樂及梵王帝釋護世等樂欲斷一切惡魔罥索乃至欲成阿耨多羅三藐三菩提果者悉當以其正法攝受此中應問初發心菩薩以少善根彼當云何攝受正法如菩薩藏經云菩薩若具四種法者彼即不滅菩提轉生當作轉輪聖王

如其願力即得一切善根隨轉得如大力堅固那羅延身彼得轉輪聖王巳修四梵行生於梵世爲梵天主何等爲四一者菩薩若見如來塔廟故壞發勤勇心而爲治飾乃至以一泥團作其供獻二者於四衢道或闤闠之所建立如來高顯妙塔或塚廟像或隨立幢相或但竪刹竿或安如來形像或別別安布如來諸相所謂轉法輪相或復踰城出家之相或菩提樹下成正覺相或現大神通降魔軍相或示現入大涅槃相或忉利天下降之相三者若見聲聞弟子衆中有離間者爲作和合四者於如來教中若見正法欲滅滅時乃至一四句偈勇力護持使彼流通令不忘失又於正法或說法師皆爲攝受乃至損棄身命終不捨法寶雲經云佛言善男子菩薩若具十種法者即能攝受正法何等爲十一者於後末世後五百歲正法滅時如來教中起雜亂事而諸有情多住邪道息滅智燈無正師授爾時應以廣大經典具大威力攝廣大義如一切法母者尊重供養受持讀誦宣說解釋二者以甚深經爲他演說解釋開示使其解了三者於修正道人所發生歡喜清淨之心四者得歡喜巳爲彼攝受五者以無著心爲他說法使其聽受六者於說法人所起師尊想七者於其正法起甘露想八者又於正法如良藥想九者不惜身命希求正法十者以所得法如說修行是爲十法寂靜決定神變經云佛言賢護菩薩若具四種法者即能攝受正法何等爲四一者於自快樂而不愛著二者施於他人上妙快樂三者具大

悲心四者求法無厭彼經又云過去世時無垢威光王於大高如來所千歲之中種諸善根以一切樂具供養彼佛及以四事給施八萬四千諸苾芻衆如是過千歲已彼大高如來告無垢威光王言大王如是滿足千歲於如來所行諸施法若比勤行求法菩薩一出入息中所有善根百分不及一乃至烏波尼殺曇分亦不及一何況於正法中乃至一四句偈勤行宣說解釋其義彼福邊際我不能說大王且置是事正使如是滿足千歲盡諸所有布施供養總以爲聚施一遊方苾芻如是或施諸苾芻衆若於勤行宣說講授菩薩所以樂法故於彼尊重起於淨信持以飲食生如是心我爲求正法故以此飲食而爲獻施以前布施之法比此善根百分不及一乃至烏波尼殺曇分亦不及一如來祕密經云所有菩薩福蘊若比攝受正法福蘊此復倍多正使一切諸佛勤劬宣說經俱胝劫尚不能得受持正法福蘊邊際何等正法如勝鬘師子吼經云此正法者即是大乘增語何以故大乘出生聲聞緣覺之乘及世出世間一切善法故法集經云彼正法攝受者所謂於一切如來諸說甚深甚深經典宣說講授專注思惟是爲正法攝受當知諸菩薩若依著有所得行雖經無量時供養諸如來於彼彼佛所然不得授記況復成菩提如梵王問經云佛言大梵我於一劫若過一劫宣說彼彼如來名字若我供養是諸如來或復於彼我修梵行及修六波羅蜜多我於彼彼佛所未得授記何以故我於有所得行而依著故若

我爾時於然燈如來所纔見彼佛即得無生法忍彼佛世尊與我授記我於爾時超過一切有所得行而復圓滿六波羅蜜多於甚深法中能生信解所有諸菩薩自利利他最勝諸行悉得周畢大集經月藏品云佛言月藏彼勝義諦即能成就阿耨多羅三藐三菩提不共一切聲聞緣覺所有是故世俗諦不能成就阿耨多羅三藐三菩提最上善根及辦諸勝行月藏如人持以爝火不能枯涸甚深大海彼世俗諦亦復如是尚不能涸自煩惱海況復爲他諸有情類此中何能信解甚深之法如菩薩藏經云菩薩有二種慧一者從他聲聞二者自心深固作意此中何等是從他聲聞若有菩薩雖復樂修諸相應行然於菩薩藏正法不樂聽受又不樂聞諸聖法律

於定中少味而爲喜足慢心熾盛故墮增上慢而彼菩薩不能解脫生老病死憂悲苦惱亦不解脫六趣輪迴又復不能解脫苦蘊以彼緣故如來說言從他聲聞而此所聞不能解脫老死等法何等是爲深固作意所謂菩薩自作是學無所有法而可和合非不和合是深固行此深固行即是非行增語彼如是聲若前際若後際如實伺察從何所生復從何滅又若言說若義理若斷若證若已說若當說彼等一切如實伺察無過去相無未來相無現在相可得即一切法自性寂滅自性寂靜自性圓滿畢竟無生無起無實應觀諸法畢竟涅槃若如是觀即無所觀亦非無觀此名正觀況復一切法如實可觀耶是即無所觀此無所觀亦即無生增語若一切法無

生即不越正理若一切法平等即佛法平等如是所説是爲不越正理此説名爲深固作意如是乃能解入最上甚深正法父子合集經云佛告淨飯王言大王若或空劫時中或有梵天樓閣出現於前七寶所成彼堅實性若生起時從何所來如是欲界他化自在天化樂天兜率天夜摩天忉利天四大王天是等諸天樓閣悉現七寶所成又鐵圍山大鐵圍山堅實一聚金剛所成是等諸山彼堅實性從何所來又須彌山你民達囉山持雙山持軸山持金剛山揭那里酤山尾那怛酤山馬耳山善見山大善見山烏旮誐盧山香醉山雪山及餘黑山悉現於前乃至一切三千大千世界而悉出現且彼須彌山王去地八萬由旬其堅實性悉集現前從何所來大王若此世界成後大地火然大水漂流大風鼓擊其火亘空所有煙燼悉無所現如酥或油投火中燒亦無煙燼其水漂時無餘可得如鹽投水而悉混融亦無有餘其風鼓擊無少物可現如毗嵐風當吹鼓時何有飛鳥而可得現此三千大千世界亦復如是火然水漂風鼓之時無餘可見彼堅實性如是壞滅從何所去此説外地界内地界亦然及餘諸界若内若外亦復如是是故一切法生時無所從來滅時亦無所去彼等有生決定皆空生已亦復自性皆空阿闍世王經云爾時阿闍世王於其宫中飯佛世尊及諸菩薩聲聞大衆盥手滌器已於妙吉祥菩薩之前肅恭而坐聽受正法王言菩薩願今爲我解除惡作妙吉祥言大王假使殑伽沙數等諸佛世尊

亦復不能爲汝解除惡作阿闍世王聞是語已驚怖無救悶絶躃地是時尊者大迦葉即告王言止止大王勿生驚怖此妙吉祥菩薩善能爲汝説自因緣應作是問以何緣故菩薩作如是説時阿闍世王從地徐起白妙吉祥菩薩言以何緣故菩薩作如是説妙吉祥言大王於汝意云何汝心有所緣觀佛世尊耶王言不也妙吉祥言汝今云何觀心生耶王言不也妙吉祥言觀心滅耶王言不也妙吉祥言觀有爲法耶王言不也妙吉祥言觀佛世尊於有爲法有表示耶王言不也妙吉祥言大王於汝意云何若諸法中無法可觀者而容有法可解除耶王言不也妙吉祥言大王以此緣故我作是説假使殑伽沙數等諸佛世尊亦不能爲汝解除惡作復次大王若此空中或煙或塵欲染虛空於汝意云何是彼煙塵能染空不王言不也妙吉祥言大王又或有人作如是言我欲清淨虛空而彼虛空其能淨不王言不也妙吉祥言大王如來亦復如是與虛空等説一切法本來相續自性無染彼無有法若染若淨而實可觀是中復何有所解除大王我於是義如實正觀故作是説假使殑伽沙數等諸佛世尊亦不能爲汝解除惡作復次大王諸佛世尊内心非有所得非有所起外亦非所得非所起何以故一切法自性無所起若法自性無所起故即無處容受有所起性何以故一切法自性無所起故即無所成一切法無所成故即無所集一切法無集故即無出生一切法無出生故即法離性一切法離性故即無能作

行一切法無能作行故即無有生一切法無有生故即無異熟法一切法無異熟故即無起作一切法無起作故即無所染一切法無染故即自性明亮一切法自性明亮故即法清淨一切法清淨故即虛空等一切法虛空等故即無對治一切法無對治故即離於二一切法離二故即離二邊一切法離二邊故即法無邊一切法無邊故即無涯際一切法無涯際故即無究竟一切法無究竟故即無所緣一切法無所緣故即於一切處無顛倒住一切法於一切處無顛倒住故即常樂我淨悉不可得一切法常故即無動轉相應一切法淨故即自性明亮所成一切法樂故即無分別相應一切法我自性故即無我表示相應一切法無惡作故即內心寂止一切法無實故即勝義諦無所安立一切法寂靜故即徧寂相一切法無我故即我我所相離一切法無味故即解脫相一切法離名故即名差別不可得一切法無分別故即種種性離一切法一味故即解脫普攝一切法離相故即無相際一切法無相故即無解了所緣清淨一切法空故即一切見作皆離一切法無頹故即超越三世一切法三世斷故即過去未來現在皆不可得一切法涅槃普攝故即畢竟無生大王於汝意云何若法無生復無積集是中還能有所染不王言不也妙吉祥言又復有法可解除耶王言不也妙吉祥言大王由如是故如來知一切法與涅槃等乃於是中無有惡作而能解除是故大王彼深固相應當如是行以無顛倒心應當如實作

其伺察如伺察已隨伺察時無有少法可取可捨亦無有法而可共住若一切法不共住故此說是爲輕安若法輕安即法寂靜若法寂靜是即法自性若法自性即無自性一切法無自性故即無主宰大王於中應作忍法即此亦復無法可作何以故大王所作寂靜故如是了者當證涅槃此中亦復無法可作亦非無作若作若非作此說皆歸涅槃寂靜

大乘寶要義論卷第七

大乘寶要義論卷第八

宋三藏朝散大夫試鴻臚少卿光梵大師惟淨等奉詔譯

爾時阿闍世王持以價直百千上妙氎衣獻施妙吉祥菩薩而菩薩不肯受之其王即以此妙氎衣被妙吉祥菩薩之身衣未著身菩薩即時隱而不現王既不見菩薩之身但聞空中聲曰大王汝若能見妙吉祥菩薩身相即能見汝所有惡作若見惡作如是即見彼一切法如見一切法亦然可見所施氎衣若汝不能見亦然如是見大王汝若能見有身相者如是乃以氎衣奉施其王即時復以氎衣各各徧施一切菩薩聲聞大衆及其宮人婇女眷屬而悉不見彼彼身相其王即時入定觀察都無少色爲眼所見無境相可現是中唯存自身想轉又聞如是空中聲曰汝若能見自身相者如是乃以氎衣奉施王即自觀亦不見有自身之相爾時乃離一切色想又聞空中聲曰大王汝若如是無少色相若麤若細而可見者亦然如是應見惡作亦然如是見一切法若汝不見彼即離見彼離見中若汝可見此即非見大王若非見若非不見此爲正見若如是見一切法者亦即非見大王此非見者是爲正見爾時阿闍世王於一切法所對疑惑悉得遠離從定起已重復觀彼一切大衆亦悉不見幻士仁賢經云菩薩有四種法思惟經義何等爲四一者緣法生起非無作因二者無法可生亦無補特伽羅性三者若法緣生彼生無性四者於甚深法中無差別門亦不壞菩提菩薩十住經云佛言妙吉祥諸菩薩有五法令得安隱能清

淨初地何等爲五一者若於無所緣解脫智中自安住已復令他人亦悉安住無所緣解脫智中是爲菩薩得安隱法二者此無所緣解脫智即無二無二清淨緣法無生此解脫中自安住已復令他人亦悉安住緣法無生解脫法中是爲菩薩得安隱法三者彼緣法無生即諸緣自性無生一切法無所有處此解脫中自安住已復令他人亦悉安住一切法無所有處解脫法中是爲菩薩得安隱法四者彼一切法無所有處即諸分位分別悉無自性智觀如虛空此解脫中自安住已復令他人亦悉安住如虛空智解脫法中是爲菩薩得安隱法五者此如虛空智即無雜亂無依止離心意識之智此解脫中自安住已復令他人亦悉安住離心意識之智解脫法中是爲菩薩得安隱法當知彼中離心意識之智即是無發悟有所得智是爲五法勝思惟梵天所問經云梵天問光網菩薩言一切法深固耶一切法非深固耶菩薩言如汝梵天復云何說一切法是深固非深固耶梵天言若非思惟即一切法深固若心與思惟有所和合即非深固又一切法離相此即深固若復離中有所和合此即是爲差別所行若差別中有所行者即諸所作皆非深固菩薩言若爾者云何諸法而可生乎梵天言善男子若自境界離清淨實際中諸法乃生七百頌般若波羅蜜多經云佛言妙吉祥汝修般若波羅蜜多時當何所住而修般若波羅蜜多妙吉祥白佛言世尊我修般若波羅蜜多時都無所住而修般若波羅蜜多佛言妙吉

祥無住云何修般若波羅蜜多耶妙吉祥言世尊我修般若波羅蜜多時實無法可住佛言妙吉祥汝修般若波羅蜜多時有何等善根若增若減妙吉祥言世尊我於彼時無少善根若增若減世尊諸修般若波羅蜜多者悉無有法若增若減妙吉祥菩薩神變品云有天子白妙吉祥菩薩言如汝所說少能有人解了其義妙吉祥言天子以我所說佛智甚深若少若多不能解了何以故佛智無著無分別不可記不可說非作用非語言道離心意識若少知若偏知非易解了天子言若佛智不能知者而諸聲聞何能解了菩薩云何住不退轉妙吉祥言天子如來以善方便假文字智隨爲開覺是智無文字譬如火中求火其何所得天子如來亦復如是若最初

便說廣大佛智即無有情能知佛智是故如是宣說種類之語開示彼智是智無文字天子言妙吉祥何等是爲種類之語妙吉祥言天子若說持戒及制止法或說般若波羅蜜多相應之法或說八解菩提分法此等所說是爲種類之語天子若說離生離滅之法離雜非雜之語離染離淨之語不厭離生死之語不忻樂涅槃之語無知無斷無修無證無得亦無現前三昧可轉此等所說是爲清淨眞實之語不思議音聲一切法決定無所得經云佛問妙吉祥言諸如來所說不思議不思議界當云何是妙吉祥言此不思議不思議界者是諸如來說世尊界離思惟非心所行非心所量非心法揀擇世尊此心如是是即不思議界何以故無心可思惟此心離思

惟故即心自性亦無所有而此無思惟心是心如實世尊此乃是為不思議界此經又云佛言妙吉祥汝勿應便被此鎧化度有情妙吉祥言世尊若知有情界不增不減是中何有有情而可化度令入涅槃世尊若彼虛空有人能度者彼有情界亦可化度又欲以菩提心有所化度者而彼有情亦可發起為作化度世尊一切法是菩提亦非菩提染淨可得是故世尊作如是說汝勿被此鎧化度有情世尊有情非染我亦不住度有情心何以故世尊若有有情即有染淨而為表示既無有情豈有染淨可表示耶世尊若法有者從緣而生即不相違世尊緣生法中而實無染無淨可得以一切法自性無實緣生性故若於緣中亦無緣儀染淨可得世尊此無所有義緣生之義智者了知又復如是緣生之義智者於中悉無分別若於無分別義中即無染無淨譬如幻師或幻師弟子幻出樓閣或復舍宅具有光燄廣大熾盛或有人言我能勇力於彼樓閣光燄聚中而為止息是人乃至損壞其身徒生疲極終不能成佛言妙吉祥如是如是妙吉祥言世尊若被精進鎧化度有情亦復如是徒自疲極終無所得此經又云佛言妙吉祥汝當如實伺察為是何法增語妙吉祥言此謂如實伺察者然如實伺察中彼無一性無種種性而可造作世尊若無種類無分別中作如實伺察即非如實伺察世尊即此非如實伺察是為增語是故若如實伺察成已是中不起我是凡夫我是聖人之見何以故諸法無所觀若法不立凡夫

聖人之見即得如實伺察成就世尊若善男子善女人能如是住者即得法界相應是中無有少法若平等若差別可得若謂凡夫法差別亦無分別生若謂聖人法平等亦無分別生何以故所緣不可得故若於所緣中或平等差別有所取者此即分別是分別性都無所有若彼彼所緣中有平等差別而可取者即我法彼法乃有差別凡如是等應知決定無法可取維摩詰經云何爲病本謂有攀緣即爲病本若有攀緣即有其病何所攀緣謂之三界若無攀緣彼何所表若攀緣不可得即無所得云何無所得謂二見無所得何謂二見謂內見外見彼無所得此經又云愛見菩薩言色空爲二色即是空非色滅空色性自空如是乃至識即是空非識滅空識性自空此等五蘊若解了者是爲入不二法門般若波羅蜜多經云舍利子問尊者須菩提言若菩薩摩訶薩修行般若波羅蜜多時云何能知善巧方便須菩提言尊者舍利子若菩薩摩訶薩修行般若波羅蜜多時不行色不行受想行識不行色有相乃至不行受想行識有相不行色非常非無常非苦非樂非我非無我非寂非動非空非不空非相非無相非願非無願非離非不離如是乃至不行識非常非無常乃至非離非不離五蘊如是所有界處緣生菩提分法神通波羅蜜多力無畏無礙解不共佛法等乃至非離非不離而悉不行何以故尊者舍利子色不異空空不異色色即是空空即是色乃至識不異空空不異識識即是空空即是識如是界處緣

生乃至不共佛法不異空空不異不共佛法不共佛法即是空空即是不共佛法菩薩摩訶薩若如是修行般若波羅蜜多是即能知善巧方便而彼菩薩於般若波羅蜜多亦不念我行不念我不行不念我亦行亦不行不念我非行非不行何以故無性自性即是般若波羅蜜多故此經又云佛言憍尸迦善男子善女人宣說般若波羅蜜多時或有誹謗般若波羅蜜多者何等是爲誹謗般若波羅蜜多耶所謂若說色是無常是苦無我不淨如是受想行識及界處禪定無量無色定念處正勤神足根力覺道聖諦無所畏無礙解不共佛法乃至一切相智是無常是苦無我不淨若如是行是行般若波羅蜜多作此說者是爲誹謗般若波羅蜜多何等是不謗般若波羅蜜多謂若說言善男子汝修般若波羅蜜多時勿觀色無常勿觀色苦無我不淨乃至一切相智亦復如是何以故色自性空故若色自性空是即般若波羅蜜多若般若波羅蜜多中無色爲常可得彼色如是無所有故況復若常若無常而可得耶受想行識乃至一切相智亦復如是作此說者是即不謗般若波羅蜜多又若說言善男子汝修般若波羅蜜多時勿謂有法而可過越勿謂有法而可安住何以故般若波羅蜜多於一切法中無所有故若法不過越無所住即一切法自性皆空若法自性空即法無性若法無性是即般若波羅蜜多此般若波羅蜜多中即無有法若出若入若生若滅如是說者是即不謗般若波羅蜜多又須菩提白佛言世

尊般若波羅蜜多云何有所得云何無所得佛言須菩提若法有二即有所得若法無二即無所得須菩提言世尊云何爲二佛言須菩提眼色爲二意法爲二乃至菩提法佛法爲二須菩提言世尊有所得是無所得耶無所得是無所得耶佛言須菩提非彼有所得是無所得亦非無所得是無所得須菩提若有所得若無所得而悉平等此即是爲無所得復次須菩提言世尊豈不住勝義諦中證阿耨多羅三藐三菩提果耶佛言不也須菩提言住顛倒法中耶佛言不也須菩提言若不住勝義諦中又不住顛倒法中成正覺者豈非如來不證菩提果耶佛言須菩提我證菩提果然於有爲界中無爲界中悉無所住又復佛言須菩提我不能以無性中無性而成正覺須菩提言世尊豈不以有性中無性能成正覺不佛言不也須菩提言若以無性中無性能成正覺不佛言不也又須菩提我於金剛般若波羅蜜多經中曾謂汝言須菩提於汝意云何如來得阿耨多羅三藐三菩提耶如來有所說法耶須菩提言如我解佛所說義無有法如來得阿耨多羅三藐三菩提亦無有法如來可說何以故若有法如來所說者彼不可取不可說非法非非法所以者何一切賢聖皆以無爲法而有差別如來但爲化度有情故以善方便開種種門宣說如是甚深正法

大乘寶要義論卷第八

音釋

罥索 罥姑泫切網也索蘇各切繩也 闤闠 闤獲頑切市垣也闠胡對切市門也 爝 即約切火炬也 朅 丘竭切 酤 古胡切 昝 子感切 盥 古玩切澡手也 躃 必益切仆也

大乘寶要義論卷第九 同第十卷

宋三藏朝散大夫試鴻臚少卿光梵大師惟淨等奉 詔譯

如入楞伽經中大慧菩薩問如來藏佛言大慧何故汝今問於如來自性明亮清淨本來清淨如是之說如來具三十二相在一切有情身中如無價寶爲弊垢衣之所纏覆蘊處界衣纏覆亦然彼貪瞋癡不實計執此之垢染是無常法是不堅牢是不究竟大慧白佛言世尊外道所說神我之語何故不能等比如來藏語以外道說神我是常我能造作離繫自在而永不滅彼說如是神我之語佛言大慧外道我語不可等比如來藏語大慧然我所說實際涅槃無生空無相無願等諸句義如來應供正等正覺爲諸愚者令離無我驚怖之法故以方便說無分別無所對礙如來藏門此中亦非未來現在諸菩薩摩訶薩著我所作大慧譬如窑師取土成泥用水及繩幷其工具勤力所作成種種器如來亦復如是住法無我離分別相故以種種勝慧方便善巧相應或說如來藏或說無我法以多妙巧文句言詞譬喻而說以是緣故外道我語不可等比如來藏語大慧又我所說如來藏語但爲降伏諸外道輩執我語者故以方便說如來藏如是等輩何故意樂墮在無實主宰計執見中若於三解脫門意樂具足即能速證阿耨多羅三藐三菩提果以是義故如來應供正等正覺所說如來藏法與外道我語不可等比是故大慧爲令外道離諸見執使其當得隨順如來無我藏法此所宜說是謂無上成就究竟之法是謂諸菩薩空無

生無二無自性法是謂甚深之法若有宣說及受持者即能普攝一切大乘經中甚深之義何以故此甚深法於一切法一切經中攝故此經又云大慧此空無生無二無自性相普攝一切諸佛及一切經典故月燈三昧經中如來說偈云

三千大千世界中　我所宣說諸經典
種種文句皆一義　故復不能周徧說
乃至一切諸如來　及廣宣說多種法
於一句中修學已　一切修習得成就
一切諸法皆空性　若人於義明解了
此句義中學所成　而諸佛法不難得
於甚深法能信解　獲得一切勝福生
諸有世間出世間　辦所作事至成佛

寶授經云復次妙吉祥若菩薩經百千劫善修六波羅蜜多具善巧方便若有人於此正法勤求聽受者比前福蘊此復倍多何況以無所求心聽受書寫爲他廣說金剛般若波羅蜜多經云佛言須菩提於汝意云何殑伽河中所有沙數彼一一沙爲殑伽河是諸河中所有沙數寧爲多不須菩提言諸殑伽河尚多無數何況其沙佛言須菩提我今實言告汝若善男子善女人於諸殑伽河中所有沙數如是沙等世界以七寶滿爾所世界持用布施諸佛如來是善男子善女人以是緣故得福多不須菩提言甚多世尊甚多善逝佛言須菩提若有人於此正法乃至受持一四句偈爲他說者其福勝彼梵王問經云仁者若善男子善女人於如來所樂修福事者應當於此正法聽聞信解及受持等即能獲

得色相富盛廣多眷屬於法自在人天之中受諸快樂舍利子說般若波羅蜜多經云舍利子白佛言世尊若復有人得聞說此般若波羅蜜多聞已信解者是人即於菩提得不退轉慈氏菩薩言世尊若有聞說此般若波羅蜜多聞已信解者是菩薩即得近佛果位妙吉祥菩薩言世尊若有聞說此般若波羅蜜多聞已信解者見是菩薩當如佛想一切罪染惡作而悉解除一切業障皆得清淨於甚深法能生勝解如來藏經云佛言迦葉最極十不善業者所謂一者假使有人緣覺爲父而與殺害是爲最極殺生之罪二者侵奪三寶財物是爲最極不與取罪三者假使有人阿羅漢爲毋而生染著是爲最極邪染之罪四者或有說言我是如來等是爲最極妄語之罪五者於聖衆所而作離間是爲最極兩舌之罪六者毀呰聖衆是爲最極惡口之罪七者於正法欲雜飾爲障是爲最極綺語之罪八者於其正趣正道所有利養起侵奪心是爲最極貪欲之罪九者稱讚五無間業是爲最極瞋恚之罪十者起僻惡見是爲最極邪見之罪迦葉此等是爲十不善業皆極大罪迦葉若一有情有如是罪具行十不善業者如來即爲宣說因緣和合之法使令解入爾時亦無我人有情壽者之想若能解了此法無作無爲如幻之法離染清淨自性明亮解一切法本來清淨於一切法淨信勝解者我不說彼有情墮於惡趣何以故無諸煩惱聚性可得生已即時一切破散故知諸煩惱一聚因緣和合所生生已即滅若起心遣

除而諸煩惱隨即有生若如是信解者彼復何有罪之分位無處容受故若言有諸罪障而可住者無有是處持律優波離尊者問降魔品云汝諸惡魔云何是苾芻眞持律行魔言尊者若苾芻了知一切法畢竟調伏諸罪本來無前後際離邊際故若犯墮罪及餘惡作而悉解除勿生堅著以如是法爲他開示彼之所有五無間罪尚悉蠲除況復少略破戒垢染解是法律者不爲客塵煩惱所染生出離想知諸煩惱非内非外亦非中間非離染智能除煩惱離染之性亦不可遣智者如實觀諸煩惱猶如浮雲風飄流散隨所向方何適何住又諸煩惱如水中月徧計影像對現其前又諸煩惱是黑闇境界慧燈光明而能照破又煩惱賊竊害色相如夜叉羅刹若

深固作意如實觀察即無所住又諸煩惱常伺其便若不深固作意即煩惱增長於空無相無願智慧法中即不違害又於如是諸煩惱中智者以智於彼染著煩惱諸有情所對住其前起悲愍心爲說無我無有情法令其離染此即是爲眞實持律阿闍世王經云佛言阿難我今實言告汝若有造五無間罪者得聞如是正法已能生勝解我不説彼人有業及業障阿難以要言之此所宣説甚深正法應生勝解廣大稱讃數於彼彼經中專勤聽受不離善巧方便菩薩應當如是勤行説甚深法是故慧及方便二法不離是爲菩薩相應正法維摩詰經云無方便慧縛有方便慧解何謂無方便慧縛若菩薩於空無相無願法中調伏其心不以相好莊嚴佛土成熟

有情此即是爲無方便慧縛何謂有方便慧解若菩薩能以相好莊嚴佛土成熟有情於空無相無願法中調伏其心習力勤行而不疲懈此即是爲有方便慧解何謂無慧方便縛若菩薩於諸見煩惱生起隨逐有所住著然復發起一切善根迴向無上菩提此即是爲無慧方便縛何謂有慧方便解若菩薩於諸見煩惱生起隨逐斷諸有著而發起一切善根迴向無上菩提悉無所取此即是爲有慧方便解此等慧及方便二法和合當知皆是菩薩之行云何是菩薩行所謂非凡夫行非賢聖行是菩薩行在於生死不爲染汙在於涅槃不求寂滅是菩薩行雖求四諦智亦不非時取證涅槃是菩薩行雖觀内空而常思念於三有中示現受生是菩薩行雖觀無生而不入正位是菩薩行雖攝一切有情而不染著是菩薩行雖行於空而常勤求諸相功德是菩薩行雖行無作而勤修一切善行獲得輕安是菩薩行雖修止觀之行而不畢竟墮於寂滅是菩薩行雖轉法輪示現大般涅槃而不捨菩薩所行之行是菩薩行凡如是等皆是菩薩所行之行降魔經云復次所有諸菩薩摩訶薩最上正行謂即勝慧智增上相應若方便智即普攝一切善法之行勝慧智者即無我無人無有情無壽者無儒童等方便智者即成熟一切有情之行勝慧智者即徧攝諸法之行方便智者即正法攝受之行勝慧智者即一切佛法界無分别行方便智者即一切佛法尊重供養承事之行勝慧智者即一切佛刹如虚空行方便智者即

一切佛刹功德莊嚴之具作清淨莊嚴之行勝慧智者即一切賢聖修無爲行方便智者即於一切師尊所起尊重心施作種種作用之行勝慧智者即觀察佛身無漏之行方便智者即修佛相好之行勝慧智者即觀察一切行無生無起之行方便智者即常思惟於三有中示現受生之行無盡意經云何等是爲菩薩方便復何等是菩薩勝慧所謂若入定時起大悲所緣深固之心觀察有情此即方便若於定中住寂徧寂此即勝慧若入定時起大悲心隨順佛道此即方便若無所有依止觀察此即勝慧若入定時觀察普攝彼一切法此即方便若觀法界無所分別此即勝慧若入定時佛身莊嚴所作現前此即方便若觀察法身分位此即勝慧維摩詰經云

佛言慈氏菩薩有二相一者信樂雜句文飾二者不畏甚深之法如實解入是爲二相若菩薩信樂尊重雜句文飾者當知是爲初學菩薩若復於此清淨甚深經典普攝種種文義差別之門聽受宣說生勝解者當知是菩薩久修梵行復有二法是即初學菩薩爲自毀傷不於甚深法中調伏其心一者於昔未聞甚深經典聞已驚怖生疑亦不隨順返生輕謗作如是言我昔未聞此法從何所來二者於大法器宣說甚深法者善男子所不樂親近亦不尊重或時於中窓說其過是爲二法復有二法菩薩雖信解甚深之法亦自毀傷不能速證無生法忍一者輕毀初學菩薩不爲攝受不爲決擇復不教誨二者雖信解甚深之法而不習學亦不尊重不行財施法

施攝受有情是爲二法此中應知若諸有情解入諸佛菩薩大威德力斯極難得何等是爲菩薩大威德力維摩詰經云維摩詰言大迦葉所有十方世界現作魔王者皆是住不可思議解脫菩薩以善方便成熟有情故現魔相又十方世界或有菩薩從其求乞手足耳鼻血肉筋骨頭目身分妻子奴婢人民國邑象馬車乘凡如是等或來求者皆悉給施菩薩以如是相故行逼迫此等皆是住不可思議解脫菩薩迦葉譬如龍象蹴踏非驢所堪凡夫亦復如是不能如是逼迫菩薩而菩薩者乃能如是逼迫菩薩

大乘寶要義論卷第九

大乘寶要義論卷第十

宋三藏朝散大夫試鴻臚少卿光梵大師 惟淨 等奉 詔譯

如華嚴經云法界行願分位宣說菩薩無盡佛種世界世尊普徧智境界音聲如來從彼刹中來至世尊釋迦牟尼如來之前出現菩薩威德身相所謂一切身分一切相好一切毛孔一切莊嚴一切衣服及緣具等一切菩薩眷屬具足所有世尊大毗盧遮那如來前際中住過去一切如來後際中住若巳受記及未受記未來一切如來現在十方一切佛刹普徧安住一切菩薩昔所修習布施波羅蜜多相應先行海一切受者及所施物皆悉影現一切身相一切毛孔諸相好等亦悉對現而爲表示又復身諸分位及語言道一切衣飾衆緣具等而亦對現一一表示又昔修習持戒波羅蜜多相應先行海又諸忍辱波羅蜜多示現割截身諸分位相應先行海又諸菩薩加行精進相應先行海又諸如來廣大靜慮辦事相應先行海又諸如來轉大法輪法事成辦捨諸所有自在身相諸門影現一一表示相應先行海又諸如來喜見諸菩薩道一切世間最上愛樂相應先行海又諸菩薩諸勝願海增上法門廣大莊嚴相應先行海又諸菩薩力波羅蜜多諸行成辦清淨相應先行海又諸菩薩廣大法界一切神變雲廣大所作諸菩薩智境界相應先行海乘如是等十波羅蜜多影現表示廣大法界一切廣大諸神變雲來詣佛所於是菩薩并其眷屬頂禮佛巳住於上方化現一切金剛帝寶心莊嚴藏大樓閣中金剛帝青蓮華師子

座上跏趺而坐現諸寶燄摩尼王網彌覆其上復以三世一切如來音聲寶王瓔珞垂掛莊嚴頂戴摩尼寶冠現菩薩身加持而住而此菩薩并其眷屬皆從普賢菩薩行願出生於一切如來足根門中表現清淨智眼所觀聞一切如來法輪經中理法音聲勝海普攝一切菩薩得諸自在及得最上波羅蜜多一切如來皆悉雲集於刹那刹那中廣現神變出現諸有情身廣大境界一切如來衆會道場身中光明顯照一切世界於一世界中普攝影現諸境界相如微塵聚所有一切有情善根成熟應化度者而悉應時能來應現一切如來轉法輪雲一切毛孔吼音境界一切世界普徧一切善根出生生已即時諸有情身皆悉平等一切方分雲海一心刹那廣現神變此經又云菩薩大威德力者爾時善財童子諦觀普賢菩薩身相乃見菩薩一一身諸分位一一身諸分位分明一一界體一一界體細分分明一一身分各別分位一一身分各別分位分明一一依聚一一依聚分明一一毛孔一一毛孔分明現此三千大千世界所有風火地界并大海洲渚江河寶山及須彌山鐵圍山等國土城邑聚落方處樹林舍宅并諸人民地獄餓鬼畜生之趣阿脩羅界龍界迦樓羅界人界天界及其梵界欲界色界無色界是諸境界悉以神力加持而住乃至形色顯色雲電星宿晝夜圓半月時年分住劫壞劫現如是等此世界相已所有東方一切世界亦如是觀南西北方四維上下一切世界如應對現所觀亦然又諸佛降生

衆會道場及有情等所有此娑婆世界前際中住過去一切世界一切互相皆見普賢菩薩一一身中大人之相并諸佛降生一切菩薩衆會道場及有情舍宅晝夜劫數等如是後際中住未來一切世界佛剎等普徧一切亦然皆見如此娑婆世界前際後際中住一切世界一切互相見諸影相如是十方前際後際中住一切世界一切皆見普賢菩薩一一身中大人之相一一毛孔中一一分明互相無雜皆見普賢菩薩在世尊大毗盧遮那如來之前坐於大寶蓮華藏師子座上現遊戲神通時此東方蓮華吉祥世界賢吉祥如來見此所現遊戲神通東方如是普徧十方一切世界亦然皆見一切如來足根門中各有普賢菩薩坐於大寶蓮華藏師子座上現是遊戲神通如其十方一切世界悉見一切如來足根門中有普賢菩薩坐於大寶蓮華藏師子座上現是遊戲神通時如是普徧十方一切佛剎如微塵數一一微塵數皆是廣大法界佛會道場悉見一切如來足根門中有普賢菩薩坐於大寶蓮華藏師子座上現是遊戲神通時一一身相悉得三世一切所緣影相表示所有一切剎土一切有情諸佛降生諸菩薩衆會道場影現表示時普聞一切有情語言一切佛音聲一切如來轉大法輪一切宣說教授神通變化一切菩薩集會諸佛遊戲境相音聲此等總略如其所說當知皆是菩薩摩訶薩大威德力此中應問何等是如來大威德力如菩薩十地經云解脱月菩薩問金剛藏菩薩言佛子諸菩薩行境

界如是加持神力尚復無量云何能入如來行境界耶金剛藏菩薩言佛子譬如有人於四大洲世界之中取小石塊若二若三如豆之量作如是言大地世界頗有過於此耶或無量耶說是語者如汝今時以諸如來應供正等正覺無量智法與菩薩法而相等比佛子四大洲世界如所取者豆量石塊而極少分餘無有量如來境界亦復如是且法雲地菩薩所有功德經無量劫猶尚不能說一少分何況如來無量智境佛子我今實言告汝於如來前爲我作證假使十方無邊世界如微塵等一切佛刹證菩薩地者其數充滿如稻麻竹葦甘蔗叢林彼等菩薩經無邊劫宣說開示如來所有一智境界百分不及一乃至俱胝那由他百千分不及一譬喻分亦不及一入如來功德智不思議境界經云佛言妙吉祥今此會中或有有情謂佛如來初始出家或謂久已出家或謂修諸苦行或坐菩提場成等正覺或破諸魔軍或梵王帝釋護世勸請轉大法輪或聞宣說聲聞乘法或說緣覺乘法或說大乘之法或覩佛身高一尋量或見佛身高一俱盧舍或見佛身高顯過諸由旬百千數量或見佛身如眞金色乃至或見如摩尼寶色或見如來寂靜身相或見如來入涅槃相或見如來一聚身相或見分布如來舍利或謂十年成等正覺或謂卜年入大涅槃或謂有於世尊釋迦牟尼如來教中得圓滿者或隱没者或謂若十二十三十四十乃至百千俱胝那由他劫入大涅槃或謂世尊釋迦牟尼如來於不可說不可說劫

成等正覺妙吉祥於如是等差別之相如來悉非分別非離分別而佛如來以無發悟無分別法常隨有情心作諸行相菩薩十住經云佛言妙吉祥有多種說者如有大池縱廣正等五十萬由旬池岸平坦池水清甘復有蓮華徧覆池內若或有人以鐵所成千輻輪車而以駿馬勝迦樓羅迅疾勢者而駕馭之其車行得不著池水馬跡亦復不踐蓮華妙吉祥如來亦復如是乘於大車遊彼大池中有毒蛇鼓水騰踊若剎那間而彼毒蛇隨車後轉其車即時七返右旋若復毒蛇隨彼大車一返右旋其車即時右旋無數如阿難等諸大苾芻說法亦然有時阿難說十種法表示其義若復阿難說一種法即時舍利子說千種法表示其義若復舍利子說一種法即時大目乾連過八萬世界若復大目乾連過一世界即時如來於十方法界最上自在越虛空際普徧一切世界海一一世界一一洲渚一一凡夫道中示現從兜率天宮沒下降人間入胎住胎出胎梵王帝釋承接沐浴莊嚴周行七步觀察十方作師子吼習學一切工巧技藝明論事業現處太子之位於王宮中嬉戲娛樂遊賞園林出家苦行食乳糜粥已詣菩提場坐成正覺摧伏魔軍觀樹經行大梵天王請轉法輪入忉利天宮等國土分量劫名次第威德身相壽量多少衆會莊嚴佛剎清淨教法莊嚴發菩提心修諸行願成波羅蜜多圓滿諸地神通智忍具總持三摩地諸解脫門如來無量諸供養事無量如來及菩薩法境界無量法雲廣大所行分量成

熟有情方便分位差別之量起大遊戲神通變化示現一乘大般涅槃分布舍利分別教法住時久近及法滅時皆從如是大法池中之所出現又復於諸外道所修行處及一切有情所應作事如來以無發悟無分別心同時悉現於後邊際究竟分位勤勇示現凡如是等刹那俱時十方一切一一自身毛孔之中所有徧諸方分三世一切如來及諸菩薩衆會之海廣大一切佛刹功德莊嚴諸有情聚舍宅宫室廣大莊嚴諸有情聚眼耳鼻舌身意處廣大施設諸菩薩行皆悉積集廣大莊嚴一切如來境界廣大莊嚴如是等相如來俱時以無發悟無分別心普徧示現於後邊際究竟勤勇刹那俱時普攝一切十方世界乃至凡夫道中有盡無盡無復遺餘諸有情界一切有情一一有情各各身相形色顯色音聲語言譬喻説法凡如是等分量差別如來俱時以無發悟無分別心普徧示現隨諸有情別別心意於後邊際究竟勤勇隨應表示隨所施作妙吉祥譬如白月十五中夜之時徧閻浮提一切男子女人童男童女各各現前覩月輪相而彼月輪悉無分別如來亦復如是以無發悟無分別心作諸行相由成就不共佛法故隨有情心意隨應化度一切有情各各現前普覩如來而如來心亦無分別是故當知若有分別若無分別諸佛如來悉無發悟而成就不共佛法故隨應施作一切行相此中應知諸廣大甚深經中而獨顯説諸佛菩薩大威德力若有人能深生信解書寫讀誦尊重供養者是人獲福廣大無

量此經又云佛言妙吉祥譬如須彌山王勝出衆山顯照殊妙亦高亦廣而復最大妙吉祥若菩薩信解此正法者亦復如是勝出一切菩薩摩訶薩以十方一切世界如微塵等諸菩薩衆若於此正法生信解者所有五波羅蜜多出生善根於阿僧祇劫中而能積集顯照殊妙亦高亦廣而復最大妙吉祥若善男子善女人所有十方一切世界一切有情而悉勸令發菩提心復有善男子善女人信樂無餘依涅槃者此所獲福比倍於前不可數量妙吉祥正使善男子善女人普令一切有情信樂無餘依涅槃若復善男子善女人於此正法能生信樂若自書寫若令他書寫若自讀誦若令他讀誦乃至但能信樂受持以香華燈塗等諸供具而供養之此所獲福比倍於前不可稱數

大乘寶要義論卷第十

音釋

窑（余昭切陶竈也）僻（匹亦切邪僻也）竊（千結切私也）蹴踏（蹴七六切躡也踏徒合切踐也）駿（祖峻切良馬也）駕馭（駕居訝切馭牛倨切）

菩薩本生鬘論

宋朝散大夫試鴻臚少卿同譯經梵才大師紹德慧詢等奉　詔譯

清刻龍藏佛說法變相圖

菩薩本生鬘論卷第一 第二同卷

聖勇菩薩等造
宋朝散大夫試鴻臚少卿同譯經梵才大師紹德慧詢等奉　詔譯

稽首一切智　妙湛圓融德　聖支分相貌
無作同眞際　我意靜無諍　忘稱讚布施
以四大爲本　白淨生無變　往昔於人中
常修寂靜行　以拘蘇摩華　合掌而奉散
遠離諸罪惡　解脫諸煩惱　爲人天愛敬
演說無上道　由意寂靜故　獲得清淨法
世間相常住　無盡無修作　彼世間衆生
聞相應功德　起決定信解　住如來密藏
息運動遷變　滅虛妄顛倒　彼勝智功能
如燈常徧照　是諸有情類　自性本無垢
依止佛世尊　樂修眞淨業　謂聞三寶名
及師長教誨　隨順善行學　蠲除我慢意

往昔調御師　勤修菩薩道　依布施愛語
及利行同事　攝取於勝慧　脫染汙縈縛
利樂於有情　增長諸白法　由施力圓滿
生梵天種族　唯增上淨業　而爲其根本
若起於我慢　及無勝慧力　於自種類中
而生多慢類　於百千萬種　離生之喜樂
由顛倒取故　彼則不能證　又彼寂靜處
福德最殊勝　具廣大色相　非小因所得
唯捨家出家　彼菩提薩埵　具足大智慧
能堪任荷負　彼於過去世　久修六度行
已斷除障染　爲出離後邊　具廣大慈心
憐愍衆生類　彼自性真實　無別染汙因
是時天帝釋　觀察於世間　來驗彼人行
其心無傾動　而作如是言　今此善男子
出現於世間　最爲殊勝者　於遷變無常
心安固若是　以淨妙飲食　伸供養恭敬
諸天及世人　咸皆獲善利　憶念修淨因
契無相真智　如是修行者　能治煩惱病
住清淨學處　質直而無僞　觀察勝義諦
離染無修作　啓方便慈門　施平等安樂
發生於勝解　無邪命希求　棄背諸有爲
直躋於實際　成就清淨道　相應諸功德
於雜染因緣　畢竟皆除斷　常崇奉恭信
如來祕密藏　離妄執分別　息除於恚惱
隨順勝種族　而生於染習　如影隨其形
如母生於子　菩薩悲願力　愍恤諸群生
勇猛捐自身　不生憂苦想　我今以微善
歸命伸稱讚　願衆聖冥加　祈悉地成就

投身飼虎緣起第一

爾時世尊將諸大衆詣般遮羅大聚落所至

一林中謂阿難曰汝於此間爲我敷座佛坐其上語諸比丘汝等欲見我往昔時修行苦行舍利已不白言願見于時世尊以手按地六種震動有七寶塔涌現其前世尊即起作禮右旋阿難汝可開此塔戶見七寶函珍奇間飾阿難汝可復開此函見有舍利白如珂雪汝可持此大士骨來世尊受已令衆諦觀而說頌曰

菩薩勝功德　勤修六度行　勇猛求菩提
大捨心無倦

汝等比丘咸伸禮敬此之舍利乃是無量戒定慧香之所熏修時會作禮歎未曾有時阿難陀白言世尊如來大師出過三界以何因緣禮此身骨佛言阿難我因此故得至成佛爲報往恩故茲致禮令爲汝等斷除疑惑說昔因緣志心諦聽阿難乃往過去無量世時有一國王名曰大車王有三子摩訶波羅摩訶提婆摩訶薩埵是時大王縱賞山谷三子皆從至大竹林於中憩息次復前行見有一虎產生七子已經七日第一王子作如是言七子圍繞無暇尋食飢渴所逼必噉其子第二王子聞是說已哀哉此虎將死不久我有何能而濟彼命第三王子作是思念我今此身於百千生虛棄敗壞曾無少益云何今日而不能捨時諸王子作是議已徘徊久之俱捨而去薩埵王子便作是念當使我身成大善業於生死海作大舟航若捨此者則棄無量癰疽惡疾百千怖畏是身唯有便利不淨筋骨連持甚可厭患是故我今應當棄捨以求無上究竟涅槃永離憂悲無常苦惱百福

莊嚴成一切智施諸衆生無量法樂是時王子興大勇猛以悲願力增益其心慮彼二兄共爲留難請先還宫我當後至爾時王子摩訶薩埵遽入竹林至其虎所脱去衣服置竹枝上於彼虎前委身而卧菩薩慈忍虎無能爲即上高山投身于地虎今羸弱不能食我即以乾竹刺頸出血于時大地六種震動如風激水涌没不安日無精明如羅睺障天雨衆華及妙香末繽紛亂墜徧滿林中虚空諸天咸共稱讚是時餓虎即舐頸血噉肉皆盡唯留餘骨時二王子生大愁苦共至虎所不能自持投身骨上久乃得穌悲泣懊惱漸捨而去時王夫人寢高樓上忽於夢中見不祥事兩乳被割牙齒墮落得三鴿鶵一爲鷹奪夫人遂覺兩乳流出時有侍女聞外人言求覓王子今猶未得即入宫中白夫人知聞已憂惱悲淚盈目即至王所白言大王失我最小所愛之子王聞是已悲哽而言苦哉今日失我愛子慰喻夫人汝勿憂慼吾今集諸大臣人民即共出城分散尋覓未久之頃有一大臣前白王言聞王子在其最小者今猶未見次第二臣來至王所懊惱啼泣即以王子捨身之事具白王知王及夫人悲不自勝共至菩薩捨身之地見其遺骨隨處交横悶絶投地都無所知以水徧灑而得惺悟是時夫人頭髮蓬亂宛轉于地如魚處陸若牛失犢及王二子悲哀號哭共收菩薩遺身舍利爲作供養置寶塔中阿難當知此即是彼薩埵舍利我於爾時雖具煩惱貪瞋癡等能於地獄餓鬼傍生惡趣之中隨緣救濟令得出離

何况今時煩惱都盡無復餘習號天人師具一切智而不能爲一一衆生於險難中代受衆苦佛告阿難往昔王子摩訶薩埵豈異人乎今此會中我身是也昔國王者今淨飯父王是也昔后妃者摩耶夫人是也昔長子者彌勒是也昔次子者文殊是也昔彼虎者今姨母是也七虎子者六目乾連舍利弗五比丘是也爾時世尊說是往昔因緣之時無量阿僧祇人天大衆皆悉悲喜同發阿耨多羅三藐三菩提心先所涌出七寶妙塔佛攝神力忽然不現

尸毗王救鴿命緣起第二

佛告諸比丘我念往昔無量阿僧祇劫閻浮提中有大國王名曰尸毗所都之城號提婆底地唯沃壤人多豐樂統領八萬四千小國后妃婇女其數二萬太子五百臣佐一萬王蘊慈行仁恕和平愛念庶民猶如赤子是時三十三天帝釋天主五衰相貌慮將退墮彼有近臣毗首天子見是事已白天主言何故尊儀忽有愁色帝釋謂言吾將近矣思念世間佛法已滅諸大菩薩不復出現我心不知何所歸趣時毗首天復白天主今閻浮提有尸毗王志固精進樂求佛道當往歸投必脫是難天帝聞已審爲實不若是菩薩今當試之乃遣毗首變爲一鴿我化作鷹逐至王所求彼救護可驗其誠毗首白言今於菩薩正應供養不宜加苦無以難事而逼惱也時天帝釋而說偈曰

我本非惡意　如火試眞金　以此驗菩薩
知爲眞實不

說是偈已毗首天子化爲一鴿帝釋作鷹急逐於後將爲搏取鴿甚惶怖飛王腋下求藏避處鷹立王前乃作人語今此鴿者是我之食我甚饑急願王見還王曰吾本誓願當度一切鴿來依投終不與汝鷹言大王今者愛念一切若斷我食命亦不濟王曰若與餘肉汝能食不鷹言唯新血肉我乃食之王自念言害一救一於理不然唯以我身可能代彼其餘有命皆自保存即取利刀自割股肉持用與鷹貿此鴿命鷹言王爲施主今以身肉代於鴿者可稱令足王勑取稱兩頭施盤挂鉤中央使其均等鴿之與肉各置一處股肉割盡鴿身尚低以至臂脇身肉都無比其鴿形輕猶未等王自舉身欲上稱槃力不相接失足墮地悶絶無覺良久乃穌以勇猛力自責其心曠大劫來我爲身累循環六趣備縈萬苦未甞爲福利及有情今正是時何懈怠耶爾時大王作是念已自强起立置身盤上心生喜足得未曾有是時大地六種震動諸天宮殿皆悉傾搖色界諸天住空稱讚見此菩薩難行苦行各各悲感淚下如雨復雨天華而伸供養時天帝等復還本形住立王前作如是說王修苦行功德難量爲希輪王釋梵之位於三界中欲何所作王即答曰我所願者不須世間尊榮之報以此善根誓求佛道天帝復言王今此身痛徹骨髓寧有悔不王曰弗也我觀汝身甚大艱苦自云無悔以何表明王乃誓曰我從舉心迄至于此無有少悔如毛髮許若我所求決定成佛眞實不虛得如願者令吾肢體即當平復作此誓已

頃得如故諸天世人讃言希有歡喜踊躍不能自勝佛告大衆往昔之時尸毗王者豈異人乎我身是也時彼衆會聞是語已異口同音咸伸勸請昔者世尊救度衆生不惜軀命爲求大法法海已滿法幢已建法鼓已擊法炬已然機熟縁和正得其所云何捨離一切衆生欲入涅槃而不說法時梵天王稱讃如來爲求法故嘗捨千頭佛受請已即時然趣波羅奈國鹿野苑中三轉法輪同觀四諦三寶於是出現世間

如來分衞縁起第三

爾時世尊在摩竭國竹林精舍重閣講堂與阿難陀著衣持鉢入城乞食見有衰老夫婦二人兩目失明加復貧悴唯有一子年始七歲常出乞丐以贍其親或得新好果蓏飲食先奉父母有得硬澀殘觸之物而自食之是時阿難念此小兒雖在幼年而行篤孝勤意朝夕不失所須佛分衞訖還歸精舍食畢洗足敷坐而坐爲諸大衆將演經法阿難叉手前白佛言適侍世尊入城分衞見一小兒將盲父母往來求乞承順孝養日以爲常其爲難得佛言阿難匪惟在家及出家者皆以孝行而爲其先計其功德不可稱量所以者何憶念過去無量劫時我爲童子亦年七歲以孝順心曾割身肉以濟父母危急之命從是以來承此功德常爲天帝及作人王直至成佛皆因此福阿難白佛願聞往因活親之命其事云何佛言阿難汝當諦聽吾今爲汝分别說之乃往古世此閻浮提有一大國名得叉尸羅時彼國王名曰提婆有十太子各領

一國其最小者名曰善住國界康樂人民熾盛時彼鄰境有一惡王名曰羅睺欲來侵掠搆其兇黨舉師相攻時善住王兵力不如乃奔父國避其禍難王有愛子其名善生方在髫齔不忍棄遺將婦抱兒忽遽出境一路七日得至家邦一路荒僻經十四程勉力而負七日之儲登途慞惶悞涉迂道方行半路已絕餱糧累日飢羸相顧殆盡王作是念事迫計窮須棄一人可存二命乃諭夫人攜兒前進引刃於後欲斫婦身用活幼兒兼以自濟善生迴顧見父舉刀急白王言勿殺於母寧割我肉以充其糧未聞有兒食於母肉勤誠泣諫母命獲全是時善生乃白王言願將身肉以救二親若割肉時勿令頓盡漸可取食得延數程若命絕者肉當臭爛必為所棄於事無成是時父母謂善生曰今為罪行非乎本心何忍舉刀親割汝肉於是王子先持利刀自割身肉跪而奉之王與夫人見是事已悲啼懊惱久乃能食經于數朝身肉都盡未至他國饑急難堪於骨節間復得少肉齎之前途用接餘命時善住王及彼夫人各以善言慰喻其子聚首哀戀捨之遂行爾時王子而作是念我以身肉濟活親命願達鄉國身安泰然以此善根速獲菩提濟度十方一切群品使離衆苦證真常樂發是願時三千世界六種震動欲色諸天悉皆驚愕即以天眼觀於世間乃見菩薩修是孝行是諸天子於虛空中合掌稱讚淚墮如雨時天帝釋化作虎狼試驗菩薩欲來吞噉王子自念此諸猛獸今來食我唯有餘骨悉皆施之以歡喜心

不生悔惱是時帝釋還復本形讚王子言甚爲希有能以身肉濟活二親如是孝心無能及也汝須何願今當說之我唯志求無上佛道天帝復言我今視汝身肉都盡疲苦難堪得無悔恨於父母耶王子答言若我誠實心無悔恨決定當來得成佛者使我身肉倏然如故作是誓已即得平復時天帝釋及諸天人同聲讚言善哉善哉佛告阿難往昔之時善住王者豈異人乎今淨飯父王是王夫人者今摩耶夫人是昔善生王子者則我身是也

菩薩本生鬘論卷第一

菩薩本生鬘論卷第二

聖勇菩薩等造

宋朝散大夫試鴻臚少卿同譯經梵才大師紹德慧詢等奉　詔譯

最勝神化緣起第四

爾時世尊遊化居止摩竭陀國王舍城中將諸弟子大阿羅漢一千二百五十人俱時彼國王名洴沙王禀性仁賢久植德本已證初果得不壞信奉佛之心倍加隆厚常以上妙飲食衣服卧具醫藥供養如來及比丘衆是時國中先有外道六師之徒富蘭那等久在王境宣布邪教誑惑民庶信服者衆王有一弟崇尚其宗四事欽承謂其有道佛日初出法寶肇興王意慇懃俾令歸向固執邪説不從勸諭乃白王言我自有師不復致敬彼瞿曇也王復謂曰福田難遇可營珍饌供養如來然王所教理不敢違當設大齋不限來者若其自至我當延之備設飲食敷置牀座乃令從者密召六師應命而來處尊而坐佛及衆僧不自來赴王謂弟曰汝雖不能躬詣請佛特遣一人白言時至佛受請已將諸大衆威儀詳肅來赴會所見諸外道先踞高位乃以神足移彼六師及徒衆等皆置下行彼咸相顧各起移坐坐定復見已在其下如此至三俛仰而坐次行淨水佛語施主先與汝師澡瓶口塞從佛爲首水乃注下次當施食佛語施主當請汝師以施其食六師口噤不能出言但指於佛佛呪願梵音清徹聽者樂聞次當行食佛語施主先奉汝師食乃住空持至佛所食即還下佛與衆僧飯食已訖盥漱齒木敷座而坐次當說法佛語施主令汝師

說如前口噤但指佛說是時如來以梵音聲廣爲衆會演微妙法大衆聞已咸悉了達洴沙王弟心淨信解歸依三寶得證初果自餘衆會有得二果乃至漏盡無學果者時外道輩所向失利甚懷恚惱心無暫安各於靜處求學奇術天魔波旬慮其怯弱不能保護昔所授法乃下化作六師相狀於一人前現五人術飛行空中身出水火分形散體種種變現由是邪徒更相恃賴念前被辱衆心離散今察已能定可勝彼即詣王前自誇神異請對試之見其優劣時洴沙王乃哂之曰觀汝邪徒愚迷特甚佛德廣大言莫能宣欲以螢火與日爭明蹄涔之水比於巨海蟻垤之阜等於須彌野干卑軀方於師子小大相形昭然自顯六師白言大王未測我之殊變何因偏心見薄如此期後七日請置試場王詣佛所具陳上事唯願世尊暫屈威神伏除邪黨悉歸正道佛言大王我自知時王聞是語謂佛許可即勑臣吏擇寬廣處修治平正使令清淨建立幢旛施設牀座當其會日人民企望於是如來將諸大衆自王舍城往毗耶離國時彼大王名曰嘌磋將諸臣庶奉迎於佛六師邪徒咸唱是言久知瞿曇智術微淺將迫較勝畏而避去時洴沙王聞佛前進辦諸供具滿五百車王及臣民可十萬數備其所須悉隨佛往外道即白嘌磋王言請與沙門捔其神化王乃謂曰咄哉癡人自云有道但慮汝輩自貽毀辱王白佛言六師紛紜欲比奇術唯願如來制其邪惡佛言大王我自知時聞說是已謂佛許可嚴治備辦如洴沙王

民庶佇觀期在明日是時如來自毗耶離統領大衆詣拘睒彌國時彼大王名曰優塡集諸臣民悉來奉迎毗耶人民明晨問佛云何已往拘睒彌國六師由是高心愈增語其徒曰見必窮逼時嘌磋王聞佛前進亦備供具滿五百車以俟供養王及臣民充七萬數備其所須悉隨佛後自拘睒彌國往越祇國自越祇國往特叉尸羅國以至波羅柰國迦毗羅衛國舍衛國等于時世尊所歷之境王及臣民千萬億衆悉來奉迎供養恭敬迨至一國彼六師輩常逐於後求佛摘試廣衒已能皆如前說將諸國王所將臣民無量百千萬億之衆充塞川野集舍衛國時彼大王名曰勝軍有大名稱威德特尊時六師輩前白王言請與沙門較其優劣潛奔諸國意欲求避我與徒屬今逐至此時勝軍王謂外道曰如來聖德難可思議汝輩凡愚輒論勝負王詣佛所具陳上事唯願世尊略施神化普令諸國一切群迷覩佛神通辨其邪正佛言大王此非小緣今正是時如其所請王勑臣吏嚴治會所廣積香華敷設牀座諸來大衆皆悉雲集當月一日於晨朝時佛與大衆初至論場勝軍大王是日設食淨心親手以奉楊枝佛受嚼已擲殘置地忽然之間發生根莖以至青翠漸次高大三百由旬其條傍布二百由旬枝葉華果七寶所成有多種色隨色發光食其果者味如甘露一切人民覩是神變咸生信重讚言希有佛隨機宜爲說妙法聞法解悟得不退轉次第二日拘睒彌國優塡大王請佛供養佛於兩邊化二大山高廣嚴

好七寶合成衆色晃曜一山之上出粳稻飯香滑甘美如蘇陀味諸國土中無量有情共來食之皆得豐足一山上出細嫩香草食無苦澀而能充足象馬牛羊諸傍生類皆得飽滿諸國人民覩是神變咸生信重讃言希有佛爲說法皆悉悟解得須陀洹果次第三日大越支國純眞陀王請佛供養奉佛淨水盥漱棄地成七寶池一一方面每二百里八功德水充滿其中四色蓮華清香遠布時諸衆會覩是神變咸生信重佛爲說法心開意解遠塵離垢皆得初果次第四日特叉尸羅國陀婆彌王請佛供養是時如來於池四面化八渠流激揚清波相連灌注水聲流演八解脫法諸波羅密聞者皆發大菩提心次第五日波羅柰國梵摩達王請佛供養如來口中放金色光徧照三千大千世界蒙光照者身心泰然猶如獲得第三禪樂佛爲說法得法眼淨次第六日毗耶離國嘌磋大王請佛供養如來慈力平等加持普令衆會一切衆生各互了知心行差別心所動作善惡業報咸生驚喜歎佛功德佛爲說法各得了解發清淨心住無生忍次第七日迦毗羅衛國諸釋種族請佛供養佛以神力令在會者各見自身爲轉輪王七寶具足千子圍繞小王臣民恭肅承事各各忻慶讃佛功德佛爲說法皆悉樂求無上佛道次第八日帝釋天主知佛世尊攝化邪黨下降人間請佛供養爲佛造作七寶嚴飾師子之座佛坐其上光明煥赫釋梵諸天侍立左右一切衆會寂然安坐是時如來舒金色臂以手按座欻然有聲如象

王吼應時即有五大藥叉摧壞挽拽六師之座密迹金剛杵頭出火舉擬六師驚怖奔走慚此重辱溺水而死六師徒屬九萬人衆皆歸依佛願爲弟子佛言善來鬚髮自落成沙門相證羅漢果爾時洴沙大王復白佛言世尊今者六師生雖遇佛不蒙濟度願聞往因佛言大王善思諦聽乃往過去無量世時此閻浮提有一國王名賒拘利久居寶位未有聖嗣念是事已心沒憂海廣興福業祈滿此願時天帝釋化一醫師來詣王前問其憂意王以上事乃具荅之醫曰爲王入雪山中採取靈藥與后妃服後當有子王曰甚善於後醫師採藥還宮用乳煎藥進上使服王后見已避臭不服兼亦不信化醫遂去餘諸宮嬪競分藥飲服之未久咸覺有娠是時王后悔惱愁歎徧求前藥唯得少滓以乳煎服後亦有子餘諸夫人月滿生子各各端嚴王大歡悅最後王后乃生一子面貌極醜形如株杌王與其后見之不喜因是立名株杌太子年漸長大武勇冠世時彼鄰國群寇犯境乃遣太子擊之退散王加愛念訪其良匹遠國有王名黎叜跋蹉王有一女容止端正遣使求親乃蒙相許六國聞之各懷慕樂競來求聘舉兵相攻其王乃曰若許其一餘則生恨能却他兵當與女適是時株杌聞是說已審爲實爾乃利其器方在壯年戰而得勝乃取六首獻跋蹉王生大歡喜納以爲壻奪諸士卒與妻還國婦覩醜狀常有怖色王子愧恥心不自寧便至林中乃欲自盡帝釋遙知下至其所善言慰喻賜一寶珠密令置此於汝頂

上可得容儀如我無異跪而受已喜而還家婦見不識乃語之曰卿是何人夫即具說得珠之由株杌之名自茲而息乃更其號須陀𠼪舍佛言大王當爾之時賒拘利王者今淨飯父王是王夫人者今摩耶是醜王子者今我身是昔美婦者今耶輸夫人是昔六王者今富蘭那等六師是

如來不爲毒所害緣起第五

爾時世尊遊化依止王舍城中時彼國主阿闍世王創發淨信歸依於佛四事供養曾無所乏大臣人民四部之衆咸於如來親近恭敬以梵音聲說微妙法教諸弟子斷十惡業勿殺生命竊盜他財作非梵行妄言綺語兩舌惡口貪瞋邪見是諸衆生蒙佛教誨修行十善於佛法中清淨而住時有長者名曰申日財富無量有大威勢從昔已來承事外道深著邪見婆羅門法時外道輩見阿闍世王大臣人民於如來所歸奉者衆而我徒屬不霑惠施心懷憎嫉欲作損害詣長者所共相議曰沙門常說了三世事預知他人心之所念今可驗彼爲實爾不長者曰然以何試之外道告言當須長者詐作歸依請佛就舍略陳微供彼若遥知應不見許若受請者必遭所困乃令長者先於門内鑿大深坑多積熾火危布鐵椽薄土覆上伺其沙門領徒至此曲躬傍引揖之上行若其安然無所損者可命沙門次當就食即以毒藥和飯授之申日云善一如所教便令掘地速辦斯事即詣請佛具伸虔意知其根熟默然許之時諸外道皆大歡喜長者有子其名月光年十六歲具

相聰利久植善本得宿命智乃白父言如來神鑒舉念即知外道愚人慎不可信時彼申日不從子言穿坑置火以毒和飯遲明遣使請佛臨訪如來知已勅諸比丘執持應器從吾之後四大天王釋梵王等天龍鬼神皆悉隨侍是時如來現諸神變放金色光照申日舍與諸大衆安詳而來身相巍巍如星中月將至其門地六震動病苦有情皆得痊愈盲者得視聾者能聽毒者得消狂者得正一切音樂自然發響珍禽瑞獸率舞和鳴所覆火坑佛神力故化成清淨廣大池沼於中復現千葉蓮華如來徐步履上前入諸大弟子各各皆蹈百葉蓮華行列而進於是申日覩佛神變省已無知生大憂怖頭面著地悔過自責食時將至忽遽欲炊上妙香飯以奉如來佛即止之但持毒藥所和飯來不須復造佛語大衆受是飯已且置鉢中未可食也世間凡夫有其三毒一者貪欲二者瞋恚三者愚癡我今已於曠大劫來滅煩惱火心得清涼於此三毒永盡無餘假使毒藥大如須彌所穿火坑廣於大海則於吾身不能爲害以佛法僧實行力故一切惡毒自然消散作是說已令飡鉢飯佛及大衆一無所損彼外道輩潛竄泯跡申日長跪頂禮佛足白言世尊我大愚癡信彼邪師造此惡行唯願大慈哀愍攝受授我懺悔令離憂怖如來爲說苦集滅道四聖諦法長者聞已心淨信解得證初果作禮而退

兔王捨身供養梵志緣起第六

菩薩往昔曾作兔王以其宿世餘業因緣雖

受斯報而能人語純誠質直未嘗虛謬積集智慧熏修慈悲不生一念殺害之心於彼無量百千兔中禀性調柔居其上首爲彼徒屬講宣經法勸令諦聽善思念之我及汝等無始劫來不修正行隨惡流轉由四種因墮三惡道所謂四者貪瞋癡慢或由慳貪造十惡業以是因緣墮餓鬼中慳增上故其咽如針長劫不聞漿水之名設得少食變成火聚皮骨連立受饑渴苦或由瞋恚造十惡業以是因緣墮傍生中或爲鷙獸虎兕毒蛇無足多足更相食噉受駝牛報負重致遠項領穿破償往宿債或由愚癡造十惡業以是因緣墮於地獄無淨慧故撥無因果毀佛法僧斷學般若入於苦處八寒八熱刀山劒林種種治罰或由我慢造十惡業以是因緣墮脩羅中心常諂曲貢高自大離善知識不信三寶雖受福報如彼天中常苦鬭戰殘害支節我今略陳如是諸趣所受衆苦若具說者窮劫不盡又我與汝盲無慧眼癡增上故受此兔身常受饑渴乏於水草處於林野周慞驚怖或爲罝網機陷所困爲彼獵者之所傷害現受此苦深可厭患汝等各各發勤勇心修十善行趣出離道求生勝處是時兔王常爲同類宣說如上相應法要有一外道婆羅門姓厭世出家修習仙道遠離愛欲不起瞋恚飲水食果樂居閑寂長護爪髮爲梵志相忽於一時遥聞兔王爲彼群兔宣說經法而自咨嗟乃作是言我今雖得生於人中愚癡無智不及彼兔了達善法開悟於他此必大權聖賢所化或是梵王大自在等我因得聞彼所説

法身心泰然離諸熱惱今此兔王自性仁賢善能發明先聖之道分别善惡報應之理我從昔來棲止山谷草衣木食求出離道未逢師友如是教誨今始遇之喜躍無量是時仙人即起合掌詣兔王所安徐而言奇哉大士現此權身能爲有情廣宣法要汝今真是持大法者必當所蘊正法之藏願今爲我開示演説最上究竟出離之道我先修習婆羅門法久受勤苦殊無所益譬如有人信順愚夫鑽冰求火不可得也願投仁者作歸依處時兔答言大婆羅門我今所説解脱之法能盡苦際稱汝機者但當發問無所悋惜我已久除慳貪之垢爲利有情樂住生死化彼同類受是兔身是時仙人聞是説已心大歡喜得未曾有我今幸得親附慈化願垂教誨勿辭勞倦凡歷多年義深親友食草飲泉與兔無異時世人民枉行非法慣習罪惡福力衰微善神捨離災難競起共業所招令天亢旱經于數載不降甘雨草木焦枯泉源乾涸時婆羅門即作是念我今年邁復闕所食若唯止此轉增饑羸乃白兔言今且暫離往至餘處幸勿見訝兔即告曰大仙今者不樂其所誠恐悞犯與乞容恕久要之言俄成輕别婆羅門曰此處幽寂絶其過患諸兔調順各不侵撓但我薄祐乏其所食久依大士獲聞法味要當終身藏之心腑願廣其傳以濟群有絶漿亡食已經旬日恐命不保虚捐前功兔聞是已悲哽而言今此睽違何時再遇願留一宿虔伸薄供是時兔王語群兔曰今此大仙道力堅固是善知識最上福田汝等勠力多

積乾薪共助晨飡供爨之用乃詣仙所復作是言唯願明旦必受我請仙即許之彼婆羅門佇思詳審今此兔者爲何所有或得麞鹿或遇殘獸心生歡悅勤請如是是時兔王謂群屬曰今此大仙欲捨我去無常别離世態若此衆生壽命猶如幻化果報一來無能脫者是故汝等當勤精進求出離道得盡苦際爾時兔王終夜不寐爲彼同類說如是法當其清旦詣積薪所以火然之其燄漸熾白言大仙我先所請欲陳微供今已具辦願强食之所以者何智者集財積而能施受者憐愍要必受用我今貧乏施乃爲難唯願仁者決定納受我欲令他獲安隱樂自捨己身無所貪惜共諸衆生證無上覺說是語已投身火中時彼仙人覩是事已急於火聚匍匐救之不堅之身倏焉而殞抱之于膝悲不自勝苦哉大士奄忽若此爲濟他身而捐己命我今敬禮爲歸依主願我來世常爲弟子發此誓已置兔於地頭面作禮而復抱持即與兔王俱投熾燄是時帝釋天眼遥觀即至其所與大供養以衆寶建窣覩波佛語諸比丘昔仙人者彌勒是也彼兔王者即我身也

菩薩本生鬘論卷第二

音釋

飼 祥吏切餧也　癰疽 癰於容切疽七余切　舐 神帋切舌餂也　貿 莫候切交易也　迄 許訖切至也　蓏 郎果切蔓實曰蓏　髫齔 髫徒聊切童子垂髮也齔初覲切毀齒也　愕 五各切驚遽也　噤 巨禁切口閉也　盥漱 盥古玩切漱蘇奏切　蹄涔 蹄杜奚切涔鉏針切蹄涔牛馬跡中水也　嘌磋 嘌力質切磋七何切　睒 以冉切　欻 許勿切忽也　鷙 支義切勇猛也　睽違 睽苦圭切乖也違于非切背也　爨 七亂切　斃 毗祭切死也

菩薩本生鬘論卷第三 第四同卷

聖勇菩薩等造

宋朝散大夫試鴻臚少卿同譯經梵才大師紹德慧詢等奉　詔譯

慈心龍王消伏怨害緣起第七

菩薩往昔以瞋因緣墮於龍中有三種毒所謂氣毒眼毒觸毒又由別報福業力故身具衆色如七寶聚不假日月光明所照常與無量百千諸龍周帀圍繞以爲眷屬變現人身容色端正住毗陀山幽邃之處多諸林木華果茂盛清淨池沼甚可愛樂與諸龍女作衆歌舞共相娛樂止住其中經于無量百千萬歲是時有一金翅鳥王飛騰翔集從空而下欲取諸龍以爲所食當其來時搏風鼓翼摧山碎石江河川源悉皆乾竭時彼諸龍及龍女等見是事已心大驚怖所著瓔珞嚴身之具顫掉不安悉墜于地咸作是言今此大怨喙如金剛所觸皆碎將來噉我其當奈何是時龍王初聞此說極生憂惱由宿善力復更思惟心乃無畏然此金翅具大威力唯我一身可能禦彼謂諸龍曰汝等但當從吾之後必無所害若我不能與其朋屬作守護者何用如是大身之爲爾時龍王詣金翅所心無怯弱而白彼言幸少留神共議此事汝於我身常生怨害我於仁者都無此念以宿惡業招此大身雖具三種氣眼觸毒未甞於他暫興損害度已之能可相抗敵亦能遠去令汝不見我今所以不委去者多有諸龍依附於我由此不欲兩相交戰是故於汝不起怨心金翅復言汝誠於我無怨心耶龍曰我雖獸身善達業報審知小惡感果尤重如影隨形

不相離也我及汝身今墮惡道皆由先世造作罪因汝當憶念如來所說非以怨心能解怨結唯起慈忍可使銷除譬如火聚投之乾薪轉增熾然無有窮已以瞋報瞋理亦如此是時金翅聞是說已怨心即息善心生焉復向龍王作如是說汝今能以慈忍之力息我瞋恚如汲流泉滅其炎火使我心地頓得清涼龍王復言我昔與汝無量世時先於佛所曾受戒法心非清淨復不堅持爲求名聞而相憎嫉以是因緣墮於惡道我曾發露故能憶持汝由覆藏今皆忘失汝今應當憶本正念發慈忍心淨修梵行金翅復言我從今日普施諸龍安隱無畏即離龍宮還歸本處龍王乃慰諸龍眷屬復問之曰汝見金翅生恐怖不各作是言極大怖懼龍曰世間衆生若見汝者生大恐怖亦如此也爾等諸龍愛惜身命與諸衆生等無有異當觀自身以況他身是故應起大慈之心由我修習慈心因緣使其怨對還歸本處一切有情流轉生死所可依怙無越慈心大慈心者猶如良藥能愈衆生煩惱重病大慈心者猶如明燈能破衆生三毒黑暗大慈心者猶如船筏能渡衆生三有苦海大慈心者猶如伴侶能越生死險難惡道大慈心者如摩尼珠能滿衆生所求善願我由往昔失慈心故墮此龍中不得解脱若諸衆生建立慈門則能出生無量善法閉塞一切愚癡昏暗諸煩惱緣而不能入常生人天解脱安樂諸龍眷屬聞是說已悉除瞋恚皆起慈心是時龍王見諸同類從已所化而自慶言善哉我今所作已辦令汝已除

無量惡毒以善淨法補置其處復爲汝等建立清淨八戒齋法當奉持之閻浮衆生以八戒水洗浣身心令得清淨斷除無量貪瞋癡垢於人天路而作資糧若能持是八戒齋法當知是人雖無妙服則爲已具慚愧之衣當知是人雖無垣牆則能禦捍六根怨賊當知是人雖非上族則爲已住聖種姓中當知是人雖無瓔珞則具衆善莊嚴其身當知是人雖無珍寶則集人天七種法財不依橋梁超越險道受八戒者功德如此時彼諸龍各作是言我今願聞八戒名字我當頂受勤而行之龍王告曰其八戒者一不殺生二不偷盜三不邪婬四不妄語五不飲酒六者不得過日中食七者不坐高廣大牀八者不得歌舞作樂香油塗身是名八戒清淨齋法要離憒閙寂靜之處如理作意專注奉持諸龍白言如我之徒離王少時心不寧處依王威神得免衰惱一切時中安隱而住佛法功力無處不可何必須求寂靜之所時彼龍王答諸龍曰不觀所欲則念不起慣習攀緣對境復發譬如濕地而易成泥若在空閑染心無動爾時龍王將諸朋屬至於山林幽曠之處遠離貪欲瞋恚之心常起慈忍以修其身受持齋法經于多日節食身羸加復疲困有諸惡人至彼住處龍聞人聲尋即惺悟此惡人輩見是事已咸生驚駭而作是言此何寶聚從地涌出龍自思念若令彼人見我本狀即時怖死則壞我今修持戒法是諸人等今來至此必貪我身及斷我命時諸惡人復相謂曰我等入山經歷多載未曾見此如是形相衆彩

交燦光耀人目若得此皮當貢王者必獲重賞不亦快乎即持利刀剥裂欲取爾時龍王以慈忍力不生怨恨亦亡痛惱即於是人生攝受想三毒即滅自慰其心不應恪惜怨對卒至不可得脫此諸人等今於我身貪其賞貨而行殺戮我寧自死無返害彼不令是人現身受苦時諸惡人奮力勇鋭執持利刀剝剖而去是時龍王復自思惟若人無罪為他支解忍受不報不生怨恨當知此人是為正士若於父母兄弟妻子能默忍者此不足貴若於怨害心不加報默忍受者此乃為難然我今者為利他故應當默然而忍受之我從無始生死已來枉棄身命不知其幾未甞特然施於一人願未來世當與是人無量法財令滿所願是時龍王既被剝已徧體出血痛苦難堪舉身顫動不能自持復有無量百千小蟲聞其身血悉來唼食龍王乃曰此小蟲等食我身者願當來世施汝法食爾時龍王身受楚痛諸龍覩已皆生悲惱王即誓言若我當來得成佛者令我身皮頃得如故作是願已自然平復彼諸龍屬生大歡喜是為菩薩於惡道中住慈忍力堅持淨戒為若此也

慈力王刺身血施五夜叉緣起第八

爾時世尊在舍衛國祇洹精舍坐夏安居時阿難陀於日中分食畢收鉢與諸比丘共詣林間經行往來宴坐消息乃相議曰今佛世尊出興于世甚為奇特第一希有於諸衆生多所饒益令此上首憍陳如等五大比丘最初遇佛成等正覺趣鹿野苑說四諦法先得悟解種何善本有何因緣初轉法輪便能悟

入始擊法鼓而先得聞地神涌出報虛空神
已至諸天皆爲作證謂憍陳如已得了解作
是念已即從座起具以上事而白世尊是時
如來語阿難曰汝所問者非無因緣我於往
昔憐愍彼故曾刺身血濟活其命使除飢渴
令得安樂以是因緣於此生中從我聞法先
得悟解尊者阿難復白佛言願以其事開示
未聞令彼衆會心得泰然佛告阿難乃往古
世經于無量阿僧祇劫此閻浮提有一國王
其名慈力有大名稱福智深廣相貌端嚴威
神罕匹統領八萬四千小國后妃眷屬其數
十千二萬臣佐共治政事彼慈力王久遇先
佛植衆善本樂修慈行仁恕和平於諸衆生
施之快樂復起悲心矜恤貧窶有苦衆生皆
蒙拯拔復生喜心崇重賢者常以愛語普令
忻悅復起捨心不生喜慍於內外財而無慳
悋等視衆生如一子想如是修作四平等行
於多劫中未嘗懈廢復以十善誘掖臣庶各
各遵承嚴持清潔國土安泰靡不相慶有諸
疫鬼及五夜叉常噉血氣觸惱於人由彼皆
修十善之行淨身語意衆殃消殄諸天善神
常爲守護設有邪魅諸惡鬼神雖懷損害而
不得便時五夜叉來詣王所咸作是言我等
徒屬仰人血氣得全軀命由王教導一切人
民皆修十善我輩從此不得所食飢渴頓乏
求活無路大王慈德救諸苦惱獨於我曹不
施恩惠王聞是說極傷憫之即自思惟夜叉
之徒唯飲人血作何方計滿其所求當破我
身可能濟彼乃刺五處血即迸流時五夜叉
各持器至取之而飲既飽且喜王乃語曰我

以身血救汝之命若充足者吾無所希唯修十善則爲報恩願未來世我成佛時最初說法先度汝等以甘露味除汝三毒諸欲飢渴令得清淨佛告阿難欲知往昔慈力王者豈異人乎我身是也五夜叉者今此會中憍陳如等五比丘是由我宿昔本願力故今得成佛於鹿野苑初轉法輪最先悟解得盡苦際成阿羅漢是時始有佛法僧寶差別名字出現世間時諸大衆聞佛所說皆大歡喜作禮而退

開示少施正因功能緣起第九

佛在舍衛國祇陀林給孤獨精舍與大比丘衆一千二百五十人俱是時國中有一商主與五百人欲汎巨舶入於大海採諸珍寶時彼商主發淨信心欲飯佛僧祈福保祐前詣佛所致誠勤請如來知已默然許之於其住處明旦設食盡其甘美虔伸供養食畢敷座佛爲說法讚布施行所感如意心田俱勝因少果多商主聞法心開悟解作禮右旋住立一面爾時世尊謂商主曰欲入大海彼多險難必須歸依緣念三寶受持五戒作優婆塞可遂所願安隱而還時彼商主聞佛說法勤懇頂奉求受五戒佛令諦聽善思念之其五者何一不殺生二不偷盜三不邪欲四不妄語五不飲酒是名五戒汝當奉持盡其形壽不得毀犯名優婆塞由彼商主宿植德本聰慧明達能察風波善惡之候衆商勸請以作導師尊尚其人稱爲賢者乃擇吉日聚粮積薪集諸商人共入大海行將數日風濤亘起海神變身爲一夜叉其狀醜惡形色青黒

出利牙牙端火現從波涌出挽船不行問賈客曰汝叵曾見世間可畏有過於我是時賢者覩其怪狀但唯一心緣念三寶由佛加持即除恐怖厲聲對曰我亦曾見更有極惡過汝數倍神問誰耶賢者對曰世有愚人常行不善造作十惡沒在邪見後墮地獄受苦萬端獄卒羅刹取諸罪人種種治罰或斲或斫或擣或磨分析其身作百千分刀山劒林火車煻煨寒氷沸屎一切備受如此苦楚經千萬劫此之可畏劇甚於汝神乃默然隱身而去漸次前進復經數日海神復變作一人身極甚羸瘦皮骨相連氣息喘迫俯近於船問商人曰汝叵曾見世間有人瘦類於我賢者對曰更有枯悴復過於汝神曰誰耶賢者對曰有愚癡人心性弊惡慳貪嫉妬不知布施後墮餓鬼頭如太山其咽如針頭髮髼亂形容燋黑長劫不聞飲食之名如是癯瘦極更過汝海神放船隱身而去漸次前進復經數日海神復變作一丈夫形容年少極甚端正涌出挽船問商人曰汝曾見有年少色力類我已不賢者對曰如汝形質乃有勝過百千萬倍神問誰耶賢者對曰世有智人奉行十善身口意業常令清淨篤信三寶隨時供養其人命終得生天上顏貌端正世無倫匹以汝形儀方於彼者若瞎獼猴比其仙女時彼海神聞是說已默爾自愧而作是念今此商主識智博達善談報應其辯若斯以一近事試驗問彼即以右手取水一掬乃問之曰掬中水多海水多耶賢者對曰掬中水多海水為少神復詰曰目擊可見汝今所說誠難為

信賢者對曰斯言眞實決定不謬此非世智之所了知何以明之海水雖多必有枯涸劫欲盡時大千俱壞須彌巨海磨滅無餘以此證知海水必竭若復有人以淨信心持一掬水供養於佛或施衆生或奉父母或乞丐者乃至禽畜之類此之少善正因功能經於塵劫不能窮盡是故當知海水爲少掬水爲多時彼海神心大歡喜即以種種奇異珍寶以贈賢者寄諸珍玩施佛及僧時諸賈客各得還國咸詣佛所稽首作禮持彼海神所寄之物及已所施長跪合掌白言世尊幸蒙如來遥垂慈護入海免難獲寶還家咸荷佛恩願爲弟子佛言善來具苾芻相盡諸有結成阿羅漢

菩薩本生鬘論卷第三

菩薩本生鬘論卷第四

聖勇菩薩等造

宋朝散大夫試鴻臚少卿同譯經梵才大師紹德慧詢等奉　詔譯

如來具智不嫉他善緣起第十

爾時世尊與諸弟子大比丘衆遊化依止王舍大城是時如來從座而起步躡虛空現希有事足下顯出千輻輪相一一輻間復出八萬四千衆寶蓮華一一華出八萬四千微妙鬚葉次第莊嚴徧覆十方無量世界是諸華上各有無量微妙數佛足下皆現千輻輪文是時會中淨飯父王見是事已心大歡喜五體投地向佛作禮即時證得阿那舍果時諸大衆覩佛神變咸共合掌白言世尊我等今者所見十方無數諸佛諦觀察已不能了知何者眞佛何者化佛時彼如來以大悲心愍念衆會即語之曰諸佛如來入空寂處解脫三昧隨意自在眞化之相召自汝心所以者何佛心本來湛然空寂復依解脫光明王定由此定力化無邊身無邊身者是薩婆若薩婆若者名無著定無著定者如來所行或現乞食或復經行以是二法饒益衆生又佛在世有善男子及善女人得見佛步千輻輪相深心作禮供養稱讚能滅千劫極重惡業若佛滅後四部弟子住於正受想佛行步恭敬供養亦能銷滅千劫之罪設不想念或覩佛跡及行像者隨分供養生隨喜心所獲福報不可窮盡佛告阿難我自往昔曠大劫來以淨信心恭敬一切見彼所修殊勝妙行常生稱讚使令增益乃至微細一毫之福未嘗起心而嫉他善是故我今獲斯勝報復次阿難

我滅度後若諸弟子欲造佛像當令身相具足圓滿現攝身光化佛圍繞及繪足下千輻輪文使未來世一切衆生覩是相已獲得廣大吉祥如意積集重障消滅無餘汝等比丘當勤思惟如理而作佛說是已還復本座時淨飯王即從座起白言世尊令佛出世有何利事能令衆生得安隱樂是時如來即語父王舍衞城中須達長者有一老母名毗低羅勤謹家業常所信用出納取與一切委之忽於一日長者請佛及諸比丘就舍供養有病比丘多所求索老母慳惜而生瞋恚意不欲與而作是言我大長者受沙門術彼諸乞士多求無厭何道之有復發惡言何時當得不聞佛名不聞法名不見剃髮染衣之人如是惡聲一人聞已展轉傳之徧舍衞城是時王后末利夫人聞是毀呰深生歎訝云何須達仁惠周普如好蓮華人所樂見返爲毒蛇之所守護作是說已乃勑長者遣汝婦來吾欲與語婦到命坐即謂之曰汝家老婢常以惡言毀謗三寶乃至名字願不欲聞何不擯斥不亦快哉時長者婦白夫人言佛日出世破除癡暗多所潤益一切衆生央掘摩羅大惡之人殺害千人取指爲鬘佛能調伏令發道心此一老婢何足勞慮夫人聞說心大歡喜我當請佛及比丘衆嚴飾宮中明日供養汝遣婢來斯可驗矣是時長者即以寶鉼盛滿諸珍摩尼珠等使婢齎獻助與供養末利夫人遥見婢來此邪見人當蒙佛化若見此人從佛化者我必獲得廣大法利爾時如來從正門入難陀在左阿難居右羅睺羅等從佛

之後老母見佛心驚毛聳即時欲退從狗竇出老母以扇而自掩面佛在其前令扇如鏡迴顧東視東方有佛乃至徧觀南西北方四維上下皆悉有佛以手覆面於十指間皆有化佛老母合目開眼還見滿十方界皆是化佛現此相時舍衛城中有二十五旃陀羅女五十異見婆羅門女并餘種類五百女人先著邪宗不信佛法見於如來爲彼老母足步虛空現無數身心大歡喜裂邪見網頭面頂禮佛世尊足爾時世尊以梵音聲謂諸女言汝今可稱我之名字南無釋迦牟尼佛南無釋迦牟尼佛由稱我名觀我身相即得解脫八十億劫生死之罪令發阿耨多羅三藐三菩提心時彼老母暫得見佛疾走還舍白大家言我於今日遇斯惡對沙門瞿曇在王宮門多衆之前現諸妖術身如金山目踰青蓮有百億光不可具狀沙門善幻世間無比大家少年不可喜見作是說已入木籠中多以牛皮而覆其上於黑暗處潛避而卧時佛世尊欲旋精舍末利夫人前白佛言暫屈慈光攝化老母佛言彼人罪根深重於我無緣與羅睺羅爲善友今日如來乘空而行爲其滅除多劫重障乃還祇園召羅睺羅汝詣須達優婆塞舍度彼老母諸大弟子千二百人咸生隨喜願同往詣爾時尊者羅睺羅承佛威神入如意定禮佛畢已右遶七匝即自變身作轉輪王一千比丘化爲千子七寶四兵皆悉具足時金輪寶乘蓮華臺詣須達家空中而住時彼守宅夜叉靈祇高聲唱言聖王出世擯諸惡人宣揚善法老母聞已心大歡

喜聖王出現餘無所求有如意珠願令獲得是時聖王乘大寶輦椎鐘擊鼓至長者家老毋聞巳從木籠出頭面作禮讚其功德令遇聖王善法攝化必當不爲沙門所惑王即乃遣主寶藏臣往彼女所語言姊妹汝有宿福應王者瑞令欲尊奉爲玉女寶老毋答言我身卑賤猶如糞穢蒙王暫問喜慶無限何當堪任爲玉女寶爾時聖王告須達言卿家老女衆相具足吾今欲以充玉女寶長者對曰唯命是從老婢聞之喜不自已王以珠寶令其照面端正如願唯增愧幸即作是念諸沙門輩自云有道矜馳言論一無効驗聖王出世利物宏廣令我衰容爲玉女寶五體投地虔伸禮謝時主藏臣宣王教令修十善法調伏其心是時尊者乃復本身老女開悟見諸大衆悲泣而言佛法清淨不捨衆生如我弊惡猶尚見度悔過自責懺滌前咎求受五戒時彼尊者爲説三歸及五戒法老女領解心安泰然未舉頭頃證須陀洹果地神湧出告須達言善哉長者裂邪見網如來出世正爲此耳時羅睺羅將此老毋詣祇陀林到巳見佛歡喜作禮懺悔發露願依佛教而得出家佛勑往詣憍曇彌所精進修習未嘗懈廢如好白氎易爲染色應時證得阿羅漢道

佛爲病比丘灌頂獲安縁起第十一

爾時世尊住王舍城竹林精舍有一比丘身患惡瘡形體周徧膿血交流衆所惡見人不親近移置疎弊低小房下世尊知巳即以神力蔽諸大衆令無知者如來獨往病比丘所善言慰喻須水洗之時帝釋天主與諸天子

在善法堂評議政事佛以威神加被令知即以無量百千眷屬作天妓樂前後圍繞從空而下來詣佛所問訊慰勞頭面禮足手持衆寶所成澡餅貯滿香水奉迎世尊佇立一面爾時如來即舒百福相莊嚴臂於五指端放大光明遠召諸天皆悉雲集及於頂門復放淨光照病比丘蒙光觸身所苦即愈瘡潰膿血悉得清淨合掌歸命求哀發露願佛慈愍滅我重罪時天帝釋以前寶餅長跪奉獻世尊受已右手注水灌比丘頂復以左手按摩其身時病比丘所染沉痾隨如來手即得平復得平復已歡喜無量志心稱念南無釋迦牟尼南無大慈悲父南無最勝醫王令我今日身病得瘥唯願如來以本願力哀憐攝受施與法藥祛我心病所有重障消滅無餘爾時佛告彼比丘曰我今爲報汝昔深恩復爲開演苦集滅道四聖諦法示相勸修作證圓滿即時獲得阿羅漢道三明六通具八解脱時天帝釋及諸大衆聞是說已皆墮疑網令者如來枉勞神德洗病比丘瘡潰膿血復言我今爲報汝昔深恩願爲時會分別解說佛言天主乃往古昔無量世時有一聚落名曰增廣地唯沃壤民多富樂其中所止皆上種姓尊一耆年爲斷事者未久有一老優婆塞忽爲惡人横相謀害將付囚執衆念無辜詣斷事前明察釋放當其危難即得免脱是故我今作如是說天帝當知昔斷事者豈異人乎病比丘也彼優婆塞臨難獲免今此會中我身是也是故菩薩經無量世而於小恩常思大報乃至成佛未曾廢忘時天帝釋聞佛

說已心大歡喜諸來大衆作天妓樂各還所止禮佛而退

稱念三寶功德緣起第十二

昔者如來出現於世乃爲父王及諸大衆演說觀佛三昧法門如來具足三十二相八十種好作黃金色無量光明是時會中五百釋種觀佛身相猶若灰人羸婆羅門見已號哭自拔頭髮舉身投地口鼻吐血如來見之乃安慰曰汝勿號哭吾爲汝說過去有佛名毗婆尸入涅槃後於像法中有一長者名爲月德有五百子聰明多智世間經籍無不該練其父長者信奉三寶常與諸子說佛法義諸子邪見都無信心後時諸子同遇重病父到子前泣淚合掌語諸子言汝等邪見不言佛法今爲無常利刀割切汝命須臾憑何依怙今有如來名毗婆尸汝可志心稱念名號諸子聞已即依所教稱南無佛稱法及僧稱已命終由念佛故即得生於四天王天天中壽盡由彼邪見昔因緣故還墮地獄獄卒羅刹以熱鐵叉刺其眼目受是苦惱憶父所教稱南無佛以是得免從地獄出得生人中貧窮下賤後有式棄如來出世亦得值遇但得聞名不覩佛形以至毗舍浮佛拘留孫佛拘那舍牟尼佛迦攝波佛如是六佛次第出世但得聞名皆不覩見以由得聞六佛名故今得與我同生釋種我之身色如閻浮金汝見灰色羸婆羅門皆因往昔輕毀於佛深著邪見招斯重障汝今可稱過去佛名亦稱我名彌勒佛名汝父名等稱已作禮及向大衆大德僧前五體投地發露懺悔邪見之罪諸人受

教懺悔畢已宿殃消散三業清淨見佛身相作黄金色巍巍堂堂如須彌山三十二相八十種好無量光明歡喜踊躍得證初果求佛出家漸次證得阿羅漢果三明六通具八解脫佛告諸比丘我滅度後若稱我名及諸佛名所獲福報無量無邊阿難汝觀如來在路行時能使大地高處令下下處令高高下諸處悉能平正佛履涉已地相如本一切林木傾側向佛樹神現身曲躬禮敬佛經遊已林木依舊一切丘陵坑坎堆阜穢惡不淨瓦礫荊棘皆悉屏去掃洒清潔衆華布地異香芬馥又復如來足躡長陌無情土木尚皆傾奉何況有情而當不敬何以故我本修行菩薩道時於諸有情不生憍慢謙下承迎令生忻悅以是善業得成佛已情非情等於佛行時皆悉傾側低頭禮敬我昔曾以廣大資產淨心奉施十方衆僧以是緣故我今成佛所至之處廣博嚴淨又我往昔於諸聖賢同梵行者於道路中平治洒掃房舍資具泥飾周備於一切時樂求佛道利益安樂一切衆生所至之處自然清淨又彌盧山高廣八萬四千由旬入大海中其量亦等及鐵圍山高十二萬八千由旬堅若金剛不可破壞至於如來般涅槃時無不傾側向佛作禮若欲迴避不傾側者無有是處又佛如來心淨離染所行之處足無所汙蟲蟻不損佛不著履有三種因一令行人心生少欲二現足下千輻輪相三令見者心生歡喜又佛行時其足去地離於四寸有三種因一者愍地有蟲蟻故二者護地有生草故三者顯現佛神足故汝等比

丘當如佛語依教修行得盡苦際

造塔勝報緣起第十三

佛告阿難我今於此大衆之所略說造塔所得功德汝當諦聽善思念之假使以四天下滿中所有草木叢林皆爲人身彼一一人發心修行隨其所證或有獲得須陀洹果斯陀含果阿那含果阿羅漢果及緣覺果時有長者以淨施心長時供給飲食衣服卧具醫藥盡其形壽令無所乏至滅度後一一復爲起立塔廟繒蓋幢旛廣大嚴飾香華燈塗種種供養阿難是人所得福報寧爲多不甚多世尊佛言阿難此大長者雖獲其福猶有限量不如有人於佛滅後以敬慕心求一舍利至極微細如芥子許造塔供養其量正等一菴摩果塔心之木堅直如鍼上施露盤猶如棗葉中安佛像量同麵麥或香或燈隨分供養阿難以彼長者所作福行類修佛塔不可爲比以要言之若以造塔所有勝報分爲百分不及其一千萬億分亦不及一乃至筭數譬喻所不能知阿難當知如來於塵沙劫積習熏修五分法身出生功德所謂戒分定分慧分解脫分解脫知見分四無量心六波羅蜜自利利他難行苦行不可思議神通願力世出世間無能勝者所以者何由佛成就無量無邊眞實慧故阿難一切如來在昔因地知衆生界自性清淨爲彼客塵煩惱所覆然彼畢竟染汙不及是故如來出興於世爲諸衆生說微妙法除諸垢濁令得解脫

出家功德緣起第十四

佛在世時王舍城中有一長者名曰福增年

過百歲齒衰力屈家中大小無不生厭聞說出家心生歡喜功德無量譬喻不及出家之利高於須彌深於巨海廣於虛空所以然者由出家故方得成佛三世諸佛未有不因捨家出家成佛者也是時長者來詣佛所欲求出家值佛遊化即便往至舍利弗所見其熟老不爲攝受如是徧至五百羅漢悉不肯度時彼長者即出寺外發聲大哭於是世尊從後而至種種誨喻令其心悅即語目連收其出家與受其戒乃爲新學小比丘輩常生調戲之所嬈亂便自溺水欲喪身命目連觀見即以神力接置岸上因問其故具如上說此人愚鈍瞋恚若斯不以三塗報應之怖而攝化之無由得道時彼目連欲乘空行乃令專意執袈裟角漸次遊歷到大海邊見有新斃端正婦人便有一蟲從其口出而從鼻入復從眼出從耳而入目連見已捨之而去弟子白言此是何人師曰此是舍衛城中大商之婦自恃顏貌不修福業承夫寵念損害一切偕行至此没水而終海不納屍漂出在岸猶愛故身作此蟲耳後入地獄受諸苦報漸次前行見一女人自泥大鑊水滿火然脫衣入中皮肉各離吹骨在外尋復成形自取其肉而噉食之福增白師此是何人師曰舍衛城中有優婆塞崇重三寶請僧供養常造美饍遣婢送之每至屏處選好先食大家察問汝無竊食婢言比丘食訖有殘與我我得食之若我先食願於後世自食身肉以是因緣先受華報果在地獄次復前行見一骨山其量高廣七百由旬障其日光使海陰黒是時目

連登此山上有大肋骨往來經行福增白師此何骨山汝欲知者即是汝之故身骨也福增聞已身毛恐聳惶怖流汗白和尚言聞我今者心未摧裂願時爲說本末因緣目連告曰生死輪轉無有邊際善惡業報影響無差昔過去世此閻浮提有一聚落民物富盛時有長者名曰法增宗族已來篤信三寶好行仁惠不傷生命居人推之以爲令長數十年間民物安泰咸賴其德如己之父時彼令長或因閑暇習其博弈惡友得便而親輔之授彼邪說廢其政事未久境內强惡恣横按訟交舉刑罰不中忽偶一時吏呈欵實適值令長博弈不勝無暇顧覽盡令處死來日乃問諸軍吏曰罪人何所答以戮竟令長聞已悶絶躃地水洒乃穌垂淚而言親愛珍寶悉皆住此唯我一人獨入地獄而我今者率易殺人當知即是旃陀羅類作是念已尋便命終生大海中作摩竭魚其身長大七百由旬佛言目連若諸官屬自恃威勢枉剋民物殺戮無數命終多墮摩竭大魚爲諸小蟲唼食其軀身痒揩山蟲血汙海流將百里水皆紅赤彼魚一眠經于百歲睡起吸水如注大河爾時適有衆商採寶值魚張口船趣如飛將入魚腹賈人悲號一時同聲稱南無佛魚聞佛名閉口水止由佛慈護衆商得活時摩竭魚忍渴而死有諸夜叉羅剎水神競拽魚身出置海岸爾時尊者大目乾連將其弟子福增比丘遊行畢已還至佛所頭面作禮歡喜無量深悟生死無常苦空盡諸有結得羅漢果

菩薩本生鬘論卷第四

音釋

邃雖遂切深幽也　顫掉顫之膳切掉徒弔切　喙許穢切口也　剺剖剺呂支切割也剖普后切破也　窶其矩切貧也　煻煨煻徒郎切煨烏恢切　呰將几切譏也　瘵側界切病也　䵃古猛切麥也

菩薩本生鬘論卷第五同卷第六

聖勇菩薩等造

宋朝散大夫試鴻臚少卿同譯經梵才大師紹德慧詢等奉 詔譯

如彼縛力性用廣大勝義力用盡漏邊際善根發生遠離彼倒如理寂靜無有損減實因義利相狀鮮潔熾盛崇修增上供養如是聚落處處增修彼彼變易勝義行邊和合無諍施無顛倒覺悟無諍如是處中遠離三邊善哉自性和合如是彼布施邊諸天愛樂長夜精進圓滿勝義有情智慧因世尊生如是色相增上圓滿運無諍施廣大清淨如來色相眞實最上菩薩施行莊嚴尊者護國本生義邊十一實丈夫相和合無變所謂隨順聽聞菩薩之行發起隨順自所得法寂靜無變廣大梵行圓滿修作彼處復修無生善業聽聞甚深增上妙行了知教誨修崇之事聽聞成就根本自性住於過去增上寂靜調伏有情擔負重任德行眞實發語誠諦使令增上瞋恚有情其心不生又有是處無勝義法作瞋恚生如是有學戒德之人遷變苦受無有止息了知輪回自性邊際布施恭奉無欲希果寂靜安樂圓滿依止名相自在止息遷變智慧爲上是處有學出離煩惱如是法師眞實出生自在之因無顛倒義誠實語言無相之意圓滿息惡無有邊際顛倒法盡是時彼煩惱障寂然靜止遠離言說眞實語言云何遠離童女苦邊染不傾動有學遠離云何染本貪欲勢力盛不可止增上遷變求染障盡勝義無倒室女苦受繫縛如是行寂靜因了知無諍最上布施了知無縛寂然修作離倒言

說梵天之衆增上議論圓滿見性相應智慧無處不了有學遠離得戒和尚力能損壞彼顛倒因亦能造論發生教授阿闍黎證戒師等軌範圓滿實因乃至如彼無倒言論彼諍增上善淨止息能斷染縛如是空性方便了知出離纏縛性淨云何了達業用智慧了知無遷變法名出世間一切塔廟梵天福因了知如是此眞實因增上界性獲火之報無瞋相應自處清淨希求如是此言聽受廕覆如蓋求修習行依仗師友教誨如是依賢善人無卒暴因修勝義行誠實如是了知難得菩薩靜住是處具足菩薩麤重無顛倒行無縛染意離獨覺行出暗鈍慢云何如空相縛廣大如雲凡夫難出甚深之法殊勝難得發生想念思惟不及菩薩誠言示教方入有大梵

衆我生其中遠離人趣彼無災禍有此誠因施設相貌無求顛倒行十善行無憂苦縛處無有染自體鮮潔獲清淨報是處菩薩語言教授戒清涼義靜住無倒豁虛行相承師示論空寂之相云何有情獲得師授十善業因遠離有空斷常四邊云何無因遠離有世間因名顛倒業有情無知不了倒本造作我慢眼無窺視顛倒瀑流增長流轉變動增修發生我見無勝義意空修我倒煩惱諍訟暗鈍修作善見彼染自靜如是自身清淨種族無慢薩埵無變貪愛增長無修作慧罪業自處布施不修無因如是了菩薩行善淨之意爲軌範師發言教授無求修意我慢性增無如是義無別德行無求根本言諭不可自爲增上遷變在我修顛倒想瞋恚無止圓滿無實

了知彼幻發生善根遠離邪法是處有軌範師盡彼顛倒了解言說善哉善男子大婆羅門增上色相希求寂靜圓滿之行云何修作善靜法道無相可修聽聞了知清淨義邊圓滿進修善男子自無煩惱如是寂靜殊勝義利安樂聽聞止息可修彼天自在實大丈夫和合相貌無別力用寂然所獲如是因相聖力圓滿遠離小乘聲聞因行世間相貌語言增上菩薩布施莊嚴尊者護國往梵天生本生義邊十二彼若纏縛煩惱真實修出世道自在有力所謂隨順聽聞真實勝義智慧了知世間義利遠離根本我慢菩薩施無難法救災禍衆由能了知王之法律煩惱流轉修祕密行我慢止息世間慈父是大丈夫恩育其子自性齊等了知遷變隨順教乘功德之法無流轉道莊嚴了解世間因行教法所詮真實一身是破壞法踰遷變行是處無智不了飢渴難解因果制度寂靜如是修習色相無縛無顛倒性無十不善崇三寶行無貪愛處智慧了知過去實事最上德行無不見了寂善修作彼修施行如是名眼是處遠離增上無智真實三寶彼不能知如是處所誠實暗昧不知染因根本如此是處梵世了解三相云何無善煩惱現行不能止息是處遠離彼顛倒行我自施設梵衆語言自修賢善梵行圓滿彼清淨處靜住聽聞梵天王衆圓滿修作是處彼有梵衆修布施行處處愛樂自性清淨求報身行善淨無動寂靜圓滿最上最勝增長上上如來性義無怨親想有力自在修靜住行梵衆圓滿目視如此至求可獲

廣大色相慧解修作無因染意施設相狀欲染皆盡如阿羅漢云何有情離倒災禍彼意寂靜無因色相發起施行依法義利流轉不生聽聞聖教意樂勝因國王依止安樂了解別別自性此因十善依止慈母和合成就體性增上住無渴乏意無施惠無力發生依仗慈母獲得安樂王有調伏廣大知見四方止息如母愛樂諍訟皆止和合發生彼吉祥事暗縛我慢顛倒不生如阿羅漢種族增上無貪瞋癡三種本惑月色明白無雲遮閉寂靜可愛如此聽聞義利眞實王之相狀姿容可愛上妙色相彼無義利智識不生舍宅女人儀容無對淨勝無染希欲遠離是處行施心地眞實摩竭陀王自來此舍勢力最勝清淨無染離暗慢怖能壞貪欲獲如來藏祕密言說平等之心了三世事流轉邊際依止如地華色鮮潔香氣圓滿隨順色相嚴峻制度所謂大乘大般涅槃種種圓滿福德具足聞持經典熾然了解是處制度無顛倒想云何無因無別智慧發生義利十善之法云何因相眞實寂靜無慢色相淨妙福德善淨和合雜穢止息具足力用清淨十善修四念住是處無智顛倒熾盛無十善業住飢渴邊種種楚毒是處和合國王離欲淨妙行施自在修行隨順煩惱貪愛繫縛暗鈍之法比丘根本最上應器殊勝所用根本我見處三際邊障報身行造不善業災禍根本無聖賢行天女自在遠離人趣此無修習眞實之行無修十善是名無智誠實處所演說正法令心歡喜智慧轉生意識淨妙隨順世間如是誠實意識

自在自性發生無盡之義成就無倒祕密之行彼善妙法具足聞持根本言說天人上妙修彼岸行聖所修作荷負重任如是進修長遠因行遠離驚畏說微妙法聽聞修作根本勝行實因行施淨妙增修長遠無替披奉言說不起癡迷盡煩惱障名聖人行上妙最勝布施行邊清淨之因無染造作彼根本事心無希欲影像無實如心所現勝義誠實名清淨行瀑流長遠怖畏難修相貌顛倒處所寒澀鈍弱愚昧自無增修崇靜住邊持戒律行止瞋恚聲心本無相王者自在眞實施爲治正之法五蘊力用根本修作彼之相貌性界善惡如如根本煩惱纏縛處處依止飢渴之心諍訟盡止無力生起是處支分彼無修行最上之法怖畏難行障礙煩惱彼無邊際有清淨行斷貪欲根難以發生顛倒相貌力用難遏無智可伏有清淨施無希欲心運用廣大諸天所重具足自在染倒不生性自仁賢發生有情如是清淨義利誠實云何彼心意樂如天和合相貌彼增上義求出離因獲無學果是處有王國界廣大自有調伏治國之法人民仰望想念無已語言自在誠實云何明解了知無染惡義相應之意熾然修作障盡無縛有煩惱因成世間事染惡之業彼運載行依智慧生因果非無增上言說慈母自天出言可法布施實因依法而行和合自性無別諍因依如是作云何實事無倒修行天無損減淨妙行施諍因土息了知意趣如阿羅漢隨順因行自在之處教授義利眾聖可依如雲覆廕離貪欲行諸天共修愚癡可畏

聖言如是靜慮無倒勝因眞實依止如地如
修施行無思其報在處施爲義利無盡施設
病難聖人亦有慈毋教示所在濟益求暗鈍
邊造作止息如是無倒云何意無倒因無見
罪相愚昧皆止無邊寂靜具足眼目相應自
在云何誠實愛樂聽聞殊勝難得解脫圓滿
如雲普覆最上言說有情癡暗猶如愛子破
壞之法無能運載愛樂遷變云何遠離貪著
欲染如是爲妻四衆遠離愛樂施因相貌難
施了知無諍諍訟之衆諸天遠離王之言說
如雲普覆利劒不施有力止寂無性縛法相
盡止息無因所致彼岸之事運動之衆煩惱
我見修行之因影像難得了知義利一切無
實彼修施人如是無諍王之言論云何無我
是處暗慢了知無實依染慧生布施相貌若
有我見無淨妙性最上彼岸語言之法運用
趣求障染止息了知諸天安樂淨妙邪見有
情眞實纏縛前路飢渴體性離倒力用修因
世間難得廣大福德布施自在求無上果王
之教授貪欲止息求布施因勝利無盡無我
修因遷變義利無煩惱行如是有情諍訟皆
止世間造作因煩惱縛有情世間依法修行
果報無盡了知寂靜發生善根力用無倒有
情無怖離暗鈍法生義利行遠煩惱障住淨
妙因云何遠離不造苦因無實暗昧成就安
樂發生隨順勝義之因安住慈悲利行之義
此聖言說如是設食自在義利成辦之法遷
變修作力用誠實諍因遠離了知無倒在處
布施如慈毋行養有眞實有情之義如王教
示是處行施無煩惱障有情獲得運載之心

了知衆等安樂之行修施之法如是眞實最上勝義了解無説發起聖賢息染自性生起施心廣大修作根本三縛明慧止息養育生靈殊勝義利彼無諍因慈毋教誨云何無性聖賢共仰具足四果世間眞實了知段食思惟長養舌相清淨能得上味因布施力盡彼顛倒寂靜生善和合力用能修勝義我慢不增誠實無相教誨了知處所寂靜煩惱障盡此利生衆無非盡染自在無垢無希欲心了祕密行制度嚴峻奇特義利是處增上智解施爲淨妙可愛王者之意止絶言説慧解了知福德有情力用如天隨順無貪眞實安樂義利如此有情愛欲王者自制德行無倒正解脱義有情淨行求斷染法寶出大海事從理生染縛苦倒路險難出起無漏道斷此染法自性無染相應眞實想念皆止菩薩布施莊嚴鬘飾尊者護國本生之事次第十三寂靜之法力用眞實勤修無倒希果報行隨順教法所謂隨順聽聞菩薩教誨廣大有情圓滿福業誠實有力菩薩衆類禀授聖法導化有情實無疲倦智慧圓滿學者奔湊獲如是義安靜坦然是處有情明白無滯年衰有識勝義力用圓滿行施攝藏行相濟生有力造作相貌圓滿誠實布施修因如海無減念念增長寂然無止不起怖畏具足無諍雨露所霑枯瘁有潤彼岸實因如空廣大具足淨妙災禍不生我慢之因顛倒諍染唯善止息彼發起修布施行無倒施設清淨舍宇虚曠廣大淨妙支分有情居之成就三業修因自在崇義利行是處布施心能荷負欲樂淨妙成

滿無諍大薩埵行勝妙可愛彼之教誨了知
壞性無十善法聽聞義利修無失念因力自
求無非造作運載廣大發善根本無生言論
根本求施時無暗鈍身體遷變究竟難往業
行相應自然成辦云何彼因修正解脱聽聞
成滿相貌支分有情生起大因難行增上調
伏自體發生具足界性是處無我無顛倒意
壞性廣大身體止息無因爲譬瀑流之因彼
無變動一切如是成就自性無時作業求諍
變異力用生起無因染力種族變動損壞相
貌猶生子緣四相遷之彼彼支分實物甚多
果報修善刀用相貌誠居學地其心如海是
處怖畏出生造作增上邊際平等無彼修無
毒害具足聞持隨順衆等普均誠實云何染
諍修顛倒行災禍真實時意明利圓滿息惡
真實如海諍盡無怖平等教誨發起勝義造
作相貌荷負真實彼相應力不動如海相狀
分明如天光潔修此學處聖力譬況非無其
實無倒之處所在行施非無和合自在善妙
遠驚畏事損壞瀑流布施無邊離怖畏相和
合自在身體安住無遷變義不生卒暴擔負
力用無相修作遠毒施爲彼有災患毒不可
近止寂遠離修生天行衆人可重是處無變
運載行人離繫縛心清淨相狀圓滿無諍寂
然進修安樂之行五蘊之性處不可得勝義
誠實如海難測無因無本無前無後比譬如
海善淨無貪菩薩之行教化羣生有無止息
湛然如海虛空相貌無其中外煩惱障大難
可出離彼無顛倒自性無毒布施無邊真實
自在任運修作增上無盡縛力暗鈍如毒藥

行大施難行損減彌廣智慧眞實自在無方熾然修作運載三乘如此可求意解無染無彼慢行種族十善清淨崇修圓滿如海如來祕藏含容眞性彼大丈夫無談色相正等聞持無彼我相爲人師範無時捨離無過去相發生相貌湛然如海無談倒色無作繫縛如此自在色相和合了知無染遠離諍訟支分無有損壞之處彼無言論人非人等我自捨離彼時無有善無倒染運用無二魔障自盡如海難測染汚不生無此無彼自相無縛因無邊際求諍止息無力爲譬根本勢盡顚倒無有是處煩惱善妙無因造作息諍相貌無有成就遷變如海無邊自求果報無祕密行有大相狀染縛可畏遠修善行煩惱如是究竟言說智慧了知久遠時分盡無相貌處所

虛曠悔過離倒支體寂靜諍縛遠離無時止息染縛爲本云何縛因無能運載有情和合修善無因清淨之法出生種族處所眞實彼我不增如海出金隨順所在出生遷變種種莊嚴如火熾盛相貌增輝如海廣大世間無比善妙言說災禍如火難測如海時無彼縛力用廣大如此眞實恩教如毋何等運載不滯瀑流自在相貌無修染諍長行十善布施有情誠實修作智慧如海養育情類愛樂不捨勝義圓滿善止諍訟力用增長相狀無有制度力用善妙如此有段食用其心無狀清淨言說有情義利無染因力盡圓滿行無時暫捨寂靜無相作用如海有善淨因煩惱永斷彼縛無性損壞諍訟增上施爲無邊如海智慧了知無貪支分達解究竟廣大如海菩

薩修行能離染因自在生起行相無縛造作修因發生云何布施殊勝果報無盡是處眞實彼彼方所名色相貌無傾動故如來祕藏眞實無生發起無倒成滿勝因愛樂無相破壞世間有情修彼求無諍義正解脱義楚毒瀑流慢意止息如慈母行自起纏縛病難災禍修如如行顛倒無有清淨妙用難測如海自建壇法設無相理具足希求作無我行殊勝妙用寂靜如是根本無相寂靜無我煩惱如薪智慧如火有情聽聞修三種行有力寂靜攝持果利煩惱實因無非意造平等隨順遠離世間勝義寂靜運轉修因聽授有力止息行處如是瞋忿根隨煩惱展轉難止希求災禍不起止息損減淨法棄背慈母是處有我造黑暗業有情難教如無倒行發生無苦

不壞流轉求無飢渴聽聞勝義彼難可得修正解脱了解言説清淨無倒成眞實行眞實虚僞移轉自性難得之義修崇寂靜了不可得學位其心精勤求果清淨止息靜住無怖如是修作求止倒染誠實語言煩惱遠離善淨究竟無倒眞實悲心具足眞如祕藏不可破壞德行隨順有情於是獲得靜住相應無倒處清淨地染諍全止令心自在此因不壞愚癡止息圓滿力用盡彼顛倒了知言説和合相貌

菩薩本生鬘論卷第五

菩薩本生鬘論卷第六

聖勇菩薩等造

宋朝散大夫試鴻臚少卿同譯經梵才大師紹德慧詢等奉　詔譯

處大如海無智難測靜住眞實無瀑流行是處有我全無悲導損壞布施亂起言說無實寂靜增上修因荷負有力運轉無盡癡迷災禍無眞實因獲勝妙報種種相貌處無止息何能運載是處最上清淨無比菩薩上妙最勝支分造作無盡隨順壇法清淨供養秘密之呪更無過上有情息苦三業清淨修無相行遠離學處彼實無我寂然清淨有增上智思惟了知其心無諍力無實用福不能修飢渴所縛顛倒自性是處我見彼實遠離殊勝福德有因生起體性因緣災患不生彼此無力我見增長煩惱既盡流轉自離根本斷故末障隨除瀑流之行不復更生是處廣大發起言說獲得殊勝淨妙色相災禍遷變了不可得遠離虛幻眞實觀察是處了知生喜受因彼造壇法清涼可愛相狀眞實王者生善損壞無已流轉運載彼實隨順安樂無慢色相光潤如是難有可愛之法守護無損星辰纏度照臨無難業道流轉災禍可止清淨修崇隨順聖語瀑流之行無因嚴飾見聞之義煩惱如海暗鈍諍訟喧雜難止如是運載長遠無盡造作應器布施貧乏舍宇寂靜有清無毒是處清淨善妙究竟智慧了知解脫無縛彼有隨順修十善行惠施珍寶處所施設因力無盡彼相應法心所自性發生隨逐是處光明發生根本青色圓滿遠近之相自界他界狀貌發生圓滿色相彼天光淨依教法

修遠離倒法順因果相依止善友圓滿修行如是獲得無流轉義菩薩布施莊嚴尊者護國本生義邊十有其四持戒修行精進無減不捨晝夜清淨無倒所謂隨順聽聞菩薩教誨云何時分相行大乘根本修行制度寂靜無變離畏無怖不憚炎涼心無退屈乃至頭目髓腦終無愛戀誠實自有無遷變行了知顛倒修行義利隨順處所安樂因地相應真實處所清淨造業誠實如是彼處了知邊際此暗鈍法隨根煩惱纏縛有情如毒藥行又修行勝利是大有情修行之相云何進趣隨順勝義能令染息無布施行暗鈍法是流轉因離驚畏義無慢等相生清淨義最上邊際發生語言棄背流轉是處有情修行布施行福德相貌隨心發生如子依母生天之相是

處寂靜果報殊妙清淨可愛酬過去因相貌如是造作希求發起和合齊等支分實行根本修布施行熾然隨順修因之相布施生起最上清淨能施有力增上邊際遠離染倒繫縛之性和合造作淨妙義利熾然止息瀑流之行是處菩薩力用誠實圓滿能作如是殊勝相狀明白令衆愛樂行施自在善住無倒悲道種族求之無盡寂靜修作殊勝義利又修暗鈍行求顛倒法煩惱茂盛處所非一和合遷變損壞善法運載癡迷暗昧如是又遠離煩惱無楚毒行善住誠實有學功能障礙不生染法自止云何慈母養育之恩遠離驚畏獲清涼地令行十善悲愍施用齊等無偏盡世長時愛語忘倦如理思惟無染倒行王者如天雨澤隨時有求必應是處無倒供養

修設有德之衆清淨如法奉施天龍隨順有
力如蜜和合相貌支分寂靜如空意解如此
根本語言如此詮詔顛倒止息香氣遠聞諍
訟止寂損壞染相邊際如是修勝義相普覆
如雲根本力用出生自性果報相貌種族增
上遠離飢渴語言解脫寂然遠離又香氣遠
聞千變萬狀又普蓋滿空無有邊際受報力
用充滿眞實數數癡迷損減不生行祕藏因
生運載義顛倒瀑流暗鈍纏縛無明解相還
變成染是處菩薩有彼增上過去勝因相貌
自在有力淨妙誠實圓就平等之法如是無
怖求清淨處教誨制度倒染皆盡次第纏縛
災禍盡止最上生起甚深勝義如來圓證自
在無倒衆寶莊嚴熾然光顯殊勝最上聽聞
難事怨家天帝明妃天后損減言說彼時具
足廣大隨順癡迷根本又無寂靜遠離障染
放逸廣大相貌如空相應世間發起倒染造
作處所其心昏昧無因修建有情德行清淨
無諍如是繫縛有彼散亂彼三性心間雜而
有修善雖倒無彼障染有彼如是戒德修行
之士我因增上遠離諍染眞實我法讃頌持
戒尸羅圓滿菩薩布施莊嚴鬘飾尊者護國
本生義邊次第十五圓滿眞實演說相應無
量力用煩惱如火一合相貌所謂聽聞菩薩
教誨眞實善友無諍之法相應如是顛倒暗
夜染諍增長遠離煩惱障礙染縛無義相貌
支分喧雜又平等如父愛樂育子其心攝藏
功德之義三時無縛彼布施力最上修作無
諍訟法有情想念譬如慈父恩育爲義彼欲
界天具貪瞋癡一切煩惱發生之處障勝定

法又如是眞實勝義無盡增上平等能盡染倒此求彼縛有遠離因止息還變法本如如安樂寂靜法無流轉心無苦患安樂自在世尊上妙語言舌相如蓮善正解脫漏盡圓滿善淨三業祕密甚深無暗鈍障癡迷染因清淨止息善妙相狀壽命無倒如是具足無縛有情遠離邪染有平等施有力寂靜體性無滅熾然修作相貌支分不造煩惱意地清淨安樂平等一合相貌其心熾然云何暗鈍無布施心種族卑下調伏諍訟果報非無安住無動煩惱如火破壞善根惡因難止又有運載因無支分義平等圓滿和合無倒有力布施聲不外聞又作煩惱行修我慢因隨順障染發生暗鈍是處有力無修難事勝義圓滿染倒盡止圓滿義相布施生因行菩薩行運載修作如是大有情衆無有我見發生勝義隨順聖法增上殊勝性無修染煩惱顛倒了知不作瀑流之性全界煩惱廣大麤重時無間斷此言誠實圓滿自性彼大有情發生善行根本無盡災禍還變無顛倒因寂靜止息增上義邊因無繫縛智慧如火燒煩惱薪教授聖語寂靜無倒身體支分上妙色相彼云何施發無倒心無相無縛修殊勝因靜住如海發起根本希欲眞實運布施想隨順因相彼天眞實圓滿自性淨妙因圓光鮮如火眞實有力修離染行菩薩修布施行尊者護國本生之行次第十六無修染障發起聞持了知暗鈍除顛倒行遠離無義所謂隨順師長發生聽聞菩薩之行云何相狀於此發生廣大悲願了知圓滿安住行施無顛倒想無天

魔難有造作行無亂想因安慰衆類除毒害因名無垢稱悲力自在世間無等祕藏相應世間遠離善根無盡倒染不生甚深難得有情生因聞持具足自在止息修殊勝義是處聽聞世間有情心無破壞貪欲之相大覺垂慈運心普施安樂之行善友之相教授依止煩惱不生三者無諍了知利益增上支分還變飢渴諍訟十惡一切皆盡障難不生又修暗鈍染世間無實十不善法無離飢渴發起倒因無勝義利慈母見子憂愁不捨智慧了知真實界性煩惱自止如彼王者治於世間廣大有力止息飢荒修崇廣大圓滿無倒我慢不生了知梵行暗鈍不生增上有力圓滿自在又有處所朋友真實有智有力具足清淨上妙作用意修無染了知壞相發生智慧斷染修行趣於果法依聖言說一切衆生養育之相非無其因有作器用狀如其蓋養育相貌蔭覆爲義云何相狀造作和合求無諍訟是處有王無時不治修作殊勝語言善教災禍顛倒如此盡止成就養育孤獨之衆又造彼染因本無施行破壞世間有情自致無寂靜語勝義行邊智識真實一合相貌有情無慢世間苦受必有其因無祕密行無如王旨時分流轉有彼福因德行滿足無修染諍成就世間福業之處談說諍訟凡夫難止勝義調伏無染清淨眼根圓淨福德廣大云何無倒有情寂靜止息言說王者體大聽聞正理圓滿發生離邪僻行云何正解脫義善趣有學又煩惱無盡生本有種造作發生圓滿顛倒一合我慢自性根本有情煩惱熾然相

應記念憶持本來無妄滅又復生還變無盡
過去之因遇緣而起方圓任器智慧了知寂
然無禍其心自作大乘最上智不可得纏縛
行相如來永棄體性廣大遷變不窮清淨妙
因寂然無對解脫本心了無影像智出有無
言詮何及清淨甚深法性難得無倒離畏出
過邊際災禍處所止息不生我慢纏縛自性
非有如空之智求不可得自性顛倒作業不
生相貌最上力用根本施設名色威容可畏
祕容自性一合可得諍訟遷變教誨不生處
所損減煩惱纏縛蓋想念無已暗鈍邊際妙
慧止息種族力用相狀無倒運載功能嚴峻
制度族類之衆修遷變行唯如來性最尊最
上名色根本相狀淨妙寂靜影像因力如是
自性圓滿有力修作智慧具實因緣和合離
縛爲上根本心生制度之法遠離爲道布施
之力盡多種物求和合行彼彼修行過去煩
惱離天趣行遠離我慢勝因方得根本二諍
相縛我生正解脫義遠離圓滿染縛寂靜行
施真實修調伏義作業清淨具足聞持慢不
可得慧解明利勝因可修寂靜無等明了無
減智慧施設和合無動進止成就屈伸無替
意解詳審圓滿修慧貪愛如海唯智能離祕
藏之義本不可生亦不可壞安樂爲義無輪
轉義如是界性無有傾動根本相貌施設難
得勝義德行寂然無有煩惱自體如來永斷
暗鈍苦惱地獄可受餓鬼之報恐怖難出無
我無倒力用可止聲聞動轉大乘無動解脫
無生見戒何往布施熾然希求無有如世慈
父調伏無盡戒性持犯止息染因慧解無相

煩惱不生如如德行寂靜止息四果聲聞勝義眞實是處有王行檀那行如大瀑流修崇滿足雖有布施無希報應施無相行根本無倒飲食滿足廣大行檀無生憍恣國界生靈忻然有慶教令制度普霑有洽此布施行淨妙修崇普濟羣生無非大施國界之内聚落處所其數五千宣令普徧皆令師範彼彼修作此國豐饒修崇鮮麗世無與等善言告諭是處有王國務從本善治邊方存亡去就凡須筵會事當法古無令諍訟務在眞實寂然造作相狀窮極時彼支分闡法教令王者有言告當三說彼王有智力用殊勝無當卒暴彼依附天殊勝修作闡持具足不生憍慢圓滿無倒如是世尊於過去世無去無來色相圓滿菩薩行布施行莊嚴其處護國尊者本生義邊次第十七尸羅寂靜盡顛倒行戒法清涼能除染縛所謂隨順聽聞菩提薩埵種族寂然相貌和合無有遷變淨妙之處平等之衆眞實寂靜梵行之衆清淨學處善友之衆智慧增上自在修作本來自性清淨眞實相盡無餘隨順世間智慧有情相貌清嚴增上無比人中慧解明白可愛彼岸清涼縛染皆盡智慧善淨運用無邊煩惱瀑流如來巳除如是世間暗鈍難出自無有智全求有力了解倒法知見有在德行最上無我慢縛煩惱生起有智能壞出家修行是大有情愛樂處所隨順苦受違背正法快樂有情修布施行意地安樂平等增上修布施行勝過布施百千沙門及婆羅門所施功德如阿羅漢智慧圓滿功德無異過去聚落眞實隨順王者

所居遷變無動上妙吉祥隨時無變色界禪定近分根本清淨聽聞因相寂靜名色之體五蘊遷變形相淨妙自在有力如阿羅漢最勝變現出家功德依法而行清淨妙智慢法不生彼深相盡聞持經典變化相貌名色遷移發生智慧出離纏縛淨妙行施道德無等善靜聽聞清涼如月喧諍遠離是處無倒善意發生如慈父想恩德無比圓滿善靜如春生育慈父愛子無時捨離造作處所語言無倒善能調伏顛倒相貌寂靜如空邊際無盡稱讚功德如山無動清淨力能不可名狀智慧吉祥生靈國界處所奇妙暗鈍難居勝慧力能聖賢可止上妙修崇安固無動卒暴纏蓋應須遠離女人本末憂煎可畏有情何可還生愛戀嚴峻制度無因於彼希求永斷增

上自止彼求勝義荷負生靈聽聞義利清淨真實如母之意善教子法是無變動世間有情調伏如此作業圓滿安樂自在增上真實云何復得安樂邊際熾然忻喜作吉祥事是處菩提薩埵根本希求安樂之行有微妙智出深纏縛教授學資真實祕密如是知見教誡安樂有情如是荷負益濟無相言說生安樂想無彼災禍修布施業行十善因調伏所在勝慧吉祥如母護念此名安樂如性真實彼增上因果報勝妙求增上慢祕密能止聖性之法根本如是聞持之義法不可得有情自性凡聖亦同無彼無此我慢真實本因非有施設具足嬉弄顛倒遷變如是彼布施因快樂之本清淨妙慧出世良因運載之法動靜進止安樂無難趣求有法寂然自在有道

之法成就本因希求無諍如是之法有情離過躬慕聖賢增上供養圓滿眞實快樂安靜修崇勝法速得成就根本寂靜勝義自性淨意不生眞實難任此法自性寂然安樂體離有無平等妙慧無倒修作安樂靜妙體性清淨嚴峻於此解脫正慧護助有情苦惱不生纏蓋皆盡根本勝義希求無倒三種縛染舉動不生慈毋快樂云何捨離聽聞動息進止求安煩惱毒染暗鈍纏蓋無力安樂我慢增上處所清淨法性凝然慢等因緣求不可得卒暴苦惱暗鈍纏縛善淨相應止寂遠離制度湛然豁若太虛我慢癡等增上可畏安樂相貌寂然移轉飢渴所逼如此日有苦惱纏縛運載無巳了煩惱性方獲安樂悟無心理行如如行彼岸清淨聖人可往分析義理須憑智力寂靜安樂棲心教道貪欲諍訟煩惱根本彼此纏縛無慧發生慈父力能在處勸諭瀑流之緣慢意方起持律學人是大有情善心相應戒行清淨斷盡煩惱唯阿羅漢輩背不生纏蓋相貌自性遠離行相如此根本功能制度如上菩薩施行莊嚴護國尊者本生之義次第十八快樂一類有智之衆根本究對還變遠離所謂隨順聽聞菩薩根本時分調伏寂靜德行廣大靜住有力息除煩惱增上智慧彼彼災禍眞實暗鈍顚倒希求色相諍訟憎惡損德隨順卒暴無調伏行具足聽聞增上布施善趣等持寂靜之行煩惱不生自在有力勝義增上飲食圓滿教誡師邊希求制度明解止持能了作犯善妙祕密清淨因行實作業時增上三業根本因行修崇

已畢遠離鬼趣憂苦之患具足聞持教授言
説染意暗鈍瀑流煩惱有情俱時增上止息
淨妙如此彼彼離縛根本影像和合遠離顛
倒增上染因邊際色等如是希求一切獲得
清淨婆羅門法無性祕藏猶如慈母意能含
育求彼自在圓滿獲得增上化生快樂相貌
上妙遷變神彩壯冠知識自在有智有力出
諍訟境登彼岸地屈伸處中平等安住寂靜
律儀妙止禪定復有無上希有功德安住無
相湛然清淨如是義利實相可得快樂無縛
世間最上破壞之義實不可有纏蓋顛倒是
處遠離淨意相應究竟平等飢渴遠離因聽
聞得四果羅漢三界染盡憂愁之義寂然無
有如是和合苦惱安在此勝義體安靜無縛
憂愁苦惱了無所得根本時分實因自性染
慢皆盡覺體自得是處聽聞根本寂靜隨順
無盡安樂境界此時染倒無處施爲常一清
淨所謂此時得獲祕密出離纏蓋菩薩教誨
一處不壞隨順有力生於子想作妙善義是
處憍逸增上根本無有淨妙正解脱義了解
本因修有學行其心安住荷負力能布施希
求如彼先聖此七種聖實本學地聽聞善友
智解滿足貪無因起住聖人位此真聖衆修
如如行住十地位除分别染求正解脱説大
乘法熾然有力安固無動清淨運載令心歡
喜力能布施五蘊不傾染惡相貌無因生起
彼靜住依煩惱永斷增上我慢損減顛倒根
本勝義無相止息清淨禪定湛然安樂菩提
薩埵息染之法希求義利調伏有力色界諸
天自在無欲行十善道遠離瞋恚求智慧行

色相圓滿顛倒放逸災禍之患最上寂靜大乘勝義根本妙智了眞如性清淨之衆行布施行圓滿自在修聖者行彼教誡法廣大眞實寂靜變化色相圓滿福德和合聲相微妙智慧明白無時暗昧彼彼眞實正解脫因如一作業制度嚴峻福德眞實處所自在性好修施無倒成滿智慧禪定愛語修設如是不壞體性安住最上邊際息染諍法如是暗鈍本性癡迷戒法清涼調伏爲義本性非實遮防之用禪那無倒遷變有力寃家天帝眞實過患彼彼增上圓滿息除禪定自在飢渴無有我慢不生處所清淨盡彼煩惱德行眞實圓滿力用自性根本隨順善法寂靜遠離無色之衆淨妙無滅上妙生起是處修設嚴麗寂靜煩惱相狀顛倒止息根本淨妙彼因具足變狀如華應器無染眞實色相教誨之因調伏爲義具足聲相邊際和合暗鈍顛倒彼彼諍訟菩薩導化煩惱止息顛倒之處寃家明妃天帝衆類如是縛縛根本不行展轉苦惱希求止息快樂自在微妙清淨是處菩薩最上趣向如是福德猶如蓮華圓滿可愛無倒修行種族遠離如是支分纏縛自性智慧希求思惟邊際眞實如是定心圓滿本性如是

菩薩本生鬘論卷第六

音釋

湊（倉奏切，聚也）　憚（徒案切，忌難也）

菩薩本生鬘論卷第七 第八同卷

聖勇菩薩等造

宋朝散大夫試鴻臚少卿同譯經梵才大師紹德慧詢等奉　詔譯

心意自在義利圓滿持戒清淨安住律儀彼
此希求無煩惱障意地支分寂靜止息此名
色相五蘊爲性如是心等欲求無諍福德善
利寂然圓滿如是災禍其數有三四大五蘊
遷變寂靜安樂善妙自性菩薩增上是大有
情自在有力禪定心寂意識無動如是聞持
普能運載根本災難遠離無有是處圓滿無
能諍訟求眞實法息除煩惱染惡心等菩薩
色相圓滿莊嚴其處淨妙百種相狀身體殊
妙卒暴相貌煩惱不生成就自性顛倒皆盡
德行自在染法不生愛樂根本十善法行上
妙寂靜無倒修作意地無我精求止息菩薩
義利求如如行眞實律儀是處無倒圓滿靜
慮名無染行意地誠實究對不生諸惡遠離
造作暗鈍我慢根本修布施行暗慢自止造
作遷變智慧平等如是修崇堅固安住是處
菩薩隨順清淨有力趣求行十善業如彼邊
際寂靜圓滿諸煩惱本因於染意卒暴生起
調伏意地本染自止平等殊勝親踈不有婆
羅門行倒因求止圓滿教授莊嚴寂靜憂患
無有調伏生靈聞持具足造作增上災禍邊
際飢渴所逼忽然自殄勝義語言造作暗鈍
瀑流支分我慢施爲寘然盡止暴風顛倒煩
惱無邊繫縛因緣眞實造作無倒言說體性
自在無煩惱慢善妙無變如增上味根本意
地無因顛倒王者力用如風偃草王言如此
輔助眞實語言有則自在色相屈伸自得彼

彼修崇無卒暴體增上妙因清淨智慧無倒言說無顛倒性平等祕密勝義真實如如體大無染遷變淨智無倒求布施因圓殊勝行上妙聞持語言誠諦四禪寂靜器界無邊相貌根本殊妙具足不壞有力無我諍訟求本智慧荷負群品淨妙語言彼之聚落災禍染法求吉祥事寬對自止是處王者相貌安靜殊勝義利發言承稟如彼人民分明了解養育聽聞群品無倒界性殊勝寂靜修作清淨有情無倒因業增上語言如是云何平等之慧體性清淨出諍訟邊真實造業界性顛倒清淨之法有力除本是處彼法息惡義利清淨祕密真實自性最上暴惡本行繫縛發起聽聞勝義因行彼惡自息是處夜叉無染清淨十善義利根本寂靜求處安靜清淨有力

廣大因行一處相貌無障止寂真實呪願有性生天清淨義利飢渴不生最上言說有執持止息顛倒淨妙智慧自在無邊盡諍染邊止喧繁處出暗鈍慢淨妙之處無染言說養育忻喜顛倒飢渴如月清涼還無熱惱濁染止息暗鈍繫縛布施之因貪染有息是處菩薩平等隨順災禍根本甚深止息貪欲語言暗鈍我慢體無止寂欲染之性體自喧雜最上顛倒求因止息如是增上煩惱之性修如如行應當止息是處寬家天后天帝稱實患難貪欲顛倒云何止息於勝義處根本寂默希求自在力用殊勝增上熾然養育善性煩惱無動如毋愛育清淨之衆獲得快樂殊勝義利真實無畏運載制度自在邊際云何貪欲造作希求菩薩教誨歡喜恭奉義利趣求

盡顛倒事聽聞彼彼出纏寂靜牟尼寂默貪欲暗鈍纏蓋顛倒世間憂患遷變苦受欲貪義利如是染因顛倒之法有慢等縛化生因行廣大布施獲得寂靜無相勝義云何相應靜住安樂善心俱起染諍遠離此中我慢本因貪欲增上邊際供養聖賢清淨教誨運載為義是處宪家天后天帝真實變化施設語言自在衆等無有圓滿寂靜作業有德有力根本運載圓滿障盡瀑流顛倒寂靜遠離彼彼是處布施發生清淨修作希求寂靜菩薩制度有情發生清淨因行是處菩薩真實布施生起聞持清淨聚落隨順淨妙力用邊際大乘增上九地煩惱隨順天趣王臣自在彼此教誨宪家明妃天帝憍慢真實瀑流煩惱垢染纏縛我慢諍訟憍逸自在上妙語言明

了智慧煩惱皆止求勝義處如阿羅漢眞俗之智報身自在邊際相貌寂然如空懺悔彼過我縛邊際希求止息遠離災難如是懺除有情三縛求趣生天快樂衆類無暗鈍慢欲貪遠離彼求布施修如來行施設寂靜能為生靈運載負荷圓滿無障彼此安靜圓滿無動患難不生長者善友行布施行卒暴給與圓滿相貌能獲上味彼人作煩惱行與宪對居修正解脫無損減義菩薩施行嚴飾尊者護國本生之義次第十九德行自性眞實有力煩惱施為忻求不有嚴峻修行倒染損減所謂隨順聽聞菩薩寂默種族正理廣大無盡無彼楚毒淨妙因行希求安靜教誡施為暗慢不有隨順悲導平等安樂我慢性無廣大行施求大乘類因行根本清淨智慧求安

靜處修自在力聽聞正法無損減邊世間眞
實是處有情淨心行施王者種族安固無動
煩惱閙喧遷變皆止護助群品世間希有修
崇之意淨妙因行自省菩薩最上教示圓滿
善根過去寂靜有情遷變善淨安住勤求修
習勝義根本寒苦道行戒德清淨如此自性
聖者義利九種相狀生起邊際最上調伏戒
德積集出纏縛義無倒荷負寂靜根本彼彼
無性色相不生聽聞記念顛倒之因有情何
有解脫相貌湛然安住災難無有我慢全止
遠離舍宅塵垢染惡發生寂靜祕密之行清
淨自性增長根本淨業難行妙因調伏煩惱
苦楚圓滿天趣淨妙勝義持戒清淨道行誠
實隨順邊際自在勝解圓滿淨因出離纏蓋
捨驚畏訟愛育彼等安樂無染我見遠離田
宅眞實如是希求造作之處自性損壞不行
布施愛育卒暴增上色相云何顛倒一行數
取諸趣發起言說根本處所無有染諍愛樂
之法圓滿隨順云何最上勝義之法自在悲
導有情邊際息惡善友衆染能止生布施慧
壞我慢邊持戒自性寂靜無倒隨順聞持求
布施因勝義清淨聖人了知隨順種族眞實
法行顛倒遠離求盡染法聞持滿足界性祕
密煩惱求斷自在有力飲食施惠無和合諍
無顛倒慢修調伏法行成就行是處菩薩悲
導生靈精求無已圓滿趣向無倒之行爲纏
縛本如如因行靜住清淨暗毒災禍苦惱飢
渴盡無所有念念有力出離纏縛勝義根本
聚落城邑在處安樂本行布施寂然無諍究
竟寂靜資粮滿足希求邊際出離災難癡迷

倒本勝義調伏顛倒難出智慧聽聞圓滿了
解苦惱之患人之影像體性非有婆羅門衆
智慧有在城邑聚落人民自在貪愛纏縛祟
修止息大乘教道發生趣向世間之人習如
來性相應無苦煩惱體實隨順善業有學修
祟煩惱自止是處王者行菩薩行種族圓滿
有力無倒名聲自在廣大施爲智慧身相寂
然安住是大丈夫止靜國界智慧寂靜了如
本性發起邊際清淨妙行自在調伏最上生
起果報淨妙出纏之相有情聞持天趣智慧
是處廣大有情清淨妙寂暗慢除遣無縛遷
變殊勝生起究對災禍寘然止息賢慧有力
慧解眞實相貌和合群生仰重聚落無乏誠
實如是云何憍恣隨順處所飲食暗鈍進趣
邊際清淨有德聞持有智處所寂靜善根無

染有情和合別別智生平等智慧飲食普施
煩惱重障根本猶我本旣寂時末亦隨盡如
此止息眞實教誨如是縛染俄然散壞暗慢
止息如來覆蔭如天普蓋隨順止息智之力
用無邊之功如王安住云何行施調伏有智
善言慰諭究竟出纏隨順因行彼智如此是
處如王自在教令國人所禀處所憍慢縛染
增上有情苦惱靜止如本此顛倒因眞實我
見希求災禍無力不起是處自性施設喧諍
顛倒究對鈍弱愚昧纏蓋自止憍慢纏縛有
情淨智意解施設煩惱盡息如大我慢此爲
根本增上智慧善妙語言正解脱義一切有
情供清淨衆界性諍訟寂然止息不壞瀑流
苦惱無邊上妙制度須憑勝義布施無盡求
天趣因憂惱飢渴無大智惡淨妙聽聞如是

安樂淨智聞持如蓋覆蔭染法不生增上寂
靜如王教令善淨因業出生智慧無時不欲
清淨之衆智慧力用具足妙定道行增長邊
際殊勝靜妙上品自在覆蔭究竟邊際世間
安靜在處平等處所最上施因所得發生勝
義菩薩教誨如是王者修無相行隨智慧力
天趣淨妙纏蓋遠離作諍訟法無根本施有
究對行彼實無因求棄染法增上淨妙發生
因行正理自性德業清淨止息慢類有學寂
靜無鈍弱行制度群品止息愚昧道德行施
無處不運自在有力染倒盡止圓滿如行出
離諍染苦惱究親復能遠離彼智慧性善淨
圓滿真實因緣殊妙生起忿怒遷變造作諍
訟顛倒語言非天之行飲食希求無修彼智
貪欲語言無真實慧心地無實縛染生起煩
惱障在希求喧諍有大國王演説正法令心
歡喜隨順正理自在邊際增上智慧瀑流煩
惱憂惱相貌圓滿聽聞顛倒慢法一切遠離
云何根本布施善法顛倒染慢散壞業道圓
滿支分隨順正理飢渴邊際增上遠離調伏
云何求盡顛倒造作清淨出離諍訟忻求善
靜悲愍十善善友智慧圓滿修作行清淨行
福德如此名色五蘊希求無動聽聞祕藏彼
因無邊彼煩惱倒真實苦惱圓滿學處身體
淨妙世間福德果報不虛云何增上究竟邊
際聽聞學處求彼勝義真實清淨倒染不生
飢渴纏縛意地無障壞滅縛染如空無礙思
惟不有卒暴纏眠根本皆盡如來自性本由
智了最上所詮須仗言説執持暗弱毒恚因
法業道之緣全憑智力力用清淨三毒不生

自性聞持求心滿足三乘運載同歸寂滅眞實支分離倒圓成瀑流煩惱三種根本本既斷時餘皆遠離隨順諸佛清淨教誨如是之法名正解脱有情相應因於憂惱嚴峻所在説大乘法求祕藏因無名色相染諍遠離圓滿如是有情是處隨順貪欲造作煩惱自在顛倒清淨義利成就眞實自在最尊無我法義見無倒無暗昧施有情證此勝義無相執持無減善淨妙因隨順有力自性澄寂蔭覆義利有布施力清淨聞持爲報身本福德無壞遷變之行有爲眞實因業自在如阿羅漢寂然和合隨順出纏求本覺性長養眞實三業無犯求如如義

菩薩本生鬘論卷第七

菩薩本生鬘論卷第八

聖勇菩薩等造

宋朝散大夫試鴻臚少卿同譯經梵才大師紹德慧詢等奉　詔譯

智慧清淨無我慢衆有善友力除顛倒行增上德行勝義根本難行淨施最上無諍精舍安住能斷貪欲顛倒支分意出染縛寂靜妙理如是求證名色如如湛然安住勝義德行眞實無諍善淨智慧遷變自在無彼時分如是自性勝義無諍隨順智慧寂靜妙理德行無縛病患之因處所遠離希求淨妙根本無染無倒寂靜煩惱自止彼根本智證法身體無邊有情運載于是勝義調伏苦惱無因彼煩惱縛顛倒災禍求清淨智遷變止息自在之處煩惱邊際破壞世間相貌寂默如煩惱縛令色蘊生暗鈍纏蓋無因自殄此圓滿行憍恣煩惱我慢根本希求求寂隨順正理愛護寂靜無縛染惡彼天道德生起眞實出離煩惱有求根本善衆德行勝義無諍增上瀑流運載無盡近事男衆善根發生自在修作如是難行之法聞持具足無倒遠離

菩薩施行莊嚴尊者護國本生之義次第二十遠貪瞋癡發生勝義顛倒染盡聽聞眞實十二分法忿無體性隨順染倒希求縛性所謂隨順聽聞菩提薩埵大有情義造作時分大婆羅門種族德行寂靜止息王之德行稱自在天世間眞實智慧無有相狀精嚴名稱增上修行業道聽聞有德淨妙布施自在無縛有力澄寂彼災禍本驚畏如是具足聞持損壞彼染智慧如實損減染諍根本縛力眞實我見造作縛染善淨圓滿調伏自性增長

善法別境中慧遍行之想有情安住眞實造
作清淨教誨尚座阿闍梨軌範師等發起大
乘究竟義故愛樂布施清淨界性無染諍義
有情損壞煩惱暗鈍圓滿勝義寂靜聽聞上
妙相狀能除毒害纏蓋遠離荷負運載根本
寂靜隨順貪欲纏縛之行無變動相賴耶攝
藏不可破壞雜染所依身體自性色根依止
是處菩薩隨順有力聚落城邑淨妙教誨有
情無不機器相應調伏衆類有情賢善修十
善法運動依止無貪欲行意地清淨希求安
住運載三乘聲聞緣覺大乘三種性類寂靜
之處色相邊際荷負生靈誓求寂嘿清淨教
誨達解空相寂靜祕密種族具足根本趣求
三乘聖果清淨無動調伏止息淨妙十善寂
靜根本最上希求無縛勝行息惡行人精嚴

意地寂然無縛煩惱不生勉力誨諭精求寂
靜隨順祕密不起倒行苦楚遠離愛樂進修
自在有力無損勝因清淨妙智梵行廣大本
無學果我慢三種增上遷變自在蔭覆空處
無有菩薩於有情所唯修行捨隨順處所我
慢止息修建如是聚落城邑莊嚴無盡飲食
精純有吉祥慧瀑流煩惱止息無有和合覆
蔭無染因業修行勝行清涼如月其心無盡
勇猛堅固執持圓滿善妙崇極禪那寂靜器
界種族災難遠離出染纏蓋彼實有力根本
相貌發起難行殊勝妙行鮮白光淨天中之
報王者在處寂然安住是處其王彼時全無
憂惱之患調和諍訟快樂增上種族相貌嚴
麗希有成就最上邊際之處諍訟損壞止息
非有根本自性修崇善妙成就安樂增上勝

義國界上妙聚落豐盈本從於心眞實纏縛熾然造作不動相貌無倒邊際圓滿寂靜實有自性稱讚功德堪任正法意地眞實湛然爲義暗慢增上諸天遠離是處國王如菩薩行修崇三業平等普濟彼出煩惱障起清淨慧十善教誨盡顛倒相我慢之因趣求不有阿闍梨行肅然清淨世間諍訟自性正寂聽聞自性靜居天衆瞋忿已寂上二界中瞋恚不行有煩惱縛當地之法本覺自性彼倒遠離彼智自性力不能制事觀力微理觀方斷如聖人說貪之邊際非想非非想處亦有無理慧故未能遠離貪癡慢見第九品道向果方斷成無學心遠離王者菩薩智慧有力能生自在誨示遠離纏蓋最上損減障染邊際時彼世間獲得大丈夫相愛戀慈母色相清淨眞實之因如法調伏無根本諍修圓滿行無慢染障獲正解脫顛倒止息如是聞持彼倒遠離有情寂靜法體無諍清淨勝義憂惱止息處所和合意清淨法無倒眞實處所澄靜有情無縛智慧無邊如是女人無暗鈍諍遷災禍衆菩薩教誨王者勢大增上教令普覆如天造作相狀無空閑處所在纏縛連持因命求和合相染障遠離是處國王覆載生靈有智有力施彼人民貪愛止息國界群生遠十惡行往求聖像親詣恭奉過患皆止往勝義性聽聞清淨出離纏縛造作相貌靜妙安住飢渴楚毒寂靜皆止世間有情殊勝生起無倒勝義遠離諍染如是有情演說正法身體清淨有染慢障世間顛倒邊際纏蓋祕藏皆止此大我慢眞實染法聽聞如是云何

最上之性世尊之德天中之天福德自在究竟如是顛倒瀑流一切皆盡我慢增上淨妙尸羅染諍盡止如影隨形究竟邊際壽命增上福德莊嚴造作制度教誨彼彼如是自性圓滿施爲靜妙聞持悲愍衆類眞實自性清淨業道寂靜邊際天人之心云何無增上慢繫縛於彼增上愛樂清淨布施寂靜因相寂然遠染廣大悲願慈母之行教誨於子如王平等運載生靈暗鈍等給如是人民稟王制度菩薩勝行邊際如空無煩惱倒無忿恨縛自在力用善妙修崇心無有盡如王之教我之暗鈍增上染障究對無盡業道生起祕容之因染性自止善修圓滿支分有力布施廣大煩惱無力處所遠離彼十善行修設供養人民安靜我慢喧諍煎煩盡止勝因義利慧性本有菩薩教誨殊勝義利清淨妙慧慈母育子眞實愛念相貌災禍施爲如意增上平等發語誠諦災難遠離是處彼王如菩薩行治育生靈自在澄寂云何無諍發生勝義思惟趣求諸天梵行纏縛止息圓滿智慧增上寂靜造作邊際布施瞻奉菩薩寂靜誨諭群品云何種族災患眞實纏縛之本難可遠離希求染諍增上我見有情運載作業止息菩薩善誡王亦止惡巡遊聖跡妙善可臻增減不生語言止寂忿恨遠離如邊際慧制煩惱因長養忿恨教誨可止最上我慢調伏息除王行善教忿難皆止善法增上生因眞實修施爲本義利如是煩惱邊際自修勝因惡報遠離災難如火焚燒善根自在有力運載荷負邪行不修人民崇善我倒纏縛自性遠離

布施之因無我縛本生有邊際熾然無諍煩惱自止和合相貌災禍本息光明現證本寂無求圓滿妙慧思惟難及有情無染勝義如是希求本寂遠離三箭國界淨妙增上如此無倒遷變瀑流止寂相狀無實增上德行圓滿寂靜如火滅薪煩惱暗鈍苦惱邊際廣大瀑流無學求寂念我見盡成就勝義如如增上本無災禍澄寂義利眞實無求成就無相煩惱諍訟正理可除無邊繫縛聖智斷滅出纏自在解脫爲本趣求勝因盡染遠離忿恨遷變造作由我無倒修業清淨爲本遠顛倒染云何勝義如如寂默邊際眞實離驚畏怖力用如天勝義無我眞實無邊離增上慢彼無言説壽命無動究家義邊無學已除是處國王德望休祥人民仰附行布施因遷變有力聖惠周普隨順色相善淨調伏行十善行修布施心增上安生制度嚴峻善妙具足聚落人衆出纏離縛圓滿有力有情生因無我善靜菩薩運載演説正法忿惱之行非天律儀隨順顛倒無寂靜法正理遠離進止舉動染諍皆息無變災難自在止息如是方便隨順寂靜善淨語言補薩陀葛無忿惱行修如來心菩薩行布施行莊嚴之義尊者護國本生義邊第二十一本無顛倒名祕密藏清淨相貌實大丈夫希求善趣所謂隨順聽聞菩薩意趣大功德聚百千萬衆邊際如空廣大之處國號無我王名最勝所行政事境內無偏福德智慧圓滿無動憶念種族眞實無替慧施生靈奉戒清涼四民無棄究敵諍訟聖力皆止自無貪欲遠離飢渴清淨無倒聖德

無私教令普均自在圓滿眞實無壞熾然有
德險難無怖根本有學希求聖位暗慢有情
無能進修究竟因行世間之因體性破壞無
盡染諍天龍鬼神成就縛因無倒勝義因不
可得清淨妙因眞實祕法聽聞自在身體福
因根本邊際無倒寂靜動止身安如是清淨
眞實布施正解脫法義利無倒發生寂靜遠
離歌舞清淨教誨遠黑暗業求如如行如白
蓮華淨妙根本塵垢遠離造繫縛心寂因無
有相貌遷變縛心眞實聽聞遠離是處彼因
遠清淨行有情熱惱飢渴所逼無有寂靜有
縛根本意地成就明白自性動止安靜災禍
止息無有煩惱顛倒驚畏無調伏行靜住聽
聞聖力無盡正解脫法煩惱止息纏蓋相貌
眞實無有德行自在勝義無壞善淨邊際我

慢不生運載聽聞甚深祕密清淨眞實調伏
修作梵靜名稱國王有力齊等讚詠無我寂
靜遠顛倒因道行鮮潔處所靜妙行施眞實
根本微妙無倒修行聽聞十善增上因業善
之一法增上福德智慧根本教誡語言圓滿
有力修布施行福業眞實變化之因十善果
報有勝福慧是處無有損減國王聖德邊方
止息無有傾動快樂如天眞實安住集福爲
因聽聞殊勝淨妙名色求報福行成就有力
色相隨順我慢暗鈍聞教不生寂靜有德染
諍自息一切人民修天人行共崇施業增上
名稱福樂之因聞教修行蓋纏遠離顛倒止
息獲得勝利福報如天崇修正行聽聞歡樂
湛然安靜法性根本寂靜無生具足聞持平
身應現遠離繫縛祕藏眞實荷負生靈顛倒

不起清淨教誨安靜誠諦無相智慧了不可
得制度廣大自在無怖廕覆相貌屈伸可依
彼求義利造作圓滿變化邊際本由勝因如
如寂靜遠離諸相三寶安住無傾動故瀑流
煩惱如來永斷澄靜如月方圓任器然彼支
分淨妙安住作業自在嚴峻可則無邊災禍
澄心自止狀若蓮華淨妙可愛吉祥邊際發
生妙因無垢制度災患可止顛倒垢染心善
無縛德行最勝圓滿自在造作無邊遷變止
息清淨聖力貪欲能斷善淨最上無相圓滿
如來之性無損減義明白自性寂靜修作塵
坌止息善淨能離善施無靜如月除瞋施雖
生喜無正解脫遠離纏縛真實自在一切顛
倒諍染皆盡勝義安然煩惱無動造作自性
染倒義利具足聞持清淨誠實如暗鈍障影
像修作卒暴之處真實遠離施者如王濟益
無盡布施無偏如雲普覆無縛修崇善靜止
息德行無倒世間成就光瑩霜雪如水明白
垢染縛體修淨聞持遺形無因真實無有上
妙修崇本有佛性譬如月滿淨妙澄寂暗鈍
諍染佛力能斷求邊際處了知無倒慢意不
生塵垢遠離隨順遷變本修施行過去之因
處所清淨如天趣因彼彼真實行毒藥處了
知無智彼遷流行顛倒之本三寶安住無傾
倒故莊嚴寂靜自在快樂平等相貌盡顛倒
染熾然修作安固無動自在遷變崇因可得
如來十力煩惱永斷根本淨心聖因方得名
色真實五蘊清淨勝義自性無念澄寂流轉
因盡力用常寂驚畏因緣無處有在是時世
間真實無倒清淨界性無邊安靜念處因緣

徃古隨順是處彼因誠諦清淨流轉狀貌定慧明白上妙果報圓滿和合行捨平等影像眞實纏蓋慢類暗鈍根本損壞染性圓滿修因勝義清淨力用修作具足聞持慢等損壞清淨界體流轉無因不動行相無倒之本瀑流之處遷變無彼熾然災禍忽而不有涅槃體常湛然安靜十善無邊一合清淨顛倒纏眠色力無盡舍宅田產我能增盛運載親族無損安靜處所微妙輕慢無有如是纏蓋了知遠離眞實無倒修因善妙清淨邊際方所寂靜學解圓滿眞常德行南方有天無因我縛瀑流止息清淨無諍梵行施爲勝義誠實淨妙色相德行成滿自性遷變福德安靜修布施行彼我無怖我見垢染顛倒遠離如是災諍恐怖無有諸天淨妙譬喻何及彼性發

生諸法如是十不善根縛因遠離是處飢渴菩薩誨示勝義圓滿倒染止息云何寂靜災難不遷是處豐盈教誨如是彼天染行顛倒息除寂默安住意地觀察無因諍訟制度有實清淨色相本無變動云何修作聖言可稟大乘究竟安固無動全界煩惱爲繫縛體四種勝義談旨爲上清淨妙因盡顛倒染人趣有情復能遠離最上遷變歸命三寶如來十力究竟爲義成就寂默力用無邊諸天自在盡心迴向聖人義利清淨眞實本性如是安靜祕密荷負之處有制如此煩惱力用如來求斷根本智心爲最上品勝義寂靜如來性義是處菩薩無垢清淨諍訟邊際無因自息損減義邊求不可得病難因緣本十業道衆人所在彼行布施復有我慢遮相隨順甚有

飢荒制度可止圓滿澄靜如秋天月求名色相了知無我力用可見淨妙邊際種族寂靜無因人衆造作於心變通萬行憍慢無施損減力能自在之處倏忽遠離流轉無畏恭謹無慢求無破壞聞持眞實是處和合增上聽聞遠顛倒染遷變喜受所在行施隨順正理捨離鬼趣發生智慧是處丈夫多聞誠實廣作勝因意地行施運載色相德行知見諸天勝因聽聞隨順究竟因行修崇如是我行布施圓滿應器災禍熾然變化止息善妙根本因行何如寂靜眞實千般化行諸天清淨纏蓋遠離是處有王制度作業自在成就諍訟止息最上貪欲舍宅義利清淨方所聽聞眞實淨妙伽藍相應平等增上相狀盡修崇業是處精嚴殊勝惠施湛然澄寂溫潤鮮潔淨妙可愛意地無犯澹淨根本廣大爲義彼中無念邊際如是造作遠離放逸名色無倒處菩薩行上妙眞實寂靜根本圓滿覺性本來如是學取求諍清淨無怖是處希求殊勝因行布施運載荷負親族清淨誨示教修崇業十善發生根本如是求如來性消除飢渴修淨妙因圓成大器求遷變行善淨有力自體思惟遷流之本出諍之處無飢渴事了知纏蓋自然無動菩薩是處勤行教誨祕密甚深求者自得清淨勝因眞實澄寂善除飢渴依稟聖說自在邊際根本祕藏有情遠離慳貪之行安樂具足四種勝義染倒不施慢類無有了知最上慈母恩義有情善知根本顛倒暗鈍我慢諍訟無有具足聞持王者之法有情了知布施殊勝平等如空修崇依稟菩薩

教授隨順無倒佛十力義一切衆生佛性皆有嚴峻制度所謂大乘大般涅槃如是寂靜有情義利如是有學自性智慧方便運載煩惱災禍求盡相狀遷變之義了知眞實貪欲過患如來言說除飢渴義云何吉祥如滿月義災難之法本由心起因實不平發生邊際我見之法染汙爲本意地被縛作業無盡菩提薩埵依聖言說不壞之法本自誠諦朋友求處有智可依增上勝因隨順正法彼心布施須濟生靈飲食遷變修十業道自在隨順如來祕藏上妙邊際捨身修施有情運載無憍慢事智慧圓滿倒染捨離別別德行眞實了知寂靜勝義盡彼顛倒是處無我究竟邊際彼運載行靜住無倒善能有力修建邊際鬘飾上妙能盡奇工如是究竟彼智慧體隨順修習十善因行發起方便清淨迴向意地無慢究竟眞實是處病患邊際無痤自求治療處處彼時驚畏無飢荒事言無倒說廣大知見彼第六意清淨無倒我見欲貪求不可得有情災患自復了知瀑流煩惱應時止息隨順了知遠離如是聽聞飢渴布施能離自性力用慧解了知自體隨順發生語言寂靜力用月滿之義根本布施無染諍義清淨澄寂無煩惱義聖人眞合如如勝義究竟自性廣大清淨德行自在因力爲上是處愚昧遠修智慧根本鈍弱畏懼增上復作是言捨離飢渴有情化生淨因方感平等了知求隨順事吉祥勝義復能修作稟聖言說善除飢渴王言調伏所在安樂眞實之因自然無動在處義利渴乏皆盡聖賢無慢了知眞實具足

聞持自在行施無上教乘制度清淨了知聖法顛倒遠離具足聞持清淨教誨苦惱去除佛十力義有情行處顛倒繫縛究竟無動勤修布施清淨教法禀受無乏苦惱不生唯清淨衆一修建處了知施本稱量善惡惟憑因業淨妙修作平等爲本求因邊際無有相貌布施支分魔不能壞過去邊際清淨無縛了知根本勝義澄寂求遷變相修調伏行無我眞實變異鬼趣慈母之處求離怖畏教誡修因清淨無倒遠離災禍無破壞義荷負三有調伏慢類是處自在具足捨施無有瀑流煩惱顛倒自性了知災患之本求染諍盡無順貪行相貌寂靜和合之本無相造作賢聖平等遠離飢渴了知教誡善哉善哉福德廣大具足隨順無上正法善淨諸天湛然安樂運載有情了知十善作制如王無憍慢事煩惱無因愛護無怖時不暫離治育求安云何有情寂靜於此布施眞實方所殊勝無我寂靜王善平等傲慢不有飢渴止息是處豐盈殊勝解脫王行正因吉祥如意滿足聞持善施誨譽施設妙因益濟生靈棄背顛倒修廣大行如是智慧眞實俱生施行千種賢善爲上彼慈母力無邊施爲我實無報瀑流煩惱佛果求斷十地親證如來性義無邊寂靜遠離鬼趣王行勝因遷變隨順布施眞實無諍之本是處自在具足聞持誠諦出纏不動澄靜修施力用根本相應有情無因不充飲食方便修崇布施滿足我慢暗鈍無學止息無倒清淨遠離纏蓋是處國王智慧圓滿見究竟因三寶無動供養增上妙色熾盛自在具足

施設語言自處清淨地法無諍如來十力云何獲得隨順如如造作眞實具足布施了解聖說本因淨妙顛倒止息行施制度善修調伏是處多聞寂靜支分圓滿希求上妙修崇平等病難因緣煩惱殄滅憍慫調伏我見垢染無因施設國王了知無邊過患自行制度災難泯息

菩薩本生鬘論卷第八

音釋

瀑（薄報切疾也）囂（許堯切喧也）坌（蒲悶切塵坋也）

菩薩本生鬘論卷第九 第十同卷

聖勇菩薩等造

宋朝散大夫試鴻臚少卿同譯經梵才大師紹德慧詢等奉　詔譯

求彼眞實無修可得最上顛倒成就災禍善因無有憍慢情深無我遠離是處伽藍寂靜無縛布施雖多全無諍訟有情所居廣大清淨聲聞動轉大乘安固彼天如空智慧最勝祕密甚深因行無倒了知邊際力用無盡虛空無性隨順容物貪愛顛倒自性還移彼彼復增聽聞誠實國王惠施清淨崇修珍寶無邊淨妙無倒眞實諍訟安靜無有聞持勝因行施清淨王者了知相應善妙彼王國界平等安靜慈毋快樂相應最上菩薩是處無相修作如是行施求殊勝事復無損減如來性義自求無縛王者依附不動止息邊方相狀增上教法止息災禍垢染纏蓋諍訟邊際無量諸魔不能破壞平等了知攝集爲義增上病難自求災禍隨順貪欲不知因果自有力用不知血脉三毒復諍自在垢穢不知遷變顛倒無盡正理因緣無顛倒怖齊等依處慢法遠離方便布施煩惱無有自在放逸寂靜止息增上教法快樂之處暗鈍我慢了知無益根本如如法性無盡成就實性求彼邊際是處無實放逸我慢了知教誨善求布施眞實諸行三種鈍弱清淨遠離獲得相貌舍宅安靜群生止息不失因行清淨修作顛倒遠離云何修習災禍除遣了知如是無倒安住具足因行覺了如實根本相貌希求邊際菩提薩埵發生是言國王制度廣大眞實調伏邊方施設爲上遠離病難布施飢渴見彼語

言善静遠離損減垢染繫縛處所有力聖賢慢類捨離邊際力用清淨布施彼等善淨飢渴無有此因方所無時不修眞實布施增上飢渴出離顛倒發生語言清淨修崇制度無盡愛樂寂静十善發生如此還變淨妙之處自在具足希求誠諦方便修崇有情施因云何有情自在闘持王者具足廣大殊勝因了知教行如是自性無縛眞實方便增上了知無諍圓一由旬修崇勝槩必獲淨因淨妙眞實邊際寂静温潤澄瑩善妙勝因造作處所無邊眞實相貌可愛自在殊勝自性遠離是處王者能濟飢渴聖言誨譽誠諦時分盡除災禍不壞相貌了知界性欲樂邊際有力還移勝妙因行布施相狀最上無倒不壞修崇災難遠離語言無諍荷負廣大果報寂静勝義修作如是語言飢渴之因清淨止息正理施爲發生教導帝釋天主語言誠實如是十善究竟勝因第六意識染惡遠離上妙語言希求布施根本勝因體性無倒彼實邊際云何無性損壞眞實善法不生趣求聖道正理本寂云何知解了知方便王之處所廣大寂静如是教令成就制約施設運動益濟無邊善除飢渴最上言説云何方所世間爲上修建邊方生靈安静如是正理三寶無傾安住無動造作根本覺了因性離畏懼義愛樂繫縛還移處所自在邊際了知因行是處覺性智解了知勝諦眞實貪欲無有流轉因性飢荒止息調伏自性卒暴無傾戒德無犯律儀可遵歡喜爲義力用可依王名廣大求不可得我慢邊際有情運轉十不善義如是布施

滿由句處我慢有情聽聞盡止學位有情離
畏生喜荷負有情在處說法有情之心能了
義利能斷貪欲力用可求彼離我性無倒希
求最上德行有情依處如是寂默無忿恨意
有情布施德行之法彼離瞋恚出纏爲行住
處不有顛倒修作唯求諍訟災患之本佛法
梵行進趣屈伸利益爲義最上清淨吉祥勝
義顛倒災禍希求盡止如是德行獲得祕密
觀照力用聽聞眞實不生義利執持無實自
在之處增上無諍清淨布施意地增上病難
止息相應遠離彼天之趣守護爲義無我行
施淨妙依持德行無諍了知覺性貪愛界性
無解脫義流轉生起無因顛倒清淨行施眞
實如是了知施法殊勝之因善妙體性法本
無諍上妙愛樂根本三善寂靜遷變吉祥爲
義觀察有情飢渴災患是處國王有力修崇
眞實無慢愛育圓滿纏蓋不行相應遠離飢
荒之本了知壞性菩薩是處本無垢染根本
三善祕密希求影像邊際飢渴遠離根本無
倒清淨誠諦諸天十善圓滿勝因瀑流煩惱
了知止息造作相狀貪欲無壞修行布施教
法之本能盡顛倒本意修此諸天之本因行
布施眞實邊際名爲增上相貌光潔實大丈
夫如是無諍安止巖谷獲得寂靜安固不傾
清淨妙因無我發生善友相貌圓滿如是造
作力用義利成就處所邊際過去福業十善
因行崇修如是相貌無諍菩薩之行意地獲
得圓滿清淨菩薩有力布施莊嚴無有邊際
垢染損減常住不壞眞實流轉丈夫諍訟欲
貪無寂處所災禍造作之本有情智慧了知

彼盡所謂菩薩眞實遠離云何相貌圓滿無縛觀察處所別異如是世間怖畏明解染縛了知處所彼因遠離縛因棄背聽聞誨示世間之因有學能捨清淨自性智慧證之教誡師邊有情智生廣大修崇世間因行運載三乘同歸佛性遷變影像彼彼無實煩惱愛戀梵行無因出家之衆觀彼無智煩惱過失如來永斷祕密德行清淨勝因福德聞持相應遠離有情方便愛樂顛倒瞋恚無有獲得護念是處應知世間我見城邑義利遷變處所了知無倒王者護國災難無有具足聞持了知所在聽聞德行觀察眞實王之國界邊遠難往殊勝相貌災難無有涅槃自性無縛所顯離倒布施密行眞實最上處所諦實修作進趣邊際自性無毒邪行不修圓滿無諍近

住根本清淨依止德行眞實平等邊際有本勝因祕行無諍愛樂清淨寂然無廢菩薩增上自在邊際聽聞根本布施因相云何吉祥增上聖道我慢不生了知勝行美饍具足愛育眞實相狀盡無邊際如是云何清淨布施無倒制度處所寂靜了知無乏是處彼實智慧無相患難無有寂靜修作菩薩道行眞實智慧有情倒災難泯息自性祕密煩惱無有了知施行相應有力垢染遷變德行具足慈母愛育熾然最上自在邊際寂然有力支分教法詮顯澄寂國王制度邊遠無動菩薩本因嚴峻遠離四果無學圓滿勝義諸天愛樂增上教法希有相貌喜悅無動寂靜無諍清涼如月修建眞實諍因遠離相應希願福德有智根本教法諸天依禀悲愍有情流轉無

替是處欲貪最上顛倒具足聖法染因皆盡
具足聞持勤求正法布施隨順名稱自在最
上祕容魔不能壞國王愛慕遠方寂靜自在
遷變嚴峻制作災禍本末肅然止息是處智
慧遠離瀑流顛倒染縛多種慢類菩薩支分
寂靜修作求因無壞心意止息空性本寂自
求安靜人趣荷負慈母爲本自在名稱煩惱
盡止國王是處能制貪欲瞋恚愚癡多種輕
慢飢渴朋屬生靈止息菩薩增上清淨自性
身體獲得有情眞實王者如是修崇本業彼
實災禍顛倒繫縛瀑流煩惱十種根本造作
施爲平等布施圓滿有力無諍眞實清淨界
性嚴峻獲得彼聽聞性有學之因戒律根本
施設無盡隨順流轉不動增上十善根本無
性增上欲貪恚難無縛遷移時分眞實崇修
施行如是諍訟彼無有慧調伏災難造作止
寂了知放逸根本知見是處菩薩無上教誨
云何意地煩惱難斷希求無實造作無邊如
母育子守護爲義了知有情寂靜之法無我
力用因善友力施爲寂靜無怖圓滿自在邊
際十種善法遮不淨義復生語言無邊修崇
無人處所求不可見無邊因行過去之業眞
實自性憍慢止息隨順可獲清淨教誨有情
顛倒智慧了知穿針之事有情聽聞邊際染
盡隨順流轉愛樂之因了知有情煩惱過患
是處國王惠施人民寂靜安住希求變動智
慧了知趣求解脫禪定智慧崇修相貌菩薩
如是止息纏縛布施有情眞實義利自在行
施具足聞持修習行捨善哉遠離菩提薩埵
發起誨示是時國王人民樂施盡意修行祕

藏珍寶一時捨盡有情是處憍逸如是中間
寂靜煩惱無因究竟安住了知布施無有相
貌寂無傾動如月澄靜瀑流煩惱善心遠離
增上慢類災禍無有常本不生觀察顛倒運
載處所寂靜如是彼名色相誠實自性染惡
繫縛具足相狀如是有情荷負色相清淨止
息染因遠離快樂義利相貌止息世間業道
成就報果傲慢飲食飢渴顛倒無有患難求
彼遠離過去顛倒造作時分相貌繫縛變動
止息清淨布施希求殊勝相應善因慈性修
作守護方所塵垢災患有學進趣煩惱息滅
塵坌不遷清淨安有如是邊際復生災禍根
本廣大邊際之因清淨趣求愛樂修施隨順
守護有情教誨國王修建處所廣大世間有
情根本三善無貪無瞋無癡是善之本自性
無縛邪見災禍眞實無有悲導生靈顛倒過
患如是隨順廣大寂默造作從順三寶安住
瞋恚希求無智修建城邑聚落親聚所在清
淨因行施設相貌禪那寂靜伽藍所居有情
自性遷變無動四禪根本五欲止息平等成
就根本快樂眞實邊際災禍隨順止息塵坌
飢渴相貌無有是處施爲十善屈伸舉動暗
慢無有祕密無怖寂然止息希求無動見彼
本因十善利益纏縛止息云何不壞眞實相
貌造作清淨布施因業應量器用勝義眞實
成就祕藏自在誠諦自性作業顛倒評訟心
向菩提圓滿勝義時分寂靜希求施行靜住
根本自求遷變有學具足清淨修施彩繪尊
像盡心與顯一切修施根本邊際過去安樂
增上無動中間清淨無因災禍一種聞持云

何我慢相貌邊際聽聞多種本來自性過去
諸業求彼快樂福德無倒飢渴遠離根本無
別末業有異布施纏縛貪欲顛倒煩惱瀑流
眞實如是損減諍訟自在修施圓滿善業獲
得勝利無鈍弱慢進趣有力遷移處所重復
行施世間安樂無動誠實如是無倒明了知
見具足聞持盡彼殊勝眞實支分屈伸和合
無相之本佛法如是國王治化法本眞實制
度修作從順止息清淨聽聞調伏爲上進趣
止息顛倒災禍瀑流煩惱無越根隨最上相
應發生智慧希求無倒寂然遠離王之界分
邊際寂靜造作見聞災難遠離是處菩薩了
知無倒能遮一切諸不淨義有情見彼增上
快樂王之貪欲眞實無邊彼顛倒因忽然止
息聖德希求育養衆類邊鄙寂靜隨時能了

造作施爲本由制度是處菩薩如慈母行了
知時分止息顛倒增上觀察彼彼調伏求趣
聞持清淨勝義誠諦根本無因名色調伏顛
倒行施自性無動之本唯求布施福德究竟
自在安靜增上愛樂清淨無我了知根本瀑
流自性飢渴患難相貌諍訟寂靜邊際鈍弱
慢類具足長養如師子王所在無畏具足相
貌屈伸自性祕密因行上妙遷變供養無慢
云何眞實增上勝因寂靜調伏清淨妙慧隨
順處所言說遠離云何勝義無倒遷變清淨
勝因煩性不生淨妙如此菩薩誨示自在求
施眞實語言說法如雨王者何如制術廣大
善法無諍自性觀察清淨妙因長養爲義正
理根本無倒具足自性和合身體安樂養育
之處無邊修作聽聞知見眞實趣求獲得覺

慧最上邊際如是聖法清淨無縛根本具足喧諍無動自性清淨煩惱永斷流轉之本自性之法鈍弱慢類憍恣遷變災患之本寂止如是有情影像隨順無實菩薩云何最上教示實有災禍飢渴自性是處顛倒過去時分有情清淨廣大義利布施因行善妙止寂有情了知菩薩因行發起十善安止無動具德教法本來無有隨順機性施設有異增上祕密如是勝因安固無動云何身體圓滿寂靜修作真實無畏成就勝義自在無生邊際如是不動菩薩阿羅漢果獲得清淨荷負顛倒瀑流煩惱無因生起患難止息觀察有情清淨布施勝義寂靜解脫力用是時教誨自在修崇如是我見廣大無邊瀑流煩惱根本生處復求造作止息遠離成觀察了知時分云何有情調伏自性造作無懷久遠時分寂靜如空根本自性觀察自他清淨有益是處殊勝最上隨順有力行施成就無畏所謂大乘了知無縛運載因行如蓮出水根本勝義調伏清淨修施因業獲得善利災禍本相不行惠施了知垢穢清淨無有增上調伏具足平等勝義自性無有彼此災患之本行施真實淨智隨順如是求彼寂靜自性煩惱染縛清淨無有名色遷變布施希求屈伸力用一切有情觀察無盡隨順希求最上因性鈍弱慢類自性無能無相布施盡彼修設能斷貪欲說真實法云何諸天語言真實根本勝因無諍修作施行無邊壇法根本增修遠離快樂義利無暗慢本止息顛倒求修進行具足聞持根本勝因天人無倒增修布施隨順勝義

眞實之因成就根本求施因行廣大清淨祕密之本荷負有情布施修作眞實祕語止貪欲行寂靜增上具足聞持清淨勝因自在如是求一切因勝義眞實增上造作一切災難自然止息有無繫縛垢染遠離煩惱鈍暗處所遷變是處有情寂靜邊際有力自在隨順本性垢染縛因一合具足了知有情止息諍訟賢善修作有處災患勝義寂默自在布施清淨眞實自性有力邊際有情所在彼彼作業流轉生死愚癡爲義達解邊際我見遠離造作根隨災禍止息調和處所如空無礙飲食上妙無求捨離清淨教法有運載義演說諸患自性止息彼求自在寂靜之法布施誡諦修清淨施圓滿無諍遠顚倒本寂靜如是求祕密義飲食施爲言說教誨布施寂靜荷負增上如空相貌眞實了知無學聖者根本行相正解脫義如是平等垢染止息根本諍訟屈伸因相發起勝義清淨邊際往昔造業增上暗慢獲得息除隨順瀑流無有寂靜四種業道現生順後往業不定如是一切過去造作自在具足清淨邊際布施業行寒時逢火有殊勝義是處眞實根本無倒名色和合往業遠離修習業道根本勝因諸天淨妙求安隱樂苦受之因暫時不起快樂自在增上鈍慢如是遠離過去業用善淨無倒有情布施纏縛自息先世造業意地不生時分無邊勝者先受如是無學廣大清淨究竟安住垢染纏縛往昔殄盡身器清淨患惱無因調伏有情用意修施世間寂靜清淨了知云何我慢多種癡迷心所中欲求盡纏蓋諸天趣類

清淨所依了知施行圓淨殊勝多聞聖道了
知無諍屈伸制度嚴峻修作快樂邊際高下
平等如是果報隨順教法運布施因容儀清
淨圓滿德行作業安靜鈍弱慢類調伏不生
世間有力求因遠離最上樂欲行施眞實相
貌清淨諸天無比遠離災難云何勝因全無
垢染修施慢類止息無上趣求薩埵邊際智
慧明解發生教誨清淨時分云何彼實義利
寂靜圓滿知見隨順勝因止息慢行自性善
妙處所鮮潔教法殊勝聞持具足了知無倒
布施無盡聞持有力善災殊勝憍恣遷變時
分盡止論難知見制度施設布施相應行因
無諍苦果相狀調伏止息清淨有情飢渴無
有如是眞實遠離怖畏彼此寂靜災禍無有
世間勝義三科之法布施增上暗慢無施云

何論詰研窮性相正理成就樂欲根本垢染
縛體我見爲本顛倒支分鈍弱之心垢染於
是舍宅本無遷變何有如來之性最尊最上
牛乳爲譬諸味中上施因清淨無倒義利戒
律之義善淨語言是時國王自在有力處所
廣大惠施邊遠節制修崇制約嚴峻如是造
作利益有實祕密言語本性非有遷流造作
性無常義圓滿支分慈母恩育語言調伏勝
義寂靜自性成就世間行施善哉有智無諍
訟邊王言止息不壞之因遠離鄙見正理無
邊運載爲義云何無難最上無倒多聞具足
根本見性

菩薩本生鬘論卷第九

菩薩本生鬘論卷第十

聖勇菩薩等造
宋朝散大夫試鴻臚少卿同譯經梵才大師紹德慧詢等奉　詔譯

時分勝因本際如如十善崇修流轉無有根本知見聞持具足清淨智慧自性眞實聽聞相狀荷負修作正解義趣求難得無邊方所寂然安靜比丘遠離根本纏縛布施因行圓滿無動智解增上了知無畏清淨勝因布施無減寂靜邊際力用可得有學相狀煩惱止息無學聖人根隨永斷四種瀑流習氣仍在世間有情無明所覆根本繫縛恣情放逸自在有力無慈忍行纏蓋難出瀑流相續福樂果報聯綿如是了知彼縛諍訟爲本希求圓寂證解脱義彼實無倒聽業如是 水火風災熾然發生了知嗔恚貪癡隨順法性本寂湛然無生遷變自性有爲可法世間有情四種業道順現順生順後不定祕密甚深隨順無相戒律持犯發生眞實如來之性無損減義持戒清涼澄瑩自性患難有情慈心行施意地了知自然發生彼岸之法無因安得不放逸行諸天可修快樂因緣根本三善造作界性顛倒不生嚴峻制度淨妙可愛究竟邊際了知有力修施相貌具足發生尊像崇修福緣永固了知聽聞寂靜如意三寶安住無傾動故此本勝義遠顛倒法煩惱性類靜住無生我見增上煩惱根本造作無邊聖力能離無貪瞋癡三善根本慢類顛倒無力能生有學靜住現行不起彼自在力戒德清淨相應聽聞善住增上廣大寂靜三寶爲上九品智慧無相趣求諸天快樂進修求彼能斷貪欲

說眞實法遠離果報有無因行種子不生如是勝法功德力用纏縛顚倒無非皆盡方所邊際遷變希求如彼圓滿德業因行果報施設百種影像田宅聚落殊勝豐足清淨教法利益安樂眞如自性本來常滅無取無捨湛然安靜三乘聖人並爲善友繫縛之心眞實顚倒清淨界性自在止息瀑流顚倒制度遠離眞實造作後更修崇最上邊際本心解脫清淨祕密止寂如如相貌不生思議難及此眞實義究竟無我王者知見制作如此平等無二正法安住道行圓滿寂然無怖情非情物禀性常寂解脫無生有爲難捨我慢諍訟實有遷變能斷欲貪所在邊際如是嚴峻修崇眞實彼大丈夫過去殊勝無邊作業善法成就有情智慧功能無盡云何慈母養育眞實過去倒染誠諦清淨如是祕藏究竟眞實覺者無倒勝義圓滿毗尼律法有情能受佛地圓滿根本聖說如是邪見染慧不生靜住相應澄心自性勝義發生邪見不起平等趣求染慧止息菩提薩埵修布施行護國尊者本生義邊已上第二十二義并第二十三義合我見苦受眞實顚倒如如勝義作用止息所謂隨順聽聞義利彼菩薩行智慧殊勝種種自性無縛安靜興顯尊像希求果報寂靜安居寘心泯息嚴峻處所塵勞俱盡二十二根善法欲義善惡昭然如影隨形是可得義無不可得國王方所與緝自在息惡甚深彼染破壞運載生靈增上相貌彼實難得制度嚴峻煩惱可得瀑流爲義造作形像果報具足明了自性怨對何有廣大遷變顚倒遠離

布施力用處所誠諦想念聖言崇奉圓滿彼智慧相獲得無盡大乘平等教乘爲上貪愛繫縛障慈悲行自在力用移轉無有戒德無犯制度可遵名色上妙澄瑩如王相狀相扶工業殊勝菩薩誠諦動靜可依是處均等彼我如是力用發生果報成就慈母愛縛邊方隨順顛倒慢類種種還變現行縛體能生諍訟壽數終盡内外普均是處丈夫遠離喧諍纏縛有情究竟能離瀑流煩惱隨順不生進修聖道福德堅固執著我慢顛倒方所發生勝義清淨止息一合真常聽聞無已意地清淨纏蓋遠離患難顛倒謗讟止息淨妙殊勝彼我有力根本煩惱十種不起纏縛還變制約止息云何心昧摧壞色力受報真實勢力自盡分別我見入聖乃除慢類真實隨見可

止暗鈍諍訟無因生起隨順世間施爲十善彼邊際慢增上執著顛倒分別受果決定林木損壞如空無邊誠諦受果愛支已潤身負我慢爲增之本因果相扶類於形影如空無邊寂然無礙貪愛果報内因發生不修善法無由成聖寂靜如空處所廣大發生善因果報隨順自性清淨顛倒止息聲相善巧建立佛事壽數時分難以遠離運載自他廣大祕密平等難行我執增盛趣求勝義圓滿如是有情德行善修和悦湛然清淨甚深難得云何心法真如爲性彼彼時分安住平等勝義圓滿造作泯息十種業道並由心起昧鈍根本克體唯癡相應暗障王所皆是我慢分開有七九種瀑流根隨如來求斷布施文義所謂大乘佛法僧寶究竟不傾善惡二相形對

而立了知時分長遠難得求天趣因唯憑善力保護處所愼密安住運載邊際從三乘説勝力增上了知善友一種和合我見除息不生繫縛棲止勝義具足聞持聖力荷負如來之性觸物可知淨妙名色澄心安住圓滿智慧妙覺安然涅槃勝義彼我俱盡一合智力鈍慢皆止智慧嚴峻了知長夜此大丈夫了眞勝義趣求無相自在止寂修布施行圓滿具足彼運載因遠離縛義成就彼力是處平等廣大顛倒因行不生恭奉隨順修成滿行如此勝義上妙增上林蔭茂盛災禍遠離有智慧相了知祕密發起勝因自在無邊世間行施爲十善因大丈夫意圓滿誠諦九地施因無倒修作彼顛倒行增上除遺暗鈍我慢體性眞實圓滿發生淨妙色相欲貪廣大勢

力無盡無因去除生死無廢隨順煩惱失丈夫志不信聖言誠凡夫行時分邊際顛倒希求纏縛流轉惡業成就清淨因性棄捨遠離是處丈夫廣修勝業彼彼方所安靜無動摧壞染縛邊際不生人趣有情廣大福業五蘊不壞遷變不窮受福殊勝行施爲本津要制度爲最上品色相嚴麗廣大無比清淨處所安靜無動名稱增上自性澄寂有情體大障礙不生悲導生靈發起勝義無倒行施聖力所爲修建邊際無摧壞義怨結相待隨順可勉貪欲希求聖人止息是處菩薩悲願能離慢體眞實難以制伏地地九品通迷理事自性眞實顛倒無盡無明癡暗寂靜難生纏裹如蟻何能出離造作眞實修崇本際一切行相壽量希求有情教誨實大丈夫平等自性

如如可依名色所依根本識性勝義發生最上之性相應運載丈夫所爲寂靜之處遠貪欲行清淨十方覺位圓得入地已往分有所能如是勝因曠劫所修聖智功能因果有異殊勝之行濟苦與樂教導群品導依聖説如是暗慢我見爲本有力行施泯絶相狀自體希求如是遷變不壞流轉遺體之類時分邊際淨穢皆有善淨之因所感義利眞實趣求聽聞制度無有顛倒自在無動是處我慢增上趣向相應諍訟無有止期有情勝因無不捨離造作義利施法之因生類苦惱摧壞身分顛倒邊際無能遠離施行圓滿如空無相戒德清涼須明持犯息惡邊際煩惱能離苦薩是處自性清淨彼止息行勤修勝義調伏生靈實丈夫行布施方便善淨修崇諸佛垂教無因不可法象爲譬誠諦如是方所安靜平等如空能斷貪欲梵行爲因究竟因緣自修施行彼瀑流義纏縛無盡遷變相貌護念如眼息惡知見圓滿勝義根本眞實自求已義母恩無邊廣大爲義彼彼眞實邪見不生律部根本施設軌範快樂界性非貪欲獲廣大有情護息諍訟善息纏縛眞實丈夫是大有情眞實有力相狀齊等令心安住根本寂靜無求顛倒自在指示所謂默然影像本末義利如是圓滿盡諍何無眞實彼本顛倒云何如是我執無邊修垢染行云何離畏本如如性愛樂顛倒迷色自性身分肌膚布施能捨求彼處所修建爲上造作遷變荷負無盡祕密甚深無相可見應器成就具足自在清淨處所鮮潔爲上乃至遷變嚴峻淨妙清淨

教法善能止寂修梵行因相貌增上如師子王威嚴無對相狀殊麗鮮白廣大心本澄寂自然無動根本癡暗慧解無因顛倒之法正智不生其足聞持悲心遠離無始繫縛愛戀色身淨妙施羅顛倒除遣殊勝因行最上崇修無表色體持犯名戒貪愛熾盛有清於身瀑流無邊憍恣狂逸顛倒業行制度止息清淨之處造作真實此平等相根本安住無有時分希求聽聞國界有所安然寂靜持戒清涼林蔭茂盛戒德無虧一合清淨制度勝義成滿云何彼因十種善行如是邊際增上色相自在相貌殊勝無盡光潔嚴麗聞持圓滿布施無倒名色具足煩惱不生瓔珞鮮淨希求有力圓滿行施是處廣大體性自在布施功業寂靜嚴峻智慧自性苦惱無有三業恭敬思惟自性殊勝因行顛倒皆盡暗鈍我慢作業諍訟希求造作悲導圓滿忿怒邊際教誨止息丈夫所錯均等無偏教誡師邊際依稟隨順希求聞持諍訟自止賢善之性無流轉義云何恭敬覺滿如是自在行施益濟平等清淨自性本際勝義二種重障瀑流災禍煩惱永斷金剛無間雜染邊際有漏皆是運載自性三乘之本智慧難得垢染惡行世間凡夫顛倒垢穢發生力用破壞纏蓋枝葉茂盛根本堅固以此為譬

菩薩本生鬘論卷第十

音釋

讟　徒谷切痛怨而謗也

菩薩本生鬘論卷第十一 第十二同卷

聖勇菩薩等造

宋朝散大夫試鴻臚少卿同譯經梵才大師紹德慧詢等奉　詔譯

自性根本智慧了知增上相狀靜住無惱湛然快樂了解脫義惡趣顛倒我執無盡憂苦轉多煩惱無替根本災難相貌無定瀑流煩惱如來永斷彼自性因遷變止息隨順具足義利根本力用可求運載無盡彼彼增上進止有益了知意地盡諍希求煩惱時分顛倒息除三乘善因制約群品諸佛法性湛然清淨眞實知見慢等無力障礙之法了知寂靜根本慢邊運載息除纏縛多種教誡約束有情在處隨順生起清淨神足欲勤心觀悔過名熾身器清淨聖道唯智慧通三性究竟眞實無越理智如如勝義妙覺方圓眞淨聽聞摩訶般若佛大丈夫調御群品寂靜依止屈伸爲義清淨聖道盡如來性智解了知窮極邊際惡趣稟聚善哉難出勝義無倒淨業圓滿出纏離縛苦惱無因彼實希求果報能離根本廣大丈夫顛倒隨順顛倒邊際邪行善本縛體有學如是纏縛邊際自了田宅是處有情布施有實惡業果報倒行止息五蓋十纏梵因能離廣大聞持有力自性上妙色相遠離災禍心無形質涅槃無相慢縛諍訟聞教止息香氣遠聞身分眞實邊遠方所增上了知彼彼田園方分如是彼眞十善淨慧了知人趣行相殊勝方所色體最上不可破壞有情善教修施圓滿殊勝無倒意地誠諦煩惱暗慢怨對增上具足蓋纏調伏遠離是處恭奉隨順王者本修勝行捨鬼趣道圓滿荷

負無盡邊際九地無相隨所證說十種業道智慧了知平等相盡界性眞實勝義最尊無爲法故增上造作暗慢遠離究對顛倒其數百種瀑流生起種現無盡云何有情餓鬼報捨顛倒我慢纏蓋相續寂靜根本和合捨離眞實布施希求無相平等增上福德隨順人趣生類王者爲上云何彼類根本我慢纏縛相繼苦惱可獲愛樂語言智慧施設自性寂靜藥毒止息善友之因諦實希求恩愛養育殊勝所在遠離作業彼彼顛倒果報言說瞋毒具足善友益濟聞持有力自在調順求煩惱盡了知自性眞實根本朋友鈍弱遷變修作圓滿勝因本性如是發生勝義運載根本煩惱中貪同生我慢朋友善教發起淨因往趣如行止息塵坌清淨眞實布施般運修崇增上止息纏縛快樂流轉發生勝行善妙因緣德業如意捨離染因愛樂靜住十種善相遷流邊際朋友自性顛倒皆盡自性成就了知眞實無漏聖道證彼如性勝義如性圓滿眞實彼天無苦如實邊際殊勝邊際運載生類清淨戒法圓滿無盡如來智力廣大圓滿說眞實法邊際無盡云何運載佛爲善友無漏善業十種圓滿菩薩施行莊嚴尊者護國

本生義次第二十有四一合增上如來性義如是悲願崇修無盡所謂聽聞菩薩教誨云何相貌希求寂靜人趣根本眞實勝義種種界性族類根本三種祕密制伏三業多種相貌如其林麼身分清淨修因自在聖道平等狀若虛空造作力用遷變不窮地生毒藥福力可除有情平等圓滿因行造作支分上妙

寂靜常行悲導益濟生靈修清淨心聞持增上三種無倒眞實根本慈母教授止息諍訟慧解分別了知貪欲如是相應無煩惱障所在方處修調伏行人趣有情求心難得顛倒繫縛暗鈍隨順調伏遷變彼時有力了知諍訟種種相應是處修施調伏施設彼實毒藥顛倒無害彼彼佛性塵塵無二眞正解脫無倒義利聞持有力善法純淨我慢貪縛不善有覆清淨名色五蘊自性了知聖賢無顛倒行意悅自在身體殊勝國界殊麗上妙嚴飾鮮淨如天有情廣大勝因無邊發生自在靜住調伏鈍弱我慢身相廣大我見隨逐量度勝負施上中下是處菩薩清淨狀貌自在修作勝乘義利清淨無倒國王有力治化殊勝常無動轉寂靜因行負荷邊方求無諍訟止

息喧雜次第發起淨妙方所靈逸豫安固不傾應覆生民如雲普蓋布施力用相狀和合是處平等如稱均物自在力用一蓋普施止息塵穢了知有力運載方所求無驚畏一合相貌肅然成就智慧廣大具足長養是處自在清淨聞持寂靜增上顛倒遠離瀑流險浚力用廣大調伏纏蓋盡彼增上希求寂靜愛樂時分意地憍恣善住止息煩惱四相遷變彼彼如王自在圓滿制度是處菩薩如空無礙云何聲相大小有礙清淨布施王者誠實發起尋伺麤細而轉勝義寂靜安然無動身語意行十種善惡時分分別彼彼處所覺了三性慈母育子善知飢渴體子性行彼時王者善治國界云何心地止惡諍訟色相鮮淨和合可愛無實災難破壞不生如本無相力

用相應能斷貪欲瞋恚愚癡說眞實法隨順修學了生死法三界九地變易往來勝劣無定寂靜平等無暗慢類云何三諍貪瞋癡本爲諍之因受貧窮報彼語言行勤求修作自在荷負名色眞實清淨智慧照了大乘究竟之法圓滿妙覺時分長遠歷三大劫修施自在安處心田具足聞持煩惱障行處所安靜圓滿行施親族相貌心常施惠無有纏蓋本來不生造作應器殊妙可愛圓滿上妙恭奉聖賢帝釋天主殊勝智慧照了情類心行之法如來進止力用廣大勝義無倒祕密清淨色相圓滿壽命安固煩惱欲貪憂苦不止淨妙修崇暗慢遠離諍訟邊際成就纏蓋坑穽於下與心故陷見其受苦憂煎無已瀑流煩惱意地增上色相淨妙自體鮮潔彼彼發生

邊際所在無倒力用學處圓滿發起趣求盡無生忍尋求邊際廣大殊勝運載清淨具足平等布施眞實止息我慢身語意行發起布施此十業道自在邊際清淨增上具足無諍有無邊際聖智了知長短形相了知對礙布施荷負無顛倒慢運用方所主宰自在具足我慢意識相應彼本縛體慢等爲性具足鈍弱顛倒彼此憶念寃親無時止息苦惱過患展轉難離發起遷變增上生處如來自性清淨智了教導群品眞實聞持淨妙布施無處不有瀑流顛倒無因捨離廣大國王制度怖畏相貌殊勝清淨可愛造作思念如母育子祕密甚深了知眞實恭敬隨順人趣之行無縛所在淨行之因瞋恚邊際愚情所戀三種瀑流貪瞋癡本無學最上不離衣盂行施自

性殊勝業道有力發生成就如性真實邊際在處如意趣求心法了解唯智是處王者聖德無動安靜國界無因諍訟此時分義勝因施爲摧壞處所慢染究對思惟勝義趣求布施瞋恚造作名稱衰殄我我所見顛倒推求寂靜調伏云何時分歎異主宰裁刃豐逸鈍弱我慢作業喧諍如是瀑流漂溺爲義彼布施因濟益貧苦顛倒垢穢禪定止息調伏彼我自在憍恣力用清淨喧諍無已清淨教勝無有究毒有學進趣希求如是如來之性誨義圓滿煩惱之障自性顛倒如是根本無始多劫窮煩惱性彼實如空清淨誨示見聞調伏憍恣慢淨識不生自性邊際遷變止息是處流轉寂然盡止鬼界愚昧云何趣求增上縛因隨順染諍人趣鈍弱聖智難生戒行清淨運載殊勝相應造作根本施行自在力用真實圓滿智慧發生無怖無壞顛倒彼邊戒律能制最上調伏不壞行施廣大身分隨順義利煩惱之性增上皆盡自在勝因根本無倒愛欲布施不能亡相彼煩惱因行施有執如大國王治化不均真實怖畏倒染之本自在無我有力行施修行寂靜過去因深身分所執了不可得平等真實流轉無壞有情纏蓋地法所有諍訟垢穢拍塞空界苦惱過患根本生愛災禍處所無生不有無明遷變時分轉多聖道力能無染不斷是處王者聖德增上智慧自性無不照了如蜂造蜜共助成功聖智了知圓滿寂靜發生語言安詳無雜染汙寂靜有情如是我執真實有情生怖布施因行本意平等究竟邊際彼等調伏云何

相貌功用增上方便時分發起殊勝因性無邊力用無礙意地自性語言不及面相變動喜怒遷移彼求施因去來如是菩薩自在行律部法發生邊際教誨因行有支體性識等五種親因緣性不說報種不壞有支相應因性了知眞實自性如是德行離縛隨順因義暗鈍體性染心爲本清淨有支無覆無記此約親說意處自性八識爲體十二處說調伏云何彼等義利可愛自性發起進修根本運載智解了知起心暗鈍瀑流纏蓋我見垢穢染汙言說聽聞相貌布施修作我慢有情心生繫縛本實我見無施修作三乘運載自在遷移云何彼盡善哉了知祕密之因苦惱殄盡勝義無倒根本施性瞋恚無盡覺慧難生病患縛因梵行能離云何災障顛倒施爲獲得世間上妙自性彼天福業善淨有力五蘊名色具足聞持造作相貌殊勝無盡調伏清淨善施義利善哉了知甚深祕藏眞實調伏我執行相如彼勝因成就佛果無漏福德出世爲上淨妙性界根本無畏了解知見勝妙佛法清淨名色聞持有力聚落遷變流轉不壞智慧甚多寂靜無生懺悔盡染調伏如是彼諸天趣一合淨妙增上嚴峻無倒誠實如是悲願邊際無盡彼根本義圓滿無變如來廣大微妙圓滿聲聞無學生空解脫意地清淨十無學法發生勝義趣求究竟祕密甚深菩薩之行有情具足煩惱障義暗鈍我慢人趣之行眞實有力了知遠離煩惱障體根隨種現二十六法三乘共斷菩薩施行莊嚴尊者護國本生之義第二十五

菩薩本生鬘論卷第十一

菩薩本生鬘論卷第十二

聖勇菩薩等造

宋朝散大夫試鴻臚少卿同譯經梵才大師紹德慧詢等奉　詔譯

顛倒垢染苦惱纏蓋邊際如空所謂隨順聽聞菩薩因行云何相貌聲聞緣覺上有可求故云動轉大乘至極安固無動涅槃止息清淨寂默圓滿無對善性無染力用可求祕因無作心境暗合麤重無邊力用廣大本智發生無間永斷聖性起時凡性已離上妙聞持捨怖畏義攝藏最上廣大文義諍訟邊際聖因止息守護義利如王師子無垢清淨求人天福真實勝義廣大無諍熾然無倒調伏止息圓滿上妙清淨可愛恭敬帝釋尊崇狀貌云何發生遷變之行如雲覆蓋清淨遠離增上相貌無垢寂靜正理如意自在根本丈夫有力究竟自性國界圓淨無十惡行色相如實造作勝用如四神足功用最上了知自性真實養育貪欲處所悲心愛護照解名色止息顛倒纏縛行相流轉不止殊勝支分智慧體性彼彼病難了知虛實根本邊際調和所在寂靜力能崇修功用瀑流染法聖智能斷不來之果下地無因纏縛染性止寂力用調伏諍訟根本顛倒眼識緣色意識第八三識俱時有能緣用自性清淨教導之因了知種族躬伸供養是處修崇時分廣大求因有力染障顛倒淨妙之因圓滿運載大乘希求布施功行此實丈夫造作邊際發起清淨聽聞有力寂靜處所施行圓滿化生究竟和合益濟增上界性色相遠離造作顛倒趣向歡樂邊際相貌慈母愛育具足布施多種名相調

伏修崇無倒爲義施行平等增上無倒是處
菩薩趣求眞實悲願修作聲教成就布施平
等因相殊勝制度自在了知寂靜毒害施爲
鈍弱皆具清淨勝義行施最上災本眞實聞
持無倒染倒皆具調伏了知破壞城邑因無
制度地遠生心難住如是人趣生類顛倒暗
鈍慢等十法和合生起彼體眞實垢染諍訟
我見自性諍訟之心誠諦邊際施因處所了
知邊際淨妙趣求塵坌繫縛聖道除息養育
處所誠實安靜聽聞自性發生語言有情愛
欲支分染汙顛倒暗慢我見皆有清淨行施
意地無倒趣求諍訟瀑流轉多災禍垢穢處
所無施相貌默靜縛染能離意法誠諦制作
增減清淨無倒運載有實鬼趣施爲無力可
在苦惱過失自縛無解平等勝義無由能得
欲樂邊際了知趣向是處爲人勤修聖道纏
縛行相增上了知荷負重任求趣殊因發生
勝義圓滿究竟平等有力了知施行調伏眞
實運載沒溺我慢根本諸法染行自在喧諍
愛樂貪欲軌範師等教誨言說如是清淨相
貌無邊造作於彼業行之因有情運載患難
止息顛倒諍訟有情制約自在希欲了知染
性眞實均等愛縛遠離嚴淨行施無學最勝
根本相應雜染皆盡自性有力纏縛如善是
處菩薩清淨界性在處邊際發起言說無心
色相了知最上成就勝因信仰能離生起邊
際知見自性平等相貌造作無倒德行具足
有情無畏修建所在隨順眞實根本不生寂
然清淨自在遷變甚深難得有情本寂聞持
具足淨妙無毒智慧證知布施邊際希欲色

相一合無倒作業支分布施誨譽隨順聞持
彼修布施德行成滿究竟止息調伏因行善
友非無鈍縛遠離造作力用有支為本自在
繫縛發生諍訟又諍訟處無染修施意地真
實正理方現隨順瀑流顛倒遷變彼彼修作
調伏心行毗奈耶法持犯方具根本之因了
知寂靜彼求布施愛樂可意有支五種報種
隨順誠諦處所聽聞發生我見起訟恣逸生
慢大有情類自在調伏無生寂靜求調伏義
彼此無實清淨智了甚深真實清淨教誨寂
靜邊際喻向施設身語意行十種業道淨妙
造作思惟布施發生寂靜平等自性一切趣
求平等因行根本聽聞熾然功用如師子王
安住無動身分圓滿清淨制度本自誠實殊
勝無盡九種調伏清淨教法聚落處所運用

無盡飲食殊勝廣大因行淨妙勝因覺性圓
滿如調伏行有勝發生了知界性出離諍訟
聖人有力平等果報殊妙無諍愛樂寂靜作
業殊勝安詳無暴方便善巧身等十行彼自
無倒布施希求遷變修作根本殊勝智慧善
妙語言詳審善哉制度安靜祕密最上相貌
無出天趣邊際殊妙如意之寶進趣寂靜離
竄塵行繫縛瀑流根本塵坌是處國王知見
明白愛慕生靈寂然安住調伏邊方歡樂無
替可愛之寶無非善教調伏彼我親教師受
一切自性方所平等殊勝之因進修誠實我
本造作制度自在無樂欲因靜住無諍心如
工畫遷變而作聽聞知見究竟依心十善巧
法有情訪習國王行施圓淨均普寂然教導
晝夜無息是處丈夫鈍弱諍訟重重發生聽

聞誠實童女苦惱顛倒希求相續繼念有情
遷變無染增上造作多種貪愛無邊造作暗
鈍煩惱相貌我慢相依根本我見相資成百
云何時分德行圓寂隨順修崇發生彼岸造
作支分增上有力有情世間發生支分隨順
義利發起欲樂世間淨因聽聞有益善哉自
性布施爲因施彼情類無飢渴事了知倒盡
寂靜聽聞行解圓滿顛倒染盡如貪相貌趣
求無有能得無性廣大相狀界性增上依憑
善友照了自性出離諍染此圓滿行快樂隨
順有支無倒世間根本智慧寂靜了知繫縛
記念邊際廣大勝義發生造作戰敵爲義天
人自在靜住有力根本教誨調伏清淨了知
布施智慧無倒十種善行趣求止息欲樂有
情國王善教稽首聖賢快樂自在十種善行
祕藏眞實隨順色相增毒處所身分有力圓
滿勝行復於夜分勤修善事方所丈夫無我
慢行聖道眞實發生殊勝圓滿盡倒調伏彼
衆平等無諍身相有力求三寶性寂然安靜
男子有制能奉於上王者自在人民咸慕憍
恣止息聖道發生恭敬隨順趣求寂靜是處
丈夫發起殊勝居自在處行世間行十善依
止眞實有智諸天淨妙勝義安靜天人所運
通定散善彼瀑流邊憍慢止息身語意行修
十種善出煩惱障無顛倒訟纏蓋造作根本
寂靜清淨眞實寂靜因行有學自性行世間
善繫縛相貌我報諍訟修崇寂靜了知果報
是時國王行十善道求無諍訟國界安靜制
度嚴峻調伏民類纏蓋無邊如雲普翳相貌
熾然增上邊際珍寶相狀盡我所在發生施

行身等十種增上修施了知眞實上妙殊勝無慢等染損減我法因緣諍訟貪愛邊際造作自性無諍求施暗慢繫縛發生顛倒是處菩薩平等了解種族邊際聽聞眞實平等教行圓滿時分寂靜修作慧解了知增上執持調伏倒行了解正理大乘時分本施自性無毒害意人趣生類力用調伏清淨遷變了知勝處暗鈍我慢本自具足王者體大聖用無邊究竟實因修施廣大時分根本了知邊際勝義寂靜善妙因力纏蓋不生煩惱自殄云何趣求布施運轉是處國王疆界嚴肅人民無訟荷負有力百種無壞自然生起丈夫寂靜方所無動是處無實固修慳行彼實瀑流根本十種求菩提行實大丈夫智慧祕密了聖言行暗慢能離眞實如是顛倒染汙煩惱

生處童女繫縛患在於母調伏義利精嚴教誨聽聞圓滿了解發生我見增上煩惱生因彼彼顛倒名色遠離是處國王法制最上相貌力能廣大如此究竟發生祕藏眞實語言義利甚深如意貪欲可斷惡因遠離彼本布施平等勝義聽聞修作無倒希求我見垢穢寂靜無怖人趣隨順無倒諍訟我見雜染寂默如是菩提薩埵語言調伏如是無學證寂滅理正理遠離造作生因求息災禍盡諍染邊教導語言染因皆盡求增上因盡無邊染愛樂於子疑心皆棄云何眞實寂靜修作彼發生因除慢邊際破壞諍染靜住行施非無有因方便所起無毒害處求之往彼是處三者盡生民諍靜住見邊損減皆盡發生言說嚴峻誠諦聖道自性淨妙依止根本所在丈

夫誨示有支具足毒不能害自在力用無邊
行施是處國王崇修勝地色相嚴麗力有所
執靜住邊際法制能運無倒澄寂毋愛如是
造作色相恭謹趣向修者處所了知殊勝壽
數短長因業所制教乘明文更無異義是處
菩薩廣大悲願運載生靈增上圓滿無我慢
體有布施因靜止之處聽受言說相貌無邊
王言所制彼天上妙毒害捨離無有諍訟根
本安住發生勝義彼因眞實因性寂靜發生
有力教法制約進修無倒有淨妙因無苦楚
業自在力邊人趣具足貪欲我慢異報顛倒
行施清淨快樂安處彼彼思惟增上發生自
在力能意地調伏種族希求淨因所止清淨
智慧縛諍盡止是處國王法令無倒眞實制
度益濟生民最上修作圓滿無諍了知勝義
無多種慢盡滅我見聽聞聖語善哉善哉廣
大福德清淨勝義造作根本德行崇修有情
隨順運載有力修作勝因希求清淨無我執
相了知寂默十善眞實行布施行求彼義利
國界寂靜調伏邊方發生善教王城廣大王
者善施慧解眞實破壞流轉淨因眞實清淨
意識相應解脫是處國王最尊最上訓導生
靈聖力嚴峻有情色相與衆非類勝義增上
希求誠實根本廣大如師子王形神可畏祕
藏甚深流轉遠離五蘊自性法數圓滿人趣
之法佛果可修諍訟邊際相應遠離根本寂
靜力用可止是修菩薩智慧眞實具足勝義
心行無生處所安靜運載有情施設功行無
邊勝法趣求誠實制度根本三乘規義如王
廣大無倒眞實教誨正理智解趣求名不可

得心法本寂慧解相應無倒清淨意地了知
如如之行諸法勝義本智親得根本德行聞
持具足施心精純得無所礙勝因無諍災禍
止息自在力用生心修作別別因行愛樂發
起清淨施邊了知隨順無相行施彼此無知
湛然澄寂解脫無生獲得自在根本制度不
動如山荷負有力運載有情至於究竟熾然
相狀行因修作趣求邊際遠離處所崇修德
行善哉行施如是我見遷變自性棄背無生
眞實布施名色勝因根本生起王言誨譽是
處王者平等荷負了知邊際彼彼眞實瀑流
之法顛倒不有荷負邊際顛倒皆盡菩薩行
施莊嚴尊者護國本生之義第二十六瞋恚
衆生流轉遠離所謂聽聞菩薩教誨智慧了
知吉祥勝行種種自性無非報應功業力用
根本多種有學行人今憑因地清淨名色根
本自性應器受用果報多種發起勝行圓滿
修施無垢自性聽聞有力多種界性根本聖
衆淨妙趣求佛法梵行布施功用處所自在
發生諍訟善淨止息制度根本清淨廣大煩
惱諍訟無倒止息勝因邊際施設勝義不壞
如空靜住根本彼實力用自在無倒邊際如
雲衆聖和合造作圓滿我慢不起因行無相
受果殊勝顛倒染慢圓滿不生香氣遠聞果
報自在寂靜如空正解脫義根本運載福德
成就變化自在快樂如是云何勝用善因了
知方所聚落趣求所在彼彼增上離障如空
勝義無倒甚深難得是處菩薩長遠行施十
善自性隨順止息煩惱自性根本不生我見
執著染障自起果報隨形無由捨離是處復

有其心修作教誨寂靜圓淨相貌力用廣大儀容端正所受果報增上無減善業增上香氣遠聞平等布施發生圓滿淨妙修崇勝義誠諦過去隨順無慢因生聽聞殊勝遠離無智勝義眞實彼此善淨根本相狀修施無我造作究對勝定不生平等莊嚴染諍遠離具足不生諍訟本因寂然止息戒德如是和合安靜因念有諍肅然遠離發起淨心時分延長自性眞實究竟邊際修崇相狀自報身體因相動轉卒暴生起明白澄瑩報應圓滿增上修作淨妙可愛無有損減澹淨光潔希求自在盡施爲業了知色相實因有智是處有王果報如意處所自在清淨嚴潔邊遠了知如同目覩希求制度無倒眞實趣向色相作業相應應報往古成滿現在運動彼我貪癡

自息是處智解不遠自得了知有無心生無倒貪縛止息修施自在煩惱如流飲食損減運載自他如王制度見聞了解彼彼眞實寂靜處所覺解了知語言邊際發生力用彼此雖遠如同對面又復長遠圓滿隨順身體殊勝盡彼顛倒了知修作靜住止息覺岸光彩祕密止寂發起無倒除遣愛戀垢染衰損淨妙無替自性染盡誠諦止息了知眞實廣大力用求彼蘊相成滿隨順瀑流遷變發起寂靜祕藏甚深本無相貌自性隨順靜住之本顛倒修作垢染災患煩惱荷負出生力用支分相因進趣無縛隨順了知難行勝行無所趣求顛倒生相邊際如雲煩惱自性淨妙施羅災難盡止十善難行界性眞實世間慢相王者自在圓滿顚倒繫縛根本果報增上遷

變修作圓滿了知戒香鬱馥如是王者姿容可觀果報最上世間無等平等自性行十善道福德尊崇圓滿無比是處王者制度普均義利生靈聖力爲上智解了知生民奔附一切教令安靜平等是大丈夫國界中瑞是處有王具足聞持無顛倒訟聖力無動國土飢荒莫聞所有三寶無倒難行能施淨妙有力聽聞誠諦是處菩薩根本行施出生力用寂靜圓滿意地發生時無繫縛增上勝義世間寂默平等遷變造作無諍發生力用寂靜邊際暗鈍諍訟忽然止息慈母愛樂遷變無已止息飢渴遂令安樂廣大悲願趣求無盡我見不生心趣真實自在邊際無等自性有情處所殊勝無諍彼根本智證不可得名色力用寂靜如空祕密根本和合相狀是處造作蘊性積聚顛倒垢染邊際無等有情自性精進爲本如是發生無我相貌荷負邊際一合作用寂然無諍舍宅如空難爲施設無相根本求無諍訟無倒施爲靜住因相殊勝支分無我自止彼遷變處有學趣求舉意修作災患盡止增上發生修崇無壞方所邊際相狀可作制度廣大性本寂靜成就狀貌淨妙可依祕密無慢性自有力復有邊際積聚蘊性具足我慢建立凡性速趣無諍善種發生是大有情造心安住寂靜如空平等修施靜住無相驚畏遠離默靜如空本來無相想念自性最爲尊上如是教誨一合無倒是處希求實物行施聖道施爲無顛倒相真實布施寂然無作運載三乘自歸彼岸寂靜不生自在真實色相安然崇修有力晝夜運載六時無

替煩惱相應修心止息王者聖智觀察境內種族生靈時無棄捨發生厭離佛語如是布施無慢淨妙究竟平等佛智云何復生種未斷者是處有王益濟貧乏貪愛繫縛修垢染行身體未盡顛倒止息如是造作處所遷移圓滿聽聞修正理行上妙色相究對止息無我慢意彼之影像誘導之因廣大之心善友之力發生自性授教止息勝義相應我見遠離是處國土修清淨行自在力用布施如天諍訟不生聖力可止發生運用憍慢止息善心難生趣求可得靜住相應遠貪瞋癡根本勝義無諍訟縛圓滿聽聞平等自在如是我見不生祕密如王究竟人中爲極相貌圓滿前生修作本聖言說有情自在作業所爲壽數短長崇修所致最上布施專一修作衆生

趣求究毒捨離聽聞有力修布施行色相眞實願力修作無因相貌癡暗施設如是衆類難離繫縛是處菩薩眞實有智荷負有情免飢渴難希求布施隨順戒德永無諍訟如有智解盡修施行煩惱不生因智所爲暗鈍有情縱絃繫縛煩惱如是無有遠離如大國王荷負邊方法令平等時無有替生靈起慢嚴行制約慈智並生相應了解三者之令出必有時嚴峻制度事無再發不生希求義利止息名色無怖我執遠離此時分相自有所利安靜施爲菩薩教誨如是王者欲貪廣大荷負邊方四遠遵附無邊殊勝楚毒無因我見染盡苦惱不生倒染如是飢渴不無我慢眞實愛縛有在了解邊方有力制度靜住無慢存心情類身體自性有力淨心瀑流煩惱發

生無地意無恭奉我慢增多戒行不無驚畏無已了知自性本來眞實布施時分長遠不止有學自性修無倒行發意造修善芽養育寂靜無怖道行之本自修布施本來亡相淨妙藴相趣求誠諦自性邊際牛乳爲譬平等勝義寂靜爲本遠離諍染安靜止息舍宅無畏四顧無隱澹淨施爲無倒眞實我見無施諍訟自止云何寂靜離我我法是處有王淨妙行施邊方無畏益濟平等處所運用生靈獲安時分根本趣求聖說圓滿誠實我見遠離究竟如空意地清淨如是意法平等發生德行無畏崇修獲得菩薩教誨愛育身體盡顛倒邊自處圓滿我見遠離勝義邊際無破壞相彼具聞持憍慢止息解脫根本法性聖因瞋恚施爲默靜無已能壞貪欲遷變清淨學處無怖了知無我出離諍染造作眞實飲食止妙語言臻　肅如是究竟遷變相貌慈母教誨約束可獲　無彼顛倒苦惱過患煩惱止息增上快樂希求諍訟清淨止息福德自在最勝如是過去發生作業無諍彼暗慢邊禪那止息造作應器　供養三寶遷變智慧聖力修因

菩薩本生鬘論卷第十二

音釋

彙（于貴切類也）　浚（私閏切深也）　峻（須閏切高也）

菩薩本生鬘論卷第十三 十四同卷

聖勇菩薩等造

宋朝散大夫試鴻臚少卿同譯經梵才大師紹德慧詢等奉　詔譯

眞實善淨如是德行染縛相盡獲得安樂如是勝義平等皆盡發生布施圓滿止寂修勝義因殊勝有力止息煩惱力用自在作祕密行自在誠諦熾然修因名色無壞彼十善行煩惱不生能持自性清淨有力時分之法隨順寂靜王者修崇道德無盡相應力用修布施行究竟善淨聽聞息惡一切快樂能運載彼清淨語言本自王者如是聖法義利安靜成就教導圓滿有力無倒清淨殊勝有情不生我執王能善教如是無倒隨順止息學位力能趣求運載云何獲得善妙之因無怖修作三乘究竟彼天瞋恚共聚眞實障染邊際隨順有力如是世間繫縛生起欲天有情根本可有名色淨妙義利誠實殊勝有情如根本行勝義眞實福德無邊圓滿如來根本聖力眞實造作息除惡法悲願成滿王者教令應器如是天人恭奉智慧施爲聖力制度彼智云何發起趣求如是崇修智解眞實菩薩施行莊嚴尊者護國本生之義第二十七清淨眞實盡無染諍廣大邊際楚毒圓相所謂聽聞菩薩教誨云何趣求無煩惱行無倒暗慢欲貪無義有情究竟寂靜邊際貪瞋癡法根本無義不善之本慢等煩惱爲緣而生受諸苦惱勝義根本無畏邊際貪慢因緣眞實自性有情造作止息不生清淨之法無垢染行毒害顚倒了知不起飢渴之因煩惱之報隨順顚倒戒行有虧聽聞義利止息不生慢

等煩惱繫續而起布施慈忍究竟圓滿無因
而有色相本空修不可得瀑流永斷忍行方
成世間破壞覺性了知自在進止智解明白
成就相貌寂然遠離自體寂靜清淨止息恭
奉殊勝了知最上解脫邊際忍慈德行名色
自性可破壞相終身行業忍戒爲先力用成
度種子識性眞實勝義無倒暗鈍纏蓋無邊
皆盡彼修施處語言寂靜云何學地深法遠
離是處修習廣大無我種種修習一切無彼
最上相貌養育之報如蓮開合香氣遠聞無
垢清淨塵坌不生國界處中無生卒暴除憍
慢相正行邊際應器平等無別彼此支分相
貌意地遷變無患義利無慢自性發生自在
諸天有學淨妙無憍煩惱不生了知相盡語
言增上聽聞有誠根本災禍荷負有能云何

眞實身相了知隨順圓滿遷變修作是處國
王興心布施具足聞持修崇相貌諍訟患難
動轉平等增上之慧發生教導寂靜之處趣
求眞實能於方所施爲制度布施邊際色心
眞實恭奉圓滿善施增上無相力用造作興
緝殊妙相狀國界具足最上趣求習學聞持
廣大修因彼無垢邊聞持增上自性寂默如
來之性莊嚴平等無顛倒相名色最上淨妙
香潔十善修崇遷變煩惱意地時分彼彼寂
靜瀑流煩惱根本遠離愛樂莊嚴進止寂靜
三根本智清涼殊勝自在色相修施力用無
慢方所具足聞持移轉發生根本相貌遠離
貪愛趣求增上正行十善有染息除養育無
諍怖畏盡止我見復生引起煩惱發生清淨
增上修作福德寂靜發生眞實瀑流顛倒根

本誠諦相貌發生清淨制度如是慢類自性
損壞德行修崇清淨遠離眞實制度名色發
生寂靜之處欲貪飢渴隨順所在支分圓滿
坑穽施設具足養育遷變吉祥智慧了知起
慢之處廣大寂靜根本力用是處清涼淨妙
邊際了知趣類我慢不生寂靜增上染垢皆
盡運載眞實十善教導如餓鬼趣造業無等
善根荷負聞持施設聽聞相狀平等安住顛
倒垢穢無處依止了知遠離暗鈍障染自在
依止修作趣求隨順眞實遷變根本無倒清
淨色相根本廣大發生恩育施設愛樂聞持
運載根本貪欲施爲自性顛倒造作諍訟無
殊勝果相狀繫縛增上無有究竟動轉相貌
皆盡愛樂養育有諍訟染煩惱障染增上顛
倒是處有情我見喧諍造作顛倒慢等因業

王行善教聞持具足忍行無動寂靜止息增
上遠離彼彼熱惱染縛所獲慧通三性與意
相應增上修作瀑流染慧力用有實自在遷
變行蘊不生無由遷變息惡勝義聽聞平等
如是瀑流增修遠離聽聞我我邊際施設眞
實意地染縛除息究竟十善了知止息清淨
布施熾然增上根本力用禪定寂默布施相
應楚毒皆盡根本荷負障染盡止教法力用
祕密無倒十善邊際傍類止息是處有王女
人爲主勝義眞實修十善行天趣有情色相
增上清淨律部根本眞實密意清淨發生修
作天趣眞實愛樂修施調伏衆生復生智慧
意地了知發生修作心體力能圓滿殊勝發
起淨施女人遠離了知快樂勝因義利增上
知見邊際有力不壞祕密無倒隨順意地自

性支分根本呼召眞實崇修本業遠離放逸
清淨行施善相名色相應道行殊勝義利趣
求教誨顛倒垢染快樂難修靜住遷變清涼
可作善施發生無倒思念布施戒行增上德
業勝義可德究竟增上聖人運載和合清淨
圓淨解脫增上相狀色體不虛殊勝有力諦
實安住如是無倒邊際修作種種道行穿針
有力平等本性無相修作自性寂靜眞實因
行德業可運和合遠離有聖根本無我進趣
有學修因增上祕密瀑流煩惱增上不動色
體本有心亦本生了知趣求無如空相勝義
寂靜作業可止根本不生希求何有正解脫
義無相依止生因彼寂清淨無修聽聞行施
默靜求安煩惱意生發起清淨本修施行力
用殊勝不可破壞運載無倒了知相貌根本

不生熾然如是無倒有力眞實慢邊淨妙可
止禪定寂靜意地止息世間聽聞怖畏可盡
如是忍行殊勝邊際因煩惱本自性有力了
知運載聽聞相貌愛樂養育究竟自性福德
遷變彼彼遠離處所邊際趣求福業勝義止
息無顛倒行修荷負因清淨自性寂靜之處
成就福業流轉遠離瀑流邊際造作止息清
淨進修和合圓滿顛倒煩惱作用眞實布施
有智所在有力有情煩惱淨智不生有德荷
負力用根本想念世間義利修作造作邊際
有力平等卒暴有情力用顛倒布施殊勝相
貌根本修慈忍行寂靜義利懺悔清淨了解
教法祕密住持智慧制約愛慕修崇平等自
性莊嚴有力淨妙自性因行邊際殊勝教法
飢渴捨離解脫安靜彼實造作如是皆盡憍

慢處所染因盡止此平等因清淨教法是處王者行布施行淨妙無倒希求佛果隨順修施善男子天趣如是寂靜運載修彼岸行時分邊際愛樂殊勝如是諸天殊妙邊際發起寂靜無慢眞實勝義行相止息安靜清淨力用王者如天了解眞際根本方處清淨施設根本色相十種煩惱了知患難處所誠諦力用眞實界性根本陰覆如蓋處所坑穽災禍邊際自在修施遠離諍訟增上淨妙趣向誠諦遷變隨順彼彼力用了知進趣無染心體清淨無我作殊勝相力用根本遠離邊際貪行止息隨順善友寂靜行施清淨教誨暗慢自性王者盡止根本纏縛了知顛倒過去縛體隨順息滅煩惱施設想念無已有情暗鈍眞實遷變發生寂靜顛倒垢染如空無邊造作遷變暗慢不已煩惱顛倒究竟染障清淨教誨寂然無有彼彼顛倒作業眞實貪愛支分爲根本體增上染倒瀑流染法造作染障相貌有力我見爲本非聖難斷三乘見道根本智斷餘惑遂滅究竟不生邊際遠離諦實如空無倒寂靜意地初學放心自在身相圓滿彼纏蓋性暗鈍繫縛有垢染行諸天自在如是修崇彼染縛體煩惱爲性我見發生根本染慧發生淨因有情止息王之教令力用不傾暗鈍我慢清淨遠離如是世間善修邊際云何壽命自性安住器用眞實彼施實義無顛倒性憍慢邊際清淨止息造作因性善淨制作云何修作殊勝布施根本我慢發生憍恣止息遷變勝義殊異圓滿了知趣求眞實意地莊嚴王者深旨根本邊際究竟自性

淨心真實布施殊勝清淨自性相貌修作發生處所有力修作具足聞持世間破壞云何支分清淨止息知是有無根本祕密王者了知生靈制度彼彼積集淨戒發生彼此真實瞋恚憍慢相貌繫縛諍訟之處天人有力發生修習增上遠離作業體性了知災難殊勝自止本縛染倒暗鈍具足平等了知縛染諍訟天趣淨妙時分勝因忍行邊際聖者教誨煩惱之障纏縛自性王施教令聖智了知如是增上邊際崇作根本顛倒增上慢類如來之性真實無我災禍根本寂然皆盡甚深無倒力用自在煩惱瀑流體性可盡了知女人深生過患邊際顛倒名色相貌我慢支分顛倒無有依稟聖說布施有力有情無毒彼勝義諦又復勝因根本自性愛支染盡無名色處寂靜祕密天人之相暗鈍慢染邪魔止息彼縛永斷身體邊際十種本染聖者止息是處天人垢染破壞瞋恚止息造作不生勝因無畏了知寂靜王者荷負邊遠止息自在色相實無動作清淨體性邪魔遠離了知女人障善之本是處天人真實時分瞋恚不行造作寂靜清淨因相諍訟已息國王荷負生靈有在正理方行五蘊誠諦增上修作垢染遠離自在運用根本施設相貌自在因行真實想念無已彼此力用怖畏盡上勝義根本彼之災禍真實止息不破壞相遷變垢染王者施為制度止息如是天趣水火風災上下可有第四禪天三災並止善淨生起了知瀑流三界所在瞋之一法忿等七法中隨二法欲界中有諂誑二法下二地有根本九法小隨

憍一大隨八法並通三界邊際了知祟修清淨造作支分根本有力災禍求止是處菩薩圓滿忍力清淨行施眞實力用相應運載聞持具足根本色相希求暗慢略說戒法圓滿修作清淨勝因力用止染增上悲願我慢皆盡隨順趣求如來言說福德清淨無倒自性了知煩惱相應邊際善惡趣類善友思惟苦惱如是難發勝心增上聞持遷變繫縛有情憍恣貪欲所生增上寂靜生因自止彼彼煩惱善心止息染惡自性遠離不生名色有力五蘊妙因根本止寂無倒清淨不壞有力清淨自性求盡災禍教誨止息色身爲依有情往業如彼相盡有學增上根本寂靜身體自性勝義教法修無我行清淨大法義利殊勝了知誠實染縛速離種種運載時分修施殊勝相貌寂靜眞實阿羅漢果作業已盡彼此處所增上色相聞持供養寂靜趣求彼勝義相恭奉圓滿無染造作義利邊際修清淨處行布施行自性邊際處所廣大三根本染貪瞋癡行清淨處所運載邊際病患眞實有情修作無染汙行天人之因是處眞實布施殊勝如是慈母恩愛養育彼彼處所懺悔有力眞實圓滿荷負德業隨順寂靜香氣之物相貌增上究竟趣求遠離倒染復有行相垢染無盡趣求自在無我爲本生相皆盡寂靜聽聞慢等不生根本遷變彼煩惱性顛倒暗鈍雖行布施自體與諍造作垢染隨順災禍色相眞實希求染縛諍訟煩惱了知眞實自在繫縛倒染修行無倒染垢希求荷負清淨處所煩惱止寂求遷變行瀑流生起天趣之中

義利爲上菩薩教誨聽聞運載是大國王生
已布施無倒修作此大貪愛纏縛不捨無力
所制淨行遠離如是造作趣求有無發起修
行無染彼行眞實恭奉根本崇修如來求因
有彼時分自無暗鈍隨順寂默快樂行施佛
地爲先清淨眞實德行相應染障皆盡懺悔
本業無以增感淨業清涼有情修作是處王
者淨妙增上無倒治生眞實根本崇修最上
趣求止息染盡施爲如是布施求盡顛倒貪
止隨順造作本因自性止息染諍義利災難
具足倒染止息我見不生最上施爲一合祕
容彼彼眞實根本修施造作染縛根本纏蓋
教誨止息安靜清涼快樂之心清淨爲本煩
惱邊除苦楚無盡是處菩薩造作暗慢了知
邊際染因無益善淨行施無三塗業隨順正

理趣向眞實染惡之心行相無已是處王者
了知治化根本言說如是無相意地眞實趣
求止息我見遷變希求時分覺慧可止菩薩
正理無盡之慧種種自性修崇眞實如是義
利稟聖言說是處平等了知眞實意地根本
清淨最上造作遷變繫縛遠離彼顛倒本災
禍染垢增上纏蓋修止息行行施圓滿身相
具足心淨遷變了知隨順彼此影像諸天盡
有清淨心等眞實無諍飢渴苦惱相應損壞
暗慢之法無倒止息顛倒染法邊際如空廣
大悲願清淨遠離繫縛自性顛倒有力煩惱
邊際彼彼作業諍訟熾然瞋恚如火煩惱不
行勝義有力方所邊際無縛相貌時分根本
損壞我執聲相寂靜力用圓滿熾然相貌根
本自性運載有力趣求廣大平等因行顛倒

皆盡本有寂靜王者增上慧解難測了知眞
實出生自性具足廣大智力遷變相貌無畏
了解憍恣清淨止息增上煩惱一切殊勝寂
靜荷負聖者清淨平等祕密倒染諍訟無不
皆盡如此我縛邊際根本煩惱染因寂然止
息清淨色相進趣如是運動止息眞實自性
清淨相貌遷變色相四果羅漢盡除我執彼
寂默法善哉行施盡根本染是處清淨有情
調伏唯憑善教我性自在暗慢邊際有顛倒
本無布施行圓滿色相意有祕密無倒染行
眞實如此云何如空善心制度如王遷變寂
靜如是死生常事煩惱災禍行施希求寂靜
修作時分邊際崇修廣大彼相狀法色相爲
本無倒希求施設勝義苦惱隨順無因快樂
獲得長時惡趣之報無邊色相能盡憍恣諸

天施因王者之報彼彼生相我之根本造作
暗鈍無有清淨發起顛倒無常過患苦惱生
起一切諍訟生起時分恭謹自性種種之心
遷變捨離求縛於彼出家之相遠我見盡根
本之行云何無盡憍慢諍訟趣求清淨根本
自性如是平等隨順寂滅具足聞持圓滿學
地無間地獄時分論劫苦楚不息何時可出
彼天上妙清淨眞實廣大色相福德無盡德
行邊際圓滿增上殊勝處所修習忍行布施
義利希求上位增上殊勝貪修施行運載云
何根本不變貪求如是修作趣求勝義意修
布施十善業道菩薩施行莊嚴尊者護國本
生之義第二十八邪見勝義無染有力行施
本無學地隨順正見纏蓋遠離所謂隨順聽
聞菩薩眞實云何相貌福德邊際無有荷負

顛倒真實持戒修業果報清淨梵行之人了知無我彼顛倒本相貌真實布施廣大禪定成就增上梵行快樂義利了知淨妙悲願圓滿修運載行發生意地處所運用快樂無倒放逸纏蓋染行邊際世間難出禪定安樂無倒真實色相無壞造作依止殊勝妙因趣求修習耳聞心想廣大我執全無悲導寂靜邊際種種苦惱不安無息真實暗慢增上貪瞋欲界染法根本十種本求因行王者聖意根本善友邊際之因造煩惱業意地圓滿有邪見人生顛倒本我見邊際世間爲本增上造作清淨善業彼岸果報如是發生禪定之法究竟力用寂靜殊勝布施持戒根本增上修勝義相除飢渴事最上垢染不知師恩無上等覺惑而不知清淨之法圓滿因行真實心世勝義云何寂靜處所相貌正義無邪究竟力用寂靜多種快樂圓滿清淨邊際安樂業用淨妙施爲最上力用別別趣求增上止息無倒真實處此怖畏聽聞清淨令暗慢染止息惡行是處平等天趣廣大有力真實識別知見有煩慢倒無趣求心云何世間無義利因造作真實我縛隨生了知種種無慢處所暗慢長養增上熾然梵世平等是處有王福德莊嚴猶如火聚熾然明煥本因無縛還變力用無縛實慢云何無邊清淨衆等無縛遷變瀑流煩惱慢等增上趣求生相寂靜妙本了知遠離顛倒生相趣求邊際發生處所慢等諍訟教授語言造作於彼真實邊際圓滿積集增上生起語言究竟災禍本縛煩惱染因光明相貌名盧舍那菩薩語言殊勝有情

寂靜三業飢渴無力邊際如空貪瞋之心平等無有梵世有情住四禪地顛倒趣求諸天亦有平等自在此之語言王者殊勝此之愛樂復有邊際一合修作無時分處發起因行意地增上盡無染諍發起語言寂靜色相暗慢時分成就自性顛倒垢染毒藥難止我慢止寂趣求自性煩惱染毒我見爲本云何爲眼求彼前道菩薩語言縛染色相障彼淨戒修本我相真實纏蓋清淨止息造作我見無性之本王施善教成就彼果發起教令云何真實求布施行圓滿世間梵行語言清淨教誨有大國王化導世間勝義云何復有邊際增上根本如聖言說上妙相狀爲大國王普行惠施治化語言十種善事遷變色相圓滿無盡殊勝寂靜明月生時群星皆息聖智發起衆垢自殄障礙不生圓滿世間如是具足趣求勝因了知生處邊際平等禪定相應支分遷變圓滿彼此

菩薩本生鬘論卷第十三

菩薩本生鬘論卷第十四

聖勇菩薩等造

宋朝散大夫試鴻臚少卿同譯經梵才大師紹德慧詢等奉 詔譯

眞實運載遷變希求智性圓滿世間調伏寂靜聖因荷負眞實覺位邊際往古修崇希求智慧乃至遷變遠離本染寂靜無有四蘊名名質不可得世間瀑流無暫時住根本勝義自性無邊非眼能見本智可得寂靜無作有時遷變成就發生平等時分自性增上勝義知見發起力用具足聞持世間處所色界爲上第四禪中離三災患聖人之行靜住相應修崇善行清淨獲得果報功德勝因成就造作學處德行修業上妙修崇世間邊際圓滿運載獲得善利增上遷變根本眞實調伏顛倒發生施行趣求聞持成就本業瀑流心法根本暗鈍正解發生圓滿寂靜清淨教誨隨順修作名色本性五蘊爲體隨順十善最上修作時分相因煩惱具足垢染相貌災禍之本復修解脫寂靜之處生門十二攝盡百數如日照色鮮淨可愛彼之國界王者甚善平等導化災禍盡止能於作業善靜遠離是處國王正直無邪內外治化聖智若神覺性增上無顛倒心世間問難最上言說求大聞持世間顛倒繫縛相貌自在力能無因止息希求邊際遠離怖因方所暗鈍顛倒修作風災之劫大千中壞是處菩薩增上甚深調伏處所圓滿寂靜除遣眞實邪見支分發生語言最上談論如是本有清淨力用發趣自在難行意地名色和合福德相貌進趣甚深施行邊際如是勝義寂靜根本正等無倒增上發

生病力損壞殊勝修行根本諍訟瀑流染惡施設力用乃至邊際修寂靜行無縛自性如是甚深無我諍訟性本無畏聲色非干煩惱趣求非善相應根本染見起塵勞因自在相貌顛倒希求自性業用本起於心根本染障發生千種諍訟施爲止息遠離清淨圓月無光不普根本聖智無染不斷自在無縛制度增上煩惱損減增上進修勝義無倒能斷貪欲無縛邊際清淨和合眞實彼因寂靜修行造修煩惱如來求斷我見義邊貪慢隨生一合名色力能修作損減修施貧病之因自性力用災禍遷流修崇處所增多諍訟有情色相無能捨離佛法梵行能離障染如火熾然勢莫能止本修寂靜無怖畏縛運載邊際修遷變行寂靜遠離如是盡相具足聞持制度

教誨求盡染諍殊勝力用聽聞施行除根本慢造作發生一切自性煩惱憂苦恐怖遠離云何施行遷變崇修調伏邊際眞實方所勝義希求如空無礙熾然智慧圓滿力用清淨施因究竟除患名色熾盛如迦毗羅如是自在熾然修作衆聖和合勝義平等云何心法無有形質集起諸法無棄捨義苦受因相垢染爲本顛倒繫縛憂惱無盡運載增上作業無倒障染瀑流增上何也熾然猛焰卒瀑難過平等無邊眞實無已遷變無動湛然止息諍訟根本體虛報實作業邊際勢力難止具足怖畏暗鈍增上顛倒邊際發生如是安靜無動顛倒無有士夫力用熾盛增修彼顛倒染密行止息廣大自性殊勝進修上妙發生調伏自性清淨果報圓滿有力云何趣求捨

惡修善熾然發趣究竟邊際種種布施進修勝行發生根本勝義自性運載修行世間軌範寂靜趣求無流轉行正解脫縛無破壞義云何盡諍本智分位有情支分一合可得云何心分相狀難得四蘊名名本無色相忍行邊際靜住爲本湛然清淨鮮潔無汙勝義自性根本不生繫縛施爲無始遠離相貌不生力用隨順彼苦惱行進修止息摧壞方所寂然遠離熾然圓滿相貌遷變苦因無有安靜可保生起力用相狀希有殊勝方所止寂安靜歡樂變動崇修可意施爲運用自在無倒云何本寂盡生滅相云何斷染迷事迷理本智俱斷顛倒邊際勝義可息云何界性增上名色五蘊熾然圓滿鮮潔化生可有無倒進修澄寂安靜淨妙難測十力爲義清淨色相湛然澄瑩色體分明温潤如玉制度如是快樂無比和合增上淨妙可獲施行具足内外俱捨憂受邊際顛倒無施彼心是處諍訟爲本如是名稱化生無有智慧深遠諸天咸仰善哉行施福德熾然是處希求靜住力用圓滿荷負自在邊際如是知見因修施得五種熾然色聲香味地水火風觸塵所收力用繫縛愛戀難捨無有施因我慢所縛悲導發生清淨調伏如是名爲獲得淨施普獲勝義苦果已除隨順大乘究竟可得乃至趣求壽命邊際無非布施獲得勝利根本寂靜無我慢邊殊勝有情運載爲義本有災禍無寂靜處淨妙施邊證無學果小隨中害與我慢俱暗鈍丈夫染慢增盛自性力用無彼慢法煩惱本諍顛倒修行有情自性調伏安靜病難繫

縛損壞色力發起勝因調伏遠離靜住根本
修寂靜行清淨布施貪癡捨離是處王者聖
智周普徧施治化災患不生聽聞有實邪佞
自止隨順教令不可破壞世間怖畏聖力可
伏根本止息殊勝力用增上修作運載衆類
周徧無怖希求捨離云何根本聞持具足增
上無怖尋伺義利運用勝因眞實止息增上
力用十善之本彼施無壞善哉所往荷負邊
方生靈安靜彼自在力與我見俱有情嚴峻
進修施行染惡諍訟施設遠離聖道力用調
伏修行智慧勝因造修往劫是處菩薩意地
徧修無始遠劫佛法知見勝義根本應器受
用利塵自性本識攝藏如是修學善住止息
影像遷變寂靜修行我見諍訟無始遠離無
倒清淨行布施行善淨懺悔三業安靜不流
轉法寂然安住遠行慧解荷負有情寂靜邊
際增上調伏發生善因熾然有力根本顛倒
纏縛遠離意地眞實彼十種善了知處所最
上修行正解脫義清淨之本了知塵勞本來
寂靜有情十善淨妙增上垢染纏蓋湛然安
靜諸天心地清淨爲本色相光潔道行進修
聞持增上止息障染界性世間安樂無壞調
伏處所相狀爲本眞實力用無顛倒因十善
教誨殊勝清淨福德自在相貌無盡有情智
慧意解增修調伏義利淨妙勝因第六意識
湛然爲上自性眞實無慢等法如是進修德
行爲上無卒暴染止煩惱行進趣前道安靜
福業運載之本離煩惱念清淨澄寂顛倒不
生聽聞義利有情施設顛倒因行染惡纏縛
清淨教誨塵勞遠離不壞眞實善意行施了

知愚昧安靜修設不壞語言教行誠諦清淨根本舌相無損希求正理勝義澄寂云何運載善妙行施隨順修行最上清淨調伏邊際無我義利王者制度肅然止息如是我見廣大無邊誠實無智煩惱之本順巳生貪違情瞋發二十六惑因我見生若斷根本末障隨除是處王者發勝義利器界邊方彼此安靜十種業道纏蓋不有了知患難錯置盡止彼天邪見顛倒相狀隨順聞持安靜止息根本知見真實繫縛如是執則圓滿無諍止息顛倒發起調伏如是勝義聽聞之法平等發生聞持具足獲得無畏發生力用如是無縛淨妙行施名本四蘊無色所依陳白懺謝清淨圓滿運載三乘所得彼岸懺罪圓滿靜住修持天趣清淨快樂可獲真實趣求無倒清淨

菩薩施行莊嚴尊者護國本生之義二十九

圓滿施因報除飢渴增上自性相貌鮮潔所謂隨順聽聞菩薩之行時分有力長養福德根本相狀作業邊際彼彼如是增上力用進止屈伸真實權設無非利益三根本善出生所依布施勝因莊嚴身相意地之中真實如是淨妙聞持甚深誠諦身相廣大嚴峻依止淨妙之處鮮潔皆盡四蘊明顯色相舒暉平等無畏了知進止本識自證勝因蘊聚彼彼色相身體如是荷負增上邊際有力是處布施心淨為本此大菩薩愛樂於是了知聲相聽聞有力彼實淨心能壞貪欲清淨勝力進修勝行方所無動遷變無巳云何調伏禪那寂靜如是聖道功用廣大增上了知如是寂靜圓滿邊際煩惱遠離有情邊際無越六道

成就寂默唯憑智慧如是還變善医止息解脫無諍障染遠離云何聲相聽聞義利智慧無量聖力推求摩訶薩埵是大有情悲導運載平等聞持寂靜和合鈍染止息眞實教誨暗慢悉除調伏楚毒勝義無倒悲愍發生善妙聲相意地希欲大有情義彼彼發趣荷負邊際不壞勝因根本祕藏愚癡根本有情顛倒聚落方所地遠難赴十善有情七衆奔附生靈止息增上爲義圓滿聽聞施行邊際名稱廣大荷負無乏殊勝義利有情調伏行施鮮潔塵垢無染勝因有力如空無礙清淨因行本來無縛解脫根本力用清淨梵行廣大飢渴止息知見調伏精嚴無替希求淨施聞持有力意地積集無倒眞實圓滿聽聞因力廣大運載有情障染遠離楚毒無施圓滿勝

義寂靜聽聞縛因捨離清淨運載一合祕密是處菩薩增上趣求清淨之衆自在具足聞持無慢如是無有還變繫縛增上趣求根本殊勝諍訟止息清淨教誨悲導運用勝義修作云何獲得云何趣求清淨布施隨順止息無有我法圓滿寂靜憂苦煩惱善淨能離云何損減淨法無因是處丈夫趣向眞實隨順名相調伏諍訟無因貪欲普行布施云何還變化生爲上淨妙鮮潔彼因施戒增上獲得最上無怖安靜止息勝義寂靜無災禍衆無楚毒衆本來自性清淨祕密學地調伏寂靜邊際善因自性根本止息正理施爲知見有力諍訟相貌凡夫我縛顛倒希求本來自性煩惱之因我見纏縛是處情類發起語言是處云何生靈捨離其數有千怖畏無已清淨

誨示慧解發生繫縛之因苦惱無壞布施普周如空平等如是進修殊勝可獲煩惱調伏諍訟無已根本智行發起無邊生靈戀慕依附如是遷變影像是大有情悲戀生靈憂苦無捨平等隨順調伏有情紊亂不生教誨如是暗慢遠離寂靜語言制度可愛應器施設有情無廢善哉無畏調伏運載審諦殊勝聽聞眞實天帝垂化無諍爲本自在勢力屈伸所用瀑流染法熱惱邊際破壞染因力用安靜我慢增上勝義止息和合修行安住無動趣求勝因自在修作善妙方所無能捨離布施邊際無諍訟處是處彼實無倒崇修大丈夫相悲導生靈明白安住思惟荷負極難整濟如是災難增上處所圓滿無動力用增上愛樂遷移無希安住淨行無修垢染安瞀云

何病患災禍誠實寂靜祕密力用可止云何顚倒暗鈍因深增盛繫縛纏蓋何止煩惱之本無由傾動慢類癡迷增上難止纏縛難解須憑聖力染縛相貌制過無已靜住修崇敎導可勉造作垢穢力用難捨障重功深極難懺謝如此苦楚穢業成就無倒修持靜住止寂棄背飢渴勝義圓滿荷負遠劫調伏生類力用無邊聖道如是種子現行發生有地清淨教法趣求獲得圓滿勝義靜住無縛根本力用寂靜調伏隨順瀑流遷變眞實病難支分了知無實布施衆生獲得安靜遺形支分了知淨意處無顚倒義利可重善法相應自在安住我見增上苦惱和合能壞貪欲作業清淨時分聽聞正理發生恐怖無因想念可勉根本荷負清淨有力有情煩惱修何法離

彼處自性福德甚大如是邊際勝義之本悲
愍群生以此爲則不壞勝義有情可依意地
眞實相貌之本處所有邊平等調伏損壞方
所無能止息房舍不安心田有在自在發生
定慧可依影像遷變法性無動世間平等凡
聖依此崇修邊際無法可得刹塵之量功德
無邊隨順愛欲無契於善善哉方所多種相
貌淨妙修緝無念于是常思荷負濟苦無息
屈伸相資唯懷於此是處廣大發起悲導與
心自在寂靜眞實煩惱施爲梵行可止作業
邊際刹帝利本彼修如是無倒有力十善功
能群生仰重供具施設微妙難得纏縛垢穢
諍訟止息誠實可愛法性爲本如蓮出水鮮
潔微妙澹靜澄瑩纖塵無已布施希求嚴麗
若此彼彼縛法顛倒災禍障染我見功用難
制善淨有力眞實勝因名色止寂塵垢方盡
我慢眞實倒染無義染慧纏縛眞實遷變相
狀顛倒染因不已自在繫纏增長諍訟邊際
造業教誨息除彼去來業果報先後聖道起
時惡業便斷具足聞持有情平等彼彼處所
清淨殊勝根本聖道染障止息發起淨因了
知眞實塵垢諍訟進修已除解脫障染增上
無怖顛倒增上隨生諍訟正理教授發生勝
義云何淨施海衆應器勝義根相歡樂自在
我慢不生梵行清淨解脫增修障染能離有
情福報淨施爲因諸天淨妙了知因勝邊際
眞實祕藏常寂世間之法有散壞義如是梵
行自性澄靜我見廣大計執無邊熱惱諍訟
障染難屈身體苦受想念無已執持雜染不
知師恩殊勝生起誠實無倒如雲普廕熱惱

不生如是調伏進修遠離勝乘眞實染倒止息殊勝義利支分有力進修勝行去除垢染清淨無欲善妙止息調伏意地發生布施和合止息顛倒已亡勝義誠諦自性了知垢染纏蓋天趣暫止寂靜邊際自性無畏聽聞誠實塵垢遠離增上力用運載時分過去種種染淨布施修行無純受果間雜善趣果報寂靜修持圓滿眞實自在有力無倒修善屈伸有益不壞如如止寂無修顛倒希求災禍之本纏蓋可畏没溺難出慳貪熾盛怨親無已解脫相狀如蓮散壞增上殊勝清淨有力行蘊增上遷流爲義戒香芬馥善妙可愛修崇處所增上嚴潔動轉希求清淨教誨彼我繫縛顛倒修行和合自在寂靜皆息飲食遷變心淨修設力用止息善因調伏善清淨法自

性根本時分養育果報殊勝具足聞持勝義無畏國界寂靜邊方止息布施自性慳貪已離淨妙無怖可獲如是十善行中布施爲本九到彼岸次第發生是處丈夫求息諍訟恐怖惡行發起眞實時分義邊一合所在造作相貌寂靜如是我見廣大煩惱之本身體自性究竟不堅無上邊際覺位方得法性止寂了不可得荷負不違接誘生類殊勝眞實上妙教誨彼處自在清淨邊際圓滿無畏色相鮮淨上妙吉祥遠離作業趣向力用法性如空離怖畏相十種業道是處云何自在無怖根本福業無倒眞實聖言量說如靜住法離喧煩義垢染諍訟依色爲本寂靜之法捨塵勞義教誨無倒善淨爲因無垢穢行盡顛倒染清淨布施濟益如是運載平等離一合相

眞實造作希求行施自在力用制度調伏如彼時分天趣長遠清淨相狀澄瑩如月損減顛倒勝義成就不壞如空遷變止息如是調伏染慧邊際彼天變易淨妙之本善靜祕密無慢等相眞實增上聽聞無壞常行施行無倒邊際清淨增上毒藥喧諍倒染邊際處所驚畏如刃舐蜜遷變根本諍訟增上國界所損妙善安住具足聞持一合相貌清淨止寂色相增上勝義無倒時分遠離過去了知災禍相貌飢荒所逼飲食全虧有情善因淨妙增上行施無喧寂靜施設上妙有力遷變殊勝病患誠實息而復增顛倒怖畏憂苦轉多患難無時發歇無替瀑流煩惱起滅復生布施力用傾心無恪云何學地制約教誡力用荷負恐畏息除染倒根本煩惱復增色相愛

慕貪婪無已德行崇修勝因可貴不壞自性遠離三箭布施發生十到彼岸清淨教誨賢哉義利纏蓋如流相貌等空我見增上爲煩惱本彼造業行善妙修施清淨有力增上因行根本寂靜發生勝義飢渴眞實無修施行尊貴增上持戒方得果報殊勝愍物能成有情時分供養修崇眞實造作進修祕行是處邊際淨妙有力瀑流如是隨順止息纏蓋諍訟聽聞除遣我慢增上欺輕慠逸諍訟災禍調伏止息意地發生寂靜增上修治行施種種亡相除滅煩惱眞實力用有情名色別報功德倒染我法寂滅遠離能壞貪欲倒染皆盡身體邊際清淨力用求彼我見暗慢悉除愛樂平等究竟隨順聚落豐盈殊勝清淨增上無怖運載發生施寂靜因止流轉相無緣

生處殊勝義利身相欲貪造修眞實增上瀑流力用遷變施設運載懺謝前愆如是教誨無運載功求修施行與修供具聞持具足祕藏眞實瀑流驚畏變動如是處希求有情邊際垢穢眞實邊方諍訟恐懼遷變速修施行隨順受樂眞實修作顛倒垢染驚懼終盡有情移轉無越六道繫縛遷流施設相貌修十善因感人天報彼時分邊運載止息彼天勝義無壞因相憂苦自性煩惱發生我見本縛纏蓋多種如是了知清淨調伏如來圓滿無等力用聽聞修作賢善功德布施圓滿勝義邊際如是賢善了知自性制度趣求殊勝如此恐畏顛倒善淨調伏寂靜修施發趣如是如來祕藏無等爲義圓滿無倒離影像義遷移瀑流憑聖言量分別運載平等發生進修無畏作業增上暗鈍具足顛倒增修彼清淨處修誠實行自在進修十種勝利如是增上淨妙神足獲得不壞慧香清淨

菩薩本生鬘論卷第十四

音釋

緝（七入切修也續也）紊（文運切亂也）慠（五到切慢也）

菩薩本生鬘論卷第十五

聖勇菩薩等造

宋朝散大夫試鴻臚少卿同譯經梵才大師紹德慧詢等奉　詔譯

菩薩施行莊嚴尊者護國本生之義次第三十發生施義菩提勝因清淨覺慧默靜能離本修制度忍行寂靜梵行調伏三災運載十善能離吉祥勝定趣向發生了知時分聚落平等殊勝所在聽聞了知所謂聽聞菩薩眞實根本相貌邊際福德勝義力用本自無生道德圓滿清淨誨示我見造業貪愛隨生智慧吉祥平等普濟垢穢不生解脱清淨彼實道行恐畏止息根本染諍愛戀難捨身語意十業道隨生增上寂靜盡顛倒染月滿清涼鑑照如是我慢邊際作用無時善靜止息聞持具足勝義眼根發生見用世間相狀體性不堅慢等根因一切無實發生勝義能盡飢荒病惱因緣相狀驚畏乃至希奇變動無有尸羅清淨聽聞眞實慢類因緣隨順生起染因流轉發生災難造作根本勝乗能離趣求聞持增上布施垢染勢力顛倒繫縛清淨難得處所安靜月滿當空無幽不燭自在止息塵垢遠離世間虛幻究竟不堅賢善之法有情調伏生起之處誠實安靜纏蓋之本運動遷移愛樂自性無諍爲上不壞染性崇敬恭肅增上荷負發生殊勝是處云何我我增上自性纏蓋心法相應眞實力用相貌皆息意地無智勝因不生顛倒垢染災熱熾盛雜染自性諍訟之本欲貪相狀患難成就移轉取捨種性不定進審取法物成命盡發趣顛倒縛因驚懼增上止息安樂殊勝意地清淨倒

染不生煩惱纏縛善修調伏力能運載增上
行施我見因緣聖道可除崇修義利淨妙無
垢眞實邊際布施崇修意發勝因荷負根本
遷變調伏聞持無倒心法殊勝愛戀無止作
業災禍障難多種纖毫障染微細難斷非想
第九與聖相鄰究竟處所聖因方斷遷移相
貌勢力皆盡彼名色相運用增修自在處邊
驚畏不已喧靜廣大梵行止息煩惱作業發
起變動瀑流染惡顛倒齊生眞實纏縛希求
止息大有情類隨順進修福德誠諦發生勝
義作業災禍我見爲因意地增長多種慢行
如是時分梵行除息聽聞行施清淨果利眞
實勝因自在發生勝義自性纏蓋遮閉了知
誠實勝義因處了知放逸廣大邊際了知楚
毒損害相貌發生寂靜智慧邊際清淨布施
雜染遠離過去遷變聚落所在是處眞實苦
毒捨離四蘊名名染淨皆攝增上希求力用
施爲天趣有情淨妙修施究竟眞實遠離染
障造作垢穢諍訟增盛圓滿進修施行清淨
慧解增上隨順力用精進布施荷負力能運
載損減究竟功德如是邊際止在於此恐畏
纏蓋進修調伏誠諦祕密印相圓滿無邊處
所不壞施爲善相力能怖畏遠離天報獲得
長遠時分力用邊際清淨自性是處增上瀑
流損壞隨順調伏究竟行施云何希求淨妙
天趣纏縛布施處所增上垢染不已眞實運
載自性無倒增上聞持清淨安靜寂靜處所
無倒行施有情力用一合根本善哉童子具
足淨妙平等不變淨施無倒童子因深有情
自性修施增上顛倒恐懼調伏如性勝義增

上寂靜修作染惡楚毒止息暗鈍如是布施平等給與人趣生類自性遷變有情甚衆荷負無已是處究竟寂靜無動卒暴崇修勝乘爲上自在行施四蘊難知力用增上發生清淨不壞時分崇修果利國王最勝寂靜真實智慧發生聞持運載誠諦因行調伏希求王者上妙福德殊勝煩惱邊際天人咸稟有情聽聞天趣如是清淨自性菩薩安慰過去如是寂靜施羅煩惱之地發起悲愍增上調伏傾壞縛因慧解清淨慢等止息遷變影像相狀驚畏愛樂淨施增上如是正理本寂無顛倒行運載彼類發生語言運載遷移纏縛垢穢無修施行作我慢因自性法因驚懼相狀云何染障無寂靜行造作我見力用喧諍如是祕密寂靜無有是處有情修清淨行無倒恭奉殊勝因業有情隨順清淨邊際自在修作發生無倒語言憍恣增諂詐行趣求自性遠流轉行所謂清淨造作因行縛染自性怖懼如是真實遠離語言增上楚毒暗鈍顛倒息除增上相貌遠離我染聖道長養除障染義淨妙真實遠劫所成發生邊際誠實諍訟具足聞持有情自在纏蓋調伏制度可止圓滿邊際廣大無倒希求彼處發生勝義相貌寂靜執持止息損壞力用作業不生暗鈍染邊縛體仍在正理發生解脫之義靜住根本殊勝邊際力用根本祕藏自性是處無因我見希求彼此邊際繫縛爲本云何生起顛倒諍訟云何支分平等寂靜不壞聲相詮表之功如是因相寂靜之本障染根本智起方斷造業根本十種惡行菩薩調伏廣大顛倒有

情災禍如是發生造作時分勝因邊際清淨如如無積聚義增上瀑流色相纏縛自在有情貪恣情性真實不虛相貌增上國王勢力無復諍訟三性因行力用可修貪欲趣求隨順學地時分如此發生倒染瀑流增上義利止息荷負力用發生布施平等力用進趣止息丈夫無畏相貌為上染惡增上究竟無盡彼相邊際發生勝義運載廣大施因發生自性垢染邊際盡止顛倒相貌盡不可得相貌圓滿垢染遠離彼此災難橫生久遠善見安靜義利誠諦平等力能菩薩調伏發生勝義慢等不生正理如如災患止息是處菩薩善言教導清淨運載增上祕密梵行息靜真實無畏根本力用患難皆盡布施運載隨順正念根本真實暗慢止息善言教誨淨妙寂默

平等淨因聽聞殊勝云何造作處所布清淨雲覆麼生類垢穢障染諍訟顛倒學位止息調伏自性根本顛倒趣求寂靜如是遷變有情相狀憂苦災禍熱惱遠離相貌端正聽聞無諍是處布施聞持誠諦荷負有情菩薩增上教導語言無縛災難如是煩惱迷空麤重增上因行功德自在是處有情一合具足暗慢增長遷變如空無倒發生聞持義利無怖如是增上因行顛倒諍訟愛樂處所渴乏邊際損減自性隨順寂靜調伏清淨顛倒愛樂飢渴邊際有情記念靜住發生菩提薩埵善言如是無顛倒法止諍訟事清淨調伏安住自在念能明記聞持自性制度寂靜淨妙之本有情聽受教誨安靜布施勝因有情憶念我見根本發起雜染成就勝力施行寂靜上

妙因行平等發生圓滿具足修行時分言説無怖雜染損減勝義無倒不生諍訟邊際時分瀑流發生此因祕密性離諍染清淨無雜災患盡止修無倒行寂靜如如喧煩力用相狀憍恣流轉因性清淨無倒有情了知增上遠離教誨言語薩埵行施增上修崇清淨希求云何無我發生義利行施根本語言教授增上邊際發起寂靜安樂之處災禍遠離吉祥智慧自性希求云何染盡嚴峻清淨顛倒無邊菩薩誨諭云何大施廣福如是聚落寂靜造作勝用趣求佛果導引生類彼怖畏行邊際如空了知運載增上快樂愛樂色相發生調順眞實行施已除諍訟有彼如性無遷移義繫縛之本怖懼邊際名色五蘊色蘊可聚受想行識無質難了本縛爲因眞實生義施行處所寂靜調伏慢法自在淨住止息根本施設聞持具足遠離三箭垢染皆息云何造作根本邊際彼言説體究竟如是眞實飢渴悲願普濟意地有力進修之本災禍垢染勝因方盡諍訟瀑流發起暗鈍有情運載成就如是眞實生相果報狀貌靜住處所勝因增上云何時分根本自性處所驚畏險隘如山是處菩薩施行眞實癡暗情類餘無所知時分邊際眞實力用云何法性勝義寂靜布施隨順希樂之法云何進修清淨力用無暗慢障無顛倒法供養精進十善增百王族熾盛善事崇多心法眞實慧解清淨災患根本菩薩誨示彼此行因遷變自在智慧教法清淨調伏祕密自性有情發生清淨和合心淨解脱菩薩是處誘接生類聽聞自性獲得遠

離增上慢法了知寂靜梵行無諍畏懼施爲調伏增上暗慢寂靜有情善語增上行施勝行因業愛樂力用調伏作業勝義因行多聞有情增上義利梵行無諍與顯供養是處自性無倒眞實淨妙根本有智修施顛倒垢染隨順止息寂靜無畏增上教導善哉牛乳諸味中上廣大智慧時分邊際善事邊方相貌殊勝寂靜趣求無邊供養淨妙語言殊勝止息怖懼發生懺悔安靜根本調伏自然清淨根本自性求不可得平等義利寂靜眞實自性邊際進修止息清淨趣求殊勝安靜患難之因顛倒求息希求果報損減皆止菩薩教導患難不生諍訟染惡造作止寂荷負希求增上遠離貪病垢染一切不生暗鈍作業彼彼無畏有情聽聞殊勝有力清淨施邊隨順眞實無有遷變廣大清淨根本不生眞如自性淨妙行施自在無倒因行殊勝處所無壞清淨布施無倒修因煩惱息除寂然安靜善淨相應聞持具足根本勝義離倒誠實善友因緣崇修無替力用廣大障染不生淨妙殊勝寂靜根本荷負生靈眞實力用慧解功能最上殊勝善淨貪欲瞋恚愚癡究竟智慧眞實無縛廣大行施無有希求進趣圓滿屈伸自在聞持因行相貌無倒繫縛垢染體性如空運載修崇自性安住有情因行布施爲本論難往復練慧之功行蘊遷流無常之義煩惱重障顛倒眞實彼彼災禍熾然不息流轉因行澄心自止制度力用聞持圓滿彼此相應殊勝義利暗鈍障染語言分別纏蓋行相聖道可除隨順勝相清淨爲本遷變影像了

知無實道行希求聽聞無畏淨妙之因圓滿可獲力用邊際如山無動供養希求和合有力教誨誠諦施行爲本災禍垢穢顛倒生起淨妙因行流轉息除德業自性移轉無動染垢隨順進趣不生教導因緣發起無倒離過語言無物可得如如之性空有俱泯自在力用荷負發生進退復生三有如是暗鈍邊際淨妙不生是處無倒本智俱起煩惱瀑流究竟隨斷不壞神足廣大增修施行無畏勝因常寂無有顛倒自在圓滿尊重師長義利安靜處所廣大別別如此淨妙無壞求無諍訟是處貪欲見種種法根本纏蓋止息非有慧解遷變染縛皆盡善妙相狀眞實修施義利無倒安靜如山求本力用梵行修作無暗鈍法求根本行根本智用善淨冥合智合眞如理契神會有情布施發生爲義了知語言精求自性身分殊勝名色清淨是大丈夫作業止息平等慧解廣大修作和合邊方力用圓滿福德自在纏蓋止息遠離染障慢法不生希求力用智解了知善修神足遷移止息菩提薩埵善言誨諭諸天共稟勝義邊際煩惱盡止飢渴求棄有增上因了知分別義利殊勝具足聞持無倒修作善除障染實大丈夫二種遷變本染無染淨妙發生遠離相貌修邊際行善淨增上善住修作諍訟止息作業邊際瀑流遠離天趣眞實身相嚴麗清淨勝因有力增上如是無有惡趣之因隨順如是廣大知見能斷根本煩惱障縛隨順了知彼彼力用身相力用遷變希求隨順世間災患根本布施義利無祈報應眞實怨對求其止

息造天趣因施行爲先智慧了知是大有情
我慢增感梵行止息善淨修作了知無相種
種心行不願希求寂靜修崇無諍止息我見
自性依染慧說有情行施其相不亡發生瀑
流自性纏縛根本災禍邊際若此纏蓋顛倒
善哉眞實清淨處所時分無邊施行眞實安
靜止息如是無諍義利相應是處菩薩平等
自在濟物普均了知自性平等教示始終如
一亦無愛憎供養施設殊勝爲上救濟生類
暫時無替我見時分彼此俱亡了知憍恣肅
然盡止無非聖說清淨趣求無有相狀有情
損減唯生惡趣前身滅謝後身復起與上古
佛同時而得菩提薩埵教誡言說造作眞實
義利如此息惡爲上根本染法我見爲始順
情生貪違情起瞋中容起癡後生餘惑二十
六法因斯而有染障造作顛倒推求無不眞
實煩惱染法實者有種假者用立是處根本
布施有力發生教導云何化生善業殊勝諸
天化生不善業勝地獄化生無而忽有中有
生有體類並然本有死有體有無別生有死
有依本識立生死一念依聖言說法有軌持
處有染淨慧解趣求聞持具足我見不生煩
惱遂止欲求善道淨法方生殊勝之因發生
有地本無施心獲報微劣無爲寂靜勝義根
本菩薩善友導引無畏增上荷負本來自性
安樂無慢如是進修嚴峻制度靜住依止語
言慢法增上無有求趣無諍平等安靜王者
誠諦教令均平有情貪行遂成業道善業清
涼菩薩誘導自在行施心無拘礙順現順生
順後順不定報是名四種受報先後運載三

乘各隨彼岸人天彼岸暫得還捨不同三乘究竟求得勤求趣向日滿方成究竟終畢方名彼岸不可壞義不可流義無重復義是名彼岸自性善法唯心所法相應善法通於王所彼此增上邊際之因慧解了知究竟言說自性愛樂聽聞了知有情趣向主者施爲聽聞修習快樂安靜樂欲之法貪愛之本善法之時與精進俱欲通三性染非染俱聖教中說德行多種無非益物聽聞之功唯生智慧莊嚴相貌殊麗鮮潔一切自性遷變眞實福德智慧淨妙可愛修建處所淨妙無雜云何解脫煩惱俱盡聖道起時黑暗不現寂靜運載遷移殊勝煩惱垢染無能損壞是處智起暗障皆盡無倒清淨趣求難得諍訟災禍教乘止息病患垢穢無有纏縛貪瞋癡毒顚倒之本眞實智慧有情難起趣求寂靜無傾動故菩薩教誨廣大處所崇修有力災難不生平等安住云何無畏修清淨行圓滿義利世間成就無顚倒行勤修布施我慢無行勝業允就制度清淨貪欲止息世間飢渴無施而得天趣之中亦有貪病此在欲天上有殺害帝釋脩羅瞋恨而已貪欲憂惱欲界中有死支上地一切皆有遷變時分義利准之清淨運載嚴峻有力本行布施無倒染義云何死支第八正捨云何生支第八正生唯此識上建立生死自餘識體不可立支設有別說並隨轉門增上聞持善因之本眞實吉祥了知患本進修寂靜希有聞持五蘊名色運載眞實如是無我布施誠諦德行嚴潔百福安靜希求妙善寂靜無生不可破壞無流轉義趣

求荷負增上無畏眞實布施有力增修勝義施爲盡力成辦彼怨對相聽聞捨離清淨如如生滅本寂遷變支分念念相續自性之法一無所得菩薩行門教導如此禪那寂靜無慮無思無瞋恚事安靜如空了知瞋恚熾然如火本來無倒寂滅於是凡夫之行布施爲先無倒修設離穢之因淨妙眞實無暗鈍相趣求色相力用修作煩惱諍訟勤修止息鈍弱慢類繫縛相應精進趣求彼彼因相有情勝行自利利他無倒根本人天所習自性安住善行修持菩提薩埵意樂行施運載之法利他爲務平等力用渴仰修崇清淨教法根本如如從微至著行施爲本勝義寂靜唯依聖法淨妙修行殊勝安住災禍之本煩惱生起眼根照色本自無縛清淨力用寂然了知

無始不生如性可得湛靜因緣無法可離理不可得何可趣求不流轉法體性非有涅槃眞性體何非有祕密甚深湛然安靜菩提薩埵於此存心混鎔無動靜慮澄寂不流轉法教誡于是損減自他煩惱性行菩提薩埵接引於此最上之法不可損減希求上位彼岸之義發生無倒了知教行有彼修進勝妙相狀荷負運載有情患難聽聞教法殊勝意義遠離塵垢獲清淨行趣求出離三乘果報菩薩了知彼彼生類是處菩薩修根本行發生智慧照解無生棄背塵勞忻求勝處侵損煩惱漸進施功道芽增盛障染難屈眞實諍訟究竟不生淨施教授聖共宣說善知足故貪愛不生眞實處所證誡修善根本染盡正行崇修善薩語言彼染遠離處所顛倒諍訟增

多智慧推求無義棄捨實有邊際正法宣示根本淨心隨順施爲淨妙之因有德依附聖人宣說有情共禀廣大繫縛梵行止息菩薩導化愛語施設荷負生靈修淨妙行施行邊際圓滿無礙先成器用天帝之功增上勝法轉變修作是處化現因施招感流轉生死縛力所起菩薩於此隨緣化導清淨心等熾然修作眞實布施相貌止寂教導施爲無偏普徧殊勝行業四方共悉彼施增上廣大施設是處自在菩薩所爲我見根本不信教導移轉運用出自已能有情身分取捨由已生類纏縛恣行非法進止屈伸哀求懺謝無因遷變倏忽而有意地不生荒榛草芥清淨因緣無非護念卒暴災祥聖力能止清淨處所患難不生相續善根菩薩化諭不壞相貌報力之功自在力用諍訟止息了知施行殊勝之因根本清淨自性使然菩提薩埵苦言導化恐畏無因眞實果報須仗因力了知報應還同影響學位修行身體無縛人趣行門五戒三歸希求邊際最上因行現生順後不定四種現在受報前生布施四種義利如次前說彼縛邊際云何能棄有情修行梵靜止息善淨因緣唯修施戒菩薩教誨如是天趣有力無怖是大有情興顯之處無倒修習眞實之行云何寂靜棄塵勞義勝義不生顛倒之行人中王者福力如天語言教令四方依禀制度之法嚴峻無過勝義殊妙圓滿了知善中不害以悲爲體正翻瞋害損惱有情百數之中此通善染有支自性唯阿賴耶此爲三界五趣四生之體離此識性皆總不成彼因之

法盡通善惡無記之法不招果故菩提薩埵依教所説四果羅漢誘接于是快樂之法因布施得不壞勝處運載彼彼云何無實體性不堅布施隨順益濟飢渴意地施爲了知自性本無破壞云何不生法體仗緣無因不生彼布施邊求殊勝相廣大眞實無我爲勝最上行施時無棄捨善淨色相持戒方得身欲遷移病等摧壞了知支分不堅牢性靜慮因緣有暫時住無漏法資變易無盡人趣行門攝心如是異相勢力身心衰昧自性眞實名色殞盡快樂熾盛如風滅燭了知圓滿涅槃自性云何怨對臨終現前心意無因如何生起天主帝釋了知善惡教乘義利不可虛設希求造作發根本義證解脫義自性究竟隨順世間不堅牢義

菩薩本生鬘論卷第十五

菩薩本生鬘論卷第十六

聖勇菩薩等造

宋朝散大夫試鴻臚少卿同譯經梵才大師紹德慧詢等奉　詔譯

愛樂希求無上智力運載有情殊勝彼岸第六意識勤修智道誠實布施求根本行是處究竟制度法義聽聞亡相修布施法蘊集清淨殊勝智力淨覺有情無礙神足圓滿聞持具足力用道行福緣最上勝行寂靜了知圓滿施法有情卒暴纏縛境界四種梵行希求發起生類因緣無有繫縛隨順造作煩惱因行軌範師等指陳喧寂得戒秉法教授證戒四種師範自在有力不可破壞人中命盡七支戒捨又復修作殊勝智解了知廣大寂靜因業纏蓋染行條然止息楚毒因緣寂然遠離我慢之法清淨除遣菩提薩埵是處引導眞實義利聽聞施設希求彼行寂靜修持發起誠諦淨妙因行知見了解善淨制度瀑流煩惱勢用廣大勝義無倒了知遠離根本淨妙正解脫義隨順帝釋諸天之行靜住無染快樂清淨離造作義煩障不生無諍訟義喧動止息束縛身心名爲安靜有情無實四大假合無能比譬虛幻難說聚沫浮泡陽焰谷響刻木懸絲鏡像水月佛言出息難保入息靜住崇修彼岸之法肅靜無喧精純操節如此之行由然可說善男子上妙布施國城妻子身分支節體其如性不可亦無不可又云發生勝義意在如此了知緣法修種種行智慧聽聞如如勝法如是我見染慧一分就染慧說唯自性斷分別發業亦自性斷自餘心所屬相應斷聽聞正法無暗鈍性道行平等

有力荷負清淨教法詮表殊勝聞持善淨功用難測如是修習安然清淨云何眞實本智證如如是之智與境相稱心縁慮亡語談詞喪如是自性得無所得快樂自在獲安隱行意地無染身心安泰眞實清虚塵無罣礙發生趣向大悲常寂菩薩布施力用周徧尊者護國本生之義第三十一王者狀貌盡世希有教令生靈本存其道希世之物無意挂念所謂隨順聽聞菩薩眞實根本相狀世尊病患老相死苦何謂繫縛相應怨家顛倒苦惱憂意云何捨離世間有情我執無盡大悲願力無有捨期諍訟纏蓋根本驚畏善哉生類妉婪無捨煩惱飢渴苦極難免世間眞實何時快樂學地遷移安樂何在生起積聚毀壞滅亡慳貪飢渴貧病難捨我慢欺輕陵鑠彼

物平等道引俱登安處廣大福德親族和合積聚了知本生所用虚幻了知無有少實宗祖族類相繼而有貧病安樂二事無等吉祥勝義圓淨生起無倒善淨根本無畏淨覺之功熾然發起無始本有何所希求圓滿制度邊際增上力用根本如如無怖布施除染力用無縛相貌止息聞持具足無倒淨住修根本行寂靜無喧眞實運載慈雲普覆我慢無有繫縛力用自性邊際根本遷變彼彼如如暗鈍顛倒我執纏縛清淨修崇無顛倒染廣大城邑豐物熾盛淨妙殊勝全無諍訟本行施行世間資益吉祥勝事發生支分相貌根本修遷變行我我所見前後發生正解脫義染分皆止有無眞實移轉不定我執爲本慢等方生運載眞實義利無盡奔詣聖所餚饍

供養纏縛有力苦海難出若入見道分別皆斷修明了行輪迴止息五蘊名色無爲非此佛果究竟餘皆因分運載圓滿無上覺位善業長時三無數劫纖瑕必去片善無遺根本進修是大有情福德殊勝體性無縛眞實力用根本勝因止息貪瞋人天之行勤修布施福樂之因戒行無虧其體尊大相貌力用增上無慢安靜無縛塵汙自殄德業尊崇群生依附人天趣類如雲普覆清淨最上寂然無諍淨法不虛祕密成就隨順貪欲希求勝果自性了知力用眞實生不可得約如性說性不可得無不可得了解根本愛樂寂靜清淨勝因無損減義有不可得約遍計說有爲之法不仗緣時有不可得遇緣合時無不可得尊貴之人福德廣大名大有情修合毒藥顛倒施設眞實修因除我慢法仗善支力自在進修靜住安樂遠離煩惱垢染麤重種種難事瀑流苦果顛倒之法究竟增上誠諦之法隨順智解了知變動無諍根本種種勝事造作平等遷動之法貪愛進修相貌之行修作自性清淨因相根本縛力四方哀患布施濟給往來貧病彼災自性因慳悋得熾然毒害無清淨行隨順處所縛障所得第六意識眞實推尋能斷貪欲種種因行順從彼彼十種惡行究竟修崇施行等法眼根照了殊妙作業福德進修益濟等事善法相應無我執縛如實之行覆障不能了知眞實集諦之行發生相貌纏蓋染障意地造作不如法行圓滿遷變自性法體過去想念所作因行作法顛倒諍訟過患有情根本垢染處所布施究竟

除免災禍如是力用界性清淨行步安詳殊勝軌範如是清淨處所制度寂靜自性諸法道行廣大義利隨順了知我見推求最上處所根本一合清淨因行流轉無倒希求勝義遠行力用淨妙因果心分驚怖憂惱思慮廣大圓滿諸天梵行驚畏破壞有情身分如雲遍覆潤澤乾枯嚴麗種種安居處所廣大平等修行布施楚毒有情苦惱息除獲得眞實殊妙果報遠離障染顚倒怨結教導增上淨妙功德有情勝因清淨修作修布施行除慳悋障如雲相狀息除熱惱淨妙眞實顚倒遠離快樂自性制度無畏增上果報支分殊妙造作希求諍訟止息靜性修飾相貌安泰卒暴不生煩惱捨離造作究竟邊際眞實貪欲顚倒隨順止息棄背生死解脫染障遷變相

狀剎那皆盡了知因處招感無盡圓滿祕藏安靜無我邊際趣求清淨無縛寂靜無染意法常止自性義利喧諍息除世間種種希世之物隱覆不知忽然所棄順從我執悋惜無與增上纏縛堅固難解楚毒旣傷百事無記如是寂靜塵坌不生主者清淨智慧了知寂靜之處垢染止息造作相貌本自眞實隨順知見憍恣轉盛繫縛發生塵勞遊翳我慢之意勝義止息慧解相從無顚倒想有情彼影無能捨離善惡之報相隨亦然如是聞持清淨之本甚深之法發生淨施財賄雖多不生恚施意地慳貪積聚難捨悲敬不施主者有分生起眞實聞持力用時分實因自在纏蓋親族無時干煩資益有情布施愛樂恵捨云何修因急時相濟憂受之時心地難安受報

之果獲前因事了知善惡影響不虛是處云何喧煩止息患難邊際聽聞無有彼增上因貧病止息寂靜誠實何有過患菩薩接引垂言誨示如此渴乏究竟不有云何自性不樂諍訟平等義利彼我普均是處不壞無流轉義勝義根本無倒梵行根本勝因如如無怖智慧不常三性不定發起有支本由貪愛如是夜暗黑白難分善淨力用明白昭然遠離怖畏無倒清淨如性離畏勝義邊際色蘊可見四蘊難分根本真實處所可得垢染諍訟邊際煩惱最上一切根本布施教法義利聽聞處所災禍相狀無不破壞無倒寂靜自在修施遠離根本顛倒生法淨妙邊際增上勝義勢力有情了知聖法增上根本荷負生類本修施行寂靜進修自在造作發生勝行淨

妙邊際遠離楚毒繫縛力用怨家息除自性捨施勝妙制度邊際真實修習最上希求相貌無倒修習施設自性運動止息名色五蘊福德感應飢渴熱惱無能捨離繫縛生起苦毒無盡心所之法與心相應行施濟益貧窮之類根本聞持誠諦施行善妙除毒安隱心行體性無諍如性清淨師子善淨自在有力殊勝相貌增上可愛屈伸進止庠序有則聽聞離怖力用修作勝義聞持發生實行布施無倒自性安靜色相殊妙運動澄寂造作功能世間希有廣大嚴麗清淨無比冤家難捨入聖方除勝義無倒力用自止發趣根本寂靜無喧我慢邊際理惑難斷荷負勝法力用無對隨順正理清淨自性忿性不善熾然發起如火難止自在寂靜修設供養暗鈍我慢

穢濁之處獲得究竟中間無倒造作自在布施無盡具足我慢眞實勝義進趣自在無垢清淨處所邊際施行普均楚毒災禍梵行止息塵垢暗鈍客部能止根本荷負聖力可施洗濯倒染究竟令盡種族修施普遍如雲根本眞實圓滿清淨彼勝義因有力無畏黃金伏藏自然發生澄寂處所彼彼因行微妙甚深生解脫義根起生靈自性爲義金剛無壞能摧煩惱一合清淨根本遠離自在勝力無流轉義靜住獲得無推求義布施無邊無思惟義屈伸進趣和合寂靜解脫生死斷煩惱義王者護國安生靈義勝義增上寂寂爲義本起無倒除作用事星曜安然無遷變義成就不失增長勝事眞實根本增光耀事遠離星辰災禍之事欺誑種種大智慧行了知遷

盡愚癡之患造作根本有情感事荷負垢穢遍修布施有情楚毒遷變難捨成就眞實祕妙語言進退和合崇奉頂戴識等五種報果爲有善不善業非親不論顚倒垢染勢用生起專求星辰安居本位彼運載力自性不虛暗鈍施設勤修善淨教誨根本令發生善復有靜住自證勝法行位高遷漸登聖位明了自性種種祕密光明力用殊勝鮮潔獲得本因無怖自性彼此增上圓滿根性施設本元無倒清淨無我執性了知是幻實際之因修淨妙行本不生起了知解脫梵行希求寂然止住寬報無對肅然遠離敬仰甚深微妙法藏殊勝教法運載功用王之教令是處如林如是人民咸來依慕法令嚴峻生靈如一治化聖功豐物最上寬敵雖有終不爲患運載

萬物百無遺失一切方所咸依受教彼國云何肅然寂靜菩薩出言甚深可畏云何無倒處所止息變動之法所在益濟崇修事行全無欺詐普獲康安衆庶無異治化興行歡樂無極勝義寂止如天安靜清淨行施普均濟給彼彼皆法平等修治造作施爲圓滿日用多種障難盡復如故了知染諍盡是族類心地繫縛事無相應惡業既成卒難移易朋友成林無能遠離煩惱諍競力不能已止息造業復修勝行修聖教法行止息行遠煩惱障依眞淨法自性相狀體義如空廣大如空塵勞麤重法本無我寂然清淨發生邊際深遠教行造作有學寂靜之法如是處所安靜無畏顛倒修崇染諍相貌又復修作清淨眞實相應聽聞如空之義隨順平等廣大殊勝造作隨順本智三種王者懺謝横生損物殊勝聽習有趣求心彼此自性俱離言説暗鈍長養世間邊際梵行世間不壞清淨彼求布施國王可愛無聽聞義祕密藏義克實不行圓滿世行死苦想念圓滿棄捨如是澄寂善事趣求苦惱患難速獲捨離隨順記念國土豐盈云何發生如如之行一切處所垢染清淨諸相塵垢想念止息運動如是寂靜根本如是丈夫喧諍皆息世間安靜人民和悦如是縛法安樂無慮勝義邊際根本如是菩薩施行莊嚴尊者護國本生之義第三十二眞實邊際殊勝荷負根本清淨自性相貌果有多種力用因行所謂隨順聽聞菩薩行相殊勝方所邊際無倒發生圓滿力用無縛根本行施無遷變行不生淨因相狀難得想念之法

眞實煩惱生起因法止息究竟障礙遠離識
性隨順清淨教法智慧了知力用自性遷變
根本布施爲首心行悲導殊勝自性清淨業
行自在之力所謂力用眞實如性不生增修
善行煩惱繫縛思惟善業果報增上聖教言
說知見了知彼此勝行想念聖法清淨作業
眞實趣類繫縛之法惡業實有醜果不無想
念聖說如何捨棄淨妙眞實往趣不無處所
不生正理方顯不動如山清淨相狀苦果起
時末那同生隨順所依有更互義瀑流染性
與第六俱次第而生有緫別報希求本因造
作無諍十善相資方成百數修施運載遠劫
長時善淨力用縛染遠離生本造作無因不
起所在如如增上眞實身相淨妙憶念邊遠
如見寂靜息念不已自在止息禪那清淨行

施心等大有情類修本自性殊勝功力相貌
依止增長自在圓滿勝義無畏安靜耳根聽
用所在無礙靜住邊遠澄慮止息盡根本怖
清淨施爲聖道無縛鈍慢無有造作不壞施
行轉堅和合記念有力不忘發生最上清淨
道行遷變影像上妙勝因運載平等無倒常
寂淨妙布施在處安隱勝因功行在處而有
從順修作菩薩之行廣大有情施無邊行明
利恭謹無畏勝妙無我處中澄寂敬愛自性
有力行無倒行有無邊際聽聞遠離不壞苦
果眞實發生本無相貌安靜無動圓滿有果
自性澄靜本智平等不虛理事涅槃可求增
上明利我慢不生邊際無壞寂靜隨順本後
智道清淨力用成滿造作處所無減顛倒生
本無有時分布施修作力用殊勝淨妙自性

天趣之報梵行修因淨妙勝軍與煩惱敵金剛不壞能摧自性清淨修施求暗鈍止如是崇修究竟之行眞實處所平等無染力用具足遠離增上自性究竟殊勝修作云何本實淨妙所獲我處力用施行不增自在清淨無染惡施云何修造舍宇不堪果報不精貧之所感流轉不堅遷移陷墜勤求德行快樂從順不壞支分身體如故成就果報福德無廢是處菩薩教誨安靜眞實自在體性無求主者無畏最勝無盡不壞自性有力發生修檀那行功用滿足如是一切行菩提行無修之本梵行止住纏縛禍難澄慮安止趣求上妙進修大果有力興心精進如是離染邊際圓滿獲得德行無倒纏蓋遠離觀示相狀勤修勝力時分顛倒全虧道行愛樂誠諦盡不虛設有無言說實大法雨究竟最上盡遠離法勝善無諍隨順所求虧根本施唯行支分聖人垂教事不虛設塵汙之行煩惱纏蓋垢染遷變俱不可得丈夫之行種族殊勝不動常寂一無言說不壞珍寶心常守護全無作用無流轉性智解了知如如之性業報修感影響如是菩薩慈悲曲盡所言分別眞實引導如此清淨力用垢染無已快樂之處無以比譬彼施自性勝義清淨成就懺悔如天無穢勝義垢染離言說相不可說有根本勝用亦不可說我之自性本生常義有眞實義彼之造作有隨順行我見推求爲顛倒行瀑流染見俱生分別語言寂靜荷負誠實是有情義行清淨施運載多種越生死義善哉行施除貧苦義祕密之功言不可及彼之愛樂增上

言說寂靜處所希戀無已殊勝布施用心普均身分無倒處所鮮潔勝義無縛聖力無畏是事無垢此性清淨遷變之法聞持力用損滅自性無平等行垢染有盡戒德可除天中之行須貴真實惡趣之報亦並不虛善不善業功力齊等忍行云何勤苦無退設遇違損志堅難屈逼迫寒熱安然忍受凡夫之行真實唯施智慧清淨造作相貌復有惡趣圓滿受報菩薩施行莊嚴尊者護國本生之義第三十三瀑流顛倒因生我慢第六意識所謂之本菩薩云何時分長遠欲證大果少因不能修萬行因獲無邊果菩提涅槃言慮兩亡大悲圓滿修精進行云何時分如空麤重障礙難出三根本智八後得智方可除遣果報自在法報化身聞持具足根本力用教法清淨勝義真實聲聞之果定性無餘灰身智滅有性迴心入變易身隨順大乘直至成佛佛法梵行圓滿運載是大有情自他俱利彼有情身佛種皆具有障無障或凡或聖此一自性曠劫常在是處心法善不可壞大人之中隨順可欲乃至平等並皆濟益殊勝荷負求精進行纏蓋之性本我執生聚落之所希喧諍事真實垢染無清淨行平等處所悲願引接圓滿意地利物無捨國中之王善言化譬彼時人民從者如風國主隨順殊勝力用誠實邊際清淨自在造作處所嚴麗無比具足聞持身心安泰施設自性增上勝因天趣煩惱有殺害故三乘善友力用可接真實自性究竟安樂如師子王安畏無怖希求聽受聞持滿足自性清淨生解脫義性本增上相貌

力用默靜無相澄心無動究家徃古觸對現
前卒難免離修極勝善答謝前愆罪福輕重
究家自免有情支分了知自性止息煩惱全
憑聖行造作毒藥發興諍訟本有支分增上
言說勢分自在有不可得眞實如如無造作
義菩薩行施無思其報無倒相貌平等施爲
根本寂靜勝妙修作繫縛所在喧煩諍訟自
在時分安靜處所根本相狀殊勝動轉趣求
寂靜造作屏處彼彼眞實並無楚毒眞實諍
訟暗鈍根本於是無倒增勝福因在處止寂
行施普及生生之處淨因相應成就平等了
知止息最上行施無貪等俱苦受遷變增長
智慧愛樂自性安靜止息布施之處業報不
虛自性無我了知如義清淨誠諦究竟如空
禪定寂靜不生苦惱不動名色了知自性上
妙愛樂求殊勝業清淨快樂聞持于是大有
情體溫潤和悅最上勝義安靜平等容部語
言功能難議如性誠諦眞實可重是處修崇
彼增上力發生顛倒圓滿殊勝云何本性位
極尊崇始生即具餘法不類體有勝劣彼有
實性爲因可得眞實了知上妙體性殊勝之
人進退常定增盛光明平等所用根本施行
發生十種戒忍等行眞實造作寂靜意樂無
靜住施有倒染行生不可得止相貌義身相
隨順界性可得無變動行寂靜可依有無不
可遷變俱離眞言行相思議遠隔持戒功德
尊大之因禪定之力入聖之道平等相應作
業遠離繫縛亦除是處菩薩稱讚增上運載
殊勝了知淨行根本邊際俱不可得智慧了
知彼實行相福德所在力用遷變勝義力用

天帝之功是處平等影像修作自性福禄增
上趣向梵行清淨意地之本究竟增上圓滿
無倒布施之心發生勝義相狀淨妙舉世希
有見者無厭修菩薩行慈毋施爲相貌自在
布施如空根本寂靜誠諦如是災禍發生有
力能治別別眞實清淨可意修習智慧眞正
解脱是處菩薩苦已眞實譬喻無及盡煩惱
染五蘊繫縛修清淨行如是名色五蘊皆攝
瀑流染諍盡煩惱障修寂靜行自性發生是
處運載增上布施彼造作性制度甚深發生
智慧增上趣求無倒本盡縛染時分天趣寂
靜造作眞實淨妙無垢根本力用我執利惑
鈍染貪癡勤求自在繫縛難盡有力相貌希
求布施果報增上出生勝義相狀止寂處所
清淨眞實勝因彼聞持義是處菩薩無暗鈍

業隨順生死誘接群類天趣有情無倒因義
造作聖行崇十善業無相運動求和合義勝
妙修行無流轉行寂靜無減殊勝發生彼我
執相自在殊勝顚倒眞實纏蓋自性如如聖
性本智冥合後得緣如變影方得因果位異
親非親等法性圓滿始末如此在纏名藏出
纏法身造作邊際精求法體隨順止息重復
遠離發生義利施行無畏發起造作本來相
貌分別布施不順勝心無相福田眞實殊勝
布施本性能破壞相無性之本自無希求清
淨最勝貪欲遠離道行邊際吉祥勝妙彼求
如性了不可得推入眞門無可亦無不可言
説自性依名句文名句文假言詮安實根本
不生聞持長養是處無壞安靜常寂天人清
淨亦無驚畏善哉不虛增上自性最上無倒

止息眞實圓滿相貌淨性無諍布施有力福德之本慈母之因族望爲上希求寂靜煩惱不生彼此恭奉更相殊勝彼天趣中福德因縁善哉自性增上無倒實相生起了知蘊性遷變相盡發生勝義如是懺謝盡其過患多種煩惱迷理迷事了知利鈍品數無等如是根隨分別俱生斷時所在如別論說法數次第趣求勝力賢善修作眞實圓滿如是賢善修習根本祕密甚深名根本行菩薩施行莊嚴尊者護國本生之義第三十四是謂菩薩修行勝行

菩薩本生鬘論卷第十六

音釋

沫泡 沫莫割切水沫也 泡匹交切水漚也

妉婪 妉丁含切樂也 婪盧含切貪也

夌鑠 夌音凌欺也 鑠書樂切銷也

賄 呼罪切財也

聖佛母般若波羅蜜多九頌精義論

宋西天三藏朝散大夫試鴻臚卿傳梵大師法護等奉　詔譯

大乘縁生論

唐特進試鴻臚卿三藏沙門大廣智不空奉　詔譯

諸教決定名義論

宋西天三藏朝奉大夫試鴻臚卿傳法大師施護奉　詔譯

清刻龍藏佛說法變相圖

三論同卷

聖佛母般若波羅蜜多九頌精義論上下
大乘緣生論
諸教決定名義論

聖佛母般若波羅蜜多九頌精義論卷上

勝德赤衣菩薩造

宋西天三藏朝散大夫試鴻臚卿傳梵大師法護等奉　詔譯

般若波羅蜜多智　體積善寶功德聚
所有一切波羅蜜　而彼本來性常住
離諸戲論無對礙　離諸分別得安隱
最上微妙無自性　離諸所有名相等
方便宣說三乘法　而彼三乘所得相
皆是一切智智因　稽首般若波羅蜜
所有勝慧到彼岸　若人樂欲正觀者

應當於彼九頌義　總略如理而思擇
其九頌曰
從業增上生　所謂六處相　即此說復生
所因如影現　如幻所化城　能觀者亦化
如彼所見色　業化世亦然　諸有說法聲
即是聞境界　一切如對響　緣成能所聞
齅香及了味　觸等境愛著　此一切如夢
雖得無所有　如幻輪成人　諸行作無實
此如彼行作　身輪亦無我　若種種所得
彼極剎那生　此與陽燄等　見即壞無相
所取如影像　無始從心生　而彼相及識
互相如影像　觀自淨種中　若智月出現
彼如水中月　現前無所有　若相應者智
彼即虛空相　是故智所知　皆如虛空相
如前頌言

所有勝慧到彼岸　若人樂欲正觀者
應當於彼九頌義　總略如理而思擇

所言勝慧者謂聞思修等相彼岸者邊際義到者往到謂到畢竟邊際離諸分別處所如是乃至此義終竟正觀者謂不顛倒相樂欲者所謂作意希望爲性彼義者謂彼九頌說時所有之義義即義門思擇者謂思惟決擇何所思邪頌言總略總略者謂包總含略此中應問何故總略說耶答爲令鈍根之者能解其義故

前標九頌次第今釋

第一頌言

從業增上生　所謂六處相　即此說復生
所因如影現

業謂善不善業增上者謂業增上由彼諸業

增上力故彼即有生何所生耶頌言六處相處謂識所依所生之處故名爲處此復云何謂眼等内六處頌言相者標表爲義若此六處相有所生故即彼如是復生諸法此如是說是義終竟決定成就問於勝義諦中云何自性頌自釋言所因如影現由取影現而爲喻故於影現中諸有作者作業及所作事悉離性空此義終竟

復次於外色等六處自性所生今當一一次第顯示

第二頌言

如幻所化城　能觀者亦化　如彼所見色
業化世亦然

猶如幻法所化城邑後能觀者亦即是化彼二非有何以故不實生性故然能見所見彼二色相外有對礙皆是業化世間三界所見此猶彼故其義亦然此如是化與彼所化無差別性故下頌言如聲對響爲證成此義故

第三頌言

諸有說法聲　即是聞境界　一切如對響
緣成能所聞

所言說法即能說者增上所生彼所對聲是聞境界若聞境界此如是故自餘諸法皆如是生是故取喻如聲對響此聲對響與餘法同此中如是無差別言乃云一切所言緣成者謂即聞等緣成故聞若彼所有皆所作性是故能聞所聞有所得中悉是緣成所以有聲皆如對響如是所說此義畢竟故下頌云一切如夢爲證成此義故

第四頌言

齅香及了味　觸等境愛著　此一切如夢
雖得無所有
言齅香者謂鼻識境界諸所作性所齅香等
了味者謂舌識境界了諸味等觸謂身識境
界覺諸觸等於如是等諸境界中所求所樂
而生愛著於彼彼境各各繫屬隨所繫屬香
味觸等別別所受若於彼等境中起有所得
相即不可得是故頌言一切如夢一切者此
即無差別意然眼等内處色等外處亦非不
有若不爾者云何發起作者所行爲破此疑
故
第五頌言
如幻輪成人　諸行作無實　此如彼行作
身輪亦無我
譬如幻輪法用成人身相彼幻所成人種種
行作皆悉具有亦復如人假有作者及所作
用又復亦有所行作事去來等相頌言諸者
種種分類所作之義何所作耶謂幻所成身
若如是身幻法成故即彼幻身而實無我無
者離義我謂主宰此言無我謂離我故所以
此中無其作者於勝義諦中都無所有是故
頌言諸行作無實無實者謂無力能義今此
如是無其力能謂此作者無主宰故若幻所
成人無其主宰雖所顯示而無其實諸法亦
然畢竟無實此中應知無差別意故下頌言
與陽燄等爲證成此義故
第六頌言
若種種所得　彼極刹那生　此與陽燄等
見即壞無相
種種者謂多種類所得者謂差別徧計所取

境相彼所取境極刹那生刹那刹那名極刹
那生者起義謂極刹那有所生起若極刹那
有所生故彼彼諸法從極刹那之所生者悉
是無常此義終竟

聖佛母般若波羅蜜多九頌精義論卷上

聖佛母般若波羅蜜多九頌精義論卷下

勝德赤衣菩薩造
宋西天三藏朝散大夫試鴻臚卿傳梵大師法護等奉　詔譯

此中應問彼勝義諦中云何自性答頌自喻言與陽燄等其陽燄者謂地塵日光三事假合如陽燄聚前見後壞是故頌言見即壞無相諸有所得别别境界其義亦然雖各表了皆無自性何以故彼等自性前後不和合故性不相等故愚者取著於一性轉是故此等皆墮世俗有情趣故復次此中若能取所取對礙性空即自性明亮本來不生心法發現猶如影像爲釋此義故

第七頌言

所取如影像　無始從心生　即彼相及識
互相如影像

此言所取如影像者謂此與彼而相似故所似云何如鏡等中見面等像此復云何謂從心生以彼唯心有所生故心即繫屬有其所取外境相等不捨爲性此義終竟復次如外所取鏡中面像即彼諸法以慣習種子領納於心於無二中取其有二對礙之相由無始來從心所生如彼影像或同時異時所緣伺察彼皆無性非唯心法亦由所緣之相而能引生能緣識心是故有相凡言相者攝集爲義非唯一法由彼所取如是有相能取亦然此中意者所取無性能取不實頌言互相互相者即和合義互相和合皆如影像如影像故能取所取彼二互相不相離性即彼二法於無所得中互相從彼心法出現有所得相此總意者彼心自性本來明亮無能取所取

二種之相本離貪等無明垢染清淨潔白離
諸取著故下頌云如水中月爲釋此義故
第八頌言
觀自淨種中　若智月出現　彼如水中月
現前無所有
觀者定義定謂心一境性相於彼定中有所
觀想心自在故頌言自者謂自種子淨即清
淨清淨者離濁之義從自身語心種子所成
等無間緣出生想
𑖮𑖿𑖨𑖱𑖾紇哩字變成普徧熾燄光明於是光中從
心種子出甘露光廣大照耀其光復成極大
火輪乘彼火輪出慧方便復從是生彼
𑖮訶字門其字振發大聲於中出現八葉蓮
華訶字處中內外想布十六分位復想
[illegible]迦字成星宿衆周帀圍遶復於相應方位
想佛蓮華彼十六分皆成月輪如是觀已復
於其上自淨種中想現
𑖮𑖳𑖽吽字具熾盛光於其光中出現大火熾盛
光燄當觀自身從智月中生菩提心復從是
生金剛智月當知月者即金剛智普徧世間
智光照耀一切色相是故頌言若智月出現
彼智金剛成就出生慧及方便無喻涅槃之
相復從慧生金剛界中摩摩枳菩薩相觀想
甚深最上微密三摩鉢底密雲彌布普現光
明其菩薩者身相青色八臂三面正面青色
右面黃色左面白色右第一手執劒第二手
執箭第三手執鉤第四手執金剛杵左第一
手執輪第二手執弓第三手執罥索第四手
執鈴而彼菩薩理智相合諸所施作皆順方
便衆相莊嚴頂戴阿閦佛冠現於熈怡可愛

之相跏趺而坐如阿多西清淨之華具有日輪最勝圓光復如大樂自性金剛薩埵之相灑諸甘露徧於一切此菩薩身即如來身從慧方便之所出生是故頌言如水中月頌言若者即是如義如水月故此即是空從是空法之中出生諸法其所出生即本來不生性所以喻言如水中月此中如是若於法界自性中取著有性者而實無性何以故頌言現前無所有故由彼如是於一切法無所得者如中有所作所證而實不能若有作有證者皆是方便建立諸法與虛空等為證成此義故

第九頌言

若相應者智　彼即虛空相　是故智所知
皆如虛空相

所言相應當知即是智之與定二法相應彼之相應即是金剛有彼相應法故名相應者由彼相應者所有之智於一切法無所取無二相中以慧方便生如來身非如前說蘊處界等戲論自性此義終竟然如來身不動法界自性所成本來不生何以故以如來等自性離故此即無性止不可說無性者謂本來不生故名無性是故頌言如虛空相此復云何謂離一切戲論之性故如虛空以彼虛空如是相故而虛空相應當如是如理伺察相者標表義復次當知於一切法無障礙自性中有所作用者謂由智入三界心心所相如虛空相顯示所知無明隨現有情及器二世間相蘊處界等戲論自性是即所知為智境界有所作性此所知境隨有繫屬覺了所知

徧計諸境是故此說名爲所知所以一切智一切智智此之二種皆如虛空應如是觀爲總攝此義故頌言皆皆所無餘義無餘少分故此中除彼聲聞人中樂欲取證有餘依涅槃者彼雖證得人無我理謂於蘊事取爲有故餘證無餘依涅槃解脫相者今此所攝如佛所言一切種一切一切有皆空此中又除一分外道所說之空以是義故此中應知世間無復少法可有一切如彼虛空之相所言如虛空相者當知即是虛空自性如是眞實此之九頌如所說已復爲顯示諸菩薩等種智果故總說頌曰

如理思惟此實性　彼一切性無所依

所有菩提勝願心　大智莊嚴當獲得

聖佛母般若波羅蜜多九頌精義論卷下

大乘緣生論

聖者鬱楞迦造

唐特進試鴻臚卿三藏沙門大廣智不空奉 詔譯

從一生於三　從三轉生六　六二二更六
從六亦生六　從六有於三　此三復有三
三復生於四　四復生於三　從三生於一
彼一復生七　於中所有苦　牟尼說皆攝
十二種差別　智士說爲空　緣生支力故
應知十二法　無知與業識　名色根三和
領渴及以取　集出熟後邊　初八九煩惱
第二第十業　餘七皆是苦　三攝十二法
初二是過去　後二未來時　餘八是現在
此謂三時法　煩惱業感報　報還生煩惱
煩惱復生業　亦由業有報　離惱何有業
離業何有報　無報則離惱　此三各寂滅
五支因生果　名爲煩惱業　七支以爲果
七種苦應知　因中空無果　果中亦無因
因中亦無因　果中亦無果　因果二俱空
智者空相應　世中四種支　因果合故有
煩惱業果合　應許爲六分　有節所攝故
二節及三略　因果雜爲節　三四節總略
二三二三二　苦位有五法　作者及藏界
境轉生流行　迷惑發起果　報流果爲二
相應根分中　一一三二分　熱惱缺短果
轉出等流果　相應餘分中　二一一一法
此有十二種　和合緣生故　無衆生無命
空無以慧知　無我無我所　無我無我中
四種無知空　餘支亦如是　斷常二邊離
此即是中道　若覺已成就　覺體是諸佛
覺已於衆中　聖仙說無我　曾於城喻經

導師說此義　迦旃延經說　正見及空見
破邏具拏經張宿　亦說殊勝空　緣生若正知
彼知空相應　緣生若不知　亦不知彼空
於空若起慢　則不猒於蘊　若有彼無見
則迷緣生義　緣生不迷故　離慢彼知空
及猒於蘊故　不迷於業果　業作緣續生
亦非不緣此　空緣當有此　業報受用具
十二支差別　前巳說緣生　彼煩惱業苦
三中如法攝　從三生於二　從二生於七
從七復生三　有輪如是轉　因果生諸世
無別有衆生　唯是於空法　還自生空法
藉緣生煩惱　藉緣亦生業　藉緣亦生報
無一不有緣　誦燈印鏡音　日光種子醋
蘊續不移轉　智應觀彼二
緣生三十論本竟

緣生三十論我當隨順次第解釋
從一生於三　從三轉生六　六二二更六
從六亦生六
從一生於三者一謂無知此無知者說名無明於苦集滅道中不覺知故名爲無知由故則有福非福不動說名三行及身行口行心行等從其轉生從三轉生六者從三行生六識身所謂眼識耳識鼻識舌識身識意識六二者彼六識身轉生二種所謂名色二更六者名色二種轉生六處所謂眼處耳處鼻處舌處身處意處從六亦生六者從彼六處轉生六觸所謂眼觸耳觸鼻觸舌觸身觸意觸
從六有於三　此三復有三　三復生於四
四復生於三
從六有於三者從彼六觸轉生三受所謂樂

受苦受不苦不樂受此三復有三者還從彼等三受轉生三種愛所謂欲愛有愛無有愛三復生於四者從彼三種愛轉生四取所謂欲取見取戒禁取我語取四復生於三者從彼四取轉生三有所謂欲有色有無色有

從三生於一　彼一復生七　於中所有苦

牟尼說皆攝

從三生於一者還以彼等三有作緣生當來一種生彼一復生七者還從一生當有老死愁歎苦憂惱等七種於中所有苦牟尼說皆攝者於中無明爲始苦爲終無量種苦世尊略說皆此所攝

十二種差別　智士說爲空　緣生支力故

應知十二法

十二種差別智士說爲空者此無知等差別有十二支彼一切皆自性空應當知如此所說唯是空法從空生空從法生法由緣生支法故應知十二法者若以次第生支力故彼十二法如是應知彼中迷惑相者是無明彼行句處積集當有相者是行彼識句處次受生支轉出相者是識彼名色句處名身色身和合相者是名色彼六處句安置根相是六處彼觸句處眼色識共聚相者是觸彼受句處愛非愛顚倒受用相者是受彼愛句處無猒足相者是愛彼取句處執持攝取相者是取彼有句處名身色身相者是有彼生句處蘊生起相者是生彼老句處成熟相者是老彼死句處命根斷者是死彼愁句處怨遂相者是愁彼歎句處哭聲者是歎彼苦句處身逼惱相者是苦彼憂句處心逼惱相者是憂

彼諸熱惱句處損害相者是惱

無知與業識　名色根三和　領渴及以取

集出熟後邊

於中無知者是無明業者行識者是了別名色五蘊聚相者是處三和者是觸領納者是受渴者是愛取者是執持受用者是有起者是生熟者是老後邊者是死

又此等差別相攝我當次第說之於中煩惱業差別

初八九煩惱　第二第十業　餘七皆是苦

三攝十二法

三煩惱者無明愛取二業者行有七報者識名色六處觸受生老死等此十二法三種所攝又時差別

初二是過去　後二未來時　餘八是現在

此謂三時法

無明行初二種過去時生老死後二種未來識名色六處觸受愛取有八種現在時

又此等各各次第相生

煩惱業感報　報還生煩惱　煩惱復生業

亦由業有報

煩惱業報三種如前所說由彼煩惱故有業由業故有報還由報故有煩惱由煩惱故有業由業故有報

問曰由煩惱盡各各寂滅其義云何答曰

離惱何有業　離業何有報　無報則離惱

此三各寂滅

若其此心無煩惱染則不集業若不作業則不受報若滅報者亦不生煩惱如是此三各各寂滅

又此等有因果分

五支因生果　名爲煩惱業　七支以爲果

七種苦應知

五種因名爲煩惱業者如前所說無明行愛取有是也七種果轉生者亦如前所說七種苦所謂識名色六處觸受上老死是也

又此因果二種空

因中空無果　果中亦無因　因中亦無因

果中亦無果　因果二俱空　智者空相應

梵本一偈今爲一偈半

若此所說因果二種於中若因空果亦空果空因亦空因空因亦空果空果亦空於此四句際當與相應

又此更有別分

世中四種支　因果合故有　煩惱業果合

應許爲六分

世中四種支因果合故有者所說三世五種因共七種果總略爲四種次第有四種分於中無明行過去時二法爲初分識名色六處觸受現在時爲第二分愛取有亦是現在時爲第三分生老死未來時二法爲第四分此謂四種分也煩惱業果結許爲六分者煩惱業報三種結爲二根則爲六分於中無明乃至受以無明爲根愛乃至老死爲愛根無明根中無明是煩惱分行是業分識名色六處觸受是報分愛根中愛取是煩惱分有是業分生老死是報分

又節分總略

有節所攝故　二節及三略　因果雜爲節

三四節總略

有節爲本發起二節所謂有生兩間是第一節行識兩間是第二節此二節此二並爲業果節受愛中因果共雜是第三節此之三節復爲四種總略無明行二種是第一總略識名色六處觸受五種是第二總略愛取有三種是第三總略生老死二種是第四總略此謂三節及四總略

又此等法中位時差別

二三二三二　苦位有五法　作者及藏界境轉生流行

法者無明行說爲二種識名色六處說爲三種觸受說爲二種愛取有說爲三種又二者生老死說爲二種此等五法是苦位中作者胎藏境界發轉出生於中流行如數當知於中無明行二種說爲苦位中作者識名色六處三種說爲苦位中胎藏觸受二種說爲苦位中境界愛取有三種說爲苦位中發生老死二種說爲苦位中流行

又果差別

迷惑發起果　報流果爲二　相應根分中一一三二分

如前所說此無明根及愛根於無明根初分中迷惑發起報等流名四種果一一三二數分之道隨其次第當與相應於中無明是迷惑果行是發起果識名色六處是報果觸受是等流果復有餘殘果

熱惱缺短果　轉出等流果　相應餘分中二一一一法

如前所說第二愛根分中熱惱缺短轉生等流果等隨其數分二一一一於此法中當與

相應於中愛取是熱惱果有是鈌短果生是轉出果老死是等流果如是此等則有八果

此有十二種　和合緣生故　無衆生無命
空無以慧知

如是無明（古譯無明今無知乃正也）爲初老死爲後有十二支和合勝故各各緣生而無衆生無壽命空無以慧應知於中無衆生者以不牢固故無壽命者以無我故空者無作者以無作者故

無我無我所　無我無我中　四種無知空
餘支亦如是

無知是無我此中無知是無我所以無我故無我中無無知四種無知無我所中亦無無知空如四種次第無知空

如是行等餘支亦皆是空應當知之

斷常二邊離　此即是中道　若覺已成就
覺體是諸佛

有是常執無是斷執此二邊由此此生緣故生彼彼諸有中若離二邊即契中道若不知此是義則諸外道墮於二邊若覺悟已是則一切諸佛如佛於世間能成就非餘

覺已於衆中　聖仙說無我　曾於城喻經
導師說此義

彼亦是此中道覺已於諸衆中佛說無我無我所汝等比丘當知謂著我我所愚童凡夫寡聞之類隨假施設中復我及我所比丘生時但苦生滅時但苦滅如城喻經中導師已說義又

迦旃延經說　正見及空見　破邏具拏經
亦說殊勝空

此等三經及以餘處如是之相世尊已廣說
緣生若正知　彼知空相應　緣生若不知
亦不知彼空
於前所說緣生若有正知彼知無異彼復何
知謂知於空緣生若不知亦不知空者於此
緣生若其不知亦於彼空不能解入應知之
於空若起慢　則不猒於蘊　若有彼無見
則迷緣生義
於空若起慢則不猒者若起空慢則於五蘊
中不生猒離若有彼無見則迷緣生義者若
復由於無見迷此緣生義故則於四種見中
隨取何見一者斷見二者常見三者自在化
語四者一切宿業作
緣生不迷故　離慢彼知空　及猒於蘊故
不迷於業果
緣生不迷故離慢彼知空者於前所說各各
緣生中若無迷心及於執取我我所中若得
離慢彼則如法能入於空及猒於蘊故不迷
於業果者五蘊中執取我我所故則徧世間
輪轉不息於彼蘊中猒離故於此業果相續
則無顛倒亦不迷惑
又問此義云何
業作緣續生　亦非不緣此　空緣當有此
業報受用具
業作緣續生亦非不緣此者煩惱業報如前
所說彼以如是善不善業推遣衆生傍及上
下相續而生若非此業則不作緣若不然者
則不作業受報已作業而失空緣當有此業
報受用具者若由此等善不善業有報受用
則自性是空本無有我作緣發生彼性空亦

應當知

彼義今更略說

十二支差別　前已說緣生　彼煩惱業苦

三中如法攝

無明爲初老死爲後是十二支緣生差別如

前所說彼中三是煩惱二是業七是苦皆已

攝入

從三生於二　從二生於七　從七復生三

有輪如是轉

無明愛取三種所生行有二種彼二所生識

名色六處觸受生老死七支彼七支中如前

所說還生三種彼三復其二更七是故二種

次第不斷此之有輪如是轉

因果生諸世　無別有衆生　唯是於空法

還自生空法

因果生諸世無別有衆生者無明行愛取有

五種名因識名色六處觸受生老死七種果

此等所有普徧世間若我若衆生若壽若生

者若丈夫若人若作者是等分別唯虛誑應

當知之彼云何生唯是於空法還自生空法

謂自性空中假名煩惱業果唯有空假名煩

惱業果法生此是其義

藉緣生煩惱　藉緣亦生業　藉緣亦生報

無一不有緣

若有煩惱則有種種無量業及種種業所生

果報彼皆因共緣應當知之無有一法無因

緣者

又爲明彼義今更說譬諭

誦燈印鏡音　日光種子醋　蘊續不移轉

智應觀彼二

如誦有教誦者受誦者所有教誦不移轉受誦何故教誦者仍安安故其教誦者亦不相續何以故自不自故如燈次第生非是初燈移轉亦非第二無因而生如是印與像二種面與鏡二種音與響二種日與火二種種子與芽二種醋與舌涎二種此等所有皆不移轉亦非不生亦非無因而生彼二種五蘊相續次第轉非初蘊而移轉而第二蘊亦非不生亦非無因而生智者於此蘊相續次第不移轉應當正觀又內外相應有十種皆當知於中外十種者一者非常故二者非斷故三者不移轉故四者因果相繫無中間故五者非彼體故六者非別異故七者無作者故八者非無因故九者刹那滅故十者同類果相繫故彼外所有種子滅無餘故非常芽出生故非斷種子滅無餘已其芽本無今有生故不移轉彼所相續無有斷絶因果相繫故無中間種子芽差別所非彼體從出生故非別異因緣和合故無作者種子爲因故非無因種子芽莖枝葉華果等展轉相生故刹那滅甜醋鹹苦辛澀隨因差別果轉出故同類果相繫於中內十種者一者死邊蘊滅無餘故非常二者得次生支蘊故非斷三者死邊蘊滅無餘已次生支蘊本無今有生故不移轉四者蘊相續無有斷絶因果相繫故無中間五者死邊次生支蘊差別故非彼體六者從彼出生故非別異七者因緣和合故無作者八者煩惱業爲因故非無因九者迦邏羅頞浮陀箄尸伽那奢佉出胎嬰孩童子少年長宿等展轉相生故刹那滅十者善不善薰隨

因差別果轉出故同類果相繫
又有三偈
如燈焰轉生　識身亦如是　前際與後際
亦無有積集　不生亦有生　破壞不和合
所生亦無住　而此作業轉　若於彼緣生
而能觀知空　若知彼施設　則契於中道
於中無明行愛取有是爲集諦識名色六處
觸受生老死是爲苦諦彼十二支道諦者今
彼滅證方便所謂念處正斷如意足根力覺
支八聖道名爲道諦

大乘緣生論

諸教決定名義論

聖慈氏菩薩造
宋西天三藏朝奉大夫試鴻臚卿傳法大師施護奉　詔譯

歸命一切佛世尊
歸命所說三乘法
歸命一切和合衆
歸命普賢法界理

今當略說一切教中諸根本字彼如實義此中云何所謂

唵字最爲上首我今頂禮此字清淨住不二相若復有人能以此字舌上轉者彼得眞實諸慧根本此字於一切教中甚深秘密復有三字所謂金剛吽字而爲正因從是字中宣說一切正法儀軌彼三界心此法如是惡字爲說相盎字即空性即彼惡字復爲慧母若道非道皆從是說亦即法界文字根本徧入空性初後相應由此正智而得成就若法有說皆悉成就彼無所說亦復如是是故一切造作皆悉平等於輪迴中隨順而轉所言法界文字此復云何是故今說所謂

迦(訖當切)佉(去當切)誐(宜當切)伽(其當切)左(左當切)蹉(悽當切)惹(紒當切)酇(齊當切)吒(知江切)姹(敕江切)拏(尼江切)茶(直江切)多(低剛切)他(梯剛切)那(泥剛切)馱(蹄剛切)波(卑剛切)頗(紕剛切)摩(縻剛切)婆(步剛切)羊囉羅冈桑欱(呼郎切)

如是諸字即如前說彼盎字攝此相今說是即空性出生甚深一切教法此復名爲空空出現一切說相所謂迦佉誐伽左蹉惹酇吒姹拏茶多他那馱波頗摩婆耶囉羅嚩薩賀如是諸字即如前說彼惡字攝此相今說謂即一一文字皆從一切智智所生初相應行

我法二種皆悉平等金剛加持究竟安住復
次一切事業皆從金剛三昧出生所謂
迦引佉引誐引伽引左引嗟引惹引鄮引吒
引姹引拏引茶引多引他引那引馱引波引
頗平引摩引婆引耶引囉引羅引縛引薩引賀
引
如是諸字皆阿引字攝此相今說謂一切金
剛事業復次今說
烏烏功切汙烏貢切壹伊壼切翳伊證切哩黎丁切下同哩
棃里丁切下同梨伊依綾切愛依崗切唵烏籠切奧烏當切
此中唵字相今如是說謂即一切文字從彼
出生
此中吽字相即如前說一切事業皆從金剛
三昧出生
復次如前所說諸字謂即三身若性若相如
實安住所謂
吽字即法身阿字即報身唵字即化身如是
三字攝此三身彼分別說三乘解脫道是為
正說因所有聲聞緣覺及一切智智由是出
現說一切法即彼三字亦是金剛三業如實
安住所謂
唵引阿引吽引
此中唵字是名金剛身業阿引字金剛語業
吽字金剛心業
又復阿惡二字安住空性此中惡字亦為正
智此中阿字是即正覺最上秘密
又復吽字而為心智覺了一切法如上所說
一切文字當知皆從盎阿引吽三字所生由
是諸法起種種相今當分別彼一切法皆與
盎阿引二字初後相攝此中吽字出生一切

於三界中出現衆色所有天人龍阿脩羅迦樓羅緊那羅乾闥婆成就持明天吉祥天辯才天烏摩天帝釋天梵王天那羅延天大自在天如是等天及天后所有一切有情界中男子女人乃至諸佛菩薩等皆從此吽字出生變化彼一一心住此字相若心想此字時當住虛空出生無礙所謂三界心同此一心入入是心已此得名爲現證菩提當知此心無等無取無著無住無表無相是即虛空平等一切智無所得相應無自無他相應正行世間所有旃陀羅等最下族類彼等諸行乃至傍生等類彼所行行種種差別如是諸行雖復差別皆亦不離一切智智相應正行

復次一切文字性非有說然彼一切智智於諸文字方便宜說此中文字當云何義謂虛空義虛空何義謂空性義空性何義謂戍室囉義戍室囉何義謂無說義無說何義謂無相義無相何義謂一切智義一切智何義謂如意寶義如意寶何義謂即智義智復何義所謂心義心復何義謂彼三界大自在義三界大自在何義謂徧照義徧照何義謂梵天義梵天何義謂大力天義大力天何義謂自在天義自在天何義謂即佛義佛者何義謂金剛薩埵義金剛薩埵何義謂觀自在義觀自在何義謂世間義世間何義謂輪迴義輪迴何義謂涅槃義涅槃何義謂不可數義不可數何義謂不可知義不可知何義謂無生義無生何義謂無滅義無滅何義謂無色義無色何義謂無聲義無聲何義謂無根本義無根本何義謂無長養義無長養何義謂無

住義無住何義此無住者即無所有離諸有智思惟分別出過諸佛及佛菩提安住金剛吽字根本即此吽字復成蓮華火曼拏羅住空空性離塵法性二種根本最上清淨相應勝行如是了知已於輪迴中勇猛精進普令獲得涅槃大樂若住此心是爲智者滅苦惱法二種根本皆悉平等是爲最上精進勝行成就牟尼大安樂法安住正念如日光明普照世間心智平等相應安住所有一切甚深秘密如前所說彼成室囉及虛空分皆如是說

如是成就最上樂法即得諸佛自性相應了知世間所有衆生一切生法喜愛二種和合相應當知無性彼無常法畢竟空寂

諸教決定名義論

音釋

齅許救切以鼻搵氣也　枳掌氏切　罥古泫切　邏郎佐切　頞烏割切　箄邊迷切

大乘中觀釋論

宋三藏朝散大夫試鴻臚卿光梵大師惟淨等奉 詔譯

清刻龍藏佛說法變相圖

大乘中觀釋論卷第一 第二同卷

安慧菩薩造

宋三藏朝散大夫試鴻臚卿光梵大師惟淨等奉 詔譯

觀緣品第一

歸命一切智所有世俗勝義二諦本無所行若無所行攝化有情事即當捨離菩薩爲開示故造此中論然此不同一切外道所說緣生佛說緣生法爲令覺悟多慢心者生極淨信於諸論中此論宗重謂緣生義即無滅等句最勝緣生顯明開示是故論初讃歎世尊

如本頌言

不滅亦不生　不斷亦不常

釋曰滅者無常性故名滅發起名生斷生死故名斷擇滅涅槃常時性故名常如有人言若佛出世若不出世法性常住此緣生者亦

即是常一者無差別義如所説離此即是爲緣生之法何所生耶謂種種義如其所説從因所生生已有果來者向此名來若無來義轉時此即無去無去義轉時即無過去世所行非今有滅此即無滅此法如是説餘生等亦然若取著言詮即爲戲論如其言詮於如是性執有性者彼皆息滅此即名爲滅諸戲論離諸煩惱性分則自性空已乃名寂靜今此如是無滅等十種句義如前所説十種對治此中皆止周盡是論皆説此義此如是義成餘一切論中皆同此緣法今此義中若此因若彼緣如薪生火而彼所取如是應知常不斷義如前句所説發起之義此所説成若因中有故設因壞時後還不離果起無前後時性故如澡沐已受食此非緣生若言無生

自語相違不和合對治此即世俗緣生不和合故若勝義諦所生此中止遣世俗諦識中體性不和合勝義諦體性此中止遣何等是世俗何等是勝義若勝上所説相續義性以世俗諦伺察時此不和合以彼現證非涅槃所得此所作性不異勝義諦故亦不止遣若智所成即彼世俗諦不異勝義諦如瓶等色等而此一類色受等法決定境界智不許可彼智無性故譬如瓶等隨世俗有性雖無所取非世俗無此中所説世俗所取之義是自非他如理應知世俗者即是世俗所取故如樹林等非極微許而有所取道理可得若方分分別差別分別等性而彼決定世俗有性此非道理以物體徧計有樹林等對礙而識中有彼樹林等爲所表故然識中物性非無

道理由是樹於彼識而爲所緣如是能表識中得有所表是故非物體樹於識中有此如是說故餘說亦然於能表所表中徧計無體亦無所成何法可成耶謂如諸佛境界色等決定此何不成如彼諸佛境界此亦然有非如識中徧計生等此中止遣識中物體若有性者此非道理若彼勝上如來之智如所說義故名勝義餘皆世俗不實性故此說最上謂佛所說善文善義是故頌曰

我稽首禮佛　諸說中第一

釋曰若文義二無著智性唯佛大師而善宣說何所說耶謂說無生性今爲證成無生性故彼無滅等諸差別義亦如是證成如是建立無生法故或有人言所說生者我知差別之性如是自生爲遮遣彼說是故頌曰

諸法不自生

釋曰所言生者本無今有之別名自者我性義彼如是說互相損惱自語相違不和合對治或如瓶等即不見有自生之法如前瓶等自體無性故諸生法無性生已復生亦復無性如是眼等決定和合若爾即有對治過失若有如是因即有如是果彼果體有生以因果二法無別異性故若言自生此應思擇又復泥團離瓶瓶離於因此中色等當云何有若離泥團果因二種無別異性若泥團離瓶而此果體即不和合泥團若壞瓶有所得即非果時有因性故此僧佉人言譬如色等非果因二法有別異性色等自體亦如離瓶先無有性若彼決定實無所成所說無異如瓶所作杖輪水等非此所關彼等無別異性因

果二無性故何名無別異謂不見因自體能作如是果有所作亦復不得無異性故若無所作何名因果決定自體無別異性若因無作彼無作時果不和合有異人言我知差別諸法從他性生爲對遣彼說是故頌言

亦不從他生

釋曰他性者別異義如他性瓶等不生眼等由如是故自緣既不生他性亦然若止遣諸法自相應知有過此中或有彼不和合如是所作非勝義諦中他緣能生內六處等以他性故此如瓶等此中他性瓶等如內六處緣勝義諦中生無性可得世俗諦中亦然生無性可得相違義性無因生性及共生等若有所得皆他義故如是所有中論成就究竟義中離不和合對治等法若復如是世俗諦中有所得者決定如前對治相違世俗緣生有所得故此亦非所得如是有所成即和合無性成已見邊二不和合如是即於諸所成中有共過失若別異所成當知自有差別過失此廣文不書恐繁且止非中論所說如前對治何以故後對治亦爾無此中所成和合道理有異人言取彼實有泥團隨有杖等諸作用法共生瓶等此異意樂故頌止言

共生亦無性

釋曰彼增上所作言非二法共生若爾有言說對治過失有異人言如所意樂諸法如是無因而生爲遣彼義是故頌言

亦不無因生

釋曰如他所說無因生性有所得者即時處等彼相離性決定有生可得彼時處性能不

相離此若止遣對治過失此中或有生性諸論皆說是有漏義如是有性各各繫屬諸性有生此中皆止若有所作即與阿含相違如佛所說有四種緣能生諸法而此四緣諸經論中皆如是說何等爲四謂因緣所緣緣次第緣增上緣如是四緣無第五緣諸異宗中有執我者執極微者何所以耶此中若有常因者彼時處性即能相離彼一切果乃有同生現見時處等不相離性次第生法彼同作因即不相離因性可得此無過失是故同作諸因此中非因彼說如是生無有性若有因故決定有果彼同作諸因決定因性此本有故若同作因此相離者即如前說對治相違以本和合故而彼諸因如是建立差別因無性然彼處等有相離性可同生者此之分位如士夫等由如是故非士夫等因本無和合性士夫等句義亦如自體亦非定有士夫等本性和合所有因性如種子等以士夫等本來分位或離所作性如種子等因有所得或無所得此復云何若本來分位離所作性或有所得即是無常若不離所作自相亦即無因如前已說非諸士夫如彼種子能生於果若如是見此非道理彼徧計性故是故前說無第五緣亦非斷滅世間所有諸執無因惡因諍論亂意之者爲攝化彼故如其分位於世俗諦開示宣說諸因緣等此即非勝義諦或有問言自果於緣中爲有耶爲無耶物體

第三分別無性故頌答言

如諸法自性　不在於緣中

釋曰譬如瓶衣非即有故亦非異故如是眼

等自性若自緣若他緣若共有而彼諸緣非即非異若離自體即無有果由自力能即有諸緣此無異性應當思擇由如是故因果二法無別異性何所以耶若離是因果不能成彼能作因其義亦然若定有異性而彼自果於諸緣中即無所生是故頌言

以無自性故　他性亦復無

釋曰若有此二即互不相離若見有他性如此彼二非緣時中有果非果時中有緣若他性隨生即因果二法非俱時有刹那性故若生不生二所作性二俱無性若不壞因未來有果此智所安立乃說他性然若取著他性非勝義諦有或有人言諸經論中皆說他緣能生諸法云何此說非他性生若諸緣中他性不生豈可無自性諸法於緣中住若爾緣即是非緣若自性無所有者果從他緣生即非道理故頌答言

亦非緣生果

釋曰然生法所作有果可成爲總止餘義是故頌言

果不從緣有　有無果生止　若說生法時

無依無所生

釋曰前說果不生無所成者以能生果者自亦無性若能生所生及彼生法定有別異生法可得者即彼所作說爲能生此中別異生法即無所成若果離於緣即所生生法云何得成他所繫屬故或有人言所作如是從緣所成非物體自性成故是故非眼等六處能成緣法有此意樂故頌答言

果不從緣生　此果緣中生

釋曰若彼決定別異生法爲可有者彼無生法中間所作若生而彼眼等決定生法互相離性或如是生亦何不成如是說者彼無自性法此中有過失此異宗說是故有過若從緣生果彼果性無依緣亦無常相離性中果云何成如有頌言

果若別異解　無道理可依　若一法作成
果體不可立

如本頌言

非無緣有果　無緣果亦無　如是世俗中
常住不可得

釋曰若或無緣果即不成若有果故彼諸法體即有所得彼等諸法亦非先有性故是義當知從緣所生若離緣生虛無有果譬如芽等何能和合若言從種生芽即能生所生二和合故亦非種子等緣一向能生以餘法成即能有果由如是故果非常有或有人言從緣有果此即非常亦非無常如是性中能生得成釋者言如汝所說此有法故即此所成如是決定勝義諦中非無緣有果非無果有緣俱不見故眼等諸法此中亦然於其緣性若止遣者定知有過是故當知從緣有果諸果體生謂從因緣次第緣所緣緣增上緣生故以諸緣分別果體差別如是得成譬如已成熟果而諸因體差別分別是故能作所作此中分別此如是說決定有果決定之言即印持義此中有果其義顯明世俗諦中果法增勝即有所得然無分位可著若果性有著即他宗義謂於緣中非實有果若彼如是從緣生果互相所攝有果隨轉彼雖分位各別

然有果生此說緣生是故此等諸緣生已亦各別故諸未信許言即是不樂說義若此果不生即彼無有緣何等爲緣謂隨所意樂是故若無有緣能生於果此無道理若或無緣又復何有緣性可生

大乘中觀釋論卷第一

大乘中觀釋論卷第二

安慧菩薩造

宋三藏朝散大夫試鴻臚卿光梵大師惟淨等奉　詔譯

觀緣品第一之餘

復次此中或有異意謂以刹那如是緣性可成於果雖非相續此無過失是故頌言

非有亦非無　緣義和合爾

釋曰所言無者如兔角等緣亦何無此中意若如前說性此不可說不可伺察謂以彼因於分位中不能取故所言有者諸緣於何性而有所說是中無有少法而可施作若有彼因及作用事如上所說此即爲有如是果緣其義顯明如瓶燈等此應思擇此中決定若有所離即無所有亦非無有緣不和合故如所說果或果分位彼三種功用能所性極成彼若緣異即無功用所施作故此說顯明彼有所生此無所離此說義成此中無有少法不生及非有性如量增廣體不生故以無生法而可增故若諸緣有體性即不和合生此中無功用體性止遣其有如是有性者有人謂於彼無功用不和合體性中亦有所成如癡等體性或量中減少或生中減少非壞因而有非常因而有如瓶決定離别異性或彼境界智生其理應思若對治法起即能遣除冥暗若彼二種決定爲有者於境界智中即不成就以世俗諦中譬如燈等及瓶生因有所成故是故應知亦無所離或有人言非有非非有生時緣成故謂以生時有作用性所發起故此中雖有亦復不成決定生性彼有

即是增上所作是故頌言

諸法無自性　非有亦非無

釋曰謂以生時種類所作或有或無後亦如是不離有性無性或有所得如是有諸緣論中説是相非不有故如兔角等亦有説相此有説相即世俗諦非勝義諦能成彼果説名因緣然彼亦無諸法不有亦非不有若其不有即無法可成若爾云何有此能成之因而得和合有若不成與成相違無即決定不成無彼有性生故譬如兔角亦有亦無決定不成於一法中相違自性本不生故二俱有過以如是因成如是果豈得和合若或於彼心心所法而有取著此即説爲所緣緣法如是決定彼不和合若勝義諦中如是眼識等有法可説彼法生時無言説性是故此中非所緣法而得和合若有所説彼即相違無亦相違若有所緣應知皆是世俗諦故非勝義諦勝義諦者此中止遣若有法轉時即諸相隨轉是即所緣此説是爲所緣緣法是故頌言

於此無緣法　云何有緣緣

釋曰若無緣之法生時云何復有所緣法生彼體無成故又苦等無間滅法彼即容受所作爲等無間緣此中決定如是分別是故頌言

若法未生時　即不應有滅　滅法何能緣
故無次第緣

釋曰若法未生如石女兒死若法已生諸法皆滅是故無彼次第緣法而得和合以生滅性不和合故即滅即生而彼滅緣當云何有是故緣滅無説性可轉如是則應生時爲緣

若生時爲緣者生時已生又何用緣生者起義此不有故彼何有緣若有所成即是增上緣法此若決定起伺察時即無所有故此諸法皆無自性若起言說及伺察時實無自性可得成就是故頌言

諸法無自性　非有亦非無　此有彼法起
如是無所有

釋曰彼如是性非有性故乃有是緣論中所說緣者說有彼果故如佛所說諸緣法者謂有士夫所作果增上果勝報果平等果非無體性故如兔角等或說有果若如實所說非勝義諦何所以耶果若有若無緣中皆止遣若如實觀察不即緣有果不離緣有果是故頌言

若謂緣無果　果從緣中出　是果何不從
非緣中而出

釋曰非緣中出者如砂出油若或止遣緣生定知有過復次頌言

若果從緣生

釋曰有異意樂若言有果從緣可生亦何不從非緣所成以相似無性故若正緣有成非緣亦應成若止其不生又定知有過復次頌言

是緣無自性

釋曰意謂若無自性彼云何能所作差別此中謂顯果非自成故復次頌言

從無自性生　何得從緣生

釋曰此中意者如尊者提婆所說頌言

如衣因所成　能成因別異　成法若自無
別異因何有

今此品中皆爲止遣如是義故或有人言
果不從緣生　不從非緣生　以果無有故
緣非緣亦無
釋曰彼生不能無性故此中有言果由緣成緣法者是果之種類果無自成無自種類彼果決定從他性生而有所得然爲止其定生性故無有緣成亦無非緣成無緣種類無非緣種類無非緣種類果可有果生無性謂因等及緣有果圓成彼緣所成此果無性果無性故緣與非緣復云何有此中意者若說生若說緣若說果應知唯是世俗分別如是皆非勝義諦境今此品中皆爲證成如是義故

觀去來品第二之一

前品已止生義今當次第勝義諦中諸有物體如是總聚差別之義而悉止遣餘有所觀次應發起如前品餘所分別說諸有物體皆悉無性謂先止遣彼生義已餘諸句義亦然止遣諸有所作雖復如是多種止已然善巧智中有所生義還復發起此無過失有人言去此中去者去法勝義諦有彼果此法有實性故能作所作作法非不和合今爲止遣彼有能作所作及作法故有此品起此中應問爲已去名去爲未去名去故頌答言
已去無有去
釋曰已去名謝滅若有去法可去即彼去法爲不極成即不和合自語相違復次頌言
未去亦無去
釋曰未去未生若有去法可去即如前所說自語相違不和合對治復有人言此言去者總攝作用諸差別等如所意樂去時有去爲

對彼異意故頌遣言

離已去未去　去時亦無去

釋曰而彼去時或有所去即不離已去未去二種法中何以故於一法中互相違性彼不生故此中若說諸法無性是義成就若以是法於非法中有所成者即去時去又何不成是故亦無去時可去復有人言現見世間舉足下足有行動相此往彼方不離所觀有可去相彼復謂言世所作事先由作者後有所作作事方成去相亦爾復次頌言

動處則有去　此中有去時

釋曰若復別異此云何有復次頌言

非已去未去

釋曰彼異意者謂以去時有行動相乃說去時以成去義復次頌言

是故去時去

釋曰異意謂離已去未去去時有去復次頌言

云何於去時　而當有去法　以離於去法

去時不可得

釋曰於一去法中若有去時可和合者即應二種去法有性而此去法不可得故如是決定法止遣相離者此有過失若此去法有去可和合者即非去時如是決定若言去時去法彼和合者云何去時而有去耶何所以耶復次頌言

若去時有去　則有二種去　一謂有去時

二謂去時去

釋曰若言去時得有去者此義不然離已去未去無去時和合可去是故若見有是法還

成過失如所說過失者謂去時有去若此二種決定有去理可成者即彼去法應於去時去可得耶若爾即有二法可得一謂去法去二謂去時去若爾此說還成去法可去若有二去法者此無道理何以故若去法去時有所成若彼何決定或有所得此復云何若或無所有彼決定說云何有此去時可去諸法亦然皆如是止若法決定應有如是去時可去非已去未去無如是見是故此中無二去法若有即成別異過失復次頌言

若有二去法　即有二去者

釋曰此何所以如頌言

以離於去者　去法不可得

釋曰若如此說已餘皆亦然無二去者可見亦非所樂此復云何此中如是無去者去時去法可去若有去時可去者非彼亦無去法可得是故於其一去者中無二去法若有即成過失或有人言於一去法中去者相離即無所得若有所作即有去者此中若有所依即去時去法或有可說是故無二去法和合如是若於如前所說過失遺除即無有少法可作若有別異還成過失復次頌言

若離於去者　去法不可得

釋曰去法若離即俱時所起彼去作用即當破散是中何有去者可得若無去者彼去者性所作無性此中去者若不相離而彼去法亦云何有今此去者去法如實伺察云何可說有去相耶此去者中云何實有去者去法而可施作又或去者若有別異此復云何復次頌言

去者即不去
釋曰何所以耶謂法自相止遣復次頌言
不去者不去
釋曰謂如前所有相違法故復次頌言
離去不去者　無第三去者
釋曰以彼如是第三無性是故此中無有去義前言去者不去如其所說止法自相爲證成此義復次頌言
若言去者去　云何有此義
釋曰無有是義此復云何復次頌言
若離於去法　去者不可得
釋曰以離去法去者不和合若有如是去法與彼去者此中和合亦無別異去法可有若或決定去有所作即彼去法有去和合復次頌言
去法若欲去　非無去者去
釋曰若言如是異法有著即離去法去者可見去法不離去者體故彼皆無性若復止遣法自相者還成過失若定有彼去法可成如是即有二去法可立乃成去者有去何等爲二一者有動二即去者有異法可去如是去法即成差別此中無有去法可取道理若爾即有別異去者別異去法若無去者去法可立此無過失有人謂去有發起可說有去此中若或去者已去有發起耶或別異耶如是分位有所著故所以頌言
已去中無發
釋曰已去者去彼去作用而已謝故此中何有去法發起復次頌言
未去中無發

釋曰未去者彼去作用未有生故若離已去未去性亦無發起復次頌言

離已去未去　去時中無發

釋曰是故今時云何有去而得發起所以去法發起無性去者無性其義亦然由是當知勝義諦中去者去法分別悉無或有人言此中應有如是去法已去未去去時分位因性可成彼說不然若或先有去法發起即有去時後亦復有去者發起此中無去法故即無去作用去時作用已謝滅故如前所說去法發起即無分位亦無去時可有若彼去時有所發者又離去法去時不有云何當有已去未去彼皆無性如是無去故云何如前去法有所發起以彼去法發起無故去中皆止諸有體性去無性故即不和合此中決定說者若無去故何有去法以無去無去法故亦無彼去作用發起去云何有復次頌言

去未去去時　云何有分別

釋曰若不見有如是去法所發起故餘一切處其義亦然已去未去去時分位因性所成一切皆無去法可得以彼如是發無性故若有如是去法於勝義諦中如理思擇分位對治悉無所有云何當有已去未去去時分位

大乘中觀釋論卷第二

大乘中觀釋論卷第三 同卷第四

安慧菩薩造

宋三藏朝散大夫試鴻臚卿光梵大師惟淨等奉　詔譯

觀去來品第二之餘

復次頌言

去者即不住

釋曰於一同生法中相違所作叢雜無性頌言

不去者不住

釋曰去法止息名之爲住今不去者去法無性不應止息若或本有住法可得者然亦住法無二和合若有二和合今應如實觀是故頌言

離去不去者　何有第三住

釋曰去不去者是二不住此如是義即如前說復次頌言

去者若當住　云何有此義　以離於去法

去者不可得

釋曰總止住法復次頌言

去未去去時　止息諸分別

釋曰若彼去時不住可爾彼已去者應可住耶此亦不然已去者無別去法去法已壞是故無住此中無有已去者住今此住法如是止已餘諸過失所說亦然復次頌言

所有行止法　皆同去義說

釋曰此所說已餘法皆同已去未去去時去法不生已去未去去時去法初發已去未去去時去法止息住法亦然已住未住住時住法不生已住未住住時住法初發已住未住住時住法止息此中法自相等若止遣者則

生過失此中所有去者去法二種於勝義諦中欲求實性者如理應知一性異性諸有物體皆法性故是中若有所生皆客塵事世俗所行世俗所成然無異性是故去者去法二無異性此應思擇此中應知風界動轉即有去者身等動發往方處相此乃名去非去者去法二性別異於自類中有異說者皆止是義復次頌言

去法即去者　是事則不然

此復云何頌言

若謂於去法　即爲是去者　作者及作業

即一性可立

釋曰雖有作者作業二相然彼作者作業互無異性以彼作者作業自相息故或可一性和合即體用有相世俗所成世俗有性以彼實無所成於世俗所作決定可得是故非無性非一性此中若有所止還成過失生法顯明若止遣者即無果體亦無往去方處動發等相復次毗婆沙人及吠夜迦羅拏人言去者去法有別異故彼謂去者能去非物體去物體由去者故說有所得所作如是能作亦然復次勝論者言如是能於物中有性故有去者用彼去法動發行往方處等相此如是說餘皆亦然釋者言不然去法若爾作者功能於物體中爲有差別耶無差別耶此復云何若有差別者諸異力能或復別有齊等力能於一能作中若成體性此即是爲作者力能非所作等功能此若所作等力能即非作者功能是中云何如實決定或言自相差別此即還成不定若或自相無差別者即一切

處應無差別性今以物體如是增上所依火不能作地等事業亦非無其事用作者和合力能相應故知物體如是非作者功能此說義成由如是故所有物體如是能作如是所作及此如是增上作用是中作者即得和合是故非彼功能差別亦非自體差別所成若或物體無有差別即功能可成如是亦然諸力能者互無差別一無異性故知物體若一性是中亦無多法所成若異性是中亦無多法所成云何二種功能而可成耶或離所得即彼如是此之所作是善功能緣法差別作者物體緣差別有此名勝上差別長養是故非作者力能和合若或分位差別如是作者分別是故此說名爲作者若因果轉時彼能作所作性分位差別即不可得彼非物體差別性故若或施設彼有性等此不和合故名去者復次頌言

去法異去者　是事亦不然

釋曰若離去法而彼去者即不決定若離去法不決定時無復別異去者可去此所分別若有去者去法二種可得即去者去法有二可成所以有去法故即有去者有去者故即有去法如因果二不相離性此說義成若因果同生即無性可得如種生芽是故有去法故即有去者有去者故即有去法若一性所成若異性所成然去者去法二俱無有勝義諦中此說成就云何無所有此義文廣恐繁且止此中遮遣非復引證爲遮遣故如是表示此所說已餘處應知此後復當止遣何義若因去法即知去者彼如是去云何二種有

其別異若然云何和合復次頌言
因去知去者 不能用是去
釋曰不作是義此中應問無數義門從義界中出皆轉是義今云何言不作是義故頌答言
先無有去法 故無去者去
釋曰爲彼如是去者所作何有少法而可去邪由如是故世間所見何等法是先來已生有所去邪何等法是後來生時有所去邪復次頌言
因去知去者 不能用異去 於一去者中不有二去故
釋曰云何二去一謂因去知去者故一謂若有去者復用去法此中止遣復次頌言
若實有去法 去者不用三 不實有去法去者不用三
此中云何復次頌言
去法有不有 去者不用三
釋曰若或實有若不實有此中去者去法不用三去若實有者即去者去法和合若不實有者即去者離去法若亦有亦不有者二俱無性或可實有者去者有故不實有者去者不有故亦有亦不有者二無去法故是故去者不用三去所以不作是義若彼實有去者實有去法即所作不有能作不和合以不實有故即無所作不有者爲去不生故亦有亦不有者亦無所作彼無性故以不有故是故去者不用三去何以故如是去者自無性故若有不有悉無所作彼皆無性若說去法此中皆是隨順所說復次頌言

是故去去者　所去處皆無

釋曰此說勝義諦中成就如是別異說有能作所作作作法此中止遣此中或說去之作用如理應思是故當知此中所說作者作業作法諸有分別皆無實體爲證成是義故此品生

觀六根品第三

前品止遣一切作者作業作法諸所造作相違行相已復次頌言

見聞及嗅甞　觸知等六根　此見等六根說能取諸境

釋曰此論所說如是見等六根行諸境界謂眼見色乃至意知法此有所說當知皆是世俗道理增上所作此無相違若於勝義諦中色等眼等所取能取性不可得此復云何復次頌言

是眼即不能　自見於已體

釋曰若眼能見自性者彼眼即應如是同前自見已體以諸法自性不能自見無異性故如火熱性亦復不能自見已體是中亦無於見自性復次頌言

若不能自見　云何能見他

釋曰無能見自性故譬如耳等亦無能見自性可得彼眼若以能取自性於色境中有所見者此說還成眼爲能見譬如薪火變異即說名燒非火自體能燒復次頌言

火喻即不能　成於眼見法

釋曰何所以耶若彼熱性能然火者彼不熱之性何不能然是故若無彼薪此火不有熱性不應能自燒故復次頌言

去未去去時　前已答是事

釋曰如前已去未去去時不去中已說是事今此亦然已燒未燒燒時無燒已見未見見時無見是故無已燒無未燒不離所燒無已見無未見不離所見如前所說如其次第隨應止遣復次頌言

見若未見時　即不名爲見

釋曰若或爲常如瓶衣等復次頌言

若言能所見　此云何和合

釋曰以不和合而彼見法亦復止遣或可能見所見二法和合彼即可說有能所見然彼二法不和合故何所以耶於一見法中而彼所見不得和合無別異故若有能見即非無所見若有所見即能見應成又若決定有彼見法即彼能見亦復應成能見若成所見亦然復次頌言

能見亦不見　見法無性故

釋曰若或離眼別有見相可說所見或說能見以無能見及所見故復次頌言

所見亦不見　見法離性故

釋曰此中若或諸緣止息亦無能見所見可說何以故此所見中非能見故若有造作彼即有見說名所見此中亦然同上所說於能見中無見可得何以故此中若有諸差別法體性可見而悉止遣若有如是能見所見見法發起即非無作者作業作法和合見及見法亦有所起此復云何復次頌言

離見不離見　見者不可得

釋曰以無見法發起和合第二見法本無性故亦無決定而可發起以彼見法離所見性

不和合故或可所見能見二俱無故離次頌言

以無見者故　云何有所見

釋曰能所見性作用相違若離和合性即無見者若無見者即所見性不得和合此中能見所見決定無見云何可說能所見耶以見離性故見無性故或有人言若謂諸行是空諸法無我有此理故如眼所見即無別異能所見者彼即無其實果可得云何乃有識等四法而發起耶故頌遣言

見可見無故　識等四法無

釋曰如所說理此能見所見皆不成就彼果生起識觸受愛如是四法云何和合若決定有識等四法即有彼果取法可生以實無故次頌遣言

四取等諸緣　云何當得有

釋曰謂以識等及取緣有生緣老死此等諸法無所成故無所有故今此品初他所建立聞等聲等諸說皆止此中見者悉無所作是故頌言

聞嗅味觸知　如是等諸根　而悉同於上

眼見法中說

釋曰此中應知如眼見說能聞所聞等譬如能見所有聞等如應廣說此中且止已遣一切不和合對治故此說成就此中能見所見見法諸有分別物體無性今此品中悉爲證成如是義故

大乘中觀釋論卷第三

大乘中觀釋論卷第四

安慧菩薩造

宋三藏朝散大夫試鴻臚卿光梵大師惟淨等奉 詔譯

觀五蘊品第四

次第此品今當止遣彼十二處諸有所作或有異宗現所安立謂於勝義諦中實有內外十二處法以蘊攝故論者言然此非無所攝道理但以世俗諦中有其所攝非勝義諦以彼諸蘊無實性故又有異宗計所造色有性可得欲謂大種積集所成今對遣彼等是故頌言

若離於色因　色即不可得

釋曰色因者諸地水火風彼四大種由其因故有色處等諸色可得若離自性即不可得是故世俗假施設有若或別異物體有性此不能說何所以耶復次頌言

離色因有色　色則墮無因　無因無有義
何法無因立

釋曰若因色中物體有性即當對說果色物體而有所成若無因有果即無所成義是故無有無因可見是中亦無少法可說復次頌言

若復離於色　有其色因者　即是無果因
無果因何立

釋曰若果色中物體有性即當對說因色物體而有所成若有因有果彼所作性如是乃說因法可轉此若如是離色因有色離色有色因者即彼如是無堅濕暖動諸相離性眼等青等云何可得以色聲等相離性故同彼身中堅濕暖動諸有所得今為對遣彼說復

次頌言

若已有色者　色因無所起　若無有色者
亦不用色因

釋曰若言有色分別色因或謂無色或亦有亦無此如是說俱非道理是故應知非有亦非無緣義和合爾有異人言若爾無因當可得耶故頌遣言

無因而有色　是事亦不然

釋曰極成法中無如是說勝論者言我欲謂彼地等極微諸色是無因色論者言彼無相似自類諸色無有體相如是分別是果非果俱非道理譬如瓶等地等所成彼非無因然極微因無實因性以無因故如虛空等非一邊故比說非彼因性可得本性無體故雖瓶等有因而非意中謂彼一向有體可成亦非同生性以極微因而無果故既非同生性彼即非道理又若分別虛空等常非一切所向以虛空等方分分別若或別異有性可立者故遣頌言

是故於色中　離有無分別

釋曰如其分別於諸色中能造所造若果若因計有體者皆是諍論安立處所於自所成中而有相違如佛所言色處者謂四大所造彼能造義即因義成應知所說非勝義諦復次頌言

果若似於因　此說即不然

釋曰彼諸大種堅濕暖動自性而不可見非彼自性色有所得是故非諸大種與果和合有異人言若爾即果不似因耶爲遮遣此義故頌答言

果若不似因　是事亦不然
釋曰若不相似性即無果可成止其果性故受等多義亦同此說復次頌言
所有受心想　諸行一切種　及餘一切法
皆同色法說
釋曰彼受心想行皆同色法止遣諸相如所遮遣是義應知云何受心想行如彼色耶謂離諸因即不可得以眼色等因諸有分位彼彼無實因性所成若或離彼無實因性是中亦無少法可得亦非離受等果見有眼色等因以無果故因亦無體若離自因有受等果而可成者即離受等果彼因亦有心若離心因心可立者是法無因無有此義何法無因而可立耶若復離於心有其心因者即是無果因無果因何有此如是等諸有所說應知有爲之法若離諸蘊而有性者他所計執譬如瓶等若一性異性皆止其義餘一切法亦如是說復次頌言
彼一切諸法　皆同色法說　若諍論安立
隨所起即空
復次若有樂說空者應以空義答是故頌言
一切不離空　一切得成就
又復顯示彼一切法無自性義是故頌言
若見一物性　一切法亦然　若解一法空
一切皆空故　言說有所得　諸所作皆空
一切無所得　一切皆成就
釋曰雖勝義諦中彼一切法說無自性然所作所得而亦不空彼如前說皆得成就於一切法無所得義而有所成此中品初說蘊攝等應知如是諸蘊無性無有所成

觀六界品第五

復次異宗所計謂勝義諦中有地水火風識等諸界所成士夫譬如虛空彼引證云如佛所言諸苾芻當知士夫六界成身譬如虛空此說見邊論者言此說無相謂世俗諦如是諸相有所說者非勝義諦是故頌言

空相未有時　先無彼虛空

釋曰無障礙相即虛空相此說義成若或先有虛空而可成者如是亦然有相可立說爲先有若有是相此中即無成就因義然此如是相非無成就義此中但爲止遣諸法自相是故頌言

云何無相中　彼有相可得

釋曰如是分位無成就義復次頌言

無實相無體　云何相可轉

釋曰次當止遣云何無相中而有能相所相可轉云何二俱說爲有相此復云何故頌遣言

於無相法中　相則無所相

釋曰於無相中無有物體無分位可立與相相違故復次頌言

離有相無相　無異處可轉

釋曰此徧遮遣是中亦復無所成義復次頌言

所相既無體　能相亦不立

釋曰所相不相離性故復次頌言

能相無有故　亦無有所相

釋曰能相不相離性故若二俱決定即成對治過失亦非能所二相有異性可成若此如是有過失生所說亦然云何二法能成於一

亦復云何一法成二故頌遣言

是故無能相　亦無有所相

釋曰若一若二有所成性此中皆遣故前頌言能相無有故亦無有所相若所相可成即能相無體若所相能俱二俱無體別異亦無體是故決定此皆無體有異人言無障礙處是虛空相如是能相相彼所相論者言當知此說即一分因云何是彼無障礙處說爲能相此中如是亦無能相此非道理異人言若彼虛空能相所相非道理者何故虛空與三摩鉢底爲所緣相又復欲貪斷處爲境界故如是豈非虛空有彼能所相耶彼相有故此亦何無故頌遣言

離所相能相　亦無有別相

釋曰如譬喻者言有礙無體無物礙處是爲虛空此亦不然若此無其有體云何當有其無亦非勝義諦中有質礙體彼無性故云何無體虛空或計其有如是對治有體此說總遣諸性是故頌言

若使無有有　云何當有無

釋曰勝義諦中如是所有若性無性悉離有體如佛所言諸苾芻我此聲聞乃至若有知解若無知解如是所說皆世俗諦非勝義諦勝義諦者此中頌言

有無既已無　誰爲知解者

釋曰無性可成彼即離相此復云何有性無性止遣相違即彼有性於一切處悉不可得是故頌言

非有體無體　無能相所相

釋曰如其所說同虛空法此中地水火風識

等五界所説皆同彼虚空界是等皆無所相能相亦非有體亦非無體皆如虚空遮遣一切所有言説於諸句義中若有諍論及邪見安立法中妄計路伽耶陀等如是諸説皆非佛語應當捨離如其所説此悉非有謂以勝義諦中諸界處等自性不可説然此亦無無性可立但爲止遣所作物性此中非彼無性可得如是所説徧遣諸性如異部師所説頌言

遣有言無性　亦不取無性　如説青非青
不欲成其白

此中應知於二種見悉當遮遣都無所得諸界處等若有所成皆是世俗諦攝彼彼所有別別自體善不善法已生未生彼法常在雖復動作虚無果利設使先有所生後即無性若如是知如是所成此無過失以是因故性無性二有所詮表無所詮表互有相違計有性可生即非道理是故亦非有性亦非無性二法可成何以故從縁有故先有性可生所生即無性性無所生故有性非道理如是無實所生此説有者即是相違若或一切有所生者一切有生非一切故若一切生有力能者何名力能因差別生何能差別果有所生彼等力能此復云何爲有異耶爲無異耶何以故若有異者即無分位可立能令果起此即分別相違若無異者即彼如是一切皆有是中一切生法可立若離相者即一切處應無差別云何有性可生彼決定因豈得和合是故若一性若異性此不可説如是亦然物體差別力能和合無能生因表了有性若於

無實自性法中諸界處等如是決定有所見者此即相違所有世出世間善不善法已生未生諸有所作若欲不虚果利應當斷除世俗諦法此所斷者謂即二種決定所見此中頌言

見有性無性　彼即少智慧　無真實微妙
聖慧眼開生　雖觀於諸性　當寂止諸見
此即勝義諦　遠離一切見

釋曰若於諸見能止息者即當遠離諸嬈惱性於一切法而得寂靜

大乘中觀釋論卷第四

大乘中觀釋論卷第五第六同卷

安慧菩薩造

宋西天三藏朝散大夫試鴻臚卿傳梵大師法護等奉　詔譯

觀染法染者品第六

復次有異宗言於勝義諦中諸界處等性與無性有所知解由彼雜染成其有性如佛所言染者著染法故行自損害行他損害行俱損害如是乃至癡者著於癡法其義亦然論者言此中非無雜染道理雖有如幻謂以無實染等體故但以行聚所成世俗言說非勝義諦何所以邪此言染法染者為先有邪為後有邪為染者染法俱時起邪三皆不然是故頌言

若先有染者　後有其染法　云何離染法

而有染者生

釋曰此說畢竟應知此義遮其所離若染法無體染者亦然止其所作非熟無果有果成熟其義可見若離染法有染者成如是乃應別有染法此即染者因染法得若爾云何染者染有故染法即成染法有故染者即成然後起染此義顯明如果成就若有愛境即染法成若無愛境云何有染應當止遣安立過失此中亦非先有染者後起染法故頌遣言

有染者復染　云何當可得

釋曰所依染法無體性故如已成熟復次頌言

若有若無染　染者亦復然

釋曰若先有染者後有染法即一切處如染法體是故先無染者道理今為證成此義是故頌言

染者先有染　離染者染成

釋曰染法若無愛體可作是中其或見有所成此非道理有異宗言離彼染者別有染法離彼染法染者可立論者言若離染法得有染者此中非有何所以邪若先有染法後有染者即離染者乃有染法此中染法不有即無愛境能成染法道理以愛境後有故由如是故若離自性別因染者得有染法即彼染法因染者得若爾即非愛境能成染法以愛境居後故所成不可得若如此者豈非過邪亦非先有染法後成染者復次頌曰

有染復染者　亦云何當得

問曰或離染法有其染者旣有對待過失此中染法染者二法同起而可成邪故頌答言

如是若同生　亦復非道理　染法染者二此當云何用

釋曰謂以染法染者二相離性互有所違若法未生二俱無性若法已生所作無體但由愛境所成染法故有染者而彼愛境及所起染法悉亦止遣問曰彼染法染者爲一性可合邪爲異性合邪故頌答言

彼染法染者　非一性有合

釋曰此何所以非彼一性而可合故若有二法合即極成此中應知如提婆達多起染不復爲彼提婆達多染者之因彼若說合此非道理復次異性亦不可合故頌遣言

異性若有合　云何當可得

釋曰異法異性若有合者彼即相違而非一處有二法生道理可得後當止遣復次頌曰

若一性可合　離伴亦應合

釋曰此言合者同體爲義凡一性者即是因義若此一性定有合者如前所説提婆達多合義應見是故無一性因可合道理雖於一性因無合可成然若止其合義應知有過復次頌言

異性若有合　離伴亦應合

釋曰此中所説譬如瓶衣彼等異性而不能合若立合者非有異性相合因故如前即有對待過失異性若合有所得者彼非異性亦應得合此豈無過復次頌言

若異性有合　染染者何用

釋曰此中説合無合道理何所以邪如是二法各各已成別別自體即無別法爲所成義是中亦無所成可得故知異性無有詮表若計異性得有合者故頌遣言

若染染者二　各各自體成　是二若有合
前亦應得合

釋曰而彼二法汝今云何此説得成各各體故若或染法染者是二汝以何義分別二法各各自體令成其合論中言或者此説合義若起分別時虛無果利彼等自體無所成性若言合者是中染者無有少分染法可作染法亦非染者可有復次頌言

異相不成合　汝欲求成合　合相若已成
復欲成其異

釋曰合性不成彼義極成一法異性合不可得異性極成不成合義故無染法染者二法同時或復次第異性可生亦復更互相離性故由是此中無合道理令此觀察如汝意欲何等異性次第可起或復同時令爲證成此

義故頌遣言

如是染染者　非合不合成　諸法亦如染

非合不合成

釋曰此中云何所謂非唯染法染者非合不合諸法亦然

觀有爲品第七之一

復次或有人言勝義諦中有彼貪等諸雜染法以有爲故譬如眼等論者言若如是說徧所成故立喻不正何以故勝義諦中若有眼等應有生等有爲諸相若其無者如兔角等亦應有彼有爲諸相是故有爲諸相於勝義諦中決定不成云何生等有爲諸相而可成立此中應問彼生等法增上所作是有爲邪是無爲邪二俱不然故頌答言

若生是有爲　即應有三相

釋曰譬如能相此中有爲能相如是不然云何有爲諸相此中所說二法和合三相徧行故此中三相亦悉止遣彼法自相復次頌言

若生是無爲　不作有爲相

釋曰如是所成應當遮遣安立過失何以故無爲自體亦無性故譬如滅法此如是決定有如是過失如是住與無常餘法亦然皆同生法論者言相者即是理法執持爲性如是所說云何生等爲復相離有彼業用而可轉邪或不離邪復次頌言

生等三法離　即無相業用

釋曰云何生等有爲諸法次第可轉若法體未生即住滅二法不能爲彼作有爲相以未生故是即能相無所詮表若法自體畢竟巳滅即能相無體故無生住二法以彼滅法自

無性故已生即無住無住即無生滅亦無性若言無常隨逐住法即不能作有爲之相故百論頌言

住何有滅相　無常何有住　若先有住法
後不復應有　若常有無常　有住不有常
或先有其常　後即不有常　無常與住同
若有其體者　有常即邪妄　或有住亦妄

頌意如是若有爲法不相離者云何以一物體於一時中而得和合故頌遣言

不於一時中　生住滅和合

釋曰以互相違故或有人言有彼同種因性一時可生或復次第所作得成論者言此復云何或復於彼有體中得邪或離能相所相有所得邪若有體得者非於有體中有實體性同生可得亦非所作別有其因若或無體此即亦無同生可有是故體中無有如是決定生等如生自相亦復云何次第可成復次頌言

生住滅諸相　別有有爲相　有即是無窮
無即非有爲

釋曰若離生等別有生法而可成者彼即定有異法可立如是乃有無窮之過有爲無爲之相故非和合復次犢子部師言生等諸法雖是有爲云何可說爲無窮邪彼宗頌曰

生生之所生　唯生於本生　本生之所生
復生於生生

此頌意者諸法生時并法自體有十五法共成生法即彼如是有生住異滅諸法具足此如是法無有差別若差別分別者有十五法所謂一生二住三滅四若是白法即正解脫

生五若是黒法即邪解脱生六若非出離法即非出離法生七若是出離法即出離法生八生生九住住十滅滅十一正解脱眷屬十二邪解脱眷屬十三非出離法眷屬十四出離法眷屬除本生自體成十四法若并本生法總成十五生生及本生二法爲始意爲此中生生所生唯本生生更無别法本生所生還生生生如是乃生諸餘法等此即不墮無窮之過論者言如是所説皆非道理故頌破言

若謂是生生　能生於本生　生生從本生
何能生本生

釋曰自體如是無有性故次頌破言

若謂是本生　能生於生生　本生從彼生
何能生生生

釋曰自體如是無有性故又復有言生生生時即當能生以無别故次頌破言

若謂生生時　能生本生者　生生若未生
何能生本生

釋曰生生若未生生時即無體無體即不生有何力能能生本生若無力能即無詮表

大乘中觀釋論卷第五

大乘中觀釋論卷第六

安慧菩薩造

宋西天三藏朝散大夫試鴻臚卿傳梵大師法護等奉 詔譯

觀有爲品第七之二

又復有言我宗有別道理令彼生法離無窮過故彼宗頌言

如燈能自照　亦能照於他　彼生法亦然
自生復生他

論者言作如此說亦非道理以無照故若有暗冥即有所照故頌破言

燈中自無暗　住處亦無暗　破暗乃名照
無暗即無照

釋曰今此觀察若無有暗是故燈不自照亦不照他復次頌言

無少處可照　是燈何能照　生亦無少分
生法可成就

又復有言彼燈生時即可照邪論者言若燈生時亦不能照以先分位無暗可破若彼有暗即有所破如是乃說燈能自照亦復照他今此所說云何燈不到暗而能破暗若不到者故頌遣言

云何燈生時　而能破於暗　彼燈初生時
不能及於暗

釋曰燈初生時無有性故若或俱時又無分位若燈不到暗能破暗者復次頌言

燈若不到暗　而能破暗者　燈在於此間
應破一切暗

釋曰同法若不到差別因無體譬如磁石力能差別無決定因此說亦非有其力能先有所成故如彼磁石所成皆徧是法生時無所

詮表力能無體故此復云何復次頌言
若燈能自照　亦能照他者　暗亦於自他
暗蔽定無疑
釋曰此非所樂自所作處有相違故燈亦復
然此非所樂燈以照明爲所成性若燈與暗
相違燈即可成自照照他無復別異所作性
故暗以暗蔽所成其性若暗與明相違暗即
亦應自暗暗他如是安立非有此義如瓶等
色現可見故此中應問所言生法自生爲未
生生爲已住生故頌答言
生法若未生　自體不能生
釋曰未生無體故不能生若其無者如兔角
等因性不生故復次頌言
生法若已生　生已復何生
釋曰若法已生還復生者此義應知如其作
已不復更作是故生已何復有生由此應知
必無生法自生道理若從他生其義亦然若
生時生者離已生未生別無生時可得復次
頌言
非已生未生　生時亦不生
或有人言彼生時者少分已生少分未生如
是中間無別有體論者言若彼生法相離之
性或有少分而可生者如是餘法亦然可生
是中云何有所生邪若一切法有所生者如
是諦觀非今所說豈有生時而可得邪以彼
生時無分位故又一切法自體無分位可成
如是應知若無生時云何有彼生法可得復
次毗婆沙師言有未來法體生向現在故有
生時可生論者言云何生時先有法體生向
現在有何異法說生時邪此中無有少法云

何有其生法自體以彼生法先無所得自體無性故云何如是有所成邪若復現轉之法常不離自相此說相違若於過去未來轉者又非道理若別異可生者彼牛生時亦應有馬無此道理若無少法以未來體生向現在所說生時此即相違由如是故生時不生已生法不生若生已復生彼即無體可生以無自性故無即如兔角無有生故復次頌言

去未去去時　前品此已說

釋曰此諸所說前已廣明復次五頂子人言若法實無生性云何因法而得顯明論者言彼等決定所說此皆止遣此中應知不顯明時因亦不離亦復云何有其不離此說顯明是故去未去去時前品已廣說若或諸法有所離者即成麤重前不實因亦非如是先有所生亦非離因別有法體以有所離故有異人言有果可生由自因和合故或種子等和合因性物體功能及彼業用此無差別若不生者云何自生他生而得成邪由如是故彼一切果於一切時及一切處皆有所生論者言所言和合者爲一性邪爲異性邪或已生未生或復生時自因彼果有和合邪此所計執於一切處皆非道理謂已生未生各無有性彼因果二先性不立無所詮表有性無體是故汝所說種子等和合已生未生皆無所有已生未生各無性故若有種子等和合即所立相違無未生性可詮表故若其無者如兔角等是故無果和合可有云何生法當有所得又有人言生法不相離此說爲生時故頌遣言

若生時有生　彼生相已破
釋曰此非次第此中云何若有若無亦有亦無一切處離皆悉止遣又有人言若此生法從緣生時云何所生無道理耶如名瓶生瓶從緣生如是生時乃有所成論者言若彼生時決定有瓶是瓶云何生已復生彼瓶生時未有發起作用力故是瓶云何別有生時別有生法而當得耶且無瓶生之時生已還有依相可得諸有所作若離所依亦非道理故頌遣言
云何生時生　而說爲緣起
釋曰諸外道等以巧辯才說緣生法彼自相違佛說緣生不同一切外道知解故佛爲破彼巧辯才勤求所知彼所知法於勝義諦中伺察無義彼外道等誣謗因果起惡見根本佛以善法方便化度爲令彼斷不正見故如佛所言此有故彼有此生故彼生如是等說皆世俗諦非勝義諦勝義諦者復次頌言
若法衆緣生　彼自性寂滅
釋曰此義離自性故如契經說佛言大慧諸法自性本來不生然以和合一切性亦非無自性復次頌言
是故生時生　如是皆寂滅
釋曰此無不和合對治過失況復如是有所生耶故前頌言若法緣生自性寂滅無復自性故是故諸法無實因緣發起所生及作用等又有人言若法從緣生可名生時耶故頌遣言
若法未生時　如瓶等何有　緣法假和合生已復何生

釋曰云何有體可生而無生時道理謂所生非有故譬如未生法彼無自性此說義成復次頌言

若生時有生　是即有所生　諸生性如幻此生復誰生

釋曰若法已生復有別異生者生即無窮是故決定無生法可作亦非別有本生能生於生復次頌言

若生已復生　是生即無窮

釋曰此無未生亦無本生能生道理復次頌言

若無生而生　法皆如是生

釋曰而彼生法亦然何有意謂此生而爲有生眞實理中無生可有非意馳流謂一切有有法不應生　無亦非道理　有無俱不然前品此已說

釋曰證成前品云何生法而有所得此中應問滅時可有生法立邪謂諸生相生已即壞諸法壞性而同等故故頌答言

若滅時有生　無體而可得

釋曰此中不應生滅同時生時分位亦無有滅復次頌言

若法不滅時　彼體不可得

釋曰如空花等此中住法而非一向有所住者此說不成此中應問爲未住體住爲已住體住爲住時住邪故頌答言

未住體不住　住不住相違　住住時不住此復何有住

釋曰住者現在過去二法一處同時不生是

故無住又離已住未住住時無體謂以勝義諦中無生法可得從前廣說悉爲證成無實生法生法若無云何有住復次頌言

若滅時有住　彼無體可得　住滅二相違住位中無滅

釋曰若說無滅時彼體不可得滅法隨逐有爲相故若住時有滅無此道理此中所說復次頌言

諸法於常時　皆有老死相

釋曰老者衰變前相死者壞滅爲義謂以自體於一切時而常轉易若有生時即無老死法成後亦不得生法可成如火無冷性今所觀察復次頌言

而有何等法　離老死有住

此中應問諸有住法爲自體住爲別有住法而成住邪故頌答言

住不自相住　異住非道理　如生不自生亦不從他生

復次如別頌言

此住若未住　住體云何立　此住若已住復何住可成　若已住更住　此住即無窮若或無住住　法皆如是住

論者言一切生法皆隨順說若有滅處即無生住二法以相離性彼不有故如是生住滅法諸說皆然此中應問所言滅者爲已滅滅邪爲滅時滅邪故頌答言

已滅法不滅　未滅法滅空

釋曰云何是已滅法不滅謂法滅已滅即無體此中滅法彼不生故如是亦然滅時及未滅二俱有過何以故謂一切法於勝義諦中

止遣其生復次頌言

彼滅時亦然　無生何有滅

釋曰生法既爾何有住體滅亦不可得住滅二法彼相違故是故無住亦復無滅彼無住者住性離故若除遣住法滅法即成是故無有諸物分位如是亦無一切物體

大乘中觀釋論卷第六

大乘中觀釋論卷第七 第八第九同卷

安慧菩薩造

宋三藏朝散大夫試鴻臚卿光梵大師惟淨等奉　詔譯

觀有爲品第七之三

復次自部答異宗言

此分位定住　先分位顯明

釋曰如乳位中乳亦不即於此位滅如前所說有無二法互相違故復次頌言

異分位定住　先分位已滅

釋曰如是決定住異位中若有所轉如酪分位無別異滅何以故酪已成時乳即不生此中決定壞失次第各别分位無異性故若言物體不滅此即相違或計滅有所得彼非道理今當止遣他法既無生住可止自法亦無令所説滅以自法無故復次頌言

如彼一切法　生相不可得　即此一切法

滅亦不可得

釋曰此中云何若一切處有滅法者彼即無實復次頌言

若法是有者　滅即不可得　不可於一處

有有無二性

釋曰互相違故復次頌言

無法即無果　滅亦不可得　如無第二頭

不可言其斷

或有人言依止滅體是中欲令滅有所得故頌答言

法不自體滅　他體亦不滅　如生不自生

他體亦不生

此滅若已滅　滅已復何滅　是滅若有異

滅即是無窮　滅若無所滅　法皆如是滅

或造釋者言若彼生法止遣法自相者所説即有對待過失謂以勝義諦中有有爲法對待無爲今對彼説是故頌言

生住滅不成　即無有爲法　有爲法不成
何得有無爲

釋曰對待所起此説畢竟譬如石女不生於子世俗决定物體不成此中應問若無有爲之法及有爲相云何世尊説有三種有爲法相故頌答言

如夢亦如幻　如乹闥婆城　所説生住滅
其相亦如是

釋曰諸法如夢幻及乹闥婆城皆是分別智境界性是故顯示象馬車步男子女人國城等相彼體皆空是故所有生等諸法皆是智境界性之所發起於勝義諦中所顯無體自性空故故佛欲令於諸行中捨離常見令得調伏乃作是説止生老等所言老者老亦非老此即自語有所得相違是故頌言

老亦不離老　老時無所有　此性老不脱
異性亦如是　是故一法中　老即不可得
若老而無老　非自體他體　此老不自老
一切老亦然　老若有別異　老即是無窮
解脱出離道　自具足亦然　若法離自相
果亦不可得

釋曰如説解脱諸有善法此即説爲緣因彼善法性若有所得云何説彼以爲緣因若爾而彼識等亦可説爲緣因而有所得何以故以差別性彼無體故差別識性亦非自體有善法性以其自體諸善法性爲緣因故於解脱中無有果利若善法性因有解脱者如是

決定捨離自體何以故以所立諸法入自體
故若不爾者如前所説云何不以不善解脱
而成善法解脱所作若如前説善法解脱此
亦不離有分别故是故當知彼一切法若巳
生若未生二解脱因彼即不生復次頌言
巳脱不可説　未脱不可説　脱未脱無説
脱時亦無説　此解脱若異　解脱即無窮
若無脱而脱　皆如是解脱
釋曰若如是知彼出離道亦然具足如所生
説諸佛世尊於契經中有説頌言
色法如聚沫　受即如浮泡　想同陽餤生
行如芭蕉相　識如彼幻法　顯示所立法
如夢如影像　亦同於響應
復説於諸行中一切法無我即無自性當知
此中所言我者即是自性别名此中所説彼
眞如法無有戲論若説決定皆是虚誑妄取
之法
觀作者作業品第八
或有人言前品所説破一切法諸有所作有
爲不成故何得有無爲若作此説何故與彼
阿含相違如佛世尊於契經中有説頌言
應修善法行　勿修惡法行　修善法行人
二世安樂寂
如此頌意即有作者作法亦復有果所説是
實如所觀察何故但言世俗非勝義邪論者
言諸有作者於勝義諦中若實有若不實有
若亦實亦不實有作業亦然若實有若不實
有亦實亦不實有由　如是故而彼作者於所
作中若實有作者亦應實有作業如是互推
作者作業皆無有實若實不實二種俱於勝

義諦中無極微許決定實法若作者有實然
亦無實作業可得若作業有實而彼作者亦
不和合復次頌言
作者若有實　亦不作實業
釋曰若如所說何可信邪故下頌言
實所作無故　無所作差別
釋曰若復止息善不善業即所作不生若所
作中有二作者亦復有二亦非於所作中有
能作者此遣法自相此復云何故下頌言
有業無作者
釋曰若於作者作業中執著所作生起此即
還成法自相相違今當止遣復次頌言
無實所作故
釋曰以無所生作用差別故若復作用有所
和合即所作有二業亦有二亦非離其所作
有業此遣法自相復次頌言
有作者無業
釋曰若所作業與作用法彼相離者即能作
所作二俱叢雜此遣法自相復有人言若有
能作及作用法彼即有業生起應可說爲實
有作者以作者生時業亦無異由有作用和
合故彼亦無別實有此無過失論者言何名
無過以作者作業及所用法彼能作所作悉
無作故此中若有能作所作過如先說若無
所作能作亦無以離所作故此即云何有其
能作所作及所作業用此如是故餘處亦然
隨應遮遣今此文廣恐繁且止復有人言作
者所作之業不實可爾而彼作者可應實有
今爲對遣彼說是故頌言
作者亦無實

釋曰若計作者作業爲實今此言中亦當止
遣復次頌言
若實有作者　亦實有作業　作者及作業
二俱墮無因
釋曰此言能作即是作者此言所作即是其
業若或所作離於作　者有業可作如是亦當
但有作者無所作時應有作業有即無因若
作者作業墮無因性即有一向過失此應思
擇復次頌言
若有果無因　因即非道理
釋曰此言因者即説爲緣若法有因轉時緣
即隨攝因若無體現事止息此即是無云何
有義可攝於緣此復云何故下頌言
作作者無體　作用不和合
釋曰如斷薪等若無所斷果體彼能斷者及
斷所用作具斧等皆不和合斷所作用當何
有依彼無體故作者作業無體亦然此復云
何故下頌言
若無法非法　所作等無體
釋曰若離所作能作作用即無有業故下頌
言
法非法無故　從生果亦無
釋曰此義云何由此即無惡趣善趣及解脱
道隨應果等復次頌言
無果無解脱　亦無生天道　非唯生天道
解脱道亦無
釋曰若爾世間諸有一切作用皆悉墮於無
果利中世間果者如種子等作用隨轉即能
生果彼若無體即無果利或有人言如是所
説作者無實其義可爾彼所作業此乃是實

以能作故此無過失論者言此何無過今言作者即是因之别名業即是果且非果法離因自體别有所作如是若有作者作業即有因有果和合建立今此如是作業不異於作者作者不異於作業故所作業而亦不離以差别因彼無性故此云何知若法有緣及所作具即因果性成今此所說非不顯明或有人言作者亦實亦不實故作業亦實亦不實故下頌答彼增上言

作者實不實　亦不作二業　有無互相違
一處即無二

釋曰於一法中有無二法和合作用彼即無體非道理故如是決定和合作者作業亦不可得以相違故亦非道理復次頌言

作作者作用　所作實非實　著即生過失
此因如先說

釋曰此中應知若實不實皆對待所說故下頌言

所作實不實　亦實亦不實　作者及作業
此因如先說　作者諸所作　非實非不實
應知業亦然　此因如先說　實所作即無
不實又無因　有無互相違　一處何有二

釋曰此中所說三種對待如生法說是故應知非佛世尊於一切處而悉止遣作者作業及諸作用此即不墮諸無因過論者言此實無過我亦不說無其作者及彼作業何以故我欲表示作者作業互所成故復次頌言

因作者有業　因業有作者

釋曰應知此中隨轉施設皆無自體作者作業若成不成離有離無證成中義世俗所得

故下頌言
世俗遣異性　我見成就相
釋曰若有人言此與阿含相違者彼因義不成有外人言勝義諦中有其作者何以故如佛所說有能取所取故論者言今爲遮遣彼說故說於彼諸作用中有其能取若能取所取二法不壞即作者隨轉亦不相離如是應知能取所取互所攝故由是建立因作者有業因業有作者是故因其能取而有所取因所取故即有能取此即非勝義諦今復云何離彼作者作業有遮遣邪此中所作因義若或止遣作者作業彼能取所取此亦應離復次頌言
若勝義諦中　有作者作業　彼能取所取
此亦應遮遣　作者作業等　此義如是故
餘法自及他　相因義應觀
釋曰若果若因能相所相同生不同生等因果二法物體有得若言有因即墮果數如彼生法若有義可取即彼有性若彼無者非彼有生色等諸法若無義可取即彼無體可觀何況因果離於自體而有力能若離自體有力能者即有所得相違譬如離於泥團可有瓶邪物體分位法中所起此說即是瓶生泥團譬如瓶水無彼別異分位性故亦非瓶如木故又非泥團分位即說有瓶猶如别瓶若自力能而有所得此即相違若樂等法因有力能即有樂等果法樂等有故即樂等差别有所發起此中所說有所得者此說亦無少法相違若離因果而有力能說所成者如是決定彼無力能成其因果此即或成顛倒計

執或成決定不共因中相違離因無體故若不共因非一向成故若因果和合即物體有性如是所說因果二法此中應知非勝義諦

大乘中觀釋論卷第七

大乘中觀釋論卷第八

安慧菩薩造

宋三藏朝散大夫試鴻臚卿光梵大師惟淨等奉　詔譯

觀先分位品第九

前品中說如作者作業彼能取所取二法亦互不相離施設有性非勝義諦故有異宗說此頌言

眼耳等諸根　受等心所法　彼所取若成　有取者先住

釋曰有一宗人作如是說彼說有因故下頌言

若無彼先住　何有眼耳等

釋曰此中意樂先有物體譬如織者故下頌言

以是故當知　先已有法住

釋曰若彼所取見等有法先住乃有所取如造器用復次頌言

眼耳等諸根　受等心所法　有法先住者

以何可了知

釋曰彼宗意者應知有其他法能取即有所取可得論者言彼眼等根別異所取先無其體此義不成此遣法差別若或施設所取不有即所施設物性無體如無經緯即氎等不成此遣法自相復次頌言

若離眼等根　有法先住者

釋曰是聞及受者此等諸法若有先住故下頌言

應離眼耳根　有見等無疑

釋曰今此非有其眼根中無有見法可得和合非離眼根有見法故如是所說餘義亦然

離眼等根而有何法若取若捨若異眼根何有見聞若無所取或見或聞云何可知此是所見所聞此是能見能聞亦非眼等先有能見及受者可成此復云何差别見性不有體故何以故若離眼等有法先住能成見聞者此即無住若不離眼等有法先住此乃見即是聞亦非道理非見分位滅故若或如是能見眼根與所見相不相離者是故離眼等根亦無所取何有能取若見若聞若離所取復何能取或有頌言

一切眼等根　實無法先住

釋曰云何一一根有法先住故下頌言

眼等根所取　異相復異種

釋曰此非眼等彼一一根先有法住復次頌言

若眼等諸根　無法先住者　彼眼等諸根
當云何先有

釋曰若一一根決定有法而先住者此乃先復有先若爾爲即爲離邪令此如是亦非眼根之前先有彼餘耳等諸根彼等未有成故此復云何故下頌言

若見即聞者　聞者即受者　一一有先住
如是非道理

釋曰非離見分位中有彼聞者受者而得和合亦非先有眼等諸根見性可得眼等相違故復次頌言

若見聞各異　受者亦復異　見時若能聞
即成多我體

釋曰若眼等一一根先各有異即見聞各異受者亦異若或見等次第所成如是若有見

即能聞者此乃因見有聞此復云何以各別相續成多我體若言別有取者此應觀察彼宗引云如佛所言名色緣六處而彼色者四大所成即有能取所取是故實有取者分位由眼等根與六處和合次第乃有受法生起復次頌言

眼耳等諸根　受等心所法　彼從諸大生彼大無先住

釋曰彼能取性畢竟說者云何離彼所取先有大種所成若爾即非所取以能取非所取成故若所取如是決定有彼所取性者如秤低昂即因果生滅離所取法彼同時性如是決定能取差別即有多性可得非無差別一性同生以離所取有所成故若或大種所取隨生即無法先住若彼大種無先住者云何大種所成眼等諸根有其所取亦非能取所取中間決定有法可得復次頌言

眼耳等諸根　受等心所法　若無先住者眼等亦應無

釋曰若眼等諸根無法先住者即無有法能取所取即何有眼等能取相待因性有人言應知能取無性可得此即是爲發生正見捨離邪見如佛所言若法有性皆如幻化此即正見若法無性如幻化者此即邪見此中頌言

彼眼等先無　今後亦復無　以三時無故有性皆息滅

釋曰諸有分別於勝義諦中悉不成故若有分別皆是世俗施設所得勝義諦中即無分別遣有性故世俗諦中有所得法皆如幻化

如前所言有法先住者即是邪見所説此無相違

觀薪火品第十

復次所作如説薪火物體有性非如作者作業一向對待所成若薪火二法決定有性無性如作者作業此即不成此中應問若欲令其薪火二法物體有性者爲一性邪爲復多性有所得邪此義云何是故頌言

若火即是薪　作作者有性

若薪異於火　離薪應有火

釋曰有所安立此説畢竟此言薪者因薪能作於火燒時此有薪之業用薪火非一是故作者作業非一性故如陶師與缾此遣法自相薪火若一性者即能燒所燒薪火二法不得和合此遣法差別故下頌言

若薪異於火　離薪應有火

釋曰此中意者若異法異性現事止息即無能燒所燒若火燒時薪即不有即無所起此應思擇若無起時彼即無性亦非無薪有火可見若異於薪亦不見有因待之法是故無異如無經緯即氎等不成復次頌言

異即應常然　火不因薪故　薪即復無功

此業用相違

釋曰雖有他法不相因待不因彼薪火自燒故復次頌言

火若常然者　然火功相違　此如先所説

離薪別有火

釋曰若無其薪火常然者此即無因若爾離薪常然乃可安立若火常然能發起者彼然火具等諸相施作而悉相違如是即無作業功用有薪亦無因待起處即所燒相業用無

體若謂燒時離火有薪火不滅時異薪無體若無有異此豈無過云何燒時中有其薪若無所燒之薪異火有者當火燒時薪亦徧有火若徧有如是當知薪無異性此應思擇若言燒時不有薪者是故薪火俱無異性若謂燒時有薪此非道理復次頌言

異火即不到

釋曰與到相違故如別物體故下頌言

不到即不燒

釋曰譬如別薪故下頌言

不燒即不滅

釋曰若薪盡即火滅其或離薪即然火不成故下頌言

不滅即常住

釋曰若自體常然者如積土塊云何離火而有薪邪以異不到故若言薪在火中此亦不然復次頌言

若異薪有火　即薪能到火　如此人至彼

彼人至此人

釋曰如是決定與到相違若如是說喻即不成此乃有所得相違之言復次頌言

若異薪有火　欲令薪到火　彼二互相離

薪火便能到

釋曰如彼人此人勿以一性異性取其物體彼若有者即互相因待若其無體如石女兒若法因待而有如是乃有能取所取亦不可說一性異性物體有性此即成就復次頌言

若因薪有火　亦因火有薪

釋曰能燒所燒二不可得故下頌言

二何法先成　薪火相因有

釋曰此畢竟說彼二先後俱無體故此意即是無相因待若彼二法有異性先成即有薪火相因若其無者此非道理復次頌言

若因薪有火　火即成復成

釋曰此中何因有彼薪火相因道理故下頌言

亦非不有薪　而有火可得

釋曰火不因薪彼無體故火亦如是若先有所成復因薪而有此即云何二法互相因待道理此復云何故下頌言

先後可得若此所得同時發起亦非互相因待道理此復云何故下頌言

若法有因待　是法還成待

釋曰若彼二相因者即彼薪火二相還成待法此應思察故下頌言

二法無所成　已成二何待

此義云何復次頌言

若未成有待　未成當何待

釋曰未成即無體因待亦無體故下頌言

若因待有成　自待非道理

釋曰若自體有成復何所成彼薪火相因是義不成復次頌言

二因成無體　無不因薪火

釋曰若不因薪火應常然故下頌言

因薪火亦無

釋曰先後相因而不成故故下頌言

因火亦無薪

釋曰亦非燒時有薪彼無體故復次毗世師言有不見相極微之火有業及業用二法差別是中先有一分和合如是乃有薪一分來發起火相故頌遣言

火不餘處來

論者言今此何因業用和合以差別因性所生故若有分位業用生起即彼分位彼彼方處各各差別汝先說言一分和合此非道理以業無依故亦非起時若合若離差別因性業用分位有所生起亦非離所起時別有對待因性可得生時如是果體作用此中亦非先無差別亦非法差別因中間一分無體亦非中間一分而得和合於差別中若有一分和合即俱時分位所作相違亦無壞其業用所生道理或有害故若計滅有所得即彼物體還復墮於差別法中是故當知火不從彼餘處而來亦無如是自差別所作一分有體和合云何於彼差別不差別中計著多性又一分中亦有所著又於無分位中著火有性

如是薪火二法此應思擇如前已說次下頌言

薪中亦無火

釋曰離火亦無差別因性彼火因果無異性火故此應思擇又復能取發起所得彼即不有是故無別異性薪從餘處而來至火亦非無火故下頌言

餘法亦復然　如去來品說

釋曰若或無薪云何得有能燒所燒若有所燒時非無能燒亦無能燒中有能燒發起若有能燒時非無所燒是故無能燒所燒亦非相離

大乘中觀釋論卷第八

大乘中觀釋論卷第九

安慧菩薩造
宋三藏朝散大夫試鴻臚卿光梵大師惟淨等奉　詔譯

觀薪火品第十之餘

復次頌言
即薪而無火
釋曰遺一性故
異薪亦無火
釋曰薪火二法遺異性故
火中亦無薪　薪中亦無火
釋曰總遺異性故此中薪火二法一性異性俱不可見如瓶非木又如水中蓮花異性不成故是故勝義諦中薪火二法非相因有而彼二法畢竟空故復次頌言
如說薪火法　能所取亦然
釋曰一性異性互相因待次第不成復次頌言
餘諸法皆同
釋曰彼能取所取非作者作業一性可著亦非異性所取離亦不生若異性所取即互不到不到即不燒不燒即不滅不滅即是常若法常住彼即互相因待不成若成不成二法相因畢竟無體若人計火從餘方來有其能取及所取者此義不成故下頌言
及彼瓶衣等
釋曰彼瓶衣等因果二法同生不同生能相所相彼等所成如非泥團即是其瓶彼瓶果法有作用故亦非異瓶別有果法作用所成非彼二法互相因待若成不成相因無體此如是故餘處隨應所說亦然若勝義諦中無

一異性是故不應取著如有頌言

非受非不受　異復云何有　如能取所取

諸所説亦然

復次頌言

若人執有我　諸法有實性　各各差別説

彼不解佛法

觀生死品第十一

復有人言勝義諦中亦有生死何以故如佛所言生死長遠衆生愚迷不知正法我欲令彼如理修行得盡生死乃作是言汝諸苾芻應如是學以此證知勝義諦中有其生死論者言如佛所説皆是方便世俗施設非勝義諦亦非不有生死而説長時有法可盡彼生死者衆生所受若如理修行即能盡彼生死有性此中先説薪火二法能取所取彼等次第此非道理復次頌言

大牟尼所説　生死無先際

釋曰此義云何所言生死者即是無際無際即無始今此義者無最上無先際故言無際又非有彼先際故名無際故下頌言

今此如是説　無先亦無後

釋曰先後義無體無自性故如兎角等應如是見由如是故中亦不可得説非不有故如兎角等復次頌言

若無有先後　中復云何有

釋曰生死無自性彼云何有故下頌言

是故此中無　先後共次第

釋曰此中應問如所表示無先後共即次第不生而何有衆生受生老死又云何修行盡生死有性此即不成故頌答言

若使先有生　後有老死者　不老死有生
釋曰若不離老死而有生者應不離老而有
死邪故下頌言
後老死非理
釋曰若或異法有所成者譬如牛馬異體應
可同生云何生不有死又何不死有生若生
老死先有體者即彼本來有其生死復次頌
言
若使後有生　先有老死者　彼所有老死
無生即無因
釋曰無因即無所依無依即無生無生即無
相續有性復次頌言
無此生老死　亦無有先後　老死亦復然
亦應與生共
釋曰此義云何若言生時有其死者以彼生
滅二法無同時性又復無因二俱不生彼無
性故若或同生又生老死無相待因性復次
頌言
若不生即無　先後共次第　云何戲論言
有生老死合
釋曰勝義諦中戲論不生故復次頌言
若諸法因果　能相及所相　所受及受者
眞實義如是
釋曰能知所知等一切法先後共次第皆不
和合若先有果後有其因果即無因此即因
有相違若先有因後無果者即因果不和合
若因果二法同時有者如是決定彼因果性
亦復無體若已生若未生二法相因俱無體
故能相所相所說亦然復次頌言
非但說生死　先際不可得　諸法亦復然

先際不可得

觀苦品第十二

復有人言勝義諦中有彼諸蘊苦所成性如佛所言略說五取蘊由苦所得故論者言此等所說皆世俗諦非勝義諦何以故此苦果故此苦果者多種分別復次頌言

自作及他作　共作無因作

釋曰有一類人欲令此苦各別繫屬故下頌言

彼等於諸果　所作非道理

復次頌言

苦若自作者　即不從緣成

釋曰若自作者而彼諸法皆自體所成非同生性故若離自體即無對待因性亦非同生可有故下頌言

以有此蘊故　有未來五蘊

釋曰緣所成故此中若法緣所成性即無自作此遣法自相又復亦非他作道理復次頌言

若有此五蘊　與未來蘊異　於此彼蘊中
應有他作苦

釋曰今此五蘊與未來五蘊諸有所作非此二法互有他性何以故滅與未生二無性故此中亦非苦能作苦自作他作云何可成復次頌言

若人自作苦　離苦何有人　云何自作中
離人而有苦

釋曰若復離蘊無所施設彼復云何有苦可作復次頌言

若苦他人成　授與此人者　他亦名自作

離苦何有苦
釋曰此非離苦而復有苦苦無異故復次頌言
若他人作苦　離他何有苦　亦非有作已
他能授於此
復次頌言
自作苦不成　復何有他作　若他人作苦
即亦名自作
釋曰或有人言若人自作苦即非他所成應有他作邪對此異意故下頌言
苦不名自作　亦非他人作　是故所作中
離苦人無體
釋曰今此如是非有所作亦非有苦若以彼苦自作苦者即自所作道理相違是故此說以無有人何有他作彼無性故若復他無自體是中云何他能作苦若人自體不生即無所有他體不生即無他作是故無有他能作苦若或自他二法共作苦者亦非道理復次頌言
若有自他作　即有共作苦　今無自他共
無因亦非理
如有頌言
他相若自作　他相此無因　此若有自因
何有無因作
釋曰勝義諦中苦無體故復次頌言
非但說於苦　四種俱不有
釋曰此復云何色等亦然故下頌言
外諸法皆同　四種俱不有
釋曰色非自體作故彼能作所作若有若無皆非所作若有能作即所作無體無即非能

作云何無中計有我作此即著於能作亦非他法成已復成色法作用是中亦非他性可成今此所說若從緣生彼即無有異法可得亦非自他緣法不生又一切法非無因故由是勝義諦中色等諸法體不可得

觀行品第十三

前品所說破色等蘊此即亦有對治相違何以故如佛所言諸苾芻汝等應當如實了知色是無常乃至識法亦是無常以此文證有色等蘊論者言此世俗諦增上所說非勝義諦故有頌言

若彼虛妄法　是世俗有爲　無妄涅槃法
即是勝義諦

釋曰此虛妄者是邪智境界愚人不實於虛誑法無分位中計色有性復次頌言

彼虛妄法者　諸行妄取故

釋曰此即無所得相違故下頌言

即彼虛妄法　是中何所取

釋曰無所有故譬如兔角虛妄之法而不和合是故虛妄法者雖有所說皆是虛妄故佛世尊廣爲開示普盡一切若根若隨煩惱所知二障等法皆悉是空使令除斷即彼空性離二邊故此中所說諸虛妄法決定皆是世俗諦有若虛妄法於勝義諦中如乾闥婆城又或虛妄法者雖復所說是中亦非妄法可有故佛世尊諸有所說悉無相違若言諸法不有即是證成自性空義遣妄執故復次頌言

諸法無自性　見有異性故

釋曰若見有法變異之性彼即無我無我即

無常無常即不有如是所說是爲虛妄此法如是故下頌言

無性法亦無　一切法空故

釋曰雖說諸法皆空即彼諸法猶如空花亦非有彼無自性法又或無所成故復次頌言

若法無自性　法云何有異

釋曰若法有異自性亦異若彼諸法無自性者即不和合是故若見諸法各各自性有別異者云何不說此爲虛妄故下頌言

若法有自性　亦復何有異

釋曰若其無者即無法可有異性和合計有性者即墮過失此復云何復次頌言

若諸法即異　無異法可有　現住法若異
後變異不成

釋曰若後異者譬如老作老相此即自比量相違或有人言若不離自體有法可異者乳應即成酪若爾即有因一向過失復次頌言

若法即有異　乳應即成酪

釋曰亦非離彼滋味氣勢報體等法乳即成酪以緣性故又復亦非異乳有酪此即於第二時有一向過失故下頌言

若或異於乳　云何得成酪

釋曰亦非異乳有酪可得此即不墮一向過失是故無有異法可見有即虛妄何以故自性空故勝義諦中亦無少分不空之法對待空法而有所成復次頌言

若有不空法　即應有空法　無少不空法
何得有其空

釋曰因不成故此中非有空法可說今此如是證成世尊所說空義如其所說此復云何

故下頌言

遣有故說空　令出離諸見　若或見有空

諸佛所不化

釋曰此即遣諸空執諸佛世尊所說無疑何

況有異若欲有其空者此乃於法自性有所

取著此中亦非有性可取應當捨離若或於

空有所取者此即邊執彼有執者無異方便

應知此等佛所不化

大乘中觀釋論卷第九

音釋

沫莫割切水沫也　泡匹交切水漚也　緯于貴切經緯縱曰經橫曰緯　氎徒協切毛布也　闥他達切

施設論

宋西天三藏朝散大夫試光祿卿傳梵大師法護等奉　詔譯

清刻龍藏佛說法變相圖

施設論卷第一 第二同卷

宋西天三藏朝散大夫試光祿卿傳梵大師法護等奉　詔譯

對法大論中世間施設門第一 按釋論有此門梵本元闕

對法大論中因施設門第二

論中問曰有何所因轉輪聖王所有女寶妙色端嚴衆所樂見超人狀貌如天色相答轉輪聖王彼女寶者往昔修因其事廣大能以清淨諸物布施所謂清淨莊嚴具幷餘飲食衣服塗香粖香牀座舍宇及燈明等以如是因故輪王女寶妙色端嚴衆所樂見超人狀貌如天色相

又問何因輪王女寶不白不黑膚色中均不長不短不肥不瘦身分亭等答彼女寶者往昔修因其事廣大能行布施謂以諸色香味皆具足者飲食等物自手持奉起無慢心行

於布施以如是因故所有女寶不白不黑膚色中均不長不短不肥不瘦身分亭等又問何因輪王女寶寒時温暖適意快樂答彼女寶者往昔修因其事廣大謂若有時冬際嚴凝大風吹擊境色極寒人所惶畏女寶是時於其父母知識及師尊所并餘沙門婆羅門衆不生惱害而復愛樂不惱害者即以温暖事用所攝所謂衣服卧具塗香粖香牀座舍宇爐炭火具并餘温暖應用等物廣行布施以如是因故輪王女寶寒時温暖適意快樂又問何因輪王女寶熱時清涼適悦快樂答彼女寶者往昔修因其事廣大謂若有時熱際炎燠日光熾逼隨熱生蟲人極增惱女寶是時於其父母知識及師尊所并餘沙門婆羅門衆不生惱害而復愛樂不惱害者即以清涼事用所攝謂持衣服卧具塗香粖香牀座舍宇承足寶机寶嚴環釧多摩羅香及多羅香所成衆具并餘應用等物廣行布施以如是因故輪王女寶熱時清涼適悦快樂又問何因輪王女寶身諸毛孔有栴檀香口中常出優鉢羅花香答彼女寶者往昔修因其事廣大謂於父母知識及師尊所并餘沙門婆羅門衆不生惱害而復愛樂不惱害者即以沉水薫陸鬱金多摩羅等及餘上妙諸香廣行布施以如是因故身諸毛孔有栴檀香口中常出優鉢羅花香又問何因輪王女寶侍從轉輪聖王先起後坐不失規儀隨何所作悉能承奉勤力無慢而復愛語答轉輪聖王於長時中隨所作用善業增强長養成熟現前勝報以如是因故獲感女寶愛語承順

又問何因輪王女寶能令轉輪聖王恱意稱順然無染心況乎身語無不調柔答轉輪聖王具大威德於彼彼衆生曽無異心超人意表以如是因故所感女寶恱意稱順然無染心又問何因輪王女寶王欲行時或坐立時而悉先知即向王前作是白言快哉聖王所欲行邪或坐立邪悉當隨從答彼女寶者往昔修因其事廣大謂具慈心於欲界中觀諸衆生於義所欲於利所欲及安樂欲或若衆生起無利欲不安樂欲悉起慈心慈眼觀視以如是因故輪王女寶於王進止而悉先知又問何因輪王女寶超勝世間常品女人如星中月答彼女寶者往昔修因其事廣大謂自不殺生復教他人持不殺戒自不偷盗不邪染不妄語不飲酒復教他人一一修持以如是因故輪王女寶超勝諸女如星中月又問何因輪王女寶不乳産邪答一切女人共所病者謂即胎臟乳産之苦彼女寶者於長時中少病少惱作諸善業長養成熟現前勝妙果報克成以如是因故輪王女寶而不乳産又問何因輪王女寶先於輪王而趣命終答彼女寶者修諸善業長時不斷現前勝妙果報克成以如是因故輪王女寶先於轉輪聖王而趣命終又問何因輪王女寶於諸女中獨得生天答彼女寶者本性賢善而復廣修十善業道以如是因故輪王女寶於諸女中獨得生天

又問何因轉輪聖王得有主藏臣寶答轉輪聖王往昔修因其事廣大謂若有時極寒極熱王於彼等寒熱時中於其父母知識及師

尊所及餘沙門婆羅門衆不生惱害而復愛樂不惱害者隨時應用妙好醫藥及所愛樂上味飲食并餘所須承事供給彼等受已身無不潔衣無不覆於晝夜中常受快樂以如是因故轉輪聖王而能獲得主藏臣寶彼主藏臣寶者大富自在廣多眷屬庫藏珍寶財穀豐盈受用增積善業報生而具天眼能見伏藏若有主宰若無主宰若水若陸若近若遠來詣轉輪王所乃至種種豐足供給勤力無倦恭白王言天子所須財寶等事悉能奉上過去一時有轉輪聖王意欲試驗主藏臣寶即命寶船涉水遊行乃召主藏臣寶而謂之曰汝今宜應以財寶等供我所須時主藏臣寶白轉輪聖王言聖王就岸我當奉上王之所須若不就岸事應難作時王即當迴以

寶船安泊岸側彼主藏臣寶前詣王所右膝著地肅恭嚴奉作潔淨已兩手捧持四金所成上妙寶缾滿盛衆寶獻奉王前白言聖王受我所奉上妙衆寶即說頌曰

清陰細雨從天降　俯近炎天盛夏時
舉以衆寶奉輪王　及施餘諸貧匱者
彼等受已皆快樂　丐者咸生歡喜心
由斯業報廣無窮　獲得最勝大財富
有大神力具天眼　當爲轉輪聖王尊

又問何因主藏臣寶獲得大富廣多庫藏受用增積答主藏臣寶往昔修因其事廣大謂能布施一切沙門婆羅門衆諸貧窮者諸往來者諸乞丐者授以飲食衣服花鬘塗香牀座舍宇燈明等物以如是因故主藏臣寶獲得大富廣多庫藏受用增積又問何因主藏

臣寶勝業報生能具天眼於諸伏藏若有主宰若無主宰若水若陸若近若遠而悉觀見答主藏臣寶往昔修因其事廣大謂於父母知識及師尊所幷餘沙門婆羅門衆不生惱害而復愛樂不惱害者又於世間普爲一切癡黑暗冥作光明照授與燈明及然燈具破諸冥暗悉使明亮以如是因故主藏臣寶勝業報生能具天眼水陸遠近悉見伏藏復次頌言

飲食衣服花鬘等　往昔曾興清淨心
自手持奉開施門　復以燈明照諸暗
得爲主藏大臣寶　近侍名稱轉輪王
廣多富盛具大財　能獲天眼見伏藏

又問何因轉輪聖王得有主兵臣寶答轉輪聖王往昔修因其事廣大謂於父母知識及師尊所幷餘沙門婆羅門衆不生惱害而復愛樂不惱害者於諸昏黑暗冥作光明照施以燈具悉使明亮以如是因故轉輪聖王得有主兵臣寶彼主兵臣寶者聰叡明利善喻善察智慧具足至於王所以現世事正法義利輔贊於王於他世事正法義利亦悉輔贊於兵衆中知其王意存者存之去者去之不勞王力亦復不假四兵運用無使疲懈而彼一切自然歸伏復次頌曰

世間昏黑暗冥者　普作燈明爲照耀
施諸燈具及光明　悉使廣大皆明亮
又於父母及知識　幷餘沙門婆羅門
廣作燈明普照明　咸得破暗而煥曜
由斯善業施安樂　幷餘善作諸勝事
輪王以此勝報因　獲得大智主兵寶

又問何因主兵臣寶聰叡明利善喻善察具有智慧荅彼主兵臣寶往昔生中昔因建立乃至極遠生生之前已盡已滅得爲人時於諸沙門婆羅門聰叡明利具有智慧善伺察者故往親近恭敬請問何者是善何者不善何者有罪何者無罪何者所作當得勝上離諸罪業隨所聞已依法修行常善伺察常善思惟若事若因勤求請益作拯拔事行普救因增極恪志逼切而行以如是因故聰叡明利具有智慧復次頌曰

往昔親近諸智者　勤求伺察衆善因
發起最上利益心　於一切處無退倦
主兵臣寶由斯力　今得聰叡具智明
迅疾發興精進心　今爲輪王主兵寶

對法大論中因施設門第三

總說頌曰

轉輪聖王而具有　輪寶象馬并珠寶
女寶主藏及主兵　長壽無病具色相
適意自在復多子　廣如第三蘊中說

如論中說轉輪聖王即同如來應供正等正覺復次頌曰

如論所說轉輪王　即同無上大法王
於此大地境界中　轉大法輪作善利
以彼轉輪聖王者　應觀即同佛如來
咸起悲心愍世間　廣利一切大寂默

如轉輪聖王有輪寶者應知即同如來應供正等正覺出現世間所說聖八正道法以佛所說八正道者能破世間一切煩惱於諸法中得無障礙復次頌曰

轉輪聖王輪寶者　於此大地能摧伏

如佛開演八正門　解除一切魔怨縛

如轉輪聖王有象寶者應知即同如來應供正等正覺所說四神足法以佛所說四神足者能破世間一切煩惱於諸法中得無障礙復次頌曰

轉輪聖王白龍象　騰空來往悉自在
如來神足亦復然　瞿曇名稱廣神化

如轉輪聖王有馬寶者應知即同如來應供正等正覺所說四正斷法以佛所說四正斷者能破世間一切煩惱於諸法中得無障礙復次頌曰

輪王青身妙馬寶　圓具調馴迅若風
如佛四正斷法門　速證無為寂靜果
馬相嚴好頭頂黑　而彼馬寶輪王乘
四正斷法亦復然　瞿曇名稱廣自在

如轉輪聖王有珠寶者應知即同如來應供正等正覺天眼具足以佛如來具天眼者隨諸衆生有所樂欲佛以天眼悉能觀察復次頌曰

輪王瑠璃妙珠寶　普徧照曜悉光明
如來天眼亦復然　普徧觀照悉無礙

如轉輪聖王有女寶者應知即同如來應供正等正覺四姓親近謂刹帝利婆羅門吠舍首陀於佛世尊現所恭敬持以飲食衣服及餘牀座病緣醫藥奉上世尊復次頌曰

如彼轉輪大聖王　最上大富具大財
瞿曇聖主大名稱　四姓恭敬亦如是

如轉輪聖王有主兵臣寶者應知即同如來應供正等正覺具大勝慧以佛大慧能破世間一切煩惱解除魔縛於諸法中得無障礙

復次頌曰
　主兵臣寶善伺察　復能決擇諸義利
　如來大慧亦復然　解除魔怨諸結縛
如轉輪聖王壽命長遠久住世者應知即同
如來應供正等正覺久住世間隨諸衆生所
有願求悉令圓滿若住一劫或過一劫是謂
長壽轉輪聖王正法化世住壽一劫亦復如
是如轉輪聖王少病惱者應知即同如來應
供正等正覺無諸損惱病苦不生復次頌曰
　轉輪聖王少病惱　最上正法化世間
　世尊大師具名稱　無病無惱常安樂
如轉輪聖王妙色端嚴具三十二大丈夫相
一切人衆傾渴瞻仰者應知即同如來應供
正等正覺三十二相清淨圓滿一切衆生瞻
仰無猒復次頌曰
　輪王正法化於世　相好端嚴衆樂觀
　亦如世尊妙相嚴　最勝功德皆具足
如轉輪聖王衆所瞻覩生悅意者應知即同
如來應供正等正覺一切衆生欣樂瞻仰覩
者咸生適悅之心復次頌曰
　輪王正法化世間　見者咸生欣悅意
　如來大師最上尊　衆生瞻覩皆欣慶
如轉輪聖王千子圓滿色相妙好勇猛無畏
善伏他軍者應知即同如來應供正等正覺
善化一切衆生修行得果勇猛無畏摧煩惱
力趣真實道復次頌曰
　轉輪聖王有千子　勇猛無畏色相嚴
　能摧他勇具力能　正法真實而治化
　如來大師化衆生　悉使修行住果位
　四向四果無畏尊　此等是謂八人地

施設論卷第一

施設論卷第二

宋西天三藏朝散大夫試光祿卿傳梵大師法護等奉　詔譯

對法大論中因施設門第四之一

總說頌曰

二瑞相出現　作護胎無染　完具無欲心
快樂及不坐　鹿皮以承接　七步觀四方
語言及二龍　及阿難往事　天花與天樂
牀座捨莊嚴　受草見法衣　悲心現神化

又問何因菩薩最初於兜率天宮歿已降母胎時一切大地皆悉震動答龍威力故以諸龍王得聞菩薩大威德者兜率天宮歿已降神母胎乃從水中跳躍而出心生懽喜適悅慶快乘空盤旋往返游泳樂欲瞻覩菩薩聖相龍出水故水即大動以水動故大地震動又復菩薩決定當成如來應供正等正覺已勤爲衆生宣說出要離生善法是故上鼓於風中搖於水下震於地此是菩薩先現瑞相

又問何因菩薩最初從兜率天宮歿已降母胎時有大光明普照世間所有一切黑暗昏冥悉得明亮日月威光映蔽不現是時所有一切衆生蒙光照已互得相見咸作是言奇哉仁者有異大士生此界邪答以菩薩大士大威德者最初從彼兜率天宮歿已降母胎時有欲色界諸天子衆聞其菩薩大威德者從兜率天降神母胎諸天懽喜適悅慶快乘空盤旋往返游泳樂欲瞻覩菩薩聖相而彼諸天當往返時有大光明普照世界黑暗昏冥悉使明亮日月威光映蔽不現是時所有一切衆生蒙光照已互得相見咸作是言奇哉仁者有異大士生此界邪又復菩薩決定

當成如來應供正等正覺已出現廣大勝慧光明普照世間此是菩薩先現瑞相

又問何因菩薩最初從兜率天宮殁已降母胎時有四天子自四方來隨方而住爲菩薩母密作衛護答以彼三十三天子衆長時安慰守護善法咸作是言大哉世間無光明者無歸向者如來應供正等正覺當出世間悉爲化度彼諸天子以利益誓願爲勝緣故是故來爲菩薩聖母密作衛護

又問何因菩薩住母胎中而能不染胎臟諸垢無血肉垢無雜穢垢乃至餘諸不淨垢等而悉不染答菩薩往昔修因其事廣大謂於父母知識及師尊所幷餘沙門婆羅門衆不生惱害而復愛樂不惱害者即以清淨事用所攝謂持清淨卧具衣服飲食塗香粖香及妙花鬘牀座舍宇燈明等物廣行布施以清淨法普照衆生由斯善業同分因故住母胎中不染諸垢又問何因菩薩住母胎中身相完具母亦復見清淨圓滿答菩薩往昔修因其事廣大謂於父母知識及師尊所幷餘沙門婆羅門衆不生惱害而復愛樂不惱害者即以完具舍宇衣服飲食受用等物完無缺者内心清淨廣行布施由斯善業同分因故在母胎中身相完具又問菩薩在母胎時而菩薩母不於男子起彼欲染和合之意答菩薩往昔修因其事廣大謂自能持清淨梵行無非法行離諸惡香超越女人染汙之法自能精持諸梵行已復教他人如理修持由斯善業同分因故而菩薩母無染欲意

又問何因菩薩在母胎時其菩薩母奉持五

戒所謂乃至盡壽不殺不盜不染不妄及不飲酒以不飲酒故離諸放逸答菩薩往昔修因其事廣大謂自斷殺生離殺生業復教他人斷離亦然自行不盜不染不妄及不飲酒復教他人斷離亦然由斯善業同分因故而菩薩母奉戒清淨

又問何因菩薩在母胎時其菩薩母身無疲倦心得快樂答菩薩大士具大威德有勝光明使菩薩母大種堅牢而無增損以如是因故而菩薩母無倦快樂又問何因菩薩出母胎時大地震動答菩薩大士具大威德廣如前說又問何因菩薩出母胎時有大光明普照世界答廣如前說又問何因菩薩出母胎時其菩薩母不坐不卧安然而立有刹帝利上族同時所生答菩薩聖母少病少惱作諸善業勝妙果報現前克成故不坐不卧離諸苦受又問何因菩薩出母胎時有四天子自四方來以妙鹿皮承接菩薩答菩薩長時少病少惱作諸善業勝妙果報現前克成故使天來承接菩薩免致墮地離諸苦受又問何因菩薩初生即行七步答菩薩大士於長時中正念出離親近修習廣大施作復善記説又復菩薩決定當成如來應供正等正覺已廣爲衆生説七覺支法又問何因菩薩初生觀察四方答菩薩長時與毗鉢舍那所俱正念親近修習廣多施作復善記説又復菩薩決定當成如來應供正等正覺已觀察四聖諦法廣爲衆生開示演法此是菩薩先現瑞相

又問何因菩薩初生即作是言今我此身是

最後有是邊際生答菩薩在母胎中常生悲惱念救衆生既出胎已乃作是言今我此身是最後有是邊際生又復菩薩決定當成如來應供正等正覺已廣爲衆生説法化度此是菩薩先現瑞相又問何因菩薩於虚空中天降二水一冷一暖用沐菩薩無垢之身答龍威力故以彼天龍於其菩薩深生淨信故現斯相又問何因菩薩初生於聖母前大水涌現隨菩薩母所欲受用答龍威力故以彼諸龍於菩薩母深生淨信故現斯相又問何因菩薩初生空中自然奏天音樂答天威力故以彼諸天於其菩薩深生淨信又復菩薩決定當成如來應供正等正覺已聲聞十方此是菩薩先現瑞相又問何因菩薩初生空中自然天雨衆花所謂優鉢羅花鉢納摩花奔拏利伽花俱母那花曼陀羅花等又復雨彼衆妙沉水薰陸栴檀香粖及散天中殊妙之衣答天威力故以彼諸天於其菩薩深生淨信又復菩薩決定當成如來應供正等正覺已具大福力一切衣服飲食牀座病緣醫藥幷餘受用皆悉豐足此是菩薩先現瑞相又問何因菩薩生後始七日其菩薩母即趣命終答菩薩大士大威德者降母胎時三十三天子衆於其菩薩極大尊重即以天勝威光授菩薩母其後菩薩出母胎已母不復有天之威光俱具人中威光色相衆妙飲膳隨宜資養故菩薩母速趣命終如經所説菩薩能知入胎住胎出胎等事云何是爲菩薩能知入胎住胎出胎等事答菩薩昔於迦葉如來應供正等正覺法中最初爲菩提故勤修

梵行正念具足親近修習廣多施作發大誓願願我當成如來應供正等正覺已所有世間癡暗衆生無救護者無歸向者廣爲化度以是因故我於迦葉如來法中最初爲菩提故修梵行已得生兜率陀天生彼天已乃作是念我當得成如來應供正等正覺已正念具足親近修習廣多施作以是因故生彼天中未久之間即得彼天三事所攝一天壽命二天色相三天名稱菩薩作是念時兜率陀天諸天子衆悉知菩薩決定當成如來應供正等正覺以是緣故皆生恭敬尊重供養正念具足親近修習廣多施作乃至菩薩隨彼天子壽量而住正念具足親近修習廣多施作菩薩即能了知入母胎事又作是念我當得成如來應供正等正覺已正念具足親近修習廣多施作菩薩即能了知出母胎事住胎亦然如經所說佛告尊者阿難言我念往昔於彼迦葉如來應供正等正覺法中最初爲菩提故勤修梵行正念具足親近修習廣多施作發大誓願願我當成如來應供正等正覺所有世間癡暗衆生無救護者無歸向者廣爲化度以是因故我於迦葉如來法中最初爲菩提故修梵行已得生兜率陀天生彼天已乃至得彼天中三事所攝即作是念我當成正覺已正念具足修習施作以是因故作是念時彼天子衆悉知菩薩當成正覺皆生恭敬尊重供養正念具足修習施作以是緣故乃至菩薩隨彼天子壽量而住修習施作菩薩即能了知從兜率天宮殁已入母胎事又作是念我當成正覺已正念具足修

習施作菩薩即能了知住母胎事菩薩又作是念我當成正覺已正念具足修習施作即能了知出母胎事復次阿難我以正念具足修習施作故未久之間出母胎臟即行七步阿難當知此如是等一一皆是我昔思念當成如來應供正等正覺已廣爲衆生宣説七覺支法此是菩薩先現瑞相

施設論卷第二

音釋

秣（莫割切） 燠（於六切熱也） 机（居矣切案屬） 釧（尺絹切臂鐶也） 恪（苦各切謹也） 叡（俞芮切明達也） 馴（詳遵切） 泳（爲命切）

施設論卷第三第四同卷

宋西天三藏朝散大夫試光祿卿傳梵大師法護等奉 詔譯

對法大論中因施設門第四之二

又復阿難我出母胎未久之間即觀四方乃作是念我當得成如來應供正等正覺已當爲衆生演説四聖諦法此是菩薩先現瑞相又復阿難我出胎未久即作是言今我此身是邊際生乃作是念我當得成如來應供正等正覺已當爲一切衆生普盡生死邊際此是菩薩先現瑞相又復阿難我出胎未久空中自然雨衆天花謂優鉢羅花俱母陀花鉢納摩花奔拏利伽花等又雨衆妙沉水薫陸栴檀香粖及散天花乃作是念我當得成如來應供正等正覺已具大智慧具大福德飲食衣服牀座醫藥諸受用具悉皆豐足此是菩薩先現瑞相又復阿難我出胎未久空中自然奏天音樂乃作是念我當得成如來應供正等正覺已聲聞十方又復阿難我昔宮中與諸宮屬同趣牀座乃作是念從今已往我不復處王宮之座今我此座是即最後所處之座作是念已從牀座起詣王宮門志欲求出時有聖賢密開其門我於是時出宮門已漸次前詣重重宮禁一一門首皆有聖賢爲開其門我於爾時即作是念我當得成如來應供正等正覺已普爲衆生開甘露門此是菩薩先現瑞相又復阿難我時乘彼迦蹉伽馬王出王城已至於他邦即時下馬乃作是念今此是我最後所乘王宮寶馬我時所有衆莊嚴具及迦蹉伽馬王而悉不受還其馭者乃起是念今此是我最後所有世間嚴

具而悉棄置不復受之阿難當知我時即持妙色寶劒自斷頂髻斷已復念今此是我最後自斷頂髮寶髻不復重生即時見一被袈裟衣者儀相調善見已歡喜前詣彼所而謂之曰我今奉汝迦尸迦衣汝可授我袈裟法衣即作是念今此是我最後所棄王宮之服不復重以俗服被體又復阿難其後我於吉祥長者所受吉祥草詣菩提樹下自敷其草端身正念跏趺而坐作是念言我若不成阿耨多羅三藐三菩提果誓願不起于座又作是念我今快得善利何以故一切衆生處無明中住著無明無明卵殼障覆慧眼我當破無明卵令諸衆生吉祥安樂又復阿難我成佛未久觀見衆生世間所生亦世間老有利根者有中根者有下根者其下根者隨其行相而調伏之乃至不聞正法諸缺減者彼等衆生我觀見已於彼彼所起大悲心爲說正法而化度之又復阿難我復作是念我今快得善利我於世間雜染中生而無雜染心意所行

對法大論中因施設門第五

總說頌曰

如子下族并貧族　賊難劫初至十歲
牛貨勝身俱盧洲　無我及彼欲色界
佛從定起入涅槃　最後大衣不焚爇

又問何因菩薩於一切衆生中最上最勝有不發大菩提心而能正信出家者耶答菩薩長時觀諸衆生等同一子勤修善業長養成熟勝妙果報現前克成法爾如是殑伽沙等諸菩薩衆未有不發大菩提心而能正信出

家之者如其所說即是不能受欲樂故
又問何因菩薩不於下族中生答下族生者習近慢心菩薩長時遠離諸慢親近善法修習施作是故菩薩決定於其上族中生又若菩薩下族生者即起謗訕
又問何因菩薩不於貧族中生答貧族生者習近慳悋菩薩長時離慳悋垢親近修習廣多施作無慳悋法是故菩薩決定於其富族中生謂以菩薩諸有所得色聲香味觸等諸境不歷艱苦自他平等而受用之又若菩薩生貧族者即起謗訕
又問何因菩薩不生極邊國土及多賊難鄙惡之方答邊惡國土於戒於見而悉艱苦不與菩薩相似同等而菩薩者勤修諸善長養成熟現前勝妙果報克成是故菩薩決定於其大國中生設有利根清淨衆生值遇菩薩大威德者然亦不能發起最上無漏善法所謂無上正等菩提緣覺菩提聲聞菩提到彼岸法及餘最上無漏善根
又問何因菩薩不於劫初時生彼時人壽始八萬歲答劫初時人輭品根性所行愚鈍朴質種類不與菩薩相似同等菩薩大士大威德者於長時中勤修善法長養成熟設有利根清淨衆生值遇菩薩大威德者然亦不能發起最上無漏善法
又問何因菩薩不於人壽最後十歲時生答人壽十歲之時廣多罪業廣多煩惱不與菩薩相似同等是故菩薩大威德者不於人壽十歲時生
又問何因菩薩不生西瞿陀尼洲答瞿陀尼

洲人輭品根性所行愚鈍朴質種類不與菩薩相似同等菩薩大士大威德者勤修善法長養成熟現前勝妙果報克成是故菩薩決定於其大國中生設有利根清淨衆生值遇菩薩大威德者然亦不能發起最上無漏善法所謂無上正等菩提緣覺菩提聲聞菩提到彼岸法及餘最上無漏善根

又問何因菩薩不生東勝身洲答如西瞿陀尼洲其事廣說

又問何因菩薩不生北俱盧洲答北俱盧洲人輭品根性所行愚鈍朴質種類隨作艱辛不與菩薩相似同等菩薩大士大威德者於長時中勤修諸善長養成熟現前勝妙果報克成是故菩薩決定於其大國中生設有利根清淨衆生值遇菩薩大威德者然亦不能於一切處發起最上無漏善根而北俱盧洲人無我所執此中問言北俱盧洲人何故無我所執耶答謂以衆生數多境界廣大所受境界咸皆悅意平等無差故無我所執

又問何因菩薩不生欲界諸天答謂欲界中諸天子衆著諸境界愛樂放逸不與菩薩相似同等雖能修持少分梵行不能廣爲比丘比丘尼優婆塞優婆夷等四衆廣大宣演梵行令諸天人各獲利益以是緣故不生欲界諸天

又問何因菩薩不生色界諸天答謂色界中諸天子衆雖能修持少分梵行而亦不能廣爲四衆別別開演所有梵行令諸天人各獲利益又復菩薩不於色界諸天趣證涅槃此中應問何故色界天中不入涅槃答謂無色

相正受處故但作意已正入涅槃又問若如此說者不善心入邪無記心入邪答此說應知無記心入

又問何因諸佛世尊住世教化何故賢上大聲聞衆先入涅槃佛乃後入答以諸聲聞長時無間勤修善法長養成熟現前勝妙果報克成若見世尊入涅槃者彼諸聲聞所有勝報即不圓成又復法爾殑伽沙數等諸佛世尊所有賢上大聲聞衆皆先涅槃佛乃後入如其所說入涅槃者諸佛世尊於第四禪不動地中現前證入此中應問云何世尊入涅槃邪或復起邪答若有所起即無所入

又問何因如來世尊入涅槃已聖體既焚大衣如故若内若外都無所損答天威力故謂以諸天於佛世尊極生淨信又復二種制止不燒一者内身二者外財當知皆是佛神力故

對法大論中因施設門第六之

總說頌曰

二緣及彼二衆出　聲聞三千大千界
大慈大悲二種心　不思議及隨順法
衆中差別所行中　如象王住地獄等

又問何因佛及輪王皆具三十二大丈夫相一謂如來應供正等正覺二謂轉輪聖王答轉輪聖王者往昔修因其事廣大於長時中常起是念我當廣行布施植諸勝福長養一切衆生淨持戒行世間癡暗無歸救者悉爲救度如來應供正等正覺者隨諸所作一切善法普施世間一切衆生廣發大願如願所行捨家出家成等正覺以是因故轉輪聖王

如來應供正等正覺皆具大丈夫相
又問何因佛與緣覺於一時中不相值遇答
諸緣覺衆於長時中修緣覺法勝妙果報現
前克成無所願求於最上法無復施作亦不
樂欲親近恭敬瞻覩如來由是因故佛與緣
覺不同時出
又問何因二轉輪王不同時出答轉輪聖王
往昔修因其事廣大謂於長時勤修諸善同
一妙蓋普覆一切一輪王出觀諸衆生同一
子想一輪王出同一境界尊重供養隨所應
作一切善業勝願果報現前克成由是因故
二轉輪王不同時出
又問何因二佛如來應供正等正覺不同時
出答菩薩往昔修因其事廣大謂於長時唯
一師教一種修習作諸善法隨其所作同一
解脫唯一所尊唯一大智作諸善業長養成
熟於一時中無二果報現前所起此復云何
答二難並故以是因故於一時中二佛如來
應供正等正覺不同出世
又問何因女人不作轉輪聖王不成帝釋不
成梵王不成魔王不證緣覺菩提不證無上
正等菩提答謂諸女人善力劣弱男子勝善
樂欲根力之所建立以其極生善欲心故女
無勢力皆是男子善業因作又復女人無其
利根唯彼男子善力成故又彼男子善力增
極乃能獲得利根勝業以如是因故女人不
作轉輪聖王不成帝釋不成梵王不成魔王
不證緣覺菩提不證無上正等菩提
又問何因佛世尊者具無邊智具無邊慧無
邊辯才答菩薩長時於其三慧親近修習廣

多施作謂聞所成慧思所成慧修所成慧增極勤勇以如是因故佛世尊具無邊智慧無邊辯才

又問何因佛世尊出清淨妙音普聞三千大千世界悉令曉了答以佛世尊成道未久住梵界巳普令親近得聞解脱頌句頌曰

安住諸佛正教中　發起精進求出離
能破生死大力軍　猶如狂象在草舍
今此清淨正法律　不放逸心善所行
即能斷滅生死輪　乃盡一切苦邊際

如是頌句一一世界一一衆生普皆得聞分明曉了此是如來清淨妙音普聞三千大千世界

施設論卷第三

施設論卷第四

宋西天三藏朝散大夫試光祿卿光梵大師惟淨等奉　詔譯

對法大論中因施設門第六之二

論中問曰有何所因而能了知正覺世尊於諸衆生大悲超勝答世尊爲見世間衆生染煩惱病煩惱逼迫種種煩惱而生損害無救無歸無所趣向以如是因故世尊不久乃成正覺爲諸衆生而作救度是故大悲超勝

又問何因菩薩入慈心定時而菩薩身火不能燒水不能溺刀仗不傷毒不能害復無中間趣滅答無惱害定無定所入無彼無惱害觸亦無不同分心趣滅以如是因故菩薩入慈心定時水火刀仗毒不能害復無中間趣滅

又問何因入無想定及滅盡定時水火刀仗毒不能害復無中間趣滅答無惱害定無定所入亦無無惱害之觸無心趣滅由此因故其事如是

又問何因菩薩在母胎時而菩薩母不爲水火刀仗毒所惱害亦無中間趣滅答菩薩大威力故以其菩薩勝力令菩薩母無諸惱害

又問何因菩薩之身無水火刀仗毒所惱害亦無中間趣滅答菩薩於一切衆生中而得最勝設於同等類中亦復最勝

又問何因彼琰魔王身無水火刀仗等害亦無中間趣滅答琰魔王者於琰魔界衆生類中而得最勝由此因故其事如是

又問何因愛囉嚩拏象王及善住象王身無水火刀仗等害亦無中間趣滅答彼於傍生類中而得最勝出諸趣類由此因故其事如

是

又問何因地獄趣中諸衆生類受極苦楚而無中間趣滅答業報熾然故以其苦受業報未盡由此因故其事如是

對法大論中因施設門第七

復次一時佛在舍衛國告苾芻衆言苾芻當知有三種法爲内垢染内舍藏内怨惡何等爲三謂貪嗔癡諸苾芻此中云何名内垢染内舍藏内怨惡謂若有人惡友所作侵他受用及諸種類乃至害命以其貪愛增盛於身口意廣行諸惡行諸惡已由此因緣身壞命終墮於惡趣地獄中生嗔癡亦然諸苾芻是故貪嗔癡法内垢染内舍藏内怨惡世尊善逝如是説已復次總略而説頌曰

不能了知貪愛法　於貪愛法不諦觀
是人與其貪愛俱　彼即入於黑暗處
貪染之人無義利　由貪染心生愛著
中間生起怖畏心　當知彼人不覺了
若能斷除於貪愛　彼即愛塵不能染
由其貪愛不轉時　如蓮不住於淤水
不能了知瞋恚法　於瞋恚法不諦觀
是人與其嗔恚俱　彼即入於黑暗處
瞋恚之人無義利　由嗔恚心生過失
中間生起怖畏心　當知彼人不覺了
若能斷除於嗔恚　即於瞋境不生嗔
由其嗔法墜墮時　如彼果熟而自落
不能了知癡冥法　於癡冥法不諦觀
是人與其癡冥俱　彼即入於黑暗處
癡冥之人無義利　由癡暗心故癡迷
中間生起怖畏心　當知彼人不覺了

若能斷除癡冥者　不爲癡境所癡迷
彼癡冥法若破時　其猶日光破諸暗
若能了知此三法　決定不墮於惡趣
如斷多羅大樹心　彼所斷已不復生
是故貪法及嗔法　癡等三法皆離著
行人明慧發生時　即能盡於苦邊際

又問何因有極貪者答謂若有人於貪不善根中近習修作於無貪善根中不近習修作於其欲想欲因欲尋而乃近習亦復修作於出離想出離因出離尋不能修作於諸世間莊嚴受用以愛著心勤行修作於不莊嚴受用不勤修作於諸善法所應作處而不能作復不思惟不修三摩地行不能守護諸根隱密之門食不知量初夜後夜常不睡眠勤行諸惡不修奢摩他毗鉢舍那於不如理作意中而乃修作此等之人故極貪愛至謝滅已當復云何謂作歌舞倡妓戲笑之人及爲女人設得生天即生欲界天中由此因故其事如是

又問何因有極嗔者答謂若有人於嗔不善根中近習修作於無嗔善根中不近習修作於其嗔想嗔因嗔尋而乃近習亦復修作於不嗔想不嗔因不嗔尋不能修作於非處起嗔勤行修作於慈心三摩地不能修作於殺害事勤行修作於不殺害事不能修作於彼諸根隱密之門不能守護食不知量初夜後夜常不睡眠勤行諸惡不修奢摩他毗鉢舍那於不如理作意中而乃修作此等之人故極嗔恚至謝滅已當復云何謂作蠍蜂三目蟲百足蟲等由此因故其事如是

又問何因有極癡者答謂有人於癡不善根中近習修作於無癡善根中不近習修作於其害想害因害尋而乃近習亦復修作於不害想不害因不害尋不能修作於諸見中而常修作及於恠異不祥等事亦復修作由是緣故而不能於緣生法門內心伺察不能於五取蘊中諦觀生滅無常之行所謂此法是色所成是色所集從色所滅如是受想行識所成是識所集從識所滅此人於諸根隱密之門不能守護食不知量初夜後夜常不眠勤行諸惡不修奢摩他毗鉢舍那於不如理作意中而乃修作此等之人故極癡冥至謝滅已當復云何謂作象馬駞驢羊鹿牛及猪等由此因故其事如是

又問何因有不極貪者答謂若有人於無貪善根中不近習修作於出離想出離因出離尋而乃近習亦復修作於其欲想欲因欲尋不勤修作於諸世間不莊嚴受用勤行修作於莊嚴受用不勤修作於諸善法常所思惟於三摩地勤行修作於不善法而不修作守護諸根隱密之門飲食知量初夜後夜常不睡眠勤行諸善修奢摩他毗鉢舍那於如理作意中勤行修作於不如理作意中而不修作此等之人不極貪愛至謝滅已當復云何謂作仙人及出家人諸長者等或生色界天中由此因故其事如是

又問何因有不極瞋者答謂若有人於無瞋善根中近習修作於瞋不善根中不近習修作於無瞋想無瞋因無瞋尋而乃近習亦復修作於其瞋想瞋因瞋尋不勤修作常修慈

心三摩地行於非處起瞋而亦不作於不害法勤行修作於損害法而不修作守護諸根隱密之門飲食知量初夜後夜常不睡眠勤行諸善修奢摩他毗鉢舍那於如理作意中勤行修作於不如理作意中而不修作此等之人不極瞋恚至滅謝已當復云何謂作仙人及出家人諸長者等或生色界天中由此因故其事如是

又問何因不極癡者答謂若有人於無癡善根中近習修作於癡不善根中不近習修作於無害想無害因無害尋而乃近習亦復修作於諸見中及恠異不祥等事悉不修作以是緣故而於緣生法門內心伺察於五取蘊中諦觀生滅無常之行所謂此法是色所成是色所集從色所滅如是受想行識所成是識所集從識所滅此人於諸根隱密之門而常守護飲食知量初夜後夜常不睡眠勤行諸善修奢摩他毗鉢舍那於如理作意中勤行修作此等之人不極癡冥至謝滅已當復云何謂作仙人及出家人諸長者等或生色無色界天中由此因故其事如是

對法大論中因施設門第八之一

總說頌曰

先際穢氣及堅重　穢氣上風而飄散
充滿出息入息俱　晝夜魚龜陸中等

如佛所說佛告諸苾芻言汝諸苾芻不能了知先際皆因有愛二法於先際中若無有愛即後無所起若能了知如是法者即自思惟於後際法有愛爲緣爲有相續不了知邪爲無相續邪或有答言此無相續何所以邪謂

不了知故於無明中諸衆生類乃起是念我過去世爲有爲無若過去世有此即是常若過去世無此即是斷而乃諸行或有因邪若彼諸行先有因者然亦諸行先無有因是故若能了知先際即諸行本來而無有因

又問何因未離欲者當趣滅巳火焚身時而有穢氣周徧充塞巳離欲者火焚身時而無穢氣周徧充塞答未離欲者謂以身中精血不淨而有流散以流散故火焚身時風飄穢氣而有充塞故使大威力諸天不來勤勇作供養事何以故穢氣未散故巳離欲者當趣滅巳身無精血不淨流散以不流散故火焚身時而無穢氣是故大威力諸天悉來勤勇作供養事何以故無穢氣故又問何因未離欲者當趣滅巳身體堅重而不調暢巳離欲者當趣滅巳身體調暢而不堅重答未離欲者上風吹鼓内入其身是故堅重而不調暢巳離欲者當趣滅巳止攝外風身得調暢而無堅重由此因故其事如是

施設論卷第四

音釋

殼苦角切 訕所晏切謗也 悋良刃切靳惜也 倡妓倡尺良切與唱同妓渠綺切倡妓女樂也 蠍許竭切毒蟲也 飃紕招切與飄同

施設論卷第五 第六第七同卷

宋西天三藏朝散大夫試光祿卿傳梵大師法護等奉 詔譯

對法大論中因施設門第八之二

又問何因未離欲者當趣滅時上風吹鼓內入其身已離欲者當趣滅時無上風吹鼓內入其身答未離欲者當趣滅時外心生起住著奔流風吹目開心周徧故其風不止是故上風吹鼓內入其身已離欲者當趣滅時無外心生起住著奔流無風所吹目不開合無心周徧其風乃止是故無上風吹鼓內入其身由此因故其事如是

又問何因人命存活身體輕安而復調暢命既終歿身體堅重而不調暢答其終歿者邊際分位火界風界二界俱滅是故堅重而不調暢彼存活者中間分位火界風界二界不滅是故輕安而復調暢由此因故其事如是

又問何因人命存活現住世間飲食銷散既終歿已食不銷散答人命存活現住世者中間分位火界水界風界不滅由彼水界流潤大界成熟風界吹鼓故其所食而乃銷散彼終歿者邊際分位水界火界風界俱滅以其所食水不流潤火不成熟風不吹鼓故不銷散由此因故其事如是

又問何因人命存活現住世間身無穢氣既終歿已穢氣充盈答人命存活現住世者中間分位火界風界二界不滅隨逐水界而得盈滿是故彼身無諸穢氣既終歿已邊際分位火界風界二界俱滅不隨水界而得盈滿是故彼身乃有穢氣由此因故其事如是

又問何因人命存活現住世間出息入息而常隨轉彼終歿者其事

不然答命存活者以思惟發悟故依止於思是故存活出入息轉既終歿者無所思故其事如是

又問何因彼訓狐烏夜見晝不見答彼訓狐烏目中瞳人其狀赤色夜中無障晝即有障是故夜見晝不見又問何因人能晝見夜乃不見答人之目中瞳人其狀黑色晝乃無障夜即有障是故晝見而夜不見又問何因犬馬夜見而晝亦能見答犬馬目中瞳人黃色晝夜無障是故俱見又問何因魚於水中能見陸中不見答諸魚者目中瞳人眵淚所覆水中無障陸中有障放水中見陸中不見又問何因人之兩目陸中無障水中有障答人之目中瞳人水泡所成是故陸中無障水中有障又問何因龜鼈蝦蟇及水蛭等水陸俱見答龜鼈蝦蟇及水蛭等目中瞳人骨之所成陸中水中俱無障礙是故俱見

對法大論中因施設門第九

總說頌曰

睡眠惡戾及掉舉　多舌語言并暗鈍
念慧而復煩惱增　不顴利於禪定等

又問何因世間有多睡眠之者答謂有人常所近習多睡眠者於光明法中而不近習彼人至謝滅已當復云何謂作蟒蛇龍等由此因故其事如是又問何因有少睡眠者答謂若有人於光明法中作光明想多所近習於昏沉睡眠法中而不近習彼人至謝滅已當復云何謂作仙人及出家人諸長者等或生色無色界天中由此因故其事如是

又問何因有惡戾者答謂若有人常所近習

運用執行刀仗器械諸惡戾人不能近習不行刀仗不惡戾者彼人致謝滅已當復云何謂作屠宰魁膾畋獵漁捕調制象馬杻械繫縛諸不律者由此因故其事如是又問何因有不惡戾者答謂若有人常所近習不行刀仗不惡戾人而不近習諸惡戾者彼人至謝滅已當復云何謂作仙人及出家人諸長者等或生色無色界天中由此因故其事如是又問何因有掉舉者答謂若有人常所近習多掉舉者不能近習諸寂止者彼人至謝滅已當復云何謂作歌舞戲笑之人或生欲界天中由此因故其事如是又問何因有不掉舉者答謂若有人常所近習諸寂止者而不近習掉舉之人彼人至謝滅已當復云何謂作仙人及出家人諸長者等或生色無色界

天中由此因故其事如是又問何因世有多舌多語之者答謂若有人常所近習多語之人不能近習少語之者彼人至謝滅已當復云何謂作鸜鵒鸚鵡拘枳羅燕鴈等諸飛鳥由此因故其事如是又問何因有不多舌多語者答謂若有人常所近習少語之人不能近習多語之者彼人至謝滅已當復云何謂作仙人及出家人諸長者等或生色無色界天中由此因故其事如是又問何因有暗鈍者答謂若有人不能近習多聞之人不以各各方處之言說釋義理由此因故其事如是又問何因有不暗鈍者答謂若有人常所近習多聞之人不能近習寡聞之者能以各各方處之言說釋義理彼人至謝滅已謂作婆羅門中善說法者或作沙

門中善說法者由此因故其事如是
復次當知少語之人有其二種一者卑賤二者尊高何等是爲卑賤少語謂若有人雖復卑賤以有智故常能依止父毋師長名稱尊者及餘有智之人故雖卑賤而能少語何等是爲尊高少語謂若有人本性尊高而復有智常能依止父毋師長名稱尊者及餘有智之人故能少語
又問何因世有有行無慧之者答謂若有人多求正法心無猒足然於理趣不能伺察由此因故其事如是又問何因世有有慧無行之者答謂若有人於法理趣能諦伺察然於正法不能多求少以爲足由此因故其事如是又問何因世有無慧無行之者答謂若有人不能多求正法復於理趣不能伺察由此因故其事如是又問何因世有有行有慧之者答謂若有人多求正法復於理趣能諦伺察由此因故其事如是
又問何因而能住持正法答謂若有人能於諸法行相之中依止十二處法而善攝受由此因故其事如是又問何因世有失念之者答謂若有人於不善法積集而轉近習修作廣多惡行彼人身壞命終墮在惡趣地獄中生地獄殁已設欲求生人同分中縱得爲人壽量短促人中殁已當生還復無多記念所爲忘失由此因故其事如是又問何因世有多記念者答謂若有人於諸善法積集而轉近習修作廣多善行彼人身壞命終墮在善趣天界中生天趣殁已若欲求生人同分中即得爲人壽量長遠人中殁已當生還復廣

多記念所爲不忘由此因故其事如是
又問何因世有深極煩惱之者答謂若有人於其欲想嗔想害想欲因嗔因害因欲尋嗔尋害尋近習修作於極煩惱隨應而轉由此因故其事如是又問何因世有不極煩惱之者答謂若有人於出離想不嗔想不害想出離因不嗔因不害因出離尋不嗔尋不害尋近習修作於極煩惱不隨應轉由此因故其事如是
又問何因世有不能速成禪定忍辱二善法者答謂若有人於其諸法行相決定義中不善攝受由此因故不能速成禪定忍辱二種善法又問何因有能速成禪定忍辱二種善法者答謂若有人於其諸法行相決定義中能善攝受由此因故即能速成禪定忍辱二種善法

施設論卷第五

施設論卷第六

宋西天三藏朝散大夫試光禄卿光梵大師惟淨等奉　詔譯

對法大論中因施設門第十之一

總說頌曰

須彌大地及方處　山有廣多草木者
多樹及彼枝葉多　花菓豐盈茂盛等

又問何因一切山中須彌山王最高最勝答世界成時彼須彌山界地最上處逕最上殊妙最上輪圍最上總聚方處而成其山由此因故須彌山王最高最勝又問何因址方也界多樹多草答世界成時址面風吹界地最上處逕最上殊妙最上總聚方處是故址方多樹多草又問何因於大地中一類地高一類地下答此大地中一類地方土界高涌得少天雨流潤澍滯其下低陷故彼地下又此大地一類地方而有諸寶謂鐵白銅白鑞黑鑞及金銀等并餘所有堅硬之物藏伏地中雖天雨潤滯其下不陷故彼地高由此因故

大地方處有高有下

又問何因衆山之中一類山高一類山低答謂世界成時有極猛風鼓地大種總聚而高若復微風吹鼓少聚地種故彼山低又復諸山地界高涌得少天雨流潤澍滯其下低陷故彼山低有一類山而有諸寶謂鐵白銅白鑞黑鑞及金銀等并餘所有堅硬之物藏伏山下雖天雨澍滯其地不陷故彼山高由此因故大地方處山有高低

對法大論中因施設門第十之二

又問何因有一類山多樹多草有一類山少樹少草答謂一類山下有龍宫故多樹草有

一類山下無龍宮故少樹草又復有山土界高涌故多樹草又復有山多諸寶物謂金銀銅鐵赤土白土藏伏山下故少樹草又復有山下有各別地獄去處故少樹草又復山下無別地獄故多樹草由此因故其事如是又問何因有一類樹其狀極大一類不大答謂有地方地界溫煖水界增涌火界調順風界穩平故樹極大謂有地方地不溫煖水不增涌火不調順風不穩平故樹不大由此因故其事如是又問何因有一類樹其葉極大一類不大答謂有樹木地界溫煖水界增涌火界調順風界穩平故樹葉大謂有樹木地不溫煖水不增涌火不調順風不穩平故葉不大由此因故其事如是又問何因有一類樹其花茂盛一類無花答謂一類樹殊妙高聳故花茂盛有一類樹狀不殊妙復不高聳故彼無花由此因故其事如是又問何因有一類樹有其果實一類無果答謂一類樹味界增盛彼即有果有一類樹味界不增故無其果由此因故其事如是又問何因有一類樹花有妙香一類無香答有一類花本狀殊妙不爲火損故有妙香有一類花本非殊妙復爲火損故無妙香由此因故其事如是又問有一類果足其嘉味一類無味答有一類果味爲火損其果無味有一類果不爲火損其果有味由此因故其事如是餘諸花果色香味等有無亦然

對法大論中因施設門第十一

總說頌曰

佛世尊及聲聞衆　化人所食四大種

隱沒煙及火熾然　最後如空無表現

又問何因佛世尊者善能化彼所化之人妙色端嚴人所樂見具大人相莊嚴其身若佛語言化人即默若化人語佛即默然彼聲聞弟子亦能化彼所化之人色相端嚴剃髮披衣作沙門相何故能化之者語言所化之者亦言能化之者若默所化之者亦默答佛世尊者常住三摩地心自在故若入若出速疾無礙於一切時不捨所緣聲聞即不然不同世尊具一切智智心得自在已到彼岸由此因故佛所化人妙色端嚴語時能默默時能語而彼聲聞所化之人雖復色相端嚴剃髮披衣然能化之者語即能語默即還默不自在故或有問言若佛所化如聲聞所化聲聞所化如佛所化者可說具四大種或不具邪答具四大種又問所化之者說所造色或不說邪答說所造色又問所化之者有思惟邪無思惟邪答此有二種所起一者緣持二者想成若緣持所起者即有思惟若想成所起者即無思惟又問彼所化者如何得心自在答此有二種所起一者緣持二者想成若緣持所起彼所化者即心自在若想成所起彼所化者心不自在又問所化之者中間分位說具四大種或不具邪答說具四大種又問中間分位說所造色或不說邪答說所造色又問中間分位有思惟邪無思惟邪答此有思惟又問中間分位如何得心自在答隨能化者自心自在故又問所化之者食於臟腹如何銷散以是化故答此有二種所起一者緣持二者想成若緣持所起者食即銷散若

想成所起者食即不散又問彼所化人何時即隱答此有二種所起一者緣持二者想成若想成所起者彼即能隱若緣持所起者或隱不隱問至何時隱答隨能化者若天若人若阿修羅或善相或惡相彼隱即隱何故不隱邪答中間最後相去懸遠乃至還歸自相而住此即不隱

又問何因聖人化火之時爲有煙不答能化之者心自在故隨其所化而即有煙由此因故其事如是又問何因化火之時火熾焰不答能化之者心自在故隨其所化火即熾焰由此因故其事如是又問何因化火之時唯燒自身及自衣飾不燒他者答隨能化者其心自在意所樂故唯燒自身及自衣飾由此因故其事如是又問何因聖人化火爇其身時但觀虛空外無所有影像及餘悉無表現答聖人化火之時地方分位行坐等處悉以化所成火混一火界普皆焚爇但觀虛空外無所有影像及餘悉無表現由此因故其事如是

對法大論中因施設門第十二

總說頌曰

大海次第及深廣　海居衆生同鹹味
不宿死屍珍寶多　大身衆生注雨等

如經所說大海次第從小增廣亦非本來而自深險今問何因其事如是答非大海次第從小增廣亦非本來而自深險隨其大洲分位如是如穀麥聚次第分位由此因故其事如是如經所說大海深廣難徹源底今問何因其事如是答非大海深廣難徹源底但以

海水若出若入或用一器或百或千或復百千而汲海水隨其所取不能度量海之分量由此因故其事如是如經所說大海中水潮不失時令問何因其事如是答時有二種一旦暮時二大時何名旦暮時謂大海中所居衆生有其飢虛羸劣之者少得飲食爲伺求故從水出陸以所食因依時伺求由此名爲旦暮之時何名大時謂大海中所居衆生以海居人每至八日十四日十五日及餘神通月分日是等之日自船登岸有信向宗事月天之人有事日天之人有事童子天人有尊重信向事佛優婆塞依法不食廣作祠祭乞歡喜事彼海居衆生以伺求食故從海出陸故曰大時如經所說大海中水同一鹹味今問何因其事如是答謂有海居衆生大海中生大海中老大海中歿其未歿者彼身之垢身之穢惡在大海中故海鹹味又復海中有衆山居經久銷鎔亦成鹹味又復大洲之中近海居人以其草木枝葉莖幹等物棄置海中亦成鹹味由此因故其事如是如經所說大海之中衆寶充滿今問何因其事如是答以其大海世界成時界地最上處徑最上輪圍最上總聚方分成須彌山王安止其中有七金山周帀圍繞彼大海中有大威力諸龍王宮是故大海有衆珍寶由此因故其事如是如經所說大海之中有大身衆生居止於彼今問何因其事如是答彼大身衆生者往昔爲人作諸非法廣於受用子息眷屬奴婢飲食但自資身不行布施由斯罪業乃至最後身壞命終墮在阿鼻地獄中生地獄歿已

以彼宿造餘業未盡故生海中爲彼極大畜類之身身相大故令多衆生共所食噉陸地大洲不能容受皆以宿昔不善業報故於海中受斯極苦由此因故其事如是如經所説大海之中不宿死屍今問何因其事如是答謂大海中有潔淨行諸大龍宮若彼最上龍王宮中有死屍者即於夜分棄置第二龍王宮中乃至第四宮中如是次第出置岸上由此因故其事如是如經所説大海中有大閻浮樹枝葉繁茂樹汁涌滯於虛空中如惡叉聚流注於彼大海中而其海水不增不減今問何因其事如是答彼大海中所居衆生共所受用餘即熱風吹蕩而盡是故海水不增不減如經所説大海之中有其種種形顯色相種種音聲衆生居止非一種類色相音聲今問何因其事如是答彼諸衆生往昔爲人廣造多種罪不善業謂身語意起諸惡行乃至最後身壞命終墮在惡趣地獄中生地獄殁已餘業未盡墮大海中受畜類報故有種種形顯色相種種音聲非一種類色相音聲由此因故其事如是

施設論卷第六

施設論卷第七

宋西天三藏朝散大夫試光祿卿光梵大師惟淨等奉　詔譯

對法大論中因施設門第十三

如經所說一性所成有多種類今問何因其事如是答謂如苾芻引世間定先得離欲次不艱苦復不流散由彼發起生長積集後起化事其所發起生長積集作化事已隨其意樂或化人身或化象身或化馬身或化牛身或化飛禽身或化車相或化樹相或墻壁相若來若去若出若入往返自在由此因故其事如是如經所說有多種類還歸一性今問何因其事如是答謂如苾芻隨諸狀貌形質事相或化人身或化象身或化馬身或化牛身或化飛禽身或化車相或化樹相或墻壁相若來若去若出若入隨諸化事功用輕捷彼等化功種種事相化已隱沒而悉不現由此因故其事如是

如經所說諸變化中若來若去隨其知見各各有異今問何因其事如是答謂若有人欲化來相先自起念云何令人不能見我不能知我念已即當入於定中騰越墻壁隨意而來此即來相人不能見云何去相人不能見謂若有人欲化去相先自起念云何令人不能見我不能知我念已即當入於定中騰越墻壁隨意而去由如是故去相不見謂以定中所化來相即是去相所化去相即是來相如是知見隨其所起各各有異各各了知智者隨應以明慧性於無相中而起有相廣大利智普徧開曉由此因故其事如是如經所說騰越墻壁或越山石其身不著隨意而去

如在空中今問何因其事如是答謂如苾芻入於空定於其定中騰越墻壁或越山石其身不著隨意而去如在空中所越一切山石墻壁猶如虛空悉無障礙如經所說有能入地如水履水如地今問何因其事如是答謂如苾芻入水定時自地昇沉起伏無礙如履水中昇沉亦然不斷其流隨意而往在地如水履水如地由此因故其事如是如經所說有能空中先盤結坐即坐而行狀若飛禽履空自在今問何因其事如是答謂如苾芻引世間定先得離欲次不艱苦復不流散由彼發起生長積集後起化事隨處地方能於空中或坐或行及於空中化大火聚猛焰熾盛或化煙相或煙幢相或化風輪空中吹鼓或風輪中乘象而行或化車相或馬或人或化墻壁或化樹相或化飛禽隨諸化相人所共見咸皆起念驚恠歎異各各了知神通之力其狀如是此乃善修神足智力由此因故其事如是

如經所說或有人能於虛空中舉手捫觸日月二相今問何因其事如是答謂如苾芻在於定中以其日從日輪中出以其月從月輪中出乃從定中起神通事即以手捫虛空摩觸日月定通力故隨意無礙

如經所說有人能於梵界往來隨意自在今問何因其事如是答謂有苾芻引世間定先得離欲次不艱苦復不流散由彼發起生長積集後起化事身心和融混而爲一心即于身身即于心身心相即運用和融譬如世間酥蜜水油混融一處在定苾芻亦復如是身

心和融輕安柔輭心想自在隨意能往梵天界中高下騰越悉無障礙譬如造篋笥人持以篋笥騰舉運用隨意無礙又如乞食苾芻得所施食噉在鉢中騰舉運用亦無障礙在定苾芻亦復如是身心柔輭輕安想生騰舉運用悉無障礙乃至梵天宮殿舉心即到色力增盛勢用堅强於梵天界往來自在

如經所說佛於一時謂尊者阿難言汝可知不我以如是意所成身以神通力隨意能往梵天宮殿阿難白佛言如是如是我知世尊即以如是四大所成麤重色身隨意能往梵天宮殿佛言阿難我知如是色身麤重四大和合父母不淨羯邏藍等衆緣所成雖假以飲食衣服澡沐資養種種治事終歸磨滅破散之法頗能往彼梵天宮殿阿難白佛言能往善逝如世間鐵及耕犂具當在鼓鑄炎火熾盛未出火時而彼鐵具即皆輕利加復柔輭易爲舒卷遇涼冷時彼諸鐵具厚重堅硬而難舒卷阿難如來亦復如是若時身心和融輕安想生加復柔輭調暢安適隨意能往梵天宮殿又復當知若心不相續即心無依止心無繫屬以心無依止無繫屬故身即自在

又問何因所化之人能於空中隨意而行答能化自在所化亦然以化力故在空如地由此因故空中能行又問何因所化之人空中能住答能化自在所化亦然以化力故化空如地由此因故空中能住又問何因所化之人空中能坐答能化自在所化亦然故於空中化坐分位由此因故空中能坐又問何因

所化之人能於空中安布牀位隨意而卧答
能化自在所化亦然故於空中布設牀位由
此因故空中能卧此如是等餘諸神通功力
化事如其所說隨意應知

對法大論中因施設門第十四

問曰有何分量知天降雨答有八種雲彼第
一雲高一由旬半第二雲高五俱盧舍第三
雲高一由旬量第四雲高三俱盧舍第五雲
高半由旬量第六雲高一俱盧舍第七雲高
半俱盧舍第八雲高俱盧舍中四分之一諸
雲住已天雨不雨其復不定
又問何因劫初時人乘雲高起一由旬半一
切地中而悉降雨答劫初時人具大威德彼
大力龍而悉尊仰故能乘雲高由旬半一切
地中而悉降雨今時人者威德減少大力勢
龍不生尊仰是故今時乘雲能起半俱盧舍
天中降雨由此因故其事如是
又問何因或時天中不降其雨答有八種因
天不降雨何等爲八一者合降雨時電光閃
爍大雷震吼四方冷風飄揚吹鼓占候之人
不能明了但自說言天將降雨或復大地火
界增涌即以此緣天雨隱息如是乃名第一
種因天不降雨二者合降雨時電光閃爍大
雷震吼四方冷風飄揚吹鼓占候之人不能
明了但自說言天將降雨或復空中猛風吹
鼓乃使其雨墮彼遼迥曠野空舍如是乃名
第二種因天不降雨三者合降雨時電光閃
爍大雷震吼四方冷風飄揚吹鼓占候之人
不能明了但自說言天將降雨或復羅睺阿
修羅王二手執障使雨墮於大海之中如是

乃名第三種因天不降雨四者合降雨時電光閃爍大雷震吼四方冷風飄揚吹鼓占候之人不能明了但自說言天將降雨或復行雨天官迷醉放逸以放逸故不能降雨如是乃名第四種因天不降雨五者合降雨時電光閃爍大雷震吼四方冷風飄揚吹鼓占候之人不能明了但自說言天將降雨或復人民多行非法險惡之行以行非法險惡行故天不降雨如是乃名第五種因天不降雨六者合降雨時或有神通天子以彼神通威力隨雨分量而悉制止如是乃名第六種因天不降雨七者以其人民業障法合如是於此界中天不降雨如是乃名第七種因天不降雨八者或復愆雨澤時精實祈求以彼神通威力天子制而不降如是乃名第八種因天不降雨

又問何因能使上天依時降雨答有八種因能降天雨何等爲八一者龍威力故天即降雨二者夜叉威力故天即降雨三者鳩槃荼威力故天即降雨四者天威力故天即降雨五者人威力故天即降雨六者神通力故天即降雨七者法合依時而自降雨八者精實祈求天即降雨

又問何因盛夏熱時及雨際時廣多天雨答彼二時者諸龍歡喜以爲節令自空騰躍適悅而來龍喜悅故於彼二時多降天雨或復民行正法修營善業善力所資自然二時多降天雨又問何因天降雨時結而成滯答二方猛風吹歸一聚故降澍時結以成滯或復人造惡業惡力所資非人動亂如斯相者大

無義利由此因故其事如是又問何因大雨之中而有其雹答二方冷風吹雨一聚成渧墮地地復堅硬下風所吹或時作雪或作猛雨由此因故其事如是又問何因有電光出答二方猛惡熱風所吹二風相擊故有電光自風而出由此因故其事如是又問何因雨中有其霹靂震舉答謂以下方有大猛火色狀熾炎即火界增勇火增勇故即風增勇風增勇故有水來去由此因故其事如是又問何因雲有青色答謂以水界流潤性故又問何因有黃有赤答謂以火界温燥性故又問何因有其白色答謂以諸界和合性故由此應知雲相有其青黃赤白

又問何因世間諸味有其苦醋及辛鹹淡答謂以諸界互違害故由此因故其事如是又問何因有其甘味答謂以諸界和合性故由此因故其事如是

又問何因世諸物中有其麤重及堅硬者答謂以地界堅强性增又問何因有其輭滑及調適者答謂以水界流潤性增由此因故其事如是

施設論卷第七

音釋

瞳 徒紅切目童子也　蝦蟇 蝦胡加切 蟇莫加切　蛭 之日切水蟲　蟒 莫朗切大蛇　鶖 七由切鳥名　澍 之戍切霖注也　渧 都計切又與滴同　硬 魚孟切堅也

大乘法界無差別論

唐于闐三藏提雲般若譯

金剛頂瑜伽中發阿耨多羅三藐三菩提心論

唐大興善寺三藏沙門大廣智不空奉　詔譯

清刻龍藏佛說法變相圖

二論同卷

大乘法界無差別論

金剛頂瑜伽中發阿耨多羅三藐三菩提心論

大乘法界無差別論

堅慧菩薩造

唐于闐三藏提雲般若譯

法界不生亦不滅　無老病死無蘊過
由彼發勝菩提心　是故我今稽首禮
有情菩提心具足　能生聖者及自然
一切善法所依處　由如地海種子等
彼種含在母胎中　亦如乳母共長養
信心勝智菩提本　大定大悲育應知
性淨覺心常無垢　猶如火寶太虛空

如蘇迷盧超衆嶽　一切白法寶生處
貪瞋癡等皆斷盡　不爲煩惱過所牽
過於殑伽沙伎能　萬法圓滿光映徹
淨我樂常波羅蜜　得成應供十力尊
因時即是菩提心　果滿德圓名正覺
彼體能含法界相　智光朗徹淨無瑕
菩提心法不思議　諸佛如來皆讚歎
無始以來非造作　無有質礙亦無終
以空無相慧了知　諸佛如來之境界
彼性一切法所依　遠離斷常二種見
法身與彼衆生界　是故佛說本無差
不淨及與淨非淨　極淨次第應當知
初即衆生次菩薩　最後如來極清淨
塵垢所汙性不明　喻若重雲掩麗日
煩惱雲網皆解脫　日輪光照滿虛空
劫火熾盛在空中　太虛本無有燒相
如是法性不被燒　老病死火無能壞
一切世間生滅法　皆悉不離於虛空
如是無爲法界中　諸根依此而生滅
如燈明煖色和合　離此三法更無燈
如是佛法與體俱　離此法外無別體
客塵煩惱性非有　與彼淨體先相離
不空無垢法相應　無有斷脫常隨轉
如蓮開已葉所蓋　如金性淨沒穢中
亦如滿月羅睺吞　不能照世煩惱覆
如清池水妙華敷　金山泥滓無能汙
如淨空中星月滿　解慧圓照垢消除
譬如旭日照世間　千光晃耀普周遍
如地如海穀寶滿　得脫生死養衆生
恒處生死發智悲　常無常等無住著

禪定總持清淨水　牟尼王雲善穀因
斯即法身是如來　亦名聖帝眞圓寂
如水與冷不相離　佛果涅槃亦復然

論攝頌曰

果因及自性　異名與差別　異相不染性
亦名常和合　有無義一性　略說有十二
菩提心之名　應知其次第

釋曰此是論體

其中先示菩提心果次明功能從彼因起因既起已即自性施設相貌異名差別隨愛身處不被汙染故說爲常和合無別善法相應住煩惱中名爲無義出纏清淨名爲有義亦名一性俱涅槃故十二種義次第應知於中何者是菩提心果所謂諸佛寂滅涅槃是也亦非餘者何以故微細習氣悉已斷故言無生者意成諸蘊本不生故言無老者寂滅功能增長殊勝至邊際故言無病者一切煩惱習障及所知障俱永斷故言無死者不思議變易無終盡故言無蘊者無始無明住地悉以斷故言無過者一切身口意業無過失故亦能超過一切諸功能故彼由何得從菩提心最勝方便不退失因而能證得涅槃果故何者名涅槃界所謂諸佛不可思議法界之性轉依法身是涅槃界也是故我今頂禮彼不思議菩提之心因果增長漸漸明感如初月故

復次菩提心種子者一切世間善法穀生所依住處如大地故一切聖者法寶出處如大海故一切諸佛道樹之所從生次第之因如種子故此是菩提心之果也

復次何以得知彼因相應如轉輪王子言淨信者即是菩提心種言勝智者即最勝般若能了一切名之爲母三摩地者以定爲胎一切善法安住其中安樂爲體言大悲者於諸衆生起大悲故於生死中不疲倦故及能圓滿一切種智養菩提心爲乳母故復次彼因和合菩提之心應知有二何者爲二一謂煩惱所染汙相二謂白法自性之相於中染者彼自性清淨常心不染而爲客塵煩惱覆障染汙猶如火等自性清淨爲灰泥雲塵等障蔽譬如火與寶珠虛空及水自性不染若離灰等火等自性皆得清淨一切衆生亦復如是自性之心皆同清淨爲貪等煩惱之所染汙若離貪等則心得清淨復云何知白法之相亦皆清淨一切白法之所依止一切白法亦從彼生如蘇迷盧山出生寶故菩提之心亦復如是一切伎藝皆得圓滿獲得四種大波羅蜜多是故說爲如來法身如經中說世尊如來法身是常波羅蜜樂波羅蜜我波羅蜜淨波羅蜜彼如來法身爲煩惱隨煩惱之所染汙自性清淨心是異名說如經中說舍利弗此善法如實眞如法界自性清淨心相應法體我依此自性清淨心爲衆生故說爲不可思議

復次彼心於諸衆生爲十種事無差別相所謂無作故無始不生故無終不滅故無礙自性光明故以空智知一切法一味相猶無性故無性即無相離諸根境界故是聖者所行諸佛境界故一切法所依染淨諸法所依止故遠離於常染法無常故遠離於斷白法不

斷故此復差別略有三相言不淨者即初說名爲衆生界淨不淨者即次說名爲菩薩也極清淨者說爲如來如經所說舍利弗即此法界過於恒沙無邊煩惱殼卵所纒裹無始世來常爲生死波浪漂流往來生滅恒處中流說名衆生舍利弗即此法界無邊厭離生死不住涅槃一切欲界中住行十波羅蜜攝八萬四千法門行菩提行時名爲菩薩舍利弗即此法界一切俱胝煩惱解脫度一切苦遠離一切煩惱隨眠纒垢證得清淨最極清淨法性中住一切衆生之所瞻仰住一切爾焰地得大勢力無障無著於一切法得自在力說名如來應正等覺是故舍利弗無別衆生界無別法身衆生界即法身法身即衆生界此無二義文字差別

此復云何在不淨時煩惱所染猶如重雲掩覆麗日自性清淨心無有染客塵煩惱既除遣已日輪晃曜遍滿虛空既有生老病死云何復說此性爲常猶如火劫燒太虛空空界無爲本無燒相法界無爲亦復如是老病死火無能燒壞是故經說世尊世間言說有死有生非如來藏有生死也世尊死者舊諸根壞生者新諸根起世尊如來藏離有爲境界相常住寂靜此之藏性既常住不變未能發起云何得與佛法相應猶如燈明及與煖色更無別相法與法身亦復如是如佛說言舍利弗譬如燈無二法功能無異所爲光明及煖色等不相離故或如寶珠光明形色如是如是舍利弗如來所說法身不相離法智慧功能所爲過殑伽沙如來之法如說世尊有

二種如來藏空不空智何者爲二世尊所謂空如來藏與煩惱殼卵和合無別不了解脱不空者過恒河沙不離不脱不異不思議佛法成就說如來法身何故法身萬德圓滿功德具足衆生因何不得解脱喻若蓮華邪見羅網葉所覆故亦如眞金隨於疑惑不淨穢故猶如滿月我慢羅睺之所吞故如清池水貪欲塵垢之所濁故喻彼金山爲瞋恚泥所塗染故如太虛空愚癡之雲遍滿遮故如日未出無明住地之所障故六處太蘊胎藏中住如器世間相未成故如是無雨緣未合故

蓮華金滿月　池水金山空　如日大地雲
佛性客塵染　煩惱覆功能　佛事無由作
略說九譬喻　染淨翻應知

由此如來法身復如是一切煩惱客塵離障盡故自性功能具足故得成應供一切衆生同共受用證得常住寂靜清涼不思議涅槃界所謂說如來應正等覺非異如來法身外別有涅槃又如所說衆生界得清淨時應知即是法身法身即是涅槃界涅槃即是如來如經中說世尊無上正等覺者即是涅槃世尊涅槃界者即是如來法身世尊法身之外無別如來世尊如來者即是法身此無有異也即是苦滅等是故經言世尊非壞法故名爲苦滅然苦滅者無始無作無生無起無滅無盡離盡常住不動寂靜自性清淨破一切煩惱殼卵過殑伽河沙不離不脱不思議佛法具足說如來法身世尊此是如來藏未脱煩惱殼卵名如來藏世尊如來藏者是諸如來空智世尊如來藏一切聲聞緣覺所不能

見先未曾見昔未曾得唯有如來得證及破一切煩惱殼卵修習一切苦滅道是故如水與冷覺性與涅槃無二無別故或說一乘性欲或不涅槃又說同一法界或小涅槃或中涅槃或大涅槃不爾下中上因中轉果應為一也因既差別果亦差別是故言世尊無有下中上者得涅槃世尊平等法者平等智者平等解脫者解脫知見者證得涅槃是故世尊涅槃界一味等味所謂明解脫味

大乘法界無差別論

金剛頂瑜伽中發阿耨多羅三藐三菩提心論

亦名瑜伽總持教門說菩提心觀行修持義

唐大興善寺三藏沙門大廣智不空奉　詔譯

大廣智阿闍黎云若有上根上智之人不樂外道二乘法有大度量勇鋭無惑者宜修佛乘當發如是心我今志求阿耨多羅三藐三菩提不求餘果誓心決定故魔宫震動十方諸佛皆悉證知常在人天受勝快樂所生之處憶持不忘若願成瑜伽中諸菩薩身者亦名發菩提心何者謂次諸尊皆同大毗盧遮那佛身如人貪名官者發求名官心修理名官行若貪財寶者發求財寶心作經營財物行凡人欲求善之與惡皆先標其心而後成其志所以求菩提者發菩提心修菩提行既發如是心已須知菩提心之行相其行相者三門分別諸佛菩薩昔在因地發是心已勝義行願三摩地爲戒乃至成佛無時蹔忘唯眞言法中即身成佛故是故說三摩地於諸教中闕而不言一者行願二者勝義三者三摩地初行願者爲修習之人常懷如是心我當利益安樂無餘有情界觀十方含識猶如已身所言利益者爲勸發一切有情悉令安住無上菩提終不以二乘之法而令得度眞言行人知一切有情皆含如來藏性皆堪任安住無上菩提是故不以二乘之法而令得度故華嚴經云無一衆生而不具有如來智慧但以妄想顛倒執著而不證得若離妄想一切智自然智無礙智則得現前所言安樂者謂行人既知一切衆生畢竟成佛故不敢輕慢又於大悲門中尤宜拯救隨衆生與而

給付之乃至身命而不悋惜令其安存使令悅樂既親近已信任師言因其相親亦可教導眾生愚懞不可彊度眞言行者方便引進二勝義者觀一切法無自性云何無自性謂凡夫執著名聞利養資生之具務以安身恣行三毒五欲眞言行人誠可厭患誠可棄捨又諸外道等戀其身命或助以藥物得仙宮住壽或復生天以爲究竟眞言行人應觀彼等業力若盡未離三界煩惱尚存宿殃未殄惡念旋起當彼之時沉淪苦海難可出離當知外道之法亦同幻夢陽焰也又二乘之人聲聞執四諦法緣覺執十二因緣知四大五陰畢竟磨滅深起厭離破眾生執勤修本法尅證其果趣本涅槃已爲究竟眞言行者當觀二乘之人雖破人執猶有法執但靜意識不知其他久久成果位以灰身滅智趣其涅槃如太虛空湛然常寂有定性難可發生要待劫限等滿方乃發生若不定性者無論劫限遇緣便迴心向大從化城起爲以超三界謂宿信佛故乃蒙諸佛菩薩而以方便遂發大心乃從初十信下徧歷諸位經三無數劫難行苦行然得成佛既知聲聞緣覺智慧狹劣亦不可樂又有眾生發大乘心行菩薩行於諸法門無不徧修復經三阿僧祇劫修六度萬行皆悉具足然證佛果久遠而成斯由所習法教致有次第今眞言行人如前觀已復發利益安樂無餘眾生界一切眾生心以大悲決定永超外道二乘境界復修瑜伽勝上法能從凡入佛位者亦超十地菩薩境界又深知一切法無自性云何無自性前以相

說今以旨陳夫迷途之法從妄想生乃至展轉成無量無邊煩惱輪迴六趣若覺悟已妄想止除種種法滅故無自性復次諸佛慈悲從眞起用救攝衆生應病與藥施諸法門隨其煩惱對治故無如大毗盧遮那成佛經云諸法無相爲虛空相作是觀已名勝義菩提心當知一切法空以悟法本無生心體自如不見身心住於寂滅平等究竟眞實之智令無退失妄心若起知而勿隨妄若息時心源空寂萬德斯具妙用無窮所以十方諸佛以勝義行願爲戒但具此心者能轉法輪自他俱利如華嚴經云悲先慧爲主方便共相應信解清淨心如來無量力無礙智現前自悟不由他具足同如來發此最勝心佛子始發生如是妙寶心則超凡夫位入佛所行處生在如來家種族無瑕玷與佛共平等決成無上覺纔生如是心即得入初地心樂不可動譬如大山王又准華嚴經云從初地乃至十地於地地中皆以大悲爲主如無量壽觀經佛心者大慈悲是又涅槃經云南無純佗身雖人身心同佛心又云憐愍世間大醫王身及智慧俱寂靜無我法中有眞我是故敬禮無上尊發心畢竟二無別如是二心先心難自未得度先度他是故我禮初發心初發心爲人天師勝出聲聞及緣覺如是發心過三界是故得名最無上如大毗盧遮那經云菩提爲因大悲爲根方便爲究竟

第三言三摩地者眞言行人如是觀已云何能證無上菩提當知法爾應住普賢大菩提心一切衆生本有薩埵爲貪瞋癡煩惱之所

縛故諸佛大悲以善巧智説此甚深祕密瑜伽令修行者於内心中觀日月輪由作此觀照見本心湛然清淨猶如滿月光徧虚空無所分別亦名無覺了亦名淨法界亦名實相般若波羅蜜海能含種種無量珍寶三摩地猶如滿月潔白分明何者爲一切有情悉含普賢之心我見自心形如月輪何故以月輪爲喻謂滿月圓明體則與菩提心相類凡月輪有一十六分喻瑜伽中金剛薩埵至金剛拳有十六大菩薩者於三十七尊中五方佛位各表一智也東方阿閦佛由成大圓鏡智亦名金剛智也南方寶生佛由成平等性智亦名灌頂智也西方阿彌陀佛由成妙觀察智亦名蓮華智亦名轉法智也北方不空成就佛由成成所作智亦名羯磨智也中方毗盧遮那佛由成法界智爲本已上四佛智出生四波羅蜜菩薩焉四菩薩即金寶法業也三世一切諸賢聖生成養育之母於是印成法界體性中流出四佛也四方如來各攝四菩薩東方阿閦佛攝四菩薩金剛薩埵金剛王金剛愛金剛善哉爲四菩薩也南方寶生佛攝四菩薩金剛寶金剛光金剛幢金剛笑爲四菩薩也西方阿彌陀佛攝四菩薩金剛法金剛利金剛因金剛語爲四菩薩也北方不空成就佛攝四菩薩金剛業金剛護金剛才金剛拳爲四菩薩也四方佛各四菩薩爲十六大菩薩也於三十七尊中除五佛四波羅蜜及後四攝八供養但取十六大菩薩爲四方佛所攝也又摩訶般若經中内空至無性自性空亦有十六義一切有情於心質中

有一分淨性衆行皆備其體極微妙皎然明白乃至輪迴六趣亦不變易如月十六分之一凡月其一分明相若當合宿之際但爲日光奪其明性所以不現後起月初日日漸加至十五日圓滿無礙所以觀行者初以阿字發起本心之中分明只漸令潔白分明證無生智夫阿字者一切法本不生義准毗盧遮那經疏釋阿字具有五義一者阿字(短聲)是菩提心二阿字(引聲)是菩提行三暗字(長聲)是證菩提義四惡字(短聲)是般涅槃義五惡字(引聲)是具足方便智義又將阿字配解法華經中開示悟入四字也開字者開佛知見即雙開菩提涅槃如初阿字是菩提心義也示字者示佛知見如第二阿字是菩提行義也悟字者悟佛知見如第三暗字是證菩提義也入字者入佛知見如第四惡字是般涅槃義總而言之具足成就第五惡字是方便善巧智圓滿義也即讚阿字是菩提心義頌曰

八葉白蓮一肘間　炳現阿字素光色
禪智俱入金剛縛　召入如來寂靜智

夫會阿字者指實決定觀之當觀圓明淨識若纔見者則名見眞勝義諦若常見者則入菩薩初地若轉漸增長則廓周法界量等虛空卷舒自在當具一切智凡修習瑜伽觀行人當須具修三密行證悟五相成身義也所言三密者一身密者如結契印召請聖衆是也二語密者如密誦眞言令文字了了分明無一謬也三意密者如住瑜伽相應白淨月圓觀菩提心也

次明五相成身者一是通達心二是菩提心

三是金剛心四是金剛身五是證無上菩提獲金剛堅固身也然此五相具備方成本尊身也其圓明則普賢身也亦是普賢心也與十方諸佛同之亦乃三世修行證有前後及達悟也無去來今凡人心如合蓮華佛心如滿月此觀若成十方國土若淨若穢六道舍識三乘行位及三世國土成壞衆生業差别菩薩因地行相三世諸佛悉於中現證本尊身滿足普賢一切行願故大毗盧遮那經云如是眞實心故佛所宣説問前言二乘之人有法執故不得成佛今復令修菩提心三摩地者云何差别答二乘之人有法執故久久證理沉空滯寂限以劫數然發大心又乘散善門中經無數劫是故足可厭離不可依止今眞言行人既破人法二執雖能正見眞實

之智或爲無始間隔未能證於如來一切智智欲求妙道修持次第從凡入佛位者即此三摩地者能達諸佛自性悟諸佛法身證法界體性智成大毗盧遮那佛自性身受用身變化身等流身爲行人未證故理宜修之故大毗盧遮那經云悉地從心生如金剛頂瑜伽經説一切義成就菩薩初坐金剛座取證無上道遂蒙諸佛授此心地然能證果凡今之人若心決定如教修行不起于座三摩地現前應是成就本尊之身故大毗盧遮那經供養次第法云若無勢力廣增益住法但觀菩提心佛説此中具萬行滿足清白純淨法也此菩提心能包藏一切諸佛功德法故若修證出現則爲一切導師若歸本則是密嚴國土不起于座能成一切佛事讃菩提心曰

若人求佛慧　通達菩提心　父母所生身
速證大覺位

金剛頂瑜伽中發阿耨多羅三藐三菩提心論

音釋

殑其陵切　旭許玉切日初出貌　殼苦角切皮甲也　銳以芮切利也

宦胡慣切仕也　瑕玷瑕胡加切過也玷都念切缺也

彰所知論

宣授江淮福建等處釋教總統法性三藏弘教佛智大師沙羅巴譯

清刻龍藏佛說法變相圖

彰所知論序

元正奉大夫同知行宣政院事廉復譔

夫出三界者惟佛佛以大事因緣故出現於世憫化群生此亘古不磨之善也大元帝師洞徹三乘性行如春仁而穆穆不可量裕皇潜邸久知師之正傳敬詣請師敷教於躬師篤施靜志引揚帝緒大播宗風彰其所知造其所論究其文理推其法義皎如日月廣於天地盖如來之事非聖者孰能明之總統雪巖翁英姿間世聽授過人久侍師之法席默譯此論見傳於世公昔與予會闔交情相照愛同昆仲公固肯予爲序予抗塵幻海絕筆踈硯豈足發正教之光耶公笑之曰汝何謙哉予不敢辭遂序焉

彰所知論卷上

元　帝　師　發　合　思　巴　造

宣授江淮福建等處釋教總統法三藏弘教佛智大師沙羅巴譯

敬禮金剛上師

敬禮諸佛菩薩

徧知見所知憐愍示群生敬禮最上智
當演彰所知謂器情世界道法與果法
并諸無爲法略攝列爲五

器世界品第一

謂器世界所成之體即四大種種具生故地堅水濕火煖風動是等大種最極微細者曰極微塵亦名隣虛塵不能具釋彼七隣虛爲一極微彼七極微爲一微塵彼七微塵爲一透金塵彼七透金塵爲一透水塵彼七透水塵爲一兎毛塵彼七兎毛塵爲一羊毛塵彼七羊毛塵爲一牛毛塵彼七牛毛塵爲一遊隙塵彼七遊隙塵爲一蟣量彼七蟣量爲一蝨量彼七蝨量爲一麥量彼七麥量爲一指節三節爲一指二十四指横布爲一肘量四肘爲一弓五百弓量成一俱盧舍八俱盧舍成一由旬此是度量世界身相成世界因由一切有情共業所感云何成耶從空界中十方風起互相衝擊堅密不動爲妙風輪其色青白極大堅實深十六洛叉由旬廣量無數由暖生雲名曰金藏降澍大雨依風而住謂之底海深十一洛叉二萬由旬廣十二洛叉三千四百半由旬其水搏擊上結成金如熱乳渟上凝成膜即金地輪故水輪減唯厚八洛叉餘轉成金厚三洛叉二萬由旬金輪廣量與水輪等周圍即成三倍合三十六洛叉

一萬三百五十由旬其前風輪娑婆界底地水二輪四洲界底於地輪上復澍大雨即成大海被風鑽擊精妙品聚成妙高山中品聚集成七金山下品聚集成輪圍山雜品聚集成四洲等其妙高體東銀南瑠璃西玻瓈珂北金所成餘七唯金四洲地等雜品所成彼輪圍山唯鐵所成其妙高量入水八萬繕那比於餘山皆悉高妙名曰妙高然後次第七金山者一踰乾陁羅山高四萬由旬二伊沙陁羅山高二萬由旬三佉得羅柯山高一萬由旬四修騰婆羅山高五千由旬五阿輸割那山高二千五百由旬六毗泥怛迦那山高千二百五十由旬七居民陁羅山高六百二十五由旬藏論疏云持雙山二持軸山三檐木山四善見山五馬耳山六象鼻山七魚嘴山四大洲外有輪圍山高三百一十二由旬半彼等廣量各各自與出水量同七金山間諸龍王等游戲之處名曰戲海八山間七海近妙高者一踰乾陁羅海廣八萬由旬二伊沙陁羅海廣四萬由旬三佉得羅柯海廣二萬由旬四修騰婆羅海廣一萬由旬五阿輸割那海廣五千由旬六毗尼怛迦那海廣二千五百由旬七尼民陁羅海一千二百五十由旬盈八功德水八山七海其相咸方外海味鹹尼民陁羅至輪圍山二山相去三洛叉二萬二千由旬其外海水雖無有分由妙高色東海色白南海色青西海色紅北海色黃現是等色故稱四海是彼周邊三十六洛叉七百五十由旬外輪圍山周圍三十六洛叉二千六百二十五由旬其外海南贍部洲者狀若車廂狹向鐵圍三由旬半餘三

邊者各二千由旬周圍六千三由旬半有二中洲東遮摩羅(此云猶牛)西婆羅摩羅(此云勝猶牛)贍部中央摩竭陁國三世諸佛所生之處次此向北度九黑山有大雪山名具吉祥其山北邊有香醉山是二山間有大龍王名曰無熱所居之池曰阿耨達(此云無熱)其狀四方面各五十由旬周圍二百由旬池内徧滿八功德水從此池内出四大河東殑伽河從象口中流出銀沙共五百河流歸東海南辛渡河從牛口中流出瑠璃沙共五百河流歸南海西縛芻河從馬口中流出玻瓈珂沙共五百河流歸西海北悉恒河從獅子口流出金沙共五百河流歸北海是彼四河從無熱池右遶七帀隨方而流是香山北度二十由旬彼處有巖名難陁巖面各五十由旬周圍二百由旬高三由旬半又有八千小巖其巖北邊度二十由旬有娑羅樹王名曰善住其根入地四十弓量高八十弓量七重行樹羅列圍遶東邊度二十由旬有緩流池其狀圓相廣五十由旬周圍一百五十由旬又有八千小池盈八功德水内有蓮華葉若牛皮其莖如軸華若車輪味美如蜜是處又有帝釋臨戰所乘象王名曰善住與八千象寒四月時住金巖所熱四月時住善住所雨四月時住緩流池無熱池側有贍部樹果實味美其量如甕熟時墮水出贍部音龍化爲魚吞噉是果殘者遇流成贍部金由此樹名故號贍部此洲向西有烏佃國大金剛宮持種所居金剛乘法從彼而傳南海之中山曰持船觀音菩薩居止其頂聖多羅母居止山下東有五峯文殊

菩薩居止其上有十六大國千數小國又有三百六十種人有七百二十種異音其外海東洲曰勝身狀若半月對妙高邊三百五十由旬餘邊六十由旬周圍六千三百五十由旬其洲二邊有二中洲北提訶(此云身)南毗提訶(此云勝身)是彼三洲越餘洲等七多羅樹或曰洲人相貌端嚴其身勝故名曰勝身其外海北洲曰鳩婁其狀四角畟方相似邊各二千由旬周圍八千由旬其洲二邊有二中洲一名鳩婁(此云有勝)二高羅娑(此云有勝邊)彼洲人等所有受用出如意樹臨歿七日其如意樹出不美音報曰當七日死或曰洲人畀舌即割食肉鬼音故曰鳩婁是不美音其外海西洲曰牛貨形如滿月徑二千五百由旬周圍七千五百由旬有二中洲南舍撓(此云具諂)北嗢怛羅曼怛哩拏(此云儀上)彼洲人等多寶牛貨故曰牛貨洲海山等向下皆悉八萬由旬近金地故近贍部洲星割棘洲金洲月洲等者係贍部洲餘大洲等小洲亦爾次上空中四萬由旬純淨無礙勝堅風輪從右而旋日月星宿空居天等依止而住　日輪者火珠所成徑五十一由旬周圍百五十三由旬厚六由旬零十八分上有金緣其上復有金銀瑠璃玻瓈珂等秀成四角日天子等所居宮殿由風運行一晝一夜遶四大洲日行向北時日即長南行時短行南北間時晝夜停由遊處光即有寒暑爲冬夏際北行六月南行六月行至中道曰日月廻星輪歷遍謂曰一歲　月輪者水珠所成徑五十由旬周圍百五十由旬厚六由旬零十八分其上復有金銀瑠璃玻

瑑珂等秀成四角月天子等所居宫殿是彼日月相去遠近自影增減由增一分即生上半十五分畢謂曰圓滿由減一分即生下半自影覆彼十五分畢曰不圓滿由增減故名曰宿空由一晝夜名曰宿地如是三十名曰一月　諸星宿者空居天宫諸寶所成其狀皆圓小一牛吼中三牛吼大六牛吼周圍三倍係四王衆其妙高山有四層級始從水際向上相去十千由旬即初層級從妙高山傍出十六千由旬向上相去一萬由旬即二層級傍出八千由旬向上相去一萬由旬即三層級傍出四千由旬向上相去一萬由旬即四層級傍出二千由旬彼妙高山其頂四角各秀一峯高四由旬半廣百二十五由旬周圍五百由旬有藥叉神於中止住是山頂上

三十三天中央城曰善見純金所成高一由旬半面各二千五百由旬周萬由旬其城體金俱用百一雜寶嚴飾其地柔輭如兜羅綿是城四面有一萬六千寶柱寶桴寶椽寶簷四面四門又有千數闕一小門四大衢道有諸小衢其四門側五百天子皆服堅鎧守護是門城中有帝釋殿曰最勝處亦曰殊勝殿其狀四方高四百由旬半面各二百五十由旬周千由旬百一却敵一一却敵各有七樓一一寶樓各七小樓一一小樓各七池沼一一池沼各七蓮華一一華上各有七數童男童女奏種種樂歌舞歡娱善見城東有諸所乘曰衆車苑高千由旬南臨戰處曰麤惡苑西諸行處曰相雜苑北游戲處曰歡喜苑縱廣同前其苑等外度二十由旬有善地曰衆

車麤惡相雜歡喜量同四苑善見東北有如意樹各波利闍多亦名圓生樹根深五十由旬高百由旬枝條傍布五十由旬能施欲樂下有盤石曰阿嘌(二合)摩麗歌色白如氍面各五十由旬周二百由旬善見西南諸天集處名善法堂周九百由旬其狀圓相是堂中央有帝釋座純金所成其座周圍有三十二輔臣之座咸皆布列三十三天向上度八萬由旬於空界中依風而住諸寶所成離諍天宮量若妙高山頂二倍上度一億六萬由旬於空界中依風而住諸寶所成兜率天宮量如離諍縱廣二倍上度三洛叉二萬由旬於空界中依風而住諸寶所成化樂天宮量如兜率縱廣二倍上度六洛叉四萬由旬於空界中依風而住諸寶所成他化自在天宮量同化樂縱廣二倍此即欲界上有初禪如是四洲七山妙高輪圍欲界六天并初禪等謂四洲界一數至千爲小千界一小鐵圍山圍遶此小千界一數至千爲中千界一中鐵圍山圍遶此中千界一數至千爲三千大千世界一大鐵圍山圍遶如是有百億數四洲界等皆悉行布鐵圍山等諸洲山間黑暗之處無有晝夜舉手無見初禪天量等四洲界二禪天量等小千界三禪天量等中千界四禪天量等三千大千世界其相去量皆倍倍增謂曰色界無色界者無別處所若有生者何處命終即彼生處住無色定故曰無色

情世界品第二

謂情世界總有六種一者地獄二者餓鬼二者傍生四者人五者非天六者天此等六種

名義云何謂斫壞肢體故曰地獄飢渴所逼故曰餓鬼傍覆而行故曰傍生意多分别故名曰人摩㝹沙義身及受用雖與天同微分鄙劣或由無酒故曰非天阿修羅義從梵身生遊戲娛樂或應供養故謂曰天是提婆義

地獄者贍部洲下過二萬由旬曠廓四方二萬由旬純鐵所成火焰洞然有八熱獄一曰更活二曰黑繩三曰衆合四曰號叫五曰大號叫六曰炎熱七曰大炎熱八曰無間　更活獄者生彼有情先業所感執衆器仗互起寃憎逓相斫害段段墮落悶絶暫死空音更活彼等有情即便更活復相斫害彼壽量者四天王天一生之期爲一晝夜如是筭數壽五百歲受是苦楚　黑繩獄者其獄卒等於有情身從頂至足拼界黑繩以火鋸鉞解斫肢體由先業力解下上生彼壽量者忉利天一生之期爲一晝夜如是筭數壽一千歲受是苦楚　衆合獄者生彼有情以鐵鎚打或二鐵山猶如羊頭二山相合研磕摧壞二山開時復自然活又被摧壞彼壽量者離諍天一生之期爲一晝夜如是筭數壽二千歲受是苦楚　號叫獄者生彼有情怖熱鐵池入稠林中火焰熾盛永歲焚燒由先業力其舌縱廣千由旬量有一大牛鐵角鐵甲架鐵犁鏵火焰熾盛耕犁其舌彼壽量者兜率天一生之期爲一晝夜如是筭數壽四千歲受是苦楚　大號叫獄者亦與前同其苦倍增彼壽量者化樂天一生之期爲一晝夜如是筭數壽八千歲受是苦楚　炎熱獄者三重鐵城火焰洞徹内受苦楚彼壽量者他化自在

天一生之期爲一晝夜如是壽數萬六千歲受是苦楚　極炎熱獄者亦同其前其苦倍增彼壽量者等半中劫受是苦楚　無間獄者於鐵室内身一聚焰受極苦楚彼壽量者等一中劫　十六增獄者八熱獄傍面各四所一煻煨增深皆没膝有情遊彼纔下足時皮肉與血俱燋爛墜餘剩其骨舉足還生平復如本　二屍糞增不淨淤泥没有情腰於中多有攘矩吒蟲觜利如針鑽皮透骨呻食其髓　三峯刃增復有三種一刀刃路謂於此中仰布刀刃以爲大道有情游彼纔下足時皮肉與血俱斷碎墜舉足還生平復如本二劒葉林謂此林樹純以銛利劒刀爲葉有情遊彼風吹葉墜斬刺肢體骨肉零落有烏駮狗⿰齒盧掣食之三鐵刺林名銛摩利謂此林樹有利鐵刺長十六指有情被逼上下樹時其刺銛利上下鑱刺是等有情血肉皮等掛染刺上唯剩觔骨有鐵觜烏探啄有情眼睛腦髓爭競而食刀刃路等三種雖殊而鐵仗同故一增攝　四烈河增名曰無渡徧滿極熱烈灰汁水有情入中或浮或没或逆或順或横或竪被蒸被煮骨肉糜爛如大鑊中滿成灰汁置稻米等猛火下然米等於中上下廻轉舉體糜爛有情亦然設欲逃避於兩岸上有諸獄卒手執刀槍槊捍令廻無由得出此河如塹前三似苑彼等名曰近邊地獄八寒獄者一曰水疱二曰疱裂三阿吒吒四阿波波五嘔喉喉六裂如鬱鉢羅花此云青蓮花七裂如蓮花八裂如大蓮花　水疱獄者生寒冰間極甚嚴寒隨身生疱曰水疱獄彼壽量

者摩伽陁國所有大斛八十斛麻百年除一若芝麻盡彼壽亦爾　疱裂獄者由極嚴寒其疱而裂黄水漏流彼壽量者倍前二十阿吒吒獄者由大嚴寒咬齒忍耐彼壽量者倍前二十　阿波波獄者忍寒音聲彼壽量者倍前二十　嘔喉喉獄者由寒號泣出是苦聲彼壽量者倍前二十　裂如鬱鉢羅花獄者嚴寒身裂如鬱鉢羅花葉彼壽量者倍前二十　裂如蓮花獄者嚴寒身裂如蓮花開彼壽量者倍前二十　裂如大蓮花獄者身裂越前如大蓮花開敷多葉彼壽量者倍前二十　孤獨獄者在贍部提曠野山間一晝一夜受苦受樂相雜受故八熱地獄八寒地獄近邊孤獨如是名爲十八地獄∴　餓鬼者王舍城下過五百由旬有餓鬼城名曰黄白

亦云慘淡彼鬼王曰閻羅法王共三十六眷屬等居其類有四一者外障二者内障三者飲食障四者障飲食　一外障者飲食音聲亦不得聞　二内障者獲微飲食口若針竅不能得入設能入口咽如馬尾無能得過設若過咽腹若山廓不能飽滿雖滿腹中脛如草莖無能舉動受此大苦　三飲食障者見飲食時無量獄卒執諸器仗守禦無獲　四障飲食者食飲食時由業所感鐵丸銅汁瀉置口中從下流出如是四種皆是餓鬼彼壽量者人間一月爲一晝夜如是筭數壽五百歲即當人間一萬五千歲或居人間寒林等處食血肉等皆餓鬼類　三傍生者多居河海亦如酒糟混漫而住以大食小以小食大互相驚怖由海波濤住所不定或處人天彼

壽量者長如龍王壽半中劫短如蝣等壽一刹那身量無定　四人者住四大洲八中洲等及諸小洲彼壽量者如贍部洲人初成劫時其壽無量次後漸減今六十歲次後漸減至十歲間復次漸增無有定量北鳩婁人定壽千歲東勝身人壽五百歲西牛貨人壽二百五十歲除北鳩婁餘有天横彼等受用北鳩婁洲食自然稻衣服瓔珞出如意樹餘三洲者食穀肉等資寶受用彼等身量贍部提人肘量八肘西牛貨人身十六肘北鳩婁人三十二肘人等面相亦如洲狀其小洲人亦如大洲身各減半故如是說　五非天者妙高水際下過一萬一千由旬山曠廓間光明城内阿修羅王曰羅睺羅（此云攝腦）衆眷屬居又過一萬一千由旬星鬘城内阿修羅王名曰項鬘衆眷屬居又過一萬一千由旬堅牢城内阿修羅王名曰妙鎮又曰大力衆眷屬居又過一萬一千由旬甚深城内阿修羅王名曰毗摩質多羅（此云絲種種亦云紋身）衆眷屬居常共帝釋比對鬪諍城曰具金殿名奏樂如意樹王名即怛鉢栗聚集之處名曰賢財石名善賢苑名普喜妙喜最喜甚喜善地亦名普喜妙喜最喜甚喜臨戰所乘象名無能敵遊戲所乘象名疊雪馬曰峭脖是等非天共三十三天諍須陁味及修羅女爲戰諍故從山廓出身服金銀瑠璃玻瓈珂等堅固鎧甲手執劒槊標槍弓箭領四部軍彼阿修羅王羅睺羅項鬘妙鎮毗摩質多羅等或前三來或四皆來是時帝釋五守護衆一住戲海願樂白法龍王等衆與非天軍鬪戰令迴龍若不勝

去堅首所共二守護復與修羅鬬戰又若不勝去持鬘所共三守護復與鬬戰又若不勝去恒憍所共四守護復與鬬戰又若不勝去四王所共五守護復與鬬戰四大天王率四軍衆服寶堅鎧執諸戈仗鬬戰多分四天王勝若不能刦去忉利天前白帝釋曰我等守護不能廻彼阿修羅衆王應刦敵如是白已天主帝釋乘善住象告三十三天衆等曰汝等應知今修羅軍至妙高頂當服堅鎧取所乘車與修羅戰說是語已彼諸天子各服寶鎧執持戈仗去衆車苑取所乘車入麤惡苑轉身心惡出善見城共彼修羅相敵鬬戰若修羅勝侵至城內若天得勝逐修羅軍至第一海鬬戰之時天與非天斷其頸腰彼等卽死手足若斷復生如本若薄伽梵辟支佛轉輪聖王住世間時諸阿修羅不起諍心設若相持諸天必勝世間善增天衆亦勝世不善增阿修羅勝是故諸天護持善事　天者欲界六天色界十七無色界四欲界六天者蘇迷盧山第一層級堅首衆居第二層級持鬘衆居第三層級恒憍衆居持雙山上北方有城名阿那迦嚩帝多聞天王藥叉衆居如是東方城名賢上有大天王名曰持國乾闥衆居西方有城名曰衆色有大天王名曰廣目龍神衆居南方有城名曰增長有大天王名曰增長焰鬘衆居餘四層級七金山等日月星宿鐵圍輪山贍部洲山多羅樹所四王部衆亦住止住咸屬四王是謂一部彼壽量者人五十歲爲一晝夜如是壽量經五百年若其身量一俱盧舍四分之一三十三天妙高

頂上天主帝釋住最勝處共非天女名曰妙安同衆天女受諸欲樂無有猒足復有臨戰所乘象王名曰善住遊戲苑中所乘象王名曰藹羅筏拏（此云持地子）二象周圍各七由旬各以八千小象衆居又有馬王名迅疾風與八千馬居天主輔臣數三十三是故名曰三十三天諸天子等躭五欲樂若放逸時有大天鼓鼓聲出音警諸天曰諸行無常有漏皆苦諸法無我寂滅爲樂與修羅軍鬬戰之時出除苦音警曰天願得勝願修羅敗宫殿城池樹集石等如前所辨彼天壽量人間百歲爲一晝夜如是筭數壽一千歲其天身量半踰闍那　焰摩天者三十三天共非天諍此離諍故名離諍天彼天壽量人二百歲爲一晝夜如是筭數壽二千歲其天身量二踰闍那

兠率陁天者有慈氏尊紹世出世法王之位受大法樂謂曰兠率是俱樂義人間四百年彼天一晝夜壽四千歲身量四踰闍那化樂天者自化受用謂曰化樂人間八百年彼天一晝夜壽八千歲身量八踰闍那　他化自在天者受用他化謂曰他化自在彼中天王威德自在即是魔主人間千六百年彼天一晝夜壽量萬六千歲身量十六踰闍那下從無間至他化自在天謂之欲界躭着欲樂所食叚食故如是說　色界一十七天者四靜慮攝　初禪三天者謂梵衆梵輔大梵彼天壽量梵衆半劫梵輔一劫大梵一劫半彼天身量次第半由旬一由旬一由旬半　二禪三天者謂少光無量光極光彼天壽量少光二劫（以上四天四十中劫爲一大劫以下諸天八十中劫爲一大劫）無量

光四劫極光八劫彼天身量少光二由旬無量光四由旬極光八由旬　三禪三天者少善無量善廣善彼天壽量少善一十六劫無量善三十二劫廣善六十四劫彼天身量少善十六由旬無量善三十二由旬廣善六十四由旬　四禪八天者無雲福生廣果三是凡居無煩無熱善現善見色究竟五是聖居名曰五淨居彼天壽量無雲百二十五劫福生二百五十劫廣果五百劫無煩一千劫無熱二千劫善現四千劫善見八千劫色究竟一萬六千劫彼天身量無雲一百二十五由旬福生二百五十由旬廣果五百由旬無煩一千由旬無熱二千由旬善現四千由旬善見八千由旬色究竟一萬六千由旬始從梵衆至色究竟皆名色界出離欲樂非離色故故名色界　無色界四天者無有身色亦無處所從定分四空無邊處識無邊處無所有處非想非非想處彼天壽量空無邊處二萬大劫壽量識無邊處四萬大劫無所有處六萬大劫非想非非想處八萬大劫彼等四處謂無色界非離定色出離麤色故名無色彼等壽量謂歲劫時其量云何時最少者名爲刹那百二十刹那爲一怛刹那六十怛刹那爲一羅婆三十羅婆爲一牟休多（此云須臾）三十牟休多爲一晝夜三十晝夜即爲一月十二箇月即是一年劫有六種一中劫（或名別劫）二成劫三住劫四壞劫五空劫六大劫一中劫者或贍部人從無量歲漸漸減至八萬歲時即成劫攝從八萬歲減至十歲謂中劫初復增八萬歲減至十歲爲一轆轤如是增減十八

數者爲十八中劫然後十歲至八萬歲中劫後際前後中間十八轆轤爲二十中劫　二成劫者始從風輪至無間獄生一有情器世界成經一中劫如前已說　情世界者此三千界火壞後成從極光天天人命終生大梵處孤生疲倦嗚呼若有同分生此界者有何不可發如是心雖非念力極光天人有命終者即生彼處先生之心而作是念由我貪生故世咸稱人祖大梵如次梵輔梵衆他化自在乃至四王次第而生北鳩婁洲西牛貨洲東勝身洲南贍部洲次第而生時贍部洲人壽無量歲飲食喜樂有色意成身帶光明騰空自在如色界天有如是類地味漸生其味甘美色白如蜜其香馥郁時有一人禀性躭味齅香起愛取嘗便食亦告餘人隨學取食食段食故身光隱没由衆業感日月便出照耀四洲次地味隱復生地餅其味甘美色紅如蜜競躭食之地餅復隱次林藤生競躭食故林藤復隱有非耕種自然稻生衆共取食此食麤故即餘滓穢根道俱出爾時諸人隨食早晚取香稻食後時有人禀性懶惰長取香稻儲宿爲食餘亦隨學香稻隱没隨共分田慮防遠盡於已分田生悋護心於他分田有懷侵奪故生爭競是時衆人議一有德封分田主衆所許故謂曰大三末多王（此云衆所許）王多有子相續紹王嫡子號曰光妙彼子善帝彼子最善彼子靜齋是等謂曰成劫五王靜齋王子名曰頂生彼子妙帝彼子近妙彼子具妙彼子嚴妙是等謂曰五轉輪王嚴妙王子名曰捨帝彼子捨雙彼子捨固尼彼子

固室彼子善見彼子大善見彼子除礙彼子金色彼子具分彼子離惡彼子妙高彼子定行彼子甚吼音彼子大甚吼音彼子能安彼子方主彼子賢塵彼子能廣彼子大天此王種族五千相承其最後子七千相承曰阿思摩迦王最後子八千相承曰鳩婁王其最後子曰具頭王有九千王其最後子名曰龍音有一萬王其最後子怛彌留怛一萬五千其最後子名瞿曇氏此即甘蔗裔彼子相承甘蔗王種一千一百數其最後子甘蔗種王名曰增長(即懿師摩王)王有四子一名面光二名象食三名調伏象四名嚴鐲稱釋迦氏嚴鐲有子名曰嚴鐲足彼子致所彼子牛居彼子師子頰王有四子一名淨飯二名白飯三名斛飯四名甘露飯淨飯王子即婆伽梵次名難陁白飯王二子一名帝沙(譯調達)二名難提迦斛飯王二子一名阿尼婁馱一名跋提梨迦甘露飯王二子一名阿難一名提婆達多婆伽梵子名羅睺羅釋迦種族至斯終矣　又別種王依法與教如來滅度後二百年中印土國有王名曰無憂法王於贍部提王即多分中結集時而爲施主興隆佛教後三百年贍部西北方有王名曰劄尼尸劄三結集時而爲施主廣興佛教梵天竺國迦濕彌羅國勒國龜茲(音丘慈)捏巴辣國震旦國大理國西夏國等諸法王衆各於本國興隆佛法如來滅度後千餘年西番國中初有王曰呀乞嘌賛普二十六代有王名曰袷陁朵嘌思顏賛是時佛教始至後第五代有王名曰雙賛思甘普時班彌達名阿達陁譯主名曰端美三波

羅飆譯教法修建袷薩等處精舍流傳教法後第五代有王名曰乞嘌雙提賛是王召請善海大師蓮華生上師迦摩羅什羅班彌達衆成就人等共毗盧遮那羅佉怛及康龍尊護等七人翻譯教法餘班彌達共諸譯主廣翻教法三種禁戒興流在國後第三代有王名曰乞嘌倈巴瞻是王界廣時有積那彌多并濕連怛羅菩提班彌達等共思剳幹吉祥積酌羅龍幢等已翻校勘未飜而飜廣興教法西沓王種至今有在班彌達等翻譯譯主善知識衆廣多有故教法由興北蒙古國先福果熟生王名曰成吉思(合二)始成吉思從北方王多音國如鐵輪王彼子名曰斡果戴時稱可罕紹帝王位疆界益前有子名曰古偉紹帝王位成吉思皇帝次子名朶羅朶羅長子名曰蒙哥亦紹王位王弟名曰忽必烈紹帝王位降諸國土疆界豐廣歸佛教法依法化民佛教倍前光明熾盛帝有三子長曰真金豐足如天法寶莊嚴二曰庬各剌三曰納麻賀各具本德係嗣亦爾茲是始從釋迦王種至今王種

彰所知論卷上

音釋

蟣(舉豈切)鑽(祖官切穿也)搋(丑皆切)桴(芳無切屋棟也)⿱巛兒(奴侯切)鏵(胡瓜切兩刃臿也)煻煨(煻徒郎切煨烏回切灰火也)淤(依倨切濁泥也)攘(汝羊切)齇(側加切牙齒不正也)銛(息廉切利也)鑱(鋤銜切鐫也)塹(七豔切坑屋也)嘔(於口切)慘(七感切)蚋(而稅切蚊屬)槊(所角切矛屬)轆轤(轆音鹿轤音盧轆轤汲井轉木也)鐲(直角切)庬(莫江切)辢(盧達切)

彰所知論卷下

元帝師發合思巴造

宣授江淮福建等處釋教總統法性三藏弘教佛智大師沙羅巴譯

始帝王祖三末多王是時田分互起侵盜初發偷盜被王推問言不曾偷始起妄語王法誅戮即有殺害不善法生爾時衆生造不善法命終之後即生傍生次生餓鬼漸生地獄次無間獄生一有情時成劫終如是有情行諸不善壽量漸減受用乏少閻浮提人壽八萬歲無間地獄生一有情是二同時如是情世界成十九中劫器世界成即一中劫如是成劫二十中劫閻浮提人八萬歲時始爲住劫住劫亦經二十中劫至十歲時刀兵災起唯七晝夜疾疫災起七月七日饑饉災起七年七月七日多分死歿餘者相覩起希見心互相睠戀遠離煞害漸生善故壽量受用復增益盛至八萬歲增上之時轉輪王出依法化民下減之時婆伽梵出拔濟衆生增減時間獨覺出世令諸有情而作福田住劫亦經二十中劫始壞劫初情世界壞無間獄中無有情生先生業盡即生别趣若有未盡生上地獄或别世界地獄中生無間獄空如是向上地獄漸空生餓鬼趣如是餓鬼傍生趣空人趣之中除鳩婁人餘共欲天無師法然獲初靜慮生初禪天比鳩婁人生欲界天獲初靜慮生初禪天無師法然獲二靜慮生二禪天從無間獄至梵世空如是亦經十九中劫然後四洲有七日出初不降雨藥草叢林悉皆枯槁二日出時溝池乾涸三日出時殑伽河等悉皆枯竭四日出時無熱池竭五日出

時海水沒滕六日出時大海亦竭七日出時彼器世界一聚火聳從無間獄直至梵世以火燒壞經一中劫壞劫總經二十中劫空劫亦爾如是成住壞空即八十劫總此八十名一大劫爲梵衆等壽量之數

器世界壞有其三種火水風壞者亦如前說如是七次後世界復成又被水壞至二禪天從極光天即生大雲降注大雨其器世界如水化鹽銷鎔皆盡彼水自竭一水災次復七火災度七火災還有一水如是水災滿至七次復七火災後世界成被風災壞至三禪天其風之力吹散妙高何況其餘第四禪天雖無外災是等有情生與殿生命盡殿隱如是器情世界弁成壞等咸皆說已

復次因果相續緣生法者因緣相藉而生故曰緣生緣生有二一外緣生二内緣生外緣生者成世界法如種生芽如前已說内緣生者如有無明即有行等名順緣生如無明滅即行等滅名逆緣生順緣生者有七復次約位約遠續約連縛約刹那約三際約二重因果約三惑等約位者於宿生中諸煩惱分位中五蘊即名無明由無明勝故如是說已下皆以從勝爲名行等諸法各具五蘊行者宿世所造善不善業位間五蘊識者於母胎中正結生時一刹那位所有五蘊名色者結生識后六處生前其間五蘊名者受想行識四蘊名名色者處胎分位羯邏藍（此云和合亦云凝滑）頞部曇（此云皰結）閉尸（此云肉團）鍵南（此云堅實）鉢羅奢佉（此云肢體筋力等生）等五名色六處者處母胎中從眼等生至三和合未了别境位間五蘊觸者根境

識三和合未能了別苦樂之因位間五蘊受者已了三受因差別相嬰兒之時至未起婬位間五蘊愛者即年盛時能了婬慾未廣追求位間五蘊取者為得種種上妙資具周遍馳求位間五蘊有者因馳求故積集能牽當來果業位間五蘊生者由是業力從此捨命正結當有位間五蘊老死者從當來生名色至受位間五蘊一切有部說約位緣生即是遠續連縛亦爾經部宗者無約位說約遠續者謂無明與明相違是心所法發行之因行者所發起業福及非福不動等業識者由業引令識生名色者胎中五蘊六處者眼等根生觸者根境識三和合了別是心所法受者由彼所生苦樂捨等愛者貪著樂境取者尋求彼境有者由彼發起成當生業生者由業相續結生老死者令生彼生究竟轉死連縛亦爾

約剎那者謂由一剎那十二有支緣生具足由貪行殺癡謂無明斷命即行於諸境事了別名識五蘊同俱總稱名色住名色根說名六處根境識三和合有觸因觸為受貪即是愛與此相應諸纏名取所起身語二業名有如是諸法集起名生熟變名老滅壞名死

約三際者謂無明與行屬過去攝名曰因支識等五支屬現在攝名曰果支愛取有三屬現在攝名曰未來因支生老死二支屬未來攝名曰果支過去二支現在八支未來二支故十二支

約兩重因果者有二一前際二後際前際者謂無明是惑行即是業彼二因支由彼所生

識等五支即是果支一重因果現在愛取二支是惑有即是業三當來因由彼所生當生老死即是果支一重因果如是十二有支兩重因果

約三惑者謂無明愛取三即是惑行有二即是業謂之集諦識等七支即是苦謂之苦諦是順緣生逆緣生者無明滅即行滅無明滅則了無我智即是道諦若無明滅生因行滅引業滅故識等五支滅由是滅故起發後業愛取等滅由是滅故生老死等皆悉亦滅即是滅諦說四諦已器情緣生及四諦等皆五法攝一色法二心法三心所法四不相應法五無為法一色法者即是色蘊五根五境無表色等十一法言五根者謂眼根極微如香荾華在眼星上傍布而住耳根極微如捲樺皮居耳穴內鼻根極微如雙爪甲居鼻頞內舌根極微形如半月布在舌上身根極微亦如身量從頂至足遍在身根根是塵故不能緣境言五境者色謂眼緣之境有其二種一顯色二形色顯色者有其四種青黃赤白形色者有十六種長短方圓高下正不正光影明暗雲煙塵霧等二十數聲謂耳緣之境有其二種一有執因如語等二無執因如鼓聲等有記無記各二為四此復可意及不可意差別成六香謂鼻緣之境有其四種一好香二惡香等不等故差別成四味謂舌緣之境有其六種甘酸苦辛鹹淡觸謂身緣之境因觸四大果觸滑澀重輕冷熱饑渴等言無表色者謂律儀不律儀俱相違色此是色蘊二心法者有六謂眼耳鼻舌身意識六即是識

蘊三心所有法者有四十六一大地法者有十種受謂領納想謂令心執境思謂令心運動作意謂令心緣境勝解謂令心於境印可即是令心於所緣境無怯弱義欲謂希求觸謂和合了境慧謂揀擇念謂令心於境明記不忘定謂令心專注一境如是十種遍一切心名大地法二大善地法者有十信謂令心於境澄淨不放逸謂恒習善法守護心性輕安謂心堪任性捨謂令心平等慚謂於諸功德及有德者恭敬而住愧謂於罪見怖無貪謂不著有漏無嗔謂於諸有情不樂損害不害謂怜愍有情令無損惱懃謂於善令心勇悍如是十種徧諸善心名大善地法三大煩惱地法者有六種癡謂愚癡即是無明無智無顯逸謂放逸不修諸善怠謂懈怠心不勇悍不信謂心不澄淨惛沉謂身心相續無堪任性是昧重義掉舉謂心不寂靜如是六種徧煩惱心名大煩惱地法四大不善地法者有二種一者無慚謂於諸功德及有德者令心不敬二者無愧謂於諸罪中不見怖畏如是二種徧不善心名大不善地法五小煩惱地法者有十種忿謂令心憤發恨謂於忿所緣事中數數尋思結怨不捨諂謂心曲誑謂惑化嫉謂不忍他德惱謂堅執諸罪由此不受如理諫誨覆謂隱藏自罪慳謂於巳法財令心悋惜憍謂染著自身所有色力種族等事令心傲逸害謂於他能作逼迫如是十種唯修所斷徧意識地名小煩惱地法六不定法者有八種尋謂令心於境麤轉爲相伺謂令心於境細轉爲相惡作謂惡所作業是追

悔義睡眠謂不能任持身心相續令心昧略嗔謂令心於有情等樂爲損害貪謂愛著有漏慢謂令心恃舉疑謂令心猶豫如是八種於前諸地無有定故名曰不定對法集論弁五蘊論說十一善內了知四諦名曰無癡隨煩惱中執不淨爲淨染污作意勝解名非理作意邪勝解根本煩惱內於諸諦理顛倒推度染污慧分名不正知隨煩惱內於諸所緣不能明記染污念分名曰失念於諸所緣令心流蕩染污定分名曰散亂對法藏論無如是說以上心所除受想二皆行蘊攝心所法竟不相應行者有十四種謂有情相續律儀相應有別物曰得與彼律儀不相應有別物曰不得諸有情類同作事業曰衆同分若生無想有情天中有法能令心心所滅是實有物名曰無想果復有別法能令心心所滅名曰無想定無想者定名或定無想名無想定如下所說聖者相續想受等滅是實有物名滅盡定有情始生住未死間名曰命根先無今有曰生令暫時住曰住轉變曰老變壞曰無常即有爲四相能詮自體謂曰名身詮義究竟謂曰句身是二所依謂曰文身等十四法又義攝內破和合衆曰不和合所造業果於自成熟猶如負債終不唐捐物等亦繫不相應行一切有部色心所三有別物經部師說是彼三法假說分位除彼受想四十有六心所有法及不相應名曰行蘊無爲法者至下當知如是色法即名十界除無表色是眼等十心法七界謂六識及意根界若說處時是彼七法一意處攝心所有法不相應法無

爲法無表色等總名法界亦名法處如是所説所知五法五蘊弁十二處及十八界

道法品第三

復次道者謂彼少欲知足具種性者身心遠離種種群雜住近事戒等應當勤聞若廣聞已思所聞義思已應修謂當修止觀多貪修不淨觀多嗔修慈悲觀多癡修分別緣生觀多我修分別界觀多散亂修數息觀止觀成已修勝解故如法了解内外身名身念住如法了解苦樂捨等名受念住如法了解六識心法名心念住如法了解想行無爲名法念住修此四法是智資粮道集資粮已修加行道煖位之中已生惡令斷未生惡令不生已生善令增長未生善令生如是四法名四正勤（文云正斷）頂位之中欲善法定勤樂善定作意善心定揀擇善定如是名四神足忍位之中行世正見澄淨名信樂修善法曰進明記不忘曰念專注一境曰定知取捨法曰慧修此五法能生善法故曰五根世第一位中修信進念定慧等五能破相違故曰五力此是加行道見道位中了知四諦名曰正見正語發起名正思惟如法正説名曰正語捨不善業名曰正業棄捨邪命名曰正命希求善法名正精進明記不忘名曰正念專注一境名曰正定如是八法名八聖道支此是見道見道所斷分別煩惱及得相等謂欲界苦諦貪嗔慢無明疑有身見邊執見戒禁取見見取邪見集滅二諦各除三見七七十四道諦所斷除上二見欲界四諦共三十二色界四諦各各除嗔共二十八無色亦然如是三

界見道所斷八十有八
修道位中明記善法名念覺支揀擇取捨名慧覺支希求精進名勤覺支證無漏喜名喜覺支身心任性名輕安覺支不爲世法所牽無著無礙名捨覺支令心住境名定覺支修此七支名曰修道修道所斷俱生煩惱得相無記有漏善等欲界之中貪嗔癡無明四各具九品共三十六色界之中第一靜慮除嗔餘三各各九品成二十七如是二三四靜慮亦爾色界總有一百八數無色界亦然如是三界修道所斷總有一百五十二數
次證十無學法者謂正見正思惟正語正業正命正進正念正定正解脫正解脫知見是無學道
果法品第四
復次果者如上所說三十七品菩提分法爲自解脫輪迴發心利根極速三生證阿羅漢一生修順解脫分善名資粮道二生修順決擇分善名加行道三生亦如沙門證第四果鈍根懶惰即不定故如沙門者向預流等四者名果向預流者加行道前情器所攝皆苦自性即是苦諦復次彼因業及煩惱是名集諦令彼解脫即是滅諦復次彼因即是道諦修習純熟由彼次第證見道時初觀苦諦四法性者轉變名無常三苦名苦實有與我非一蘊故名空實有與我別故名無我現證四智次觀集諦四法性者如種苦理故因等現苦理故集相續苦理故生隨順苦理故緣現證四智次觀滅諦四法性者苦因滅故滅苦果息故靜超有漏故妙脫輪迴離現證四智

次觀道諦四法性者通行義故道契正理故如修無念智故行現證三智此十五者名初果向第十六者以彼道諦永趣諸有故出現證一智此等十六是住初果已證四諦十六行相修習純熟欲界修道所斷九品煩惱之中斷前五品即一來向斷第六品即一來果彼一來者復來欲界受一生故下三品者欲界之中一生斷故現證行相修習純熟斷七八品名不還向斷第九品名不還果彼不還者斷盡欲界一切煩惱必不還來欲界生故現證上界諸地行相修習純熟四靜慮四無色各九煩惱斷初靜慮一品爲始至斷有頂八品爲終名阿羅漢向斷第九品名阿羅漢果彼阿羅漢者三界煩惱斷盡無餘名阿羅漢經云乾慧地等八者聲聞資粮道即乾慧地欲愛枯乾根境不偶是所修善名乾慧地種性地者即加行道必不成佛定成聲聞獨覺種性名種性地八人地者是初果向至阿羅漢果名八人地具見地者是住初果四諦行相現證見故名具見地薄地者是一來果欲界煩惱多分斷故名曰薄地離欲地者是不還果離欲界中貪欲等故名離欲地已辦地者即阿羅漢苦已知集已斷滅已證道已修名已辦地聲聞地者即不來不還阿羅漢三名聲聞地辟支佛地者如上所說三十七品菩提分法唯自一人欲證菩提如是發心修百大劫以最後身生無佛世不假師教成證獨覺此有二種一麟角二部行麟角喻者唯一而居具聖德行部行類者與衆群居究竟正覺者如上所說三十七品菩提分法

爲諸有情而成佛故發起大悲勝菩提心奉侍諸佛悉令歡喜利益他故行六度行三無數劫究竟成佛者釋迦如來昔爲陶師名曰大光明於大釋迦如來之處始初發心至初無數劫奉侍七萬五千佛其最後佛名曰寶髻第二無數劫奉侍七萬六千佛其最後佛名曰然燈第三無數劫奉侍七萬七千佛其最後佛名曰勝觀其六度者以大悲心於諸有情所有資具悉皆惠施爲普度太子時施波羅蜜究竟圓滿未離貪欲被析肢體心無少恚爲忍辱仙時忍戒二行究竟圓滿爲婆羅門子時視底沙佛住火界定忘下一足經七晝夜旋遶讚曰

天地此界多聞室　逝宫天處十方無
丈夫牛王大沙門　尋地山林徧無等

如是讚已便超九劫進波羅蜜究竟圓滿處圓滿處金剛座初夜分時降諸群魔後夜分時金剛喻定定慧二行究竟圓滿如是處金剛座降魔之前三無數劫修福智足奉侍諸佛六度雖圓即異生身坐金剛座證見修道成等正覺聲聞乘中因時不說了知諸法無我空悲施行三輪體空十地行相果時不說報身及四智等

正覺法者六種所攝謂身智斷利他大悲德具足等

身者有二一者色身二者法身色身者具三十二相八十種好即自性身度乾闥婆及苾陵伽故示現乾闥婆王及轉輪聖王即化身然諸佛等種性身量壽命國土及根機等有種種異二法身者有十無學法諸佛等同正

智者有二一者徧智二者正智徧智者謂了蘊界處因果體性故曰徧智二正智者謂知四諦中無常等法故曰正智

斷者有二一斷煩惱障二斷所知障斷煩惱障者謂對治貪等根本煩惱及隨煩惱令斷滅故二斷所知障謂對治能障境時自性無知之法令斷滅故

利他者有二一者於諸有情安置解脫棄捨相違令住於道二者於諸有情安置善趣棄捨於惡令住於善大悲及德次下當說

諸聖者等言功德者有十一種謂無諍願智四無礙解六通四靜慮四無色四無量八解脫十徧處八勝處三等持等

無諍者謂依第四靜慮心願諸有情勿緣已身生諸煩惱思惟等持故名無諍

願智者謂依第四靜慮心以願爲先引如智起如願了知故名願智

四無礙解者一法無礙解知諸法名故二義無礙解正知義故三詞無礙解正知言辭故四辯才無礙解正知正理故名四無礙解

六通者一神境通遊行石壁等無礙故天耳通若近若遠諸異音聲皆了知故三天眼通能隨所應取被障隔極細遠等諸方色故四他心通能知他心有無欲故五宿住通如自及他宿世事故六漏盡通知世出世一切道故前五有漏依第四靜慮第六無漏依第九故

四靜慮者初靜慮具有五支一尋二伺三喜四樂五等持二靜慮中具有四支一內等淨二喜三樂四等持三靜慮中具有五支一行

捨二正念三正恵四受樂五等持四靜慮中具有四支一行捨清淨二念清淨三非苦樂受四等持

四無色者修加行時思無邊空及無邊識無所有故以正定時除色依餘四蘊第四名者由想昧劣謂無明勝得非想名有昧劣想名非非想如是次第空無邊處識無邊處無所有處非想非非想處名四無色若加滅盡定亦名九次第定

四無量者謂慈悲喜捨四中初二無嗔爲體喜即喜受捨即無貪所緣境者欲界有情所有嗔害及有欣慰欲貪嗔等如次對治

八解脱者依初二靜慮一内有色想觀諸外色解脱不淨想轉作青淤想以色觀色二内無色想觀諸外色解脱内無色觀三依後靜慮淨解脱身所證具足住觀一切色作淨光鮮如是三種及四無色定爲次四解脱滅受想定爲第八解脱依有頂心諸聖者等猒麤受想以寂靜定滅心心所名滅盡定

十徧處者謂周徧觀察地水火風青黄赤白及空與識二無邊處依第四靜慮緣欲可見色於地等處周徧觀察無有間隙十中前八無貪爲體後二如次空識無色爲其自性

八勝處者一内有色想觀外色少二内有色想觀外色多三内無色想觀外色少四内無色想觀外色多内無色想觀外色青黄赤白爲四足前成八八中初二如初解脱次二如次解脱後四如第三解脱若爾八勝處與三解脱何殊答前修解脱唯能棄背此修勝處能制所緣隨所樂欲而終不起修解脱等一

爲諸惑已斷更遠二爲於定得勝自在故能引起無諍等德及勝神通由此便能轉變諸事起留捨等種種作因故

三三摩地者謂空無相無願空三摩地者謂空非我二種行相相應等持無相三摩地者謂緣滅諦四種行相相應等持涅槃無相離十相故名曰無相能緣彼定得無相名無願三摩地者謂緣餘諦十種行相相應等持非常苦因可猒患故道如船筏必應捨故能緣彼定得無願名皆爲超過現所對故此等功德俱解脱阿羅漢辟支佛如來共故名共功德慧解脱者無三等持及四無量故

如來不共功德者有十八種謂十力四無所畏三念住及大悲

十力者一處非處智力二諸業異熟智力三靜慮解脱等持等至智力四根上下智力五種種勝解智力六種種界智力七徧趣行智力八宿住隨念智力九生死智力十漏盡智力

四無所畏者一正等覺無畏二漏盡無畏三説障無畏四説道無畏由有智力於他不懼故名無畏

言三念住者謂如來説法諸弟子等一向恭敬能正受行如來緣之不生歡喜捨而安住正念正知是謂如來第一念住諸弟子衆惟不恭敬不正受行如來緣之不生憂慼捨而安住正念正知是謂如來第二念住諸弟子衆一類恭敬能正受行一類不敬不正受行如來緣之不生歡慼捨而安住正念正知是謂如來第三念住此三皆用念慧爲體故名

念住
大悲者於諸世間晝夜六時觀察世間執苦執樂執應調伏隨應利樂故名大悲大乘所説如來十八不共法三不護等彼聲聞乘未曾聞故

無爲法品第五

復次無爲法者有其三種一虚空二擇滅三非擇滅謂虚空無爲者虚空但有無礙爲性由無障礙遍一切處名虚空無爲色於中行其餘所有門窗竅隙所有明暗等空及阿伽色等皆非無爲二擇滅無爲者謂無漏智斷諸障染見修二道所顯眞理名擇滅無爲三非擇滅無爲者謂能永礙未來法生得滅異前名非擇滅得不因擇但由闕縁名非擇滅此三無爲一切有部許有實物經部師說無有造作間眞如豈非無爲耶答彼即無我以聲聞乘不說法無我故人無我者即無常等十六行相三諦行相即是有爲滅諦行相惟擇滅法非餘法故如是器情道果無爲所知五者總攝一切所知法故情器之法即是苦諦成彼之因即是集諦道果二法即是道諦擇滅無爲即是滅諦虚空非擇二種無爲三種非四諦攝苦集二諦有漏法故道滅二諦無漏法故如是所說世出世間有爲無爲所知法已

種相圓具足　敝智皇太子　數數求請故
慧幢吉祥賢　念住日藏論　起世對法等
依彼造此論　有情所知輪　機宜有無邊
纂略列爲五　謂器情道果　并無爲法等
故今明開示　冏冏曉解者　惟茲彰所知

解已復示他　此論文句等　乖義懈怠過
智者并啓請　惟願垂忍納　所生諸善根
周徧虛空界　我共諸衆生　願證無上果

彰所知論者爲菩薩眞金皇太子求請故法王上師薩思迦大班彌達足塵頂授比丘發思巴慧幢吉祥賢時壬寅仲秋下旬有三鬼宿直日於大吉祥薩思迦法席集竟持經律論妙音并智師子筆授

彰所知論卷下

大經云森羅及萬像一法之所印重重交光歷歷齊現非法界之現量歟彰所知論者廼先皇裕宗皇帝聖明觀照神智睿鑒愍邪見之衒惑傷正塗之堙底勸請帝師法王利樂有情故闡揚至覺眞理原始要終修習次第之大旨也弘而審奧而典古錦純金隨器受用義攝爲五至當歸一所言情器世界者非若夫群盲摸象之異執或言一氣或曰自然直指心造詳明劫初羅籠八極之外剖析隣虛之內如像臨鏡如指在掌言道法者以少欲知足聞思修慧三十七菩提分爲其因言果法者以資糧加行見道修習無學爲其果言無爲者四聖諦中之滅諦理也由其五法總攝一切所知法故故曰彰所知論眞智靈知豈見聞覺知之謂乎深入緣起窮法實相蓋依念處日藏起世對法相應之義而錯綜其宏綱也然則他化天王通力觀世界微塵數之雨滴猶目覩所受用物聲聞起神用觀三千大千世界如掌中菴摩羅果況

正徧知之妙用其孰能語於此盛矣優曇瑞世天開玉曆之期像教中興時際金輪之治欽惟聖制云皇天之下一人之上西天佛子大元帝師璽篆賜玉寵渥彌隆其尊師重道爲萬世帝王之彝典也行宣政院同知廉公正奉夙承授記深樂佛乘一日以江浙總統沙羅巴大師所譯彰所知論傳之前松江府僧録管主八大師師續雕大藏聖教偶其時忻獲至寶鋟梓隨函屬余序其後辭不獲免輙述教起之由致至於發揚聖教之粹美則備于公之本序云時大德丙午十月既望江西前吉州路官講報恩寺講經釋克巳序

音釋

涸下各切水竭也 殑梵語也此云天堂來河名也殑其陵切 樺胡化切木名 頞烏割切鼻梁也 竅隙竅苦弔切隙綺戟切竅隙孔罅也 璽胥里切印也 渥於角切澤也 梓祖似切